KB268199

해방기 소설의 시대정신

전흥남

국학자료원

책머리에

이 책을 내기로 결심하기까지 많이 망설였다. 이 분야를 공부하고 뜻을 둔 이들에게 도움을 주어야 하는 데 그런 확신이 안 들었기 때문이다. 적어도 세상에 연구 실적을 책으로 내 놓을 때 자기안위에 그치거나 "자기합리화"에 머물러서는 안되겠기에.

그러나 결국 나는 이 점에서 자유롭지 못하다. 새로운 자세로 공부하고 앞으로 더욱 열심히 살기 위해서는 초라하고 보잘 것 없는 내 '분신'일지라도 공부하는 사람으로서의 열정과 고민의 흔적을 정리하고픈 욕망에 타협했기 때문이다. 아니 나 스스로 이러한 통과의례를 거치지 않고 앞으로 내 자신을 감당하기 힘들 것 같은 불안감이 엄습하기도 했다. 그래서 안이하고 해이해지려는 내 자신을 추수리고 더욱 열심히 공부하겠다는 앞날에 대한 각오의 일환으로 이 책을 내기로 마음을 좁혔던 것이다.

제 1부는 필자의 학위논문이다. 여기서는 정신사적 연구방법을 동원하여 해방기 소설문학에 나타난 시대정신의 파악에 주안점을 두었다. 이러한 접근은 이 시기 소설문학을 총체적으로 조감할 수 있는 하나의 의미체계를 마련해 보는 데 유효한 방법이 될 수 있다고 판단했다. 왜냐하면 이 시기의 소설을 공부하면서 필자는 '사회적 모순을 상상적으로 해결하는 사회적 상징행위'로서의 텍스트 성격을 강하게 띠고 있음을 공통적으로 확인할 수 있었기 때문이다. 다시말해 해방기 문학은 '이상적 현실에 대한 열망'이라는 유토피아 속성이 강하게 깔려 있었

다. 또한 이 유토피아 열망은 현실에 대한 위기의식 내지 강한 부정성을 내포하는 형태로 나타난다. 이것은 역으로 이 시기의 문학이 새로운 세계에 대한 강한 바람과 변혁의지를 암시하는 것이기도 하다. 이러한 점들을 착안하여 해방기 소설문학에 나타난 현실대응력에 초점을 두어 연구한 결과물이 제1부의 글이다.

하루가 다르게 세상이 변하듯이 문학 연구의 패러다임도 역시 빠르게 변하고 있는 시점에서 이 글은 시효성이 떨어지는 것 같아 고민했다. 그동안 이 분야에 대한 많은 진전과 논의가 있어 대폭 수정·보완해야 할 부분이 많은 점도 필자를 곤혹스럽게 한 점이다. 그러나 한번 쓴 글을 다시 전폭적으로 수정하는 것은 다시 쓰는 만큼이나 힘들고 지루한 작업임을 실감했다. 글을 쓰는 시점에서 제대로 된 글을 쓰고 사력을 다하는 자세가 최선임을 절감했다. 문장을 다듬고 논리적으로 무리가 따르는 부분을 수정했지만 논조는 학위논문의 틀을 크게 벗어나지 못했다. 노력 자체를 회피한 것은 아닐지라도 결과적으로 안이하게 대처한 점에 대해서는 독자들의 질책을 달게 받을 생각이다.

제2부는 대부분 학위논문을 준비하면서 쓴 글이라 참신성이 떨어지거나 논리가 어설픈 경우도 있지만 '보론'의 성격을 지녀 실었다. 내 딴에는 그래도 독자들에게 조금이라도 보탬이 되었으면 하는 바램에서 몇 편을 선택해서 실은 것이다.

내가 하고 싶은 문학공부를 하고, 또한 대학강단에서 학생들을 가르칠 수 있는 기회가 주어지기까지 실로 많은 분들의 은혜를 입었다. 내 능력에 비하면 분에 넘친 호의와 격려를 받은 셈이다. 세상이 힘들고 학문적 열정에 비해 그 성과가 빈약하여 내 스스로 감당하기 힘들 때 나를 지탱해 준 "버팀목"은, 이렇게 은혜를 입은 분들에게 부끄럽지 않아야지 하는 각오의 발로에서 혹은 '의리'나 '오기' 가 있었기에 가능했다고 본다. 실로 이 자리에서 그런 분들의 이름을 일일이 거론하고 싶지는 않다. 많은 분들의 분에 넘친 호의를 입은 탓도 있지만 혹시나 그 분들에게 누를 끼치지나 않을까 저윽히 망설여지기 때문이다. 하지만 무엇보다도 학문의 길로 인도해 주시고 부족한 공부의 자양분이 되어 준 전북대 국문학과 은사님들, 그리고 국어교육과 교수님들의 후원과 지도를 받았던 점만은 밝혀야 겠다. 하지만 이 글에서 발견되는 부족한 부분은 전적으로 필자의 몫이다. 또한 멀리 있는 후배를 늘 격려하고 배려해 주신 선배님들, 주는 정 없어도 늘 잊지 않고 찾는 동기들, 그리고 후배들의 학문적 '열정'도 잊을 수 없다. 정말 "공부도, 세상살이도 혼자 힘으로만 할 수 없고 더불어 고민하면서 도움을 주고받고, 또한 은혜를 잊지 않고 살려 할 때 희망도 있고 사는 보람도 느낄 수 있는 것이구나"라는 '인생공부'를 톡톡히 하고 있는 요즈음이다. 이런 점에서 인연을 소중히 여기며 어려운 출판 여건에도 부족한 글을 선뜻 내 주신 국학자료원 정찬용 사장님의 호의를 잊을 수 없다. 한봉숙 실장님을 비롯한 직원들의 호의에도 감사를 드린다. .

평범한 사람들의 삶이 그러하듯이 나 역시 힘들고 고달플 때 가족의 힘은 컸다. 이런 저런 핑계로 가정에 소홀해도 공부하는 남편이라며 너그러운 웃음으로 반겨 준 아내, 그리고 인수와 지원이의 재롱이 나를 버텨 주었다. 무엇보다도 이 책을 팔순이 다 되어 홀로 계신 고향의 어머님께 바친다. 부족한 책을 내면서 어디에 서든 부끄럽지 않은 아들이 될 것임을 굳게 약속드립니다.

1999년 3월 8일
백운산 자락 한 곳에서 저자 올림

목 차

제 2 부 작가 · 작품론에 나타난 현실인식과 삶의 전망

제 1 부
해방기 소설의 정신사적 연구

Ⅰ. 서 론

1. 문제제기

근래에 들어 해방기[1]의 문학에 대한 관심이 증대되고 있다. 더욱이 80년대 중반 이후 이데올로기의 완화 국면과 정부의 납·월·재북 작가에 대한 해금조치[2]는 이 시기의 문학에 대한 연구자들의 관심을 증대시키고 있음도 사실이다. 따라서 이 시기의 소설 문학에 대한 그 동안의 연구도 주목할 만한 진전이 있었다.

우선 실증적인 측면에서 연구자들은 그 동안 제도적으로 규제되어 왔던 납·월·재북 작가들의 작품을 발굴하고, 또한 이들의 작품 세계

---

1) 익히 알려진 바와 같이 이 시기의 명칭에 대해서는 학자마다 용어 사용의 의미나 맥락이 조금씩 다르다. 주로 쓰이고 있는 용어로는 해방직후, 광복기, 해방공간, 해방정국, 해방기 등이 있다. 이 글에서는 주로 '해방기'를 사용할 것이다. 이 용어를 채택한 이유에 대해서는 연구사 검토과정에서 구체적으로 언급하기로 한다. 해방기의 시기구분론 및 명칭에 대해서는 김승환, 『해방공간의 현실주의 문학 연구』, 일지사, 1991, 12-3면 참조.
2) 1988년 7월에 납·월·재북 작가 150명에 대한 정부의 해금조치가 있었다. 동아일보, 1988.7.19일자 참조.

를 복원하여 문학사의 한 대상으로 편입시켰다.3) 이는 분단으로 인한 냉전적 이념체계에 의해 타율적으로 매몰되어 왔던 작가들의 작품을 재조명함으로써 민족문학을 복원하는 작업에 활기를 불어넣었다. 또한 이러한 연구는 자연히 문학운동론 및 비평론에도 영향을 미쳐 민족문학론 측면에서 그 중요성이 부각되기도 하였다. 그러나 한편으로 해방기 소설연구는 다음과 같은 보완이 필요하다.

첫째, 좌우 대립적 시각에서 추출된 특징을 토대로 해방기 소설문학의 위상을 파악하려는 태도를 지양해야 할 것이다. 왜냐하면 좌우 대립적 시각에 의존할 경우 자칫 대상 작품을 제한적으로 논의해서 이 시기 소설문학을 평가하는 오류를 범할 수 있기 때문이다. 그렇다고 대상권에 드는 작품들에 대한 의미를 균등하게 배분하는 식으로 산술적 연구를 추진하는 것이 이상적일 수는 없다. 문제는 한정된 작가와 작품에 치우친 연구 경향은 이 시기 소설문학에 대한 총체성을 구명하는 데 미흡할 수 있다는 점이다.

둘째, 기존의 연구들이 개별 작가와 작품에 대한 연구보다 문학운동이나 문학단체 등 문학 외적 현상에 대한 관심이 집중되어 있다는 점이다. 다시말해 해방기의 문학에 대한 그 동안의 연구는 좌·우익 문단을 중심으로 한 비평론에 편중되는 경향을 띠어 왔던 것이다. 물론 해방기의 문학 및 문단 상황이 다분히 정치지향적 요소를 띠고 전개된 점을 감안한다면, 이 시기 문학의 전반적인 특징을 이해하기 위해서 비평론에 대한 관심이 필요하다. 그런데 문제는 이처럼 비평론에 치우친 연구 경향은 해방기 한국문학의 위상이 단순히 좌우 문학단체의 이데올로기 갈등이나 대립, 또는 이들 단체를 기반으로 하는 문학인들

---

3) 납·월·재북 작가들의 현황에 대한 전반적인 개관이나 그 계보에 대해서는 임헌영, 「분단으로 매몰된 작가와 작품」, 『분단시대』4, 학민사, 1988, 9-21면 참조.

의 논쟁만이 부각되고 구체적인 창작물의 성과는 대단히 미흡했던 것처럼 파악될 수 있다는 것이다.

셋째, 해방기의 소설에 대한 그 동안의 연구 방법이 이 시기의 소설문학을 총체적으로 조감할 수 있는 일관된 의미 체계의 해명에는 미흡하였다는 점이다. 특히 근래의 소장학자들을 주축으로 한 지속적인 연구성과는 이 시기 문학에 대한 관심의 고조 및 방법론의 심화를 통해 문학사적 의미를 증대시키는 데 기여한 바 크다. 그러나 이러한 연구 중에는 해방기의 현실과 시대상을 민감하게 작품상에 반영하고 있는, 이른바 진보적 리얼리즘 계열의 일부 작품들만이 집중적인 연구대상으로 설정됨으로써 이 시기 소설문학에 대한 전체상을 규명하는 데까지 이르지 못한 점이 발견된다.

본고에서는 앞에서 제기한 문제점을 극복하려는 시도로 해방기의 소설을 '좌우 어느 한 쪽에 귀속시키는 경향'을 지양하고 이 시기의 소설문학을 총체적으로 조감할 수 있는 의미체계를 마련해 보는 데 주안점을 두고자 한다. 특히 본고에서는 그동안 해방기의 문학 연구에서 소홀히 다루었던 '중간파'4)계열의 작품들을 보다 적극적으로 수용하여 연구대상에 포함시킬 것이다. 왜냐하면 이러한 접근은 해방기의 소설을 좌우 어느 한 쪽에 일률적으로 귀속시키는 방식을 지양하고 작품 자체의 내재적인 분석에 일차적인 비중을 둠으로써 이 시기 소설문학의 전체상을 규명하는 데 유효하다고 생각되기 때문이다.

---

4) '중간파'에 속한 작가들의 대상범위와 이들의 문학적 입장에 대해서는 논자마다 약간씩 차이를 보이고 있다. 이들은 주로 좌익 문학단체인 조선문학건설본부가 조선문학가동맹으로 확대되는 과정에서 그 조직을 탈퇴한 사람들이었는데(권영민, 「해방공간의 문단과 중간파의 입장」, 『한국 민족문학론 연구』, 민음사, 1988, 410-422면 참조), 본고에서는 특히 채만식과 염상섭, 그리고 황순원의 작품세계를 주목하였다. 이들은 당시 '중간파'를 대표한다고 해도 과언이 아닐만큼 활발하게 창작활동을 했던 작가들이기도 하다.

또한 본고에서는 위의 목적을 효과적으로 달성하기 위해 정신사적 연구방법을 동원함으로써 이 시기의 소설문학에 나타난 시대정신의 파악에 주안점을 두려 한다.

해방직후 우리 민족이 당면한 과제는 일제치하에서 강제적으로 상실할 수밖에 없었던 자기정체성과 민족의 동질성에 대한 회복이었다. 이것을 위한 전제 조건으로 일제잔재의 청산, 정치·사회적 모순의 척결과 제도의 개혁, 그리고 좌우 이념의 대립과 갈등을 지양한 국론의 통합 등이 요구되었다.5) 또한 해방기는 이러한 여망을 성취하려는 국민들의 욕구가 충만했던 시기이다. 그러나 사회 전반에 걸친 개혁의 요구와 바람은 미온적으로 진행되거나 제대로 시행되지 못했다. 뿐만 아니라 해방기 우리 사회는 미군정의 失政을 비롯한 사회 전반에 걸친 여러 가지 구조적 모순으로 인하여 일반 국민들의 삶은 해방 전이나 크게 다를 바 없었다. 오히려 해외에서 돌아온 귀환민이나 농민·노동자들의 생활은 더욱 궁핍해져 그 좌절감이 심화되고 있었다.6) 그러나 한편으로 이 시기에 문인을 비롯한 사회의 일각에서는 자신의 과거 친일적인 행적에 대해 자기반성을 시도하거나, 혹은 상실된 자기 정체성을 회복하며 새로운 조국 건설에 동참하려는 모색이 있었다.7) 사회 일각에서의 이러한 변혁의지와 성숙이 혼란된 당시의 사회를 건설하는 데 필수적인 전제 조건이 되기도 했다.

문학 역시 이러한 제반 시대적 상황의 영향권에서 예외일 수 없었다. 따라서 해방기의 작품들은 명시적으로든 암시적으로든 작중인물을

---

5) 송건호, 「해방의 민족사적 인식」, 『해방전후사의 인식』, 한길사, 1980, 13-32면 참조.

6) 이종훈, 「미군정 경제의 역사적 성격」, 『해방전후사의 인식』, 한길사, 1980, 457-487면 참조.

7) 임헌영, 「해방 직후 지식인의 민족현실 인식」, 『해방전후사의 인식』2, 한길사, 1985, 406-448면 참조.

중심으로 한 기대좌절의 양상이나 환멸의 구조8), 혹은 성장9)의 서사구조 속에서 당대 현실의 한 측면을 드러내게 된다.10) 문학은 인간의 불안, 희망, 좌절 등을 묘사한다고 볼 수 있으며, 소설이라는 장르를 좁혀서 생각해 보면 이와 같은 묘사는 등장인물을 통해 구체화된다. 등장인물이 소설의 요체로 누누이 강조되는 데는 단순히 등장인물이 '무표정하게' 서사구조내의 기능을 수행하기 때문이 아니다. 그것이 한 시대 인간들의 감정을 폭넓게 반영함으로써 공감대를 형성하는 매개체 역할을 하기 때문이다.

특히 해방기의 소설은 '사회적 모순을 상상적으로 해결하는 사회적 상징행위'로서의 텍스트 성격을 강하게 띠고 있음을 볼 수 있다. 이러한 텍스트에서 드러내고 있는 것은 궁극적으로 현실부정과 미래지향인데 '이상적 현실에 대한 열망'이라는 유토피아 속성이 밑바탕에 깔려 있다. 유토피아는 비현실적 이미지인 동시에 현실에 대한 대항 이미지로서 현실부정과 변혁의 힘을 내장한다.11) 또한 이 유토피아 열망은

---

8) 환멸의 구조(structure of lost illusion)는 개인적 욕망을 달성하기 위해 전력투구하는 인물이 자본주의 사회의 구조적 모순에 의해 좌절하게 되는 과정을 구조화한 개념이다. 이 개념은 루기치기 범주회한 비판적 리얼리즘 계열의 소설들에 적용될 수 있다. 환멸의 구조를 가진 작품에 접근해 갈 경우 그 핵심적 인물이 추구해 가는 욕망이 어떠한 성격을 가졌으며, 환멸에 이르게 되는 근본적인 동인이 무엇인지를 규명해 내는 일이 우선적으로 요구된다. 보다 자세한 것은 Lukács, G., *Studies in European Realism*, New York, The Universal Library, 1972, 47-64면 참조.

9) 이 논문에서는 성장과 변모의 플롯이 서사의 중심축이 되는 경우, 혹은 성장과 변화 내지 각성이 지배적인 모티프로 기능하는 경우로 한정짓고 있다. 따라서 본고에서는 일반적인 성장소설의 의미와는 다소 차이를 두고 있다. 여기서 성장의 구조는 주인공의 자아성숙 그 자체가 변화와 성숙의 지표가 아니라, 주인공의 새로운 삶이 절대적인 진리 내지 주의와의 일치 여부에 더 비중을 두게 된다.

10) 해방기 소설에 나타난 인물들의 기대좌절과 성장은 이 시기 소설의 특수한 국면을 보여주는 지배적인 구조이다. 이것은 상호 대립과 변화의 다양한 면모를 지닌 해방기의 사회·정신사적 특수성과도 긴밀하게 연관된다.

현실에 대한 위기의식 내지 강한 부정성을 내포하는 형태로 나타나고 있다. 따라서 해방기의 소설은 다른 시기에 비해 부정적 현실에 대한 인지도가 상당히 높은 편인데, 이것은 새로운 세계에 대한 강한 바람과 변혁의지를 암시해 준다.

　이러한 점을 염두에 두고 본고에서는 해방기의 중·단편 소설에 나타난 현실인식과 삶의 전망을 통해 그것이 지닌 정신사적 의미를 규명해 보고자 한다.

2. 연구사 검토

　해방기의 문학(론)에 관한 지금까지의 연구방향은 대략 실증적 연구, 비평론의 성격을 띤 문학운동론 및 조직론, 그리고 작가·작품론 등으로 나눠 볼 수 있다.[12]

　실증적인 측면에서의 연구는 당시 좌우 대립의 와중에 직접 뛰어든 문인들에 의해 회고적으로 기술된 초창기 연구물로부터 비롯되었다.[13] 그러나 이런 초창기의 연구들은 자료적 측면에서 중요한 의의를 지니

---

11) 유토피아(Utopia)는 '낙원의식'이라고 할 수 있다. 낙원의식은 하나의 공상에 기반을 두고 있으되, 그것은 허황된 꿈으로만 채워진 것이 아니라 진실성을 가진 공상이다. 낙원의식의 존재방식과 문학적 수용양상에 대해서는 김종회, 『한국 소설의 낙원의식 연구』, 문학아카데미, 1990, 23-58면 참조.

12) 해방기의 문학 및 문학론에 관한 연구사는 기존의 연구물에서도 구체적으로 검토된 바 있다(김승환, 『해방 공간의 현실주의 문학 연구』, 일지사, 1991, 14-27면 참조). 여기서는 본고와 직접적인 관련을 맺고 있는 작가·작품론 위주로 살펴보고, 그밖의 실증적 연구나 문학운동론 및 조직론에 관련된 구체적인 논저는 필요에 따라 차후에 언급하기로 한다.

13) 주목할 만한 몇 편을 든다면 다음을 들 수 있다.
　조연현, 「해방문단 5년의 회고」, 『신천지』, 49.9-50.2; 이헌구, 「민족문학 항쟁사」, 『민족문화』 창간호, 49.9; 곽종원, 「해방문단 10년의 총결산」, 『현대문학』, 60.8; 한국문인협회, 『해방문학 20년』, 정음사, 1966.

고 있음에도 불구하고 경직된 이데올로기적 요소가 작용하고 있어 객
관적 시각을 확보했다고 보기 어렵다. 이 분야에 대한 보다 본격적인
연구의 시발점은 김윤식을 비롯하여 염무웅, 정한숙, 권영민, 임헌영
등의 몇몇 연구자들의 선구적인 업적에서 비롯되었다.14) 이들의 연구
는 실증적인 연구에 국한되지 않고 비평사적 측면이나 문학 운동론의
측면, 그리고 작품론의 성격도 병행하고 있어 이 시기 문학에 대한 본
격적인 연구로서의 초석을 마련했다고 볼 수 있다. 이러한 연구는 문
학론과 문학작품 모두를 다루는 경향으로 이어져 김성렬, 김재용, 송기
섭 등에 의해 더욱 진전된 모습으로 지속되었다.15)

  권영민은 문학론과 문학작품을 모두 다루려는 연구 경향의 대표적
인 논자이다. 특히 그는 이른바 중간파 작가들의 문학론과 작품에도
주목함으로써 해방기의 문학을 지나치게 좌우 대립적 시각에서 규정하
려는 시각을 탈피하려 했다.16) 권영민의 이러한 시각을 수용하여 해방
기의 문학론과 작품을 연관시켜 규명한 논문으로 김성렬의 「광복직후
좌우대립기의 문학연구」를 들 수 있다. 이 논문은 문학론과 소설 창작
의 유기적인 연관성에 토대를 두고 해방기 문학의 변모 양상을 조명한
글이다. 이 글에서는 해방기의 문학을 좌·우 문단 형성기(1945.8. –
1946.12), 대립심화기(1947.1 – 1947.12), 분단확정기(1948.1 – 1949)로 세

---

14) 김윤식, 「한국소설의 미학적 기반」(상-하,), 『한국학보』, 2-3집, 봄·여름호,
    1976, 일지사.
      ______, 「해방공간의 문학」, 『해방전후사의 인식』2, 한길사, 1985.
    염무웅, 「8·15직후의 한국문학」, 『창작과 비평』, 1975년 가을호.
    정한숙, 『해방문단사』, 고려대 출판부, 1980.
    권영민, 『해방 직후의 민족문학운동 연구』, 서울대 출판부, 1986.
    임헌영, 「미군정기 좌우익 문학논쟁」, 『해방전후사의 인식』3, 한길사, 1987.
15) 김성렬, 「광복 직후 좌우대립기의 문학연구」, 고려대 박사학위논문, 1989.
    김재용, 「해방 3년의 소설문학」, 『해방 3년의 소설문학』, 세계, 1987, 431-454.
    송기섭, 「해방기 리얼리즘 소설 연구」, 충남대 박사학위논문, 1994.
16) 권영민, 「해방공간의 문단과 중간파의 입상」, 앞의 책(1988), 169-224면 참조.

분하고 있다. 이러한 시도는 1945년 8·15해방으로부터 1948년 분단정부 수립까지를 하나의 문학사 단위로 묶는 일반적인 형태에서 벗어나[17], 시기별로 문학론의 쟁점과 문학론이 창작에 미친 영향을 살펴봄으로써 당대의 대립적 문학론에 얽힌 극복과 지양의 단서를 모색하려는 것이다. 또한 이 논문의 특징으로는 채만식을 비롯한 일군의 '중간파'의 논리나 창작물까지도 "좌우 어느 한 쪽에 귀속시키는 위험"[18]을 지양하고 이들 작품에 대한 문학사적 중요성이 부각되어 있는 점이다.

해방기의 문학에 대한 이러한 실증적 측면에 바탕을 둔 문단적 시각이나 비평적 관심은 자연히 문학운동론 및 조직론, 나아가 납·월북작가·작품에 대한 후속적인 연구로 이어졌다. [19] 여기에는 조직론과

---

17) 해방기의 문학을 지칭하는 용어로, 1945년 8·15해방으로부터 1948년 분단정부 수립까지를 하나의 문학사 단위로 묶는 것이 타당하다는 의견에서 '해방공간'을 주로 사용한다(대표적인 논자로 김윤식(1985)을 들 수 있다). 하지만 이것은 정치사적인 단위를 문학사 단위에 그대로 적용된 경우로 8·15해방으로부터 한국전쟁 전까지, 즉 약 5년을 문학사 단위로 묶어 '해방기'를 사용하는 경우도 적지 않다(이재선, 「해방과 교착시대의 소설」, 앞의 책, 22면). 해방기의 문학을 전자의 입장으로 볼 것이냐 아니면 분단사의 중요 분기점인 약 5년 단위로 볼 것이냐는 우리 문학사가 극복해야 할 과제이다. 그러나 소설 작품을 놓고 볼 때 정부수립 이전과 이후의 뚜렷한 변별점을 찾기는 힘들다. 오히려 8·15 해방으로부터 정부 수립 이후에 이르는 시기에 산출된 작품들이 어떠한 보편성과 변화양상을 지니는가에 초점을 맞추는 것이 보다 바람직할 것으로 보인다. 본고에서 이 시기의 문학을 지칭하는 용어로 '해방기'를 자주 사용하는 것도 후자의 입장에 보다 공감했기 때문이다. 해방기의 시기 구분론 및 명칭에 대해서는 김승환, 「해방직후 문학연구의 경향과 문제점」, 『문학과 논리』2호, 태학사, 1992, 14-5 참조.

18) 김성렬, 앞의 논문, 9면.

19) 이 분야에 대한 주목할 만한 연구로는 김윤식(1976, 1989), 이우용(1983), 임헌영(1987), 민현기(1988), 김재용(1988), 임규찬(1988), 윤여탁(1988), 서경석(1988), 이양숙(1989), 하정일(1992) 등이 있다. 이들의 글에 대한 구체적인 검토는 하정일, 「해방기 민족문학론 연구」, 연세대 박사학위논문, 1992, 6-12면 참조.

창작방법론, 문맹계와 문건계의 노선 논쟁, 그리고 개별 장르의 상관관계 규명 등이 대종을 이룬다. 해방기의 문학론 성격이 일반적으로 정론성에 입각한 만큼 연구자들의 견해 차이로 여러 부문에서 논쟁의 여지를 안고 있다.

다음으로 들 수 있는 것이 작가 및 작품론을 다룬 경우이다. [20] 본고에서는 작가·작품론 위주로 이 시기 문학의 성과를 검토하게 될 것인데, 근래에 들어 이 분야에 대한 연구도 많은 진전을 보이고 있다. 본고에서는 작가·작품론 중에서도 특정한 작가의 작품들 위주로 분석한 경우보다 여러 작가들의 작품을 통해 해방기 소설의 특징적인 국면을 조망하려 한 경우를 중심으로 살펴보려 한다.

해방기 소설에 대한 연구에 있어 가장 많은 부분을 차지하는 영역이 주제론적 접근이다.[21] 이것은 해방기 소설이 지닌 특성을 하나 또는 몇 개의 선별된 주제에 따라 거기에 해당하는 작품들을 분석하는 입장을 취하게 된다. 따라서 이러한 연구는 해방직후의 농민소설이나 노동자소설, 지식인의 자기비판이나 이념선택을 다룬 소설, 혹은 외세 의존적인 사고방식을 비판적으로 형상화한 소설 등을 그 대상에 포함시키고 있다. 이러한 연구는 또한 해방기 소설이 반영하고자 한 주요한 현안문제가 무엇인가를 밝히는 데 기본적인 시각이 모아져 있다. 이를 통하여 연구자들은 해방 직후의 사회상을 되돌아보고, 당시 작가들의 지향점을 점검하게 된다. 주제론적 관점은 문학과 사회의 상동성을 문

---

20) 이러한 성격의 글로는 염무웅(1975), 김윤식(1976)을 시발로 하여 열거할 수 없을 정도로 그 성과가 축적되었다. 종합적인 성격을 띤 학위논문 위주로 그 성과를 정리해 보면 박재섭(1985), 임진영(1988), 신덕룡(1989), 백승렬(1989), 오현봉(1989), 김경원(1990), 김승환(1990), 김양선(1991), 이우용(1991), 정호웅(1993) 등이 있다.

21) 이러한 연구 중에서 주목할 만한 것으로는 이재선(1979), 이동하(1988), 한형구(1988), 이주형(1988), 조남현(1989), 서경석(1989), 임헌영(1989), 신덕룡(1989), 이우용(1989), 김양선(1991), 임진영(1992), 정호웅(1993) 등이 있다.

학사 속에서 명백히 함으로써 문학의 공리성을 강조한다.

조남현의 「해방직후 소설에 나타난 이념선택의 양상」은 이념적 측면에서의 선택적 행위의 양상을 살펴보고 있다. 그는 이 논문에서 전향의 경우를 그린 소설, 중립주의적 선택의 다양성, 좌익 가담자를 그린 소설 등으로 나누어 살펴보고 있다. 이우용의 「해방직후의 소설의 현실인식 문제」는 작가가 현실에 대해 취하는 관점과 그로부터 얻어진 현실인식이 어떻게 소설 속에 형상화되는가를 각 주제별로 검토하고 있다. 그 결과 해방 직후 작가들은 직면한 현실의 형상화를 통해 민족이 당면했던 제반 모순들을 구체적으로 제기하는데, 특히 이들의 궁극적 관심은 비판적 인식을 통한 현실고발과 현실에서의 민족적 열망을 형상화함으로써 현실 모순을 극복하는 동시에 새로운 자주적 독립국가의 건설이라는 낙관적 전망의 제시에 놓여 있다고 보았다. 김양선의 「해방기 소설의 구조 연구」도 해방기 소설의 보편적 질서를 소설 구조의 차원에서 규명해 내고, 그것이 지닌 소설사적 의미를 밝히고 있다. 특히 이 논문에서는 해방기 소설을 규정짓는 보편적 질서를 '유토피아에 대한 열망과 그것의 좌절'로 보고, 그것이 각각의 텍스트에 어떻게 드러나고 있는지를 규명하고 있다.

주제론적 측면에서의 연구로 이재선의 『한국현대소설사』(1979)와 『현대한국소설사』(1991)를 주목할 필요가 있다. 특히 후자는 기존의 문학사나 소설사에서 비중을 두지 않았던 해방기의 문학에 대해 많은 관심을 기울이고 있을 뿐 아니라, 좌·우 문학 단체의 결성이나 이데올로기 논쟁 등의 작품 외적인 요소보다 작품의 내적인 질서에 관심을 기울이고 있다는 점에서 그 의의를 찾을 수 있다. 여기서 이재선은 해방기의 소설이 "해방에 의한 고향회귀나 암담했던 식민지 시대를 결산하는 문제 및 남북의 분단화, 혹은 이로 인한 사상적이고 이념적인 갈등 등을 주요한 내용으로 삼고 있다"[22]며 정신사적 접근을 도모하고 있다. 이재선의 연구는 비록 "소설은 외적인 상황에 열쇠의 기능을 한다"23) 는 전제하에서 해방기의 소설을 부분적으로 다루고 있지만, 해방기의 소설문학에 나타난 대응적인 성격을 통해 이 시기 소설문학에 나타난 정신사적 의미를 파악하는 데 유효하다고 할 수 있다.

이들 논문은 제한된 분량에서나마 해방기 소설의 특징적인 국면을 조명하고 있다. 하지만 주제론적 연구는 작품이 지닌 형식적 완결성보다는 소재적 측면에 의하여 분석 대상이 선택되기 때문에 작품의 미적 구현에 대한 평가에는 미흡할 수 있다. 아울러 이는 주제에 의해 대상 작품이 선별되기 때문에 연역적 비평의 재단성이 드러나기도 한다.

다음으로 리얼리즘의 형상화에 중점을 둔 연구를 들 수 있다.24) 해방기 소설이 전반적으로 반영론적 관점에서 창작되었음을 감안해 볼 때, 이러한 관점은 해방기 문학을 점검하는 데 적절하고도 긴요한 방향이라고 하겠다. 이러한 시각의 연구자들은 작품 속에 나타난 현실의 반영양상, 전형성, 문제적 인물의 형상화, 그리고 전망의 제시 등을 주로 살펴보고 있다. 이러한 연구는 특히 진보적 리얼리즘계열 소설에 나타난 작중인물의 유형에 대한 분석을 통해서 이루어지는 경우가 대종을 이룬다. 소설은 작중인물들의 이야기를 엮어나가는 서사양식이다. 그러므로 작중인물의 심리나 사회적 인과성은 작품론의 중심영역을 차지해 왔다. 해방기 문학에 대한 이러한 접근은 이 소설에 등장하는 작중인물들 중에 대종을 이루는 지식인, 농민, 노동자, 전재민 등을 유형화하여 분석하고 있다. 이러한 인물들의 전형성에 대한 탐색은 당시의 문학이 주로 관심을 기울이고자 한 시대의 지향점을 밝혀 내고, 해방

---

22) 이재선, 『현대한국소설사』, 민음사, 1991, 79면.
23) 이재선, 위의 책, 19면.
24) 이러한 연구로 주목할만한 논문은 박재섭(1985), 김재용(1987), 임진영(1988), 정호웅(1989), 신덕룡(1989), 김승환(1990), 김경원(1990), 송기섭(1994) 등이 있다.

기를 살아간 사람들의 시대적 고뇌를 되삭이는 계기를 부여할 수 있다.

임진영의 「8·15직후 단편소설 연구」와 김경원의 「해방직후의 진보적 리얼리즘 소설 연구」는 창작방법론과 창작성과와의 상호작용에 대한 해명을 본격적으로 시도한 것이다. 특히 임진영은 리얼리즘의 핵심 개념의 하나인 전형에서 도출된 전망을 '부정적 전망'과 '낙관적 전망'으로 범주화하여 이 시기 소설을 분석하고 있다. 김경원의 논문은 진보적 리얼리즘 계열의 소설을 전망의 양상에 따라 추상적 전망과 구체적 전망, 그리고 전망이 부재한 소설로 나누고 있다.

이러한 연구로는 진보적 리얼리즘계열 작가들 위주로 작품을 분석한 정호웅의 「해방공간의 소설과 지식인」과 서경석의 「미군정기 소설의 현실인식」도 주목된다. 이들 논문은 해방직후의 지식인 소설에 초점을 맞추고 있다. 먼저 주인공이 품은 사상적 내용을 작품 내의 전망과 관련시킨 정호웅의 논의는, 소설의 내적 구조를 분석하여 해방직후 지식인 소설의 흐름을 정리하고 나름대로 분류를 시도했다는 점에서 의의가 있다. 그러나 해방직후의 독특한 정신적 분위기라 할 낭만적 열정이 노동자·농민 모습의 왜곡과 과장으로 나타난다는 논자의 전제가 진보적 리얼리즘 소설의 전반적 경향을 파악하는 데 선재적으로 작용한 까닭에 전체적인 조망 속에서 분석이 이루어지지 못했다. 비슷한 맥락에서 서경석의 글은 지식인 작가의 관념적 자기비판과 추상적 전망의 반영이라는 소시민 계급의 역사적 한계에 초점을 맞추고 있다.

월북 작가들의 작품을 위주로 분석하여 방법론의 진전을 보인 것은 김승환의 논문이다. 김승환의 「해방공간의 농민소설 연구」는 사회구조와 소설구조의 동질성을 해명하고자, 해방공간을 식민지 반봉건사회로 전제하고 그러한 시각 하에서 남북한의 농민소설을 분석했다. 그는 이를 위하여 문학사회학 연구방법론을 택했고, 헤겔과 루카치의 이론을 빌어 소설에 반영된 역사적 전망을 조망하려 했는가 하면, 크리스테바와 바흐찐의 개념으로 텍스트구조를 분석하기 위해 매개사건, 매개상황, 매개인물 등을 설정하고 있다. 이러한 방법론에 토대를 두어 김승환은 안회남, 이태준, 이기영의 해방기 농민소설들을 중점적으로 분석했다. 그러나 이러한 연구는 진보적 리얼리즘의 소설에만 초점을 두고 있어 문협정통파나 중간파 작가들에 대한 관심은 배제되어 있음을 볼 수 있다.

대부분의 리얼리즘에 대한 검토는 좌익계의 공식적 창작방법론이었던 진보적 리얼리즘의 문학적 형상화에 초점이 모아진다. 그에 따라 해방기에 이루어진 소설 전체를 포괄하여 다루지 못한 문제점을 남기고 있다. 이러한 연구경향은 작품에 대한 분석에 있어서도 리얼리즘의 일반적 기준에 의한 총체성의 실현이나 세부묘사의 구체성을 살피기보다는 진보적 리얼리즘이 내건 세계관과 창작방법의 구현에 관심이 집중된 문제점을 안게 된다.

반면 박재섭의 「해방기 소설 연구」와 이우용의 「해방직후 소설의 인간상 연구」는 주목해야 할 논문이다. 이들 논문은 특정 이데올로기에 국한된 문단사적 연구태도를 지양하고 있다. 특히 박재섭의 논문은 등장인물의 기대와 기대좌절의 구조에 초점을 두어 이 시기 소설의 전체상을 규명하고 있다. 곧 소작농, 전재민, 월남인, 지식인이라는 이 시기의 중요한 네 가지 사회집단이 걸었던 기대와 그것의 좌절 양상을 통해 시대정신사적 의미까지 밝혀낸 것이다. 또한 이우용은 해방기의 소설에 나타난 인간상의 문제에 초점을 두어 좌·우익 측의 소설화 양상을 비교·분석하고 있다. 이 글에서는 해방기의 문학을 좌우 대립적 시각에서 시기별(조직건설과 문학론 수립기, 좌우대립 심화기, 분단정착기)로 나누어 접근하고 있다. 다만 이들 논문은 사회현실에 대한 인물의 대응양상에 지나치게 초점을 둠으로써 작품의 내적인 형식과 사회현실과의 유기적인 연관이 미흡한 채 이 시기 소설의 전반적 특징을 규명하려 했다는 아쉬움이 있다.

셋째, 개별적인 작가들의 작품을 중심으로 한 연구를 들 수 있다.[25] 이러한 연구는 일차적으로 한 작가의 문학세계를 밝혀내는 데 그 목적이 있으나 그러한 과정 속에서 자연스럽게 해방기 소설의 한 측면이 드러나게 된다. 이 시기 연구 대상으로 부상한 작가는 채만식, 안회남, 이태준, 염상섭, 김동리, 허준 등이 있다.[26] 이들 작가들이 해방기에 이루어낸 문학적 성과에 대한 면밀한 검증은 곧 해방기 소설의 한 측면을 밝히는 준거가 될 수 있다. 이 중에서 특히 한형구의 「해방공간에 있어서의 채만식의 현실인식과 글쓰기」가 주목된다. 이 글에서 한형구는 채만식의 작가적 실존과 상황인식을 토대로 해방기의 작품들을 종합적으로 검토하고 있다. 이 글은 특정한 작가의 작품에 국한시키지 않고 해방기의 소설에 나타난 현실인식과 그 정신사적 변모의 한 측면을 파악하는 데 보탬이 되고 있다. 한형구는 일제하 채만식의 문학이 '비극적 세계관'의 개념으로 조명이 가능하듯이[27], 해방기의 채만식 문학 역시 이러한 성격에 부합되고 있음을 피력한다. 반면 정호웅의 「채만식의 허무주의와 역사 담당 주체문제」는 채만식이 진보주의 이념을 견지하면서도 구체적 현실 속에서는 혼란과 분열의 상황을 타개, 미래를 열 수 있는 역사 담당의 주체를 발견할 수 없었기에 허무주의에 빠져, 냉소와 불완전한 풍자로써 현실을 비판하는 데 그치고 있음

---

25) 진보적 리얼리즘계열 작가들 위주로 작품을 분석한 경우로는 서경석(1989), 정호웅(1989), 신덕룡(1989), 김경원(1990), 김승환(1990) 등의 논문이 있으며, 개별작가론을 시도하면서 해방기의 작품들을 언급한 경우로는 한형구(1989), 정호웅(1989), 백승렬(1989), 채호석(1989) 등이 있다.

26) 이러한 작가들을 중심으로 한 연구로 주목할 만한 것은 한형구(1989), 정호웅(1989), 백승렬(1989), 채호석(1989) 등이 있다.

27) 일제말기 채만식 문학의 성격 및 세계관에 대해서는 한형구, 「채만식의 세계관과 창작방법 연구」, 서울대 석사학위논문, 1987, 50-110면 참조.

을 비판한다. 그런데 이처럼 특정한 작가를 위주로 한 연구는 개별성
을 띠고 있어 해방기 소설에 나타난 전체상을 구명하기에는 미흡하다.
  넷째, 해방기 소설에 대한 총괄적 조망이다.[28] 이는 거시적 관점에
서 해방기 소설을 투시하면서 몇 가지 항목으로 나누어 해방기 소설
전체를 검토하려 한 경우를 말한다. 대체로 문학사의 한 부분으로써
이 시기 소설들은 이러한 방식으로 정리되고 있다. 해방기 소설에 대
한 평가는 이념적 편애에 의해 좌익이든 우익이든 어느 한 편에 기울
어지기 쉽다. 그런데 이들 연구는 좌우익을 모두 섭렵하여 해방기의
문학사적 위치를 규명하고 있다. 해방기 소설에 나타난 전반적인 특징
은 이러한 기술에 의지할 때 보다 쉽게 드러날 수 있다. 그러나 이러
한 검토는 개별 작품에 대한 구체성을 유보한 채 피상적으로 작품의
특성을 묶는 한계를 지닌다. 또한 이는 기존의 개별 작품론이나 작가
론을 충실히 수용하여 반영하기에는 여러 가지로 제약이 따른다.
  이상에서 검토한 바에서도 드러나듯이 해방기의 문학 및 소설에 대
한 연구는 짧은 역사를 가지고 있음에도 불구하고 많은 연구성과들이
축적되었다. 그러나 앞에서 제기한 문제점들을 보완해야 할 것으로 생
각된다. 따라서 본고에서는 선행연구들의 성과를 수용하면서 앞에서
제기한 문제점을 극복하려는 시도로 해방기의 소설에 나타난 시대정신
의 파악에 주안점을 두고자 한다. 이것은 이 시기 소설문학을 총체적
으로 조감할 수 있는 하나의 의미체계를 마련해 보는 데 유효한 방법
이 될 수 있다고 생각되기 때문이다.

---

28) 이와 관련된 개괄적 검토는 김태현(1987), 김상태(1988), 이재선(1991), 권영민
    (1993), 김윤식·정호웅(1993)에 의해 이루어진다.

3. 연구방법과 범위

본 고는 위의 목적을 효과적으로 달성하기 위해서 정신사적 연구방법을 동원하게 될 것이다. 정신이라는 말은 일상적 용법으로부터 헤겔의 형이상학적 개념에 이르기까지 무수한 등차를 가지고 있지만 사상, 이념, 의식 등 관념적 차원과 결부되어 있다. 더욱이 문학 연구방법론으로서 정신사는 헤겔적 의미가 刻印되어 관념론적 요소를 지니고 있음도 사실이다. 그러나 여기서 '정신사적(Geistesgeschichtlich)'이라는 말은, 마렌-그리제바하가 지적한 바와 같이, '정신'과 '역사'라는 두 개념의 복합에 기초하고 있다. 마렌-그리제바하에 따르면, '정신'은 '이념적 상부구조'를 가리키는 것이며, '역사'라는 말은 연구자의 작업이 "순수하게 이념적이거나 추상적으로 수행되어서는 안되고 사실적(史實的) 자료에 의거하여 시간 속에 수행되어야 한다"는 뜻을 지니고 있다.[29] 따라서 본고에서는 정신사를 '정신'과 '역사'의 복합어로 보고, 정신이 지향하는 '이념적 상부구조'와 역사가 지향하는 '사실적 자료'를 합한 "이념의 실재와의 결합"[30]으로 간주한다. 이러할 경우 정신으로 하여금 그 초월성을 버리고 역사라는 시대성 속에서 그 형성사적 요인을 발견할 수만 있다면, 정신사적 문학연구는 문학이해에 새로운 가능성의 지평을 열 수 있을 것이다.[31] 따라서 정신사적 연구는 이념적 차원을 현실적 역사의 차원과 결합시켜 이해하고자 하는 태도를 취하면서도 전자가 후자에 완전히 종속되는 것을 거부하는 태도를 장점으로 가진다.

---

29) Maren-Grisebach, 장영태 역, 『문학연구의 방법론』, 홍성사, 1982, 46면.
30) Maren-Grisebach, 앞의 책, 46면.
31) 한점돌, 『한국 근대소설의 정신사적 이해』, 국학자료원, 1993, 41면.

그런데 시대와 정신을 연관적으로 파악하고자 할 때 우리는 시대정신의 문제와 만나게 된다. 이와 관련하여 휴즈는, 시대정신의 발견이야말로 역사가의 최고의 과제이지만 기술적으로 그것을 발견하는 것은 거의 불가능하다고 역설적으로 말한 바 있다.[32) 이것은 어느 시대의 시대정신을 규정하는 것이 그만큼 지난한 과제에 속할 수 있음을 함축한다. 그럼에도 불구하고 한 시대 또는 한 시기를 전체적으로 파악하기 위해서는 "그 시대를 대표하는 정신 또는 정신적 분위기"[33)라는 의미로 시대정신을 찾아보는 것이 필요하다. 이 시대정신은 보통 지배적 구성집단으로 간주되는 특정 집단의 공통된 관념과 밀접하게 관련되어 있는 것으로, "어느 시대에 상승적 조류를 형성하는 세계관"[34)이라고 간략히 정의할 수 있다. 이런 측면에서 볼 때 정신사적 연구는 특정집단의 세계관이 어떻게 보편적 시대정신을 형성하고 있는지, 또한 그것을 통해 상부구조와 하부구조가 어떻게 결부되어 있는지, 그 역사적 의미는 무엇인지를 구명하는 것이 그 연구의 요체라고 할 수 있다. 따라서 정신사적 연구에 있어서 초점으로 부각되는 것은 바로 '세계관'의 문제이다. [35) 세계관이란 철학적인 관념들이나 정서적인 태도들을 모두 포용할 수 있는 개념[36)이다. 골드만은 이를 좀 더 분명히 하여 "한 그룹―대개의 경우 사회계급―의 구성원들을 결합시키고 그들을 다른 그룹과 대립시키는 동경, 감정, 사상의 총체"[37)가 바로 세계관이라고 규정한 바 있다.

---

32) H. 스튜어트 휴즈(황문수 역), 『의식과 사회』, 기린원, 1989, 22면.

33) H . 스튜어트 휴즈, 앞의 책, 9면.

34) 한점돌, 앞의 책, 44면.

35) 이동하, 『현대소설의 정신사적 연구』, 일지사, 1989, 18-21면.

36) René Wellek & Austin Warren, *Theory of Literature*, 3rd ed.(Penguin Books, 1963), 117면.

37) Lucien Goldmann, *The Hidden God*, London:Routledge & Kegan Paul, 1964, 14면.

세계관의 개념을 중심으로 해서 진행되는 정신사적 연구방법에 대해 학계의 일각에서 비판이 제기된 경우도 있다. 대표적인 예로 월렉은 많은 정신사적 연구들이, 한 시대의 예술과 문학은 완전하게 하나의 세계관으로 통합되어 있다는 전제 아래 논의를 진행한다는 점과, 세계관의 유형38)을 한정된 숫자로 제시하려는 경향이 있다는 점을 지적하면서 이 두 가지 사항 모두에 대하여 그 타당성을 의문시하였다.39)

그러나 모든 정신사적 연구가 그와 같이 극단적인 가정을 전제로 삼고 있는 것은 아니며, 실제로 정신사적 방법론이 문학의 연구에 기여한 바가 크다는 점40)은 인정해야 할 것이다. 또한 정신사적 방법론은 작가나 연구자의 실천적 태도와 결부시켜 이해하려는 경우와 문학현상의 총체적 해명을 지향하는 객관적 문학연구의 한 방법으로 이해하는 경우로 대별해 볼 수 있다. 일견 주관적 당위론에서 출발하는 전자41)와 객관적 현상론을 바탕으로 하는 후자42)는 상호대립적으로 보이는

---

38) 세계관의 유형론은 분류자마다 기준과 유형이 다른데 몇 예만 보더라도 "유물론과 관념론" 혹은 "한정적 세계관과 비한정적 세계관"처럼 보편적인 이원대립으로 파악하는 경우도 있고, 서구의 세계관을 개인주의적, 비극적, 낭만주의적, 변증법적 세계관 등으로 본 골드만처럼 역사성과 결부시킨 경우도 있다(高田求, 『세계관의 역사』, 두레, 1986. 및 뤼시앙 골드만(송기형·정과리 역), 『숨은 신』, 인동, 1980 참조).

39) René Wellek & Austin Warren, 앞의 책, 118-120면.

40) 이유영은 정신사적 연구방법을 택한 학자들이 개척해 준 성과를 인생의 해석, 문제사, 이념사, 민족사, 장르사, 위대한 인물의 내적 표현, 개념적인 것으로 변모된 신화학 등의 분야에 대한 탐구의 심화로 요약하고 있다(이유영, 『독일 문예학 개론』, 삼영사, 1979, 143면).

41) "민족의 정기라든가, 민족적 주체성 혹은 민족적 정서에 가치평가의 초점을 놓는 문학적 연구태도"(김윤식, 『한국근대문학사상사』, 한길사, 1984, 83면)로서, 예컨대 문학에서 '식민지적 모순의 정신적 극복의지'를 찾아보는 것을 과제로 하는 경우이다.

42) 임화의 경우를 들 수 있는 바, 임화는 문학사를 외면은 양식사이지만 기실은 정신사로 규정하고 "개성적인 차이를 초과한 어떤 보편적 동일성"(임화, 『문

듯하지만 궁극적으로 상호 보완적인 관계를 유지한다. 그러므로 정신
사적 문학연구에 있어 이러한 내포적 의미의 통일은 그렇게 긴급한 사
안인 것 같지는 않다.

또한 정신사의 다양한 특수성과 통일성을 아울러 인식하기 위한 방
법으로 정신사 전개의 일반원리를 '문제사'[43]에 의존할 경우, 역사란
그 당대에 주어진 문제를 해결하고자 하는 과정의 연속으로 규정된다.
이것을 조금 바꾸어 표현한다면, 당대에 주어진 문제라는 도전에 대하
여 사람들이 '응전'해 간 과정의 집적이 곧 역사라고 할 수 있다.[44]
역사는 있었던 일을 시간의 흐름에 따라 살피며 서술하는 것이지만 시
간만 살피고 공간을 살피지 못한다면 공허한 역사를 서술하게 되고 만
다. 여기서 말하는 공간은 자연적·물리적 공간이 아니고 사회적·경
험적 공간이다. 따라서 역사를 사건의 역사로 생각하지 않고 문화사와
사상사로 생각하면 역사는 더욱 심각한 문제로 부각된다. 또한 외면에
서의 역사는 사회적 공간의 표면에서 본 역사이고 평면적인 역사이다.
내면에서의 역사는 사회적 공간의 저변에서 본 역사이고 입체적인 역
사이다. 이 두 가지 개념의 역사 중에서 중요한 것은 내면에서의 역사

학의 논리』, 학예사, 1940, 839면)으로서 정신의 역사가 모든 "문학적, 양식적
운동과 변천의 근원"(838면)으로 보았다.

43) 루돌프 웅거(Rudolf Unger)는 정신사의 특수한 변형으로서 '문제사
(Problemgeschichte)'를 도입하여, 여기에서의 관련요소들은 운명, 종교성, 인간
과 자연과의 관계, 사랑, 죽음 및 인간의 이상 등을 삶의 근본문제의 물음으로
제시했다. 웅거는 이것을 중심으로 문학작품이 연구되어야 함을 강조하고 있다
(이유영, 앞의 책, 150면 참조).

44) 포퍼(Karl R.Popper)는 이러한 관점에서 P1--Ts-- EE--P2 라는 도식을 제시한
다. 여기서 P1은 최초의 문제나 문제상황을, Ts는 잠정적 해결(Tentative
solution)을, EE는 오류의 제거(error-elimination)를, P2는 새로운 문제나 문제상
황을 나타낸다. 그에 의하면 역사를 포함한 인간의 모든 활동이 이런 도식으
로 요약될 수 있다는 것이다. 여기서 특히 중요한 것은 문제 혹은 문제상황
이 언제나 최초의 단계에, 그리고 최후의 단계에 놓인다는 사실이다(Karl
R.Poper, *Objective Knowledge*, London:Oxford Univ.press, 1993, 243면).

이다.45) 본고에서 주목하려 한 것은 물론 후자이다. 특히 해방기의 소설은 당시 사회에 내재되어 있는 사회상황에 대한 반응과 밀접하게 관련되어 있다. 따라서 "소설사는 바로 시대성에 대한 어떤 형태로든지 문학적 반응의 역사"46)라고 파악한 이재선의 시각은, '열쇠-자물쇠-원리'를 통해 소설의 현실 대응력을 강조한 것으로 해방기 소설의 분석에도 시사하는 바가 많다. 왜냐하면 해방기의 소설 역시 정도의 차이는 있지만 자기 정체성과 민족의 동질성을 회복하여 진정한 자주 독립국가를 건설하려는 열망을 반영하고 있기 때문이다. 또한 이러한 접근은 현실을 문제상황으로 파악하고 그 문제를 해결하기 위한 문학적 대응으로 소설을 규정하려는 관점과도 연결된다. 왜냐하면 이러한 방법은 시대적 상황과 소설의 대응 및 상호 교호관계를 모색해 보는 데 유효한 점이 많기 때문이다.

그런데 정신사적 연구방법이 해방기의 소설을 분석하고 해명하는 데 유효하게 적용될 수 있기 위해서는 먼저 다음 두 가지를 해명하고 넘어갈 필요가 있다.

첫째는 '정신사'란 용어의 내포적 의미가 사용자나 사용되는 맥락에 따라 적지 않은 편차가 있기 때문에 본고에서 사용하는 정신사적 연구 방법론의 입지와 그 정당성을 재정립하는 일이다. 왜냐하면 '정신사'라는 용어가 내포하고 있는 내용의 모호함이나 관념론적 이미지가 이 연구방법을 원용하는 데 있어 불필요한 곡해를 불러일으킬 수 있기 때문이다. 또한 정신사의 내용은 각 문화권과 언어권에 따라 달라질 수도 있고, 또 같은 언어 문화권에 속하더라도 역사적 상황의 전개과정에 따라 달라질 수도 있다. 그러므로 방법론에 정합성을 부여하기 위한 사전 정지작업이 요구된다. 이것은 정신사적 연구방법을 동원

---

45) 조동일, 『韓國 文學 思想史 試論』, 지식산업사, 1978, 20-21면 참조.
46) 이재선, 『현대 한국 소설사』, 민음사, 1991, 15면.

하여 해방기 소설의 특징을 규명하는 데 어떤 점이 유효할 수 있으며, 그같은 유효성을 입증하기 위해서는 정신사적 연구 방법의 어떤 측면을 부각시켜 적용할 것인지와도 밀접한 관련을 갖는다.

둘째는 본고에서 다루고 있는 작품이 대부분 해방기에 씌어진 중·단편 소설에 국한되어 있다는 점이다.[47] 이러한 작품들을 연구대상으로 삼을 때 정신사적 연구방법이 해방기 소설문학을 총체적으로 조감하는 데 일조할 수 있느냐의 문제가 제기될 수 있다. 이것은 연구대상과 연구방법과의 정합성 문제와도 관련된다.

본고의 대상 작품을 중·단편 소설로 국한시킨 이유는 우선 이 시기의 지배적인 소설 형식이 단편소설이라는 현실적 조건을 고려했다. 이것은 1930년대 후반기의 장편소설 창작의 활성화[48]가 1940년대 초반 일제말기의 민족문화 말살정책의 억압기를 거치는 동안 해방공간에까지 이어지지 못했던 역사적 조건과도 밀접한 관련을 맺는다. 그 다음으로 해방기의 시대상황 및 문학운동의 성격이 조직이념의 행동적 실천을 요구하고 있기 때문에 당시 작가들의 관심은 창작보다는 실천적

---

47) 권영민(1986)은 해방기에 씌어진 중·단편 소설이 약300편을 상회한다고 밝힌 바 있다. 본고는 진보적 리얼리즘 계열, 순수문학계열, 중간파 계열 작가들의 작품 중에서 성장이나 기대좌절의 서사구조를 보이며 당시의 사회상을 비교적 잘 드러낸 작품 45여편을 직접적인 분석의 대상으로 삼았다. 또한 본고에서는 이 시기의 잡지매체에 발표된 중·단편 소설을 대상으로 하되 다음과 같은 작품들은 본고에서 제외하였다. 첫째, 이광수, 김동인, 염상섭 작품들 중에서 일제시대의 세계관적 질서를 벗어나지 못한 '신변소설류' 둘째, 김동리로 대표되는 순수문학 작가의 작품들 중 초시대적 양상이 짙은 관념소설류 셋째, 정비석, 박영준, 김영수 등의 의해 창작된 대중 소설 및 역사소설 넷째, 해방 공간에 발표된 소설 중 해방의 기쁨을 아무런 여과없이 주관적으로 표출한 소설(예컨대 안회남의 일련의 탄광체험 소설과 같이 소설적 거리화가 제대로 이루어지지 않은 掌篇류).

48) 1930년대에 장편소설의 창작이 활성화된 정치·사회적 상황과 문단의 동향에 대해서는 이주형, 「1930년대 한국 장편소설 연구」, 서울대학원 박사학위논문, 1984, 6-20면 참조.

운동과 이론투쟁에 기울어져 있었던 점을 감안했다. 이것은 작가들이 중·단편 소설 이외의 장르에 전념할 수 없었던 한 요인으로 작용했다고 본다. 그나마 신문 연재로 끝까지 발표된 장편이나 단행본으로 발간된 극히 일부의 작품을 제외하고는 주목할 만한 장편소설 대부분이 신문이나 잡지의 종·폐간과 함께 완결 짖지 못하고 말았던 것이다. 끝으로 리얼리즘을 지향하는 작가들에게 있어서 현실의 역사적 발전경향을 드러내줄 '총체성에의 전망'을 제대로 확보할 수 없는 시대·역사적 상황을 들 수 있다. 더욱이 변혁세력과 수구세력 간의 힘의 대결장과 같은 사회구조는 총체적 현실인식의 내재화를 담보할 수 없게 했던 것으로 보인다. 이러한 여러 이유로 인해, 그 당시의 소설문학은 중·단편 위주로 창작되는 경향을 보인다. 또한 "간략성과 전완성(totality)이라는 효과를 내기 위해 필수적인 일관성"49)이 단편소설의 내재적 속성으로 작용한다는 점, 다시 말해 단편소설이 해방기의 사회현실과 시대상황을 신속하게 반영할 수 있다는 장르상의 특성도 작용하였다. 거대하고 복잡한 역사적·사회적 현실을 그 대상의 자발적 통일 속에서 형상화하는 장편소설의 성과는 이 시기의 몫이 아니었으며, 그러한 장편소설적 총체성이 성숙되기 이전의 '전조'로서 단편소설이 지배적인 소설형식으로 될 수밖에 없었던 것이다.

이러한 이론적 전제에 입각해서 본고에서는 다음과 같은 순서로 논지를 전개하고자 한다. 2장에서는 '귀환형 소설'을 중심으로 하여 자기 정체성(identity) 확보에 대한 바람과 그러한 기대가 좌절되는 과정이 해방직후 정신적 면모와는 어떻게 관련되고 있는지에 초점을 둔다. 첫번째 절에서는 귀환민들이 귀환의 과정에서 겪은 체험을 통해 자아성숙과 공동체의식을 자각하는 과정을 다룬 작품을 분석하기로 한다.

---

49) James Copper Lawrence, *A Theory of the Short Story*, 최상규 역, 『단편소설의 이론』, 정음사, 1983, 98면.

따라서 해방기 귀환형 소설에 나타난 등장인물의 귀환과정이 해방된 조국의 현실을 인식하게 되는 과정과 어떻게 관련되고 있는지를 살펴볼 것이다. 다음 절에서는 귀환민들이 고국에의 정착을 기대하며 해방된 조국에 돌아왔으나, 식량과 주택난이라는 생존의 위협을 겪으며 다시 유랑할 수밖에 없는 현실이 반영된 작품을 다룰 것이다. 귀환민들이 정착하지 못하고 방황하는 현실은 단순히 당시의 궁핍화된 사회현실을 드러내는 데 국한되지 않는다. 이러한 원인을 구명해 가는 과정에서 본고는 해방 초기 정체성 확보의 어려움과 그 위기의식을 이 시기의 소설들이 어떻게 드러내고 있으며, 또한 이것은 해방직후의 정신적 면모와 어떻게 관련되고 있는지를 밝혀낼 수 있을 것이다.

3장에서는 해방된 뒤에도 지속되고 있는 식민지 질서의 온존에 대한 작가들의 비판의식과 청산의지에 비중을 두어 作品을 분석한다. 해방직후 식민지적 질서의 잔존과 이에 대한 작가의 비판적 인식은 자기비판의 형식을 취한 자전적 소설들을 통해 자기내부의 개혁을 시도하거나, 혹은 사회구조적 모순에 대한 비판을 통해서 나타나게 된다. 따라서 첫번째 절에서는 해방기의 소설 중에서 작가 자신을 모델로 하여 친일협력을 했던 자신의 '과오'를 비판하거나, 또는 지식인의 자기비판의 문제를 드러낸 작품들을 분석하게 될 것이다. 두번째 절에서는 식민지적 질서가 온존하고 있는 현실을 사회구조적 모순의 심화로 파악하고 이를 비판적으로 형상화한 작품을 분석의 대상으로 삼았다. 해방직후 식민지적 질서의 잔존과 그 청산의지는 당시 사회의 공통적인 이슈였다. 작품 속에 형상화된 방식을 다각도로 조명해 보는 가운데 내면에 잠재된 작가적 실존과 일제잔재의 온존에 대한 청산의지를 추출해 볼 수 있을 것이다.

4장에서는 해방직후 식민지적 경제체제의 연속선상에 놓여 있는 농촌사회의 구조적 모순을 비롯한 사회 각 부문에서의 갈등과 이념선택의 양상을 통한 전망의 모색과정을 파악해 보았다. 첫째 절에서는 해방 직후의 토지제도의 문제를 비롯한 제반 요소들의 개혁이 미온적으로 진행되고 있는 현실, 특히 황폐화된 농촌사회의 구조적 모순과 해방직후 경제현실의 파행성을 이 시기의 작가들이 어떻게 드러내고 있는지에 논의의 초점을 두게 된다. 따라서 이 절에서는 작중인물의 좌절이 경제적 욕망의 변화체계와 어떻게 관련되는지, 또는 농민을 비롯한 각 부문에서의 개혁의지와 이것에 대해 현상유지적인 입장을 취하거나 억압하려는 일부 세력과의 대립이 어떠한 양상을 띠며 전개되고 있는지에 대해 중점을 두었다.

두번째 절에서는 좌·우이데올기의 갈등으로 인한 이념선택의 양상과 해방직후의 현실에 대한 전망의 모색과정을 살펴볼 것이다. 따라서 좌우의 극단적 대립을 통한 황폐화된 의식성향이 분단 고착화를 가속화하고 있는 현실에 대한 대응양상에 비중을 두었다. 이것은 남한의 분단정부 수립이 가시화되면서 해방직후의 현실에 대한 위기의식이 작품 속에서 어떻게 드러나고 있는지를 추출해 봄으로써 전망의 모색과정과도 밀접하게 관련되기 때문이다.

5장에서는 지금까지의 연구결과를 요약하고 후일의 과제를 제시해 둔다.

Ⅱ. 귀환과 민족의 정체성

해방기 소설은 귀환민의 **歸還**이나 혹은 귀향 모티프를 통해 해방의 감격과 귀국의 **哀歡**을 그린 경우가 유난히 많다. 이는 착취와 수탈의 식민지 정책 속에서 **自意**와 상관없이 고향과 조국을 등져야 했던 사람들이 자기 삶의 존재근거를 찾기 위해 돌아오는 현실을 반영하기 위한 것이다.[50] 이처럼 귀환의 여정을 통해 해방의 의미를 천착하고 있는 해방기 '귀환형소설'[51]들은 대체로 세 가지 유형으로 분류해 볼 수 있다.

첫째, 귀환의 기쁨을 귀소본능의 심리적 표출과 함께 다룸으로써 해방의 감격을 형상화한 경우로 이러한 유형에 속하는 작품들로는 「압록강」, 「귀환일기」, 「귀향」, 「장날」 등이 있다. 또한 귀환의 험난함을 담

---

50) '46년 8월말 일본으로부터 1백 11만명, 만주로부터 67만명의 귀환민들이 조국을 찾아 들어오는 형편이었다. 부르스 커밍스(김자동 옮김), 『한국 전쟁의 기원』, 일월서각, 1986, 90-93면 참조.

51) 엄밀하게 학술적으로 정착된 용어는 아니다. 일부 연구자들에 의해 임의적으로 사용되고 있으며, 본고에서도 해방기의 소설들 중에서 특히 **戰災民**들의 '귀환과정'을 작품의 동적모티프(혹은 관련모티프)로 한 경우를 지칭하는 소설의 한 유형으로 사용한다.

담한 필치로 그리는 한편 등장인물들의 내면묘사에 비중을 두어 해방
된 조국의 의미를 형상화하고 있는 경우가 두번째 유형이다. 이러한
유형에 속하는 대표적인 작품으로 허준의 「잔등」을 들 수 있다. 마지
막으로 귀환의 여정을 통해 해방직후의 현실을 비판적으로 조망하면서
해방된 조국의 미래상에 대한 전망까지 드러내려 한 경우가 세번째 유
형이다. 이러한 유형에 속하는 대표적 작품으로는 채만식의 「소년은
자란다」를 들 수 있다.52)

귀국의 형식이든 귀향의 형식이든 이러한 '돌아옴의 모티프'53)가 해
방직후 작가들의 비상한 관심을 끌어모았다는 사실은 범상하게 지나칠
성격은 아니다. 왜냐하면 해방직후 소설에서 이러한 '돌아옴'의 모티
프 급증 현상은 최소한 1920-30년대 소설의 주류를 이루었던 '떠남'54)
의 모티프와도 상관성을 보이기 때문이다.

이러한 맥락에서 이 장의 첫째 절에서는 '귀환형소설'에서의 귀환의
진행과정이 해방된 조국의 현실을 인식하게 되는 과정과 어떻게 관련
되어 있는지를 살펴보려 한다. 이러한 작품들의 분석을 통해 해방기

---

52) 본고에서 언급하게 될 작품으로 한정한 것이며, 논자에 따라 대상작품이 확
대될 수 있다. 이외에도 안회남의 「소」(1946), 「철쇄 끊어지다」(1946), 염상섭
의 「해방의 아들」(1946), 「38선」(1948) 등이 있다.

53) 귀환이나 혹은 귀향을 모티프로 한 旅路的 樣式은 해방직후의 소설에서만 일
반화된 것은 아니다. 1930년을 전후한 일제시대의 소설(농민소설이나 경향소
설) 중에도 지식인의 귀향모티프를 다루는 경우가 있었으며(조남현, 「한국근
대소설에 나타난 지식인의 귀농모티프」, 『한국현대소설 연구』, 민음사, 1987
참조), 또한 한국전쟁 이후의 제대군인·피난민의 귀향을 언급한 경우도 있
다. 김만수, 「1950년대 귀향소설 연구」, 『문학의 존재영역』(세계사, 1994) 참
조. 최근에도 이대규는 한국 근대소설에 나타나는 귀향 모티프를 통해 귀향
소설의 역사·철학적 성격을 밝히고 있다. 이대규, 「한국 근대 귀향소설 연
구」, 전북대 박사학위논문, 1994.8 참조.

54) '떠남의 모티프'와 관련된 논의로는 이정숙, 『실향소설 연구』, 한샘, 1989; 조
남현, 「192, 30년대 소설과 만주이주 모티프」, 『한국 소설과 갈등』, 문학과 비
평사, 1990, 220-269면 참조.

자기 정체성(identity) 확보에 대한 기대가 작품 속에 어떻게 반영되어 있으며, 나아가 이것은 해방기 소설의 정신적 면모와 어떻게 관련되고 있는지를 구명할 수 있게 될 것이다.

한편 해방기 소설은 귀환의 과정보다 귀환 이후의 삶의 歷程 및 정착하기까지의 과정에 더 비중을 둔 경우들이 있다. 이것은 주거할 공간마저 확보하지 못하고 유랑하는 삶을 통해 해방직후의 현실에 대한 사회상을 드러내려 한 경우이다. 황순원의 「두꺼비」(1946.7), 「담배 한 대 피울 동안」(1947.1), 계용묵의 「별을 헨다」(1946.12), 엄홍섭의 「집 없는 사람들」(1947.5), 전홍준의 「큰 대문 집의 역사」(1948.10), 김동리의 「혈거부족」(1947.3) 등이 그러한 성격을 띠고 있다. 위에 열거된 작품들은 거의 모두 모국에서 살 수 없어 타국으로 내몰렸던 사람들이 고국에서의 정착을 기대하며 해방된 조국에 돌아왔으나, 식량과 주택난 문제 등 생존을 위협할 정도의 궁핍한 경제적 현실에 시달려야 하는 험난한 삶을 배경으로 하고 있다. 이것은 定住하지 못하고 좌절하는 그들의 삶을 통해 실향성을 벗어나려는 작가의식이 드러난 경우이다.

이러한 점에서 이 장의 두번째 절에서는 귀환이후 귀환민들이 정착하기까지의 험난함을 통해 자기 정체성 확보의 어려움이 이 시기의 소설에는 어떻게 부각되어 있는지를 살펴보게 될 것이다.

1. 귀환의 도정과 각성

1) 공동체의식의 자각

해방기 '귀환형소설'들은 만주·중국으로부터의 귀환을 다룬 경우와 일본으로부터의 귀환을 다룬 경우로 대별해 볼 수 있다. 김만선의 「압록강」을 비롯하여 허준의 「잔등」, 정비석의 「귀향」, 채만식의 「소년은 자란다」 등은 전자의 경우이고, 안회남의 「소」, 「철쇄 끊어지다」, 엄흥섭의 「귀환일기」, 이근영의 「장날」 등은 후자의 경우이다.

대체로 일본으로부터의 귀환을 모티프로 한 소설들은 해방의 들뜬 감격에서 벗어나지 못하고 있다. 반면, 만주나 중국에서의 귀환을 그린 소설들은 귀환의 양상이 단순히 그 외향상의 공간이동에만 국한되는 것이 아니라 통과의례적인 의미를 내포하고 있다. 우리가 보다 관심을 기울이고 싶은 작품들은 당연히 전자의 경우이다. 먼저 김만선의 「압록강」(『신천지』, 1946.6)을 살펴보자.

김만선의 「압록강」(『신천지』, 1946.6)은 신경에서 신의주를 거쳐 서울에 이르는 험난한 귀환과정을 그리고 있는 작품이다. 이 작품에서 원식은 귀환의 험난함을 겪으면서도 일제의 사슬에서 벗어난 안도와 일제에 대한 적개심을 통해 공동체의식을 체득해 가는 인물로 등장한다. 하룻밤이면 도착할 수 있는 거리를 3일씩이나 기차안에서 지내야 하는 고통, 匪賊들의 습격에 대한 불안과 공포, 죽은 아내를 기차 밖으로 내던져야 하는 귀환 동포들의 참담한 모습 등이 원식이 귀국과정에서 체험하는 현실이다. 심지어 원식은 귀환 도중에 일본인 기관사가 산중에다 2천여명의 귀환민들을 유기하고 도주하려는 광경을 목격하며 힘겹게 귀환의 여정을 지속해 왔다.

　귀국과정에서 원식이 겪는 귀환의 험난함은 이 작품에서 뿐만 아니라, 앞으로 살펴보게 될 소설에서도 발견된다. 엄흥섭의 「귀환일기」를 비롯하여 안회남의 「섬」, 「철쇄 끊어지다」, 김동리의 「혈거부족」, 채만식의 「소년은 자란다」 등에서도 이와 유사하게 반복되고 있는 것이다. 이 중에는 「귀환일기」처럼 귀환의 과정에서 귀환민들이 겪는 험난함에 비중을 둔 경우도 있고, 「혈거부족」처럼 귀환 이후 귀환민들이 겪는 여러 가지 삶의 고초를 그린 경우도 있다. 「압록강」은 물론 전자의 경우다. 일반적으로 일본으로부터의 귀환을 다룬 소설보다는 중국이나 만주로부터의 귀환을 다룬 소설들에서 귀환민들이 겪는 여러 형태의 '시련'이 작품의 주요 모티프가 된다.

　「압록강」에서의 원식도 귀국과정에서 이러한 일련의 시련을 겪으면서 막연한 귀소본능에서 '우리'라는 공동체의식에 눈뜨게 된다. 이 작품에서 원식이 '공동체의식'을 자각해 가는 과정은 귀환민들이 겪는 시련의 과정 이외에도 소련군 2세 박용수와의 만남, 그리고 일본인에 대한 응징적 자세를 통해서도 나타나고 있다. 특히 소련군인 박용수와의 만남은 원식으로 하여금 해방된 조국의 현실에 대한 긍정적 인식을 갖게 하는 계기로 작용한다. 원식은 막연한 귀소본능만을 가지고 있을 뿐 해방에 대한 구체적인 인식이나 행위는 미약한 상태였다. 그러나 그는 박용수와의 만남을 통해 귀소본능의 막연한 상태를 벗어나게 된다. 신경에서 원식은 '쏘련병만 눈에 띠이면 경계부터 하게' 되지만, 귀환의 도중에 만난 젊은 소련군 박용수가 '조선말을 제법 유창하게 씹으리는 꼴을 대하니 그에게로 달려가 악수라도 하고 싶은 충동을 느끼며' 눈이 번쩍 띠었던 것이다. 원식은 한국인 아버지와 러시아인 어머니 사이에서 태어난 소련군 2세 박용수로부터 민족적 동질성을 느끼게 되고, 차츰 조국에 대한 동포들의 관심을 읽을 수 있었던 것이다. 여기서 원식의 의식은 외부로 개방되어 원초적 형태로서의 '우리'의 발견으로 나아간다. 신경에서는 막연하게 느껴지던 서울의 거리가 구체적인 모습으로 원식의 시야에 전개되면서 가족을 발견하게 되는 것도 박용수와의 만남에서 비롯되었다.

> 원식의 피로는 한결 풀린 것 같았다. 신경서 서울을 생각하면 언뜻 머리에 떠오르는 게 경성역 앞 광장에서 남대문통, 광화문통 그리고 고작 종로 네거리밖의 그 거리의 이름과 함께 아롱거리질 않았는데, 기차가 움직이기 시작한 때부터는 조그마한 샛골목까지도 눈에 서언하게 전개되었고, (…) 걱정이 많으실 아버님과 어머님의 환상도 신경서 그려본 때보다는……55)

박용수라는 한국인 2세와의 만남을 통해 원식의 의식변화가 시작되는 장면이다. 원식의 의식변화는 공간의 이동과 밀접한 관련을 맺고 있다. 현대소설에서의 길은 단순히 공간적 배경으로서만 기능하는 것은 아니다. 오히려 작품 속에서의 길은 물리적이고 공간적인 배경으로서의 기능보다는 등장인물의 정신적 배경과 변화를 드러낸다.56) 여기서 '길'은 장소와 행위의 성격이 갖는 상관관계를 통해 인물의 의식의 水路 또는 道程을 그대로 표징하는 경우이다. 이처럼 소설 속에서 길을 통한 공간의 이동은 인물의 정신적 변화를 수반하게 되는 데, 특히 해방기 귀환형 소설에서 길은 귀환민들이 귀국과정에서 겪는 일련의 체험을 통해 해방된 조국의 의미와 현실을 인식하게 되는 '성숙과정으로서의 길'로 제시되고 있다.57)

신경에서 신의주까지의 거리가 돌아옴의 과정이라면, 신의주에서 서

---

55) 김만선, 「압록강」, 『신천지』, 1946.6, 21면. 이하 인용은 인용 말미에 텍스트의 면수만 밝힌다.
56) 김용희, 『현대 소설에 나타난 '길'의 상징성』, 정음사, 1986, 3면.
57) 이명우, 「해방직후의 소설 연구」, 동국대 석사학위논문, 1990, 35-8면 참조.

울까지의 거리는 공동체의식의 회복을 위한 구체적인 행위가 이루어지
는 공간으로 볼 수 있다. 왜냐하면 여기서 신의주라는 구체적인 공간
은 낡은 것의 청산과 함께 새로운 출발이 시작되는 곳, 또는 귀환 동
포들을 공동체의 품으로 감싸안는 구체적인 공간이기 때문이다. 따라
서 원식에게 있어 신의주는 조국의 품에 들어섰다는 안도감과 포근함
을 느낄 수 있는 공간이다.

> 조선땅에 첫발을 딛은 원식의 속은 편안했다. 신의주에서 서울까지
> 갈 일 또한 까마득했으되 덮어놓고 좋았다. 길가에서 만나는 사람 족
> 족 조선사람이어서 마음이 놓였고, 길을 물을 때 참 무뚝뚝한 태도여
> 도 탓하고 싶진 않았다.(25)

신경에서 신의주에 이르기까지의 도정은 결코 평탄한 것이 아니었
으며, 원식의 여정 또한 아직 끝나지 않았음에도 불구하고 원식의 일
행은 안도감을 갖는다. 그리운 조국에 당도하였다는 원식의 안도감은
낯선 중년남자(일본인)를 수상히 여기고 보안서에 신고하는 자신감으
로도 표출하기도 한다.

> "당신두 그런 짓은 웨 해요"
> 원식의 안해는 끌려가는 일본인이 불쌍해서인지, 아즉까지도 일본
> 인에게 억눌렸던 자국이 남어서인지 이렇게 남편의 행동을 핀잔 주자
> "그런 짓이라니?……저놈 두 놈이 빠지면 우리 피란민 중의 한사람이
> 라도 더 이 차를 탈 것을 생각해 봐! 고놈 그러구두 중간에 가서 샛치
> 길 했단 말야…"
> 하고 되 안해를 타박하는 원식도 기실은 생전 처음으로 일본인에게
> 벌을 준 가슴의 설레임이 없지 않어 있었다.(27)

인용에서 보듯이, 일본인에 대한 아내의 태도는 연민과 두려움의 감정이 혼효된 양가적 반응을 보인다. 일본 패망 후 조선인들은 일본인들의 잔꾀와 비굴함에 대해 부정적인 반응을 보이지만 원식의 아내는 일말의 동정적 시선을 표출하고 있다. 또한 이러한 관용행위의 실천자가 여성에 의해 이루어지고 있음도 특기할 만하다. 다음에 살펴보게 될 허준의 「잔등」에 등장하는 '국밥집 노파', 주요섭의 「눈은 눈으로」(『대조』, 1947.11)의 '김소사' 또한 모성이 지닌 관용적 부드러움을 통해 일본인들에게 인정의 미덕을 베풀고 있다. 하지만 원식의 경우는 이와 다르다. '일본놈이 빠지면 피란민이 한 사람이라도 더 탈 수 있다'는 원식의 말에서 '공동체의식'을 획득해 가려는 그의 심리적 변화를 읽을 수 있기 때문이다. 이것은 구체적으로 일본인에 대한 응징을 통해 구체화된다.

일본인에 대한 응징과 적개심을 통해 공동체의식의 회복을 갈망하거나 해방의 감격을 형상화한 경우로는 안회남의 '징용체험소설'[58]을 비롯하여 이근영의 「장날」(『인문평론』, 1946.3), 엄흥섭의 「귀환일기」(『우리문학』, 1946.2) 등을 들 수 있다.

엄흥섭의 「귀환일기」는 일제에 의해 '여자정신대'라는 미명하에 강제로 끌려가 술집작부로 전락한 순이와 영희의 '還鄕記'이다. 이 작품에서는 일본인에 대한 적개심을 노골적으로 드러내는 모습이 작품 곳곳에서 발견된다. 순이와 영희를 비롯한 대부분의 사람들은 불시에 징용에 差出되고 '여자정신대'로 끌려가 일본인들로부터 갖은 수탈과 멸

---

58) 안회남의 '징용체험소설'들은 창작집 『불』(을유문화사, 1947.2)에 주로 수록되어 있다. 안회남의 징용체험소설들은 일반적으로 해방에 대한 흥분되고 격앙된 감정만 있고 이에 대한 문학적 형상화는 미흡하다(백승렬, 「안회남 소설 연구」, 『현대문학연구』107집, 1989, 60-115면 참조). 그럼에도 불구하고 이 시기 그의 소설들이 징용의 실상 및 잔학상을 증언하고 고발하는 성격을 띠고 있음을 소홀히 할 수는 없다.

시를 받아왔기 때문이다.

> "무직자시라구요? 그럼 아주 댁이 부자이십니까?"
> "온 천만에 부자자식이 징용옵디까? 그놈들은 부청 노무계 놈들을 돈으로 매수해 가지고 요리 빠지고 저리 빠지고 미꼬라지 빠지듯 다 빠져 버리고 애매한 가난뱅이 지위없는 소시민들만이 모조리 그물에 걸리어 묵기다 오다싶이 했읍니다.……하로 새벽 갑자기 부노무계 여석의 습격을 밧게 되어 결국 강제로 끌려나오게 되여 (……)우리도 이번 탄광에서 싸움이 벌어저 우리 조선 노동자가 이십여명이나 무긔를 가진 그놈들한테 살해를 당하고 또 오륙십 명이나 중상을 당하여 방금 약도 못 바르고 드러누워 알코 있는 형편입니다."59)

인용문은 징용에 끌려온 한 청년과 순이가 나눈 대화중 일부로서 독자에게 두 가지의 서사정보를 제공해 준다. 첫째 징용은 노동자, 농민 등 기층민중에게만 부가된 것으로, 이를테면 계급모순을 내포한 민족 모순이었다는 사실이다. 둘째로 해방이 되었음에도 불구하고 일본인들은 일본내 조선인들에게 여전히 많은 학대와 폭행을 자행함으로써 조국으로의 귀환을 방해하였다는 사실이다. 조선인의 귀환을 방해한 일본인들의 잔학상은 안회남의 '징용체험소설'을 통해서도 그 실상이 드러난다. 그 중에서도 안회남의 「철쇄 끊어지다」(『개벽』, 1946.1)는 해방이 되었음에도 불구하고 탄광촌 징용자들이 희열감을 드러내기보다는 일인들의 파렴치한 보복행위를 염려하는 분위기를 부각시키고 있다.

이처럼 해방기 소설에서는 살아 돌아온 밝은 귀환과는 달리 죽어서야 돌아오는 어두운 귀환이나 귀환 불능상태가 빈번하게 제시된다. 계용묵의 「바람은 그냥불고」, 최인욱의 「개나리」, 안회남의 「소」, 「농민의 비애」 등이 그러한 귀환과정을 형상화하고 있는 작품들이다. 이들

---

59) 엄흥섭, 「歸還日記」, 『우리문학』, 1946.2, 11 12면.

작품에서 나타나고 있는 백골의 귀향이나 귀환민의 귀환불능은 대부분 일제가 태평양 전쟁(1941-1945)을 도발함으로써 징병제 실시, 학병제 시행 및 징용령으로 한국인들을 강제로 동원한 데서 비롯되었다. 따라서 작품 속에서 이들은 모두 일제에 의해 희생자거나, 또는 죽어서야 고향에 돌아옴으로써 훼손된 귀환의 한 모습을 보여주게 된다.

「바람은 그냥불고」에서 징병령에 의해 戰場으로 끌려간 진수는 해방이 되어서도 끝내 돌아오지 못한다. 마땅히 역사의 준엄한 심판을 받아 처단하고 응징해야 할 生者인 친일세력이 이 작품에서는 새로운 시대의 정치주도 세력으로 탈바꿈하고 있는 현실을 통해 역사의 아이러니를 암시해 준다. 「개나리」에 나오는 연이의 남편은 백골이 되어 돌아온 경우로 나타난다. 안회남의 「소」에서 징용에 끌려갔던 박이동은 탄광에서의 사고로 불귀의 孤魂이 되어 버린다.

이처럼 이 시기의 소설들은 떠남의 기점이 되었던 고향으로의 회귀에 있어서 生과 死를 바꾼 훼손된 상태로의 귀환, 혹은 回歸의 이행불능 양상이 적지 않은 서사적 중요성을 띠고 있다. 대개 死者의 어두운 귀환이나 귀환불능상태는 일본으로부터의 귀환을 다룬 소설에서 많이 발견된다.[60]

「귀환일기」 역시 생지옥 같은 일본을 탈출하기 위해 여러 계층의 귀환민들이 공동체의식으로 서로를 이해하고 포용하면서 해방의 의미를 각인해가는 과정을 그리고 있다. 특히 여기서는 술집에 팔려 아비없는 아이를 밴 순이와, 일본인의 아이를 가진 대구 여인을 다른 귀환민들이 동포애로 감싸안는 모습을 통해 해방의 감격을 부각시킨다.

"내싸두소. 웬수놈의 씨알머리요. 우리 조선이 인제 독립되게 됐는

---

[60] 김동리의 「혈거부족」, 김만선의 「압록강」, 그리고 「채만식의 「소년은 자란다」 등에서처럼 만주나 북간도로부터의 귀환도중에 가족을 잃는 경우도 있다.

데 웬수놈의 씨를 나가지고 가면 되겠능기오!"

대구 여인은 이러케 자긔 주장을 세우며 그대로 안저서 이러날 생각도 안는다."웬수놈의 씨알머리고 아니고간에 갓난 어린게 무슨 죄가 있우!–"

…(중략)…

"내사 무슨 낫짝으로 미역국을 먹겠능기요. 담뇨 안 새댁은 "건국동"이나 낫지만---아이유 웬수놈의 씨…"

"그런 소리 말구 어서 첫 국밥이나 바두! 그저 입 딱 다물고 잘 키우. 제가 난 자식이니 제 자식이지 어째서 웬수놈의 자식이람"

국밥을 가지고 온 여인은 정색을 하며 대구여인을 꾸짓는다.(19)

순이는 귀환 도중에 배의 갑판에서 애비없는 아이를 낳았지만 일본인에게만은 절대로 몸을 許하지 않은 민족적 긍지를 갖고 있다. 반면에 대구 여인은 일본인의 아이를 낳은 자책감에 괴로워하지만 귀환동포들은 이것을 너그러운 마음으로 감싸 안는다. 순이와 대구 여인의 민족적 자긍심이나 공동체의식은 작품 결말에 이르러 개인적인 차원을 넘어 집단적인 차원으로 확장된다. 그러나 한편으로 이러한 대목은 이 작품이 극히 부분석이고 삼상적인 차원에서 해방의 의미를 드러내고 있는 것이다. 왜냐하면 여기서 해방은 귀향의 의미로 축소되거나, 혹은 화해와 용서의 공간으로의 회귀라는 의미를 벗어나지 못하게 된다. 이것은 잘못된 역사에 대한 냉엄한 비판과 성찰의 자세를 무화해버릴 수 있기 때문이다.

정비석의 「귀향」(경향신문, 1946.10-11) 역시 이런 맥락에서 언급할 수 있는 작품이다. 「귀향」은 20여년 전 고향을 떠났던 최노인이 해방이 되어 아들 내외와 함께 고향으로 되돌아오면서 느끼는 감회를 그리고 있다. 여기서는 「압록강」처럼 귀환의 도정에서 겪는 험난함에 비중을 두기보다는 최노인이 20여년만에 고향에 도착하게 되는 감회와 당도한 뒤의 감격에 초점을 두고 있다. 최노인에 있어 귀향은 30여년 전 이웃 마을의 처녀인 탄실이와의 첫사랑을 환기시켜 준다. 최노인에게 있어 귀향은 영원한 안식처로서의 回歸이자 애틋한 추억의 공간으로 인식되는 것이다.

물론 이 작품이 귀향에 따른 최노인의 감격에만 서술의 초점을 둔 것은 아니다. 해방직후의 혼란된 현실을 마을의 젊은이들이 슬기롭게 극복해 감으로써 살기좋은 마을을 이룩한 전후의 사정이 부각되어 있기도 하다. 또한 마을 사람들간의 대화를 통해 미군과 소련이 한반도에 진주함으로써 진정한 자주독립 국가의 건설에 장애적 요소로 작용할 것에 대한 일말의 우려를 개입시킨다(366-67). 그러나 작품의 전체적인 흐름을 주도하는 정서는 귀향에 따른 최노인의 감격과 해방직후의 현실에 대한 낙관적인 전망이다.

특히 30여년 전 첫사랑과의 해후와 그 만남에 얽힌 낭만적인 삽화의 도입은 이 작품을 지나치게 '도식적인 낙관주의(schematic optimism)'로 이끌게 된다. 또한 선도적으로 마을 일을 꾸려온 보안대장 권동성이 최노인의 아들임을 밝히는 대목은 작위적이다. 권동성은 당시 최노인과 탄실 사이의 아들이라고 풍문으로만 떠돌았으나 실제로 최노인의 아들임이 밝혀진 것이다. 이에 최노인은 더욱 마음 든든함을 느끼며 자신의 고향인 오리나무 마을이 영원한 안식처가 될 것임을 확신하게 된다.

> 설령 권세를 다투는 무리들이 제 아무리 날치더라도 이 마을의 주인은 역시 이 마을사람들 뿐이라, 형이요 아우요 하는 그들이 일치단결하여 마을을 굳게 지켜가면 조금도 두려울 것이 없어 보였다. 그렇게 생각하자 마음에 느긋한 행복감이 느껴져서, 최노인은 하루바삐 우리 나라의 정부가 서기를 고대하며 저물어가는 마을을 언제까지고 그윽한 시선으로 정답게 굽어보고 있었던 것이다.(369)

인용된 문면은 작품의 전체적인 분위기를 집약적으로 드러낸 결말 부분으로 고향에 대한 애정과 장소애(topophilia)를 염두에 둔 작가의 여망이 반영되어 있다고 볼 수 있다. 그러나 이것은 해방이 되었음에도 불구하고 당시 우리 민족이 겪어야 했던 시련과 험난한 사회상을 염두에 둔다면 지극히 소박한 작가의 바람이 투영된 것임을 알 수 있다.

물론 작가는 당시의 현실을 있는 그대로 재현하기보다는 텍스트상의 재구성을 통해 작품의 의미와 파장을 확보해 나갈 수 있다. 그러나 "문학작품이 사회현실의 동적 갈등을 반영하는 임무를 저버리고 추상적 진실의 설명만으로 기능할 때 현실분석, 선전, 선동의 올바른 순서가 역전되고 만다."[61] 왜냐하면 마을에 살고 있는 사람들의 삶의 양상에 대한 구체적인 해결방안의 형상화가 미흡한 상태에서 작가의 관념에 의해 제시되는 추상적 전망이 부각되어 있기 때문이다. 이것은 현실의 당면한 과제를 외면한 채 새로운 주체의 추상적 측면을 지나치게 강조하다 보니, 구체적 현실의 분석이 망각되거나 부차적으로 취급된 결과이다.

이상에서 살펴본 바와 같이 「귀환일기」, 「귀향」 등은 추상적인 세계 인식에 기초한 막연한 전망을 반영하는 데 그치고 있다. 따라서 이러한 소설은 해방직후라는 감격적 상황을 배경으로 했을지라도, 냉철한 역사적 감각이 실종된 채 작가의 소박한 바람을 제시하는 차원에 그치게 된다. 이것은 해방 초기 대부분의 작품들이 해방의 감격이나 '공동체의식의 자각'에 주안점을 두다보니 작품의 '내적 거리'[62]를 확보하

---

61) G. Lukács, *Realism in our Time*, Harper and Row, 1971, 119면.
62) 루이 알튀세(Althusser, L.)는 문학 특유의 미학적 기능을 '내적 거리 취함'이란 개념을 사용하여 밝히려 하였다. 이 '내적 거리'는 습관화되고 익숙해져

지 못한 것과 연관된다. 물론 해방초기 모든 작품들이 이러한 평가에 적용될 수 있는 것은 아니다. 다음에 살펴보게 될 허준의 「잔등」과 채만식의 「소년은 자란다」에서는 비교적 객관적인 시각을 확보하면서 귀환의 여정을 통해 해방의 의미를 보다 밀도있게 그려내고 있기 때문이다.

2) 고난의 수용과 '제 3자의 정신'

허준의 「잔등」(『대조』, 1946.1)은 장춘에서 회령에 이르는 스무 하루의 험난한 도정에서 작중인물들이 느끼는 갖가지 상념들을 주마등처럼 펼쳐놓은 중편소설이다. 이 작품은 작중인물의 심리와 주변 배경의 정서적 조화를 통해 해방된 우리들의 삶 역시 험난한 피난도정과 같을 것이라는 심리적 정황을 부각시키고 있다. 이런 면에서 이 작품은 염상섭의 「38선」이나 「소년은 자란다」와도 텍스트 상호관련성(intertextuality)을 갖는다.

전영태는 염상섭의 「38선」을 허준의 「잔등」과 비교해서 다음과 같은 지적을 하였다.

> 「잔등」이 피난과정의 답답하고 암울한 심리묘사에 중점을 두어 그 분위기를 강조한 데 반해, 「38선」은 피난과정에 대한 사실묘사에 중점을 두어 고단한 체험의 외피를 서술하는 것에 집중한다. 왜 이런 고생을 해야 되는지 그 원인을 규명하려고 하지 않고 원인이야 어떻든지 우리는 (<나>의 가족과 피난민 집단) 이러이러한 고생 끝에 38선을 넘어왔다는 사실만을 강조한다. 「잔등」은 심리적 구체성을 「38선」은 사

서 자연스럽게 된 이념적 형식들에 작용을 가하여 그 형식들을 낯설게 하고, 텍스트의 이념적 모순을 전경화시키는 것이라 할 수 있다. Louis Althusser, *Lenin and other Essays*, Ben Brewster trans., London:New Left books, 1971, 221-28면 참조.

실적 구체성을 가진 작품이라는 점에서 대조된다. (…) 이런 점에서 「38선」은 직접 체험하지 않고 상상에 의해서 피난 도정을 그린 채만식의 「소년은 자란다」보다 훨씬 구체적인 면모를 획득한다.[63]

염상섭의 「38선」은 신의주에서 38선에 이르기까지의 피난도정을 그린 작품으로 "소설이라기보다는 38선을 돌파하여 남하했던 작가 자신의 체험수기"[64]라고 할 만큼 자신의 자전적 체험과 밀접한 관련을 맺고 있다.

그런데 「소년은 자란다」가 전체적으로 「38선」에 비해 더 추상적이라는 전영태의 견해는 온당한 시각이라고 보기 어렵다. 전영태의 지적은 「38선」의 보고문학적 가치의 측면에 지나친 비중을 둔 것으로, 기실 경험에 입각해서 소설적 기교없이 르포르타쥐(reportage)처럼 접근해 간 「38선」보다 「소년은 자란다」가 더 구체성을 확보하고 있음을 간과한 것이다. 염상섭의 「38선」은 조연현이 지적한 바와 같이 "현실을 그대로 냉철하게 관찰하고 묘사만 했지 그렇게 관찰된 현실이나 인생에 대해서 아무런 적극적 태도를 보여주지 않았다."[65] 반면 「소년은 자란다」는 김윤식도 지적한 비와 같이 "교묘히게 은폐된 행간을 통해 그의 사고의 긍정적인 면을 보여주고 있으며 그의 긍정적 정치학의 근본을 이루는 것은 진보에의 짙은 신념과 분배에의 공정성에 대한 공적확신"[66]이 투영된 작품이다. 이러한 측면은 인물의 성격화방식에서도 그대로 적용된다. 「소년은 자란다」에서 부정적인 인물은 삽화처럼 그려지거나 긍정적 인물과의 대비적 설정을 위해 동원되고, 결국 긍정적

---

63) 전영태, 「해방에서 피난으로 이르는 길」, 『염상섭문학 연구』, 민음사, 1987, 202면.
64) 권영민, 『해방직후의 민족문학운동 연구』, 서울대출판부, 1986, 211면.
65) 조연현, 「문단 총평」, 『문예』신년호, 1949, 199면.
66) 심윤식(1984), 앞의 책, 24면.

인물이 작품의 핵심축을 이루고 있다. 이것은 부정적 세계관을 극복하고 새롭게 긍정적 세계관을 제시하려는 작가의식과도 무관하지 않다. 이 작품에 대해서는 다음 절에서 보다 상세하게 검토될 것이지만, 분명한 것은 이 작품이 현실의 부정적 측면을 정밀하게 파헤치면서 다른 한편으로는 보다 시야를 넓혀 해방직후의 현실을 역사적 시간에서 파악하고 민족의 장래를 전망해보려는, 이를테면 "미시적 파악과 거시적 파악을 상호 보완시키려 했다"67)는 점이다.

허준의 「잔등」 역시 귀환의 도정을 통해 해방된 조국의 의미를 구체화함으로써 평면적인 현실반영의 수준을 극복하고 있다는 점에서 주목할 만한 작품이다. 이 작품은 화가 천복이 그의 친구 미스터 방과 함께 해방을 맞아 장춘에서 출발하여 금령－회령－수성－청진을 거쳐 서울로 돌아오는 과정에서(청진에서 서울을 향해 출발하면서 여정은 끝나고 있다) 그 일행이 체험했던 사건들을 통해 해방의 의미를 깨닫게 된다는 내용이다. 그러나 여기서는 주인공으로 하여금 해방에 대한 감격과 흥분보다는 조국의 현실에 대한 객관적인 관찰, 그리고 거기서 느끼는 인간에 대한 '제3자의 정신'에 입각해 있다. 따라서 이 작품은 당시의 좌익측 비평가로부터 "감격이 없고 자기변혁의 과정이 보이지 않는"68) 작품이라는 비판을 받기도 하였다. 그러나 근래에 들어서 이 작품은 오히려 해방기 문학이 보편적으로 갖는 감격성으로 인해 작품으로서의 정교함이나 형상력이 결여되는 성향을 탈피하고 있다69)는 평가를 받는다.

「잔등」의 전체적인 스토리는 '길의 구조'로 되어 있다. 그러나 스토

---

67) 이주형, 「채만식문학과 부정의 논리」, 전광용 외, 『한국현대소설사 연구』, 민음사, 1984, 25면.
68) 김남천, 「창조적 사업의 전진을 위하여」, 『문학』, 1946.6, 142면.
69) 이재선은 이 작품에 대해 "이 시기 문학이 거둔 성과의 정상을 이루는 작품에 해당한다"(이재선, 『한국현대소설사』, 39면)라고 평가하였다.

리의 전개에 있어서 회상과 관찰 및 대화가 중첩됨으로써 길의 의미는 약화되어 있다. 이 작품에서는 주인공이 귀환 도중에서 겪는 어려움과 행로 자체만으로 행동의 단위가 이루어지는 것이 아니다. 또한 귀환의 과정만 추적하여 이 소설의 의미를 탐색하다 보면 이 작품을 자칫 설화의 차원으로 후퇴·환원시켜 분석하는 결과를 가져올 수 있다. 따라서 이 작품의 의미를 길의 구조와 연관시켜 파악한 다음과 같은 지적을 주목할 필요가 있다.

> 「잔등」에서 길의 의미는 길과 길이 끊어지는 공간에서 빚어져 나오는 것이라고 할 수 있다. 혹은 길은 일종의 발생텍스트 역할을 하고 길이 아닌 곳, 길이 멈추는 곳이 현상텍스트 역할을 한다. 달리 말하자면 길이 멈추는 곳이 주요시공간소 역할을 하고 길이 진행되는 곳이 종속시공간소 역할을 함으로써 주요 시공간소가 의미화된다고 할 수 있다. 길의 현재성보다는 회상성이 강한 이유도 이러한 역할전도에 기인하는 것이라고 할 수 있다.[70]

위의 지적에서도 암시되고 있듯이 「잔등」은 과거 사건으로의 서사적인 역전을 되도록 자제하면서도 순차적으로 전개되는 시간 속에서 마주치는 일들이 접속되어 있다. 이러한 여정에 있는 나(서술자)에게 해방(조국)에 대한 의미를 일깨워 주는 사건은 회령에서 미스터 방과 헤어져 가까스로 트럭을 갈아타고 청진 어느 곳의 시냇가에서 쉬고 있을 때 물고기를 잡는 소년과의 인상적인 만남이다. 청진 시내의 큰 집들을 보면서 일본인들의 형편을 물었을 때, 소년은 단호하게 그들을 다 잡아 죽였노라고 말한다(소년은 물고기를 잡아 팔면서 일본인의 동태를 파악하여 인민위원회 '김선생'에게 보고하는 밀정의 역할을 수행

---

70) 우한용, 「소설 기호론의 층위－허준의 '잔등'」, 『한국현대소설구조연구』, 삼지원, 1990, 292면.

하고 있었다). 이것은 마치 죽은 시체가 일어서지 못하도록 고양이를 지키는 것과 같이, 일본인들이 다시는 활동할 수 없도록 철저히 응징해야 함을 피력하고 있는 것이다. 일본인에 대한 소년의 이러한 단호한 태도는 소년이 물고기를 잡는 과정을 통해서도 형상화되고 있다.

> 삼지창 끝에 박히었던 장어의 대가리는 옥신각신 진탕으로 이어져서 여지없이 된 데다가 뛰는 때마다 피가 뿜거져 나온 부분이 모래와 반죽이 되는 데도 불구하고 이 세장의 동물은 그 전신 토막토막이 전수히 생명이라는 듯이 잠시도 가만 있지를 아니하였다.[71]

소년이 삼지창으로 물고기를 잡는 행위는 잔류 일본인의 숙청을 상징한다고 볼 수 있다. 따라서 소년이 잡은 으깨어진 물고기의 몸부림은 일본인들의 삶에 대한 집착의 상징적인 비유이다. 일본인에 대한 철저한 감시와 도망치는 자들에 대한 소년의 단호한 응징은 일제잔재의 완전한 청산이라는 시대적 과제의 중요성을 말해준다.

이 작품에서 주목되는 사건으로는 소년과는 상반된 입장에서 일본인들의 비참한 삶에 대해 동정과 연민을 보이는 국밥집 노파와의 만남을 들 수 있다. 이 노인은 막내 아들마저 일제에 의해 사상범으로 투옥되어 잃어버리고 혼자 늙어 온 식민지하의 훼손된 삶의 한 전형을 보여주는 인물이다. 그러나 그녀는 가해자인 일본인들의 파괴된 삶의 모습에 동정과 따뜻한 인정을 베푼다.

---

71) 허준, 「殘燈」, 김승환·신범순 엮음, 『해방공간의 문학』2, 돌베개, 1988, 58면. 이 책은 해방기의 소설들을 발표된 당시의 원문을 가능한 살려 수록한 것으로, 이 작품 외에도 본고에서 텍스트로 인용하는 경우가 종종 있을 것이다. 이후에 여기서 인용되는 작품은 『해문』Ⅰ,Ⅱ로 약칭하고 인용된 면수만 밝힌다.

"부질없는 말로 이가 어째 안 갈리겠습니까.…하지만 내 새끼를 갔
다 가두어 죽인 놈들은 자빠져서 다 무릎을 꿇었지마는 무릎꿇은 놈들
의 꼴을 보면 눈물밖에 나는 것이 없이 되었습니다그려. (…) 굶주리어
피골이 상접해서 한 너즐떼기에 깡통을 들고 앞뒤로 허친거리며, 업고
안고 끌고 주추 끼고 다니는 꼴들-벌거 벗겨 놓고 보니 매 갈 데가 어
딥니까."(87-88)

해방직후의 혼란된 시대적 상황에서 국밥집 노파를 통해 나타나는
잔류 일본인에 대한 이러한 동정과 따뜻한 인간미는 현실의 또 다른
일면으로 '나'에게 충격적으로 다가온다. 이 작품에서 '죽은 자들이
다시 살아서 벌떡 일어설지도 모른다'는 생각에서 일본인들을 모두 잡
아 죽여야 한다는 소년의 태도-해방직후의 일본인에 대한 단호한 응
징의 자세-가 시대적 요구사항이라면, 자신의 자식을 죽인 일본인들
에 대해서도 인정을 베푸는 노파의 행위는 일본인들에 대한 무조건적
인 증오에 대한 반성을 촉구한 것이다. 주인공은 국밥집 노파를 통해
일본인들에 대한 너그러움과 포용의 태도를 접하게 된다. 물론 일본인
에 대한 국밥집 노파의 포용과 용서의 태도는 자신의 아들 또래의 가
도오라는 청년에 대한 연민의 정에 의해 촉발된 점도 있다. 가도오라
는 청년은 "일본 사람은 일본바다에서 나는 멸치만 잡아 먹어도 넉넉
히 살아갈 수 있다고 한 것이 죄"되어 수감된 아들 친구이다. 따라서
할머니는 아들의 친구인 '가도오'라는 일본 청년을 생각하며 일본인이
라고 하여 무조건 증오하는 것을 꺼린다.
　일인들의 비참해진 생활상에 반응하는 소년과 국밥집 노파의 상반
된 태도는, 주인공에게 감상적인 차원에서 벗어나 객관화된 위치에서
의 해방의 의미를 환기시켜 준다. [72) 소년과의 만남이 주인공에게 조

---

72) 신덕룡, 『진보적 리얼리즘 소설 연구』, 시인사, 1989, 67면.

국에 대한 순수한 그리움과 원초적인 응징을 자각하는 계기로 작용한
다면, '국밥집 노파'와의 만남은 조선인 모두가 짊어져야 할 고통스러
운 짐으로써 조선의 현실을 반영하고 있는 것이다. 따라서 이 작품에
담긴 주요 방략은 대략 두 가지로 분류할 수 있다. 하나는 일제 잔재
에 대한 철저한 응징이며 또 하나는 일본인에 대한 무조건적인 증오에
대한 성찰이 바로 그것이다.

두 사람의 태도는 해방된 조국이 처해 있는 현실적인 모습을 반영하
고 있다. 이것은 '나'로 하여금 순수(소년)/현실(노파)의 틈 속에서 '제
3의 정신'이라는 객관적 리얼리티를 터득하게 한다. 이는 작중 주인공
'나(화가 千)'와 귀향 동반자인 '방'과의 성격차이를 통해서도 암시되
고 있다.

> 나를 체념(諦念)을 위한 행동자(行動者)라 할 수가 있다면 그는 관
> 찰과 행동을 앞세운 체관자라 할 수가 있을 것 같았다. 내 항상 뿔랭
> 크를 수행(隨行)하는 찌프린 궁산한 얼굴 대신에 항심(恒心)이 늘 배어
> 나온 것 같은 잔 광파가 흐늘거리어 마지 않는 그 눈 언저리가 이를
> 증명하였다.
> 그가 교제적인 것과 내가 고독적인 것 그가 원심적(遠心的)인 것과
> 내가 내연적인 것 그가 점진적인 것과 내가 돌발적이오 발작적(發作
> 的)인 것 그가 행동적이오 내가 답보적(踏步的)인 것—이 곳에도 이 음
> 양의 원리가 우리의 여행을 비교적 순조롭게 하는지도 알 수 없는 일
> 이었다.(46-7)

위의 인용문에서 알 수 있듯이 서술자의 시각은 변증법적인 복합성
을 보이고 있다. 예컨대 '방'과 '나'는 교제적/고독적, 원심적/내연
적, 점진적/돌발적 혹은 발작적, 행동적/답보적으로 상반되는 성격이
면서도 상보적인 관계로 제 3의 세계를 지향하여 나아갈 수 있음을 시

사한다. 「잔등」의 전체적인 분위기가 고요함과 잔잔함 등의 내면화된 정서로 침잠한 이유는 '제 3자의 정신'에서 비롯되었던 것이라고 할 수 있다. 이러한 맥락에서 볼 때 주인공 '나'의 입장에서 본 해방된 조국의 현실은 몸에 맞지도 않는 옷을 입은 뱀장어잡이 '소년'의 모습이기도 하고 너무나 많은 것을 잃어버린 '국밥집 할머니'의 늙고 약한 모습이기도 하다. 신세대로서의 소년의 이미지는 순수, 밝음, 미래를 함축하고 있다. 그와 달리 국밥집 할머니는 식민지시대의 희생물이다. 그녀는 갓 설흔이 되던 해에 혼자가 되었으며 하나 남은 아들마저 해방을 보지도 못한 채 몇 달전에 감옥에서 죽게 된다. 할머니에게 있어 조선의 해방은 그다지 새롭게 다가오지 않는다. 그렇지만 할머니는 삶을 부정하지 않으며 남은 생애만이라도 힘닿는 대로 남을 도우면서 살고자 한다.

이런 맥락에서 귀환의 여정에서 만나게 되는 국밥집 노파는 한사람의 개인이라기보다는 수난의 시대를 고통스럽게 살아온 한국인의 삶의 총체성을 대리하고 있다. 그런 점에서 "할머니의 운명은 수난과 비애로 점철된 단순한 여자의 일생이 아니라 우리 민족사가 지닌 서사시적 주인공의 본질적 특성과도 흡사하다"[73)는 지적은 설득력 있다. 불행한 삶의 역정에도 불구하고 잔류 일본인에 대해 동정과 연민을 갖는 할머니의 태도는 잔등에 대한 다음과 같은 묘사를 통해서도 드러나고 있다.

> 역시 바람이 있었던지 솥구막 가까이 납싹한 종지에 피어나는 기름불은 유달리 흐늘거려 …하지만 그것은 남을 핥아 없애이지도 아니하고 제 자신을 꺼져 없애이지도 아니하고 제 자신 꺼져 없어지는 법도 없이 다만 사람의 가슴속에 무엇인지 모르는 은근한 한줄의 불안을 남

---

73) 송기섭, 「해방기 리얼리즘 소설 연구」, 중남대 박사학위논문, 1994, 94면.

겨 놓으면서 조용한 가운데 타고 있을 따름이었다.(85)

　　'남을 핥아 없애이지도 아니하고 제 자신을 꺼져 없어지는 법도 없'
는 잔등의 불빛은 발광체로서의 광원이면서 동시에 그늘을 만듦으로써
사물의 양면성을 함께 제시하여 준다. 이러한 '잔등'의 묘사를 통해
할머니 삶의 歷程이 암시되고 있으며, 동시에 '넓고 너그러운 슬픔'으
로 승화된 감정을 접할 수 있다. '잔등'은 할머니의 삶을 은유화한 것
이다. 다시 말해 이 노파는 귀환민의 路程으로 대리되는 삶의 영역에
서 어둠과 황막함을 밝히는 불빛과 사랑으로서의 의미를 지닌다. 따라
서 할머니의 삶은 끊임없는 희생이지만 인생 역시 자기를 희생하는 삶
을 실천하고 있다. 또한 할머니의 이러한 태도는 역사에 대한 거리취
하기의 완결된 모습이며 양가감정의 소설적인 승화이기도 하다.[74] 주
인공은 소년의 무조건적인 증오심과 할머니의 불행한 과거를 용서와
화해로 씻어버리려는 이중적인 측면, 즉 소년에게서는 순수, 밝음, 미
래를, 할머니에게서는 끊임없는 봉사, 희생, 용서의 삶을 본 것이다. 따
라서 잔등의 불빛은 식민지하에서 수탈당하여 힘없이 비틀거리는 조선
의 모습이기도 하고, 현실의 어두운 면을 조금씩 밝혀 나갈 희망있는
조선의 미래를 의미하는 것[75]이기도 하다. 나아가 '잔등'의 의미는 다
양화되어, 1)할머니의 잔등, 2)일본인의 잔등, 3)역사의 잔등이라는 세
층위로 다층화될 수 있다.[76] 이러한 측면은 이 작품이 간접화된 시각
을 통하여 역사를 의미화하고, 또한 역사와의 거리를 취하면서 소설적
인 가능성을 확보할 수 있는 문학적 기법과도 밀접한 관련을 맺는다.

---

74) 우한용, 앞의 논문, 299면.
75) 윤홍로, 「해방기 한국 소설 연구」, 『동양학』제 23집, 단국대학교 부설 동양학
　　연구소, 1993, 113면.
76) 김윤식, 「허준론 : 소설의 내적 형식으로서의 길」, 『한국 근대 리얼리즘 작가
　　연구』, 문학과 지성사, 1988, 220면.

이 작품에서 역사에 대한 시각의 이중화와 거리취하기 방식은 담론의 차원, 즉 담론의 이중적 성격 및 언어적인 성층화(stratification)를 통해서도 제시되고 있다. 여기서 대표적으로 들 수 있는 문체적인 특징 중의 하나는 이중부정 및 다중의 부정구문을 많이 사용하고 있는 점이다.

> "누가 무엇때문에 누구 까닭으로 싸웠는지 그건 난 모릅니다. 하지만 내 아들이 붙들려는 갔으나마 죄 아님을 못 믿을 나는 아니었으므로 응당 당장에 해득했어야 할 이 말들을 오년 동안을 두고도 해득치 못하다가, 이제야 겨우, 오늘에야 겨우 해득한 것입니다. ……그 종자들로해서 어떻게 눈물이 안 나옵니까."(90)

위의 인용에서도 드러나는 이러한 다중부정의 사용은 단지 문장을 복잡하게 수식하는 작가의 습벽으로만 돌릴 수 없다. 곧 작가의 의식이 쉬운 결단을 내어 사건을 마무리하고자 하는 것이 아니라, 다면적으로 바라볼 수 있는 현상을 다면적으로 바라보기 위해 활용하는 문체적인 장치인 것이다.[77] 나이기 이러한 담론의 양상은 이 작품이 해방을 궁극적인 해결이나 종착지로 생각하는 것이 아니라 하나의 과정일 따름이라는 과도기의식의 구조적 반영체로 볼 수 있다. 따라서 이러한 의식은 작가가 궁극적으로 길의 구조를 통해 해방을 완결성으로 파악하지 않고 하나의 과정으로 파악하는 것이며, 또한 역사에 대한 시각이 정체되어 있거나 절대를 지향하는 것이 아니라 열려 있는 시각을 확보하려는 작가의 세계관과 연결되어 있는 것이다.

허준의 「잔등」에서 보여준 '제 3자의 정신'은 다음에 살펴보게 될 채만식의 「소년은 자란다」에서는 해방된 조국에서의 자기정체성 회복

---

77) 우한용, 앞의 논문, 309면

의지로 확산되고 있다.

3) 자아탐색과 미래의지

「소년은 자란다」는 1972년 「월간문학」의 발굴에 의해 빛을 본 채만식의 유고작으로 해방공간에 대한 그의 작가적 관심이 집약된 작품[78]이다. 이 작품에 대해서는 논자마다 다소 상이한 평가를 내리고 있으나, 해방공간에 있어 채만식의 문학적 성격을 규명하는 데 거론되어야 할 비중있는 작품임에는 틀림없다. 이 작품에 대해 김윤식은 "해방공간의 민족 이동, 귀환동포의 애환과 그 정착과정을 소년의 눈을 통해 보여주고 있다"[79]라고 지적한 바 있듯이, 여기서는 오윤서 가족의 귀환이라는 旅路 모티프가 큰 줄기를 형성하고 있다.

작품의 전반부는 회상 또는 '삽입적 역전'(episodic flashback)[80]에 의해 오윤서 가족이 만주로 떠나게 된 사연과 그곳에서의 생활, 그리고 독립되어 귀국하는 과정에서의 수난이 주종을 이룬다. 후반부는 귀환의 도중에 양 부모를 잃고도 꿋꿋하게 살아가는 어린 남매의 긍정적인 삶을 중심으로 서술된다. 통상 소설에서 중요한 사건이나 대화는 상세하게 제시되고(감속되고) 덜 중요한 것은 압축(compression)되듯이, 이 작품은 후반부에 실질적인 사건의 핵심이 놓여져 있다. 그러나 역으로

---

78) 장성수, 「진보에의 신념과 미래의 전망」, 김용성·우한용 공편, 『한국근대작가연구』, 삼지원, 1985, 255면.
79) 김윤식, 「채만식의 문학세계」, 『채만식』, 문학과 지성사, 1984, 43-44면.
80) 레메르트(E. Lämmert)는 자연적 순서를 흐트리는 방법으로 '역전'과 '예시'를 들어 그 중에서도 '역전'은 독자에게 필요한 정보를 준다는 점에서 소설기법에서 중요한 요소로 간주된다고 보았다. 그는 여기서 역전을 '구성적 역전' '해결적 역전' '삽입적 역전'의 세갈래로 나눈 바 있다. Eberhard Lämmert, *Bauformen des Erzählens*, Stuttgart, 1972, 100-94면 및 김천혜, 『소설구조의 이론』, 문학과 지성사, 1990, 48-52면 참조.

파노라마식 방법(panoramic method)에 의해 **빠른** 템포로 **회상되는** 전반부, 즉 오윤서 가족의 **受難**의 삶을 통한 8 · 15해방의 의미탐색도 간과할 수 없는 비중을 차지한다.

특히 간도에서 조선인들의 생존방식과 귀국과정에서의 애환, 그리고 에피소드식 사건의 전개를 통해 제시되는 복선의 의미 등은 간과할 수 없는 비중을 차지한다. 예컨대 작품의 중간 중간에 조선인들이 만주에서 당해온 수난의 과정이 되풀이되어 삽입되는 점, 해방된 조국의 맨 처음 반응장소를 간도위주로 설정한 점, 또한 무엇보다도 자라나는 신세대로서 진정한 자주독립국가의 건설이라는 중차대한 임무가 주어진 영호 남매 역시 만주에서 태어나서 그곳에서 우리 민족의 수난을 목도하며 어린 시절을 보내왔다는 설정 등은 주목해야 할 대목이다. 여기서 '간도'는 단순히 작품의 배경적 요소로만 처리할 수 없는 측면이 있다. 이 작품에서 간도는 우리 민족에게 순탄치 못했던 수난의 삶터이자 역사적 상흔의 현장이라고 봐야 옳다.

만주 이주민들에게 조선의 독립은 해방된 조국으로의 귀환이라는 벅찬 기대와 감회를 준다. 간도 이주민들에게 해방은 "그 빠른 기차로도 사흘이나 오는 이 만리타국, 일컬어 호지라는 북간도 구석에서 동네를 온통 울지렁으로 둘러막고, 주야로 경비를 하여야 하는 불안한 땅에서 강냉이 조밥으로 창자를 채우면서(…)죽지 못해 살아 있는 시방의 이 형편"(307)에서 벗어날 수 있는 희망을 주기 때문이다. 더욱이 많은 조선인들이 넓게는 만주땅으로 좁게는 간도 지방으로 이주해야만 했던 배후에는 東拓을 앞장 세운 일본의 착취와 억압이 작용했다. 만주 이주민은 "국민경제발전상이나 또는 被移民國의 歡迎을 받아서가 아니고 特殊的 形態와 動因으로 말미암아 情든 故國山川을 떠나 怨恨과 咀呪로 定案과 定處가 없이 다만 生을 救하겟다는 一緖의 希望만 가지고"81) 떠났던 것으로 보아 실제로는 쫓겨난 것이나 다름없다. 사실 오윤서 가족이 간도로 이주하게 된 동기도 표면적으로는 지극히 개인적인 모멸감, 즉 "읍내이발소의 직공을 따라 봇짐을 싼 아내의 분출"에 기인하지만, 실은 "선대로 물려받은 열다섯마지기의 논과 몇천평짜리 멧갓은 오서방 아버지의 말년에 벌써 일본사람의 것이 되고, 오서방은 송곳 하나 꽂을 땅이 없는 알짜 소작인"(312)으로 전락한 데 있다.

이 작품에서 우리는 전반부 오윤서 가족이 겪는 우여곡절의 삶과 수난이 한 개인의 차원에서 우연으로 겪는 것이 아니라, 민족적 수난의 보편적인 삶으로 대치되어 있음을 주목해야 한다. 이러한 관계설정은 영호 어머니가 만주를 떠나기 하루 전날 '사자 어금니 아끼듯 하던' 소반 하나를 갖고 오다 만인들에 의해 처참하게 당한 사건으로 구체화된다.

> 사람마다 일이 안되었어 하고, 죽일놈들이라고 저주를 하였다. 그러나 그 이상 어떻게 하지는 못하였다. 만인들의 짓인 줄은 확실하다지만 누구인 줄을 알며, 가사 알기로소니, ……그들과 시비를 가리자고 덤비어 본댔자 자는 호랑이 코침주기와 다를 것이 없었다. …
> "재길헐! 해방값 비싸다!"
> 둘러선 사람들 가운데, 뒤 곁에서 누군지가 혼잣말로 뱉고 돌아서는 소리였었다. 이때부터 벌써 여기서도 독립이라는 말대신 해방이라는 말로 쓰고 있었다. 듣는 사람들은 너나 할것없이 그 말 참 적절한 말이라고, 이것이 저 여인네 한 사람의 일이 아니요, 우리도 이러다는 본전도 못 찾는 해방이 되고 말기 쉬울지 모르느니라고들 생각하였다.82)

---

81) 장현칠, 「만주이민문제」, 『신동아』, 1934.12, 35면., 조남현, 「192, 30년대 소설과 만주이주 모티프」, 『한국소설과 갈등』, 문학과 비평사, 1990, 229면 재인용.

82) 채만식, 「소년은 자란다」, 『채만식문학전집』5권, 창작과 비평사, 1989, 334면. 이하 본문의 인용은 텍스트의 면수만 밝힌다. 또한 이후 본고에서 다루는 채

오윤서 가족은 해방으로 인해 엄청난 대가를 치루어야 했다. 영호 어머니의 갑작스런 참변은 간도에서 우리 민족이 겪은 수난과 좌절을 상징적으로 암시해 주기 위한 의미가 함축되어 있다. 나아가 이러한 비극적인 장면설정은 해방이 대부분의 백성들에게 삶의 과정에 큰 기쁨이라기보다는 또 다른 문제의 서막임을 암시해 주기 위한 것이다. 오윤서 가족의 이러한 수난은 영호 남매로 하여금 주체적으로 자신의 삶을 이끌어 가도록 만듦으로써 기성세대와 같은 시행착오를 되풀이하지 않게 하려는 작가의도와 연관된다.

이러한 점들은 이 작품이 성장소설의 요소를 띠고 있음을 드러내 주는데, 작품 내에서 영호남매가 거처하는 주거공간의 변모 또한 이들의 정신적 성장과 상응하게 된다.83) 특히 어린 남매가 대전에서 아버지와 생이별한 이후 주거공간의 이동은 아버지와 만날 가능성이 희박함을 암시해 준다. 연속되는 이러한 시련의 과정은 아버지에 대한 의존상태에서 어린 남매가 점차 독립해 가는 정신적 성숙을 보여주기 위한 것이다. 또한 이러한 설정은 단지 오윤서의 성격을 드러내 주기 위한 일차적인 의미를 떠나 새로운 세대, 즉 영호 남매의 긍정적 삶을 부각시켜 기성세대에 물들지 않은 그들의 주체적 삶의 방식을 극대화하기 위한 것이다. 오윤서에 대해 일부 논자들은 긍정적인 평가를 하기도 하지만84) 오히려 식민지시대에서 해방의 현실에 이르는 질곡의 역사 속에서 외세의 억압과 수탈을 몸에 배게 받아오고, 또한 그러한 간섭을 무방비하게 허용해 온 무기력한 인물로 보아야 할 것이다. 오서방이 첫째부인을 이발사 직공에게 빼앗긴 것(문중들의 질타는 오윤서의 무

만식 소설은 필자가 별도로 언급하지 않는 한 이 전집에 의존하며, 인용말미에 권수와 면수만을 밝힌다.
83) 박재섭, 「해방기 소설 연구」, 『해방공간의 문학연구』2, 태학사, 1990, 194면.
84) 이래수, 『채만식 소설 연구』, 1986, 148-149면.

능을 어느정도 암시하고 있다는 점에서)이나, 아무리 혼란중이라 하지만 잘못된 기차로 영호 남매와의 생이별을 초래한 것도 결국은 "변통성이 적고… 괜히 허둥거리고 납뛰기나 하는" 영호 아버지의 무딘 현실감각과 무관하지 않다.

이런 맥락에서 보면 영호 아버지의 '잘못 탄 기차'는 진취적으로 자신의 삶을 이끌어가지 못하는 무기력한 기성세대의 삶의 방식에 대한 반성적 의미를 내포하게 된다. 왜냐하면 자라나는 새로운 세대는 기성세대와 같은 식민지적 치욕의 역사와 그러한 前轍을 밟지 않아야 하기에 '잘못 탄 기차'로 인한 父子간의 생이별을 통해서 비극적인 세계인식을 내포하고 있기 때문이다.

그런데 이 작품에서는 이러한 비극적인 사건을 겪으면서도 영호 남매는 체념이나 비관하지 않는다. 이것은 양 부모를 잃고도 꿋꿋하게 살아가도록 영호 남매의 삶을 선도하는 등장인물의 매개적 속성에 의해 구체화된다. 특히 오선생은 "허풍쟁이"[85]가 아니라 독립의식의 고취를 통해 자라나는 세대에게 기대를 거는 '문제적 인물의 특성'을 지닌다.

> "인전 버젓한 독립국민이야! 세계 어딜 가두 얼굴 번쩍 쳐들구 나설 수 있는 독립국민 조선사람야! 알겠지 ?"
> "내"
> "허허허허…… 그동안 느이가 가엾구 느이한테 면목이 없더니, 하여커나 독립이 돼,무어보담두 느일 위해 다행이요 기쁘다!… 그렇지만 인제부터 느이가 할일이 크구나. 새 조선의 건설은 느이가 해야 할 테니깐…"(319)

오선생은 영호 남매에게 기성세대로서 죄책감을 느끼는 양심적인

---

85) 김윤식, 앞의 논문, 167면.

인물로 등장하고 있다. 그러나 오선생도 내면적으로는 일제의 정책에 반감을 가지면서도 노골적으로 저항하지 못하였던 점을 상기한다면, 현실의 개혁의지로 연결되기에는 부족한 지식인이다. 따라서 그 또한 "그것이 나라 망한 백성으로, …용기가 없어 정면으로 대고 반항은 못하구, 그러면서도 오기는 있어 아주 굴복하기는 싫고 하니깐, 겉으로는 복종을 하면서 속으루만 눈을 보는 데서는 굽실 거리구, 뒷방에 앉아서 주먹질을 하는"(281) 기성세대의 한 유형에서 벗어나지는 못한다. 따라서 이 작품에서는 자라나는 세대인 영호 남매의 삶을 통한 미래의지에 작품의 초점이 주어지게 된다.

그런데 소년의 미숙한 눈을 통한 사회상의 접근은 긍정적인 측면도 있지만, 전망의 객관성을 확보하기에는 미흡한 점도 있다. 따라서 작중 인물 영호를 통해 미래의 전망, 즉 지향성이 드러나고 있을 뿐[86]이라는 지적을 받는다. 또한 소년 영호의 어른스러움의 과도한 강조로 말미암아 이 작품이 '신파조' 또는 "구체적 현실의 지반에서 괴리된 미래에 대한 낙관적 전망이란 공허하고 추상적인 일종의 허무주의"[87]에 의존하고 있다는 비판을 받기도 한다.

그러나 한편으로 이러한 비판은 채만식이 좌절과 절망의 냉소주의를 벗어나 이 작품에서 궁극적으로 지향하고자 하는 세계관의 차원이나 혹은 '성장소설로서의 성격'[88]을 간과한 점도 있다. "소년의 비참한 환경과 극복의 의지는 바로 이 작가가 보여 주고자 한 희망과 긍정에의 표현"[89]이었다. 왜냐하면 역사에 대한 채만식의 희망은 풍자적으

---

86) 우한용, 「채만식 소설의 담론 특성에 관한 연구」, 서울대학원 박사학위논문, 1991, 97-106면 참조.
87) 정호웅, 「채만식의 허무주의와 역사담당의 주체문제─해방공간을 대상으로」, 김윤식 편, 『해방공간의 민족문학 연구』, 열음사, 1989, 190면.
88) 홍기삼, 「채만식 연구─특히 비판정신을 중심으로」, 『국문학 자료집』제2집, 국학자료간행위원회, 대제각, 1983, 897면.

로 일그러졌던 개인의 모습이 부활하면서 건강한 개인의 인간형들과 다수의 백성들의 따뜻한 삶의 방식을 통해 긍정에의 의지를 획득했기 때문이다. 또한 여기서 '소년' 모티프의 반복현상은 다른 여타의 작품에서도 빈번하게 나타나는데, 단순히 소재적인 차원에 머무는 것이 아니라 그의 세계관을 해명하는 데 중요한 요소로 작용한다.[90] 물론 이 작품에서 '소년'의 등장 그 자체에 과도한 의미를 부여할 수는 없다. 그러나 '소년'은 아직도 계속되고 있는 역사적 모순을 극복할 수 있는 "채만식의 생명이자 실체이며 희망의 구현태"[91]로서 채만식의 세계관을 이루는 핵심인자로 자리하고 있다. 더욱이 '소년'은 왜곡된 사이비 교육에 물들지 않고 시련과 고난의 과정을 통해서 진정한 자주독립국가 건설의 주역임을 부여받고 있다.

이 작품은 이런 점에서 채만식의 소설에 등장하는 인물들이 주로 부정적 인물의 부각을 통한 아이러니의 설정에 중점을 두는 종래의 창작방법[92]에서 벗어나 있다. 이것은 이 작품이 긍정적 세계관의 형상화를 시도하고 있음과도 무관하지 않다. 그런데 여기서 긍정적 세계관의 표출은 단순한 긍정이나 막연한 기대가 아니라 이러한 부정적 요소의 척

---

89) 홍기삼, 「채만식론」, 『상황문학론』, 동화출판공사, 1974, 271면.
90) 채만식은 특정의 소재나 모티프를 한번 쓰고 버리는 것이 아니라 '모티프 반복현상'이 그의 소설 속에서 두드러지고 있다. 그 중에서도 '소년' 및 '유아' 모티프가 등장하는 소설은 약 20여편을 상회하고 있다. 채만식의 소설에 등장하는 '소년' 모티프의 형성과정과 의미에 대해서는 이상갑, 「채만식 연구--'소년' 모티프를 중심으로」, 『현대문학연구』제 75집, 1987, 44-94면 참조.
91) 이상갑, 위의 논문, 83면.
92) 채만식의 여러 작품에서 기조를 이루는 것은 아이러니(Irony)이다. 그의 소설의 아이러니는 대개 부정적 인물을 전면에 내세우고 긍정적 인물은 후면에 내세우며 인물을 희화화하는 데서 장기를 발휘하고 있다. 그러나 이런 냉소와 신랄한 야유가 동반된 아이러니 속에는 폭로와 증언, 그리고 고발의 기능도 발휘되고 있음을 볼 수 있다. 김용성, 「아저씨의 총체성」, 『한국 근대 소설의 인물 연구』, 인동, 1986, 234면-247면.

결을 통해서만이 해방된 조국의 밝은 미래가 기대될 수 있다는 점에서 부정을 통한 긍정의 형상화이다.[93] 예컨대 해방된 조국이 '훌륭한 사람들'의 세계…여기서는 사회의 혼란한 틈을 타 미군정으로부터 은밀히 부정불하를 받아 치부하거나, 자신의 사리사욕에만 집착하는 潛商들의 무리를 염두에 둔 표현―로 뒤덮여 있는 듯하지만, 그래도 사회 곳곳에서 따뜻한 동포애를 발휘해가며 살아가고 있는 다수의 동포들이 함께 할 때, 그리고 무엇보다도 온갖 어려움을 감내하며 꿋꿋하게 살아가는 영호 남매의 건전한 삶을 통해 이러한 부정적인 사회상이 제거될 가능성을 암시해 주고 있다.

이런 점에서 「소년은 자란다」는 해방된 조국의 새 사회에서도 기회주의자와 친일파가 여전히 득세를 하고, 민족주의자와 가난한 다수의 백성들은 여전히 설 자리를 잃고 있는 부정적 요소가 산재해 있지만(이에 영호 남매가 온전히 자리잡기까지에는 아직도 많은 어려움이 산재해 있음을 작품 속에서 암시하고 있다), 자라나는 세대의 굽히지 않는 꿋꿋한 인간상을 통해 이러한 점들이 극복될 수 있다는 긍정적인 세계관에 접맥되어 있다.[94] 또한 이 작품에서 주목해야 할 점은 힘없는 다수의 동포들과 그들의 동포애를 통한 공동체의식의 고취이다. 이 작품에서 우리는 어려운 여건 속에서도 같이 고통을 나누어 가지려는 기차 안의 사람들이나 같은 처지의 전재민들의 온정을 통해 해방된 조국의 긍정적인 미래상을 지향하고 있는 점을 주목해야 할 것이다. 이것은 어떤 역사적인 사건이 항상 문제의 해결이 아니라 새로운 문제의 제기라는 비극적 역사인식의 태도를 보이면서도, 그것을 극복할 수 있

---

93) 이주형, 「채만식 문학과 부정의 논리」, 전광용 외, 『한국현대소설사 연구』, 민음사, 1984, 25면.
94) 보다 구체적인 것은 졸고, 「채만식의 '소년은 자란다' 考」, 『국어국문학』107집, 1992.5, 213-219면 참조.

는 새로운 가능성을 찾으려는 작가의 미래의지를 반영하고 있기 때문
에 소중하기도 하다.

2. 願望空間의 상실

1) '집'의 부재

일제 식민지 기간 동안 강제징용으로 중국, 일본, 남양군도, 구라파
등으로 분산 이주한 동포들이 해방이 되자 귀국하게 되고, 또한 이북
에서도 많은 동포들이 월남하게 된다. 그러나 해방된 조국에서도 극히
일부를 제외한 대부분의 귀환민들은 인간의 가장 기초적인 삶을 이룰
수 있는 주거할 공간마저 확보할 수 없는 궁핍한 생활을 지속하였다.
따라서 이 시기의 소설은 이처럼 귀국 이후 주거할 공간마저 확보하지
못하고 경제적 궁핍에 시달리는 귀환민의 애환과 좌절을 모티프로 한
경우들이 많다.

황순원의 「두꺼비」(1947.4), 「담배 한대 피울 동안」(1947.9), 계용묵의
「별을 헨다」(1946.12), 엄흥섭의 「집 없는 사람들」(1947.5), 전홍준의
「큰 대문 집의 역사」(1948.10), 김동리의 「혈거부족」(1947.3) 등이 그러한
서사적 성격을 띠고 있는 작품들이다.[95]

---

95) 이외에도 해방직후 자기동일성을 확보하지 못하고 방황하는 삶의 양태를 반
영한 경우로 월남모티프를 소재로 한 소설들을 들 수 있다. 허윤석의 「실락
원」(『개벽』,48.5)을 비롯하여 최태응의 「사과」(『백민』, 47.3), 「월경자」(『백
민』, 48.10), 김송의 「고향이야기」(『백민』, 47.3), 박계주의 「조국」(『백민』,
48.10) 등은 해방직후 북한의 사회변동과 이념대립으로 인해 越南한 失鄕民
의 삶을 주로 그리고 있다. 이들 작품은 월남한 인물들이 정착하지 못하고
방황하는 삶에 초점을 둔 경우들이다. 그러나 이런 소설들은 이념의 동일성
을 확보하지 못하고 방황하는 남북한의 현실을 비판하는 데 치중하고 있어
본절에서 다룬 작품들과는 그 성격을 달리한다고 생각하여 대상에서 제외하

　황순원의 「두꺼비」(『우리공론』, 1947. 4)는 해방직후 고국에의 정착을 기대하며 서울로 모여든 귀환민들의 '집'을 둘러싼 이야기이다. 이 작품의 주인공 현세는 해방이 되자 해외에서 귀국한 귀환민이다. 그는 다른 귀환동포와 같이 해방된 조국에 대하여 큰 기대를 품고 귀국하지만, 그에게 주어진 것은 귀환민 수용소와 배고픔만이 주어진다. 그는 직장도 없이 갖고 있는 양복벌이나 옷가지를 팔아 고구마를 사다 그날 그날 끼니를 때우며 살아가고 있는 형편이다. 더욱 문제가 되는 일은 귀환민 수용소 건물 관리책임자인 교회의 장로로부터 집을 비워달라는 독촉을 매일 받는 일이다. 그래서 방 한칸을 마련하는 것이 그에게는 시급하다.

　그런데 현세는 어느날 우연히 옛날 소학시절 두꺼비란 별명을 가진 친구 두갑을 만난다. 현세는 방 한칸을 얻어주겠다는 두갑의 말에 그가 계획하는 음모에 가담하게 된다. 그것은 현재 세들어 살고 있는 사람들을 내쫓기 위해 거짓으로 그 집을 사는 집주인 행세를 하는 것이다. 현세는 마음이 썩 내키지 않으면서도 방 한칸 얻을 욕심으로 동의하지만, 집을 사는 과정에서 이미 세들어 사는 사람들이 집을 비울 수 없는 딱한 사정을 알고는 마음이 아프면서노, 우선 사신의 처지가 급했기 때문에 두갑의 지시대로 무사히 일을 마친다. 그러나 두갑이는 애초에 약속한 대로 방 한 칸을 마련해 주지 않고 약간의 수고비만 주고 만다. 현세는 두갑이에게 배신을 당하고 나서, 옛날 설화에서 은혜를 잊지 않고 갚았던 두꺼비가 오늘날에는 독을 뿜은 두꺼비로 변신한 듯한 세태를 느낀다. 설화의 역전은 작가가 그 행복한 설화의 세계에서 현실의 세계로 내려 왔음을 의미한다.[96] 이 작품의 표면상 이야기

여다.

96) 진형준, 「모성으로 감싸기, 그에 안기기-황순원론」, 『세계의 문학』37, 1985년 가을호, 332면.

는 현세가 병든 구렁이 노파를 셋방에서 쫓아내는 구조로 되어 있다. 그러나 이러한 이면에는 집주인 두꺼비로 대표되는 '가진 자'에게 쫓겨나는 현세와 구렁이 노파로 대표되는 '가지지 못한 자'의 이야기가 내포되어 있다. 김장로에게 내쫓기게 된 현세나, 두갑이를 내세운 집주인에게 내쫓기게 된 구렁이 노파는 가지지 못한 같은 처지이다. 그러나 현세에겐 구렁이 노파와 동병상련을 느낄 여유가 없다. 공동체의식이 이미 파괴된 도시는 개개인에게는 빼앗고 빼앗기는 생존경쟁의 현장이 있을 뿐이다. 치열한 생존경쟁으로 인해 황폐해진 도시 구성원들의 정서를 집약적으로 드러내고 있는 상황이 소설 초두의 '남 죽음 내 고뿔만 못하다'라는 화자의 말이다. 모리배가 날뛰는 도시에서 개체화된 귀환민들은 가파른 삶에 헉헉대며 살 뿐이다. 결국 현세는 집을 독점하려는 집주인의 계략을 올바로 투시하지 못하고 구렁이 노파를 쫓아냄으로써 '적을 도와 아군을 치는' 어리석음을 범한 것이다.

이상의 통해서도 알 수 있듯이, 이 작품은 주위 사람들의 불행에 무관심한 사람들의 생활방식('남 죽어도 내 고뿔만은 못하다'는 식)을 통해 자기생존을 위해 악착같이 살아가기에 바쁜 비정스러운 해방직후의 사회상을 보여준다. 특히 여기서는 '집'이라는 삶의 공간을 확보하는 데서 빚어지는 사건들을 통해서 해방직후 혼란되고 부도덕한 사회상이 제시된 경우이다. 이 작품에서는 '집'이라는 생존조건을 확보하고자 하는 절박한 상황에서 대립되는 인간의 양면성이 공간의 대립성을 통해서도 나타난다. 김장로가 쓰는 양옥의 상층과 현세를 포함한 귀환민이 거처하는 양옥의 하층이 바로 가진 자와 가지지 못한 자, 탐욕과 가난, 힘과 무력함이 길항하는 상황을 단적으로 드러내고 있는 대립적 공간이라고 할 수 있다.

이틀이 멀다하고 위층에 있는 김장로의, 집을 내달라는 독촉을 받고

있는 것이다. 그 무테안경을 끼고 옆배가 나온 언제나 가죽 뚜껑을 한
김장로, 참 점잖은 사람이다. …저 두갑이가 두꺼비를 닮은 것처럼 이
김장로도 두꺼비를 닮았다.그 무테안경하며 옆배가나온 거하며 꼭 두
꺼비상이다. …김장로의 불룩거리는 울대뼈아래서 어쩐지 두꺼비배가
자꾸 커지는 것만 같았다. 이러다가는 이 양옥집 밑층이 김장로의 배
로 가득 차겠다. 97)

현세가 거처하는 양옥의 하층은 두꺼비로 비유되는 탐욕스러운 인
간형들의 중력에 눌린 귀환민들의 피폐한 생존조건을 보여주는 공간이
라고 할 수 있다. 이것은 현세가 귀국하면서 동포들에 대해 '가슴 속
뜨거이 흐르고 있었던' 감정과 고국에의 정착을 기대한 것과는 거리가
먼 것임을 환기시켜 준다. 또한 이러한 대목을 통해 우리는 해방직후
혼란된 사회상과 인심의 구체적 실상을 알 수 있다. 동시에 이것은 사
회 구성원들의 도덕성에 심각한 훼손을 가져오는 변동기 사회의 파행
적인 모습을 반영한 것이다. 이러한 대립되는 이중성은 결국 현세가
집을 흥정하는 일이 바로 집을 매입하는 일이 아니라는 겉과 속이 다
른 이중적인 행위양식과 대응하고 있다. 따라서 방 한칸을 얻을 수 있
다는 현세의 기대는 단돈 몇 천원으로 무산되는 상극된 이중성으로 합
치된다. 이러한 이중구조는 은혜를 갚는 옛날의 두꺼비가 독을 내뿜는
오늘의 두꺼비로 변모한 대립되는 양태로 종합되면서 그 해석이 명확
하게 드러난다. 그것은 비단 두꺼비란 별명을 가진 옛 친구 두갑 한

---

97) 황순원, 「두꺼비」, 『목넘이 마을의 개/曲藝師』, 문학과지성사, 1981, 52-3면. 황
   순원은 발표 당시 제목을 창작집에 수록할 때 자주 改題를 하였으며, 내용도
   일부 수정하곤 했다. 뒤에서 다루는 「술」도 발표 당시(『신천지』, 47.2-4)의 제
   목은 「술 이야기」이며, 「집」은 발표 당시의 (『신조선』, 47.4) 제목이 「꿀벌」이
   었다. 황순원 소설에서의 개작의 문제에 대해서는 별도의 장을 필요로 하며,
   본고에서 대상으로 하고 있는 황순원 소설의 인용은 문학과 지성사 刊으로
   한다.

개인에 국한된 것이 아니라, 현세 자신도 그러한 두꺼비의 부류에 속하고 있음을 부인할 수 없음에 있다. 새로 전개될 사회를 기대하며 새로운 삶의 공간을 확보하기 위하여 악착같이 살아가는 이러한 사람들의 부도덕성은 사회 변혁의 논리를 확보하지 못한 혼란기의 파행적 현실을 반영해 준 것이다.

「두꺼비」는 이처럼 해방직후의 혼란된 사회상과 거기에 대처해 나가는 인간의 생존양식에서 과거와는 다른 도덕의식의 이중성을 보여준다. 이것이 '두꺼비 설화'의 역전에 의해 제시되고 있다. 그러나 여기서는 단지 사회상을 사실적으로 고발하는 데 그치지 않고 그러한 혼란이 생존의 필수조건인 '집'이란 공간 모티프의 확보과정을 통해 드러내 준다.

집은 우리의 삶에 있어서 庇護와 휴식의 가장 친밀한 공간이다. 따라서 집은 인간의 삶이 영위되는 공간일 뿐만 아니라, 삶의 구심이며 상징적인 중심이다. 그러나 이것이 문학작품 속에 수용되었을 때는 시대적 상황과 사회구조의 변화에 따라 다양한 의미를 함축하고 반영하게 된다. 일제 식민지 시대의 문학에 있어 집의 부재는 실향성 내지 인간의 비정주적 존재(unheimlichkeit)화 현상을 상징하기 위한 공간으로 자주 원용되었다. 이처럼 집이 없는 상태(homelessness)로써 安住의 부재화를 표상하는 현상은 해방기 문학을 거쳐 오늘의 문학으로 이어진다.[98] 인구의 폭발적인 증대와 도시의 거대화가 이루어지는 현대 산업사회에 들어서도 집에 대한 인간의 관계는 삶의 근원적인 자리를 차지한다. 인간이 집에 대해 집착하고 소유하려는 것은 집의 사회경제적 가치와도 밀접한 관련을 갖지만, 무엇보다도 우선은 인간의 삶을 편안하게 영위할 수 있는 庇護的 공간의 의미를 수반하기 때문이다. 그런데 해방기의 소설에서는 귀환민들이 해방이 되어 귀환한 이후에도 주

---

98) 이재선, 『한국문학주제론』, 서강대출판부, 1991, 345면.

거공간을 확보하지 못해 토혈(「혈거부족」)이나 산간초막(「별을 헨다」),
처마살이(「집 없는 사람들」)를 해야하는 기구한 삶을 작품의 주된 모
티프로 하여 전개된다. 이것은 이들의 삶이 거의 불안감, 좌절감으로
채색되어 있고, 또한 이들의 주거공간이 불안정하다는 사실은 과거와
미래로부터 단절되어 있는 모습 등과도 밀접한 관련을 갖는다. 전재민
의 주거형태는 뿌리뽑힌 삶의 비유라는 공통점을 가지고 있으며, 또한
등장인물의 좌절이 주거공간의 형태와도 밀접하게 관련되고 있다.

　계용묵의 「별을 헨다」(동아일보, 46.12-?)는 해방후 귀국한 지 일년이
되도록 집 한칸 마련하지 못하고 초막에서 노모와 어렵게 살아가고 있
는 귀환민의 이야기를 다루고 있다. 여기서 주인공의 초막생활은 "주
인공과 가족이 겪는 기대좌절을 드러내 보이는 공간의 구실을 하기도
하지만, 한편으로 좌절에 대응하는 주인공의 태도가 유약함을 비유한
다"99)는 지적도 있다. 그러나 「별을 헨다」에서 주인공의 초막생활은
주택 구득난이라는 사회적 환경 탓에 기인하기보다는 전재민의 좌절된
해방에 더 비중을 두기 위한 것으로 보아야 할 것이다. 여기에 나오는
주인공은 생각만 있으면 일본인이 살다간 적산을 얼마든지 접수할 수
있었다. 다만 그의 양심이 허락하지 않아 안식처를 찾지 못하다 노모
를 위해 38선 이북 고향으로 가는 길도 단념하지 않을 수 없는 비극적
상황이 전개된다.

> "이북으로요 ? 아이우 갈넘 마르우. 잘사는 사람은 잘 살아두 못사
> 는 사람은 거기 가두 못살아요."
> ……(중략)……
> "쉽다니요! 발라요. 거저 집이라구 우멍헌 건 내만 놓문 훌떡훌떡
> 허디요. 그르기 어디 빈 간이 있게 그루우? 만주서 나와 집찾는 사람

---

99) 박재섭, 앞의 논문, 191면.

두 있디요? 제 집 쬐께나서 어디 빈 간이나 있을까 허구 도라가는 사
람두 있디요? 머 촌이나 골이나 딱 같습두다. 난이예요 난."
　"여기두 그르탄다. 우린 집을 못 얻구 한디에서 내내 살았단다. 밥
이라군 밀가루 떡만 먹구."
　"여기두 고롬 그르케 집이 없어요! 것두 같수다레 고롬?"
　"글쎄 네 말을 들으니께니 집 없는 것꺼지 신통두 허게 같구나 참."
(『해문』1, 203-204)

　인용문은 결국 남북의 사회 모두 "양심을 팔아야만 살아갈 수 있는
곳"100)으로 변해가고 있는 절망감을 일종의 아이러니적 기법으로 다루
고 있는 결말부분이다. 이 작품에서 '별을 헨다'는 윤동주의 '별 헤는
밤'과 같이 詩畵된 상황이나 현실을 표상하는 것이 아니라, 생활의 방
호기능인 주택이 없어 노숙을 해야 하는 절박한 상태의 은유인 것이
다. 나아가 「별을 헨다」는 고향에의 회귀보다는 오히려 남북분단에 의
한 또 하나의 고향상실성, 나아가 주택이 없는 상태가 현재화되고 있
는 현실을 통해 자기 정체성 회복의 어려움을 반영하고 있다.
　엄흥섭의 「집 없는 사람들」(『백민』, 1947.5)은 청진에서 세탁소를 경
영하며 그런대로 생활을 꾸려 가다 귀국한 종호의 생활에 초점을 모으
고 있다. 결국 종호는 방 한칸 마련하지 못하고 노모와 처자를 데리
고 사과장수를 하며 남의 집 마루에서 근근히 생활하게 된다. 종호는
사실 청진에서 세탁소를 경영할 때 넉넉하지는 못하였지만 여섯식구의
생계를 꾸려갈 정도는 되었으며, 곤란한 동포가 찾아오면 용돈을 줄
정도의 생활을 유지하였다. 그러나 그는 속히 고국으로 돌아와 '모국
의 완전독립을 위하여 싸우자'는 결심으로 그곳 살림살이를 헌신짝처
럼 버리고 급히 귀국하였던 것이다. 그런데 해방된 조국에서의 적산가

---

100) 정창범, 「계용묵론」, 『작중인물의 심층분석』, 평민사, 1978, 90면.

옥은 "그것이 집없는 전재민과 조선독립을 위하여 싸운 혁명투사에게 우선적으로 분배되어야 할 것임에도 불구하고 적산가옥의 반수이상이 악질모리배의 책동으로 부정점유 되어있다는 사실"(64)을 종호는 알게 된다. 뿐만 아니라 이 작품에서는 귀환민들이 동포들로부터 부담스러운 존재로 인식되고 있는 저간의 실정을 다음과 같이 드러내고 있다.

> 어떤 집은 불과 두세식구밖에 없어 보이는 데 문패는 세개 네개씩 달린 집도 있고 또 어떤 집은 확실히 빈방이 두세칸씩 있음에도 불구하고 시골서 곧 친척이 오기로 되었다는 이유로 동거하자는 청을 거절하는 자도 있고 또 어떤집은 현재 자기 한세대밖에 살지 않음에도 불구하고 유령세대를 만들어놓고 전재민이 혹시 들어올가봐 방어진을 치고 있는 사람도 있었다.(62)

이 시기의 소설은 이처럼 '집'이란 공간 모티프의 확보과정이나 반대로 이것의 좌절과정을 통해 해방기의 사회상을 드러내고 있다. 앞에서 살펴본 작품들에서도 인간의 가장 기초적인 삶을 이룰 수 있는 주거할 공간마저 확보하지 못하고 좌절하는 전재민들의 삶의 양상이 제시되고 있었다.

이런 맥락에서 김동리의 「혈거부족」(『백민』, 47.2)은 주목할 만한 작품이다. 이 작품은 신화적이고 운명론적인 그의 작품세계와는 조금 궤를 달리하고 있다. 이것은 그의 작품들 속의 주인공들이 대체로 주술적인 세계관에 고착되어 있는 경우와는 달리 독립이라는 보다 현실적인 사실에 고착되고 여기에서 어떤 희망을 걸고 있음에서 연유한다. 또한 「혈거부족」에는 「찔레꽃」에서 만주에 있는 남편을 찾아 떠났던 순녀와 이름이나 처지가 꼭 같은 여인이 등장하기도 한다.101)

---

101) 이재선은 「혈거부족」이 「씰레 꽃」의 속편, 또는 후일담의 성격을 지닌

「혈거부족」은 만주에서 귀환하는 도중 남편을 잃은―만인들과의 싸움에서 얻은 어혈로 병들어 있는 상태였음―순녀가, 귀환민들이 집단적으로 거주하는 방공호에서 겪는 삶을 배경으로 하고 있다. 이 작품에도 귀국이후 귀환민들이 주거공간의 미확보로 인해 겪는 경제적 궁핍상이 잘 드러나 있다.

> 서울역에 내린 그들의 행장 속에서는 거기서 다시 고향까지 돌아갈 여비를 짜낼 수는 없었다. 설영 무임의 승차를 탄다 해도 그것을 마련하기까지의 몇일과 다시 차중에서 몇일 동안 먹고 써야 할 최소한도의 비용은 기어히 손에 쥐어야 할 형편이었으나 봉천서 안동서 신의주서 평양서 이미 팔건 다 팔고 잃을 건 다 잃고 그들의 보통이 속에는 냄비 하나와 숟가락 셋과 그리고 어린 것의 몇가지 기저귀가 들어 있을 뿐이었다. (『해문』1, 248)

해방된 고국땅에서의 이러한 기대좌절의 현실은 한 개인의 삶을 도시빈민으로 전락시킨다. 순녀는 남편을 잃고 생계가 막막하자 거리에서 장사를 하며 어렵게 생활을 꾸려간다. 물론 이렇게 곤궁한 생활은 순녀만이 겪는 고통이 아니고 극히 일부를 제외하고는 귀환민들 대부분이 주거공간의 확보도 어려워 방공호에서 어렵게 생활을 꾸려가게 된다. 순녀도 옥희를 업고 거리에서 장사를 하다 우연히 알게 된 노파의 권유로 이곳 방공호에서 생활하게 된 것이다.

그런데 이 작품에서는 이런 방공호도 매매가 이루어질 정도로 주택을 확보하기 어려운 당시 심각한 주택난이 부각되고 있다. 방공호 자체가 뿌리뽑힘, 불안정의 상징이고, 여기에 모여 있는 귀환동포들의 삶 또한 뿌리뽑힌 자의 그것이라는 점에서 방공호는 상징적이다.

다고 언급한 바 있다(이재선, 『한국현대소설사』, 495면).

또한 이 작품의 기조는 아직도 완수되지 못한 고향회귀의 상태를 완결하려는 순녀의 悲願과 哀愁이다. 이러한 측면은 귀국하기 전 순녀의 남편이 '고향에 돌아간다'는 기대로 '야릇한 광채'를 발휘하는 장면을 비롯하여 궁핍한 경제난 속에서도 순녀를 비롯한 귀환민들이 보이는 삶에 대한 의욕 속에서 드러난다.

> 며칠 전부터 감기가 들어 아무것도 먹지 못하는 옥히는 순녀의 등에 엎힌 채 또 얼마나 또 얼마나 열이 오르는지 등줄기가 온통 홧근거린다.
> "아, 무슨 선약이 없을까?"
> 순녀는 누구의 급한 병환을 당할 때마다 언제나 생각하는 이 말을 입버릇 같이 되뇌이고 있을 때 불현듯 그의 눈앞에 나타난 환상은, 또 한번 죽은 남편의 두 눈에 불을 켜고 있던 그,
> "고향으로 간다."
> 하고 외치는 듯하던 야릇한 광채였다.(259)

남편의 광채나는 눈이 자기 정체성의 회복을 위한 열망의 徵表라면, 禪藥에 대한 순녀의 갈망은 그녀 자신의 정체성을 확보하려는 열망으로 볼 수 있다. 그리고 여기서 독립에의 열망은 진정한 고향회귀를 완결하려는 민족적 동질성의 확보에 대한 그들 모두의 바람과 같은 맥락에 놓인다.

> "쌍놈의 색끼들 소독이야 주던 말던 독립이나 얼른 좀 시켜 줬음 좋갔수다"
> (……)
> "이승만 박사가 미국서 임시정부를 꾸며서 나왔다니까 인제 곧 되겠지요"
> 또 여섯째 구멍의 노인이 이렇게 받았다.

　　"아 누구레 왔갔게 인재 독립이 되갔다오?"
　　황생원의 모친이 깜짝 놀란듯이 이렇게 물었다.
　　"신탁통치가 된다는 사람도 있두만서두"
　　여덟째 구멍의 노인이 혼잣말같이 이렇게 중얼거리니, 황생원 모친
은
　　또 깜작 놀란듯이,
　　"아 신탁통치레 독립인가?"
　　하였다.
　　"독립은 아닌 모양인게지"
　　(……)
　　"독립되도 별수 없을 게라는 사람도 있두만서두 ……」"
　　"독립이나 얼른 돼 봤으면 죽어도 원이 없겠다."
　　순녀도 한마디 하였다.(252)

　　인용된 것만으로 '독립'의 실체를 구체적으로 파악할 수는 없다. 다
만 '법으로 된 독립', 즉 입법기관의 수립을 진정한 독립으로 인정하
지 않는 인물들의 태도를 보아, 여기서 갈망하는 독립이란 보다 포괄
적이고 추상적인 것임을 알 수 있다.
　　이처럼 「혈거부족」은 방공호라는 상징적인 주거공간을 설정하고, 순
녀가 자기 정체성과 민족의 동일성 확보를 위한 고향회귀와 독립이라
는 객체를 탐색해 가는 과정을 그리고 있다.
　　또한 최인욱의 「개나리」(『백민』, 48.5)는 해방 직후 남편의 귀환이
좌절됨으로써 가족들이 겪는 좌절감과 경제적 궁핍상이 부각되어 있
다. 구체적으로 말해서 「개나리」는 징용에 간 남편이 해방이 되어 遺
骸만 돌아온 현실 속에서 재가해야 될 형편에 놓인 한 여인의 비극적
삶을 다루고 있다. 해방이 되었음에도 불구하고 징용에 간 남편이 돌
아오지 않거나, 혹은 죽게 되어 여인들이 겪는 비극적 삶에 초점을 둔
경우로는 이 작품 외에도 김동리의 「혈거부족」, 전홍준의 「路程」(『신천

지』, 49.3) 등을 들 수 있다. 이 중에서 전홍준의 「路程」은 징용에 간 남편이 해방이 된 지 몇 년이 지나도록 행방이 묘연하자 죽은 줄 알고 이웃 마을에 재가한 아내와, 뒤늦게 징용에서 돌아온 남편이 겪는 갈등을 그리고 있다. 따라서 「路程」은 「혈거부족」이나 「개나리」와 성격은 약간 다르지만, 남편의 장기간 부재로 인해 발생한 가족공동체의 훼손이라는 점에서 동질성을 보인다. 그러나 「路程」은 귀환의 좌절로 작중인물들의 겪는 좌절감 보다는 이것을 감내하고 새로운 출발을 모색하려는 극복의지에 더 비중을 두게 된다.

반면 「개나리」의 '연이'는 「혈거부족」의 순녀와 여러모로 유사한 인물이다. 이 작품 역시 해방이 된 와중에 남편을 잃고 극도의 경제적 궁핍과 좌절감을 안고 살아가는 '연이'의 비극적인 운명이 서사의 중심을 이루고 있기 때문이다. 특히 여기서는 아들을 두고 재가해야 될 형편에 놓인 과부의 심정이 모자간의 이별을 통해 애처롭게 그려져 있다.

> 「복돌아」
> 목메인 소리로 한마디 불맀으나 돌이는 눈앞에 나타나지 않있다.
> 「돌아, 할매하고 있으면 내 고까옷 사가지고 올께」하고 눈물을 머금고 타일으든 돌이, 돌이는 어데로 갓는가,
> 차가 마악 떠나려 할 무렵 연이가 불러도 대답이 없던, 돌이는 어느 날 그렇게 재빠르게 올라탓는지 —이내 조수의 손으로 끄집어 내려것다.
> 차가 위잉 떠나자 돌이는 기를 쓰고 추럭의 뒤를 쪼차 갔으나 거리는 점점 멀어질 뿐이었다.(157)

인용은 작품의 결말에 해당하는 부분으로 개인의 의지와는 무관하게 역사가 던져 준 사건에 의해 현실을 받아들여야 하는 개인의 비극

이 그려져 있다. 사랑하는 자식의 기본적인 생존의 여건을 마련해 주기 위해 자식을 떼어 놓고 다른 곳으로 재가해 떠나야 하는 이같은 사건은, 비록 개인적인 비극이기는 하지만 비관적인 입장을 바탕으로 한 작가의 사회의식을 필요로 한다. 현실에 적극적으로 대처해야겠다는 삶의 의욕이 위축되어 있기 때문에 연이의 행동은 비극성을 더욱 심화시킨다.

이 작품에서 연이의 시련은 개인적인 차원에 국한되지 않는다. 일제시대에 강제로 징용에 끌려갔던 사람들이 다시 돌아오는 경우도 있지만, 또한 대부분의 많은 사람들은 돌아오지 못하고 객지에서 억울한 죽음을 당했던 경우를 상정해 볼 수 있기 때문이다. 「개나리」에서의 연이의 남편 역시 「바람은 그냥 불고」에서의 '김진수', 「농민의 비애」에서의 서대웅 노인의 아들과 같이 귀환불능의 상태로 제시되고 있다.

소설은 집단의식에 특유한 일관성을 지향하는 경향에서의 최고형태와 작가의 개인적 의식이 가지는 통일성 및 일관성의 형태 사이에서 서로 마주치는 위치에 놓인다. 이러한 점을 감안할 때 「개나리」는 작가의 창조적인 힘이 현실에서의 개인적인 경험을 문학적으로 형상화시키는 데 어느 정도까지는 성공하고 있다. 그러나 개인의 아픔을 아픔으로만 인식할 뿐, 이를 극복하고 타개해 나갈 미래에의 전망제시가 불투명하다는 측면에서 이 작품은 한계를 보이고 있다.

이상 살펴본 바와 같이 이 시기의 소설에 나타난 주거확보의 어려움과 주거지 불안정성은 단순히 주거시설 부족이라는 해방직후 세태의 단면을 보여주기 위한 것이 아니다. 이것은 귀환민들이 귀국한 이후의 조국의 현실이 고국 안주의 꿈과 얼마나 거리를 가졌으며, 또한 고국 안주에의 기대가 좌절되는 과정을 가늠해 보임으로써 자기정체성 확보의 어려움을 드러내 준 것이다. 다음 절에서는 '집의 부재'를 해방직후 경제적인 측면과 연관시켜 논의할 것이다.

2) 삶의 파행상

　전재민들이 주거할 공간마저 확보할 수 없었던 것은 집이 부족한 탓도 있겠지만, 공동체의식의 소멸, 나아가 해방직후 혼란기를 이용하여 富의 蓄積에 혈안이 된 경제 모리배들에 의한 자본축적의 파행상과도 연관된다. 다시말해 해방직후 주거공간 확보의 어려움이 단순히 귀환민의 급증에 기인하기보다 근본적으로는 해방직후 파행적인 자본축적의 구조적 모순에서 비롯되고 있음을 소홀히 할 수 없는 것이다.

　이러한 맥락에서 전홍준의 「큰 대문 집의 역사」(『조광』, 1948.10)는 주목할 만한 작품이다. 「큰 대문 집의 역사」는 앞에서 다룬 「두꺼비」와 여러 모로 비교될 수 있는 작품이다.

　두 작품은 해방직후 귀환민들이 주거할 공간마저 확보하지 못하고 방황하는 현실을 통해 해방기 사회상의 한 측면을 드러내고 있다는 점에서, 「별을 헨다」, 「집 없는 사람들」 등과도 어느 정도 공통점을 갖는다. 그러나 위에서 열거한 「별을 헨다」와 「집 없는 사람들」 등은 단순히 주거공간 확보의 어려움 자제를 부각시키는 데 그친다.

　반면, 「두꺼비」와 「큰 대문 집의 역사」는 그러한 현상의 원인추적에 더 비중을 두고 있다는 점에서 진일보한 측면을 지니고 있다. 두 작품은 해방 직후 주거공간 확보의 어려움이 단순히 귀환민의 급증에 기인하기보다는 근본적으로는 파행적인 자본축적의 구조적 모순에서 비롯되고 있음을 반영하고 있기 때문이다. 그러나 두 작품은 비슷한 문제의식을 갖고 있으면서도 접근해 가는 방식은 사뭇 다르다. 「두꺼비」는 해방 직후 혼란되고 부도덕한 사회상을 ‘집’이라는 삶의 공간을 확보하는 데서 빚어지는 사건들을 통해서 제시하고 있다. 따라서 「두꺼비」는 주위의 불행에 무관심한 사람들의 생활을 통해 자기생존을 위해 악

착같이 살아가기에 바쁜 사회의 도덕적 타락상에 초점을 두었다. 반면
「큰 대문 집의 역사」는 '집'의 확보과정을 통해 해방후에도 반복되는
자본축적의 파행상을 고발하는 데 비중을 둔다. 또한 이 작품에서는
추리소설적 기법을 동원하여 작품의 극적 긴장감을 고조시킨다. 사건
의 전개가 모두 수수께끼식102)으로 진행되고 있지는 않지만, 여기서는
사회고발적인 측면을 부각시키기 위한 방략(strategy)적 차원에서 부분
적으로 추리소설적 기법을 동원하게 된다.

이 작품은 결국 '큰 대문 집'의 내력을 밝히는 과정에서 그 의미가
드러나게 되는 바, 집의 소유주 변천과정과 이들의 실체를 통해 해방
기 사회상의 한 측면을 부각시킨다. '큰 대문 집'은 도합 82간이나 되
며, "대낮에도 방안에 안자 있으면 어떤 깁흔 산 속에나 들어간 것처
럼 묵직한 고요에 뒤싸여 이제 금방 어떤 요귀라도 뛰어나올 것 같이"
무시무시한 분위기를 느끼게 한다. 그래서 살림집으로 팔렸다는 소식
을 듣고 철수네는 기뻐한다. 철수네가 기뻐한 이유는 집을 산 사람이
이사를 오면 집안이 웅성웅성해지며 파적(破寂)할 수 있으리라는 기대
때문이었다. 그러나 이 집은 살림집으로는 너무 크고 공장으로 쓰기에
도 부적당해 살 사람이 선뜻 나서지 않으며, 단지 집장사로 일확천금
을 꿈꾸는 모리배의 대상물이 될 뿐이다.

처음 '큰 대문 집'을 산 사람은 "오십여 세쯤 되어 보이는 꼭 익은
소고기 덩어리를 연상시키는 얼굴"을 하고, 해방 직전에 전당포를 운
영하면서 일본인의 집을 수십 채나 접수해서 집장사로 돈을 번 인물이
다. 그는 이 집을 40만원에 사서 70만원에 판다. 두번째로 집을 산 사

---

102) 하나의 텍스트를 읽어내는 작업은 일종의 수수께끼의 풀이과정(解號)이다.
　　 R.Barthes는 S/Z를 분석할 때, 5가지의 코드를 사용해서 텍스트 의미해독의
　　 한 본보기를 보여주었다. 그중의 하나인 해석학적 코드는 텍스트가 던지고
　　 있는 수수께끼의 의문점을 풀어나가는 것을 보여준다. Barthes, R., 앞의 책,
　　 17면.

람 역시 첫번째로 산 사람과 같은 부류의 사람으로, "도수가 센 안경을 쓰고 주독으로 얼굴이 홍당무처럼 빨간 60 가량"의 반신불수의 노인이다. 특히 두번째 집 주인은 철수의 눈에 마치 '인형극'을 보는 것 같이 이상한 느낌을 주며, 또한 철수를 대하는 데 있어서도 "꼭 봉건시대의 상사가 종에게 대하는 태도"를 취하고 있어 철수의 호기심을 유발한다. 이 집을 산 사람들의 정체는 철수의 옆집에서 근 20여년을 살고 있는 '수원댁'(두번째로 집을 산 반신불수 노인의 셋째 첩)에 의해 하나씩 폭로된다.

> "누가 아니래우? 그저 영감님 고집대로 이 집을 또 팔았지요. 기껏 냉긴다는 게 이십오만원을 냉기구 …(중략)…
> "어유--말두 말우, 젊었을 때 너머 바람을 펴서 지금은 반신불수가 되어 있는 영감이 무엇이 모자라서 요즘 와서 그 넷째 첩을 얻어 고만 거기에 미친다우. (…)수원집은 그 노인이 해방 직전까지 근 십여년간을 중추원 참의 기타 총독부의 고관으로 지내던 사람이었다는 것, 해방 이후에도 어떤 정당의 간부로 있다는 것을 말하고 일제시대에는 참말로 자기도 남부럽지 않게 호강을 햇는 데 이제는 영감도 마음이 변해 다른 계집한데 미쳐 있으니 자신도 그저 될 수 있는 대로 돈이나 긁어낼 작정이라고 이러케 조금도 꺼리낌이 없이 실토를 하는 것이었다.
> 그후 사오 개월간에 이 집은 무려 오륙 차나 팔리고 백여 명의 사람들이 드나들었다. 그동안 이 집이 텅텅 비어 있었던 것은 물론이다. …그래서 처음에 사십만원에 팔린 집이 봄에서부터 늦가을에 이르기까지 이백만원 가까이까지 올라갔다.(『해문』1, 394-95)

'큰 대문 집'은 4, 5개월간에 무려 5, 6 차례나 주인이 바뀌고 백여 명의 사람들이 그 집에 드나들 정도로 심한 변화를 겪는다. 그러나 정작 철수네 외에는 사람들이 살지 않는다. 이 집을 산 주인들의 정체는 외양묘사(extern alappearance)를 통해서 도덕성이 결여된 모리배적 인물들임을 짐작할 수 있게 한다. 철수는 이렇게 집 주인이 바뀌는 것을 보고 이 집을 '모리배의 집'으로 바꿔 부르기로 한다. 그러나 한편으로 철수는 이렇게 집 주인이 자주 바뀌자 새로운 주인으로부터 나가달라는 소리를 들을까 내심으로 전전 긍긍한다. 분필공장의 사무원에 지나지 않는 현재 그의 처지로서는 집을 새로 세들 엄두가 나지 않기 때문이다. 이 집의 주인들이 철수네의 생존권을 쥐고 있는 셈이다.

귀환민들이 주거공간을 확보하지 못해 '혈거생활'을 하는 와중에도 '큰 대문 집'은 모리배들의 자본을 증식시키는 투기대상으로 전매되고 있다. 더욱이 이 집의 주인들은 해방직후 혼란된 세태를 이용하여 부당하게 자본을 증식해 가는 비윤리적이며 부도덕한 사람들이다. 집 주인들의 이러한 면모는 해방 직후 자본축적 과정의 파행상을 간접적으로 드러내 주기 위한 것이다. 결국 이 집은 심지어 투전꾼들의 도박장으로 전락하게 되고, 철수는 집주인이 시키는대로 '문직이' 역할을 하지 않을 수 없는 입장에 놓인다. 철수의 전락은 여기서 멈추지 않는다. 집 주인이 철수의 여동생 '영희'에게 야욕을 갖고 접근하게 된 것이다. 수원댁은 매파 역할을 하면서 철수에게 영희를 홀아비 주인의 '후처'로 보내자는 유혹을 한다. 심지어 집 주인은 수원댁을 통해 자신의 제의를 수락하면 이 집을 '영희' 명의로 해 주겠다는 집요한 유혹까지 해 온다. 여기서 철수는 윤리의식의 갈등을 겪는다. 생존을 위해 굴욕적인 삶을 살 것인가 아니면 인간적인 삶을 위해 거리로 나갈 것인가의 기로에 서게 된 것이다. 그러나 이러한 제의를 받은 철수는 "얼굴에 개기름이 번지르르 흐르는 사십대의 장사아치 특유의 교활한 얼굴"을 가진 집 주인을 생각하면서 거절한다. 이러한 제의를 거절한 철수에게 돌아오는 것은 거리로 쫓겨나는 것이다. 다음과 같은 결말부분은 앞에서 살펴본 계용묵의 「별을 헨다」의 한 장면을 연상시킨다.

　　철수는 추위에 벌벌 떨면서 언제까지나 눈물을 찔끔찔끔 짜고 있는
두 누이동생을 달래가며 대강대강 짐을 차리기 시작햇으나 뒤미처 그
는 그 자리에 장승처럼 우둑하니 서고 말앗다. 서러워서가 아니었다.
짐에 손을 대었을 그 순간 번뜩하고 고향의 늙은 어머니의 눈물 어린
일굴이 희미하게 눈압헤 나타낫기 때문이다. 어머니가 이런 정경을 아
신다면 얼마나 애처로워하실 것인가! ……때마침 회색빗 하늘에서 힌
눈빨이 펏덕펏덕 멫치 팔날러 내려왔다.(398)

　　인용문은 인간에게 필요한 최소한의 공간조차 마련할 수 없는 해방
된 조국의 실상을 환기시켜 주고 있다. 집이란 인간이 가족공동체를
이루며 살아가는 기초 공간이며 물질적인 기반이다. 따라서 '집의 부
재'는 해방기 사회경제적 삶의 질곡과 불안정을 간접적으로 반영해 준
다. 그런데 일정한 하나의 공간으로서의 집은 그 자체가 하나의 소우
주로서 하나의 세계모형(imago mundi)의 속성을 지니고 있기 때문에
일정한 세계를 형성하거나, 개인의 내면을 상징하기도 한다. 그리고 이
같은 집의 상징성이 소설에서는 당시대적 삶의 총체성을 보여주는 공
간을 상징하는 경우가 빈번하게 나타난다.103) 여기서도 '큰 대문 집'
은 단순한 집이 아니다. 그것은 "해방의 어두운 단면이 집약되어 있는
집"104)으로 비유된다. 결국 「큰 대문 집의 역사」는 '집의 부재'를 통
해 소수의 모리배들이 투기를 목적으로 집을 독점하고 있는 당시의 혼

---

103) 예컨대 1920년대 단편소설들의 경우 '집'이라는 공간상징의 관점에서 보았
　　을 때, 그곳은 끊임없는 대립과 반목으로 인해 기존의 관계가 반복적으로 파
　　탄되거나, 건강한 생명력을 상실하고 있으며, 혹은 受胎가 불가능한 여성인물
　　들만 존재함으로 인해 재생의 가능성을 발견할 수 없는 공간으로 나타나기도
　　한다(송준호, 「1920년대 단편소설의 상징성 연구」, 전북대학원 박사학위논문,
　　1992, 73-112면 참조).
104) 윤홍로, 앞의 논문, 117면.

탁한 경제현실과 윤리의식의 부재를 그리고 있다.

전홍준의 「큰 대문 집의 역사」와 비슷한 맥락에서 염상섭의 「두 파산」(『신천지』, 49.8)과 「임종」(『문예』, 49.8)을 언급할 수 있다. 「두 파산」은 “돈의 문제를 개입시킨 가장 근대소설다운 문제점과 심리적 갈등을 엄밀하게 포착하고 있다”105)는 평가를 받은 작품이다. 「두 파산」은 정례네 일가족이 고리대금업 경제활동에 의해 몰락해 가는 과정과, 윤리적인 파멸의 단계를 지나 성격파산에까지 이른 고리대금업자 옥임이(또는 교장)의 삶의 방식을 통해 해방직후 윤리의식의 부재를 비판하고 있는 작품이다.

「두 파산」은 표면적으로는 정례네 집안이 옥임이를 비롯한 인물들의 “자본 이식의 부당한 계산법”106)에 의해 가계의 파산에 이르는 과정에 비중을 두었다. 그러나 실은 옥임이를 비롯한 ‘교장’의 윤리의식의 부재 및 성격파산의 과정이 더 부각되어 있다. 다시 말해 이 작품은 난세를 살아가는 두 유형의 인물을 대립적 관계에 놓고, 이들이 살아가는 양식을 사실적으로 제시해 줌으로써 삶의 의미를 일깨워 주고 있는 것이다. 또한 이 작품은 세상이 어려우면 어려울수록 정신적으로 건강하게 살아가려는 삶의 지혜가 필요하며, 정신적으로 건강한 삶은 새로운 삶을 기대할 수 있지만, 정신적 파산은 비인간화를 초래함으로써 속물성에 떨어진다는 사실을 분명하게 보여준다. 이런 점에서 「두 파산」은 해방직후 한 집안의 가계파산의 과정을 통해 비정상적인 경제활동의 부정적 측면과 우리 사회에 내재되어 있는 윤리의식의 부재를 연관시켜 비판하고 있는 것이다.

염상섭의 「임종」(『문예』, 49.8) 역시 인간의 윤리의식 이면에 도사리

---

105) 김윤식, 앞의 책(1976), 128면.
106) 정현기, 「‘두 파산’, 인물들의 계층적 조명」, 김열규 신동욱 편, 『염상섭 연구』, 새문사, 1982, 62면.

고 있는 이기주의적 속성을 적나라하게 드러냄으로써 물신화된 세계에서 타락할 수 밖에 없는 윤리의식의 이중성을 비판한다. 이러한 비판을 통해 「임종」은 인간의 윤리의식의 발휘도 궁극적으로는 제반 경제적 여건의 토대 위에 형성되고 있으며(표리관계 속에서 형성), 그 중심에서 벗어날 경우 윤리적 기반이 흔들리는 해방직후의 세태를 묘파하고 있는 것이다.

이 장에서는 해방기 귀환을 모티프로 한 소설들을 크게 두 갈래로 나누어 분석하였다. 하나는 귀환의 도중에 귀환민들이 겪게 되는 여러 형태의 고난과정이나 혹은 귀환의 감격을 그리는 데 서사적인 초점을 둔 경우이다. 또 하나는 귀환 이후 귀환민들이 겪는 여러 형태의 좌절과정에 비중을 둔 경우이다.

특히 전자의 경우에 해당하는 작품들은 '귀환형 소설'로 유형화해서 살펴보았는 데, 이런 소설들은 귀환의 도중에 귀환민들이 겪게 되는 여러 형태의 고난과정에 비중을 두어 해방된 조국의 의미를 자각하는 과정이 제시된다. 그런데 이 시기의 귀환형 소설들이 대체로 해방의 감격과 귀환의 기쁨을 직설적으로 토로하는 데 머물렀다. 하지만 허준의 「잔등」과 채만식의 「소년은 자란다」 등은 비교적 객관적인 입장에서 해방된 조국의 의미를 구체적으로 드러내 주고 있었다.

허준의 「잔등」은 객관화된 위치에서 해방의 의미를 환기시켜 준다. 이것은 이 작품이 '제3자의 정신'이라는 간접화된 시각을 통하여 해방된 조국을 의미화하고, 또한 역사와의 거리를 취하면서 소설적인 가능성을 확보하고 있었기 때문이다. 이 작품은 궁극적으로 해방을 완결성으로 파악하지 않고 하나의 과정으로 파악하려 한 것이며, 또한 역사에 대한 시각이 정체되어 있거나 절대를 지향하는 것이 아니라 열려있는 시각으로 확보하려는 작가의 세계관과두 연관된다. 또한 채만식의

「소년은 자란다」는 귀환민의 귀환과정을 통해 해방된 조국에서의 자기 정체성 회복의지와 긍정적인 조국의 미래상이 반영되고 있다. 이 작품은 해방된 조국의 새 사회에서도 기회주의자와 친일파가 여전히 득세를 함으로써 민족주의자와 가난한 다수의 백성들은 여전히 설 자리를 잃고 있지만, 자라나는 세대의 굽히지 않는 꿋꿋한 인간상을 통해 이러한 부정적인 요소들이 극복될 수 있다는 긍정적인 세계관이 함축되어 있다. 이것은 어떤 역사적인 사건이 항상 문제의 해결이 아니라 새로운 문제의 제기라는 비극적 역사인식의 태도를 보이면서도, 그것을 극복할 수 있는 새로운 가능성을 찾으려는 작가의 미래의지를 드러낸 것이다.

또한 해방 직후의 귀환민들에게 있어 해방은 귀향에 대한 기대로 연결될 수 있었다. 그러나 귀환해서 본 조국은 생존의 필수적 요소인 주거할 공간마저 확보할 수 없는 상태가 지속된다. 따라서 이 시기의 소설은 귀환동포들이 고향에 대한 향수로 서둘러 귀국하지만 생존을 위협하는 여러 형태의 궁핍한 경제적 현실을 부각시킴으로써 해방의 기대좌절 과정을 나타내 준다. 황순원의 「두꺼비」를 비롯한 김동리의 「혈거부족」, 계용묵의 「별을 헨다」, 전홍준의 「큰 대문 집의 역사」 등이 그러한 성격을 띠었다. 심지어 김동리의 「혈거부족」은 방공호도 매매가 이루어질 정도로 당시의 심각한 주택난을 부각시킨다. 특히 황순원의 「두꺼비」를 비롯한 전홍준의 「큰 대문 집의 역사」 등은 단지 해방직후의 그러한 사회상을 사실적으로 고발하는 데 그치지 않는다. 이들 작품은 그러한 혼란이 생존의 필수적인 '집'의 확보과정을 통해 드러내 준다. 해방기 소설에 나타난 '집의 부재'는 주거시설 부족이라는 해방직후의 사회상을 드러내는 데 국한되지 않는다. 이것은 定住하지 못하고 좌절하는 귀환민들의 삶을 통해 실향성을 벗어나려는 대다수 국민들의 여망이 표출된 경우로 보아야 할 것이다.

요컨대 해방기 귀환을 모티프로 한 소설들은 귀환이나 혹은 귀환 이후 겪게 되는 기대좌절의 과정을 통해 자기 정체성 확보에 대한 바람, 나아가 민족의 정체성을 회복하려는 열망이 드러난 경우로 볼 수 있다. 그러나 한편으로 이러한 소설들 중에는 과도한 열망의 주관적 표출로 인해 전형성을 확보하지 못하거나, 혹은 개인적인 아픔으로만 인식할 뿐, 이를 극복하고 타개해 나갈 전망의 제시까지 나아가지 못한 경우도 있다.

Ⅲ. 식민지 잔재의 청산의지

해방의 현실 속에서 가장 큰 문제로 대두되었던 것 중의 하나는 일제잔재의 청산이었다. 이는 정치·경제·사회·문화 등 제 분야에 있어 일제의 잔재세력을 제거하여 민족정기를 수립하는 것이 당시로서는 시급한 문제로 대두되었기 때문이다.107)

이 시기의 작가들 역시 이러한 영향권에서 예외일 수 없었다. 작가들은 그들의 작품 속에서 일제시대의 친일협력에 대한 자신의 '과오'를 비판하거나 자기변명의 모습을 보여주고 있다. 이는 작가들이 '죄의식'에서 벗어나 자유로운 창작활동을 하기 위한 전단계의 모색으로 파악된다.108) 또한 문인들의 이러한 자기비판의 문제는 지식인의 윤리의식과 연계되어 해방 직후 문단의 한 흐름을 형성하기도 한다. 그러

---

107) 해방 직후 결성되었던 주요 정당의 정강 또는 정책에서도 일제의 잔재세력에 대한 응징의 문제가 우선시되었음을 볼 때, 당시의 사회적 분위기와 민족정기의 수립에 대한 관심도를 알 수 있다. 김대상, 「일본잔재 세력의 정화 문제」, 『창작과 비평』, 75년 봄호 참조.

108) 해방직후 문인들이 좌담회에서 거론한 내용이나 자기비판의 문제와 관련된 評文을 통해서도 당시의 문단 분위기를 짐작해 볼 수 있다. 자세한 것은 김윤식, 『해방공간의 문학사론』, 서울대 출판부, 1989, 148-163면 참조.

나 정작 작품을 통해서 자기비판의 문제를 정면으로 다룬 경우는 그리 많지 않았다. 심지어 김동인의 「반역자」, 이석징의 「한계」(『문예』, 48.7)처럼 자기비판의 형태를 띠기보다는 타인에 대해 간접적으로 비판하거나, 김동인의 「망국인기」, 「속 망국인기」와 같이 자기변명으로 일관한 경우도 있다. 그러나 채만식의 「민족의 죄인」을 비롯하여 이태준의 「解放前後」, 이근영의 「탁류 속을 가는 박교수」 등은 자기 비판의 문제를 다루는 방식에서 주목할 만한 작품들이기도 하다.

한편 해방직후의 사회는 일제잔재를 청산하지 못하고 자신의 기득권 유지에 집착하거나, 자신만의 이익을 챙기기 위해 그럴싸한 명분과 변신을 통해 반민족인 행위를 恣行하는 경우도 적지 않았다. 따라서 해방직후에도 지속되고 있는 附日的인 지식인들의 위선을 비롯한 악덕 모리배들의 횡포에 대한 비판적 인식은 이 시기 소설의 중요한 관심사로 부각된다. 채만식의 「맹순사」를 비롯한 『잘난 사람들』所載의 풍자적 단편소설들, 전홍준의 「蠢動」, 이동규의 「눈」, 염상섭의 「양과자갑」, 이무영의 「굉장소전」, 그리고 황순원의 「술」 등은 해방직후의 전도된 세태를 비판함으로써 일제잔재의 청산의지에 주안점을 둔 작품들이다.

이 장의 첫째 절에서는 해방기 소설에 나타난 지식인의 자기비판 양상과 그 의미를 해명해 보고자 한다. 그리고 두번째 절에서는 해방직후의 혼탁한 현실을 고발하거나 풍자함으로써 당시의 사회상에 대한 비판적 인식을 보여주고 있는 소설들을 분석하려 한다.

1. 내면탐색의 도정

1) 사상선택의 합리화

이태준의 「解放前後」(『문학』1호, 1946.7)는 해방직후 문인들의 내면심리를 엿볼 수 있는 작품으로 그 동안 여러 논자들이 주목한 바 있다. 이 작품은 특히 해방전후 작자 스스로의 변신과정을 밝힌 '자전적 소설'109)로서, "광복을 계기로 변모하는 지식인의 내면풍경을 유기적 구성으로 잘 드러내 주고 있다"110)는 평가를 받기도 했다. 이러한 지적에서도 시사하는 바와 같이 이 작품은 '현'이라는 한 소설가가 진보적인 문학단체에 가입하면서 겪게 되는 의식의 변모과정을 다루고 있다.

「解放前後」의 시간적 배경은 일제말기로부터 조선문학건설본부(이하 「문건」)와 조선프롤레타리아문학동맹(이하 「프로문맹」)이 통합된 다음 전국문학자대회가 열리기 전인 1946년 1월까지의 시기이다. 작품의 서사 초점은 해방직후의 현실 속에서 '현'과 '김직원'이라는 두 인물이 취하는 삶의 태도에 있다. 「解放前後」에 대해 김재용이 "김직원과 현이라는 인물의 대조를 통해 낡은 것과 새로운 것의 대립과 교체를 그린 작품"111) 이라고 언급한 바 있듯이, 작품의 궁극적인 해명의 단서는 해방을 분기점으로 현실에 대응하는 두 인물의 대조적인 삶의 태도에서 찾을 수 있다. 두 인물의 대조적 태도 가운데 이 작품의 실질적

---

109) 「解放前後」는 "한 작가의 수기"라는 부제가 붙어 있다. 조남현은 이 작품에 대해 보다 직설적으로 "이태준 자신의 사상전환과정을 기록한 것"(조남현, 앞의 책, 315면)임을 지적한 바 있다.
110) 김성렬, 「광복 직후 좌우 대립기의 문학 연구」, 고려대 박사논문, 1989, 315면.
111) 김재용, 「해방 직후 남북한 문학운동과 민중성의 문제」, 『민족문학운동의 역사와 이론』, 한길사, 1990, 200면.

인 서사의 초점은 해방직후 진보적인 문학단체에 가입하면서 겪게 되는 '현'의 세계관 변모과정이다.

현은 일제 말엽 시국강연회에서 혼자 조선말로 연설을 할 정도로 체제 비판적 성향을 지니고 있으며 평소에도 일제의 군국주의 체제에 대해서 비협조적 태도를 보인다. 그러나 한편으로 그는 그러한 점들이 화근이 될까 두려워 대동아전기의 번역을 맡아야 한다는 출판사의 권유를 거절하지 못할 만큼 소시민적 지식인이기도 하다. 따라서 현은 일제의 강요에 따른 것이긴 하지만 '조선문인보국회'에 가입하여 친일 행위를 하게 된다. 현은 일제에 대한 협조를 소극적으로나마 거부하기 위해 강원도 산골에서 낚시질을 하면서 소일하지만, 그것도 여의치 않아 눈치를 봐야 할 만큼 불안한 생활을 하던 중에 김직원을 만난다.

사실 현'은 작가 이태준의 삶을 거의 그대로 반영하고 있는 인물이라고 추정해 볼 수 있다. 실제로 이태준은 일제하 '구인회'와 『문장』을 중심으로 작가활동을 하다가 1940년 이후에는 조선문인보국회에 가입하여 附日활동을 한 이력이 있다.112) 물론 이 작품에 설정된 구체적인 정황에는 허구적 요소도 가미되어 있다. 그러나 이후 전개되는 해방 직후의 문단활동을 비롯한 사건의 전개를 보면 이 작품에서 '현'은 작가 자신을 모델로 설정하였음을 짐작할 수 있게 한다. 반면 김직원은 현의 의식을 일깨우는 매개자이며, 현의 보조적 역할을 수행하기 위해 설정된 인물이다. 「해방전후」가 논픽션의 성격을 강하게 풍기고 있으면서도 허구의 산물일 수 있는 장치가 있다면 그것은 작중인물 김직원의 설정에서 비롯된다.

---

112) 임종국의 『친일문학론』에 의하면 이태준의 친일행적에 대한 구체적인 언급은 없으나, 1943년 6월에 진용을 정비한 조선문인협회 '상담역'의 명단에는 들어 있다. 또한 작가 이태준은 일제 말엽에 철원 용담의 한내천으로 낙향하여 낚시질하면서 은거생활을 한 적이 있다. 이태준의 생애 및 전기적 요소에 내해서는 민충환, 『이태준 연구』, 깊은샘, 1988, 21-38면 참조.

일제 말기의 극심한 탄압에도 불구하고 창씨 개명을 거부할 정도로 완고한 민족주의자로서의 면모를 지닌 김직원은, 3·1만세 사건으로 被逮되어 서울에 끌려왔을 뿐 일제의 총독부 건물이 있다는 이유로 서울에 오기를 스스로 피한 강직한 시골선비이다. 그는 시골에 은거하면서 한시를 짓거나 독서하는 것으로 소일하게 된다. 그러한 김직원에 대해 현은 "모시어 볼수록 깨끗한 노인이요 이 고을에선 엄연히 존경을 받아야 옳을 유일한 인격자요 지사"로서 '其人如玉'의 인물로 생각된다.

그런데 김직원은 일제의 패색이 짙어지며 독립이 눈앞에 온 시점에서 현과 나눈 대화에서도 "난 그전대로 국호도 대한, 임금도 영친왕을 모셔다가 장가나 조선부인으로 다시 듭시게 해서 전주이씨 왕조를 다시 한번 모셔보구 싶"다고 말할 만큼 봉건적인 의식을 갖고 있다. 일제 말기의 불안한 상황에서 두 사람은 "불행한 족속으로서 억천 암흑 속에 일루의 광명을 향해 남몰래 더듬는 그 간곡한 심정의 촉수만은 말하지 않아도 서로 굳게 합하고도 남아 한 두번 만남으로 서로 간담을 비추는 사이"가 될 수 있었다. 그러나 해방을 계기로 김직원과 현은 현실인식에 있어 차이를 보이기 시작한다. 김직원은 작가 이태준의 회고취향과 해방후의 사상적 변화를 이해하는 데 결정적인 역할을 하는 인물이라는 점에서 주목된다.

장영우는 김직원을 "일제하 이태준의 정신적 지향이었던 상고주의의 표본으로서, 현과 함께 작가가 창조한 또 하나의 자아"113)라고 규정한 바 있다. 이것은 현실의 변화에 방관자적 자세를 취했던 과거의 이태준과, 새로운 세상을 맞이하여 의욕적인 활동을 벌이려는 현재의 이태준 사이의 내적갈등으로 본 것과도 연관된다. 김직원의 사상적 지

---

113) 장영우, 「문학과 정치--이태준소설연구」, 『이태준 문학 연구』, 상허문학회, 깊은샘, 1993, 164면.

향이나 외적 행적이 과거 이태준이 경도되었던 상고주의적 면모를 보이는 것은 사실이다. 그렇다고 김직원을 '작가의 제 2의 자아'로 보는 것은 적절하지 않다. 김직원의 경우는 현이 청산하고자 하는 낡은 질서와 의식의 상징적 존재로서 작중인물이 갖는 독자성과 개별성을 감안해야 한다. 해방 전에 두 사람이 쉽게 가까워질 수 있었던 것은 사실 "김직원에게서 현 자신의 한 내면풍경을 바라볼 수 있기 때문"114)으로 보아야 보다 설득력이 있다.

현은 무시로 대산의 시를 입버릇처럼 읊조리면서도 그것은 한낱 왕조시대(王朝時代)의 고완품(古品)을 애무하는 것 같은 취미요 그것이 곧 오늘 자기의 문학생활에 관련성을 가진 것이라고 생각되지 않았다.
"그렇다고 내 자신이 걸어온 문학의 길은 어떠하였는가? 봉건시대의 소견문학과 얼마만한 차이를 가졌는가?"
현은 아직까지의 작품세계는 대개 신변적인 것이 많았다.신변적인 것에 즐기어 한계를 둔 것은 아니나 계급보다 민족의 비애에 더 솔직했던 그는 계급에 편향했던 좌익엔 차라리 반감이었고 그렇다고 일제(日帝)의 조선민족정책에 정면충돌로 나서기에는 현만이 아니라 조선민족 전제가 너무나 미약했고 너무나 국제적으로 고립해 있었다.가끔 품속에 서린 현실자로서의 고민이 불끈거리지 않았음은 아니나 가혹한 검열제도 밑에서는 오직 인종(忍從)하지 않을 수 없었고 따라 체관의 세계로 밖에는 열릴 길이 없었던 것이다.115)

인용문은 해방전 현이 자신의 문학세계를 반추해 보고 있는 대목이다. 그러나 '현'은 자신의 문학이 '체관의 세계'를 띨 수밖에 없었던 것을 당시의 사회적 정황 탓으로 돌리면서 자기변명에 급급한 태도를 보이고 있다. 물론 부분적으로 발견되고 있는 현의 '자기변호성' 발언

---

114) 김성렬, 앞의 논문, 52면.
115) 이태준, 「解放前後」, 김재용 엮음, 『해방 3년의 소설문학』, 세계, 1987, 272면.

에만 비중을 두어 이 작품을 자기변명의 요소가 투영된 작품으로 단정할 수는 없다. 그러나 분명한 것은 당시의 '상황론'에 근거를 둔 이러한 자기변호성 발언이 엄격한 자기성찰과는 거리가 멀다는 점이다. 해방직후 현의 변화가 '반전'이라기보다는 '급전'의 요소를 띠고 있음을 합리화하기 위한 복선의 의미가 더 짙게 깔려 있다고 하겠다. 현의 '자기변호성 발언'의 이면에는 이제까지의 소극적인 태도에서 벗어나 새로운 각오로 자신의 문학적 성취를 위해 변신하겠다는 태도를 보이고 있는 것이다. 해방이 되자 현은 자연히 서울의 정황에 관심을 갖게 되고 문화계의 상황에도 주의를 기울인다.

현은 서울의 정황에 불쾌하였다.……이 현혹한 찰라에, 또 문화인들의 대부분이 아직 지방으로부터 모이기도 전에 무슨 이권이나처럼 재빨리 간판부터 내 걸고 서두르는 것들이 도시 불순하고 경박해 보였던 것이다. 현이 더욱 걱정되는 것은 벌서부터 기치를 올리고 부서를 사고 덤비는 축들이 전날 좌익 작가들이 대부분임을 알게 될 때…그들의 표정과 행동에 혹시라도 위선적(僞善的)인 데나 없나 였보기를 게을리 하지 않으며 저으기 속으로 이상하게 생각하지 않을 수 없었다.
"이들에게 이만침 조선사정에 절실한 정신적 준비가 있었던가 ?" 현은 그들의 태도와 주장을 알고 보니 한군데도 이의(異意)를 품을 데가 없었다.(……) 조선문화의 해방, 조선문화의 건설, 문화전선의 통일, 이것이 전진 구호(前進口號)였던 것이다. 좌우를 막론하고 민족이 나아갈 노선에서 행동통일부터 원칙을 삼아야 할 것을 현은 무엇보다도 긴급으로 생각한 것이요, 좌익작가들이 이것을 교란할까 보아 걱정한 것이며 …이들로서 계급혁명의 선수를 걸지 않는 것만은 이들로는 주저나 자중이 아니라, 상당한 자기비판과 국제 노선과 조선민족의 관계를 심사숙고한 연후가 아니고는, 이처럼 일견 단순해 보이는 태도나 원칙만에 만족할 리가 없을 것이었다. 현은 다행한 일이라 생각하고 즐겨 그 선언에 서명을 같이 하였다.(278-9)

　인용된 문면은 일제하에서 카프 노선과는 대립적인 입장에서 활동
하던 현이 「문건」(실제 작품에서 현이 가입한 문학단체는 「문협」(조선
문화건설중앙협의회)으로 명시되어 있다. 그러나 「문협」은 「문건」의
연합체적 성격을 갖고 있기에 「문건」으로 보아도 무방다)의 통일전선
적 성향에 차츰 동조해 가는 과정을 보여주고 있는 부분이다. 그렇다
고 현이 아무런 갈등도 없이 「문건」의 노선에 동의한 것은 아니다. 현
은 "좌익이 제멋대로 발호하는 날은, 민족 상쟁 자멸의 파탄을 일으키
지 않을까 하는 위험성" 때문에 걱정한다. 이는 「문협」 주관의 적색 데
모사건의 반대와 「조선인민공화국 절대 지지」라는 드림사건에서 현이
「문협」 관계자와 실랑이를 벌이는 장면을 통해서 표출되고 있다. 그러
나 이러한 설정은 자기성찰을 위한 고뇌의 선택이라기보다는 「문건」의
노선을 옹호하기 위한 포석으로서의 의미가 더 강하다. 현의 오해를
해소하기 위해 노력하는 「문협」 관계자의 진지한 모습이나 이것이 우
발적으로 일어난 사건으로 처리된 장면에서도 이같은 사실이 드러난
다. 더구나 현이 "그들의 태도와 주장을 알고 보니 한군데도 이의를
품을 데가 없었다"고 수긍하는 것을 보아도 「문건」의 입장을 상소하기
위한 것임을 알 수 있다.

　또한 인용된 대목에서 현은 김남천이 중심이 된 「문건」의 역사인식
에 동조하는 입장을 취하고 있다. 특히 '조선문화의 해방' '조선문화
의 건설' '문화전선의 통일' 등을 강조하는 대목이나, 탁치문제로 현
이 김직원을 설득하는 장면은 박헌영의 '8월테제'[116]를 골간으로 한
듯하다. 이는 '부르조아 민주주의 혁명시기'로 파악한 당시의 정세관
을 수용한 것이기도 하다. 따라서 현은 좌익문단 내에서도 「문건」과

---

116) 8월테제의 내용과 성격에 대해서는 김남식, 「박헌영과 8월 테제」, 『해방전후
　　사의 인식』2, 104-142면 참조.

대립되어 있던 「프로문맹」의 발족에 대해서는 자연히 비판적인 입장을 취하게 된다. 더욱이 현은 "「프로문맹」의 선언강령이 「문협」(「문건」--인용자)과 별로 다를 것이 없는 점"을 들어 「프로문맹」의 출현을 좌익 문단의 분열로 받아들이고 있다. 하지만 여기서도 현은 나중에 「문건」과 「프로문맹」의 통합117)을 염두에 둔 듯 노골적으로 「프로문맹」에 대해 비판적인 입장을 취하지는 않고 있다. 더욱이 「프로문맹」이 대두하자 우익의 몇 친구들은 현에게 "나중에 당신만 지붕쳐다보는 꼴이 될 것이니 진작 나와 우리끼리 따로 모입시다. 뭣하러 서로 어정버정한 속에서 챙피만 보고 계시"느냐고 충고한다. 그러나 현은 "진실로 아끼는 친구나 선배의 대부분이 이들의 진영 속에 섞인 것을 은근히 염려하는 것"을 잘 알면서도, 또한 이들의 행동에 불안을 느끼면서도 일부의 오해에서 빚어진 것이라며 「문건」의 입장에 동조하게 된다. 이것은 현이 겪는 일련의 사건을 통해 「문건」이 좌익단체가 아니라 '민족문화의 건설'이라는 구호를 중심으로 좌우합작노선을 표방하는 단체임을 증명하고자 한 것이다. 결국 여기서도 「문건」은 「프로문맹」의 출현으로 적지 않은 타격을 받지만 이들과의 합동을 진지하게 모색하게 된다.

"해방 전후 문단사의 소설화"118), 혹은 "해방이전의 자신의 삶을 처

---

117) 해방직후의 「문건」과 「프로문맹」의 통합과정에 대한 전반적인 사항은 권영민, 『해방직후의 민족문학운동 연구』, 7-38면 참조. 특히 두 단체의 대립과 노선상의 차이에 대해서는 근래에 들어 문학논쟁으로 이어진 바도 있다. 김재용은 해방공간에서 「문건」과 「프로문맹」의 대립구도를 민족문학 대 프롤레타리아 문학으로 볼 것이 아니라, 인민문학과 프로문학의 대립으로 파악해야 한다는 견해를 피력하였다. 반면 임규찬은 「문건」이 내세운 민족문학의 논리는 일반적인 의미에서의 민족문학이 아니라 당대 사회에 있어서의 부르조아 민주주의 혁명이란 당면과제의 문학적 수용으로 보아야 한다며 김재용의 견해를 반박하였다. 이러한 논쟁이 가진 의미에 대해서는 김철, 『잠 없는 시대의 꿈』, 문학과지성사, 1989, 298-307면 참조.

118) 이재선, 앞의 책, 498면.

세주의로 반성하는 가운데 행동 콤플렉스를 짙게 느껴온 한 작가가 그 극복이나 해소의 방안을 좌익단체에의 가맹에서 찾기까지의 과정을 보여준 소설"119) 이라는 평가도 기실 이 작품이 해방직후의 문단의 사정이 반영되었음을 암시한 것이다. 작품을 분석해 가는 과정에서 구체적으로 밝혀지겠지만,「해방전후」는 해방 직후 좌익 문단의 조직과 긴설 과정을 통해 현의「문건」가입이 세계관의 변모과정에 따른 필연적인 선택이었음을 보여준다.

현의 이러한 입장은 임시정부가 들어섰다는 소식을 듣고 서울에 왔던 김직원과의 대화 속에서 보다 구체적으로 드러난다. 김직원이 현에게 공산당에 이용당하고 있다는 항간의 소식을 전하자, 현은 "지금 내가 변했느니, 안 변했느니 하리만치 해방 전에 내게 무슨 뚜렷한 태도를 가졌던 것도 아니구요. 원인은 해방 전엔 내 친구가 대부분이 소극적인 처세가들인 때문입니다. 나는 해방 후에도 의연히 처세만 하고 일하지 않는 덴 반댑니다"라고 응수하면서 다음과 같이 자신의 입장을 표명한다.

> "현공은 그저 공산파만 두둔하시는군!"
> "해내엔 어디 공산파만 있었읍니까?---
> "난 그게 무슨 말씀인지 잘 못 알아듣겠소만 그저 공산당 잘못입네다."
> "어서 약주나 드십시다"
> "우리 늙은 게야 뭘 아오만 …(중략)…
> "어찌 우리 같은 늙은 거기로 꿈이 없었겠소? 공산파만 가만 있어주면 곧 독립이 될거구, 임시 정부 요인들이 다 고생허신 보람있게 제자리에 턱턱 앉아 좀 잘 다스려 주겠소? 공연히 서로 싸우는 바람에

---

119) 조남현,「해방직후 소설에 나타난 이념선택의 양상」,『한국소설과 갈등』, 문학과 비평사, 1990, 319면.

신탁통치 문제가 생긴 것이오.안 그렇고 무어요?"

하고 저윽 노기를 띠운다. 김직원은 밖에서는 소련, 안에서는 공산
당이 조선독립을 방해하는 것이라 하였다. 이렇게 역사적, 또는 국제적
인 이해가 없이 단순하게, 독립전쟁을 해 얻은 해방으로 착각하는 사
람에겐 여간 여간 기술로는 계몽이 불가능하고, 현 자신이 그런 기술
이 없음을 깨닫자 그는 웃는 낯으로 음식을 권했을 뿐이다.(287-8)

인용문은 현과 김직원이 입장의 차이를 분명하게 드러낸 부분이지
만, 한편으로는 그러한 대립과 갈등이 표면화되기보다는 내재되어 있
음을 짐작하게 하는 대목이다. 또한 두 사람의 입장이 각각 무엇을 대
변하고 있는지도 드러난다. 김재용이 이 작품에서 "김직원은 임시정부
계를, 현은 박헌영계를 옹호하는 입장을 취하고"[120] 있다고 지적한 바
있듯이, 신탁통치 문제에 대해서도 두 사람은 서로 입장을 달리하게
된다. 그러나 작자는 현으로 하여금 김직원의 논리를 일방적으로 설득
하게 하지는 않는다. 현으로 하여금 김직원의 논리를 설득하지 않고
파국으로 종결된 '역설적 구조'는 이 소설의 장점일 수 있다.[121] 다시
말해 바흐찐도 지적한 바 '내적 설득의 담론'[122]을 희석시키지 않기
위해서 "자신의 말로 다시 이야기하는 혼합적 성격"[123]을 띠고 있는
것이다.

그런데 "우리 민족의 해방은 우리 힘으로가 아니라 국제 사정의 영
향으로 되는 것"이라며 김직원을 설득하는 대목(288-89)에 이르면, 현
은 「남로당」과 「문협」의 노선을 단순히 반영하는 선전자의 모습을 보

---

120) 김재용, 앞의 논문, 201면.
121) 장영우는 이러한 '역설적 구조'에서 이태준의 솔직한 자기반성적 태도와 독
   특한 작가적 전략이 반영된 것으로 보고 있다(장영우, 앞의 논문, 173면).
122) M. 바흐찐(전승회 외 옮김), 『장편소설과 민중언어』, 창작과 비평사, 1988,
   165.
123) 위의 책, 161면.

여주게 된다. 심지어 서술자에 의지하여 현의 시각을 장황하게 옹호하려는 대목에는 "비실제적인 환상이나 감상으로서가 아니라 가장 과학적이요, 세계사적인 확실한 견해"를 지나치게 의식한 나머지 민족의 자생적 단결보다는 외세에 의존하려는 사대사상마저 내포되어 있다.

특히 현은 신탁문제로 인한 임정계와 공산주의 계열 사이의 대립을 통해 민족이 분열되는 현실을 강도높게 비판하고 있으나, 그 비판의 초점은 주로 임정계의 노선에 맞추어져 있다. 그러한 점은 현과 김직원의 대화가 진전될수록 임시정부를 지지하고 있는 김직원의 논리가 열세를 보이고 있음을 통해서도 드러나고 있다. 이후에도 현과 김직원은 입장의 차이를 좁히지 못하고 결국 김직원이 낙향함으로써 두 사람의 의견은 통합되지 못하고 만다.

김직원은 명분론에만 집착하고 사회의 변화에는 능동적으로 대처하지 못하는 현상유지적 인물의 한 전형으로 설정되어 있다. 반면 현은 해방을 분기점으로 세계의 정세변화에 능동적으로 참여하며 적극적으로 자신의 발전을 도모하는 발전적 인물의 한 전형이다. 따라서 김직원은 현이 청산하고자 하는 낡은 질서와 의식의 상징적 존재가 된다.

나음의 결발부분은 누 사람이 끝내 의견의 차이를 좁히지 못하고 헤어진 후 뒤돌아서서 사라지는 김직원을 현이 연민의 눈길로 바라보는 장면이다.

> 미국군의 찝이 물매미떼처럼 스물거리는 사이에 김직원의 흰두루마기와 갓은 그 영사 너무나 표표함이 있었다. 현은 문득 청조말(淸朝末)의 학자 왕국유(王國維)의 생각이 났다.…(중략)…일제시대에 그처럼 구박과 멸시를 받으면서도 끝내 부지해 온 상투 그대로, 「대한」을 찾아 삼팔선을 모험해 한양성(漢陽城)에 올라왔다가 오늘, 이 세계사(世界史)의 대사조(大思潮) 속에 한조각 티끌처럼 아득히 가라 앉아가는 김직원의 표표한 모양을 밤 볼 때, 현은 왕국유의 애틋한 최후를 연상

하지 않을 수 없었다.(290)

김직원을 통해서 현이 청조말의 학자 왕국유를 연상한 것은, 시대의
변화에 능동적으로 대처하지 못하고 명분론에만 집착함으로써 필연적
인 소멸을 맞기보다는 현 자신의 변신을 옹호하기 위한 의도라고 할
수 있다. 이런 측면에서 볼 때 이 작품은 일제 말기 작가의 심경과 해
방 후의 내면풍경을 비교적 진솔하게 반영하는 측면도 있다. 하지만
지식인 작가의 사상선택을 합리화하고 옹호하는 측면이 더 강하다고
할 수 있다.

그런데 「解放前後」에서 김직원의 낡은 명분론의 상징적 소멸 못지
않게 강조하려는 것은 개인간의 이념이 지닌 분열과 민족 내부의 소모
적이고 극단적인 대립으로 인한 부작용이다. 이런 점에서 이 작품은
한 소설가의 사상선택의 변모과정을 통해 당시 사회가 처한 정치·사
회적 상황을 가늠해 볼 수 있게 하는 '정치소설' 124)의 한 형태를 띠고
있다. 한 소설가가 해방 직후 문단의 조직과 건설, 그리고 거기에 동참
하기까지의 과정을 통해 해방 직후 우리 사회가 당면한 문제를 어떻게
극복해 나갈 것인지를 염두에 둔 소설로 확대해 볼 수 있는 것이다.
물론 범위를 좁혀보면 해방직후 자주적 민주국가의 건설에 소시민 지
식인이 과거의 소극적이고 무관심한 상태에서 벗어나 자기 개조를 통
하여 역사발전에 참여할 수 있다는 점과, 그런 시대적 과제를 제대로
인식하지 못하고 봉건적이고 국수주의적인 발상에 머무는 김직원과 같
은 계층은 당시의 변혁전선에서 떨어져 나갈 수밖에 없음을 보여준 것
이다.

---

124) 여기서 정치소설이란 용어는 문학과 정치의 관계를 연구해 볼 만한 충분한
    가치를 지닌 소설을 나타내기 위한 용어 정도로 사용되었다. 문학과 정치의
    관계에 대해서는 I.하우(김재성), 『소설의 정치학』, 화다, 1983. 9-19면 참조.

그러나 이 작품은 현으로 대치시켜도 좋을 작가의 입장만을 지나치게 드러내 보임으로써 그러한 필연성을 약화시키고 말았다. 이러한 이 작품이 "반민족적 세력의 모습을 지닌 인물형상을 창조하지 못하고 김직원과 같은 모호한 성격의 유생을 설정한 것은 이 인물의 전형성 부여에 치명적인 결함"125)이라는 비판를 받는다. 그러나 이러한 비판은 해방 직후 좌우 대립적 상황에서 좌익측과의 대립적인 입장만을 염두에 둔 것으로 설득력이 약하다.

여기서 김직원의 설정은 다면적인 의미로 받아들일 수 있다. 먼저 작가는 낡은 의식의 상징적 존재로서, 시대적인 변화에 능동적으로 대처하지 못하는 명분론적인 시각을 견지한 대표적 전형으로서 儒生을 염두에 두었다고 볼 수 있다. 한편으로 이러한 설정에는 해방 직후의 좌우 대립적인 문단상황에서 관망만 하고 적극적으로 어느 입장을 취하지 못하고 주저하는 일부 문인들의 무정견한 태도를 비판하기 위한 「문건」의 시각도 잠복되어 있는 듯하다.126) 이는 무엇보다도 작가 자신으로 대치시켜도 좋을 현의 변신을 통해 암시되고 있다. 김직원의 등장은 이러한 측면들을 간접적으로 보여줄 수 있다는 점에서 적절하다. 만약 일반적인 시각에서 일제시대의 자본가나 기득권을 옹호하려는 친일 잔재세력과의 대립에 따라 인물이 설정되었다면, 오히려 작품을 지나치게 선·악의 대립적인 구도로 끌고 감으로써 도식화될 수 있

---

125) 김재용, 앞의 논문, 206면.

126) 정한숙은 『해방문단사』(고대출판부, 1980), 180면에서, 현이 전형적 인물도 아니고 계급적 초점을 향해 사건이 집중되어 있지도 않은 데 '좌익문학가 그룹에게 그토록 환영을 받았는지 다소 의아스럽게 생각한다'고 지적하였다. 그러나 이 작품은 순수문학자의 전향과정을 그리고 있는 점에서 좌익진영 문학단체의 홍보용으로, 혹은 「문건」의 문화통일전선의 내용을 그리고 있다는 점에서 환영을 받았다고 생각된다. 이러한 점에서 이 작품이 해방문학상 수상작품으로 선정된 것은 「문건」의 전략적 측면도 어느 정도 작용했을 가능성이 높다.

기 때문이다.

이 작품에서 정작 한계로 지적되어야 할 것은 봉건과 반봉건, 낡은 의식과 새로운 의식, 또는 낡은 의식의 집착과 청산간의 대립이 김직 원과 현과의 대립으로만 나타날 뿐, 현 자신 속에 내재한 봉건성과 소 시민성의 대결이 충분히 선행되지 못했다는 점을 들 수 있다. 자기비 판이 철저하지 못한 상태에서 새로운 조국 건설에 동참하는 지식인의 입장을 섣부르게 체득한 이념의 일치만으로 대립을 해소하려는 측면에 서 이 작품의 한계가 있다.

이외에도 당시 문인들의 세계관 변모과정에 중점을 두어 해방 직후 의 사회상을 해명하고 있는 소설로는 이근영의 「탁류속을 가는 박교 수」(『신천지』, 1848.5)를 비롯하여 허준의 「속 습작실에서」(『문학』, 48.7), 이봉구의 「도정」(『신문예』, 48.7), 「暮詞」(『문학평론』, 48.7) 등이 있다. 이 중에서도 특히 이근영의 「탁류 속을 가는 박교수」와 허준의 「속 습작실에서」는 주목할 만한 작품들이다.

이근영의 「탁류속을 가는 박교수」에 대해서는 본 고의 Ⅳ.2)절에서 보다 구체적인 분석이 행해지겠지만, 정치에 무관심했던 한 지식인 작 가를 등장시켜 해방 이후 의식변화의 계기가 되는 일련의 정치적 체험 을 통해 자신의 문학행위와 사회 현실에 대한 대응자세를 반성하면서 앞으로의 방향성을 모색해 간 작품이다. 이 작품에서도 해방 직후 이 데올로기의 대립 속에서 방황하는 지식인(작가)의 고뇌와 내적 갈등을 그리고 있다.127) 또한 허준의 「속 습작실에서」는 추상화·일반화의 유 혹을 극구 경계하며 치열한 겸손에 바탕을 둔 자기성찰을 수반함으로 써 이 시기 자기비판의 과제를 다룬 소설들과 구별되는 독특한 개성을

---

127) 보다 구체적인 것은 졸고, 「이근영론」, 『한국언어문학』 제30집, 1992.6, 422- 26면. 이 논문에서는 그 밖의 이근영의 작품을 비롯하여 그의 생애나 전기적 사항에 대해서도 언급하고 있다.

확보하고 있다. 128) 「속 습작실에서」는 해방직후의 사회·역사적 상황과 직접적 관련을 맺고 있는 것은 아니지만, 개별성의 무매개적 추상화·일반화에 빠져 들거나, 혹은 황홀한 미래전망에의 인력에 끌려 미래로 비약하지 않고 있다는 점에서 주목된다.

2) 자의식 過剩과 행동선택

이태준의 「해방전후」와 더불어 지식인의 소시민성 극복이라는 좌익측의 입장을 잘 보여주는 작품으로 지하련의 「도정」(『문학』, 46.7)이 있다. 이 작품은 인물의 의식내부에 자리한 소시민성의 극복의지를 통해 낡은 의식과 새로운 의식간의 내적인 대립을 반영하고 있는 작품이다.

「도정」은 투쟁전선에서 물러나 6년 동안 아무런 일도 하지 않고 지내던 한 사회주의 운동가가, 일제가 항복하기 20일전 쯤 가족을 남겨두고 처가에 疏開하여 있던 중 상경차 정거장에 나갔다가 해방의 소식을 접하는 것으로 시작된다. 일제시대에 지하운동을 하던 석재는 경찰의 탄압과 검색이 극심해지자 운동의 중심부를 떠난다. 그러나 해방이 되자 이러한 자신의 행적은 지울 수 없는 자책감으로 작용한다. 즉 잡힐 염려가 있을 때는 도피를 하고, 그렇지 않을 때는 나서는 것이 떳떳하지 못하다는 자의식에 스스로 부대끼는 것이다. 뿐만 아니라 석재는 사회주의 운동을 했다고는 하지만 그것은 조국과 민족을 위해서였다기보다 자기 자신을 위해서였다는 자책감마저 갖게 된다.

　　“…난 너무 오랫동안 나만을 위해 살아왔어. 숨어다니고 감옥엘 가

---

128) 정호웅, 「해방공간의 자기비판소설 연구」, 서울대 박사학위논문, 1993, 116-122면 참조.

고 그것 다 똑바로 말하면 날 위해서였거든……이십대에 스스로 절 어
떤 한 특수인간으로 설정하고 싶어서였고,삼십대에 와서는 모든 신망
을 한 몸에 모은 가장 양심적인 인간으로 자처하고 싶어서였고 …그러
다가 그만 이젠 제 구멍에 빠져 헤어나질 못하는 ……"(『해문』2, 136)

석재의 이러한 진술은 뼈아픈 자기고백이 아닐 수 없다. 석재의 자
기고백에는 지식인으로서의 우월감과 자기 중심적인 생활이 드러나 있
다. 삼십대에 '가장 양심적인 인간'으로 자처하고 싶었다는 석재의 진
술은 자신의 사회주의 운동이 역사적 자각에 따른 행위보다는 오히려
개인의 윤리·도덕적 행위에 대한 자위였다는 사실을 말해주고 있다.
지식인이 자신의 허위의식을 반성하거나 자책하는 태도를 보이는 것은
사회주의자·민족주의자들에 대한 가혹한 탄압이 가해진 일제말기의
외적 상황과 맞물리는 문제이다. 일제 말기에 접어들면서 대부분의 지
식인들은 일제의 억압에 굴복하여 사상을 전향하거나 은둔생활을 하게
된다.[129] 석재의 자기고백도 이러한 범주의 하나이다. 철저한 자기인식
이나 역사적 사명에 대한 신념이 없이 살아왔다는 석재의 고백은 해방
직후 이에 대한 자책과 역사에의 동참이란 명제 앞에서 다음과 같은
심적 갈등으로 나타나기도 한다.

　　혼자 123 철공장을 향해 거르려고, 또 뭐가 마음 한 귀퉁이에서 튀
　각대각을 한다.(네가 이젠 공장엘 다 가는 구나? 로동자를 운운허구 …

---

129) 이것은 천황제 파시즘이라는 퇴폐적 정치권력이 개인에게 가하는 폭력의 상
　　황을 역으로 드러낸 1930년대 후반 전향소설의 출현과도 관련된다. 전향소
　　설에서는 전향한 주인공이 형기를 마치고 출옥한 후 급격한 세태의 변화 속
　　에서, 심한 육체적·정신적 질병으로 심리적 갈등을 겪는다. 이러한 양상은
　　표면적으로는 분명한 개인적 타락이지만 보다 근본적으로는 사회의 구조적
　　모순에서 비롯되었음을 암시하고 있다. 보다 자세한 것은 장성수, 「1930년대
　　경향소설 연구」, 고려대 박사학위논문, 1989, 134-158면 참조.

…그렇지! 이젠 재필 염려가 없으니까…)이렇게 고개를 들고 이러나는
것을, 그대로 욱박질러 쳐넣기도 하고 또 때로는 (암 가야지, 반성이란
앞날을 위해서만 소용되는 것이니까. 과도한 자책이란 용기를 저장케
하는 것이고, 용기를 잃게 되면, 제이 제삼의 잘못을 또다시 범하게 되
는 것이니까……)
　　이렇게 누구나 다 할수 있는 말로다 뱃장을 부려 보기도 하는 것이
었으나 "용기"란 대목에 와서는 끝내 마음 한 귀퉁에서 (뭐? 용기?) 하
고는, 방정맞게 따라 허…웃고 만 셈이다.(146)

　석재의 고백은 일제말기의 은둔생활에 대한 자기비판이다. 그에게
있어 위의 자책은 사회주의 운동을 빌어 자기 자신의 안만위를 꾀했다
는 자책감에서 비롯된다. 과거 기철을 만났을 때도 석재는 "어느 신문
이 있어 영웅적인 기사 취급을 할리도 없었고 이젠 한번만 걸리게 되
면 귀신도 모르게 죽을 판"이기 때문에 세상을 피할 수밖에 없었다는
자신의 논리를 피력한 바 있다. 그러기에 해방된 지금 내면화된 자기
중심적 사고에 대한 자기비판은 더욱 가혹한 것이다. 이것은 잡혀갈
염려가 없으니까 다시 일할 수 있다는 얄팍한 자기변모가 진정한 용기
에서 비롯되었느냐는 외심을 불러일으킨다. 석재는 혼란한 상황에서
자신이 무언가 할 수 있으리라는 자부심과 함께 부끄러운 자신의 과거
에서도 벗어나지 못한다. 석재의 이러한 심적 갈등은 철저한 자기비판
의 모습으로 소시민적 영웅주의에 대한 자기고발의 한 측면을 보여준
다.130)

　분열된 자아의 재건을 위한 철저한 자기비판과 소시민적 영웅주의
에 대한 경계는 친구인 기철이 당의 최고간부라는 사실을 접하면서 심
화된다. 한때 지하운동을 했던 기철은, "돈이 제일일 땐 돈을 모으려
정열을 쏟고, 권력이 재일일 땐 권력을 잡으려 수단을 가리지 않을"

---

130) 신덕룡, 잎의 책, 79면.

만큼 기회주의적 성향을 지닌 인물로서 지금은 '8 · 15 공산당원'[131]이기도 하다. 이와는 대조적으로 일제하에서 계속 운동을 하고 있던 강의 성격과 그와의 관계 속에서 석재의 고민과 입장이 뚜렷하게 드러난다.

> "…거년 정월에 강(姜)이 왔을 때, 상기도 사오부의 열이 계속된다고 거짓말을 했겠다! 일천원 생긴다구 마늘을 사려는 가면서 ……결국 강의 손을 잡고 다시 일을 시작하는 게 무서웠거든.그렇지 ! 전처럼 어느 신문이 있어 영웅처럼 기사를 취급할 리도 없었고 이젠 한번만 걸리게 되면 귀신도 모르게 죽는 판이었거든-부박한 허영을 가진 자에게 이러한 죽음은 개죽음과 마찬가지일테니까…(136)

이렇게 일제시대 한 운동가의 내면적 윤리가 문제시될 때, 그것은 곧 일제말기 그의 운동성 보존여부와 밀접한 관계를 맺는다. 운동을 포기하거나 도피하고 있던 그는, 해방으로 인해 "가슴이 덜컥하며 눈앞이 아찔한", 혹은 "막연하게 이럴리가 없다고 의아해 하면서도 싸늘한 거반 질곡에 가까운 맹랑한 흥분"에 사로잡힌다. 이것이 바로 이 작품 전체를 이끌어가는 자의식이다. 결국 그는 위선적인 운동가 기철과 진정한 운동가인 강(姜) 사이에서 과거 자신의 삶을 반성하게 된다. 여기에 과거 감옥소에서 알게 된 김이라는 청년이 개입한다. 그는 해방이 되자 "어린애처럼 느껴 울며 감동"한 인물이다. 이것을 보고 석재는 "그 감동은 나의 것이 아니다"고 생각하면서 실망과 자책감에 사로잡히지만, 결국 해방의 감동에 대한 갈망과 초조감 속에서 자신의 도덕성에 충실하기로 결심한다.

---

131) 1959년 남한에 귀환한 한재덕이 『김일성을 고발한다』라는 책에서 쓴 것을 이기봉이 인용 · 소개한 것으로, 일반적으로 급조된 공산주의자를 지칭하고 있다. 이기봉, 『북의 문학과 예술인』, 서사연, 1986, 33면 참조.

두 자아의 대화와 싸움을 통해서 전개되는 치밀한 심리묘사가 이 소설에서 사회적 의미를 획득하게 되는 것은 석재의 개인적 윤리문제가 당의 윤리성과도 밀접한 관련을 맺으면서부터이다. 당은 젊은 시절부터 그를 "도깨비처럼 사로잡아 온 유일한 진리"였다. 그러나 해방이 되자 당의 책임자 중의 한 사람이 과거에 금광을 하던 기철이라는 사실에 대경실색하며, 석재는 아직 해외에서나 지하에서 운동가들이 들어오기 전에 이런 사람들이 설치고 다니는 현실에 懷疑한다. 그들에게서 느끼는 불순함과 자신의 생활에 대한 준열한 반성과 더불어 그는, 그럼에도 당을 비난할 수 없다는 갈등 속에서 조직부 자리를 마다하고 소부르조아임을 자임하며 입당 수속만을 밟는다. 자신에 대한 정직한 심판과 더불어 자기 내부의 '소시민'과 싸울 것을 결심한 그는, 환히 뚫어진 '영등포로 가는 길' 앞에서 별안간 '홧홧증'이 나도록 전차가 느리다고 느낀다. 그리하려 석재는 영등포로 향하면서 속으로 "나는 나의 방식으로 소시민과 싸우자! 싸움이 끝나는 날 나는 죽고 나는 다시 탄생할 것이다.…나는 지금 영등포로 간다. 그렇다. 나의 묘지가 이곳이면 나의 고향도 이곳이 될 것이다"고 외치게 되는 것이다. 결국 자기 자신에 대해 성실성을 다하겠다는 다짐과 함께 작품은 끝난다.

　주인공이 자신의 소시민성을 철저히 懷疑한 끝에 도달한 결론이 자신의 성실성에 대한 확인이라는 점에서는 한계[132]일 수도 있지만, 이 념으로 무조건 치닫지 않고 그 이념을 추구해야 할 지식인의 내면풍경이 이만큼 정리될 수 있었다는 데서 이 작품의 의의를 찾을 수 있다. 운동을 소재로 하더라도 이만한 내면의 반성과 자각 없이는 공식주의

---

132) 정호웅은 이러한 점을 염두에 둔 듯, 「도정」에서 자기비판을 통한 세계관의 변화가 개인적 차원으로 축소되고 말며, 객관현실에 대한 진지한 성찰을 통하지 않은 것이기에 그 결단조차 주어진 관념에 이끌리는 한계를 노정하고 있음을 지적하였다(정호웅, 앞의 논문, 56면).

로 달릴 수밖에 없기 때문이다.

이 소설에서 기철은 8·15직후 장안파의 구성원들을 대표하는 인물이므로 그에 대한 비판은, 곧 재건파의 장안파에 대한 비판으로 이해할 수 있다.133) 일제시대 최익한·이정윤·정백 등으로 대표되는 장안파는 일체의 활동을 포기하고 전선에서 탈락한 休止분자였음에도 불구하고 8·15직후 다른 운동가들이 지하에서나 해외에서 돌아오기도 전에 黨을 구성하였다. 그러나 박헌영을 중심으로 한 재건파가 건설되자 장안파는 해산되고 그들은 재건파 공산당으로 吸수되고 만다.134) 이런 사정을 감안할 때 이 작품은 재건파의 입장에서 장안파를 비판하려 한 측면도 있다.

그러나 이런 사실에 못지 않게 이 작품에서 중요하게 떠오르는 의미는 소시민 지식인이 자신의 계급적 기초를 허물고 역사발전에 참여하고 있다는 사실이다. 소시민의 자기도덕성에 기반한 비판과 아울러 현실 참여가 이 작품에서 돋보이는 이유는 석재라는 주인공의 심리적 갈등과 성격발전 과정이 섬세하게 그려져 있다는 데 있다.

> 그는 제 자신에 미운 정이 드럿다. 이제 와서 호올로 착한 척 까다로움을 피우는 제 자신이 아니꼬았다. 그러나, 결국 그는 사람 못좋은 사람이었다. 조직부에 자리는 비워두었다고, 거듭 붙잡는 것을, 가진 말로다 물리친 후 위선 "입당"의 수속만을 밟어놓기로 하였다.
> 그는 기철이 주는 붓을 받어, 먼저 주소와 씨명을 쓴 후, 직업을 썻다.이젠 "계급"을 쓸 차례였다. 그러나 그는 붓을 멈추고 잠간 망서리지 않을 수가 없다. 투사도 안이요 혁명가는 더욱 안이었고 …공산주의자, 사회주의자, 운동자―모두 맞지 않는 일홈들이다. 마침내 그는 "소뿌르조아"라고 쓰고 붓을 놓앗다. 그리고는 기철이 뭐라고 허든 말

---

133) 김재용, 앞의 책, 205면.
134) 김남식, 『남로당 연구』 I, 돌베개, 1984, 18-20면.

든 급히 밖으로 나왔다.(150)

석재는 자신이 비판할 수 없는 당이라면, 결국 내부의 적인 소부르조아 근성을 제거하는 일에서 자기개혁을 시작해야 했다. 이것은 과거의 나약한 기회주의자로서가 아니라 역사의 진보와 개혁에 앞장서는 공동체적 자아로의 첫걸음인 셈이었다. 석재는 과거의 자아를 버리고 역사에 동참하는 진실된 자기 자신의 확립이야말로 자신의 신념과 공동체적 이념을 진실된 관계로 맺을 수 있는 첩경이라고 생각한 것이다. 석재의 행위는 그 자신만이라도 진지한 자기개혁의 의지가 있는 한 희망을 가질 수 있다는 의지의 표현이기도 하다. 석재의 이러한 자의식은 단 한번의 결심으로 순식간에 과거와 결별하고 새로운 인물로 탄생하는 이 시기의 다른 소설들의 경우와 구별된다. 석재는 자신의 방식으로 자기 내부의 소시민성과 싸워야만 하는 멀고 어려운 도정의 출발선상에 섰을 뿐이라는 것을 명확하게 인식하고 있는 것이다.

석재의 이러한 논리는 해방을 맞은 지식인에게 있어서 절실한 자기개혁의 과정이며, 일제 잔재를 자기 내부에서부터 청산해야 함을 의미한다. 그러나 여기에 한계가 있다. 당에 대한 비판은 있을 수 없다는 전제가 그것이다. 당은 오류를 범할 수 없다는 당의 신성성 때문에 석재의 비판은 확대생산적인 개혁성을 띠지 못하고 자신만의 개혁에 그치고 마는 것이다. 개인의 과오와 당의 오류는 별개라는 생각 때문에 그는 당의 개혁보다 자기 자신의 개혁에 초점을 맞출 수밖에 없는 것이다. 당으로부터는 절대로 해방될 수 없으며 당의 운명은 곧 자신의 운명이어야 한다는 석재의 생각은, 정치적 이데올로기는 經典主義(scripturalism)의 경향을 띠는 것, 정치적 이념은 한 개인을 단순화로 몰고 가는 성향을 보이는 것, 특정 이념에의 일체감이 강하면 강할수록 사회적 갈등은 더욱 더 심화되는 법135) 등을 탈피하지 못한 것이다.

이것은 사회주의자로서의 작가가 지닌 한계와도 무관하지 않다.

특히 「도정」에서는 노동자 계급이 지닌 한계를 구체화하여 설명하는 것은 도외시하고 노동자들을 우상화하는 공식주의만을 문제삼고 있다. 이것은 이 작품이 노동자·농민의 생활감정과 이해관계에 기반을 두고 이루어진 것이 아니라는 사실을 말해 준다. 그럼에도 불구하고 이 작품에서 보여주는 현실인식은 "자기 자신의 내적 성찰과 적나라한 고발이 8·15직후 시대양심의 문제"136)로 확대되어 있다는 점에서 보다 진전된 면모를 보인다. 이와 같은 문제의식 때문에 이 작품은 "8·15 직후 국내에서 발흥한 민주주의 운동에 있어서 양심의 문제를 취급한 것의 유일한 작품"137) 이란 평가와 함께 「문맹」의 문학상 수상후보로 「해방전후」와 함께 소설부문에 공동으로 추천될 수 있었던 것이다.

3) 변명과 자기비판의 방식

해방직후 자기비판의 문제를 일관되게 추구한 작가로 채만식을 들 수 있다. 이 시기 자기비판의 문제와 관련하여 언급해 볼 수 있는 그의 작품으로는 「歷路」, 「낙조」, 「민족의 죄인」 등이 있다.138)

「歷路」는 『잘난 사람들』 所載의 풍자 단편들과 별다른 차이를 발견할 수 없는 작품으로 생각하기 쉽다. 그러나 「歷路」는 화자인 '나'와 김군이 철도 여행을 하면서 겪게 되는 과정을 상징적으로 각색하여 그 의미를 증폭시키고 있는데, 당시 험난한 시대상황을 암시하기에 충분

---

135) Gilbert Abcarian & Monte Palmer, *Society in Conflict*, Canfield Press, 1974, 147-52면, 조남현, 앞의 책, 320면 재인용.

136) 신덕룡, 앞의 책, 81면.

137) 「문학상 심사경과 급 결정이유」, 55면.

138) 「歷路」와 「낙조」는 「민족의 죄인」에 비해 본격적인 자기비판(혹은 변명)의 방식을 드러내고 있지는 않다. 그러나 두 작품의 기저에는 '자의식'에 기조를 둔 자기비판의 방식이 내포되어 있다.

한 작품이다. 이 작품은 친일행위에 대한 자기비판, 민중의 이념적 분열상, 물가혼란, 외세의 침탈 등 당대의 중요 문제를 포괄한 작품으로, 1920년대 초 염상섭이 「만세전」에서 동경-서울 사이의 여로를 기본구조로 한 당대 현실의 縮圖를 상기시켜 준다.139)

「만세전」은 젊은 주인공이 구체적인 현실에 눈 떠 식민지적 현실을 아주 냉정하게 또는 울분의 목소리로 '전야의식'을 제시하고 있는 담담한 내용의 소설이다.140) 반면 「歷路」는 친일의 욕된 낙인에 고통스러워하는 한 장년의 주인공과 친구와의 대화를 통해 혼란스러운 현실을 목도하며 우울해 하는 내용이다. 따라서 해방이 된 현재의 사회적 혼란에 대한 기성세대로서의 책임의식 및 후세대에 대한 연민의식이 이 작품의 기조를 이루게 되는데, 이는 작품의 전반부에 해당되는 '나'와 김군의 대화장면(8-273-78면)을 통해 주로 제시되고 있다. 중학생이 차표를 사는 데 판매원이 거스름돈을 안 내주자 그에 대해 비판하는 소년과, 나름의 그럴만한 사유를 들어 설명하는 양복 신사와의 대화를 듣고난 후 계속되는 나와 김군의 대화 장면을 특히 주목할 필요가 있다. 매표원의 부정을 본 소년과 양복 신사와의 대화는 자기비판으로 이어지는 '매개삽화'적 성격을 띠고 있기 때문이다.

<나>: "난 저런 어린사람들이 새삼스럽게 불쌍해."
<김군>: "독립이 되구 전도가 양양하구 한판에 무슨 청승맞인…"
<나>: "저애들한테야 무슨 나랄 망한 책임이 있나? 저이들 조부대의 불찰루 억울하게 망국의 슬픈 자손 노릇을 했지. 또 망할 나랄 가지구 그 다음 민족까지 팔아먹은 책임으루 말을 해두 저애들 바루 전대 그러니깐 지금의 부형들한테 있지, 저애들이야 부형들이 일본제국주의에 복종하는 대루 할릴없이 따라서 한 것뿐 아냐?"

139) 정호웅, 앞의 논문, 186면
140) 이보영, 『난세의 문학』, 예지각, 1991, 117면.

　　　…(중 략)…
　　<김군>: 강연 몇번 갔었지?"
　　<나>: "몇번을 따질 필욘 없어. 세 번 해먹었다구 목잘를 데 한번 해먹었다구 목 아니 잘르란 법은 없으니깐"(〈 〉표시 및 작중인물의 명기는 인용자, 8-273-74면)

　　대일협력의 강연을 해온 죄책감 때문에 다소 의기소침해 있는 '나'에게 김군은 강연을 몇번 갔다 왔느냐고 짓궂게 묻는다. 김군의 질문에 대한 나의 답변 속에서 망국에 대한 기성세대로서의 속죄의식과 자라나는 세대에 대한 연민의식이 드러난다.

　　「민족의 죄인」에서의 자기비판의 방식은 개인의 행위에 초점을 두고 있다. 반면 「歷路」는 친일 잔재세력이라는 광범위한 불특정 다수의 지식인, 나아가 이데올로기의 분열로 민생고의 파탄을 초래한 정치 지도자들을 비롯한 해방직후 우리 사회 전반의 문제제기로 그 범위가 확대되고 있다. 특히 「歷路」에서는 '나'의 시각에 의해 해방직후 친일행위를 했던 지식인들이 자숙하기는 커녕 "팔월십오일 오전 열한시 오십구분까지 학병과 지원병을 종용하며 미영박멸을 주장했다가, 열두시부터 피끓는 애국지사, 건국의 역군으로 환신, 구명을 도모하는" 추악한 행태들을 비판한다.

　　"남편이 없는 새 장성한 딸자식이 보는 데서 실컷 못된 짓을 하구 댕기던 계집이 있다구 하세. 그래 그 계집이 남편이 돌아오니까는 그 딸자식 앞에서 남편과 마조 앉아 정절(貞節)을 말하구 주장하구 한다면? 첫째 왈 그 딸자식이 에미를 신용을 하며, 정절을 배우기보다는 부정(不貞)하고도 숨기기만 하면 고만이라는 것을 배우구 할 것이 아니겠나? 금새 미국 영국을 악당으루 몰구 황국신민이 되라구 소리지르구 써대구 하던 그 입 그 붓으루다 방금 또 왜놈이 죽일 놈이요 조선

사람은 애국심을 분발해야 한다구 소리지르구…(8-276면)

　인용된 '나'의 발언은 표면상으로 김군의 말에 대한 반론의 형식을 취하고 있지만, 실은 '나'에 대한 자기비판의 성격이 내포되어 있다. 왜냐하면 여기서 '나'의 발언은 김군의 말에 대한 응답의 성격을 띠기보다는 '내적독백'(interior monologue)에 의존한 '고해성사'이기 때문이다. 이것은 김군과의 대화에서 대일협력에 관한 강연 횟수가 문제가 아니라 강연 행위 그 자체가 용서될 수 없음을 피력하는 대목과도 상응한다. 그러나 이렇게 '廉潔性'에 토대를 둔 자기비판의 방식은 "죄의 표식에 濃淡이 있을 수 없다"는 죄의 보편화를 초래하기도 한다. 이것은 보편적인 죄의식에서 자유로울 수 없는 민족이란 명백한 반역의 무리에게도 자기방어의 논리를 부여함으로써 그들의 온존을 항구화하는 데 기여할 수 있다[141]는 논리와도 통한다. 왜냐하면 반역의 무리에게 있어 '악'은 사회 자체로 그 대상이 모호해져 버릴 수 있기 때문이다. 후회가 아닌 속죄의식은 미래를 향해 개방되어 있어야 진정한 의미를 수반할 수 있다. 또한 인용된 문면에 드러난 '나'의 발언은 개인적인 자기비판의 범주에 국한되지 않는다. 이러한 점들은 '자기비판의 적극적 의미를 상실'한 작품으로 다음과 같은 비판을 받기도 한다.

　　피끓는 애국지사, 건국의 역군의 환신, 구명을 도모하는 자들의 추악한 행태를 냉소하는 <나>의 내면에는 '나만은 자기비판에 철저하다'는 묘한 우월감이 도사리고 있다. 그 우울감(우월감의 오자인 듯-인용자)은 병적 자기위안의 일종일 터인데 이에 이르면 자기비판의 엄혹함은 약화되고 죄의식의 차원을 벗어나게 된다.[142]

---

141) 황국명, 「채만식 소설의 현실주의적 전략 연구」, 부산대 박사학위논문, 1989, 145면.
142) 정호웅, 「채만식의 허무주의와 역사담당 주체의 문제」, 김윤식 편, 『해방공

채만식의 자기비판의 시각이 "<나>의 내면에 '나만은 자기비판에 철저하다'는 묘한 우월감이 스며있다"는 정호웅의 지적은 온당하다. 그러나 "그 우월감은 병적 자기위안의 일종"이라고 한 부분은 비평의 균형감각을 상실한 견해로 보인다. 다음과 같은 두 가지 이유 때문이다.

첫째, 「역로」에서의 자기비판의 방식이 개인적인 자기비판의 성격에 국한되지 않고 친일적인 행위를 했던 지식인 전반의 자기비판의 문제로 확대되어 있음을 위의 비판은 간과하고 있다. 물론 자기비판 대상의 확대와 '염결성'에 토대를 둔 자기비판의 방식이 '자기비판의 무화' 내지는 '순환논법'에 함몰될 수는 있다. 그러나 역으로 채만식은 자기비판의 문제를 개인적인 차원으로만 국한시키지 않고 이를 통해 지식인의 책임의식과 윤리의식을 환기하려 했던 점을 주목해야 한다. 더구나 이러한 자기비판의 방식은 개인적인 자기비판의 형태를 취하면서 실은 일제시대에 친일행위를 일삼아 온 지식인들이 해방이 된 시점에서도 자기반성은 커녕 또 다른 변신을 추구하는 세태를 겨냥하려는 작가의식과도 연관된다. 이런 점에서 「역로」에서의 자기비판의 방식은 사회비판의식과 구체적으로 관련시켜 언급되어야 할 것이다. 천안에서 탄 공무원의 푸념 혹은 기차 속에서 이데올로기 문제로 논쟁을 하는 승객들의 대화, 그리고 무엇보다도 이러한 인물들 담론의 결합방식 속에서 자기비판의 성격이 드러나고 있기 때문이다.

둘째, 정호웅의 비판은 구체적인 담론의 컨텍스트(context)와 絕緣된 상태에서 지나치게 '나'의 진술에만 중점을 둔 恣意性을 띤다. 예컨대 작가 자신의 자기변명의 요소가 은밀하게 개입되어 있다고 제시되고 있는 대목(친일협력의 횟수가 문제가 아니라 행위 자체가 문제될 수

간의 민족문학 연구』, 열음사, 1989, 187면.

있음을 여인의 정절에 비유하여 표현하고 있는 이른바 '정절론')은, 자기비판의 성격만 부각되어 있는 것은 아니다. 이것은 해석하기에 따라서는 해방직후 친일 잔재세력의 '蠢動'[143] 을 더 염두에 둔 시각으로 확대해 볼 수 있다. 물론 '나'의 진술 속에서 자기비판에 대한 작가 자신의 입장을 추출하는 것도 가능하다. 그러나 '나'의 진술에 의존해서만 자기비판의 문제를 추출할 수는 없다.[144] 더욱이 구체적인 담론의 컨텍스트가 절연된 상태에서 '나'의 발언에만 주목해서 자기비판의 성격을 추출하거나, 혹은 역으로 '자기방어의 내밀한 전략'으로만 파악해서도 안될 것이다. 보다 중요한 것은 이러한 소설을 쓰게 된 사회적 배경과 윤리의식의 내면화이다.

이 작품에서 나와 김군의 대화를 주목해 보면, 김군은 사안에 대해 신중하게 의견을 개진하기보다는 거칠게 문제를 제기하거나, 혹은 나의 논지를 끌어내는 데 요구되는 '장식적 인물'에 그친다. 반면에 '나'는 자기비판의 문제에 대해 비교적 준엄한 입장에서 일관된 시각을 유지한다.

---

143) 해방기 신진작가인 전홍준의 소설 중에 이러한 제목의 작품이 있다. 「蠢動」에 대해서는 3장 2절 1)항에서 구체적으로 언급하게 될 것이다. 이 작품은 해방된 뒤에도 지속되는 附日的인 지식인의 허위의식과 그 이중성을 고발하는 데 작품의 초점을 두었다. 해방기 전홍준의 작품세계에 대해서는 졸고, 「해방기 전홍준의 소설 일고」, 『한국문학이론연구』, 1997, 8 참조.

144) 「역로」에서 '나'의 진술은 내적 독백에 의존한 담론의 성격을 띠고 있는데, 이를 두고 "채만식이 자기비판의 문제를 대할 때에는 풍자정신을 보이지 않는다"고 일반화하여 "자기비판에 대한 작가의 성실한 태도를 입증한 것"(이수라, 「해방공간의 단편소설에 나타난 작가의식 연구」, 전북대 석사학위논문, 1993, 62면)으로 보는 시각 역시 확대된 해석이다. 왜냐하면 「역로」나 「낙조」의 경우만 보더라도 자기비판의 성격이 부각되어 있지만 풍자적 수법이 작품의 기조를 이룬다. 채만식의 작품에서 자기비판의 성격을 띤 소설이라고 해서 풍자성이 발견되지 않는 것은 아니다. 다만 그의 소설은 자의식이 상하게 작용할수록 풍자의 정도는 약화되어 있을 뿐이다.

1) <나> "요새 난 절절히 생각인데 사람이 어떤 사회적 죄랄지 과오를 범했을지면 고즈너기 일정한 형식을 통해서 공공연하게 작죄의 경위를 밝히구 죄에 상당한 증계를 받구 그래야만 **떳떳**하구 속두 후련한 법이지, 걸 불문을 당하구서 남의 뒷손꾸락질 받구 살아야 한다는 것은 견델 수 없는 불쾌요 고통이요 슬픔이요, 마치 몸에서 고약한 체취(體臭)가 나는 사람이 늘 마음에 남의 앞에 나가면 남들이 돌려세워 놓구 얼굴을 찡그리구 코를 쥐구 하려니 하여 우울해지구 비관하구 해야 하는 것처럼."

2) <김군> "인민재판 아니하구서두 썩 효과적인 증벌 아닌가? 그러나 내 자네에게 우정의 표시루다 그 고약한 체취라는 걸 말살시킬 **방**도를 훈수해 주믄세. 향수를 흡씬 뿌려요.향수란 다른게 아니라 야미장수두 좋구 모리행위도 무방하니 어쨌던 돈을 산더미마침 잡아가지굴랑 정당이란 정당은 머 깡그리 물쓰듯기 자금을 대요. 또 신문 잡지두 매수하구 사회단체에다가도 들입다 기부금을 내고……

3) <나> "백성들두?"

4) <김군> "이지음야 백성들은 무슨 소릴하건 어디루 가구 있건 위지 왈 지도자란 귀먹구 눈멀구 신선들만 꺼꾸루 선 피라미드 위에 가하나 가득히 올라앉아 이리 기우뚱 저리 기우뚱 위태한 씨소 께임을 하면서 백성 없는 정부두 조직하구 나라 없는 건국 두 하구 하는 세상이길래 그 양반들만 단골삼으면 고만일까 해서 하는 말일세."(8-277-78면)

친일 행위를 했던 지식인의 '준동'을 거론하면서 '나'의 의견을 주로 피력하고 있는 이 대목은, 「민족의 죄인」의 창작 모티프와도 연관된다. 예컨대 "어떤 사회적 죄랄지 과오를 범을 했을지면 고즈너기 일정한 형식을 통해서 공공연하게 작죄의 경위를 밝히구 죄에 상당한 증계를 받구 그래야만 떳떳하구 속두 후련한 법이"라는 인용문의 진술 속에서도 그 일단이 드러난다. 채만식은 「역로」 이후에 본격적인 자기비판의 소설로 「민족의 죄인」을 창작한 것으로 판단된다.

채만식의 「민족의 죄인」(『백민』,1948, 10-1949.1)은 일제시대 문인들의 친일행위에 대한 평가문제를 통해 식민지 시대의 정신적 상처를 극복해야 하는 시대적 과제를 다루었다는 점에서 주목된다. 또한 김동인의 「망국인기」, 「속 망국인기」, 「반역자」 등에서 볼 수 있는 자기 합리화의 방식145)에서 어느 정도 벗어나 있다. 그러나 한편으로 이 작품에 대해 일부 논자들은 표면적으로는 자신의 죄를 참회는 것처럼 기술되어 있으나, 자기 합리화의 요소가 강한 작품이라며 참회록의 성격에 의문을 제기하기도 한다.146)

「민족의 죄인」은 작가 자신의 자기변명을 위한 것인지, 아니면 속죄의식을 표현하기 위한 것인지가 많은 논자들의 관심사였다. 그러나 이러한 이분법적 시각은 소모적일 수 있다. 물론 이 작품에서 '나'의 모랄은 작가의 양심이나 일제하 지식인의 윤리적 영역에도 맞닿아 있어 채만식 소설에서의 자기비판의 양상을 해명하는 데 관건이 된다. 그러나 보다 중요한 것은 이러한 소설을 쓰게 된 사회적 배경과 윤리의식의 내면화라는 측면이다. 이 소설에 나타난 자기비판의 양상을 통해 우리는 해방 직후 채만식의 작가적 모랄과 일제하에서 지식인의 윤리의식이 어떻게 연관되어 있는지를 추출해 볼 수 있기 때문이다. 다시

---

145) 김동인의 단편소설 중에서 「망국인기」와 이 작품의 후속편인 「속 망국인기」는 시종일관 작가의 개인적인 변명과 식민지하에서의 자신의 공과에 냉담한 미군정을 비난하는 데 비중을 두었다. 그런데 김동인의 단편소설에서 자기변명이나 합리화의 준거로 삼는 것은 '주춧돌 의식'과 '왜종의식'이다. 주춧돌 의식은 김동인(「망국인기」), 한서방(「주춧돌」), 오이배(「반역자」)와 같이 구한말 한국의 신민으로 태어난 구세대 주인공들의 자기옹호의 논리로, 왜종의식은 「김덕수」, 「송첨지」에 나오는 작중인물처럼 친일적인 신세대의 친일행위를 정당화하는 면죄의 논리로 작용하고 있다(이수라, 앞의 논문, 28-42면 참조).

146) 이러한 관점을 취하고 있는 대표적인 논자로는 김윤식(1984), 정호웅(1989)을 들 수 있다. 이외에도 박영순, 「'민족의 죄인'의 서술과정 분석」, 『이화어문』, 제9집, 1990, 80-97면 참조.

말해 한 작가의 내면적 질서가 일제 말기를 지나오면서 얼마나 철저하게 파괴당했는지를 주목해야 한다.

특히 「민족의 죄인」의 후반부는 일제치하에서 신문 만드는 일에 종사함으로써 대일협력을 한 김군과, 부유한 집안 덕택에 일제에 협력하지 않을 수 있었던 윤과의 논쟁을 통해 개인의 윤리의식 문제와 식민지시대의 삶의 관계를 부각시킨다.

> 윤군: "난 그러니깐, 그런 개도야지만 못한 것들이 숙청이 되기 전에 건국 사업이구 무엇이구 나서구 싶지 않아.도저히 그런 무리들과 동석할 생각이 없어."
>
> …(중략)…
>
> 김군: "남구루 치면 한번이래두 도끼루 찍힘을 당해본 적이 없는 남구야.한번 찍어 넘어갔을는지 다섯번 열번에 넘어갔을는지 혹은 백번 천번을 찍혀두 영영 넘어가지 않았을는지 걸 알수가 없질 않은가? "
>
> 윤군: "그래서?"
>
> 김군: "그러니깐 자네의 지조의 경도란 미지수여든.자네가 혹시 꾸준히 투쟁을 계속해온 좌익운동의 투사들이나 민족주의 진영의 몇몇 지도자들처럼,백번 천번의 찍음에 넘어가지 않구서 오늘날의 온전을 지탱한 그런 지조란다면,그야 자랑두 하자면 하염즉하겠지.(……)미시험의 지조를 가지구 함부로 자랑을 삼구 남을 멸시하구 한다는 건 매양 분수에 벗는 노릇이 아닐까?"
>
> 윤군: "내가 무슨 자랑으루 그런대나?"

윤군은 자못 준절하게 친일행위를 성토하고 있지만 그의 논지는 약화되어 있다. 반면 김군은 윤군의 결백이 '미시험의 지조', '결백의 횡재', 혹은 '재산적 운명' 등의 장황한 설명을 들어 자신의 행위와의 차별성을 無化시키려 한다. 따라서 두 사람의 논쟁은 일견 伯仲勢를 보이는 듯하지만, 사실상 김군의 논리는 어색한 자기변명에 기울어져 있다. 심지어 일부 지도층의 친일 협력행위에 대한 윤군의 공격에 "신문기자가 신문을 만드는 건 대일 협력이구, 농민이 농사해서 벼를 공출해 왜놈과 왜놈의 병정이 배불리 먹고 전쟁을 하게 한 건 대일협력이 아닌가?"(451면)라고 반문하는 대목에 이르면, '모두가 죄인이므로 죄인은 아무도 없다'는 민족적 자기 비판론의 순환논법에 함몰될 수 있다. '나'를 변호하는 김군의 논리는 '민족의 죄인'이라는 자기비판에서 '죄인의 민족'이라는 일반론으로 확산될 수 있는 것이다. [147] 결국 김군의 논리 자체만을 놓고 보면 '나'의 과거에 대한 논죄 자체를 무화시킬 수 있는 가능성이 있다. 그러나 김군의 논리가 '나'의 입장만을 대변하고 있다고 볼 수는 없다. 여기서 김군의 논리와 나의 입장이 갖는 상관성을 해명할 필요성이 대두된다.

> 윤군: "자네 논법대루 하자면, 그럼 친일파나 민족 반역자 한 놈두 없구 말겠내그려?"
> 김군: "지금 이 방안에만두 해두 사람이 셋이 모인 가운데 둘이 민족반역잔데 없어?"
> 윤군: "처단할 놈 말야"
> 김군: "많지.그렇지만 벌이라는 건 그 범죄가 끼친 영향을 참작하구 범죄자의 정상을 참작하구, 그리구 범죄 이후의 심리와 행동을 참작하구,그래 가지구 처단에 경중이 있는 법이지, 자네 같을래서야 3천만 가운데 장정의 태반은 죽이자구 할테니, 그야말루 뿔을 잡으려다 솔 죽이는 격이 아니겠는가?"
> 윤군: "웬만한 놈은 죄다 쓸어다 숙청을 해야지(…)(451-52)
> (작중인물의 명시는 편의상 인용자가 한 것이며 이후 작품 속에서도 동일함, 8-273-74면)

---

147) 김윤식(1984)의 견해를 이어받은 정호웅은, 이 작품이 "특이한 자기변명의 논리"가 강화되어 '모두가 죄인이므로 죄인은 아무도 없다'는 민족적 자기비판론의 전형을 보여준다고 지적한다(정호웅, 앞의 논문, 187면).

위의 대화에서 윤군은 시종일관 '검사'의 논고와 같이 준엄하게 단죄하고 있는 데 반해, 김군은 '변호인'의 자세를 취하고 있다. 따라서 윤군의 논리는 다소 과격하게 제시되고 있는 반면에, 김군의 논리는 죄의 경중과 상황윤리를 들어 '나'를 옹호하는 입장에 있다. '나'를 변호하는 김군은 윤군의 입장이 자칫 '矯角殺牛'의 愚를 범할 소지가 있음을 비판한 것이다.

그러나 정작 '나'는 비슷한 입장에서 '나'를 대신해서 논지를 전개하고 있는 김군에 대해 "김군의 대일협력에 대한 변호는 윤의 말이 아니더라도 옛 형식논리에 기울어진, 그래서 대체가 모두 옹색스럽고 연극 투성이었다"며 비판한다. 이처럼 '나'는 '나'를 변호하며 어쩌면 대리전의 논쟁을 치르고 있는 김군의 시각보다 오히려 나에게 비판적인 윤군의 시각에 동조하게 된다. 여기서 '나'에 대한 윤의 따가운 공격에 침묵을 고수한 것은 독자의 동정심을 유발하기 위한 작가의 고도의 보완적 장치[148]로 보기도 한다. 그러나 자기반성의 암묵적 표현으로 보아야 할 점도 소홀히 해서는 안된다.

왜냐하면 대화에서 침묵(……)은 특수한 경우[149]를 제외하면 일반적으로 상대방의 말에 대한 비판이나 공격에 대해 마땅히 대응할 만한 여지를 발견할 수 없을 때 반응하는 행위이기 때문이다. 또한 '나'의

---

148) '나'를 변호한 김군의 논리에 대해 '내'가 비판적인 시각을 보이는 것은 다음과 같은 두 가지의 효과를 염두에 두었다는 지적에서 비롯된다. 그 첫째는 김의 논리를 접한 독자들의 마음 속에서 일어날 수 있는 반발을 '나'의 입을 통해 먼저 터트려 버림으로써 그 반발의 강도를 완화시키는 효과이며, 그 둘째는 '나'는 결코 김의 논리와 같은 것에 기대어 자신의 책임을 모면하려 들만큼 경박한 사람이 아니라는 사실을 은근히 강조함으로써 김의 논리가 가리키는 것과는 다른 방향에서 면죄부를 발부받는 데 도움을 얻는 효과이다. 이동하, 「이광수와 채만식의 해방기 작품에 대한 연구」, 『배달말』 16집, 1990, 17면 참조.
149) 묵비권의 경우는 저항의 일종으로 공격성이 내포되어 있기도 하다.

침묵은 적어도 공격적이지 않다는 점에서 소극적인 자기 반성의 의미
도 함축되어 있다고 생각된다. 왜냐하면 자신을 염두에 두고 비판하고
있는 윤군의 말에 대해 자리를 지키며 침묵으로 일관한 '나'의 행위를
자기변명의 요소와 연결시키기에는 여러 가지로 무리가 따르기 때문이
다. 김군은 '나'의 변호만을 염두에 두지 않고 자신의 입장도 어느 정
도 대변하고 있는 주체적이고 독자적인 인물이라는 사실을 감안해야
한다. 그럼에도 불구하고 '나'에 대한 김군의 옹호적 발언을 '나'의
논리로 대변화하여 이 작품이 자기변명의 요소가 투영된 작품으로 평
가하는 경우를 종종 보게 된다. 김군의 논리를 '나'의 논리로 대치시
켜 이 작품을 작가 채만식의 '자기변명적 요소를 투영한 작품'으로 보
는 시각이 그것이다. 일반적으로 이 작품을 자기변명적 요소를 투영한
작품으로 보는 시각에서는 김의 논리=나의 논리=작가의 논리라는 단
순도식으로 환치시켜 "작가는 교묘하게도 친구(김군-인용자)를 통해
'나'의 마음속 반박을 대신하게 하였다"150)는 입장을 취한다.

　또 하나 이 작품에서 우리가 주목해 보아야 할 부분으로는 작품의
서두에서 현재 앓고 있는 '나'의 심정을 어떻게 바라볼 것인가의 문제
이다. 이 작품을 자기 변명에 입각한 소설로 보는 입장에서는 보름전
의 그 일(김군과 p사에서 윤군과의 논쟁 – 인용자)로 인한 "분노"에서
비롯된 것으로 보고, 이것을 작품 분석에서도 유효한 잣대로 적용하고
있다. 그러나 서두에서 현재의 '나'의 심정을 표현한 "일종의 자포적
인 울분"과 "불쾌감"의 심리적 정서를 윤군에게 당한 "분노"의 감정에
서 비롯된 것으로만 생각할 수는 없다. 왜냐하면 윤의 따가운 공격에
한마디도 반박하거나 변호하지 않고 침묵으로만 일관하는 나의 행위를
해명할 방도가 막연하기 때문이다. 서두 부분에서의 '속앓이'의 심정
이 묘사된 대목은 이 작품이 자기변명의 요소보다 자기비판의 성격에

---

150) 김성틸, 앞의 논문, 145면.

더 무게중심을 둔 하나의 예증으로 볼 수 있다. 이런 점에서 다음과
같은 지적은 시사하는 바가 많다.

> 해방된 시점에서 (세 사람이-인용자) 한자리에 만나게 하는 것은 일
> 제시대 지식인의 행위에 대한 비판과 변명 그리고 반성의 시대적 의식
> 상황의 삼중상태를 암시하는 의미를 지닌다. 이런 지식인의 정신 내지
> 의식의 삼중현상도 따지고 보면 공격과 변명의 양 진영의 극분화로 나
> 타난다. 윤처럼 스스로의 비협조적 자세를 결백의 절대행위로서 자홀
> 시하면서 매도와 비판의 자리에 서는 것과 변절과 타협행위를 삶의 절
> 박성이나 인간적인 실수에 돌려서 변명하는 것이 그것이다. 이런 경우
> 반성과 냉철한 자기비판은 자리잡을 수 없게 된다. [151]

위의 진술은 「민족의 죄인」이 자기변명의 요소와 자기비판의 요소
가 표리의 관계를 형성하고 있음을 염두에 둔 지적이다. '나'뿐만 아
니라 윤군 역시 식민지 치하에서 낙향과 침묵으로 일관한 것 역시 일
종의 타협이요 굴복[152]의 또 다른 형태를 벗어나지 않고 있다. 이런
점에서 이 작품은 '나', 김군, 윤군 모두 각기 다른 책임을 져야 할 것
임을 암시해 준다. 뿐만 아니라 작품의 마지막 부분에서 친일파 교사
를 몰아내기 위한 동맹휴학이 졸업에 지장을 준다고 판단하여 혼자서
빠진 조카에게 훈계하는 장면은 후세대도 각기 나름의 책임을 다해야
한다는 자세를 강조한 것이다.[153] 그러나 보다 본질적으로는 현존의
논리와 당위의 이율배반 때문에 이 작품은 다음과 같은 '묘한 아이러
니'에 의한 결말을 이끌어낼 수밖에 없었던 것으로 보인다.

> "옳은 일을 위해 나서서 싸우는 대신, 편안하구 무사하자구 옳지 못

---

151) 이재선, 『현대 한국 소설사』, 민음사, 49면.
152) 염무웅, 「일제하 지식인의 고뇌」, 앞의 책, 86면.
153) 이재명, 「채만식 소설 연구」, 연세대 석사학위논문, 1986, 25면.

한 길로 가는 놈은, 공부 아나 뱃속에 육줄 배포했어두 아무짝에두 못
쓰는 법야"

　"……"

　"학문은 영웅지여사(學問英雄之餘事)란 말이 있어. 사람이 잘나야
하구, 학문은 그 댐이니라. 인격이 제일이요, 지식은 둘째니라 이뜻야.
ㅡ옳은 일을 하기 위해선 불 가운데라두 뛰어들어갈 용기. 옳지 못한
길에는 칼을 겨누면서 핍박을 하더래두 굽히지 않는 절개. 단체를 위
한 일에는 개인을 돌아보지 않는 의협. 그런 것이 인격야. 그러구서야
학문도 필요한 법야. 알았어, 이 놈아."(8-458)

　위의 장면은 동맹휴학을 거부하고 일신의 영달만을 추구하는 방식
으로 처세하는 조카의 삶의 방식을 질타함으로써 자기 부정과 동시에
자의식의 최소한의 공간확보를 이룩해 내려고 하는 작가의 실존을 드
러낸 것이다. 결국 채만식은 일제시대 자신의 삶을 반성한 끝에, 거부
할 땐 거부할 줄 아는 삶의 자세와 방법이 가장 보람있고 떳떳한 것임
을 터득한 것이다. 이런 점에서 볼 때 채만식의 「민족의 죄인」을 "참
회록을 쓰는 심정과 최소한 자기변명에의 욕구가 포개진 자전적 소
설"154)로 본 견해는 설득력을 얻는다.

　이처럼 이 시기의 자기비판 소설들은 자기비판의 요소와 자기합리
화의 요소가 표리 관계를 이루고 있다. 그러나 한편으로 그러한 관계
속에서 의미를 천착해 간 점도 소홀히 할 수 없다. 이는 자기비판의
문제를 개인적인 차원에서의 자기비판 못지 않게 우리 사회의 전반적
인 자기비판의 형태로 이어져야 할 당위성과도 연관된다. 왜냐하면 식
민지 시대의 비극적인 역사 체험은 개인적인 자기비판만으로 그 상처
가 치유될 성질의 것이 아니기 때문이다. 그것은 개인적인 윤리의 영

---

154) 조남현, 「해방 직후의 단편에 나타난 혼란상과 갈등상」, 『한국 소설과 갈
　　등』, 문학과 비평시, 276면.

역을 넘어서 역사에 대한 객관적 인식에 근거한 지식인의 자기비판을
필요로 한다.

2. 왜곡된 세태의 혼란상

1) 친일파의 재등장

일제 잔재세력의 청산을 요구하는 민중들의 여망을 반영하기 위해
작가들은 일제시대에 지식인들이 행한 附日的인 행태를 고발하거나,
혹은 해방직후의 혼란된 세태를 이용하여 자신의 기득권을 유지하기
위해 혈안이 되어 있는 모습을 풍자하게 된다. 극히 일부를 제외하고
대부분의 작가들에게 있어 일제잔재에 대한 청산의지는 공통적인 과제
로 인식되었다. 특히 좌익 진영의 작가들은 그들의 작품 속에 민감하
게 이를 반영하고 있었는데, 이것은 해방이 된 뒤에도 그만큼 일제의
잔재세력들이 일제시대의 기득권을 지속하기 위해 갖은 음모와 술책을
동원하며 그 명맥을 이어갔던 현실을 비판하기 위한 것이다.

우선, 친일파의 재등장을 반영하고 있는 진보적 리얼리즘 계열의 소
설로 전홍준의 「준동」(『개벽』, 48.8), 이동규의 「눈」(『신문예』, 46.2), 엄
흥섭의 「쫓겨온 사나이」(『신문학』, 46.8) 등이 주목된다.

전홍준의 「蠢動」은 작품의 '제목'을 통해서도 어느 정도 암시되고
있듯이 일제시대 친일활동을 했던 편집국장 '정태민'을 비롯한 일부
지식인들이 해방된 뒤에도 반성은 커녕 附日的인 의식을 갖고 표리부
동한 행위를 일삼고 있는 현실을 그린다. 이 작품은 또한, 뒤에서 다루
게 될 「새벽」(『문학』, 48.4)의 前篇에 해당하는 작품으로 내용상의 연
속성 띠고 있다.

「준동」에서는 주인공 '현호'가 '사장'과 '정태민'의 부일적이고 위선적인 인물임을 발견하지만, 이들에 의해 해고됨으로써 지속적인 투쟁을 전개할 것임을 암시하고 있다. 반면 「새벽」에서는 '현호'를 주축으로 한 지식인들의 파업이 노동자들과의 연대 속에서 승리로 장식되는 낙관적 전망(optimistic perspective)과 투쟁의 현장성이 부각되어 있다. 따라서 두 작품은 전후편의 성격을 띠고 있지만, 「蠢動」은 「새벽」에 비해 지식인의 부일적이고 위선적인 모습을 고발하는 데 보다 비중을 두게 된다. 따라서 작품의 초점은 이들의 이중성과 허위의식을 밝히는 데 모아져 있다. 특히 편집국장 '정태민'은 일제 강점기에 일본에서 苦學으로 중학을 마치고 만주로 건너가 일본사람 밑에서 갖은 고초와 멸시를 받으면서 한때 일본에 대한 적개심을 갖기도 했다. 그러나 그는 민족적으로 諦觀을 한 뒤 '모든 힘을 다해 일본사람이 되기'에 노력한 '어용작가'로서 일제의 황민화정책의 선봉에 섰던 사람이다. 심지어 그는 '일생의 원이었던 일본 여자를 안해로 삼을 수 있게까지 되었으나' 해방과 함께 그의 기반은 무너지게 되었고, 해방 후에는 일제시대 중추원 참의를 지냈던 '김'사장이 운영하는 신문사에서 편집국장직을 맡게 된다. 정태민은 작품의 서두에서 현호에게 과거를 청산하였음을 고백하기도 하였으나, 이것은 醉中의 진술로 실제 그의 생활은 여전히 부일적인 근성을 버리지 못한다. 심지어 그는 원고청탁을 할 때도 '국민정신의 진작 앙양'이라는 일제시대의 어투를 쓰는가 하면, 굶지 않는 것만 해도 '간샤노넨(감사의 넘)'을 가지고 살라고 직원들에게 강요할 정도이다. 이렇게 이 작품에서는 친일 잔재적인 지식인의 한 전형으로서 정태민이 부각되어 있다.

이 작품에 나오는 '사장' 역시 정태민과 같은 유형의 인물임이 사장과 同鄕인 함경도 출신의 김선생에 의해 그 실체가 폭로된다. '사장'은 내막을 모르는 고향에서는 어려운 역경에 처해 있는 사람들을 많이

도와주는 인물로 알려져 있지만, 실은 '자기의 방계회사, 공장에 매어 놓고 단물을 빠라 먹고 있는' 악덕 자본가이다. 김선생은 사장의 대표적인 피해자로 묘사되고 있다.

> 김선생이란 사람은 몸이 밧짝 말라붙어 마치 해골처럼 안공이 휑이 드려다뵈키는 것이 옷조차 우굴쭈굴 주름이 가고 때가 꾀죄죄 흐르는 것을 입은데다가 왜 그런지 털빠진 참새마냥 가끔 가다 우둘우둘 전신을 떨며 책상에 찰거머리처럼 붙어서 악착스레히 일을 하고 있었다. (『해문』1,371면)

김선생은 '피골이 상접한 모습'으로 묘사되고 있다. '골상학적 (physiognomical)' 외양묘사에 기초한 이러한 성격화는 김선생의 우유부단하고 소시민적인 측면을 드러내 준다. 그러나 김선생에 대한 이러한 외양묘사는 본질적으로는 김사장의 이중성과 허위의식을 간접적으로 부각시키기 위함이다.

사장과 정태민의 사원에 대한 횡포와 악덕은 작품 초두에 현호가 처음 입사하면서 느낀 직장의 분위기, 즉 "가슴 답답한 무기력의 저압과 어떤 기형적인 기류만이 가뜩이 요기처럼 뒤서리어 있는 것 같았다"는 묘사를 통해서도 암시된다. 정태민과 사장이 이렇게 부일적이고 이중적인 지식인임을 극단적으로 부여하고 있는 대목은, 해방 후 「나라는 사람」 삼부작을 쓴 친일작가 '가야마 다로'(香山太郎) 이춘호와 그의 妻 허영순이 출판사에 오자 영광으로 생각하여 勅使대접하는 장면이다.

> 여기에 출입하는 사람들은 자연히 이같은 동류의 인간들 뿐이었다. …일본서 갖나온 친일작가 아오끼 무엇이란 어중이 떠중이들이 시궁창에 몰이는 파리 떼와 같이 모여들어 웅성웅성댔다.

　　또 이따금씩 재산몰수를 모면하기 위하여 정식 이혼 수속을 한 이
춘호 허영순 부처가 나란히 나타나곤 했다. 어떤 날 오후였다.……정과
사장은 두 부처의 손을 끌어 사장실에 안내하고 한참동안 서루 무엇
인가 궁론 끝에 그들 부처를 다시 큰길까지 딸아나가 전송하였다.번가
라면서 악수를 하고 일본식으로 수없이 머리를 조아리고, 그래도 못
잊겨워서 십 분 이상이나 무엇이라 서서 웃고 이야기를 하다가 그들
부처가 디려 밀다싶이 하고 걸어 가니까 그제야 할 수 없이 한참 동안
그들 뒤를 멍하니 바라보고 잇다가 돌아 들어왔다.… 그러나 그들은
어찌된 셈인지 춘호 선생의 저서 인지에 도장을 찍을 때에는 꼭 무슨
위조지폐나 만드는 듯이 사람 눈을 피해 깊숙한 안방에서 찍군하는 것
이었다.(382)

　　인용에서 이춘호, 허영순 夫妻란 춘원과 그의 아내 허영숙을 지칭한
것이며, 또한 이춘호의 懺悔小說 「나라는 사람」은 춘원 이광수의 「나
의 고백」을 암시하고 있는 듯하다. 또한 여기서 이춘호는 이광수라는
특정인이기보다는 친일적 지식인의 상징적 존재로 확대해 보아야 보다
설득력 있다.155)

　　자신의 문필활동과 관련시켜 자기비판의 형태를 취한 해방기의 소
설 중에는 實名을 등장시켜 리얼리티를 부각시키려 한 경우도 있다.
156) 여기서도 일제말 친일행각으로 비난의 표적이 된 춘원과 그에게
아부하는 출판사 사장과 편집국장 정태민을 싸잡아 조소하고 있음을
볼 수 있다. 이처럼 정태민과 사장은 "친일의 연장선상에서 친미주의

---

155) 김성렬은 '이춘호(李 春浩)'의 일제시 창씨명이 가야미 다로오(香山太郎)인
　　점, 그리고 작품에 드러나는 여러가지 정황묘사 등을 종합해 볼 때 춘원 이
　　광수를 지칭한다고 지적하였다(김성렬, 앞의 논문 137면).
156) 實名을 작품에 자주 등장시키는 작가로 이봉구를 들 수 있다. 특히 이봉구
　　의 「暮詞」(『문학평론』 3호, 1947.4)에서는 해방기의 여러 작가들이 實名으로
　　등장하고 있다. 이 작품은 '속 도정의 서'라는 부제가 붙어 있어 걸로 보아
　　「도정」의 前篇에 해당하는 것으로 추측된다.

자로 둔갑하여 협잡으로 개인의 부와 명예를 쌓아가는 기회주의적 인물"157)로서, 이 작품에서는 현호의 시각에 의해 이들의 위선과 허위의식을 드러내는 데 지면의 대부분을 할애하고 있다.

이러한 설정은 일정부분 일제의 잔재가 청산되지 않고 있는 현실이 정태민과 같은 친일모리배들의 '蠢動'을 야기시키는 원인으로 작용하고 있음을 염두에 둔 것이다. 그러나 이 작품에서 우리가 정작 주목해 보아야 할 것은 친일모리배들이 판치는 부정적 현실에 대한 비판과 현실에 대한 변혁의지가 작품 속에서 제대로 형상화되었느냐의 문제이다. 이러한 측면은 결말부분에서 사원들이 김장값 가불요구를 하는 과정에서 미약하게나마 제시되고 있다. 결말부분에서 주인공 현호는 이것을 선동한 혐의로 강제로 사표를 권유받고 사직하지만, "값싼 눈물 한 방울도 손톱만한 타협의 간격도 없는" 사실을 절감하며 지속된 투쟁을 암시하는 데 그치고 만다. 이러한 점들은 이 작품이 "부정적 현실을 드러내 주고 비판하는 데 있어서는 일정한 성취를 이루고 있지만, 현실고발의 수준에 머물고 있다"158)는 비판을 받게 하는 요인이기도 하다. 사실 이 작품은 정태민을 비롯한 부일적 지식인의 위선과 허위의식을 드러내는 데 지면의 대부분을 할애함으로써 정작 현호의 자각과정이나 변혁의지는 미흡하게 제시되고 있다. 더욱이 현호의 각오와 낙관적 전망에도 불구하고 당시의 현실은 그 구조적 모순에 있어한 지식인의 투쟁을 다짐하는 정도의 결말처리가 합당하게 받아들여질 정도로 단순한 것은 아니다. 당대의 현실은 복잡다단한 성격을 띠고 있다. 따라서 정태민을 비롯한 친일잔당에 대한 투쟁과 처단은 개인적인 차원의 私怨이나 복수심으로 해결될 성질의 것이 아니다.

---

157) 윤홍노, 「해방기 한국 소설 연구」, 『동양학』제 23집, 단국대학교 동양학연구소, 1993, 29면.
158) 김성렬, 앞의 논문, 138면.

그럼에도 불구하고 이 작품의 이러한 결말처리는 그 나름의 장점도 가지고 있다. 왜냐하면 해방기 진보적 리얼리즘의 소설에서 일반적으로 드러나고 있는 인물의 영웅化나 서술자에 의지한 작가의 생경한 이념의 도출에 의존하지 않기 때문이다. 요컨대 「蠢動」은 현호에 의해 앞으로 지속적인 투쟁이 전개될 것이라는 암시에 의존함으로써 '도식적 낙관주의(schematic optimism)'에의 함몰에서 얼마쯤 벗어나 있다.

이동규의 「눈」과 엄흥섭의 「쫓겨온 사나이」 역시 일제의 잔재세력이 해방이 된 뒤에도 자성하기는 커녕 오히려 혼란된 세태를 이용하여 자신의 기득권을 유지하기 위해 저지르는 온갖 작태를 고발하고 있는 작품들이다. 특히 이들 작품은 일제시대에 온갖 만행을 저지르며 반민족적인 행위를 일삼아 온 한인 경찰이 해방된 뒤에는 다시 민주경찰로 둔갑하게 되는 세태를 배경으로 하고 있다. 이런 점에서 두 작품은 뒤에서 다루게 될 채만식의 「맹순사」와도 어느 정도의 연계성을 갖지만, 여기서는 풍자 대신에 고발에 의존하는 차이점을 보이고 있다. 두 작가 다 문학가동맹 소속의 작가들로서 우회적인 수법을 동반하여 해방 직후의 현실을 비판하기보다는 주로 '고발'이나 '보고문학적' 측면에 의존한다.159)

엄흥섭의 「쫓겨온 사나이」(『신문학』, 46.8)는 친일의 경력으로 북에서 쫓겨온 사나이가 살아남기 위해 술책을 부리는 기만성을 폭로한 작품이다. 작품의 서두에서는 '사나이'의 정체가 쉽게 드러나지 않는다. 작품의 상당부분은 '사나이'가 인심사나운 과부의 행랑살이를 하면서 마을 아낙네들의 구설수에 오르는 과정이 세밀하게 묘사되고 있다. 이것은 사나이에 대한 호기심을 부여하기 위해서이다. 그러나 사건이 전

---

159) 일반적인 경향을 염두에 둔 지적이다. 「프로 문맹」측의 중요한 성원이었던 송영은 '의자'를 擬人化하여(「의자」, 『신문학』, 46.3) 해방직후의 현실을 비판하기노 하였나.

개되어 가면서 그의 부정직한 인간상이 점차 드러나게 된다. 그는 "그
저 먹고 살기 위해 일본놈 밑에서 형사노릇을 했을 따름"이라고 자신
을 강변하고 있을뿐 아니라, 남한에 와서는 악덕 정당에 매수되어 민
주적인 중요 단체를 파괴하는 테러활동을 지속해 온 인물이다. 서두에
서 사나이와 과부와의 관계에 얽힌 풍문도 그의 부정적인 인간상을 돋
보이기 위한 세부묘사의 한 전략이다.

  이 작품에서 중점적으로 드러내고자 한 바는 그 소문 속에서 떠오르
는 낯선 사나이가 월남한 친일 부역자라는 사실을 부각시키는 데 있
다.

> 38도선이 갈라지기 전 북조선에서 8.15까지 일본놈의 주구 노릇을
> 하던 친일파 또 그놈들과 야합하여 노동자 농민을 착취하던 대지주 대
> 자본가들……쫓겨온 친일파 민족반역자들은 서울을 중심으로 모여 있
> 는 남조선의 친일파, 민족반역자들과 합류하여 북조선에 진주한 소련
> 군을 욕하고 중상하기 시작했다.
> 　그들 친일파 민족반역자들은 가장 조선민족을 사랑하고 조선의 독
> 립을 바라는 것처럼, 말하자면 가장 애국자인 체 하면서도 실상은
> ……남조선에 단독정부를 세우려는 비민주주의적 책동을 하기 시작했
> 다. [160](60-61)

  앞에서도 미군정은 해방직후 일제시대의 관리 및 경찰들을 재등용
하였던 사실을 지적한 바 있지만, 특히 미군정 경찰의 대부분은 식민
경찰에 종사하였던 사람들로 구성되었다. 1946년에 작성된 한 보고서
에서는 남북한을 통하여 식민 경찰에 종사하였던 한인 8천명 중 5천명
이 여전히 군정의 경찰에 종사하고 있었음을 밝히고 있다.[161] 미국인

---

160) 엄흥섭, 「쫓겨온 사나이」, 텍스트는 김재용 엮음, 『해방 3년의 소설문학』,
　　 (세계, 1987)을 택했다.

들은 경찰에 오랜 경험이 있는 사람들을 우대하였으므로 경찰간부의 80% 이상이 일본인들을 받들던 사람들이었다. 더욱이 북한에서 온 식민경찰들 중 많은 사람들이 북에서 해임된 후 남으로 탈출하여 군정 경찰에 참가하기도 했다.162) 심지어 국립 경찰은 "북한에서 공산주의자들에 의하여 축출된 부패한 경찰관들을 포함해서, 일본의 훈련을 받은 경찰과 반역자들의 피난처"163) 라고 불리울 정도였다.

「쫓겨온 사나이」에 나오는 '사나이' 역시 이런 유형의 인물이다. 결국 이 작품에서도 그는 과부와의 '불륜'과 부정직한 테러행위로 인해 마을 사람들의 지탄을 받게 되어 삼팔선 이북으로 쫓겨가는 신세가 되고 만다.

> 『팔일오 이전에 설령 왜놈 밑에서 먹구 살기 위해 어쩔 수없이 형사질을 해먹었거든 그 속죄를 위해서도 근신하고 있어야 할 터인데 악덕 정당에 매수되어 테로단을 조종하여 동포끼리 분열을 일으키고 싸움을 하게 하고 건물을 부수고 ……』
> 『내가 무슨 큰 죄가 있다고 그러시오? 북조선에서 쫓겨와서 역시 먹고 살기 위하여 모 정당 간부에게 매수된 것 뿐요』
> 놈팽이는 능글능글 이죽거리며 옷을 주워 입는다.(67)

마을의 한 젊은이가 쫓겨가는 '그'에게 내뱉는 진술은 작가의 이데올로기를 여과없이 드러내고 있다 해도 과언이 아니다. 엄흥섭은 '쫓겨온 사나이'의 부정적인 인간상과 행태를 통해 월남한 일제의 잔재세

---

161) 부르스 커밍스(김자동 역), 『한국전쟁의 기원』, 일월서각, 1986, 221면.
162) 미군정기 경찰의 형성과정과 성격에 대해서는 안진, 「미군정 경찰의 형성과정과 그 성격에 관한 고찰」, 『해방직후의 민족문제와 사회운동』, 문학과 지성사, 1988, 참조.
163) 국립 경찰 수사국장 최능진이 1946년 11월 20일의 한-미회의에 제출한 보고서에서 밝힌 내용이다. 부르스 커밍스(김자동 역), 앞의 책, 221면 재인용.

력이 극우주의자로 변신하여 남한의 우익과 연대하여 테러를 조장하고, 또한 좌·우익의 이념대립을 교묘히 이용하여 단독정부의 수립을 획책하는 현실을 비판하고자 했던 것이다.

사실 해방전 일제는 점차 고양되는 민족 해방운동이 공산주의 운동과 결합되는 것을 차단하고, 궁극적으로는 민족 해방운동 자체를 무산시키기 위해 조선인 계급간의 대립을 부각시키는 민족 분열정책의 일환으로 반공 이데올로기를 확산시킨 바 있다. 해방후에는 이러한 정책의 수혜자요 담지자였던 친일세력과 우익 민족개량주의자들이 자신들의 반빈족적 행위를 은폐·호도하기 위해 미군정과 함께 반공이데올로기를 적극 확산하였던 것이다.164) 이러한 사실을 고발하기 위해 엄흥섭은 '쫓겨온 사나이'를 등장시켜 해방직후 좌우 이념대립을 교묘히 이용하여 자신들의 기득권 유지에만 혈안이 되어 있는 세태의 한 측면을 비판한 것이다. 엄흥섭의 「쫓겨온 사나이」가 작가의 계몽적 진술에 의지하고 있다면, 이동규의 「눈」은 '눈'을 상징화하여 해방직후의 억압적 실상을 고발한다.

이동규의 「눈」(『신문예』, 46.2) 에서는 사회운동에 주력하고 있던 '내'가 일제시대로부터 해방직후에 이르기까지 끊임없이 한 경찰의 감시를 받음으로써 야기되는 불안과 피해의식을 상징적으로 부각시킨다. '내'가 경찰서 고문실에서 처음 접한 유부장이란 자의 '눈'은 보통 사람의 눈과 다르다. 그의 눈은 "부리부리하고 해박은 인형의 눈모양으로 전후좌우로 굴르기를 잘했다. 그리고 한번 쏘아볼때는 독기를 뿜어 온몸의 신경 그대로 옴츠러트릴만큼 매서운 힘을 가지고 있었다." 더욱이 평상에 꼼짝없이 묶여 누워있는 상태에서 입과 코에 물고문을 받고 있는 '나'에게 그의 눈은 마치 '도살자의 눈'이다. 감옥에서 3년의

---

164) 정영태, 「일제말 미군정기 반공 이데올로기 형성」, 『역사비평』, 1992년 봄호, 126면.

세월을 보내고 출옥한 이후에도 '나'에 대한 유부장의 감시는 "나의 온몸에 들씌워지고 나의 표정으로부터 윗 양복 아랫 양복 그리고 손에 든 종이조각까지" 와닿게 되는 두려움을 느낀다. 이러한 감시의 눈은 그가 시골 경찰서로 승진되어 가는 통에 다른 감시자로 잠시 교체된 적을 제외하고는 계속되었다. 이로 인한 피해의식과 불안에 쫓기던 중 '나'는 해방을 맞는다. 해방직후 나의 생활은 정상을 되찾았고, 여태껏 나를 감시했던 눈은 도피자의 눈으로 바뀌게 된다.

「오래간만이요 고동안 자미 좋으시오」
나는 얼굴에 웃음을 가득히 웃음을 띠고 이렇게 말했다.
「안녕하십니까 저의들 자미야 그저 그렇지요」
…억지로 짓는 웃음에 입은 부자연하게 아래위로 벌려지고 누런이 와의 잇몸이 서가 웃을 때와 같이 드러나고 상이 찡그려지고 눈 양쪽 가에는 주름이 세줄 내줄 골을 내고 잡혀졌다.
그보다 나의 주목을 끈것은 그이 눈이었다.죽어넘어진 말의 눈모양 으로 그 쎄던 독기와 살기는 어디로인지 다살아져버리고 만 일초동안 을 나를 쳐다보지 못하고 아래로 시선을 피해버렸다. 165)

해방된 뒤에 우연히 집 근처에서 만난 유부장은 해방전의 기세와는 너무나 달랐다. 해방이 되자 일본 사람의 앞잡이로 백성들을 못살게 굴었던 '관공리'와 경찰들은 백성들에게 봉변을 당하거나 쫓겨나는 신 세로 전락하였다. 그래서 서울은 시골서 쫓겨오는 그런 사람들의 피난 처가 되다시피 하였다. 유부장 역시 이런 부류의 한 사람이다. 유부장 의 '죽어 넘어진 말의 눈'은 친일파의 말로를 보여주는 것이다. 그러 나 그것도 잠시 '나'는 집회허가문제로 경찰서 정보계로 불리어갔다가 그와의 운명적인 해후를 또 하고 만다.

---

165) 이동규, 「눈」, 『신문예』, 1946, 2, 35면.

나는 정보계라고 영어와 함께 써붙인 패가 달린 문을 두드리고 안
으로 들어섰다. ─나는 어름어름하는 태도로 나를 부른 주임의 책상을
찾아갔다. 그 눈 무서운 눈이 그 주임자리에 앉아서 반짝이는 것이었
다.그눈은 전과 같이 다시 독기가 뻗치고 살기가 돌고 광채가 났다.(37
면)

'독기가 뻗치고 살기가 돌고 광채가 나는' 감시자의 눈으로 바뀐 유
부장의 변신을 통해 우리는 일제시대와 다름없이 자행되어간 당시의
억압적 실상을 연관시켜 볼 수 있다. 또한 이러한 장면의 설정은 해방
된 뒤에도 미군정이 여전히 한국의 要人들을 감시하는 사찰활동을 지
속하고 있었음을 예증해 준다. 나아가 이것은 조선인들에게 가장 직접
적인 고통을 주었던 친일경찰에 대한 분노와, 이들의 청산이 우선되어
야 한다는 대다수 국민들의 열망과는 역행하는 조치였음을 암시하기
위한 소설적 장치이기도 하다. 더욱이 이들이 다시 미군정의 하수인으
로 부활했음은 조선이 진정한 해방과는 다른 방향으로 나아가고 있음
을 의미한다. 특히 '죽어넘어진 말'의 눈에서 '독기와 살기가 도는
눈'으로의 전환은 미군정 식민지 통치기구의 유지에 따른 친일파의 재
등장을 고발하기 위함이다. 이처럼 「눈」은 '눈'을 감시자의 눈으로 상
징화하여 해방직후 사회의 억압적 실상과 부조리한 측면을 고발하고
있다.

이상의 작품들을 통해서 살펴본 바와 같이 진보적 리얼리즘 계열의
작품들은 친일잔재의 온존 및 재등장하는 현실을 '고발'하기 위해 부
일적 지식인을 등장시키거나, 혹은 식민경찰이 해방된 뒤에는 민주경
찰로 재등장하는 현실을 통해 왜곡된 해방의 실상을 비판하고 있다.

2) 시류편승자의 횡행

앞에서 살펴본 진보적 리얼리즘 계열의 소설들은 정도의 차이는 있지만 해방직후의 현실을 비판함에 있어 작가의 육성을 거의 드러내다시피 하는 '작가의 계몽적 진술'에 주로 의존하고 있다. 반면 채만식을 비롯한 염상섭, 황순원, 이무영 등 이른바 '중간파' 계열의 작가들은 주로 세태풍자의 방식을 동원하여 해방직후의 현실을 비판하게 된다.

이 중에서도 채만식은 해방직후의 현실을 독특하게 풍자한 대표적인 작가로 꼽힌다. 일제시대로부터 해방기에 이르는 채만식의 문학적 작업은 창작방법의 양상으로 구분해 볼 때 대체로 풍자적 창작방법의 계열과 비극적 창작방법의 계열로 나눌 수 있다.[166] 이 중 그의 독특한 풍자적 창작방법이 해방기의 현실을 예리하게 묘파하고 있는 양상들을 살펴보기 위해서는 소설집 『잘난 사람들』[167]에 수록되어 있는 풍자적인 단편들의 검토가 요구된다. 여기에 수록된 작품들은 해방 직후의 현실에 대한 우회적인 접근법으로 세태풍자의 방식을 동원하고 있다. 채만식 소설에서의 이러한 풍자적 방식을 동원한 현실접근법은 그의 단순한 소설기법이 아니라 하나의 방법론이자 작가정신을 형성하고 있다.[168] 해방직후 풍자적인 단편들을 중심으로 편집, 출간한 『잘난 사람들』의 후기 한 대목을 인용해 보자.

역사는 같은 것을 되풀이하지 않느니라고 일러 왔다. 그러하건만,
세상은 바야흐로 엣 「치숙」의 시절을 방불케 함이 없지가 못하다.

---

166) 한형구, 「채만식의 세계관과 창작 방법 연구」, 서울대학원, 1987, 93-110면.
167) 『잘난 사람들』은 1948년 민중서관에서 간행된 채만식의 작품집이며, 7편의 중·단편의 소설이 수록되어 있다.
168) 김윤식, 『한국현대문학사』 일지사, 1976, 124-133면.

(……). 「치숙」의 주인공 '나'(…)이 '나'류(類)의 인물이 위로는 일부
지도자라는 사람네부터 아래로는 주둔 외군의 심부름꾼에 이르기까지
1948년 오늘에 또다시 이 땅에 충만하여 있음을 무엇으로 설명하여야
할 것인지.

생각컨대, 역사는 같은 것을 되풀이하지 않는다는 말이 빈말이 아니
면, 역사가 정녕 아직도 「치숙」의 시간에서 벗어나지 못하였음이리
라.169)

널리 인용되고 있는 윗 글은 해방 직후의 현실에 대한 작가의 개인
적인 서술이다. 이러한 진술이 작품분석의 선입견으로만 작용하지 않
는다면, 작가 채만식이 해방직후의 현실을 어떻게 파악하고 있는지를
추출해 보는 단서로 유익한 측면이다. 미군정하의 해방공간은 또 하나
의 식민지 공간임에 틀림없었던 것이고, 그러한 시대공간 속에서 주도
계층을 형성한 쪽은 일제시대 이래 줄곧 식민지 체제에 야합, 기생해
온 세력이었음을 감안해 볼 때, 인용된 대목은 "현실의 본질을 일거에
통찰하는 문학적 진술"170)로서의 의미도 수반하고 있기 때문이다. 그
럼 작품을 통해 구체적으로 검토해 보자.

해방직후 처음으로 발표된 「맹순사」(『백민』, 46.3)는 '畵出魍魎之圖
其一'라는 "그로테스크한 도상학적"171) 副題가 붙어 있다. 이 작품은
'부제'(낮에 나온 도깨비 그림)를 통해서도 사건의 전개와 결말이 어
느 정도 암시되고 있다. 일제시대에 경찰을 했던 맹순사는 살인강도죄
로 복역중이던 인물이 해방후에는 자신의 동료로 출현하여 나타나는
현실을 보고 다시 경찰을 그만둔다는 내용이다. 다음은 맹순사의 그러
한 황당감을 극적으로 잘 표현하고 있는 대목이다.

---

169) 채만식, 『잘난 사람들』, 『전집』8권, 창작과 비평사, 1989, 609면.
170) 한형구, 「해방 공간에 있어서의 채만식의 현실인식과 글쓰기」, 앞의 책, 234
면.
171) 이재선, 『현대 한국 소설사』, 민음사, 1991, 50면.

“그새 벌써 사직예요?”

아낙 서분이가 구박이었다.

“괘니, 과부 아니 된 것만도 천행으루 알아요”

“?……”

“사상범, 정치범만 석방하라니깐, 살인강도까지 말끔 다 풀어 놨으니,(……)”

“살인 강도가 났어요”

“난 게 아니라, 들어왔드라우”

“에구머니! 가짜 순사 말이죠?”

　(……)

“허기야 예전 순사라는 게 살인강도하구 다를게 있었나! 남의 재물 강제로 뺏어 먹구, 생사람 죽이구 하긴 매일반였지”172)

　맹순사와 아내 서분이와의 대화에서 이 작품이 일제시대의 ‘순사’와 살인강도를 동렬에 놓고 있음을 볼 수 있다. 그만큼 일제시대의 경찰은 치안의 책임을 수행하기보다는 공출을 강요하고 독립투사를 색출해서 고문하는 반민족적인 행위를 일삼아 왔던 사람들로서 이 작품에서는 살인강도와 다를 바 없는 폭력적 집단과 동일시되고 있다. 그러나 이 소설의 핵심은 이러한 역사적 사실의 고발에 있지 않다. 살인강도와 다를 바 없는 일제 시대의 순사부류를 그대로 용납하고 있는 해방 직후의 현실을 부정·비판하려는 데 작품의 초점이 모아져 있다.173) 물론 이 작품이 해방직후의 혼란된 현실을 그대로 반영하고 있는 것은 아니다. 문학은 현실을 글로 써보는 과정에서 현실을 구조적

---

172) 채만식, 「맹순사」『잘난사람들』, 『전집』8권, 창작과 비평사, 1989, 268면. 이후 본 절에서 인용하는 채만식의 작품은 필자가 별도로 언급하지 않는 한 이 전집에 의존하며 인용 말미에 권수 및 면수만 밝힌다.

173) 장성수, 「8·15 해방공간과 채만식 문학」, 『국어문학』제 24집, 전북대 국어국문학회, 1984, 61면.

으로 변형시킨다. 그 변형은 글과 현실의 거리를 벌리고 긴장을 자아 냄으로써, 독자가 현실을 의식적으로 이해하고 비판하며 참여할 수 있게 한다.

이런 맥락에서 일제시대의 살인강도가 해방 직후의 현실에서 어떻게 경찰이 될 수 있었던가에 이 작품의 초점이 모아져야 할 것이다. 이 소설에서 일제시대의 경찰을 살인강도와 다를 바 없는 사람들로 비판하면서도 한편으로는 살인강도로 복역중이었던 강봉세를 경찰로 등장시킨 것은, 해방 직후의 현실에 대한 작가의 부정적인 인식에서 비롯된다. 왜냐하면 이 작품이 미군정의 통치과정에서 드러나는 구조적 모순과도 밀접하게 관련되기 때문이다.

미 군정의 초기는 '점령군'의 성격 바로 그것으로서 일본의 식민지 통치구조를 그대로 지속시켰고, 일본인 관리들 또한 그대로 근무하게 되었다. 특히 미 군정은 행정기능의 효율화를 명분으로 총독부 시절의 한국인 경찰관리들을 그대로 유임시켜는데, 이들은 다수가 해방전 독립투사들을 무자비하게 탄압했던 일제 식민지 통치의 走狗들이었다.174) 미군정의 이러한 일련의 정책은 일제잔재의 청산이라는 민족사적인 과제와는 먼 상태로 사회구조적 모순을 심화시켰다. 물론 당시의 혼란과 무질서는 미군정의 失政에서만 비롯된 것만은 아니었다. 「맹순사」를 비롯하여 해방기 채만식의 풍자소설은 이러한 원인을 다각적으로 추적하는 데 비중을 둔다.

해방기의 혼란과 가치전도된 현실을 비판하는 데 있어서 「맹순사」는 세 사람을 등장시켜 풍자하고 있다. "좋게 말하면 원만이요, 사실대로 말하면 반편스럽고 지조없고 무능"한 맹순사, "호릿하고 가날픈 외형대로 성질도 날카로왔던—신경질적이요 요망스러운 부류의 여자"인 서분이, 일제시대에는 살인강도 무기징역수로 복역중이었지만 해방 후

---

174) 진덕규, 「미군정의 정치사적 인식」, 『해방 전후사의 인식』, 한길사, 39-40면.

에는 '당당헌 경찰학교 졸업생'으로 순사가 된 강봉세 등이 바로 그들이다. 그러나 세 사람 중에서 맹순사는 비교적 도덕성을 어느 정도 갖추고 있는 점--세 사람에 국한된 상대적인 측면--에서 풍자의 주체이자 대상이다.

이 작품은 흔히 살인강도로 복역중이던 강봉세의 화려한(?) 등장을 통해 해방 직후의 혼란된 현실을 비판하는 듯하지만, 실제로 작품의 초점은 어디까지나 맹순사이다. 강봉세가 순사로 등용되는 해방 직후의 현실이 작품의 의미에서 배제될 수 있는 것은 아니다. 그러나 이 작품에서 작가는 일방적으로 맹순사만을 두둔하는 것이 아니라 맹순사 역시 그 오도된 자기인식으로 비판받아야 할 인물임을 부각시킨다. 특히 맹순사의 진술과 행위를 통해 친일 잔재세력에 대한 정당한 심판이 내려지지 않았던 해방 직후의 현실에 대한 작가의 시선을 역설적으로 보여준다. 맹순사 역시 본래부터 "반평스럽고 지조없고 무능"한 인물이면서도 "아뭏든지 큰 것을 먹지 아니하였으니, 따라서 부자가 되지를 아니하였으니, 나는 청백하였노라"라고 오도된 청백리관을 피력하게 된다. 맹순사의 이러한 이중성은 역사적 관점에서 볼 때 친일 잔재세력의 재등장을 옹호하는 구실이 될 수 있다. 맹순사는 자신의 무능함을 '청백리'로 합리화시키고 있는 것이다. 더욱이 그는 말처럼 깨끗한 것만도 아니었다. 다만 그는 "스스로 생각엔 양복벌이나 빼앗아 입고, 돈이나 몇십원 몇백원 받아쓰고, 쌀나무며 찬거리니 조금씩 얻어먹고, 술대접이나 받고 하는 것은 예사로 하는 일이요, 하여도 죄될 것이 없고, 따라서 독직이 죄가 되거나, 죄가 될 것은 아닌" 작은 잘못을 저질렀을 따름이라며 죄의식을 못 느끼고 있을 뿐이다. 맹순사는 극히 부분적으로 자신의 순사생활에 대해 반성하는 측면을 보이고 있지만 단편적이고 미흡하게 제시되어 있다. 궁극적으로 맹순사의 오도된 청백리관은 그로 하여금 다시 순사노릇을 할 수 있는 구실을 만들어 주었던 것이다. 맹순사와 그의 아내 서분이의 다음과 같은 대화 속에서 그러한 전도된 가치의 현실이 나타난다.

> "좌우간 내가 그만침이나 청백했기 망정이지 다른 동간들 당했단 소리 들었지 ?누구는 마저 죽구, 누구는 집에다 불을 지루구, 누구는 팔대리가 부러지구"
> (……)서분이에게는 그러나,그런 소리가 다 말 같지도 아니한 소리요,억지 엣 발명이었다.
> "흥, 가네모도상은 그렇게 드리 긁어 먹구두, 되려 승찰해서 부장이 된 건 어떻거구"
> "며칠 가나"
> "그렇게만 생각허믄 뱃속은 무척 편하겠수. 여주로 내려갔든 기노시다상넨, 이살해 오는데, 재봉틀이 인장 표루다 손틀발틀 두개에, 방 안 짐이 여덟개에 옷이 옥상옷만 도랑꾸로 열다섯 도랑꾸래요. 그러구두 서울로 버젖이 와서 기계방아 사 놓구 돈벌이만 잘 하믄서, 활개 펴구 삽듸다. 죽길 어째 죽으며 팔대리가 부러질 팔대린 어딧어?"(8-261-262면)

인용문은 맹순사의 주변머리 없음을 탓하는 서분이의 발언에 맹순사가 그의 청백리관을 피력하고 있는 장면이다. 그러나 서분이는 오히려 더욱 기승을 부리며 남편을 공박하게 된다. 서분이의 진술은 "당대의 굴절된 가치전도의 현상"175)을 내포하고 있는 것이다. 또한 서분이의 앙탈에는 굴절된 현실에 대한 채만식의 신랄한 풍자도 담겨 있다. 나아가 이러한 대목은 일제시대의 경찰이 해방된 후에도 그대로 유임되어 지배세력으로 군림하면서 여전히 민중들을 착취하고 있는 현실을 비판하고 있는 것이다.

---

175) 이우용, 「해방직후 소설의 인간상 연구」, 건국대 박사학위 논문, 1992, 106면.

이처럼 이 작품은 살인강도가 국립경찰로 재등장하게 되는 일련의 사건, 일제시대에 경찰생활을 했던 맹순사가 자신의 무능을 청백리관으로 합리화하여 재등장하려다 보복이 두려워 그만둔 현실, 옷 호사 못한다고 남편의 무능을 힐책하며 앙탈을 부리는 서분이의 전도된 가치관 등을 통해 해방직후 혼란된 세태의 한 측면을 부각하고 있다.

「미스터 방」(『대조』, 46.6)은 「맹순사」에서 보인 풍자적 방식을 거의 그대로 계승하고 있는 작품이다. 여기서는 미군정의 불합리한 국면이 빚어낸 사회적 혼란상을 이용하여 사욕을 채우려다 뜻하지 않은 실수에 의하여 파멸하고 마는 엉터리 통역관을 등장시킨다. 작품의 초점은 하부 통역관 방삼복의 급작스런 득세(?)와 파멸에 이르는 과정 속에서 드러나는 당시의 顚倒된 가치의 사회상이다.

> "어쨌든지 그 놈들을 말이네, 그놈들을 한 놈도 냉기지 말구섬 죄다 붙잡아다가 말이네. 괴수놈들이랑 목을 썰어 죽이구, 다른 놈들은 뼉다구가 부러지도룩 두두둘겨 주구.……"
>
> "염려 마슈."
>
> 미스터 방은 선뜻 쾌한 대답이었다.
>
> "머 지끔 당장이래두, 내 입 한번만 떨어진다 치면, 면 기관총 들멘 엠피가 백 명이구 천 명이구 들끓어 내려가서, 들이 쑥밭을 만들어놉니다. 쑥밭을."
>
> "고마우이!"(302)

방삼복의 급작스러운 변신과정은 해방 직후 혼란된 사회의 한 측면을 드러내 준다. 방삼복은 해방전에는 '삼십을 바라보도록 남의 집 머슴살이'로 이집 저집을 맴돌다 돈벌이를 간답시고 일본, 상해로 동양 삼국을 떠돌아 다니었던 인물이다. 해방이 되어 귀국한 뒤에도 그는 직업을 전전하며…상해에서 익힌 토막영어로 입에 풀칠을 하거나 궤짝

을 짊어진 신기료 장수 하는 등—어렵게 연명하는 생활을 하던 중, 탑
골 공원에서 우연히 만난 '미군 주둔군 S소위'의 통역을 하면서 온갖
이권에 개입하여 호화로운 생활을 하게 된다. 인용에서처럼 방삼복이
백주사 앞에서 호언장담할 수 있었던 것은 이러한 연유에서 비롯되었
다. 이처럼 미스터방은 미군정을 등에 업고 엉터리 통역생활[176]을 해
가며 세도를 부리게 된다. 그럼 어떻게 '코삐뚤이' 방삼복이 엉터리 통
역관 노릇을 하면서 백주사 앞에서 호언장담할만큼 세도를 부릴 수 있
었던가. 이것은 당시 미군정의 통치과정과도 밀접하게 연관된다.

미군정은 한반도에 대한 대단히 일천한 지식을 갖고 한반도를 통치
하였기 때문에 특히 통역정치의 성격을 강하게 보여준다. 그러나 당시
통역관들은 뚜렷한 역사의식이나 민족의식을 결여한 인사들로서 대부
분이 스스로의 개인적인 안락과 영달에만 집착함으로써, 당시 미군정
의 절대적인 권력을 배경으로 하여 또 다른 권력구조의 한 계층으로
기능하기 시작했다. 이들은 대부분 미주 등지에서 장기간 유학을 경험
한 인사들로 미군정청의 요직에서 직접 행정담당자로 근무하였다. 그
러나 하부 통역관들의 경우 이러한 상승화의 가능성이 막혀 있었기 때
문에 부정과 부패에 연관된 일을 쉽사리 저지를 수 있었다. 특히 귀속
재산은 이러한 통역관의 농간에 의하여 전매되고 이틈을 이용하여 통
역관들이 막대한 이득을 챙겨 사회문제의 하나로 대두되기도 하였
다.[177] 방삼복의 변신은 이러한 미군정의 통치구조에서 가능할 수 있
었던 해방직후 현실의 한 단면이자 사실의 '과장'으로 볼 수 있다.

이처럼 이 작품에서는 해방된 조국의 혼란된 세태에 편승하여 기회

---

176) 방삼복은 S소위에게 탑골공원의 탑이 2000년이 된 것이며, 한국 여자들은
   미국 남자들에게 시집가고 싶어서 양장을 한다는 엉터리 통역을 한 바 있
   다.(298면 참조)
177) 진덕규, 앞의 글, 45-6면.

주의적 속성을 발휘하는 전형적 인물로 미스터 방이 등장하고 있다. 동시에 여기서는 미군정이 한반도에 대한 짧은 지식을 갖고 한반도를 통치하는 과정에서 적산이나 귀속재산이 통역관의 농간에 의해 전매되는 사회상을 부각시킨다. 이것은 미군정이라는 파행적 통치과정에서 필연적으로 파생될 수밖에 없는 이른바 통역정치의 폐단을 염두에 둔 비판[178]으로 볼 수 있다.

그러나 한편으로 이 작품은 그러한 혼란된 세태를 야기시키는 원인으로 미군정의 파행적인 통치구조 못지 않게 이러한 기회를 이용하여 자신의 기득권을 유지해 보려는 인물들의 행태에 대한 비판에도 주의를 기울이고 있다. 왜냐하면 이 작품에서 통역정치의 폐단을 비판하는 이면에는 이러한 혼란된 세태를 이용하여 자신의 이득에만 집착하는 무리들의 행태에 대한 풍자도 병행하고 있기 때문이다. 특히 「미스터 방」은 앞에서 다룬 「맹순사」에 비해 지극히 냉소적으로 작중인물을 신랄하게 풍자하고 있다. 「맹순사」에서는 인물이 비판되고 사회도 비판되었다면, 「미스터 방」은 인물비판이 주목적이 되고 있다. 반면 「논 이야기」에서는 부정적인 사회에 대한 비판이 주가 되고 인물은 오히려 동정심을 불러 일으킨다.[179]

이 작품에 등장하는 또 하나의 부정적 인물로 백주사를 들 수 있다. 백주사는 '풍자적 매개의 주체'로 설정되어 있다. 백주사는 일제시대에 경찰서 경제계 주임을 아들로 둔 덕분에 호화로운 생활을 하다 해방이 되어 파산한 인물이다. 또한 그는 해방 직후 민중들의 怨聲으로 자신만 겨우 목숨만을 건져 전전긍긍 하던 차 방삼복이 통역관 노릇을

---

178) 장성수, 앞의 논문, 63면.
179) 해방기 채만식의 풍자소설을 검토하는 과정에서 「논 이야기」를 빼 놓을 수 없다. 이 작품에 대해서는 4장 1절 1)항에서 보다 구체적으로 언급하게 될 것이다.

하면서 세도를 부리는 것을 보고 그를 이용하여 자신의 *私慾*을 채우려
고 생각한다. 따라서 백주사는 봉건성과 일제잔재적 요소를 동시에 지
니고 있는 인물이다. 백주사가 일제시대의 그 체제에 기생하여 종족을
배반하며 *蓄財*를 일삼았던 인물이라면, 방삼복은 같은 성격의 일을 미
군정기에 *恣行*하는 인물로 볼 수 있다. 이런 점에서 백주사의 행위는
방삼복과 다를 바 없다.

> "술은 참, 맥주가 술입넨다…
> 어느 놈이 만일 무어라고 시비를 하거나 괄시를 한다면 당장 그 나
> 조기를 십듯이 우둑 우둑 잡아 씹기라도 할 듯이 괄괄하던 결기가, 그
> 러다 별안간 어디로 가고서 이번에 맥주 추앙이 나오던 것이다.
> "술도 미국 사람네가 문명했죠. 죄선 사람은 안직두 멀었어"
> "멀구 말구. 아직도 멀었지."
> 쥐 상호의 대추시만한 얼굴에 앙상한 노랑수염 백 주사가, 병을 들
> 어 주인의 빈 컵에다 따르면서, 그렇게 맞장구를 쳐 보비위를 한
> 다.(291-2)

인용된 문면에서도 드러나듯이 통역정치의 하수인이 된 미스터 방
을 비롯하여 백주사 등이 풍자의 대상이 된 경우에는 작가의 냉소감과
적대감을 두드러지게 드러낸다.

「맹순사」를 비롯하여 「논 이야기」, 「도야지」, 「낙조」 등 해방기 채만
식의 풍자소설들에 공통적으로 흐르고 있는 것 중의 하나는, 이렇게
혼란된 세태를 이용하여 자신의 이권에만 눈이 먼 '기회주의적 성향'
의 인물들에 대한 비판이다.

> "에구머니!"
> 놀라 질겁을 하였으나 이미 배알아진 양치물은 퀴퀴한 냄새와 더불

어 백절폭포로 내려쏟혀 웃으면서 쳐드는 S소위의 얼굴 정통에 가 촤르르
"유 메빌!"
이 기급할 자식이라고 소위는 주먹질을 하면서 고함을 질렀고, 그 주먹이 쳐든채 그대로 있다가, 일변 허둥지둥 버선발로 뛰쳐 나와 손 바닥을 쏴삭비비는 미스터 방의 턱을
"상놈의 자식"
하면서 철컥 어퍼커트로 한 대 갈겼더라고.(303)

미스터 방과 백주사의 '거래'는 결국 방삼복이 그의 상사인 미군 소위에게 '양치물 뱉는' 실수를 함으로써 무산되고 만다. 백주사와 미스터 방의 희희낙낙한 거래를 단숨에 무참하게 짓밟는 이러한 '실질적 주인'의 등장은 기발한 결말이다. 하지만 이 작품에서는 지나친 우연성과 인물의 희화화에 의존하고 있다. 이러한 점들은 이 작품이 통역정치의 실상이라는 날카로운 문제제기에도 불구하고 '천민성의 고발' 차원에 머무르고 있다는 비판180)을 받는 요인이기도 하다r.

그러나 「미스터 방」은 '미군정－통역－몰락한 친일파'간의 갈등구조를 통해 외세지배하 '나라'의 허구성과 그 나라를 팔아넘긴 '망국민족의 본성'을 같이 문제삼고 있다. 이 소설에서 우리는 통역정치의 폐해를 풍자화하여 미군정기의 혼란된 세태의 한 일면을 예리하게 묘파하고 있으며, 나아가 외세에 편승한 기회주의적 사고를 배제한 자주적 사상의 고취를 강조하려 한 점을 소홀히 할 수 없다.

이처럼 해방기 그의 풍자소설에서 가장 중점을 두어 비판하고자 했던 것은 당시의 현실에 대한 사회구조적 모순 못지 않게 우리의 의식 내부에 잠재되어 있는 기회주의적 속성들이다. 특히 미군정을 비롯한 외세에 의존해서 자신의 기득권을 모색하려는 인물들의 跋扈가 일제잔

---

180) 임진영, 앞의 논문, 319-320면.

재적인 요소들의 척결과 제도의 개혁을 지연시키는 한 원인으로 부각되고 있다. 사실 이 시기 그의 풍자소설들은 풍자의 대상이나 주체의 설정에 있어 다소의 차이는 있지만, 해방기의 혼란된 사회상을 인식하는 데 있어서는 비슷한 맥락에서 접근하고 있다. 채만식은 이러한 풍자적인 작품들을 통해 해방직후 과도기의 혼란상을 여실하게 그렸던 바, 그것은 외세개입에 따르는 민족의 자주역량의 분열, 친일 잔재세력의 숙청, 특히 일제와 야합했던 민족 반역자들의 기회편승적인 득세로 인한 정치 모리배들의 발호와 가치관의 전도현상을 문제삼은 것으로 요약된다. 이러한 점들은 그의 풍자소설에 국한되지 않고 해방기 그의 작품들 속에서 일관되게 내포되어 있는 요소이기도 하다.

이러한 맥락에서 채만식의 소설 「도야지」도 예외는 아니다. 여기서는 이른바 '제헌의회' 선거라 불리는 1948년 5·10선거 전후의 사회상황에 대한 풍자가 작품의 모티프를 이룬다. 따라서 이 작품은 해방직후 제헌국회의 구성을 위한 선거에서 보게 되는 입후보자들의 선거운동을 통하여 당시의 정치풍토와 세태를 풍자하고 있다. 특히 이 작품은 1948년 5·10 선거를 배경으로 하여 선거의 타락상과 그에 부화뇌동하는 부정적 인물을 풍자적으로 비판하면서 젊은 세대의 비판의식을 긍정적으로 그린다. 그러나 작품의 초점은 문영환을 비롯하여 최씨부인(태석의 어머니), 매부, 누나와 그 밖의 기성세대의 타락상이 부각되고 있다. 문태석을 비롯한 젊은이들의 비판적 시각은 서두에서 '웅변'에 의한 진술이나 '극중극'의 형태속에서 암시적으로 드러나고 있을 뿐이다. 문태석은 아버지 문영환을 비롯한 기성세대의 타락행위에 대해 비판적인 젊은이로서 자신의 집마저 "죄악의 복마전이요, 추악한 시궁창이요, 허위와 소란의 장거리"로 생각하는 인물이다. 따라서 이 작품에서는 父子간의 대립과 세대간의 대립을 통해 당시의 현실에 대한 시각차를 드러낸다.

　　1)문영환을 둘러싸고 뻔질나게 드나들면서 수근덕거리고 음모하고
하는 소위 참모들과 모사들.

　　문영환이 당선되어 감투라도 쓰는 날이면, 도의 과장이나 군수라도
한 자리 얻어 할까 하고서, 마치 썩은 생선 대가리를 버린 쓰레기통에
파리떼가 엉기듯이 어중이떠중이 모여들어 온갖 아첨 하고 보비위하
고, 그러면서 선거 운동비도 일부분 대고 하는 엽관배들, 이들은 이조
말년에 돈 짊어지고 서울로 세도재상 찾아가 몇 해씩 구사살이(求仕生
活:買官運動)하다가 돈은 돈대로 쓰고 벼슬은 커녕 똥강구 하나 못 얻
어 하고 원통히 죽은 무리들의 망령(망령)들이었다.(331)

　　2)부친의 그러한 태도가 아무런 근거도 이유도 없는 부당한 것임을
깨달을 수 있는 나이에 도달하자, 문태석은 자연간 거기에 대한 불평
과 반감이 생기지 아니치 못하였고, 따라서 아들 편에서도 부친을 미
워하고 적대시 하고 하는 적극적이요 도전적인 태도를 가지지 아니치
못하였다.…부자는 마침내 단순한 인간적이요 가정적인 대립에서 정치
적으로 대립이 되고 말았다.(334-335면)

　1)은 문영환을 비롯한 기성세대의 타락성에 대해 신랄하게 비판하고
있는 대목이다.

　2)는 문영환과 그의 아들 문태석의 갈등이 표면화되고 있는 한 장면
이다.

　인용된 대목을 통해서 우리는 이 작품이 아버지와 아들의 세대간의
분열과 대립을 주시하고 있으며, 또한 낡은 세대에 대한 부정과 비판
을 통하여 새로운 세대에 대한 기대감을 보여주고 있음을 알 수 있다.
'문영환'은 식민지체제에 기생, 영합함으로써 정치·경제적 지배권과
독점적 부를 확보, 재생산할 수 있었던 기성 지배층을 대변하고 있다.
반면 '문태석'을 비롯한 그의 친구들은 이에 비판적인 자세를 견지하

며 기성세대들의 사고방식에 심한 불신을 갖고 있는 사람들로 등장한
다.

이처럼 해방기의 소설은 세대간의 대립과 갈등을 통해 구세대의 시
각을 비판적으로 드러내는 경우가 많은데, 이 작품에서 문영환 못지
않게 부정적으로 그리고 있는 기성세대의 인물은 태석의 매부이자 모
리배인 황종택이다. 황종택은 일제나 미군정을 가리지 않고 언제나 외
세에 기생하여 이득을 취하는 전형적인 매국노이며 사기꾼임을 다음과
같은 태석의 진술 속에서 드러낸다.

> "…그럼, 일정시대에 일본군에다 물자 납품하구서 큰 돈을 모은 황
> 종택씨. 이번 선거에 당당히 입후보를 하구 싶어두, 조선말이 도무지
> 서투르구 무의식중에 자꾸만 일본말루다 지껄여지는군 해서, 망신이나
> 하구 말까 바서 유감인대루 입후볼 단념하군, 장인 영감의 선거에다
> 방퉁일 했다는 황종택씨.…"(342면)

인용된 대목을 통해서 우리는 도덕적으로 타락한 인물들의 삶의 방
식에는 외세의존적인 사고와 밀착되어 있음을 상정해 볼 수 있다. 여
기서는 또한, 미군정의 부정적 성격이 주로 문태석의 친구들과 순수하
면서도 비판적인 능력을 갖춘 청년학도들에 의해 연극의 형식으로 날
카롭게 풍자되기도 한다.

> "조선 독립 원하는 우리 미국에서 밀이랑 밀가루랑 강낭이랑 영양
> 분 있는 캔디랑 설탕이랑 안 썩은 콩가루랑 얼마든지 가져올 수 있읍
> 니다."
>
> (……)
>
> "그러면 얼마든지 가져다 먹구 쓰구 한 함석값, 전기재료값, 밀과
> 밀가루 값,캔디랑 설탕값은 무얼루다 값나요?"

> "외상이면 소도 잡아먹읍니다. 우선 먹긴 곶감이 달지 않어요? 나중 가서 졸리다 못하면 땅덩이루 갚으면 고만이죠."(8-350)

인용문은 '극중극'의 형태를 띠고 있지만 외세에 의한 민족자본의 몰락을 암시해 주기 위한 장면이다. 이것은 그 밖의 다른 작품들, 예컨대 「논 이야기」, 「낙조」에서도 암시적으로 제시된 바 있다. 특히 미국에 의한 민족 자본의 경제적 몰락을 암시하고 있는 작품으로는 이근영의 「탁류 속을 가는 박교수」를 들 수 있다.

이근영의 「탁류 속을 가는 박교수」는 흔히 좌우익의 대립상을 가장 밀도있게 그려낸 작품으로 평가받고 있지만, 한편으로 해방직후의 현실사회가 안고 있는 제문제를 함축적으로 보여주면서 외세와 결탁하는 친일 모리배들에 의한 경제적 예속을 암시해 준다.181) 뿐만 아니라 외세(미국)에 대한 경계의 시선 및 부정적 성격은 채만식의 「미스터 방」, 「역로」, 함대훈의 『청춘보』, 김영석의 「코」(조선소설집, 어문각, 1947) 등에서도 구체적으로 나타난다. 이러한 작품들에서는 외국어 이해가 곧 생활의 적응력 및 특권적 지위에 이르기 위한 방편이 되는 현실을 풍자하게 된다.182)

그런데 앞에서 살펴본 「맹순사」나 「미스터 방」이 풍자성에 초점을 둔 인물의 희화화에 의존하고 있다면, 「도야지」에서는 젊은 세대의 비판의식을 통해 해방기의 혼란된 현실을 비판한다. 이것은 해방직후 혼란된 사회를 극복할 새로운 세대의 비판의식을 통해 새로운 사회의 건설에 대한 '희망'을 드러낸 것이다. 문태석을 비롯한 그의 친구들이 긍정적인 인물로 설정되어 있다는 점에서 이 작품이 세태풍자소설의

---

181) 졸고, 「이근영론」, 『한국언어문학』 30집, 1992, 18면.
182) 보다 구체적인 것은 임헌영, 「해방 이후 문학에 나타난 외세의식」, 『해방 공간의 문학 연구』Ⅱ, 333-349면 참조.

한계를 극복하고 있다[183]는 지적도 있다. 그러나 이 작품에서 몇 몇의 긍정적인 인물의 설정에 과도한 의미를 부여할 수는 없다. 이러한 긍정적인 인물들에 의해 제시되고 있는 비판의식이 작품의 전체적인 의미와 유기적인 연관성을 취하면서 역사적 전망이 제시되고 있느냐에 관건이 있다. 그러나 이러한 점들이 작품을 통해서 구체적으로 잘 형상화되었다고 보기에는 미흡하다.

특히 「도야지」의 후반부에 태석이 경채에 대한 미묘한 연모의 정을 그려내고 있는 장면이 등장하는데, 이것은 전체적인 줄거리에서 이탈된 적절하지 않은 설정이다. 김윤식도 적절하게 지적한 바와 같이 "새로운 세대라 해도 중학생으로서의 현실타개의 방법은 이처럼 막연한 <감각적 유쾌함> 이상일 수 없다. 30대 과부에 빠져드는 새로움이란 일종의 도피"[184]의 범주를 벗어나지 못하기 때문이다.

물론 문태석의 이러한 행위는 적극적인 비판의 통로가 차단된 상태에서 기성세대를 풍자하고 희화함으로써 출세주의와 배금주의가 만연된 세태와, 구세대가 보이는 몰교양을 지양하려는 "정신가치지향형의 인물"[185]의 성격을 띠기도 한다. 그렇다고 그들의 사귐을 "인간적인 사귐의 아름다운 경지를 보여준 것으로서 정치적 야망에 얽힌 여러가지 허황한 꿈과 비리에 대비되는 시적 진실을 알려주는 뜻"[186]으로 본 시각은 지나치게 확대된 해석이다. 왜냐하면 문태석이 심한 심리적 갈등을 겪을 때마다 과부 경채를 찾아 원숙한 포근함을 맛보려 하는 것은 정상적인 통로가 막혔을 때 그것을 대신할 수 있는 '도피처의 구

---

183) 이훈, 「채만식소설 연구」, 현대문학연구38집, 서울대 현대문학 연구회, 1981, 98면.
184) 김윤식, 「채만식의 문학세계」, 『채만식』, 문학과지성사, 1984, 43면.
185) 이래수, 『채만식 소설 연구』, 이우출판사, 1986, 147면.
186) 신동욱, 「채만식 소설 연구」, 『동양학』 12집, 단국대 동양학연구소, 1982, 47면

실'에 그치고 있기 때문이다. 따라서 이 작품에서 태석과 과부 경채와의 만남을 통한 내면적 탐색의 설정은 태석을 비롯한 젊은이의 비판의식을 희석시키는 요소로 작용하게 된다. 뿐만 아니라 문태석을 비롯한 긍정적 인물의 성격이 뚜렷하게 부각되기보다는 작가에 의해 인위적으로 제시되는 급조성과도 연관된다. 다시말해 '니힐리즘'에 함몰될 소지를 극복하기 위한 하나의 대안으로 설정된 「도야지」는 단지 새로운 세대의 비판의식을 부각시키는 데 그친다. "풍자적 방법이 실상 이 작가에게는 가장 리얼리즘에 육박하는 태도"[187]였음을 확인할 수 있는 작품이 「도야지」이다. 작품 후반부에서의 "일종의 희화적 에피소드"[188] 식 결말처리는 문영환에 대한 풍자의 의미를 띠면서 정의가 승리하리라는 믿음과 기대가 희미하게나마 투사되고 있어 그나마 다행으로 여겨진다.

이상에서 살펴본 바와 같이 해방직후 채만식이 그의 작품을 통해서 보인 시각은 다음과 같이 집약해 볼 수 있다. 채만식은 해방직후의 현실이 여전히 식민지적 잔재의 엄존과 그것이 야기시키는 남한 사회의 혼란상으로 보고, 이에 해방전과 후의 사회상을 대비시켜 양 사회의 이질성과 단절성보다는 동질성과 연속성을 보다 강조함으로써 일제시대와 크게 다르지 않은 현실로 파악하려 한 것이다.

이런 맥락에서 다음과 같은 한형구의 진술은 새겨볼 만한 대목이다.

> 반민족적이며 반민중적인 이들이 사회의 주도세력으로 잔존하는 한 이땅에 있어서 역사란 한치의 진보도 있을 수 없다.(…) 역사의 발전을 기대할 수 없다는 것, 동시에 역사의 앞으로의 진보 가능성 역시 전혀 무방하다는 것, 다시말해서 진보적 전망이 전혀 부재하다는 것, 현실을

---

187) 김윤식, 앞의 책, 43면.
188) 김승종, 「채만식의 '잘난 사람들' 연구」, 『연세어문학』 21집, 1988, 27면.

바라보는 이러한 관점의 성격이란 요컨대 '비극적 세계관'189)에 다름
아니다. 이러한 시대는 역사의 진보를 이룩해내는 가구(假構)의 신이
사라져 버린 시대에 상당한다고 보아 틀림없을 터이다. 이러한 시대에
작가는 무엇을 할 수 있는가. 그것은 비극적 현실의 연원(역사)을 밝히
거니와 그 현실의 모순을 폭로하는 작업으로 모아질 터이다. 전망이
부재하기에 과거로 돌아가며, 전도된 현실이기에 폭로를 겨누는 것이
다.190)

　한편, 채만식의 풍자적 방식과 비슷한 맥락에서 해방직후의 현실을
비판적으로 그리고 있는 작품으로 염상섭의 「양과자 갑」과 이무영의
「굉장소전」을 들 수 있다.191) 이무영의 「굉장소전」(『백민』, 46, 12)은 해
방직후의 혼란된 현실 속에서 소박한 한 인간이 허풍과 과장, 그리고
위선 속에 빠지는 인물로 변해가는 과정이 풍자적인 수법으로 리얼하
게 그려져 있다. 여기서는 '굉장'이라는 인물을 중심으로 한 다양한
사건을 전개시켜 당시 현실의 부조리한 모습들을 일목요연하게 보여주
고 있는데, 특히 가치전도된 세태를 풍자적으로 리얼리즘화 하였다. 그
러나 이 작품은 전체적으로 "허풍기 떠는 한 인물의 희화화 정도에서
그치고 있다"192)는 비판을 면할 수는 없다.
　반면 염상섭의 「양과자 갑」193)은 해방기 그의 소설 중에서 여러모로

---

189) '비극적 세계관'의 성격에 대한 보다 자세한 것은 뤼시앙 골드만(송기형 ·
　　 정과리 역), 『숨은 신 - 비극적 세계관의 변증법』, 인동, 1989 참조.
190) 한형구, 앞의 논문, 234면.
191) 특히 해방기 이무영의 작품세계는 채만식의 경우와 비슷한 유형을 취한다.
　　 이무영 역시 자신의 친일문학의 행적을 조감하는 작품 「1년기」(조선교육,
　　 1947.12)를 발표한 바 있으며, 또한 세태를 풍자적으로 비판한 「굉장소전」,
　　 「나랏님 전상사리」 등을 발표했다.
192) 이우용, 앞의 논문, 113면.
193) 이 작품은 『한보』에 「바쁜 이바지」란 제목으로 발표(1948.6)됐으나, 이후
　　 「양과자 갑」으로 제목을 바꾸어 『해방문학선집』(1949.9)에 수록함. 텍스트는
　　 『해방공간의 문학』Ⅱ권에 수록된 것으로 한다.

주목할 만한 작품이다. 여기에 나오는 40대 가장 영수는 일제시대에 미국 유학을 갔다 왔을 정도로 영어에 능통해서 해방후 미군정의 시작으로 현실적 혜택을 누릴 수 있음에도 불구하고, "내 영어는 어디, 집 얻어 대라구 배우구, 통역하라구 배운 영어던가"라며 일체의 현실에 동참하지 않는다. 그러나 영수는 대학에서 몇 시간의 강의를 해가며 술로 세상을 한탄하면서도 미군이 주인집 딸에게 준 양과자를 자신의 딸에게 건네주자--미군의 편지를 번역해 준 고마운 뜻으로--부인에게 "딸자식을 시켜 그 따위 년놈의 그런 더러운 편지쪽이나 번역을 시켜가며 사탕 알맹이나 얻어 먹고 앉아서야 할 처지란 말야"라며 양과자를 내동댕이쳐 버린다. 이에 영수의 부인은 '홀금홀금 주인집 안채의 동정을 살피며' 양과자 갑을 다시 주으며, 이러한 자신의 행동에 대해

> "그럼 어쩌니! 누가 물건이 아까워서 그러니? 먹는 데 더러워 그러니? 내가 아쉬니까 그렇지! 당장 내쫓기면 갈데가 어디냐?…이 양과자 갑을 제 울 안에서 보고, 가만 있을 사람은 누구요, 그 마음은 어떻겠니? 남 욕을 뵈두 체면이 있지……"(336)

라고 변명을 한다. 이에 영수의 딸 보배는 소리 없이 한숨을 지으며 아버지의 행동을 곰곰히 생각해 보게 된다.

위와 같은 내용의 「양과자 갑」은 짤막한 단편이지만, 미군정하 시대적 상황에서 이에 대응하는 지식인의 심리상태를 통해 적산가옥의 처리문제를 비롯한 당시의 사회상을 사실적으로 그리고 있다. 해방공간에서 정직하고 지조있게 살아가려는 한 지식인과, 그로 인해 그의 가족들이 겪는 위와 같은 고통은 어떻게 처세를 하며 사는 것이 과연 옳은 것인지를 새삼 되묻고 의심하게 만든다.

이 작품은 주인공 '영수'와 '영수 부인', 그리고 영수의 '주인집'

여인들을 통하여 해방기에 나타난 세 층위의 현실대응 양상을 구조화한다. 대체로 세 유형의 인물들의 행태와 삶의 방식 속에서 현실대응의 모습이 제시되고 있다. 현실과의 타협을 철저히 거부하며 다소 체념적이고 냉소적인 태도로 일관하는 영수, 현실적인 측면에 판단의 기준을 두어 세속적인 가치에 현혹되고 있는 영수 부인, 부정적인 인물의 형태로서 작가의 냉소적 시선을 받고 있는 안라를 비롯한 주인집 주변의 인물들, 그리고 아빠의 도덕성과 엄마의 현실적 시선 사이에서 고민하는 보배 등이 등장하고 있다. 그러나 이러한 인물들의 대립과 갈등에 의한 현실의 대응이 직접적으로 제시되기보다는 인물들의 행태 속에서 드러나는 도덕성과 가치기준에 의해 간접화된다. 따라서 '영수'와 '주인집 여인들'과의 갈등이 소설의 플롯을 이어가지만 이 틈새에선 '영수'와 그의 아내와의 현실대응에 대한 견해 차이를 볼 수 있다.

> "내 영어는, 어디, 집 얻어 대라구 배우구, 통역하라구 배운 영어던가? 통역에나 써 먹자구 미국 가서 공부했을 라구……"
>
> ……(중　략)……
>
> "그 영어 한자에 돈으로 따져두 몇십원은 몇백원으로 논지가 아니거던. 미국 가서도 생돈 갖다 쓰면서 배운거 아닌가! 허허."
>
> "그러니 뭘해요? 되루 주구 말로 받지 못한들, 그 비싼 영어를 써 먹지 못하니 딱하우. 안집 딸만 해두 쭉 째진 영어를 웬걸 하겟소만 그래두 이런 크난큰 집을 얻어 든걸 보우! 형 내 참……."(316-7)

'영수'와 아내의 대화를 통하여 두 사람의 상충하는 현실관, 현실에 편승하는 주인집 딸의 삶을 살필 수 있다. 그런데 영수는 해방직후에 경박한 무리들이 미군에 아부하여 서양문화를 피상적으로 선호하는 현실에 대한 지식인으로서의 자각을 적극적으로 표출하지 못하고 냉소적 태도로 일관하고 있다. 이런 점에서 영수의 행동은 당시 지식인의 행동으로서 "너무 편협한 국수주의적 인상을 준다"[194]는 지적도 있다. 그러나 이러한 지적은 영수의 행위에만 초점을 모은 비판이다. 외국인에 빌붙어 눈앞의 현실에만 눈이 먼 주인집 주변의 인물들의 행태 속에서 당시의 전도된 가치의 혼란상이 부각되고 있다. 주인집 둘째 딸 '안라'를 바라보는 영수 부인의 다음과 같은 시선을 통해 이러한 인물들의 행태에 대한 작가의 비판적 시각을 가늠해 볼 수 있다.

> 노루끼레하게 물을 들여서 지진 부푸한 곱슬머리가 처음볼 때부터 이건 퇴기인가 아니가 하고 눈을 커덯게 뜨기도 하였지만 ……제 바탕이 누르고 눈이 거섬추레 하게 꾸미고 눈가를 회색빛깔로 거섬치레 하게 —영수부인은 마주보기가 면구스럽고 속이 느글느글해지는 것 같으면서 무심코 두손이 파아마넨트 한번 못해 본 자기 머리로 올라갔다.(318면)

인용문은 서술자의 직접적 서술의 형태를 피하면서 영수 부인의 시선을 통해 이후 '안라'의 의식구조까지도 어느 정도 예시해 준다. 이러한 인물 묘사를 통해서 독자는 안라의 의식구조와 이후 행태까지도 어느 정도 가늠해 볼 수 있는 정보를 제공받고 있는 셈이다. 또한 이러한 외양묘사(external appearance)는 일반적으로 흔히 볼 수 있는 한 장면이면서도 염상섭 특유의 서술기법을 보여 준다. 안라에 대한 특유의 치밀한 외양묘사를 통해 당대 사회의 삶의 한 모습이 전형화되고 있다. 이것은 해방기에 나타나는 무조건적인 미국 추수의 풍조를 비판함으로써 또 다른 식민지 문화의 형성을 예고하려 한 것과도 무관하지 않다.

---

194) 이우용, 앞의 논문, 167면.

특히 미군 점령하의 모순된 시대적 상황을 잘 반영하고 있는 주인집 인물들의 경우 주인집 딸처럼 양부인이 되거나, 혹은 '안라'라는 미국식 이름에 외모도 튀기와 같은 그의 동생의 경우처럼 부정한 재산을 들먹거리며 도덕적으로 타락한 인물로 묘사된다. 또한 이 작품에서 겉으로는 미군덕에 풍족된 생활을 영위하면서도 영어 한자도 모르는 이들의 아이러니한 현실모순은, 미군정이 야기시킨 윤리적 타락상이 정치·경제적 측면뿐만 아니라 문화적인 면에 있어서도 심각하게 확산되어 가고 있는 현실을 비판적으로 드러낸 것이다.

또한 이것은 전통적 윤리와 개인적 도덕, 즉 주체의식을 강조하면서 외세와의 결탁을 거부하는 영수와, 변화하는 사회현실에 안절부절 못하고 왜소화해 가는 영수의 부인, 그리고 재빨리 외세와 야합하여 자신의 이익을 추구하는 주인집 주변 인물들의 행태를 통해서 드러나고 있다.

> "이런 처지란 어떤 처지란 말요? 딸 자식을 시켜 그따위 년놈의 그런 더러운 편지쪽이나 번역을 시켜가며, 사탕 알갱이나 얻어 먹고 앉았어야 할 처지란 말야?"
>
> 주기가 있는 벌건 얼굴이 퍼래지니까, 흙빛 같이되며, 눈을 까 뒤집고 대든다.
>
> "그건 누구 탓이요? 입찬 소리 그만하구, 그런 처지가 안 되게 만들어 놓구려."
>
> 마나님도 맞서며 벌떡 일어나서 댓돌 위에 피해 섰다.
>
> "무어 어째, 이게 무언지나 알구 이야기요?…이게 어떻게 생긴 것인지나 알구서 말을 해요!"
>
> 영수는 과자갑을 들어 내어 밀며 당조짐을 한다.
>
> "…그래 이걸 딸자식에게 먹어야 옳단 말야? 보배 입에 들어가는 것을 보고 앉았으란 말야?"
>
> 하는 소리와 함께, 획하더니 과자갑이 땅에 털석 떠러지는 소리가

난다. 그 소리와 함께 영수는 자기 서재로 들어가 버린다.(335면)

인용문에서 드러나고 있는 영수의 표면적 행동에 초점을 맞춰 볼 때, 이 작품은 "혼탁한 세태에 휩쓸리지 않으려는 지식인의 양심과 절개라는 문제"[195]와도 밀접하게 관련되고 있다. 따라서 남의 집에 세들어 살면서도 외세와의 결탁이 민족의 재건에 전혀 도움이 될 수 없다며 이를 거부하며 자기 애착에 빠져 있는 영수의 행동에 담긴 의미가 반감되어서도 곤란하다. 그러나 이 작품은 전체적으로 "외세 문화에 의한 민족성의 잠식을 경계하는 소설적 인식을 일상의 생활을 통해 묘사"[196] 하는 데 보다 비중을 두었다. 따라서 「양과자 갑」은 외세의 진출을 풍속과 세태의 차원에서 다루고 있어 현실인식의 깊이를 보여주기에는 미흡하다.

3. 낡은 질서의 온존

해방직후 일제잔재의 온존과 이로 인한 세태의 혼란상을 리얼하게 보여준 작가로 황순원을 들 수 있다. 그의 문학에 관한 연구는 생존작가로서는 비교적 방대하게 이루어져 왔으나[197], 해방기 그의 소설에 대한 연구는 소홀하게 다루어져 온 듯하다. 이것은 무엇보다도 황순원 문학에 대한 일반적 평가, 즉 '기교주의', '서정성', '순수에의 집착' 등으로 요약되는 기존의 평가가[198] 해방기의 작품들에도 그대로 적용

---

195) 김성렬, 앞의 논문, 146면.
196) 윤홍노, 「해방기 한국 소설 연구」, 『동양학』 제23집, 1993, 33면.
197) 황순원 문학에 관한 연구는 단행본 2권(『황순원연구—전집12』, 『말과 삶과 자유』, 1985, 문학과 지성사), 60여편의 평론 그리고 석·박사 학위논문도 40여편을 상회하고 있다(1995년).

되었거나, 혹은 이 시기의 작품들을 주목하지 않은 결과로 볼 수 있다. 그러나 해방공간을 시대적 배경으로 한 그의 소설들은 변동기 사회에 대처하는 인물들의 대응방식을 통해 해방기 사회상을 드러내고 있다. 특히 그의 작품들은 비교적 이념적 편향성을 드러내지 않은 채 해방기의 현실을 구체적으로 형상화하고 있는 점에서 주목할 필요가 있다.

황순원의 「술」199)은 일본인 귀속재산과 일본인 소유 양조장의 경영권을 매개로 일어나는 갈등을 다룬 작품이다. 이 소설은 그가 월남하기 전의 북한을 배경으로 하고 있어 남한의 적산불하 실태나 노동운동과는 거리를 갖는다.200) 이 작품의 갈등구조는 개인 소유를 주장하며 개인적 신분상승을 꾀하는 준호와, 노동조합의 소유를 주장하며 변혁을 꾀하는 건섭 사이의 충돌로 나타난다. 그러나 그 방법에 있어서는 준호의 심리적 변화와 갈등을 중심으로 전개된다. 따라서 작품의 골격은 준호와 건섭의 대립이 주조를 이루고 있으나, 준호의 심리적 변화에 초점을 맞추고 있다.

작품의 서두에서 '준호'는 해방직후 혼란의 와중에 양조장 주인 '나까무리'의 온갖 유혹—나까무리는 소주를 몰래 빼 가려다 준호의 완강한 거절로 실패하자 많은 돈으로 준호를 매수하려 든다—을 뿌리치며 양조장을 지킨 정직한 인물로 등장한다. 그러나 그는 일본인 사택을 접수하고 그 집에 살면서 조금씩 변해간다. 준호의 의식변화는 '양조장 관리권'이라는 독점욕과 그 궤를 함께 하며 '집'이라는 상징물을

---

198) 이러한 입장을 견지하고 있는 대표적인 경우로 이어령, 「식물적 인간상」, (『사상계』, 1960,4); 최일수, 「황순원씨의 자연사상」(『현대문학』, 1966년, 9월) 등이 있다.

199) 발표 당시(『신천지』47.2-4)의 제목은 「술 이야기」이다. 텍스트는 『목넘이 마을의 개/곡예사』(황순원 전집』2, 문학과 지성사, 1981)를 택했다.

200) 황순원은 1946년 5월경 고향인 평남에서 월남한 작가로, 「술」은 1945년 10월 지방인민위원회가 강력한 행정권을 갖고 있던 시기의 북한을 배경으로 한 것이다.

통해 가시화된다.

　준호는 처음에 집을 접수하면서 일본적인 것을 일소해야 할 것이라며 값 비싼 가구들을 광에 몰아 넣었지만, 집을 소유한 후에는 그의 생각이 점차 변하여 예전의 일본주인처럼 행세하려 든다.

　　　이러한 어떤날, 준호는 별나게 방안 구석구석이 허전함을 느끼게 됐다. 이게 아무래도 제자리에 놓여 있어야 할 가구들이 없어진 탓이리라.사실 가구야 무슨 죄가 있느냐. 건섭이가 일본적인 것을 일소해 버려야 한다는 말에도 이 가구 같은 것은 들지 않았으리라. 하여튼 이렇게 방안들이 텅 비어서는 큰 집으론 격에 맞지 않아 안됐다. 준호는 광으로 치웠던 가구들을 도로 내다 제자리에 놓기로 했다.(24면)

　준호는 집을 소유하게 되면서부터 점차 의식이 변해가는 징후를 보이기 시작한다. 그는 새벽마다 일본 여자가 총채질하는 소리도 시끄럽게 여겨지고 복을 내쫓는다는 생각에 짜증을 내기도 했다. 하지만 이제 총채소리가 들려야 집안이 깨끗히 된다고 생각할 정도로 이 소리에 익숙해져 있다. 뿐만 아니라 준호는 일본인의 집을 소유하면서부터 술기운이 온몸에 퍼지듯이 기회주의적 속성과 '독점욕'에 사로잡히게 된다. 준호는 양조장 접수 책임을 맡은 데서 오는 삶의 외면적인 변화를, 자신이 지금까지 고생하며 살아온 대가로 알고 '세상이 달라졌으니 나도 한 몫 잡겠다'는 속된 욕망에 사로잡힌다. 이는 사태에 직면하여 그것을 해결하는 과정에서 단지 술을 마심으로써 문제를 일시적으로 잊어버리려는 준호의 심리적 태도와도 연관된다. 또한 이것은 해방직후 사회·역사적 상황을 이념적으로 인식하여 사회 개혁에 동참하려 들지 않고 개인의 신분상승만을 도모하려는 기회주의적 속성과도 연결된다.

　준호의 이러한 독점욕에 대해 공유하고자 변혁을 이루려는 인물이

건섭이다. 소설의 전반부에서 건섭은 준호와 동반자적 관계를 형성하지만, 준호의 '독점의식'이 생기면서부터 대립적인 관계로 전이된다. 또한 건섭은 사건이 전개될수록 조합원들로부터 은연중 많은 지지를 받게 되는 '긍정적인 인물'로 형상화되며 해방직후의 상황에 대해 이성적인 대응력을 지닌다. 그것은 양조장 경영문제에 대한 그의 입장에서 나타났듯이 사회주의 경제체제에 대한 분명한 인식을 보여주고 있다. 뿐만 아니라 그는 준호의 취약한 사회의식에 비해 현실을 합리적으로 인식하여 대응한다. 이러한 측면에서 이 작품은 준호와 건섭이의 현실인식이 선명하게 대립되어 나타난다. 준호와 건섭이라는 상반된 두 인물형은 "해방직후의 한국사회에 대응해 나가는 다양한 인물들 중 당시 사회상의 다층적인 면을 설명해 주고 있는 전형적인 인물들"201)로 볼 수 있다. 또한 이것은 바로 해방공간에 대처하는 일차적인 두 의식을 말하는 것으로 사안에 대해 두 사람은 상반된 태도로 대응하게 된다.

그런데 「술」은 긍정적 인물인 건섭이가 준호를 비롯한 부정적 인물들을 물리치는 단순한 대결구조를 취하지 않는다. 오히려 이 작품에서는 준호라는 '부정적 인물'을 통해 건섭이를 비롯한 '긍정적 인물'을 크로즈 업(close-up)시킨다. 감성적이고 기회주의적으로 대응하는 준호의 심리적 변화 및 몰락의 과정과 건섭이의 '공유의지'를 극적으로 대비시켜 인물의 형상화를 시도하고 있는 것이다. 따라서 정작 이 작품은 준호와 건섭이의 극단적 대결을 통한 건섭이의 승리로 귀결되는 것이 아니라 준호 스스로의 자가당착과 감성적 대응에 의해 자신의 파멸을 자초하도록 설정되어 있다. 이것은 준호가 자신의 뜻과 달리 전개되고 있는 현실에 대해 이성적으로 대응하기보다는 건섭에 대한 적개

---

201) 현길언, 「변동기 사회에서의 '집' '토지'의 문제」, 『한국소설의 분석적 이해』, 문학과 비평사, 1988, 241면.

심이나 감상적인 보상심리에 의한 소아적인 탐닉으로 일관하고 있음과
도 연관된다. 특히 이 작품의 핵심적인 의미에 근접하기 위해서는
"술"을 비롯한 문학적 매개요소들의 도입과 이것의 상징성, 그리고 작
중인물의 심리적 전이와 관련시켜 볼 필요가 있다.

> 집에 들어온 준호는 이 유쾌스러운 맛과 양조장 운영 문제로 유쾌
> 스럽지 못한 마음이 뒤섞인 마음을 어찌지 못해, 다시 반주로 술을 마
> 시기 시작했다. 한참 술을 마시고 있는 데, 일본 여인이 들어와서 목욕
> 물을 끓어 놓았다고 알렸다. 그러고보니 여러날째 목욕을 걸렸구나. 오
> 늘은 목욕을 하고 한잠 푹 잠이 들어 보리라. 건 그렇다치고 술을 조
> 금만 더 먹자!…(37)

술과 목욕, 그리고 잠은 일시적으로 문제를 잊게 만든다. 그러나 그
것은 결코 문제를 근본적으로 해결해 주지 않는다. 특히 이 작품에서
'술'은 '자신만 편안하게 살려는 독점욕' 혹은 '감성적 대응 방식'의
매개물로서 은유화되고 있다. 그러므로 술은 준호의 이성적 대응력을
마비시키며 감성적인 보상심리로 현실에 대응하는 마취제로서의 성격
을 지닌다.[202]
또한 결말부분에서 양조장 관리권의 문제가 난관에 직면할수록 건
섭에 대하여 적대감을 느끼는 동시에 초조감에 시달리는 준호의 불안
감이 '꿈'이라는 문학적 장치를 통해 나타난다. 꿈은 한 인간의 내면
세계를 근원적으로 파악하는 첩경이 될 수 있다. 따라서 문학작품에서
도 꿈은 문학적 장치의 하나로써 다양한 형태로 수용되고 있다.[203] 황

---

202) 양조장의 '술'은 일본인 적산인 동시에 사유재산, 그리고 준호의 불안감을
　　 해소하는 일시적 마취제로서의 삼중적 의미를 가진다(임진영, 앞의 논문,
　　 297면).
203) 문학에서의 '꿈'의 수용양상에 대해서는 이재선, 「꿈, 그 삶의 대수학」, 『한
　　 국 문학 수제론』, 서강대 줄판부, 1989, 114-134면 참조.

순원의 소설에서도 '꿈'이 문학적 장치로 빈번하게 활용되고 있는데, 대부분 주인공 의식의 간접적 표명을 통한 스토리 전개상의 매개기능을 맡는다.204) 준호의 꿈은 그의 욕망의 간접적 投射이자 가시화된 현실의 예고로서 자신의 계획이 순조롭지 않을 것임을 암시하는 복선의 역할을 한다.

1)이날밤도 준호는 술기운이 어느정도 사라지자 잠이 깨어 밝아올 녘에는 대포 한잔을 먹고야만 다시 잠이라고 든 것도 꿈 투성이었다. 분명히 처음에는 자기집 목욕탕 속에 들어가 있었는 데, 조금 있더니 자기집 목욕탕이 아니고 양조장 술탱크 속이었다.… 자맥질도 하면서 얼마든지 술을 마시었다. 이제는 더 먹을 수 없게 되어, 술 탱크에서 나오려고 하나 기어나올 수가 없었다.─그러나 문득 위를 쳐다보니 ,……건섭이놈이다. 차거운 눈으로 내려다 본다.……아니 종업원 전부가 주위를 싸고 이리 내려다 보고 있는 것이다. 누구 한 사람 자기를 이 술 탱크속에서 건져내 주려는 사람은 없다. 이렇게 술탱크를 기어 나오려고 죽을 애를 쓰다가 종시 기어나오지 못한 채 준호는 제김에 잠이 깨고 말았다.(37-8)

2)어두운 서성리 한 복판에 있는 유경 양조장─숙직실에는 전등이 켜져 있었다. 이 죽일 놈들! 준호는 비틀걸음이나마 다짜고짜 숙직실로 들어가 문을 열어젖히먀며 손 들어라 하는 부르짖음과 함께 식칼을 내 밀었다. 이놈들 꼼짝말구 손들어라 !손들어!

……건섭이 쪽으로 다가가려 했으나 그만 허든거리는 달가 서로 휘감겨 앞으로 고꾸라지고 말았다. ─어느새 준호의 코와 입에서는 피가 흐르고─웃몸을 일으킬 것처럼 보였으나 곧 눈을 아주 감으면서 으으하고 코와 입을 푹 다다미에 박고 말았다.(41면)

---

204) 황순원 소설에 나타나는 꿈에 대한 기능으로는 안영, 「황순원 소설에 나타난 꿈 연구」(『어문논총』16집, 중앙대, 1982)및 김영화, 「황순원의 소설과 꿈」(『월간문학』, 제183호, 1984) 참조.

1)은 양조장 경영권 문제로 조합원들과 회의를 갖기 전 준호의 심리 상태와 의식변화를 반영해 주는 대목이다. 자신의 꿈에서도 암시되어 있듯이 준호는 이미 건섭이를 비롯한 전 조합원들을 적대세력으로 만들어 놓은 상태이다. 따라서 술에 취한 준호가 술탱크에서 아무리 빠져 나오려고 해도 빠져나오지 못하고 놀라 잠을 깬 이 대목은, 이 소설의 핵심적인 의미망에 연결되고 있다. 술에 너무 취한 준호의 행위는 독점욕에 이미 눈이 멀어 합리적 판단을 결하고 있는 준호의 심리 상태를 반영해 주는 것으로, 결국 식칼을 뽑고 조합원회의가 열리는 곳에 가게 되는 무모한 행위로 이어진다.

2)는 결말부분으로 '다다미에 검붉은 피를 쏟으면서 제칼에 찔려 죽은 준호의 죽음'을 통해 독점을 꾀했던 부정적인 것이 스스로 자멸해 가고 있음을 나타내 준다. 특히 마지막 장면은 8·15직후 일제의 잔재로부터 헤어나지 못하는 '낡은 질서'의 비극적 자멸을 상징적으로 드러내 주기 위한 것이다. 여기서 '낡은 질서'란 혼란된 세태를 이용하여 자신의 편안함만을 추구하는 기회주의적 사고, 독점욕, 그리고 변화된 세상에 이성석으로 대저하기보다는 감성적으로 대응하는 태도 등을 복합적으로 지칭한다.

이처럼 「술」은 독점을 꿈꾸는 준호와 공유를 꿈꾸는 건섭의 갈등을 통해 낡은 질서와 새로운 질서가 어떻게 대립하며 갈등하고 있는지를 드러내 주고 있다. 그러나 이 작품에서 작가는 준호의 자멸을 일방적으로 비난하지만은 않는다. 준호로 전형화된 한 때는 모범적인 인물이 스스로 자멸해 가는 과정을 통해 해방직후 낡은 질서의 온존과 비극적 소멸의 과정을 상징적으로 제시하고 있는 것이다.

황순원의 「집」(『신조선』, 1947, 4)은 일제 잔재적인 요소들이 경제적인 측면에서 어떻게 지속되고 있는지를 부각시켜 주고 있는 작품이다.

이 작품에서 작가는 해방 전·후의 유형의 다름과 실질적 내용의 같음을 환기시켜 줌으로써 해방후에도 지속되는 경제적 불평등의 구조적 모순을 적시해 내고 있다. 특히 「집」은 해방 직후 농촌 사회의 파행적 현실에 대한 구조적 모순을 '토지'의 문제를 통해 탁월하게 묘파한 작품이다. 따라서 등장인물의 토지에 대한 인식의 차이를 통해서 토지를 소유하고 그것을 잃어버리는 과정과 방법이 각각 다르게 나타난다.

먼저 민창호와 전필수는 모두 막동이네와는 대립적인 관계에서 농민들의 삶을 황폐하게 만드는 악덕지주들이자 기회주의자들이다. 민창호는 식민지 시대에 공출을 감당하지 못하여 빚을 얻은 사람들의 땅을 사들이는 방법으로 토지를 확보했다. 또한 해방이 되자 그는 인심을 잃고 동네사람들에게 쫓기어 전필수에게 토지를 헐값에 처분하고 서울로 가버린 전형적인 친일지주이다. 반면 전필수는 가난한 소작인 출신으로 토지에 대한 그의 관심은 거의 생득적이며, 8·15직후 혼란기에 돈을 모아 致富한 만큼 사회를 보는 눈도 일반인들과는 다르다. 그는 민창호가 동네 사람들에게 인심을 잃은 원인을 알고 계획하는 일을 원만하게 이루기 위해 치밀하게 처신해 나간다. 동네 사람들에게 환심을 사기 위해 곧장 노인들에게 술도 샀다. 이렇게 겉으로는 민창호와 다른 일면이 있으나, 내면으로는 토지소유에 대한 욕망을 강렬하게 갖고 있는 점에서 민창호와 다를 바 없는 인물이다. 화자는 '전필수는 보통과 달랐다'며 과거에서 현재에 이르는 그의 삶의 방식을 파노라마식 개관에 의해 보여주고 있지만, 이것은 전필수의 교묘한 이중성과 표리부동함을 강조하기 위한 방략이다.

특히 송생원은 이 소설의 핵심적 사건의 전개에서 비켜 서 있지만 전필수를 비롯한 지주들의 계략을 유일하게 파악하고 있는 인물이다. 그러나 그는 "그런건 어찌 됐건 술이나 먹고 보자"며 그것을 회피해버리며 이성적인 행동으로 나아가지 못한다. 이것은 결과적으로 전필수를 비롯한 지주들이 해방직후 소농민들의 물건을 교묘하게 사고 팔고 하여 큰 돈을 모아 해방직후 자본형성의 파행성을 온존케 한 전형적인 과정과 관련되고 있다. 전필수의 치부는 자기 생산의 축적에 의한 것이 아니라 해방직후 혼란한 틈을 탄 기회주의적 편승의 결과이다.

반면 막동이 할아버지는 '부지런한 농군'의 전형이자 농사짓는 일을 천직으로 믿고 있는 인물이다. 막동이 할아버지는 꿀벌이 꽃가루를 모아 꿀을 만들듯이 땅을 마련하여 살아온 사람이다. 그는 "땅이란 원래 기름진 땅이 있는 게 아니고 걸우고 다루는 데 딸린 거라"며 개똥을 주어다가 밭을 걸우면서 살아왔지만, 아들 노름 때문에 밭을 팔아야 하였고, 다시 식구들의 식량을 감당하기 위해서 더 너른 토지가 필요해서 개똥밭을 팔고 그 3배나 되는 야산을 다시 개간한다. 그러나 돈이 없어 금비를 쓰지 못해 개간한 밭에서 소출이 시원치 않은데다가 공출까지 나와서 결국 개간한 밭까지 전 밭임자 민창호에게 팔고는 팔아버린 밭을 다시 소작하게 된다. 자기 힘으로 땅과 더불어 살아온 막동이 할아버지는 외부의 조건과 개인적 둔감으로 토지를 잃어버리게 되며 그러한 삶은 개선되지 않는다. 해방이 되자 그는 새로운 희망을 갖게 되며 "배곯아 먹어가며 낟알을 팔아서는 돈을 만들고 꿀벌도 그새 세간 내어 한 통을 팔아……다시 일어나보아야 한다"(94-7면)고 하지만, 소를 사러 간 아들이 그 돈을 투전으로 날려버렸다는 소문을 듣게 된다. 막동이 할아버지는 하늘이 무너지는 듯한 충격 속에서도 논바닥에 들어찬 무성한 김을 보고 걱정만 하고 있을 수가 없었다. 그래서 논물이 마르기 전에 김을 매어야겠다고 생각하며 논으로 행한다. 막동이 역시도 그런 할아버지의 삶의 방식을 닮고 있다. 그는 열병으로 누워 있다가도 벌들이 세간 나간 것을 보고는 일어나서 그것을 받아온다. 첫번 내려앉은 곳에서 받아오지 않으면 벌들을 잃어버린다는 것을 알고 있기에 '허끈거리는 다리로 뙤약볕 속을 소리지르며 따라가서' 벌떼뭉치를 받아온다.

막동이 할아버지는 토지에 대한 순수한 집념을 갖고 있다. 그것은 자신의 노력으로 토지를 소유하려는 참 농부의 모습이기도 하다. 삶을 정직하고 치열하게 살아가는 이들은 바로 한국인의 땅에 대한 집념이며 한국 농민의 전형적인 모습이다. [205] 심지어 막동이 할아버지는 자신의 토지를 공출이라는 외부압력에 견디지 못해 헐값에 넘기고 바로 그 토지를 소작해 부치면서도 정직하게 살아가는 인물이다. 특히 이 작품에서의 두가지 삽화─막동이 할아버지의 손녀와의 놀이 삽화 및 막동이가 벌을 찾아오는 삽화─는 사건진행에 영향을 미치거나 직접적인 의미와 연관을 맺지는 못한다. 그러나 이 두 가지 삽화는 독자들에게 작가의 숨은 의도를 은밀하게 제시해 준다.

> 1)아이구, 넘어진다, 넘어진다, 하고 손녀를 물속으로 담근다. 그리는 막동이 할아버지의 훌훌히 물위에 뜬 흰 수염 앞쪽에서 앞니 없는 입이 크게 벌어져 웃는다. 우굴쭈굴 컴컴하게 죽은 얼굴속에 어디 이런 웃음이 있었던가 싶게.(101면)

> 2)봄에 나가 막동이 할아버지는 최문이(개간-인용자) 땅에 암모니아를 주면서, 지금 자기가 뿌리고 있는 것이 비료가 아니라 흡사 지난날 장거리에서 보던 설탕가루라고 생각한다. 이 가루가 정말 땅에게는 설탕가룬지도 모른다.그저 설탕가루가 꿀보다 못하듯이 이 것이 재거름만은 못하다. 그러나 금년에야 이 땅이 설탕가루 맛을 보는 구나.(97면)

첫번째 손녀와의 놀이삽화는 삶의 험난함이나 가파름과는 대조적으

---

205) 현길언, 앞의 논문, 253면.

로 행복하고 아름다운 현실로 작가가 지향하는 세계의 일면을 나타내
준 것이다. 두 번째 삽화 역시 막동이 할아버지가 손녀와의 놀이에서
느끼는 기쁨과 마찬가지로 농토를 가꾸며 기쁨과 웃음의 행복을 다시
한번 농밀하게 느끼는 대목이다.

　손녀와의 놀이삽화 부분을 비롯한 이러한 대목은 인물의 행동을 묘
사하는 장면들 중 유일하게 현재형으로 씌어진 부분이다. 그 현재형은
다른 장면들의 과거형과 대립하면서 작가의식의 지향점을 제시해 준
다.206) 또한 막동이 할아버지의 농토에 대한 순수한 정성은 농토를 마
치 유기적 생명체(피붙이)처럼 생각하며, 동시에 그것에서 자기충족적
희열을 맛보게 된다. 더욱이 그 농토는 자기의 것이 아니라 민창호의
소유이다. 막동이 할아버지의 농토에 대한 애착은 현실적 계산을 초월
해 있는 것이다.207) 그러나 현실은 교환가치에 의해 지배되는 세계이
며 '건강한 노동'을 수용할 만큼 건강하지 못한 상태가 횡행하고 있
다.

　그런데 작가는 여기서 직접적으로 현실의 부정성에 대해 언급하지
는 않고 있다. 막동이 할아버지가 '노동의 기쁨'을 느끼는 점과 손녀
와의 놀이에서 일시적으로 기쁨을 느끼는 삽화 부분을 통하여 노동의
기쁨이야말로 삶의 진리이며, 땅은 피와 땀의 결정체인 노동의 산물로
노동하는 자의 것임을 역설해 준다. 동시에 여기서는 농토가 농민의
소유가 아닌 부정적 현실을 내면화하고 있으며, 땅을 매개로 하는 불
평등의 구조적 모순이 예리하게 파헤쳐져 있다. 따라서 막동이와 그의
할아버지가 아무리 건강한 노동을 하여도 그들은 토지소유를 확보하기
가 어렵고 결국 몰락의 길을 걷게 된다.

　이상에서 우리는 이 작품이 해방직후 토지제도의 개혁이 농민들이

---

206) 서재원, 「황순원의 해방 직후 소설 연구」, 고대 석사학위논문, 1990, 35면.
207) 정과리, 「현실의 구조화」, 『존재의 변증법2』, 청하, 1986, 106면.

바라는 대로 이루어지지 않고 있는 현실임을 시사해 준다. 또한 모처럼 돈을 따서 팔어버렸던 밭을 다시 물려받은 막동이 아버지도 결국 집이 쓰러져 깔려 죽은 사실은, 막동이 아버지와 같은 삶의 방식도 가능하지 않은 비극적 정황이다. 죽음이란 모티프는 사건의 반전을 돕고 현실의 모순을 드러내는 데 기여하기도 한다. 그러나 여기서는 역사에 지배당하는 운명적인 인간으로 설정되어 역사적 전망의 여지가 봉쇄되는 경우이다. 막동이 아버지의 죽음은 개인의 죽음 자체로 끝나지 않고 막동이네가 완전히 집을 잃는다는 것을 은연중 암시하기 위한 것으로 볼 수 있다. 그 암시의 매개항은 집이 무너진다는 사실인데, 후에 이것은 막동이 아버지가 장례식 때 전필수가 내놓은 막걸리를 얻어 마시며 언뜻 품게 되는 송생원의 예감, 그리고 결말 부분에서 보다 확실하게 드러난다.

거기 둘러앉은 사람들은 모두 이 전필수의 인정스러움에 저도 모르게 고개를 주억거렸다. 송생원도 한 옆에 앉아 이 전필수의 인정많은 마음씨에 같이 감복하면서 문득 마음 한구석에 저 사람이 저렇게 인정이 많으면 많을수록 막동이네 집은 언제고 꼭 저사람의 손에 들어가고야 말리라는 생각이 드는 것이었다.(…)아들의 장래가 있은 다음날 막동이 할아버지는 집안 식구들을 데리고 전필수네 담장을 고치기 시작했다.(…)누구하나 이 벌에게는 주의가 가지 않는 속에서 그래도 막동이가 해쓱한 얼굴로 눈을 들었다. 순간 막동이의 시야를 고래같은 기와집이 가로막아 버렸다. 그러나 무엇을 찾는 듯한 막동이의 눈은 그냥 앞을 막는 기와집 용마루 너머 하늘 저쪽에 부어진 채로 있었다.(109-110)

인용된 결말 부분에서 '꿀벌 한마리가 막동이네 무너진 오막살이 위를 한바퀴 돌아 지나가는 시적 묘사'는 막동이 할아버지와 막동이의 꿈은 꺼지지 않고 있음을 막연하게나마 암시해 준다. 그러나 '고래등 같은 기와집으로 막혀 있다'는 배경묘사를 통해 막동이의 꿈이 이루어지기에는 쉽지 않은 현실임을 예고해 주고 있다.

이처럼 이 작품은 지배/피지배의 내용은 변함이 없으되 지배의 유형이 달라진 현실을 반영해 준다. 내용이 같되 지배의 유형이 달라졌다는 것은 식민지체제의 경제와 해방직후의 경제질서의 유형은 변화했지만 내용은 지속적이라는 것을 의미한다. 또한 이것은 해방직후 자주국가의 수립이 출발부터 왜곡되고 있다는 의미로까지 확장된다. 일제에 의한 식민지 체제는 해방직후 그 이름만 바뀌었을 뿐, 그 질곡이 온존하고 있음을 이러한 인물들의 삶의 방식을 통해 제시하고 있는 것이다.

반면 「황소들」(『문학』,1947.7)은 낡은 질서의 상징적 몰락을 통해 해방직후의 사회상을 반영하려 한 경우이다. 「황소들」에서는 소년의 시선을 통해 일제시대로부터 해방 직후에 이르는 농민들의 질곡의 삶을 구조적으로 대비시켜 농민들의 적극적인 삶의 자세와 변혁의 필연성을 그리고 있다. 소년의 자각과정에 초점을 둔 일종의 '성장소설(initiation story)'[208] 이다.

따라서 이 작품에서는 새로운 세계로의 열림을 직접적인 대립구조로 제시되기보다는 바우의 심리적 전이과정과 여러 가지 서사전략을 동원하고 있다. 바우가 아버지를 비롯한 동네 사람들이 충주로 떠나는

---

208) '성년소설', '覺醒小說', '이니시에이션 소설' 등으로 명명되고 있는데, 이 소설의 명칭이나 분석적 개념은 인류학에 연원을 두고 있다. 문학에서는 대체로 소년기로부터 성인 사회의 일원이 되는 자각과정을 그린 소설로, 또는 인물의 자각과정에 모티프를 둔 소설 전반으로 확장하여 범주화하고 있다. 또한 자아발견을 중심으로 하여 시험적(tentative), 미완성(uncompleted), 결정적(decisive) 이니시에이션 소설로 나누기도 한다. 모르데카이 마르쿠스, 「이니시에이션 소설이란 무엇인가」 (김병욱 · 최상규 역 『현대소설의 이론』, 대방출판사, 1986), 460-474면 참소.

밤길을 몰래 홀로 따라가게 되면서도 처음에는 "낟알도둑을 잡으러 가는 것"으로 혹은 "흰 바윗골 사람들과의 물싸움"으로 착각하는 판단의 미성숙과 시행착오를 초래하기도 한다. 그러나 과거의 기억, 이를테면 "엊그제 어디선가 많은 농민들이 붙들려 갔던 이야기" 또는 "오랜 세월 영양부족으로 희멀건 얼굴을 한 춘보에게 밀보리 공출이 미납되었다며 그의 어깨를 내리친 그 사내(경찰—인용자)의 무서운 총대와 매질", 또는 "쓰러지면서 빛나는 춘보의 눈물" 등이 연상되면서 오늘밤 아버지와 동네 사람들이 충주를 찾아가지 않을 수 없다는 걸 알게 된다. 이 작품에서 바우의 회상과 관련된 '충주로 가는 길'이 시련과 짓밟힘을 나타낸다면, 오늘밤의 '충주로 가는 길'은 주체적 삶의 자유를 찾기 위한 일어섬이자 변혁의 시대를 예고하려는 가능성의 통로로 암시되고 있다. '과거의 길'이 총대로 차단됨에 비해 '오늘의 길'은 새로운 세계를 향한 주체세력의 변혁의지와 지향의식을 드러낸 준다.

　한편으로 바우는 또한 충주에 가까이 올수록 과거의 기억과 중첩되어 무서운 '총대'가 연상되기에 두려움을 느낀다.

> 그러는데 아, 큰 일이다. 바우의 눈앞에는 그 무서운 총대 앞에 아버지와 동네사람들이 나가쓰러지는 모양이 떠오르는 게 아닌가. 그러는 아버지와 동리사람들의 눈에 빛나는 게 있었다. 눈물이었다. 그리고 모두 꿈틀거린다. 마치 지렁이도 밟히면 꿈틀거린다는 듯이. 그리고 모두 울부짖는다.(122면)

　인용문에서도 드러나 있듯이 이 작품에서는 바우의 상상과 기억에 기조를 둔 '눈물'과 '꿈틀거림'이라는 감각적 변화를 수반하여 농민의식의 각성과정을 표출한다. 여기서 '떨림'은 불의에 대한 분노나 두려움에 관련될 뿐만 아니라 '떨림'에서 '꿈틀거림으로'라는 감각적 변화에 의해 농민의식의 변화와 농민 항거의 징조를 암시해 준다. 뿐만 아니라 '총대'는 폭력과 힘있는 집단, 또는 억압과 죽음을 암유하면서 동네사람들과 바우에게 있어서는 항거해야 할 대상으로 부각된다.

이러한 맥락에서 보면 황소와 호랑이의 싸움에 얽힌 삽화가 가지는 상징도 예사롭지 않다. 우선 이 작품의 제목과도 연관될 수 있는 문제로 흔히 농민들은 유순한 동물('닭'이나 혹은 '노루')209) 로 비유되고 있다. 그러나 여기서 농민은 "앞사람은 그저 앞사람을 묵묵히 따라 마치 소들끼리 …그것도 다른 소 아닌 꼭 황소들끼리"라는 표현에서 보이듯이 '황소'로 표상화된다. 유순한 소도 위험에 처하면 호랑이를 상대로 싸워 이긴다는 이야기는 바로 지주를 상대로 싸우는 소작인(농민)의 모습에 대한 암시이자, 불의에 대한 항거라는 이중화된 의미를 내포한 것이다. 더욱이 농민들은 "지렁이도 밟으면 꿈틀거린다"라는 화자의 반복된 진술 속에 암시되어 있는 '지렁이'와의 선명한 대비를 통해서 중의화된다.

이 작품에서는 이외에도 몇 가지 상징적 매개물을 통해 작가의식을 구체화하여 드러내는 보조적 장치로 활용되고 있는데, 대표적으로 들 수 있는 것이 '작대기'이다. '총대'에 대한 공포감을 떨치지 못했던 바우가 아버지를 보호해야 한다는 혈연적 관계 속에서 밤길을 통한 시련의 과정과, 동네 어른들이 충주로 찾아가지 않을 수 없었던 정신적인 자각을 얻은 뒤에도 작대기를 들고 집단적인 항거에 합류한다. 따라서 '작대기'는 성인 남성으로서의 자기 역할을 해야 하는 상징적 매

---

209) 최정희의 「풍류잽히는 마을」(『백민』10, 1947,9)에서 농민은 '닭'으로, 안회남의 「농민의 비애」에서는 '노루'로 표상화된 바 있다. 특히 「농민의 비애」에서 '노루'의 죽음은 일제시대에서 해방직후에 이르는 서대응 노인의 기구한 삶과 조응되어 해방직후 현실 사회에 대한 제모순을 암시하고 있는 시적 장치이다. 졸고, 「안회남의 '농민의 비애'론」, 『한국언어문학』, 제29집, 1991.6, 173-79 참소.

개물을 암시하면서(반면 집에 두고 왔던 애기지게는 유년시절을 상징한다고 볼 수 있다), 동시에 바우가 밤길을 가면서도 두려움을 떨칠 수 있는 위안의 도구 또는 항거의 도구가 된다.

물론 바우가 작대기를 든 것은 아버지에 대한 보호의식에서 본능적으로 한 행동일 수도 있다. 예컨대 바우는 어둠 속에서 김대통 영감이 몰래 낟알섬을 유출하는 광경을 목격하고도 "작대기를 쥔 땀밴 손에 힘을 줄 뿐" 자신이 처한 현실을 책임있는 의지로 받아들여야 할 만큼 성숙한 단계로 설정되어 있지는 않다. 그러나 바우는 이런 시련의 과정과 두려움 속에서 막연하게 '아버지편'이라는 혈연적 유대에서 탈피하여 아버지를 비롯한 동네 사람들의 분노에 찬 집단적 항거의 행렬에 공감하게 되는 것이다. 이처럼 이 작품은 소년의 시점을 택함으로써 '순진성으로서의 객관성'을 유지하고 있다. 왜냐하면 유년의 주인공을 내세운 소설에서는 사회적 현실과 자신에 대해 새롭게 인식하고 변화를 겪게 되는 성장의 과정을 다룸으로써 현실인식의 확대 및 사회화를 설득력있게 표출할 수 있기 때문이다.

특히 여기서는 지주(지배자)와 농민의 직접적인 대결구조에 의한 승리의 쟁취를 드러내기보다는 전망의 암시를 통해 드러낸다. 예컨대 결말부분에서 김대통 영감으로 대변화되고 있는 지주 계급은 역사 속에서 몰락해야 할 존재로서 촛불의 꺼짐이라는 암시적인 방법으로 처리되고 있다.

> 이런 입안 소리와 함께 김대통영감의 저고리 소매가 자르르 떤다.그 크디큰 대통이 몇번 촛불에 번뜩인다. 그러는 김대통 영감은 지금 자기가 들고 있는 촛불을 어떻게 처치해야 좋을지 몰라하는 것같았다.
> —늘어진 코끝이 마지막으로 빛나고 껌벅 불빛과 함께 어둠 속에 사라진다. 거기에는 다시는 그 흔들거리는 손도 그 크디큰 대통도 없었다.(136면)

　여기서 김대통 영감의 저고리 소매의 '떨림'은 상당한 의미를 수반하고 있다고 보아야 한다. 지금까지는 늘 소작인만이 '떨림'을 경험하며 살아왔으나, 농민들의 항쟁으로 일어선 오늘에 와서는 지주도 '떨림'을 경험하는 것이니 변혁의 시대를 예고해 주고 있기 때문이다. 따라서 지주계급은 역사 속에서 몰락해야 할 존재인데 매우 암시적이긴 하나 '크디 큰 대통'이 어둠 속으로 사라지는 모습으로 형상화된다. 뿐만 아니라 이 작품에서는 바우의 의식과 언어를 통해서 이러한 대립화의 양상을 구체화한다. 이를테면 바우가 보여주는 지배층에 대한 혐오는 "도수장에 걸린 쓸개 주머니 같다는 코" 혹은 "늘어진 콧잔등"이라는 김대통 영감에 대한 신체적 자질에 대한 부정적 묘사를 수반하여 제시된다. 반면 주체에 해당하는 바우 아버지를 비롯한 피지배층에 대한 연민의 정은 "아주 늙은 노인의 뒷 모양" 혹은 "오랜 세월 영양부족으로 희멀건 얼굴을 한" 등의 공감각적인 언어로 표현되고 있다.

　이런 맥락에서 이 작품은 해방직후 농민의 집단적 투쟁의 배경 및 징조를 소재로 한 농민소설의 범주에 들 수 있다.[210] 특히 일반적으로 일제시대의 농민소설이 지식인을 매개인물로 등장시키고 있는 데 비해, 이 작품에서는 자발적인 농민의 봉기로 형상화되는 발전된 면모를 제시해 준다. 해방직후 농민소설에 나오는 대부분의 농민들은 지식인이라는 매개인물을 통해 직접적으로 의식화시켜야 할 수동적 대상으로 설정되어 있는 경우가 많다. 그러나 여기서는 변혁의 시대에 주체적이

---

210) 서재원은 이 작품에서 공출과정의 폭력성, 경찰의 횡포, 농민들의 자연발생적 봉기 등을 들어 10월인민항쟁과의 직접적인 관련성을 암시하고 있다(서재원, 앞의 논문 26면). 그러나 유사한 사건의 설정이나 몇가지의 배경적 요소만을 가지고 이 작품이 특정한 사건의 형상화로 단정하기에는 무리가 따른다. 다만 이 작품은 해방 직후 충주를 중심으로 일어난 농민항쟁을 배경으로 한 것임을 짐작할 수 있을 뿐이다.

고 자발적으로 대응하는 역사적인 집단으로 형상화되고 있다.

이처럼 해방기 황순원의 소설들은 집, 식량, 토지 등의 개인의 생존수단을 매개로 한 다양한 인물들의 삶의 방식을 통해 여전히 되풀이되고 있는 해방직후의 혼란상과 파행적인 현실을 잘 드러내 준다. 또한 그의 작품들은 해방직후의 소설들이 일반적으로 드러내고 있는 생경한 대립구조의 설정에 의한 주인공의 승리나, 혹은 막연하게 승리로 장식되는 전망의 과장으로 끝나는 것이 아니라 주체에 반하는 적대자의 자멸을 통해서 '긍정적 인물'의 승리를 암시해 준다.

이상에서 살펴본 바와 같이 해방기 소설은 일제잔재의 온존과 이에 대한 청산의지를 드러내는 데 많은 비중을 두고 있다. 이것은 작가 자신을 모델로 하여 친일협력에 대한 자신의 '과오'를 비판하거나 혹은 사회 구조적 모순에 대한 비판의 형태로 나타난다. 물론 대부분의 작가들이 그들의 작품 속에서 진정한 자기비판의 모색이 부족한 상태에서 자기변명에 더 무게중심을 두고 있었다. 그러나 이태준의 「해방전후」를 비롯하여 허준의 「속 습작실에서」, 채만식의 「민족의 죄인」 등은 주목할 만한 가치를 지닌다. 이러한 소설들은 일제 말기 작가의 심정과 해방후 문인의 내면풍경을 진솔하게 드러내주는 측면도 있다. 특히 채만식의 「민족의 죄인」은 현존의 논리와 당위의 논리간의 이율배반 때문에 '묘한 아이러니에 의한 결말'로 귀결되어질 수밖에 없었던 당시 작가의 심정이 우회적으로 나타내고 있다. 또한 이 시기 자기비판 소설들은 자기비판의 방식에 국한되지 않고 문인의 세계관 변모과정을 통해 당시의 사회가 직면했던 정치·사회적 상황을 가늠해 볼 수 있게 한다. 특히 채만식의 소설에서 우리는 자기비판의 문제를 개인적인 차원으로 협소화하지 않고 이를 통해 지식인의 책임의식과 윤리의식을 환기시켜려 했던 점을 주목해야 할 것이다. 왜냐하면 이러한 자기비판의 방식은 일제시대에 친일행위를 일삼아온 지식인들이 해방된 시점에서도 자기반성은 커녕 또다른 변신을 추구하는 세태를 겨냥하려는 작가의식과 연관되기 때문이다.

또한 일제잔재의 온존에 대한 작가들의 청산의지는 사회 구조적 모순에 대한 비판의 형태로 나타나는데, 대체로 진보적 리얼리즘계열 작가들의 작품은 부일적 지식인의 행태를 비판하거나 혹은 식민경찰의 재등장을 직설적으로 고발하는 방식을 취한다. 반면 중간파계열 작가들 작품은 혼란된 세태를 풍자함으로써 당시의 어지러운 혼란상과 이로 인해 빚어지는 가치전도의 혼란상을 비판하는 데 중점을 두었다. 특히 채만식의 풍자소설에 나타난 공통점은 당시 미군정의 파행적인 통치구조에서 드러나는 모순을 그리면서도 우리의 의식 내부에 잠재되어 있는 기회주의적 속성들이 일제잔재의 척결을 지연시키는 요인으로 파악한 점이다. 이러한 측면은 염상섭의 소설에서도 발견된다. 염상섭의 소설은 미군정이 야기시킨 윤리적 타락상이 정치·경제적 측면 뿐만 아니라 문화적인 면에서도 심각하게 확산되어 가고 있는 현실을 비판적으로 형상화한 점에서 주목된다.

또 다른 측면에서 해방직후 일제잔재적인 요소의 온존과 이로 인한 세태의 혼란상을 리얼하게 보여준 경우로 황순원의 작품을 빼놓을 수 없다. 해방기 황순원의 작품들은 해방전·후의 유형의 다름과 실질적 내용의 같음을 구조화하여 해방후에도 지속되는 경제적 불평등의 구조적 모순을 예리하게 적시해 준다. 또한 황순원의 소설은 직접적인 대결의 양상을 통한 주체의 승리보다는 적대자의 자멸의 양상에 초점을 두어 전망이 제시되고 있다. 따라서 이 시기 그의 소설들은 진보적 리얼리즘 소설에서 일반적으로 제시되고 있는 '도식적 낙관주의'(schematic optimism)의 함몰에서 얼마쯤 벗어나 있다. 이것은 채만식, 염상섭의 해방기 소설들, 이른바 비판적 리얼리즘계열 작가들이 거둔 문학적 성과와도 무관할 수 없다 하겠다.

Ⅳ. 전망의 모색과 그 의의

　　해방기는 사회의 여러 부문에서 대립과 갈등의 요인을 안고 있던 시기였다. 특히 농민을 비롯한 각 부문에서의 개혁의지와, 이에 대해 현상유지적 입장을 취하거나 억압하려는 일부 기득권 세력과의 대립이 심화되었다. 또한 해방직후 노동운동은 노동자와 실업자가 벌이는 생존권 확보투쟁이었으며, 오랜 식민지생활을 벗어나 새로운 사회를 건설하려는 과도기에 발생하는 사회변혁운동이기도 하였다. 이를테면 노동자 자주관리운동은 노동자들의 생존권 확보라는 자연발생적 이유로 시작되었지만 그 운동이 전개되어 가면서 일제잔재의 청산이라는 민족적인 요구와 반자본주의적 성격이 표출하게 되었다.[211] 이러한 과정중에 노동자 자주관리운동은 미군정의 노동정책과 정면으로 배치되어 미군정의 억압적인 노동정책을 초래하였고, 여기에 반발하여 많은 사업장에서 노동자들의 저항이 발생하게 된다.[212]

　　이러한 측면에서 이 장의 첫째 절에서는 농민, 노동자, 그리고 지식

---

211) 해방직후 노동자 자주관리운동의 성격에 대해서는 김기원, 『미 군정기의 경제 구조』, 푸른산, 1990, 49-114면 참조.

212) 김태승, 「미군정기 노동운동과 전평의 운동논선」, 『해방전후사의 인식』 3, 한길사, 1987, 310면.

인들의 각성과정을 통해 당시 산적한 제반모순이 이 시기의 소설에는 어떻게 드러나 있으며, 또한 이것은 사회의 변혁의지와 어떻게 연관되어 있는지를 살펴보려 한다.

한편 해방기는 정치적인 홍분과 분노의 시대라고 정의할 수 있을 만큼 이념상의 혼란과 격변의 시기였다. 따라서 해방기의 소설은 이념의 문제를 작품의 핵심 모티프로 수용하여 작품화 한 경우를 자주 보게 된다. 해방기의 문학현실이 다분히 정치지향적 요소를 띠고 있기 때문에 대부분의 작가들은 이데올로기 문제를 도외시할 수 없는 실정이었다. 그것은 당시의 현실에 있어서 이데올로기의 문제가 그만큼 민감하고 초점화된 문제였음을 의미한다. 해방기의 소설을 통한 이념의 표출 양상에 대한 검토는 당시 작가들의 성향을 살펴볼 수 있을 뿐만 아니라, 작품 속에 나타난 현실인식을 구체적으로 추출해 볼 수 있게 한다.

이 장의 둘째 절에서는 순수문학 계열의 작품들과 진보적 리얼리즘 계열의 소설들, 그리고 이른바 부르조아 리얼리즘[213](또는 비판적 리얼리즘) 계열의 소설 속에 반영된 이데올로기의 수용 양상을 파악해 보려 한다. 이렇게 해방기의 소설에 나타난 이념선택의 과정을 구체적으로 탐색해 가는 과정에서 해방직후의 현실에 대한 위기의식과 전망의 모색과정을 살펴볼 수 있을 것이다.

---

[213] 정호웅이 이기영, 한설야, 김남천 등의 프로 리얼리즘에 대비해 채만식, 염성섭 등의 일련의 중간노선을 지향하고 있는 작가군을 지적하면서 사용한 개념이다(정호웅, 「한국문학에서의 리얼리즘」, 정호웅 편, 『한국문학의 리얼리즘과 모더니즘』, 민음사, 1989, 참조). 여기서는 해방기 ‘중간파’ 계열 작가들을 염두에 둔 용어로 사용한다.

1. 계급적 전망과 願望의 擬似成就化

1) 농민의 受難과 변혁의지

해방 직후 농촌의 현실은 일제하의 봉건적·식민지적 토지소유의 연장선상에 놓여 있었다. 따라서 농촌의 현실은 일제시대와 크게 다를 바 없이 지주층의 가혹한 봉건지대 수취 및 영세농 경영의 정체와 몰락으로 인한 빈곤의 악순환이 지속되었다. 더욱이 일인 지주들은 물러갔지만 지주와 소작인 간의 봉건적 관계는 그대로 지속되었고, 미군정이 내건 3·1제 소작료는 교활한 지주들의 농간과 농민들의 무지로 인하여 제대로 지켜지지 않았다. 뿐만 아니라 소작료가 1/3을 초과해서는 안된다는 소작료에 관한 제한은 명목상에 그치고 구체적인 감시가 없음에 따라 지주들의 횡포는 해방전이나 다름없이 자행되고 있었다.[214] 또한 미군정의 식량정책의 실패와 양곡수집에 있어서의 무차별한 횡포, 이를 둘러싼 친일파 및 민족 반역자 계층의 야합은 해방 직후 농촌사회의 황폐화를 가속화시킨 주요 원인이 되었다.[215]

이처럼 소작농에게 있어 해방은 희망을 주기는 커녕 미군정의 식량정책의 실패와 식민지 수탈구조의 존속으로 인해 큰 절망감을 주게 된다. 이러한 토지소유관계의 모순과 소작료에 관한 농민의 피해를 시정코자 한 것이 토지개혁이다. 다음과 같은 진술 속에서 해방 직후의 토지개혁이 현실적으로 농민들의 바람과는 거리가 멀게 진행되고 있었음을 환기시켜 준다.

---

214) 황한식, 「미군정하 농업과 토지개혁 정책」, 『해방전후사의 인식』2, 한길사, 1985, 269-290면 참조.
215) 송남헌, 『해방 3년사』, 까치, 1985, 430면.

미군정은 극동정책의 일환으로써 남한에 단독정부를 수립하고 남한의 정치·사회적 격동에 대응하기 위해 한편으로는 미군정 관할아래 있는 분단정부수립반대세력·좌익세력을 배제하고, 다른 한편으로 토지분배를 비롯한 일련의 민주화조치를 전개하게 된다. 한마디로 미군정의 토지정책 특히 전일본인 소유지 분배는 미국의 극동전략과 직결된 대한정책의 산물이었다는 것이다. …(중략)… 그러므로 미군정 토지정책의 기본성격은 국내 공산주의, 급진적 민족주의 세력의 구축과 동시에 전면적 토지개혁 요구를 포함한 정치·사회적 격동에 대응하여 위기에 선 반봉건적 지주제를 미군정 자신의 '위로부터의 개혁'에 의해 타협적으로 해소하려 한 것이었다. …따라서 미군정 점령정책의 성격에 비추어 미군정의 토지정책, 농지분배는 식민지반봉건사회의 청산으로서의 내용을 가질 수도 없었고, 농업생산력의 해방을 목적으로 한 것도 아니었다. 216)

해방직후 토지개혁은 농민들이 바라는 현실로 되기에는 한계가 있었으며, 또한 농촌사회는 극도로 황폐화된 상태로 방치되고 있었음을 알 수 있다. 뿐만 아니라 해방기는 사회적으로 "팔이오 즉후, 낡은 법이 없어지고 새로운 령이 서기 전 혼란한"217) 시기였다. 앞으로 다루게 될 「논이야기」를 비롯하여 「농민의 비애」, 그리고 「풍류잽히는 마을」 등은 바로 이러한 시대를 배경으로 삼고 있다.

채만식의 「논 이야기」는 땅을 판 농민의 분열을 표면에 두고, 내적으로는 해방된 조국에 의해 그 땅을 다시 찾게 되리라는 기대가 수포로 돌아간 한 농민의 기대와 좌절과정을 풍자하고 있다. 특히 이 작품은 해방직후 농촌 사회의 보편적 갈등 및 일인토지의 귀속문제를 모티프로 하고 있다.

---

216) 황한식, 앞의 논문, 287면.
217) 채만식, 「논이야기」, 323면.

작품에 나타나는 한생원은 '좀 허황하고 헤프고 엉뚱한 계획을 세우는 성격'의 소유자로 남에게 조소의 대상이 된다. 그러나 이 작품에서 화자는 한생원의 어리석음과 무지를 풍자하면서도 그에 대한 동정을 작품 곳곳에서 보이고 있다. 그것은 한생원이 국가 또는 관으로부터 거의 일방적으로 억울한 피해를 받아 온 연약한 백성이기 때문이다. 한생원의 좌절이나 극빈한 생활은 전적으로 그의 성격적 결함이나 무지의 탓만으로 돌릴 수 없는 것으로, 그가 겪어온 생활 그리고 그를 둘러싸고 있는 사회상황과 무관하지 않다. 한생원은 빚 때문에 땅을 팔아 소작농으로 전락했지만, 이는 역사적으로 반복된 농촌 사회의 구조적 모순과 관의 수탈에서 비롯된 것이다.

> ─원과 토반과 아전이 있어 토색질이나 하고 붓잡아다 때리기나 하고 교만이나 피우고 허되 세미 (稅米=納稅)는 국가의 이름으로 고박꼬박 받아가면서 백성은 죽어야 모른체를 하는 나라의 백성으로도 살아보았다. …(중략)… 왜인들이 저이가 주인이랍시고 …조선사람을 개도야지 대접을 하고 공출을 내어라 …(중략)… 억지 춘향이 노릇을 시키고 하는 나라의 백성으로도 살아 보았다.
> 결국 그러고 보니 나라라고 하는 것은(…)백성에게 고통이나 주자는 것이지 유익하고 고마울것은 조금도 없는 물건이었다.(『해문』2, 409)

인용문은 반세기에 걸친 한생원 家系의 수난사를 드러낸 부분이다. 한태수-덕문 父子는 한국 근대사에 있어서 한국 농민의 한 전형으로 설정되어 있다. 왜냐하면 이들이 농토를 취득하고 빼앗기는 과정에서 비롯된 농민의 좌절이 해방 이후의 일회적 현상이 아니라 역사 속에서 반복적으로 나타나는 현상으로 제시되고 있기 때문이다. [218] 이러한

---

218) 박재섭, 「해방기 소설 연구」, 『해방공간의 문학연구』2, 173면. 염무웅도 이 작품에 대해 "우리나라 농민사의 압축된 서술"(염무웅, 앞의 논문, 266

점은 이 작품이 단지 농촌의 현실만을 드러내기보다는 한국 근대사를 통해 사회구조와 농민(백성)사이에 어떠한 갈등관계가 있었던가를 한 생원 父子의 내력에 의해 보여주려 한 것과도 연관된다.

이렇게 한생원이 당시 관권과 외세에 의해 일방적인 희생을 강요당해야 했던 전형적인 농민이라 할 때, 그는 전체 농민을 표상하는 집단적 개인이면서 동시에 문제적 개인(problematic individual)으로 상승된다. 219) 아울러 한생원이 자신의 토지를 되찾으려는 노력은 문제적 개인이 전체성의 세계를 찾으려는 심리적 지향성에서 기인한다고 볼 수 있다.

그러나 작품의 이면에 흐르는 기조는 희망적인 상태에서 절망적인 상태로 이행되는 '환멸의 구조'(the disillusionment plot)220), 또는 반어적·풍자적 플롯(ironical, satirical plot)221) 이 주종을 이룬다. 이러한 구조의 설정은 실현될 수 없는 꿈이 좌절되는 과정을 반어적·아이러니컬하게 제시함으로써 페이소스(pathos)를 유발하기에 적절하다. 왜냐하면 농민에게 가장 절박한 토지의 문제를 해방된 국가가 해결해 주지 못함으로써 여전히 잇속 빠른 친일잔재세력과 기회주의자들만 덕을 보아 한덕문 같은 소박한 백성은 언제나 배반감만 맛보기 때문이다.

따라서 이 작품에서는 한덕문이라는 한 어리석고 소박한 농민을 통해 8·15 해방이 진정한 독립이 되려면 무엇보다도 필요한 당면문제가 봉건적·식민지적 토지 소유관계를 전면적으로 지양해야 함을 환기시

면)의 성격을 띠고 있음을 피력하였다.

219) 임명진, 「채만식의 '논이야기'와 남은 이야기」, 『민족통일과 한국문학』, 명지사, 1988, 321면.

220) Norman Friedman, "Forms of the plot," *The Theory of the Novel*, ed. by Philip Stevick, New York:Macnillan, 1967, 165면.

221) Northrop Frye, *Anatomy of Criticism*, New Jersey Princeton University Press, 162면.

켜 준다. 더욱이 해방직후에는 인구의 3/4 이상이 농업에 종사하고 있었고, 농업종사 인구의 거의 대부분이 소작농이었던 역사적 현실을 상기해본다면222), 농민적 토지소유의 완전한 실현은 참다운 해방을 성취하는 데 있어서 가장 절실한 과제였다고 할 수 있다.

그런데 해방직후, 건국준비위원회에서는 일인으로부터 귀속농지를 국유화하여 소작인들의 연고권을 우선하여 무상분배하기로 의견을 모았으나, 미군정이 통치권을 장악하면서 귀속농지는 일단 국유화한 다음 농민들에게 유상분배하는 것으로 결정하였다. 또한 미군정은 국내 친일파의 재산과 토지의 사유권을 그대로 인정하고 일부 귀속재산이 친일적인 연고자에게 불하되는 것을 방조하였다. 이는 당시 자본가와 지주층 등의 친일세력에게는 유익하나 노동자·소작인들에게는 매우 불리한 조처로 국내의 여론과도 상반되는 것이었다. 그러나 미군정은 반공체제의 구축을 위한 자본주의 경제담당 계층의 형성을 목적으로 당시의 자본가라 할 수 있는 친일세력에게 귀속재산이 넘어가는 것을 단속하지 않았다.223)

이러한 과정은 「논 이야기」의 산판사건을 통해 구체적으로 형상화되기도 한다. 이 산판사건은, 한생원이 왜인 길천에게 팔아넘긴 산을 광복직후 친일세력인 강태식이 길천이가 써준 위임장을 이용하여 읍내 사람에게 매각하자, 이를 매입한 사람이 산판을 벌일 때, 한생원이 달려가 자신의 소유권을 주장한 데서 발생하였다. 한생원은 광복이 되면 당시 '건준'에서 발표한 대로 "일본 제국주의와 민족반역자의 토지를 몰수하여 국유화하고 이를 농민에게 무상분배 할 경우"224) 자신이 길천에게 팔아넘긴 논 일곱 마지기와 산은 자신에게 분배되리라 믿었던

---

222) 황한식, 앞의 논문, 255면.
223) 강만길, 『한국현대사』, 창작과 비평사, 1984, 222-232면 참조.
224) 위의 책, 188면

것이다. 결국 그 산은 길천농장 산림과장인 강태식의 처분에 의해 한 생원의 소유로 되지 못한다.

이처럼 당연히 자신의 소유로 될 줄 알았던 산은, 8·15직후 혼란한 틈을 타 "뱃속에 눈이 밝은 무리들이 일본인 농장이나 회사의 관리자들과 부동이 되어 일인의 재산을 부당처분하여 가지고 배를 불린 일이 허다하였는데", 그의 땅도 이러한 경로를 통해 다른 사람의 소유가 되어 버린 것이다. 더욱이 길천에게 팔았던 논까지 나라의 소유가 된다는 소문을 듣고 난 한생원의 분노는 다음과 같이 이어진다.

> "일없네. 난 오늘부터 도루 나라 없는 백성이네. 제……길 삼십육년두 나라 없이 살아왔을려드냐. 아……니 글세 나라가 있으면 백성한테 무얼 좀 고마운 노릇을 해 주어야 백성두 나라를 믿구 나라에다 마음을 붙이구 살지. 독립이 됐다면서 고작 그래 백성이 차지할 땅 뺏어서 팔아먹는 게 나라명색야?"
> 그리고는 털고 일어서면서 혼자 말로
> "독립됐다구 했을 제 내 만세 안부르기 잘했지."(423)

한생원의 이러한 반응은 그 자체로서는 무지에서 비롯된 것으로 반어적 의미를 동반하지 않는다면 그릇된 측면도 있다. 한생원의 이러한 반응을 염두에 둔 이우용은, 이 작품이 "한생원의 굴절된 현실을 바라보는 시선을 통해 작가는 해방직후 농민이 처해 있는 허무주의적인 국가관의 인식을 그대로 보여주고자 한다"[225]고 지적한다. 그런데 한생원의 이러한 생각을 단순히 그릇된 것으로만 치부해 버릴 수 없는 작품 이면의 페이소스(Pathos)에 문제의 심각성이 있다.

이 작품의 핵심을 제대로 파악하기 위해서는 한덕문의 개인적 성향

---

225) 이우용, 앞의 논문, 192번.

에 초점을 두어 비판하기226)보다는 한생원으로 하여금 국가에 대한 냉소적 부정에 이르게 한 심리적 動因에 중점을 두어야 할 것이다. 왜냐하면 이 작품의 의의를 한 개인의 무지 또는 인간적 결함을 지적하는 풍자성에서 찾는다면, 조국의 광복이라는 시대상황과 결부시켜 볼 때 그것은 한 개인에 대한 비방이거나 희화적인 차원이 될 수밖에 없기 때문이다. 더욱이 "순수한 풍자는 그 사상의 보편성에 의해서 특정인을 겨누는 비방(lampoon)과 구별된다"227)는 점을 감안해 볼 때, 이 작품에서 작가는 자신의 이해 관계 위에서만 생각하는 한생원의 편협되고 그릇된 국가관도 비판하지만, 한생원의 냉소적 반응에도 일면의 진실이 있음을 반어적으로 제시하고 있다. 나아가 이 작품은 단지 농촌의 현실만을 이야기하기보다는 한국 근대사를 통해 사회구조와 농민 사이에 어떠한 갈등이 있었던가를 한생원 父子의 내력을 통해 역사적 모순에 대한 작가의 날카로운 통찰을 보여준 것이다.228)

앞의 「논 이야기」와 비슷한 맥락에서 언급해 볼 수 있는 작품으로 안회남의 「농민의 비애」(『문학』, 48.10)를 들 수 있다. 이 작품 역시 구한말에서 해방직후에 이르기까지의 농촌의 현실이 '서대옹'노인의 삶

---

226) 김윤식은 "다른 농민들은 먹고 싶은 것, 입고 싶은 것 참으며 자기땅을 지켰다는 사실"과 한생원의 인간적 결함사이의 간격을 보는 관점에 따라 분노와 풍자의 접점이 놓인다고 지적하였다. 김윤식 「채만식의 문학세계」, 『채만식』, 문학과 지성사, 1984, 38-9면 참조.

227) A. Pollad(송낙헌 역), 『풍자』, 서울대 출판부, 1979, 8면.

228) 이 작품에 대해 한형구는 "우익진영과 관련하여 토지문제를 접근하고 있는 작품이 거의 없다는 점에서는 희소가치를 인정받을 수 있겠으나, 단편적인 풍자소설에 불과한 작품"(한형구, 「해방공간의 농민문학」, 『해방공간의 민족문학 연구』, 열음사, 1989, 133면)이라고 지적한 바 있다. 그러나 한편으로 이 작품은 당시의 한국경제의 근간이 되는 토지에 관한 문제를 일관성 있게 다루고 있으며, 또한 동학혁명이후 해방직후에 이르기까지의 정치적 변혁이 농민들에게 끼친 여러가지 영향이 그런 대로 잘 반영되어 있어 채만식의 어느 소설 못지않게 역사성이 큰 작품으로 평가받기도 한다. 임명진, 앞의 논문, 323면.

을 통해 제시되고 있다.

이 작품에 나오는 서대응 노인 역시 근세사를 살아오면서 착취와 수탈의 전형적인 과정을 밟아온 농민이다. 서노인의 부친은 그가 오륙세의 어린 시절에 동학당으로 몰려 죽었으며 일제에 의해 땅을 빼앗긴 후 '타향사리'를 전전하며 한번도 유족한 생활을 하지 못했다. 또한 자신의 아들은 징용에 끌려간 뒤 소식이 없자 며느리는 딴 데로 시집가고, 지금은 손녀딸 영이와 근근히 연명하는 생활을 하며 '가계의 몰락'에 직면해 있다. 서대응 家系의 이러한 몰락은 전형적인 조선 농민의 몰락을 의미하는 것이며 그 연원은 구한말로부터 시작된다.

> 토지의 사유제도가 확인된 후에는 때마침 거세어지는 새로운 경제적 방법아래, 그들은 시달릴 대로 시달리였다. ……늘 손바닥 만한 농토에 만족하였고 ……마름이라는 것이 중간에 앉어, 마음껏 착취하였다. ……(중략)……흉년이 들면 굶주리고 풍년이 들면 쌀값이 떨어져 마찬가지 였다. …좁쌀을 팔아다 먹고 …더 못살면 남부여대하고 바가지짝과 함께 만주 일본으로 유리방랑했다. 조선의 농민들은 농민이면서 농민이 아닌 이간이하의 식생활을 하여 왔다.
> 서대응 노인이 그랬다. (『해문』2,256-257)

농촌 사회의 빈곤과 피폐화의 악순환이 반복되는 것은 한 개인의 능력이나 성실성 유무 이전에 관의 수탈과 토지제도의 구조적 모순에서 비롯되고 있다. 서노인의 先代와 家系가 몰락하게 된 것도 이러한 사회적 모순과 밀접하게 관련되어 있다.

이런 점에서 볼 때 전형적인 한 가계의 몰락은 봉건사회로부터 식민지 반봉건 사회로 이행해 가는 과정과 대응되어 동질적인 구조를 이룬다. 결국 서대응 家系의 몰락은 역사적인 콘텍스트가 텍스트로 구조화된 것을 의미한다. 서노인의 성격이나 몇 가지 습벽을 결코 개인적인 성향으로만 국한해서 볼 수 없는 측면도 이러한 점에서 연유한다. 무엇보다도 서노인이 살아온 삶의 履歷, 특히 구한말에서 해방직후에 이르는 서노인 家系의 受難史는 대부분의 조선 농민들이 보편적으로 겪어온 삶의 路程임을 환기시켜 준다. 이런 측면에서 서대웅 노인은 우리 민족이 구한말, 일제시대, 그리고 해방을 맞기까지 이른바 격동기의 근세사를 헤쳐오면서 겪은 평범한 조선 농민의 자화상, 나아가 '민족 모순 일체를 집약적으로 보여 주는 인물'[229]로 볼 수 있다.

「농민의 비애」는 서노인을 중심으로 사건이 전개되는 표면구조의 이면에 해방직후 격변기의 사회현실 및 '토지'에 얽힌 농촌 사회의 구조적 모순이 작품의 근간을 이룬다. 따라서 이 작품은 표면적으로 서대웅 자신의 내면적 갈등의 대립이 표출되어 있으나 그 이면에는 이러한 갈등이 일어나게 된 사회구조적 배경이 부각된다.

> "요세 세상은 지주가 살 수 없는 세상여 …작인이나 살지!"
> "……"
>
> 이야기를 들으니 두 사람은 가슴만 답답했지, 뭐라고 대답할 말이 없었다.
>
> "소작료라구 삼칠제를 쓰니 지주가 먹고 살 수가 있나? 땅을 뗄라니 전처럼 고분고분 땅을 내 논나!"
>
> 삼칠제도는 해방후 비로소 생겼다. (중략) 그러나 그렇다고 거기 작인이 무슨 큰 혜택을 입는 것은 아니였다. 조선농가의 대부분이 영세경작을 하고 있기 때문이었다.
>
> ……(중략)……
>
> "공출하기 견딜 수 없구 ……"
>
> "나두 헐 수 할 수 없어 팔았네……" 그러나 이선달의 긴 장죽에서는 기분 좋은듯, 담배연기가 폴싹폴싹 났다.

---

229) 김승환, 「해방공간 식민지 반봉건 사회구조와 소설 구조의 동질성 분석」, 『한국학보』, 일지사, 1989, 봄호, 41면

"토지혁명(土地革命)토지혁명해야, 토지혁명은 자연 다 됐네....."
그리고는 히히히히 너스레를 치면서 웃었다.(.291)

인용문에는 해방 직후 토지개혁을 둘러싸고 일어나는 농민들의 반응과, 제도가 가지는 허상의 일면이 잘 드러나 있다. 또한 이러한 장면을 통해 우리는 해방 직후 토지개혁이 농민들이 바라는 현실과 거리가 먼 상태로 전개되고 있음을 알 수 있다.

해방 직후 농촌의 현실은 최정희의 「풍류잽히는 마을」(『백민』,47.9)에 이르면 더욱 황폐화된 형태로 제시된다. 「풍류잽히는 마을」은 농촌의 비참한 현실을 결코 좌시할 수 없다는 작가의 입장230)이 어느 정도 반영된 작품으로, 발표 당시에는 혹독한 평가231)를 받기도 하였다. 그러나 이 작품은 소작인들이 처해 있는 빈궁한 현실을 리얼하게 묘사함으로써 그렇게 될 수밖에 없었던 원인, 즉 지주들의 횡포와 비인간적인 행위를 고발함으로써 당시 농촌사회의 제도적 모순을 파헤치는데 기여하고 있다

이 작품에는 소작 농민들이 해방의 현실 속에서 일반적으로 가지는 기대가 토지개혁에 놓여 있음과, 이러한 변혁에 민첩하게 대응하는 지

---

230) 최정희는 「풍류잽히는 마을」에 대한 창작배경을 "해방이 되었다고는 하나 농민들에게 사슬은 매인 채로, 굶주리고 헐벗고 하는 참상을 그대로 보고 있을 수가 없어서 쓴 것이다. ---내 눈앞에 뚜렷한 비참한 사실을 목도하면서, 그것들을 보아가는 사이에 내 피가 뛰고 내 붓대가 가만 있으려 들지 않는 것을 내가 어떻게 적지 않고 있을 것이냐 말이다"라고 설명한 바 있다(『나의 문학생활자서』, 『백민』, 1948.3, 47면). 또한 여기서 화자인 '나'는 최정희의 대리적 성격이 짙다고 지적한 평자도 있다(박재섭, 앞의논문, 162면).
231) 곽종원은 「최정희론」(『문예』, 1948.8, 167면)에서 "리리칼한 필치에 박력은 강하나 그 사건 내용이 (----)시대에 좀 뒤진감"을 주는 것으로, 조연현은 「풍류잽히는 마을을 읽고」(『문예』, 1949.10, 169면)에서 "지주는 어례히 부정적인 인물로 설정되어 있고 소작인을 필요 이상으로 동정적으로 취급되어진 것 같은(---) 일부의 경향문학이 가졌던 공식적인 관념을 완전히 지양하지 못한 것"이라는 평가를 하였다.

주 서홍수의 토지방매 및 경작권 조정 등을 통한 제도의 허상, 그리고 궁핍에 허덕이면서도 굴종만을 일삼는 나약하고 소극적인 농민의 모습 등이 잘 나타나 있다.

> ……오히려 이 법령(삼분병작제 – 인용자)이 발표되자 서홍수를 찾아가서 반씩 맥여주는 데도 황송스런데 삼분병작이라니 될 말입니까. 남들은 어쩌든지 이 놈은 전대루 해디리겠습니다. 이놈의 애비나 하래비쩍의 일을 생각해서두, 그럴 수가 없습니까라고 아뢰는 자도 있었다. 아첨도 간사도 아니었다. 진실로 황송스런 심리에서 이렇게 하는 것이였다.(『해문』2,227)

인용문은 토지개혁에 직면해서도 속수무책인 소작 농민들의 소박함과 그들의 가난이 "내면적 구조에 의한 힘의 얽힘"[232]에서 비롯된 것임을 제시해 주고 있다. 이처럼 일방적으로 당하며 살아온 소작 농민들은 사회상의 변혁과정에서 능동적으로 자신들의 주체적 권리를 찾아가기보다 지주들의 눈치를 보는 종전의 삶의 방식을 되풀이하게 된다. 이러한 점들은 이 작품이 계급적 한계를 극복하지 못하는 소작 농민들의 자의식 함몰의 모습을 반영하고 있으며, 또한 단지 소작 농민이라는 弱者에 대한 동정과 연민으로 자기감정을 과잉노출시키는 결점을 초래하고 있다[233]는 비판을 받게 하는 요인이다.

그러나 이러한 지적은 소작 농민들의 소극적인 현실인식이나 대응양상에 지나친 비중을 둔 것으로 접근방식에 따라 반대의 해석도 가능하다. 소작 농민들의 소극적인 현실인식의 면모를 통해 이러한 대응방식으로는 늘 지주에게 패배당할 수밖에 없다는 현실을 역설적으로 戒

---

232) 신동욱, 「가난과 불행의 인간사」, 『한국문학전집』12, 삼성출판사, 1985, 382면.
233) 이우용, 앞의 논문, 184-186면.

씀해 주는 측면도 있기 때문이다. 더욱이 일방적으로 지주에 의해 착취와 수탈만 받아온 소작 농민의 입장에서 지주에 대한 반항은 그들의 생존문제와도 결부된다. 따라서 제도적인 굴레 속에서 무지하고 소박한 농민들이 당하는 생존의 고통에 대한 연민, 교활한 지주계층에 대한 분노, 나아가 무책임한 위정자들에 대한 고발이 작품의 기조를 이루게 된다.

다음은 토지개혁으로 인해 소작 농민들이 어느 정도 혜택을 받게 될 것 같자 지주 서홍수의 민감한 대처로 이것도 수포로 돌아가는 장면이다.

서홍수네는 또 많은 땅을 팔았다. 그 땅 갈아먹던 작인들은 헌신짝 같이 내동댕 치웠다. ……떠러 안지려고 집을 팔고 소를 팔고, …심지어 김장독까자 다 팔고 그러고도 토지소유문서를 재피게 하고 높은 변리로 빗을 대고 해서, 붓치든 땅을 사는 자도 혹 있긴 하나 대개는 떠려져 나갔다. …(중략)…토지개혁이란 그리 쉽게 올리 없을 게라고 지주들은 이렇게 생각하구, 그래도 어쩔줄 아나 하는 마음에서 파는 땅이라, 상답을 막우 내어놓지는 않았다. ……그동안에 나쁜놈만 처분해서 그 돈으로 달리 이득을 볼 방법을 취하는 것이 좋겠고, 좋은 놈은 그대루 두었다가 토지개혁이 될 므럽에 땅이좋으니 만큼 욕심낼자가 많겠으니까 그 때를 봐서 할 일이고…(중략)…그러길래 그들은(소작인들 – 인용자) 서홍수에게 그처럼 학대를 받으면서도 학대를 받을 뿐만 아니라 그 갈아먹든 땅까지 빼앗기고 아주 그야말로 지주와 작인이라는 주종관계가 끊어졌음에도 불구하고 아직은 그들의 서홍수에게 가는 마음은 남아 있었다. ----헌신짝처럼 떠려져 나간 작인들이 서들어서 하게 된 것이다. 그들은 똑같이 서홍수의 회갑잔치를 위해서 쌀 한 말씩을 술을 해 놓고 돈 백원씩 내어 내기로 하였다.(232-4)

소작인의 생활을 다소 윤택하게 할 수 있으리라 기대했던 토지개혁은 도리어 이처럼 소작인들을 비탄의 도가니로 몰아 넣었으며, 또한 지주들의 구조적 횡포로 인해 이들이 무기력하게 당하고 마는 현실이 계속된다. 이러한 대목을 통해 우리는 이 작품이 "역사진행의 대강과 중심부를 감지하지 못하는 농민들의 무지와 그에 따른 소외"234) 를 드러내기도 하지만, 한편으로 우매한 농민들에게 해방은 현실적으로 좌절감만을 심어주고 있음을 볼 수 있다.

  그런데 여기서는 이런 결과가 빚어지게 된 원인을 지주들의 교활함과 농촌사회의 황폐화에 비중을 둔다. 이러한 노예근성이 농민들에게 뿌리박힌 것은 과거로부터 내려온 지주-소작관계에 의한 종속적 관계의 유지와 불평등의 심화 때문이다. 해방은 이의 청산을 비롯해서 토지개혁으로 나타났어야 함에도 불구하고 그렇지 못했던 현실을 반복적으로 보여주게 되는 것이다. 뿐만 아니라 해방직후 농촌의 황폐화된 현실은 이러한 사회구조적 모순에서 비롯된 가난도 가난이려니와 농민을 탄압하던 친일파들이 다시 미군정과 결탁하여 또다시 지배계층으로 군림하는 현실이 계속된다.

> 참으로 농민들에게 있어서 해방의 덕이라면 이 양옥수수를 서울 가서 수월하게 사다 먹는 것 외엔 다른 것이 없었다. 해방전이나 마찬가지루 쌀은 이 고장에서 한되를 구해낼 수가 없었다. …해방 후엔 쌀값이 자구 올라가기만 하는 바람에 쌀 가진 자가 쌀을 정리로 주는 것보다 파는 것이 낫기 때문에 …그의 아들이 다시 총독부 자리에 앉아 있는 군정청 관리로 들어거면서는 또한 서슬이 퍼러한 것이였다.(231)

  해방기의 소설 중에는 일제잔재세력들이 해방된 조국에서도 그대로 지배권을 유지하는 세태를 비판하는 작품들이 많은데, 「풍류잽히는 마

---

234) 신동욱, 앞의 논문, 382면.

을」도 여기에 해당된다. 특히 여기서는 새로운 외세의 개입으로 처참하게 황폐화된 농촌의 모습235)을 통해서 제시된다. 이처럼 이 작품에서는 해방 직후의 역사적·사회적 환경의 세밀한 묘사를 통해서 해방 직후 정치·사회적 변동이 농민들의 의식에 어떤 영향을 미쳤는가를 암시적으로 드러내 준다.

이상에서 살펴본 바와 같이 「논 이야기」, 「농민의 비애」, 「풍류잽히는 마을」 등은 과거의 경제적 궁핍이 일상의 삶에서 그대로 반복되거나 과거보다 더 가혹한 해방직후 농촌의 현실을 사실적으로 반영하고 있다.

이 시기의 소설들은 또한 이렇게 피폐화된 농촌의 현실을 복원하기 위한 여망으로 농민의 계급적 자각과 저항의 과정을 그리게 되는데, 이것은 농민들의 소작쟁의와 토지개혁에 대한 염원을 매개로 하여 나타난다.

朴贊謀236)의 「어머니」(『문학』, 1947.2)는 작가 스스로 "무수한 인민적 영웅들의 산 이야기인" 10월 항쟁을 배경으로 "위대한 인간 타입을 그려내고 이를 통해 승리의 확신을 고취하려 한"237) 소설이다. 따라서 「어머니」는 해방직후 농민소설의 전형적인 갈등구조를 취하고 있다. 이 작품에서는 어머니를 중심으로 한 의식각성의 매개자인 아들 칠성

---

235) 본문에서 묘사된 부분을 인용해 보면 "해방이 되면서 흔해진 것이 술집이였다. ----갈보가 한집에 둘씩 혹은 셋씩도 있고 넷이 있는 집도 있었다. 허숩스럽기 짝이없는 마을 아낙네들 틈에 화려하게 꾸민 갈보가 몹시 돋아뵈는 탓도 있었겠지만, 작은 촌락에 삼사십명의 갈보가 들끓게 되자니까, 장터 옆 신작로를 줄창 통래하는 미군들 눈에 수없는 갈보가 눈에 띠웠든 것이다".(225면)

236) 연대미상, 이북출신, 1941년 매일신보와 『문장』을 통해 등단했으며, 1948년 10월까지 남한에 거주하다가 대한민국 수립후 월북함. 정영진, 『통한의 실종 문인』, 문이당, 1989, 31-32면.

237) 박찬모, 「인민의 생활과 문학의 과제」, 『문학평론』, 1947.4, 18면.

이와, 미군정을 등에 업은 정주사와의 갈등을 주축으로 하여 새로운 변혁의 세계를 갈망하는 농민들의 집단적인 투쟁이 전개된다.

「어머니」는 뒤에서 다루게 될 이근영의 「고구마」(『신문학』, 46.6)와도 여러모로 대비된다. 「어머니」가 어머니의 의식변모 과정과 영웅적 투쟁을 서사적인 골격으로 삼고 있듯이, 이근영의 「고구마」 역시 지주와 소작관계의 모순을 깨닫고 '토지의 주인됨'을 자각하는 박노인의 의식변모 과정이 작품의 기조를 이룬다.[238] 그러나 박찬모의 「어머니」는 「고구마」에 비해 농민들에게 가혹한 공출을 강요하는 지주 및 경찰과의 대립이 첨예화되고 있다. 이것은 보리공출에 비협조적인 농민들을 마치 "모릿군들에게 포위당한 너구리들 모양"으로 위협하거나 혹은 백주사에게 수모당하는 장면에서도 잘 나타난 다. 또한 이 작품에서는 칠성이와 백부 정주사와의 개인적인 갈등 그리고 북쪽에서 내려온 친일경찰 사이의 대립을 통해 해방직후 상황의 민족 모순과 계급 모순을 결합하여 표현하고 있다.

이 작품은 어머니를 비롯한 마을 사람들과 함께 잡혀 온 칠성이가 주위의 순사를 때려눕히고 달아나다 총상을 입는 사건이 발생하면서부터 시작된다. 칠성이는 이 소설에서 어머니의 의식변모에 결정적인 매개자[239]로서, 해방직후 징용으로 끌려 갔던 일본에서 돌아오면서 농민학원 및 농민조합을 만들어 삼칠제를 주장하기도 하고, 또한 백부 정

---

238) 김성경, 「해방직후 농민소설 연구」, 연세대 석사논문, 1989, 32-50면.
239) 이우용은 "「어머니」에서 칠성이는 우리 소설사에서 유래를 찾기 힘든 비(非)지식인형 매개인물로, 이러한 인물 설정은 8·15직후 귀환동포의 성격과 관련하여 농민소설의 한 발전된 면모를 보여주고 있다"(이우용, 앞의 논문, 157면)고 언급한 바 있다. 그러나 필자의 생각으로는 이러한 매개인물의 설정 자체가 중요한 것이 아니다. 이러한 인물의 설정을 통해 작품이 전체적으로 성공적인 형상화에 도달하였는 지에 대한 천착이 더 중요하다고 본다. 또한 이우용의 지적은 뒤에서 다루게 될 안회남의 「폭풍의 역사」에서의 '돌쇠'라는 인물 역시 현구를 각성화시키는 비지식인형 매개인물임을 간과한 것이다.

주사의 온갖 유혹에도 타협하지 않은 강직함을 지닌 인물이다. 반면 이와 대립되는 정주사는 칠성이네가 분가해 나올 때 등기수속을 해주지 않은 채 부친이 돌아가자 그 권리를 도로 빼았을 뿐 아니라, 면장으로 지내던 작년 이맘 때에는 "자기네 집안사람부터 보내야 떳떳하다"며 칠성이를 일본으로 징용을 보낸 인물이다. 그는 해방후에도 농민들을 위협하며 공출을 강요하는 극우적 성향을 지닌다. 이 작품의 골격은 어머니를 주축으로 농민의식을 대변하고 있는 아들 칠성이와 백부와의 개인적 대립으로 설정되어 있다. 그러나 이러한 개인적 원한 관계에 기인한 대립적 구성은 이 소설의 본질적 서사를 형성하지 않는다. 이 작품에서는 개인적 대립이 단순한 원한관계에 머물지 않고 당시 사회구조에 대한 변혁의 필연성으로 형상화된다. 그러한 연결의 분기점에 해당하는 사건이 총에 맞아 죽은 줄 알았던 아들 칠성이가 죽지 않고 살아 있다는 소식과 대구에서의 '9월 총파업'이다.

> 서울에서는 철도종업원이 총파업을 이르키어 기차가 완전히 정지되었다는 것.이 소식을 듣자 대구에서도 노동자와 학생과 그리고 농민들이 수민명 동원하여 쌀과 사유와 민주독닙을 달라고 천지가 진동하도록 부르짖었는데 경관이 함부로 군중을 쏘아 죽이자 군중은 그 시체들을 둘러메고 경찰서를 쳐들어갔다는 것.
> 우리 00군에서도 이 기회에 한꺼번에 이러나서 저놈들을 처부셔야만 살지 그렇지 않으면 보다싶이 앉아서 죽는 수밖에 없으니 이왕이면 우리도 싸우다 죽어야 한다고 전부 의논이 되었다는 것.[240]

인용문은 '10월인민항쟁'의 전초단계인 대구에서의 '9월 총파업'을 형상화한 부분이다. 그러나 이 사건은 플롯의 인과적 연결에 의해 자연스럽게 연결되지 못하고 플롯의 전개와 유리된 채 서술자의 직접적

---

[240] 박찬모, 「이미니」, 『문학』, 1947.2, 31면.

설명에 의존한다. 서술자에 의지한 사건의 전개와 인물의 성격화는 어머니를 비롯한 그 밖의 인물들까지도 전형성을 확보하지 못하는 요인으로 작용하게 된다. 예컨대 "일제히 읍으로 모여서 경찰서와 군청에 쳐들어가기"로 되었으나, 이 소식을 동네 사람들에게 전해 줄 방법으로 난관에 직면하자 어머니가 이 연락을 자임하게 되는 장면도 자연스럽지 못한 부분이다. 어머니가 이런 연락을 자임하게 된 것은 부상당한 아들의 안위가 염려스러운 모성애적 요소에 기인한다. 그런데 어머니는 갑자기 '철도 종업원의 총파업'으로 상징되는 사회적 항쟁에 동참하려는 이념적 인물로 급변하게 된다.

물론 아들이 죽은 줄 알고 '동네 가운데를 드달려 다니며' 절규하는 대목을 통해 이념적 무장의 단초를 암시해 주고 있기는 하다. 그러나 이것 역시 모성애적 본능위주로 묘사된다. 칠성이 어머니는 동네 사람들에게 연락하기 위해 집을 떠나면서 "저만치 떠러진 곳에 물방아 간 집웅이 컴컴한 허공에 솟아보인다.선창에 떠러지는 봇물소리가 유난히 높고 처량하다"(32면)며 결연한 의지를 드러내면서도, "칠성이를 진작 장가나 보냈으면---"하고 생각하는 평범한 모성애적 바람을 동시에 표출하고 있기 때문이다.

이런 점 때문에 "어머니가 혁명적 투사로 변화해 가는 과정이 혈연에 얽매어 구성을 이끌어 가고 있어 작위성을 수반하고 있다"[241]는 비판을 받기도 한다. 그러나 한편으로 혈연의식에 입각한 모성애적 보호본능의 표출이 어머니의 영웅적 투쟁의지를 약화시켜 작품의 결함으로만 작용한다고 볼 수 없다. 왜냐하면 이념적으로만 무장된 투쟁적 어머니상의 부각보다는 오히려 모성애적인 측면의 동시적 부각이 인물의 형상화에 설득력을 확보할 수 있기 때문이다. 어떤 이념도 어머니의 모성애적 본능보다 우월하다는 논리를 작품 속에 수용하여 개연성을

---

241) 이우용, 앞의 논문, 158면.

확보하기에는 무리가 따른다. 문제는 이 작품의 전체적인 분위기가 모성애적 보호본능에 입각한 어머니상에만 지나치게 비중을 둠으로써 어머니의 영웅적 투쟁과정으로의 변모과정이나 인물의 형상화에 일관성을 결하고 있다는 점에 있다. 이런 점에서 인민항쟁의 직접적 배경이 되고 있는 '9월 총파업'을 비롯한 삽화적 진술은 어머니의 의식각성을 매개하는 요소로서 설득력을 확보하기보다는 서술자에 의지한 작가의 이념을 직설적으로 토로하는 형태를 벗어나지 못하게 한다.

이런 맥락에서 보면 결국 칠성이 어머니가 동네 사람들을 비롯한 군민들과 함께 '경찰서에 습격하기로 한 날'에 동참하게 된 것도 아들의 신변에 대한 염려가 크게 작용한 것으로 볼 수 있다. 예컨대 "--칠성이두 나올까?--드러가기만 하면 죽어야 하는 저 싸움터를 향해서 자기들보다는 수백 배 수천 배 강하고 영악한 적의 총끝도 세수치않고 뛰어들자 하는 것은 잡히면 죽는 수밖에 없는 아들을 대신하기 위함이 아닌가?" 라는 대목에 어머니의 그런 심정이 나타나 있다. 동시에 이러한 장면은 농민들의 바람이 외세를 등에 업은 지배세력을 비롯한 경찰들에 의해 무참하게 짓밟혀지는 비극적 전망의 예고이기도 하다. 그런데 칠성이 역시 맨 앞에서 위험에 처한 어머니의 모습을 보고 뛰어나오다 총에 맞아 죽게 되고, 아들의 죽은 모습에 고무된 어머니가 경찰서에 뛰어 들자 군중이 성난 불길처럼 휩쓸려 들어가 승리를 쟁취하는 것으로 작품이 종결되고 있다.

이처럼 이 소설에서 어머니의 영웅적 투쟁은 이념적 매개에 의해서 자연스럽게 제시되기보다는 극도의 적개심이 작용한 것으로 묘사되고 있다. 경찰서를 습격하기 전에 자신도 모르게 군민들과 함께 호흡하는 과정을 통해 어머니의 의식변모 과정을 간접적으로 드러내고 있다. 그러나 작품의 전체적인 분위기는 아들이 죽은 뒤 군중들이 경찰서를 점거하고 환호에 찬 승리의 만세소리가 들려 오는 와중에 어머니가 "영원히 죽지 않는 아들의 모습을 수천군중 속에서" 헤아려 보며 "인민 공화국 만세!"를 외치는 공허한(?) 장면이 크로즈 업(close up)되고 있다.

이러한 결말처리는 진보적 리얼리즘 소설이 갖는 혁명적 로맨티시즘의 수용242)을 전형적으로 보여주려 한 것이다. 이러한 점들은 10월혁명의 일시적이고 지엽적인 성과를 결정적인 승리로 묘사하고 있는 낭만주의적 경향이 작품의 전면을 지배하는 과장된 전망을 낳는다.

이러한 양상은 앞서 발표된 이근영의 「고구마」(『신문학』2호, 1946.6)에서 이미 그 단초를 보이고 있었다. 해방직후 낙관적 전망에 기초한 농민소설의 한 전형으로서 여러 평자들로부터 주목을 받았던 「고구마」는, 남한 사회를 배경으로 농민의 궁핍과 지주에 대한 저항과 수난을 그리고 있는 좌익농민소설의 한 표본이 된 작품이다. 243) 여기서는 농업활동의 현장이 그려지고 농가부채, 소작료율 문제를 둘러싼 지주의 횡포를 통해 농민의 항거와 각성과정이 부각되고 있다. 또한 매개적 인물은 주로 지식인이거나 농민회원으로 설정되어 있으며 작품의 결말 부분에서는 농민들의 집단적 투쟁이 전개된다.

이 작품의 요체는 '매개적 인물'의 개입과 이들 인물에 의한 농민의식의 주체적 자각과정을 구명하는 데 있다. 그러나 매개적 인물에 해당하는 김선달의 아들은 지주-소작관계의 모순을 어렴풋이 깨닫고 박노인이 그 해결책을 강구하자, "논밭은 우리가 가질 수만 있으면야 가난을 면할 수야 있지요 그렷지만 그것이 될 수 있는가요"라고 해결책은 제시하되 실현가능성은 부정하는 '농민적 햄릿'이다. 또한 제2의

---

242) 혁명적 로맨티시즘은 사회주의 리얼리즘의 요체가 되는 것으로 긍정적 영웅의 형상화를 요구한다. 신형기, 『해방직후의 문학운동론』, 화다, 1989, 119-133면 참조.
243) 이주형, 앞의 논문, 19면.

매개인물에 해당하는 해방축하회에서 연설하는 사람은 '반백된 머리를 부친 건강한 사람'이라는 외부묘사와 함께 농민문제 부분을 농민이 알기 쉬운 말로 교체해서 그대로 전달하는 '메가폰적 해설적 인물'[244]에 그친다.

> 축하회는 시작되었다. 군산에서 데려 온 악대에 마추어 모다가 애국가를 부르자 박노인은 흥분되는 나머지 가슴 속이 뭉클거려 견딜 수 없었다. …(중략)… 그의 말은 ……일본놈이 조선에서 쫓겨가고 조선이 당당한 나라로 독립하게 되었는 데 우리는 먼저 거지생활을 해 온 것을 버리고 잘 살아야 한 다는 것 이렇게 되자면 일본놈 토지는 물론 조선사람이라도 일본놈과 특별히 친하고 일본을 위해서 활동한 사람의 논은 농민한 테 돈도 받지않고 노나 주고 그 밖에 다른 조선사람의 논밭을 경작 하는 사람은 소작료를 내되, 열섬 났으면 석섬만 내놓게 한다는 것이다.[245](563면)

박노인의 자각은 매개인물의 지적, 도덕적, 심리적 풍부성에 대한 묘사를 고려하지 않은 채 생경한 구조 속에 편입되어 있다. 매개인물에 대한 이러한 형상화의 한계는 박노인의 건강성, 적극성, 낙천성에 의해 극복되고 있으며, 매개인물의 역할은 박노인의 의식변모를 구체화하기 위한 작위적인 설정에 그치고 만다. 이는 생산관계 속에서 각성해가는 계급의식의 선진성을 신뢰한 작가의식 때문인데, 이러한 까닭으로 이 소설은 농민계급의 역사적 역할인식에 의해 박노인의 의식변모과정을 형상화하려는 '성장소설'의 형식을 취하게 된다.

작품의 전환점은 농악대회에서 일등을 한 박노인 부락 사람들이 축하식하는 과정에서 흥분하여 강주사집에 들어가 실갱이하다가 강주사

---

244) 김성경, 앞의 논문, 38면.
245) 이근영, 「고구마」, 텍스트는 『한국근대단편소설대계』(태학사,1988)을 택했다.

아들이 기절하는 사건이 발생하면서 전개되는 농민들의 대응양상에 있다. 아들이 당한데 당혹한 강주사는 미군정 관리들에게 융숭한 대접을 한 뒤 마을 사람들을 고발함으로써 박노인을 포함한 농민들은 군산으로 끌려가게 된다. 그러나 특히 박노인은 의연한 모습을 잃지 않고 마중 나온 동리 사람들을 위로하며 "그 까짓놈 죽었다면 어때? 일본놈 종노릇하며 우리 피를 빨아먹은 놈 죽은들 어때?"라며 과격(?)해진다. 또한 박노인 일행은 군산에 도착할 즈음 농민조합 결성을 축하하며 '조선독립만세' '노동자 농민만세'를 외치며 수천명의 농민들이 네 줄로 선 채 고함소리로 만세를 부르며 행진하는 광경에 감격하게 된다.

이처럼 「고구마」는 박노인을 통해 해방직후 토지개혁의 실행에 즈음한 농민들의 바람과 낡은 지배질서의 몰락에 대한 염원을 반영하고 있다. 해방직후 남한에서 토지개혁을 비롯한 농촌사회의 개편이 이루어지지 못했던 원인은 봉건잔재의 척결과 친일파의 완전한 제거의 실패에서 찾을 수 있다. 친일파의 득세와 토지소유관계의 모순은 좌·우 이데올로기의 선택과 맞물리면서 개선의 가능성을 유보한 채 정부수립에 이르기 때문이다.

「고구마」에서는 미군정이 점령군으로서의 지배력을 행사하고 그외 많은 변수가 작용해 온 시기를 단지 농민들의 단결에 의해 농민조합이 결성되면 '좋은 세상이 되었다'고 말함으로서 현재 뿐만 아니라 미래까지 낙관적으로 전망하는 단순성을 보이고 있다.

> 「농군들도 저러케 합하면 훌륭하고 무서운 것이고나!」
> 박노인은 옆에 안즌사람에게 감탄하듯 말하였다.
> ……(중략)……
> 「그래 우리 동리도 빨리 만들어야지」
> 「벌써 됐을 것인데 강주사란 놈이 방해해서 그럿소?」
> 「참 그래. 암만 방해해도 되기야 할 테지만 이왕이면은 다른 데보다

먼저 만들어야지」
　「우리가 나가기 전에 될른지 모르죠」
　「난 오늘 죽어도 좋네 좋은 세상 된 것을 알았으면 그만이지 꼭 내
가 맛을 보야만 하나. 자네들이 맛보면 그만이지」
　아직도 행렬은 끝이 나지 안햇다. 박노인은 행렬을 보다 못해 자동
차 밖으로 고개를 내어 밀고 두 팔을 높이 들어「만세! 만세!」하고 목
이 터지도록 소리 질렀다.(566면)

인용문은 작품의 핵심에 맞닿아 있는 결말부분으로 낙관적인 전망
에 의존하여 '농민조합' 조직의 필연성을 형상화한 부분이다. 이러한
장면은 또한 농촌 사회의 구조적 모순을 타파하기 위해서는 농민들의
능동적인 현실파악 의지와 농민조합의 결성이 요구되고 있음을 드러낸
것이다.

그러나 한편으로 여기서는 농민조합이 결성되었으니 당장 좋은 세
상이 될 것이라는 지극히 단순화된 도식을 박노인을 통해 보여준다.
해방기에 새로이 대두된 신식민지적 질곡을 간과하고 '독립됐으니' 일
제잔재는 당연히 청산될 것이라는 낙관적인 사고는, 父子의 세대교체
를 통해 친일파가 친미파로 전환해 가는 당시 현실의 부정성을 파악하
지 못한 결과이다. 이 때문에 소설의 전체적 분위기가 지나치게 낙관
적 전망에 의존하게 되고, 그 결과 주제의 내면화에도 장애적 요소로
작용하게 된다. 이런 점은 "작가인 이근영이 민중의 변혁의지와 그 실
현에 대한 탄탄한 신뢰를 가지고 있음을 보여주면서도 한편으로는 8·
15직후라는 역사적 계기를 과대평가함으로써 낙관적 전망을 다소 과장
하게 되는 모습을 보여주고 있다"[246)는 비판을 받는다.

그러나 한편으로 "난 오늘 죽어도 좋네 좋은 세상 된 것을 알았으면

---

246) 임진영, 「8·15직후 소설 연구」, 이우용 편, 『해방 공간의 문학 연구』,
　　태학사, 1990, 256면.

그만이지 꼭 내가 맛을 보아야만 하나. 자네들이 맛보면 그만이지"라
는 새 세대에 거는 박노인의 기대는 값진 것이기도 하다. 박노인은 자
신의 代에서 즉각적 이익을 보려하지 않고 낙관적 미래에서 만족을 얻
는 대신 현실과 개인의 굴레를 벗어나 미래와 집단으로 의식이 확산되
는 '가능의식'을 확보하고 있기 때문이다. 요컨대 이 작품은 박노인을
비롯한 농민들의 진취적인 현실파악 의지와 미래에 대한 긍정적 확신
을 통해 착취와 궁핍에 시달렸던 농민의 생활에 종지부를 찍을 때, 진
정한 의미의 해방과 맞닿아 있음을 환기시켜 준다. 다음은 해방기 노
동운동과 이것의 소설적 형상화 과정을 통해 당시 작가들의 현실인식
을 파악해 볼 차례다.

2) 노동운동의 대립적 실상

앞에서 다룬 작품들이 농촌사회의 구조적 모순을 지적하고 이것을
변혁하려는 데 비중을 두고 있다면, 이후에 다룰 작품들은 노동운동을
소재로 하고 있다. 해방기 노동운동의 문학적 형상화는 주로 진보적
리얼리즘계열 작가들에 의해 이루어진다. 이것은 노동자 계급의 투쟁
양상을 소설에 반영함으로써 '운동으로서 문학'을 이끌던 좌파계 작가
들에게 불급한 사안이었으며, 또한 인민성을 두드러지게 부각시키려는
작가의식과도 연관되고 있다. 노동소설의 틀은 해방직후 노동현실에
대한 작가들의 인식을 일목요연하게 꿰뚫어볼 수 있게 한다. 이는 해
방기의 노동소설이 작가들의 현실감각과 세계관을 시험해 볼 수 있는
단서를 제공하고 있기 때문이기도 하다.

소설 속에 반영된 노동운동은 초기에는 주로 열악한 노동환경에 대
한 불만에서 오는 고립적이고 자연발생적인 양상을 담고 있거나, 혹은
노동조합 건설의 단초를 위한 노동자 자주관리운동이 주류를 이루고

있다. 그러나 후반기에 들어서 노동소설은 조직적인 노동조합의 지도 아래 투쟁성을 고조시키는 내용을 반영함으로써 단순히 경제투쟁에 머물기보다는 정치투쟁의 영역과 맞물려 진행되기도 한다.

이와같이 노동자계급의 특성을 바탕으로 한 노동운동의 소설적 형상화는 다소의 도식화를 감수하고 보면 다음과 같이 몇 가지로 대별해 볼 수 있다.

첫째, 일본인 패망과 더불어 일본인 자본에 의한 산업시설 가동중단과, 그 소유재산 처리로 인해 노동자의 생활난이 가중됨에 따라 이를 타개하려는 움직임을 형상화한 경우이다. 이들 작품은 8. 15이후 곧바로 전개되었던 노동자 자주관리운동의 초기적 양상을 그리는 경우로, 홍구의 「석류」와 이규원의 「해방공장」 등이 여기에 해당한다. 특히 「해방공장」은 진행중인 자주관리운동을 통해 노동자들이 거둘 수 있는 승리의 가상적 최대치를 가늠해 보임으로써 노동자에게 뚜렷한 전위적 형상을 부여하였다.

둘째, 미군정의 관리인제도의 채택으로 위기를 맞게 된 노동자들이 자신들의 권익을 지키기 위해 자주관리운동을 전개하면서 변모하는 노동자들의 의식을 반영한 경우이다. 이것은 앞의 경우와도 밀접하게 연관되는데, 이동규의 「오빠와 애인」, 엄흥섭의 「관리공장」 등은 해방 초기 일본인 소유 산업시설의 인수를 둘러싼 노동자간의 갈등 및 자주관리운동에 참여한 노동자들의 조직화과정을 다루고 있다.

셋째, 「조선노동조합전국평의회」(「전평」)의 전략적 후퇴로 인해 관리인제도를 인정하게 되었으나, 관리인의 반민족적 행위와 부패상에 맞서 노동자의 권익을 위해 투쟁하는 모습을 그린 경우이다. 김영석의 「전차운전수」, 「폭풍」, 이동규의 「소춘」 등은 「전평」의 노동자 공장관리로부터 산업건설운동으로의 방향전환과 병행하여 소설적 형상화가 이루어진 작품들이다.

넷째, 1946년 중반에 접어들면서 미군정과 우익의 직접적인 공세로 수세에 몰린 「전평」을 비롯한 좌익세력이 국면전환을 위해 '신전술'을 채택한 후 일어난 '9월 총파업'과 '10월인민항쟁' 등을 소설화한 경우이다. 이는 노동자들의 적극적인 투쟁상을 그린 것으로 전명선의 「방아쇠」, 강형구의 「연락원」 등이 여기에 해당된다.

이중에서 홍구의 「석류」(『신문학』, 1946.6), 이규원의 「해방공장」(『우리문학』, 1948.6), 이동규의 「오빠와 애인」(『신건설』, 1945.12), 김영석의 「전차운전수」(『신문학』, 1946.8), 「폭풍」(『문학』, 1946.7) 등은 정도의 차이는 있지만 해방직후의 노동현실을 그리고 있는 문제적인 작품들이다. 이들 작품은 또한 해방을 계기로 노동자들의 결속된 힘과 노동운동의 필연성이 낙관적 전망에 의지하여 전개되고 있는 공통점을 안고 있다.

이동규의 「오빠와 애인」(『신건설』, 1945.12)은 작중화자인 한 여성노동자의 눈에 비친 오빠와 애인 사이의 갈등에서 화합에 이르는 과정을 통해 노동자의 투쟁의지와 계급관계 재편성의 실상을 제시한 작품이다. 화자의 오빠인 재덕과 애인 병찬은 절친한 친구 사이로 해방이 되자 일본인으로부터 공장을 인수하는 투쟁에 적극 가담한다. 그러나 그들이 노동자 자치기구를 구성할 즈음 미군정에 의해 새로이 임명될 사장의 부임문제로 둘 사이의 갈등이 야기된다. 자연히 여성 노동자 재순은 오빠와 애인 사이에 벌어지는 틈 때문에 괴로워한다. 그러나 소속된 계급적 지위가 다른 오빠(노동자)와 애인(사무원)은 해방을 보는 시각에서부터 차이를 보인다. 오빠 재덕은 표면상 일제 말에 징용을 피하기 위해 공장노동자로 들어갔으나, 이면으로는 "직공들과 같이 굴러다니면서 그들을 계몽시켜주자 그런 목표를 가지고" 생활하다가 해방을 맞이한 '지식인 전위'이다. 또한 재덕은 확고한 의지와 현실에 대한 통찰력을 겸비하고 있다. 그는 해방이 요행히 굴러 떨어진 횡재가 아니라 36년간 나라 안팎에서 특히 가난한 민중이 흘린 피와 땀의 결과로 얻어진 것이기 때문에 새로운 자주적 민주국가는 가난한 '다수의 행복'을 위한 나라가 되어야 함을 분명하게 인식한다.

반면 병찬은 해방을 '재수가 좋아 얻은 것'이라고 생각할 정도로 당대의 현실에 대해 퍽 냉소적이다. 해방에 대한 이러한 인식의 차이는 해방직후 두 사람이 잠시 현실적인 문제로 공장관리운동에 동참하게 될 뿐, 이를 부정하는 미군정의 관리인 제도가 구체화되면서 입장의 차이를 보이게 된다. 더욱이 병찬을 비롯한 사무직 사원들은 미군정의 지시로 부임한 새 사장에게 매수되어 노동자들과는 다른 입장에 서게 된다. 병찬은 공장을 효율적으로 운영하기 위해서는 전문 경영인이 필요하다는 현실적인 이유와 새로운 사장이 과거 민족주의자였다는 명분을 들어 부임하는 새로운 사장에게 협조할 것을 주장한다. 병찬의 이러한 태도는 '공장관리운동'으로 한국인 스스로에 의한 조국 건설의 가능성을 부정하고 새로운 권력의 편에 서서 자신의 입지를 확보하려는 것과도 연관된다. 이와 같은 병찬의 논리는 노동자나 자본가 어느 한편에서 자신의 운명을 결정지어야 하는 사무원으로서의 계급적 한계를 노정한 것이기도 하다. [247]

한편 재덕은 해방된 오늘에 있어 일본인 기업가로부터 노동자들이 공장을 넘겨받는 것은 당연한 일이고, 또한 노동자 스스로에 의해 보다 효율적으로 산업건설이 이루어질 수 있다는 신념을 보이고 있다. 따라서 재덕은 전문 경영인의 도움도 필요하지만 노동자 자신이 주체가 된 산업건설이어야 한다는 입장을 고수하게 된다.

"그 사람들의 생각에 옳은 점이 있다고 하더래도 우리는 그대로 타협할 수가 없는 것이다. 팔월 십오일후 우리와 같이 그전의 일본인의

---

247) 신덕룡, 앞의 책, 99면.

> 공장을 직공들이 접수받은 데가 한두 군데가 아니고 앞으로 다른 데에
> 도 자꾸 이런 문제가 닥쳐오기가 쉬운 형세에 있다. 그런데 우리가 새
> 사장을 그대로 받아들이는 한 전례를 지어놓으면 그 미치는 영향이 어
> 떠할 것이라는 것을 너는 알고 있니"[248]

재덕의 위와 같은 논리는 노동자들이 새로운 사회의 주역이어야 한
다는 당위에서 출발한 것이다. 또한 인용된 문면에서 우리는 해방직후
일본인 공장의 인수 및 친일 자본가들의 기업운영을 둘러싼 문제를 파
악해 볼 수 있는 단서를 제공받고 있는 셈이다.

공업부문에서 총재산의 90%이상 소유했던 일본인 자본가들이 빠져
나간 공백과 그외 친일 자본가들이 소유했던 기업들의 처리문제는 해
방직후 노동운동의 가장 중요한 문제로 대두된다. 또한 이 문제의 올
바른 해결이야말로 당시 노동운동의 근본적 임무였던 점[249]을 감안한
다면, 재덕의 논리는 '대승적 입장'에 있다.

그러나 결국 미군정의 지시로 미국 유학 출신의 새 사장이 들어서고
병찬은 그 사람들에 의해 매수되어 노동자들로부터 등을 돌리고 만다.
뿐만 아니라 새로 부임한 사장은 노동자들의 뜻을 무시하고 미군정의
일방적 강요에 따라 공장을 운영함으로써 재덕과 병찬의 골은 깊어가
게 된다. 재덕과 병찬의 갈등은 노동자와 미군정에 의해 임명된 관리
인, 즉 노동자와 새로운 자본가 사이의 代理戰의 양상을 띤다. 물론 병
찬과 같은 중간 관리직 사무원은 해방에 대해 뚜렷한 계급적 인식을
보여주지 못함으로써 미군정에 의해 임명된 관리인들에 의해 쉽게 동
화될 소지를 안고 있다. 이것은 병찬의 운신이 은밀하고 守勢的인 데
비해 재덕의 운신은 공개적이며 공세적인 점을 통해서도 나타난다. 사

---

248) 이동규, 「오빠와 애인」, 텍스트는 신덕룡 엮음, 『폭풍-해방공간의 노동운동
    소설 선집』, 시인사, 1990,112면. 이후는 인용된 면수만 밝힘.
249) 김태승, 앞의 논문, 310면.

무원인 병찬의 철저한 자기중심적인 소부르조아 의식과, 계급관계 재편성을 주장했던 재덕의 논리는 당대 사회의 구조적 모순을 드러내 준다. 이러한 점으로 미루어 볼 때 이 작품은 관리인 영입문제에 얽혀 있는 당대 노동현실의 복합적인 층위를 드러내기보다 소부르조아적 사무원에 대한 노동계급의 우위성을 서술하는 데 보다 비중을 두고 있음을 알 수 있다. 이것은 결말부분에서도 나타난다. 병찬은 사장에게 매수되어 직공 감독집에까지 찾아가서 노동자들을 설득시키려다 노동자들로부터 몰매를 맞고 병원에 입원하게 된다. 그러나 병찬은 동기부여가 미흡한 상태에서 "맞은 것이 내게는 약"이라며 병문안 온 화자에게 자신의 과오를 인정함으로써 다시 노동자의 편에 설 것을 결심하는 것으로 작품이 끝나게 되는 것이다.

이러한 점은 이 소설이 '자본가(미군정)--사무원--노동자'라는 당대 사회의 핵심적 갈등을 그리고 있음에도 불구하고, 그것을 객관적 현실로 드러내기보다는 "여주인공의 심정적 소망에 의한 和解"250) 라는 소박한 결말에 의존하고 있다는 비판을 받게 하는 요인이기도 하다. 병찬의 재합류는 浮動하는 소시민에 대한 노동자 계급의 끈질긴 설득과 牽引으로서 쟁취된 것이 아니라, 미리부터 주어져 있는 예정된 코스를 애인과의 만남이라는 和解로운 방식으로 밟아가는 것에 불과하기 때문이다. 이러한 결말처리는 "낙관적 전망을 이루어내기 위한 작가의 작위적인 구성"251)으로 노동자의 계급적 우월성과 노동자 주도의 계급연대를 지나치게 의식한 결과로 볼 수 있다. 물론 여기서 병찬의 배반과 재합류는 중간계급의 부동하는 속성을 설득력있게 제시함으로써 안이한 접근방식으로부터 벗어나 있다252)는 지적도 가능하다. 이러한 지적

---

250) 임진영, 「해방직후 노동소설 연구」, 『문학과 논리』제2호, 1992, 114면.
251) 송기섭, 앞의 논문, 187면.
252) 김재용, 「해빙직후 남북한 문학운동과 민중성 문제」, 『민속문학운동의 역사

은 이 작품이 노동자들을 중심에 세우고 그 위에서 중간계급을 획득함
으로써 당시 미군정과 자본가에 대항해서 싸워나간다는 태도와 인식을
객관적으로 반영하려 한 것임을 감안한 것이다.253) 그럼에도 불구하고
이 작품은 전체적으로 연애감정을 통해서 계급관계의 모순에 대한 해
결을 시도함으로써 구체적 현실에 대한 천착이 없이 계급관계의 재편
성을 통합하려는 안이한 현실인식을 드러낸 것이라는 비판254)을 면할
수는 없다. 더욱이 작품의 대결구도가 관리인제도의 본질적 국면으로
부터 외화된 생산직 근로자와 사무직 근로자의 대결로 축소되어 있기
때문에, 이 작품은 그 소설적 의미가 줄어드는 약점을 지닌다.

  이와는 달리 김영석의 「폭풍」(『문학』, 46.7)은 노동자들이 노동운동
의 주체라는 자각과 함께 주인공의 희생을 통해 집단의식이 고양되고
있는 작품이다. 김영석은 해방전부터 작품활동을 지속해 왔음에도 별
로 알려지지 않은 '불우의 작가'255)였으나, 해방 직후 浮上한 문인으
로 많은 부분이 베일에 싸여 있다. 256) 월북하기 전에 발표된 작품들
중에서 「전차운전수」(『신문학』, 46.8), 「폭풍」 그리고 「지하로 뚫린 길」
(『협동』, 46.10) 등은 해방직후 노동운동을 소재로 한 그의 대표적인 작
품들이다.

  해방 이전 김영석의 작품들은 주로 식민지 시대의 현실모순을 주로

      와 이론』, 한길사, 1990, 209-210면.
253) 신재성, 「해방직후의 노동소설과 인민성의 문제」, 『외국문학』, 1991년 봄호,
      197면.
254) 신덕룡, 앞의 책, 100-101면.
255) 김영석은 1940년에 「월급날 일어난 일」을 『인문평론』에 발표, 유진오의 추
      천으로 문단에 등단하였다. 당시 유진오의 추천의 글에서 이러한 면모를 지
      적하고 있다. 『인문평론』12(1940.12)영인본, 143면 참조.
256) 김영석의 생애나 전기적 요소는 월북하기 전에 발표된 작품들과 해방직후
      문단활동을 통해 단편적으로 파악되고 있을 뿐이다. 김영석의 전기적 생애
      및 문단활동에 대해서는 이우용, 『해방공간의 민족문학사론』, 태학사,1991,
      264-66면 참조.

풍자적인 수법을 통해 그려냄으로써 현실과의 일정한 거리를 지니고 있었다.[257] 반면 해방 이후 그의 작품들은 현실에 직접적으로 뛰어들어 주어진 당면과제를 해결하고자 하는 '긍정적 주인공'[258]의 창조에 심혈을 기울이게 된다.

김영석의 「전차운전수」는 해방전 작품의 하나인 「형제」(『문장』, 1941.2), 그리고 해방 후 작품인 「지하로 뚫린 길」과도 밀접하게 관련된다. 후자의 두 작품이 일제 암흑기의 변혁 세력의 이야기라면, 전자는 해방의 격동기에 조선노동조합전국평의회(이하 「전평」)의 건설을 기점으로 활동하는 변혁 주체세력의 이야기에 초점을 둔다. 따라서 「전차운전수」의 시대적 배경은 해방 1년(1945. 8.15 - 1946. 10. 전후)으로 노동조합 건설의 당위성과 노동자들의 단결에 중점을 두게 된다. 또한 이것은 노동운동의 실상과도 밀접하게 관련되고 있다.

김영석의 「폭풍」(『문학』, 1946.7)은 「전차운전수」의 속편이라고 할 수 있는데, 투쟁의 전개양상이라든가 그 대립에 관계된 인물의 성격이 「전차운전수」에 비해 훨씬 생동감 있고 구체적으로 묘사되고 있다. 따라서 이 작품은 해방기 노동운동의 실상을 접해볼 수 있는 작품으로서 많은 논자들의 주목의 대상이 되었나. 「폭풍」은 최근에노 "자주관리운동이 미군정의 개입으로 좌절당한 이후의 노동운동의 양상을 보여주고 있다"[259], "악덕관리인에 대한 노동자의 생존권 투쟁과 이를 통해 얻어지는 집단의식의 제고로 나타난다"[260], "노동자들의 파업을 소재로 하여 해방 직후의 가장 절실했던 노동문제를 정면으로 다루었을 뿐만

---

257) 해방전 김영석의 작품세계에 대해서는 임무출, 「김영석론」, 『영남어문학』제 17집, 영남어문학회, 1990.6 참조.
258) G. Lukács(조정환 역), 『변혁기 러시아의 리얼리즘 문학』, 동녘, 1986, 287면.
259) 임헌영, 「해방이후 무장투쟁에 대한 문학적 형상화」, 이우용 편저, 『해방공간의 문학 연구』2, 태학사, 1990, 371면.
260) 신덕룡, 앞의 책, 102면.

아니라 사실적 묘사의 치밀함에 있어서도 이전의 소설에서 볼 수 없었던 탁월함을 획득하고 있다"[261]는 등의 평가를 받는다. 특히 여기서는 해방 직후 파업이라는 투쟁수단을 자기무기화한 노동계급들이 현실에서의 정당한 몫을 추구하는 투쟁현장을 「대한노총」과 「전평」의 대립을 통해 그려냄으로써 해방직후 노동계급이 열망했던 변혁의지를 전면에 부각시키고 있다.

해방직후 노동운동에서 가장 큰 관심사의 하나는 총자산의 80% 이상에 이르는 일인 자본가나 친일 매판 자본가 소유였던 사업장의 처리 문제로 볼 수 있다. 당시의 노동자들은 자발적으로 '공장관리운동'에 참여하였는데, 이는 생산이 중단된 공장을 자신들이 경영하여 생활기반을 유지하고자 하는 형태와 공장 경영권 자체를 자신들에게 넘기도록 요구하는 형태로 진행되었다. 그러나 이러한 시도는 귀속 재산을 자신들의 지배하에서 분배하려는 미군정의 정책과 정면으로 부딪치면서 탄압을 받게 되고, 이에 당시 전국적 노동자 조직이었던 「전평」을 중심으로 대악덕관리인 투쟁, 또는 식량요구투쟁으로 전환하게 된다.[262]

이 작품의 공간적 배경이 '삼백명 가까운 여공과 남자 직공 팔십 여명이 종업하는' 군정청에서 관리하는 사업장이라는 점을 주시할 필요가 있다. 작품의 전반부가 작업시간 연장 반대와 공장장의 파면 요구를 그리고 있다면, 후반부는 연행한 노동자의 석방 요구와 어용노조인 「대한노총」에 대한 반대의 움직임을 그리고 있다. 여기서 「대한노총」은 이보다 앞서 발표한 「전차운전수」에도 등장하는데, 이것은 성립과정부터가 「전평」의 좌익노선에 대항하기 위한 역량결집을 목적으로 하

---

261) 이우용, 「해방직후 김영석의 노동소설」, 『해방공간의 민족문학사론』, 태학사, 1991, 280면.
262) 김태승, 앞의 논문, 309-352면.

고 있었으며, 또한 미군정의 적극적인 지원을 받는다. 따라서 「대한노총」은 자본가의 엄호하에 임금노동자가 아닌 정치인들에 의해 위로부터의 하향적 지령으로 결성되었는데, 이들은 제 1차적 목표를 노동생활의 제조건의 개선이 아니라 반공투쟁에 두고 「전평」조직에 대한 테러를 자행하는 데 있다.[263]

「전차운전수」에서도 학수를 비롯한 일부 노동자들이 「대한노총」의 사주를 받고 있는 하수인들로 등장한다. 반면에 이 작품의 주인공 우식은 전차운전을 해온 지 6년째 되는 숙련된 승무원으로서 해방이 되자 주변의 동료들 중에는 "해방 덕택에 팔자를 고쳐보려고 딴 직업을 골라"간 경우도 있지만, 징용으로 일본에 갔다가 위장병에다 각기로 반병신이 되어 돌아온 동생의 생계까지 책임지어야 할 입장에서 승무원 생활을 지속해 왔다. '우식'은 조금은 무식한 편이었지만, "전차의 한개 태엽장치가 아니었다는 감격"을 안고 뜻을 같이하는 사람들이 모여 조직한 조합--주인공 '우식'이 가입한 조합의 성격이 구체적으로 명시되어 있지는 않지만 대한독립노동총연맹(이하 「대한노총」)이 이들의 행사와 조합건설을 와해하려고 방해공작하는 모습이라든가, 전후의 문맥으로 볼 때 「전평」의 산하조직인 분회를 지칭하고 있는 듯하다---에 가입하면서 적극적으로 변모하게 된다. 반면 학수를 비롯해서 「대한노총」의 사주를 받고 있는 일부 노동자들은 '나'를 단순한 무식자로 알고 자기들 사람으로 만들기 위해 「전평」을 선량한 노동자를 선동하는 집단으로 비방하는 행위를 일삼는다. 이에 우식은 「대한노총」이라는 반동적인 단체와 관계있는 회원들의 정보를 입수하여 그들에 대한 대책과 단결을 호소한다는 내용이 이 작품의 뼈대를 이룬다.

이처럼 「전차운전수」는 일제하 혁명적 비합법 노동운동을 계승한 「전평」과 자본가 및 미군정의 지원하에서 있는 「대한노총」과의 대립이

---

263) 김태승, 위의 논문, 339면.

서사구조의 주류를 이루고 있다.

 그러나 이 작품은 노동조합을 중심으로 한 단결만을 호소할 뿐 그 이상 주인공의 구체적인 행동을 보여주지는 않는다. 다시 말해 조합의 행사를 반대하고 조합원들의 단결을 해치는 자들에 대한 본질적 속성과 그들이 왜 배제되어야 할 세력인지에 대한 구체적인 이유가 미흡하게 제시되어 있는 것이다. 작품에 드러나는 단서로는 「전평」의 분회원들은 콩나물 죽과 간장 한 종지로 끼니를 잇는 데 비해, 김학수를 비롯한 「대한노총」의 노동자들은 술잔 깨나 기울이는 축들이라는 식의 비유를 통한 도덕성에 초점이 모아져 있을 뿐이다. 곧 노동조합은 옳은 길을 가고 「대한노총」은 이를 방해하는 집단이라는 것, '나'는 무식하지만 선량한 반면에 「대한노총」에 관계된 학수를 비롯한 일부의 노동자들은 지극히 부정적으로 묘사되고 있다.

 「폭풍」에서도 자본가와 노동자간의 대립 구조는 구체적으로 노동자와 관리자간의 대립과, 두영, 귀득 등 노동조합측과 황수일 등 「대한노총」 측과의 대립으로 나타난다. 그런데 이 작품에서는 실질적인 주인공은 두영이지만, 분회의 간부인 순희, 그리고 귀득이를 비롯한 그 밖의 노동자들이 '노동조합 결성'과 '노동자의 단결'을 촉구하는 집단적 주인공(collective hero)으로 등장하게 된다. 따라서 여기서는 노동자들이 부당한 근무조건의 개선을 요구하는 것을 시발점으로 제반 모순에 집단적으로 투쟁하는 모습이 부각되고 있다.

 우선 노동자의 투쟁양상은 처음에는 근로조건이나 경제적 대우, 비인간적 행위에 반발하는 초보적 단계의 집회에서 출발하였다. 그러나 차츰 그것이 좌절되고 지원세력과 복잡하게 얽히면서 계급적 존립문제와 정치의식의 획득으로 확대되어 간다. 이러한 투쟁양상은 이 작품이 "「전평」의 노동조합운동의 문학적 형상화"264)라는 지적에서도 적절하

---

264) 임무출, 앞의 논문, 43면.

게 암시되고 있듯이, 「전평」 주도하의 '노동자 자주관리운동'과 밀접
하게 관련되고 있음을 의미한다.265) 특히 열악한 시대적 상황하에서
노동조합의 정당성과 당시 노동조합 분회 조직의 어려움이 다음과 같
이 서술되고 있다.

> 노동조합의 분회를 조직하는 것은 합법적이오, 조선의 산업 건설에
> 이바지하는 노동계급의 생활을 끌어 올리는 데 있어서 가장 필요한 일
> 이다. 그러나 공공연히 분회를 조직할 수 없었고, 만일 분회의 서류 속
> 에 몇마디의 비위에 맞지 않는 문구가 쓰여져 있고, 혹시 맑스나 레닌
> 같은 사회운동 조상들의 사진이 함께 발견된다면, 그 사진까지 함께
> 첨부하여 매국노라는 아주 편리한 이름을 붙이는 야릇한 기간이다. 그
> 점 총독부시대에 비겨 더 폭력적이라면 폭력적이었다. 겉으로는 모두
> 자유라 했다. 허나 뒤엔 총뿌리와 채찍이 있었다.(334)

인용문은 당국에서 노동조합 조직의 당위성을 역설하면서도 정작
노동조합의 탄생에 대해서는 많은 제약을 가하고 있는 현실을 드러내
준다. 미군정의 노동정책은 「전평」 주도하의 운동세력을 파괴하기 위
한 것이었으며, 또한 '사유재산보호'라는 기본 원칙하에 노동과 자본
의 모순 해결이 아닌 노동과 자본협조주의 내지 개량주의적 경제투쟁
일변도의 조합주의 운동을 장려하는 데 있었다. 266) 특히 여기서 미군
정과 자본가의 사주를 받고 있는 「대한노총」은 일부 노동자들을 끌어
들여 「전평」조합의 구성원들을 '똥그랑당'으로 매도하고, 더욱이 전
종업원에게 광목을 지급하면서도 "작업 성적이 나쁜 직공(분회 소속의
노동자ㅡ인용자)"에게는 지급하지 않는 간교한 책동을 동원하여 노동

---

265) 노동자 관리운동은 경제적인 생존권의 확보 및 민족해방운동적인 투쟁을 목
     적으로 하고 있었다. 김기원, 앞의 책, 108-110면 참조.
266) 역사문제연구소, 『해방 3년사 연구 입문』, 까치, 1989, 283면.

조합을 교란시킨다. 이러한 와중에 '분회'에 열성적인 조한복과 순희
는 경찰에 연행되는 사건이 발생하고, 이들의 석방을 촉구하는 노동자
들의 파업으로 이어진다. 결국 "해방이 됐다니까 저들 두 한 목 뷀줄
알구, 천둥벌거숭이처럼 날뛰는 자들은 단단히 눌러야 한다"는 공장장
을 비롯한 관리자들의 고소에 의해 '피스톨'을 든 무장경관이 두영이
를 비롯한 파업 주모자들을 연행해 감으로써 작품의 결말에 이르게 된
다.

「조선산업계의 혼란과 무질서는 주로 노동자의 태만과 속출되는 파
업에서 오는 것 입니다. ……이 상태가 수년동안 계속될 것이니까 우
리는 자유로운 외국무역에 힘들이지 않으면 안될줄 압니다. …(중략)…
　이 의견은 애국공장 총무과장으로 하여금 한개 진리로 받들게 했다.
그렇지 않고는 도저히 자본이 지탱되지 않으리라 생각되었던 것이다.
　공장장은 씨근거리며 응접실 안을 오락가락 하더니
　「아냐! 그래두 단번에 끝을 내야해…해방이 됐다니까 저들두 한목
보는 줄 알구, 천둥벌거숭이처럼 날뛰는 저것들을 단단히 눌러야 해!
맛을 뵈야 해! 맛을 뵈야해!」(345)

인용된 문면은 관리인들의 위압적이고 위선적인 면모를 잘 드러내
준다. 특히 이 작품에서 공장장은 전형적인 악덕 관리인으로서 여성근
로자들을 성적으로 유린하는 작태까지 서슴없이 자행한다. 그는 "어려
서 부모를 여의고 핏줄이라고는 단 하나 밖에 없는 올아범마저 징용으
로 일본에 건너간 채, 해방이 된 후 열달이 가까워도 소식이 없다는"
귀득이를 꼬드기다 거절당하자 뺨을 때리고, 황수일이 이끄는 「대한노
총」에 가입하지 않는다며 수시로 구박하는 인물이기도 하다. 이처럼
이 작품에서는 공장장을 비롯한 관리자들과 노동조합을 '똥그랑당'으
로 역선전하는 황수일을 비롯한 부정적 인물군, 그리고 두영, 귀득이를

비롯한 노동조합의 인물들간의 대립이 첨예하게 노정되고 있다. 이러한 점 때문에 일부 논자들은 긍정적인 자질과 부정적인 자질들이 반복적으로 제시됨으로써 인물이 고정화(stereotype)되는 경향267), 혹은 "관리인은 악, 피고용자는 선이라는 도식성에 함몰되어 설득력이 반감될 수 있음"268)을 들어 이 작품을 비판하기도 한다. 그러나 한편으로 여기서 「전평」의 논리가 「대한노총」에 속한 노동자들의 비열한 행동과 노동자로서의 건강한 의식의 발전과정이 극명하게 '대립'(opposition)됨으로써 미군정 치하에서 노동운동의 억압과 질곡의 본질을 드러내 주는 측면도 있다. 더욱이 이 작품이 당시 노동자들이 중점적으로 일으킨 노동운동인 '대악덕 관리인 투쟁'을 염두에 둔 점을 감안한다면 이러한 평가는 일면적이다.

알려진 바와 같이 미군정은 군정법령 제 33호와 관재령 제 2호(1945. 8.25)에 의해 한국 내의 거의 모든 일인 재산에 관리인을 파견하였는데, 이 관리인들이 대부분 식민지시대의 관리나 매판자본가들이었다.269) 노동자들은 공장의 관리권을 미군정에 넘긴 상태에서 그 관리인의 불법행위나 가렴주구에 대항해 노동자의 기본적인 권리를 지켜내려는 싸움을 전개하였던 것이다. 그러나 보다 본질적으로는 미군정이 노동자 자주관리운동을 배제하고 관리인제도를 채택한 것은 바로 이 조선인 유산계층이--그들은 대부분 부일적인 자본가--공장을 장악하는 데 필요한 법률적·물리적 뒷받침을 해 준 것에 다름 아니다. 270)

이 작품은 이러한 사정을 리얼하게 드러내기 위해서 공장장을 비롯한 관리인들을 부정적으로 묘사한다. 또한 실제로 미군정이 파견한 악

---

267) 김양선, 「해방기 소설의 구조 연구」, 서강대 석사논문, 1991, 25면.
268) 김성렬, 앞의 논문, 59면.
269) 미 군정하 귀속재산의 관리 및 관리인의 임명과정에 대해서는 김기원, 『미 군정기의 경제구조』, 푸른산, 1990, 122-46면 참조.
270) 김기원, 앞의 책, 124면.

덕관리인과 악덕 자본가들의 반민족적이고 비생산적인 공장운영으로
말미암아 생산주체인 노동자 대중과 악덕 관리인들 사이에 심한 마찰
이 있었다.271) 결국 여기서도 이들의 고소에 의해 두영이를 비롯한 파
업 주동자들이 연행되어 감으로써 노조는 위기에 봉착한다. 그러나 이
것은 표면상으로는 패배로 보이지만, 귀득이를 비롯한 노동자들의 집
단적 투쟁이 지속적으로 이어지리라는 낙관적 전망을 낳는다.

> 도라꾸가 발동기를 소리내어 울기 시작했을 때였다. 벙어리들처럼
> 앉아 있던 종업원의 집단이 물결치듯이 웃적 흔들리더니, 구슬을 쏟은
> 듯이 흩어져선 모두 공장문을 향해 뛰어갔다. 도라꾸가 달려오다가 속
> 력을 늦췄다.
> 그 모습이 필연코 귀득이다. 재빨리 뛰어가 속력을 늦춘 자동차 바
> 퀴 밑에 벌떡 누웠다. 그러자 수십명의 여공이 업치기 덮치기로 누웠
> 다. 땀에 젖은 치마저고리는 흙바닥에 누워도 아깝지 않았다. 매를 맞
> 으며 수수밥 한덩이씩 얻어먹느니, 차라리 잡아 묶어가라는 기세였
> 다.(346)

인용은 노동자들을 해산시키기 위해 들어온 경찰들의 위협 앞에서
도 굴복하지 않는 노동자들의 비장한 행동을 볼 수 있는 한 대목이다.
노동자들의 이같은 행동은 단순히 동료의 逮捕에 대한 반발이 아니라
노동자로서의 동질성을 확인한 후의 계급의식의 제고로 인한 집단적
행위임을 의미한다. 즉 "작품의 각성을 주도하는 두영이 보여주는 노
동운동에 대한 신념과 승리에 대한 확신이 내적 계기에 의해 자연스럽
게 성장함과 병행하여 상황적 불리함이 오히려 노동자 자신들의 주체
의식과 함께 집단의식으로까지 이르게 한 결정적 요소가 되었던 것이
다."272) 특히 여기서 귀득이의 행동을 주시할 필요가 있다. 왜냐하면

---

271) 역사문제연구소, 『해방 3년사 연구 입문』, 까치, 1989, 285면.

귀득이는 이두영의 희생을 매개로 한 집단의식의 고양과 이로 말미암아 죽음을 두려워하지 않는 의식 각성의 발전적인 인물로 변모하기 때문이다. 귀득이의 변신은 노동자들의 투쟁이 자연발생적 수준을 벗어나서 목적의식적으로 변화되는 과정을 보여준 것이도 하다. 물론 귀득이의 변모과정 사이에는 두 차례에 걸친 여공들의 파업이 놓여 있고, 그 파업에서 주동적인 역할을 한 김순희와 두영이라는 노동자가 매개적 역할을 한다. 그러나 귀득이의 계급적 각성과정이 당시 노동환경과의 역동적 상호작용 가운데서 이루어짐으로써 이 작품은 소설의 구체성과 서사적 객관성을 확보하는 데 성공하고 있다.

이런 맥락에서 두영은 집단의식을 제고하는 문제적 인물임과 동시에 자기 희생을 통해 일신의 안위를 무시하고 헌신적으로 투쟁하는 '긍정적 주인공'이라 할 수 있다. 따라서 두 팔이 결박당한 채 두영이가 흘린 '흰 지렁이같은 두줄기 눈물'은 표면적인 의미에서 일시적인 패배에 그친다.

> 두팔을 결박당한 채 공장 밖에선 이 두영은 흰 지렁이같은 두줄기 눈물을, 깊게 자라난 턱 수염에까지 흘리고 있었다. 슬픈 눈물이 아니었다. 폭풍은 거세게 불 것이다. 그러나 공장에 남은 동무들의 단결은 자기네가 석방될 때까지는 쉽사리 부서지지 않을 증거를 보았던 것이다! 두영은 자기도 모르는 채 동여매인 두 팔을 들어 휘저으며 소리 높이 외쳤다.
> 「노동조합 성공 만세!」
> 그러자 문앞에 모여 선 사백명 가까운 동무들이 아우성치듯 외쳤다.(347)

이 작품의 표제인 '폭풍'은 '노동조건 개선 등을 요구하는 노동자들

---

272) 이우용, 앞의 논문, 287면.

에 대한 무자비한 탄압'을 상징하고 있다. 또한 이 제목은 '폭풍'이
존재하는 한 노동자들의 단결과 투쟁의지 역시 더욱 고양될 것 임을
암시해 준다.

이상의 전개과정을 통해서 볼 때 우리는 「폭풍」이 「대한노총」과 「전
평」의 산하조직인 노조분회 사이의 양분법적 대비를 통해 해방 직후
노동운동의 대립적 실상을 사실적으로 보여주고 있는 작품임을 확인할
수 있다. 나아가 이러한 대립이 사실은 그 이면에 얽힌 미군정과의 역
학 관계나 좌우 이데올로기의 대립상황과도 연관되어 있음을 시사해
준다.

3) 소시민성의 탈각과 연대의지

지식인을 주요 인물로 다룬 해방기 소설은 크게 보아 두 가지 양상
을 띤다. 그 하나가 식민지시대의 친일행위에 대한 자기반성과 변명을
담은 자의식 형태의 비판소설이라면, 다른 하나는 지식인의 의식고양
과 실천을 그린 소설이다. 전자의 경우에 해당하는 작품들에 대해서는
앞에서 살펴보았다.

'실천적 지식인상'을 통해 사회의 변혁의지에 초점을 두어 다루고
있는 후자의 작품들로는 안회남의 「폭풍의 역사」, 강형구의 「탈피」, 전
홍준의 「준동」, 「새벽」, 안동수의 「괴로운 사람들」, 지하련의 「도정」
등이 있다. 이중에서도 특히 본 절에서는 안회남의 「폭풍의 역사」, 전
홍준의 「새벽」을 중심으로 지식인이 기층민중과의 연대를 모색해가는
과정을 살펴보려 한다.

안회남의 「폭풍의 역사」(『문학평론』, 1947.4)는 소시민적 지식인이던
현구가 자신의 계급적 성격과 역사적 위상을 깨닫고 실천적 지식인으
로 변화해 가는 과정을 그리고 있다. 작가 스스로도 "아닌게 아니라

일제시대에 있어서 죽 일관하여 안한(安閑)한 신변소설을 써오던 나로서는 탄광의 징용소설을 거쳐 이번 「폭풍의 역사」는 제 3단계를 생각할 수 있게 하는 작품이다"273)며 새로운 변신의 계기로 삼은 작품이다.

임화를 중심으로 한 「문맹」의 이론가들 역시 이 작품이 '10월 인민항쟁'274)에 대한 역사적 입장을 그대로 반영하고 있는 8·15 이후의 역작이라며 조언275)을 아끼지 않은 바도 있다. 따라서 이 작품은 발표 당시부터 "남로당의 선전삐라에 불과하다"276)는 견해와 "객관적인 현실적 표준을 정해 놓고 객관적인 것을 중시한 작품"277)이라는 상반된 평가를 받았다. 최근의 "좌익소설의 표본"278)이라는 지적에서도 암시되고 있듯이, 이 작품은 3·1운동과 10월 인민항쟁의 당위성, 해방후 친일잔재의 처리문제, 이승만의 민족담합론, 미소의 신탁통치 등 한국 현대사의 중심 문제들을 다루고 있다.

「폭풍의 역사」는 지식인 현구에 의해 3·1운동 당시 그의 마을에서 일어난 3·1운동의 경과와 이 운동에서 죽어간 농민 포달을 회상하는 것으로부터 시작하여, 그 포달의 아들인 돌쇠가 10월항쟁에 앞장서다가 경찰의 총에 맞아 절명하는 것으로 끝난다. 따라서 이 작품은 지식인 현구가 돌쇠를 비롯한 농민들의 소박하고 순수한 현실 이해에 접하면서 변하게 되는 의식의 각성 과정이 하나의 줄기를 이루고, 또 하나는 포달과 그의 아들 돌쇠의 죽음이 가지는 역사적 의미가 교직되어

---

273) 안회남, 「안회남씨로부터 임화씨에게」, 『문학평론』3호, 1947.4, 80면.
274) '10월(인민)항쟁'의 구체적인 전개과정이나 성격에 대해서는 정해구, 『대구 10월 인민항쟁 연구』, 열음사, 1990 참조.
275) 임화, 「임화씨로부터 안회남씨에게」, 『문학평론』3호, 1947.4, 78-79면.
276) 임긍제, 「민족문학 제창 후의 작품 경향」, 『예술조선』, 1948.4, 15면.
277) 백철, 「창작 소설 점평-최근의 문제작 3편」, 『백민』, 1947.11, 61면.
278) 이주형, 「해방직후 소설에 나타난 민족현실의 인식」, 『국어교육』20집, 1988, 13면.

서사적인 골격을 유지하게 된다. 사실 이러한 구도의 설정은 3·1운동
과 '10월항쟁'이 주는 역사적 성격을 동일한 맥락에서 부각시키려는
작가의 의도를 짐작케 하는 것이다.

그런데 이 작품은 스토리가 진행될수록 지식인 현구의 의식변모 과
정에 대한 필연성이 약화된 상태에서, 현구의 시각에 의해 농민의 모
습을 관찰, 평가하고 논평할 뿐만 아니라, 당시의 사회적 정황이나 변
동을 해설해 주는 논술적 어조로 일관한다. 물론 부분적으로 친일행위
를 주선하던 부면장 이석기의 처리문제에 대해 대부분의 사람들이 대
충 넘어가려 하나 '돌쇠'는 이를 문제시 함으로써 농민의 주체적 자각
이 나타나 있다.

> "나보세요. 해방전에두 환영받구, 이건 해방후에두 환영 받구 하면,
> 어떻겁니까? 해방 전에 환영 받은 사람은 일번눔(놈의 오식인 듯-인용
> 자)이구, 해방후에 환영받을 사람은 조선사람 이거던요…. 해방전에 환
> 영 받었스면 해방후에는 환영 못받구, 해방전에 환영못받은 사람이 해
> 방후에 환영 받어야 합니다. 전 그렇게 생각하는 데요…"279)(133)

해방직후 거의 대부분의 농민소설에서 농민은 지식인(또는 농민회
원)들에 의해 각성되어야 할 일방적 수혜자로 설정되고 있다. 그러나
여기서는 '돌쇠'의 문제의식을 통하여 지식인도 농민으로부터 영향을
주고 받는 관계로 전이된다. 이는 농민·노동자 계층도 엄연한 역사적
자각을 가진 존재로서 역사적 사건에 직면했을 때는 지식인과의 상호
보완적인 관계가 필요함을 간접적으로 드러낸 것이다.

그런데 문제는 현구의 의식 변모과정이 필연성에 의해 진전되기보

---

279) 안회남, 「폭풍의 역사」, 텍스트는 신덕룡 엮음, 『농민의 땅』(시인사, 1989)을
    택했다.

다는 이미 '완결된 인물'로 설정되어 있는 상태에서 작가의 이념을 관념적으로 대변하는 차원을 탈피하지 못하는 데 있다. 이러한 점은 돌쇠를 '살아있는 인물'로 그리기보다 현구의 주관화된 시각에 의해 성격화된 인물의 범주를 벗어나지 못한다. 따라서 자연히 다른 여타의 인물도 사건의 자연스러운 전개에 의해 극적으로 형상화된 인물이라기보다는 현구의 시각을 보완하고 지탱해 주는 장식적 인물에 그치고 만다.

특히 이 작품에서는 친일잔재세력의 미온적 처리와 그들의 재등장으로 인한 민족 정기의 훼손에 중점을 두어 비판하기 위한 작중 인물로 부면장 이석기가 등장한다. 그는 일제시대 공출·부역· 징세 그리고 소위 '황민화의 가진 간계'로써 농민을 괴롭히었을 뿐 아니라, 해방후에는 사면되어 면장이 되고 게다가 "그래도 일제시대에는 일본인에게 양심을 팔으므로 인한 꺼림직한 것과 비굴이 있었으나, 지금에 와서는 당당히 조선나라의, 우리 관리요 우리 면장이니까"(138)라며 극우적 인물로 변신한 사람이다.

부면장 이석기의 변신 과정과 진술을 통해 이 작품은 친일파의 재등장으로 인한 민족 정기의 훼손을 간접적으로 드러내면서 우익의 논리를 비판한다. 이것은 또한 이승만의 민족담합론이나 신탁통치 문제를 우익의 시각에서 피력하는 이석기의 천박한 정치관을 통해서도 드러난다. 해방직후 좌우익의 이데올로기 갈등을 심화시키며 민족의 분열을 초래하였던 신탁통치를 바라보는 시각 역시 그러한 범주를 벗어나지 못한다. 예컨대 부면장 이석기에 의해 좌익의 찬탁은 "남의 나라 속국이 되며-- 나라 팔아먹는 수작"(138)이라는 단순화된 논리로 제시되고 있다. 반면 현구의 시각으로 대변화되고 있는 찬탁에 입각한 논리는, "조선 사람치고 신탁통치를 좋다고 찬성할 사람이 어디 있겠느냐?---그것은 목적이 아니라 수단"으로 어디까지나 전략상의 한 방책으로 옹호되고 있다. 그러나 우익의 반탁은 "우리만 애국자다 하는 식의 원리를 이용해 가지고 민족적 분열을 꾀하는"(139) 부정적인 것으로 제시된다.

이처럼 이 작품은 일제시대로부터 해방직후에 이르는 부면장 이석기의 떳떳하지 못한 변신과정과 천박한 정치관을 연관시켜 우익의 논리를 간접적으로 비판하고 있다. 반면 현구의 시각으로 대변화되고 있는 좌익의 논리는 우익의 논리를 반박하며 보완하는 형태를 취한다. 그러나 좌익의 논리를 대변하고 있는 현구의 시각 역시 논리의 타당성 유무를 떠나 설득력을 반감시킨다. 왜냐하면 이러한 중대 사건에 직면하는 농민들이 주체적 자각의 대상으로 부각되기보다는 지식인 현구의 시각으로 흡수·동화해 버리는 일방성을 되풀이하고 있기 때문이다.

이런 점에서 부면장 이석기는 사건의 자연스러운 전개에 의해 창출된 인물이라기보다는 '친일잔재세력=극우적 인물'이라는 도식을 통해 우익의 사상을 비판하기 위해 작위적으로 설정한 인물이다. 우리의 현대사에서 해방직후 일제잔재세력의 재등장으로 인한 민족의 정통성 훼손은 치명적인 오류로 지적되고 있음은 주지의 사실이다. 그렇다고 '친일파=극우적 인물'로 등식화시키기에는 무리가 따르는 것도 엄연한 현실이다. 물론 문학구조는 "실현되지 못한 현실의 모순을 텍스트의 정치적 무의식 속으로 기울임으로써 실현되지 못한 욕망을 무의식의 형태로 간직하고 있음"[280]을 감안한다면, 작중인물의 과장적 묘사를 통한 효과도 고려해야 할 것이다. 문제는 이러한 사건의 전개와 인물의 설정이 스토리의 자연스러운 전개에 의해 인물의 전형성을 확보하면서 재구되기보다는 작가의 필요에 따라 현구의 시각으로 단일화되어 제시되고 있다는 점이다. 따라서 현구가 결말 부분에서 10월 항쟁 도중 총에 맞아 죽은 돌쇠가 바로 28년전 3·1독립 만세 때 이 마을 농

---

280) 이명호, 「프레드릭 제임슨의 해석론-정치적 무의식을 중심으로」, 『세계의 문학』, 1987. 봄호, 290면.

민의 희생자인 포달의 아들이라는 소식을 접하게 되며 놀라는 장면 역시 독자들에게 새로운 극적 감동을 조성해 주지는 못하고 만다. 왜냐하면 돌쇠의 성격화는 간접화된 제시(showing)에 의해 전형성이 확보되지 않고 현구의 시각에 의해 주관화된 성격화를 벗어나지 못하고 있기 때문이다. 이러한 점들로 인해 돌쇠가 운명하면서 "아버지"라고 불렀다는 말을 전해 듣고, 현구에 의해 "돌쇠가 일찍이 모든 일에 꿋꿋하고 혁명적이고, 또한 남달리 급격했었던 것도, 잘 이해할 수가 있었다"(140)고 진술되는 대목 역시 큰 감동을 주지는 못하고 만다. 왜냐하면 결말 부분에서 돌쇠가 운명할 때 부른 "아버지"를 통해 현구는 28년전 포달이를 연상하면서 나름의 결연한 의지를 내면화하고, 또한 현구의 시각에 의해 해방직후 사회변혁의 필연성을 고조시키고 있다. 하지만 결과적으로 서술자에 의지한 작가의 이념적 투입이란 도식적 형태를 탈피하지 못한 것이 한 요인이 된다. 또한 이 작품에서 작중의 농민들은 극히 정치적이고 투쟁적인 농민들로 묘사됨으로써 그들의 삶의 방식과 밀착된 상태에서 형상화되지 않고 있다. 김동석이 이 작품을 긍정적으로 평가하면서도 "역사 속에서 움직이는 인물들의 언동을 통하여 역사를 이야기하지 못하고 작가의 관념이 뭉그러져 나와 있다"[281]고 한 지적도 이러한 맥락과 상통한다.

그러나 한편으로 이 작품은 대부분의 진보적 리얼리즘 소설에서 흔히 발견되고 있는 승리의 관점에 입각한 '전망의 과장'으로 끝나지 않고, 현구가 돌쇠의 죽음에 고무되어 만난을 무릅쓰고 해방후 두번째 맞이하는 3·1절 기념행사를 거행하면서 농민들과 더불어 실천적인 지식인으로 변모하는 수미일관된 구성을 취한다. 이것은 자신이 처한 모순된 현실을 깨닫고 그 모순을 극복하기 위한 실천력이 지식인에게 요

---

281) 김동석, 「비약하는 작가--속안회남론」, 『월북작가대표문학』, 서음출판사, 1989, 394면.

구되고 있으며, 또한 이는 3.1운동의 숭고한 의의를 되찾음과 동시에 이를 인민항쟁의 차원으로 끌어 올리려는 것과도 연관된다.

앞에서 다룬 「폭풍의 역사」와 비슷한 맥락에서 언급할 수 있는 작품으로 전홍준의 「蠢動」(『개벽』, 1948.8)과 「새벽」(『문학』, 1948,4)을 들 수 있다. 이 작품들 역시 「폭풍의 역사」나 강현구의 「탈피」(『우리문학』, 47.3)처럼 지식인의 각성과정에 초점을 두어 사건이 전개되고 있다. 다만 앞에서 든 작품들이 농민들에 의한 지식인의 각성과정에 중점을 두고 있다면, 앞으로 살펴볼 작품들은 노동자에 의한 지식인의 각성과정에 초점을 둔 경우이다. 이러한 작품들의 공통점은 일반적으로 해방 직후의 소설에서 농민이나 노동자들은 지식인들에 의해 일방적으로 영향을 받기만 하는 의식의 수혜자로서 수동적이었으나, 여기서는 오히려 지식인이 농민·노동자로부터 영향을 받음으로써 지식인과 기층 민중과의 상호 유기적인 連帶에 토대를 두고 있다는 점이다.

「蠢動」은 「새벽」의 前篇에 해당하는 작품이다. 「蠢動」에서는 주인공 현호가 '사장'과 '정태민'의 부일적이고 위선적인 인물임을 발견하지만, 이들에 의해 해고됨으로써 더욱 더 지속적인 투쟁을 전개할 것이라는 암시에 그치고 있다. 반면 「새벽」은 '현호'를 주축으로 한 지식인들의 파업이 노동자들과의 연대 속에서 승리로 장식되는 낙관적 전망과 투쟁의 현장성이 부각되고 있다. 또한 「새벽」은 앞의 「준동」처럼 배준씨를 비롯한 일부 지식인들의 부일적이고 위선적인 모습을 부각시키고 있지만, 노동자들에 의한 지식인의 각성과정 및 투쟁의 현장성에 보다 비중을 두게 된다.

「새벽」에 나오는 현호는 동경 S대학에 학적부를 두었다가 해방이 되어 만주에서 돌아온 지식인이다. 그는 '문화인으로 으뜸가는 배준씨 밑에서 그의 지도를 받아 막연한 민주주의적 신념을 뚜렷이 해 보려는 생각으로 가장 진보적인 출판사라고 하는 조선문화사'에 입사한다. 그러나 현호는 주간 배준씨와 편집국장 M씨 등이 생각했던 만큼 존경스러운 인물이 아니라 인간적인 면에서 어떤 의혹, 즉 "붓으로 쓰는 것과 말하는 것이 그들의 실제 행동과는 너무나 동떨어져 있는 것"을 발견한다. 뿐만 아니라 이들은 편집국 직원들의 봉급 승급액을 깎아 자신들의 월급에 보태는 행위까지 서슴없이 자행하면서, 불평을 할 만한 부하들에게는 말막음으로 몇 푼씩 올려놓고, 불평을 표시 못하는 양순한 부하들의 "씨앗만한 월급에서는 푹푹 마음대로 깍아서 자기네의 배만 채우는 사람들"이다.

특히 주간 배준은 부정적인 지식인의 한 전형으로서 그의 위선적이고 이중적인 측면이 다각도로 묘사되고 있다. 배준을 비롯한 부정적 인물(antagonist)의 설정은 '골상학적'[282] 인물묘사에 의해 그의 이중성이 어느 정도 암시되고 있다. 심지어 그는 급사를 자신의 파티에 불러 술심부름을 시키느라 야간학교의 결석을 다반사로 하게 하는 파렴치한 면모를 지니고 있으며, 또한 처음 입사한 부하 직원들에게는 의례 한 번씩 술을 사 그 사람됨이 어떤가를 알아 효과있게 이용하려는 이중성과 치밀함마저 보인다. 이렇게 이 작품에서는 주간 배준씨에 대한 인물의 성격化에 많은 비중을 둔다. 이것은 위선적이고 허위에 가득찬 친일적 지식인들을 단죄해야 한다는, 또는 그러한 인물들이 존재하고 있는 현실에 대한 '고발의식'의 한 반영이기도 하다.

한편 배준씨를 비롯한 편집국장의 이러한 비리사실을 안 현호는, "설령 하루에 죽 한끼로 끼니를 이어간다 한들 이런 굴욕 속에서 더욱 배준씨와 같은 인물 밑에서 그의 알량한 부하노릇을 하느니 보다 몇갑절이나 나으리라 생각"하면서도 쉽게 결단을 내리지 못하다가, 현호의 고향 동무로서 젊은 정치가인 진석을 찾게 된다. 현호는 진석으로부터

---

282) 본문에서 인용해 보면 "주독으로 홍당무처럼 붉게 물들어 있는 동안(童顏)에는 항상 어떤 보일락말락한 미소가 떠돌고 있는"(349)등의 표현이 나온다.

자신의 그러한 태도--주간의 비인간적이고 이중적인 면모에 실망한 나머지 직장을 그만두려는 생각--가 "소시민적 안이한 에고이즘에서 나온 비겁한 도피"란 말을 듣는다. 이 작품에서 진석은 현호에게 행동방식을 제공해 주는 '교화자(educator)'로서 등장하는데, 이들의 다음과 같은 대화는 이 작품의 핵심에 닿아 있다.

> 「---만일 자네가 고만 두면 그 사람들은 그야말로 배준씨의 완전한 노예가 되고 말거네. 자네는 다만 귀찮다고 나올께 아니라 그곳에 버티어 그 사람들의 방패가 되어 싸워 나가야 되지 않겠나?」
> 「방패가 되어 싸운다!」
> 「그렇지 입으로는 민주주의적인 구호를 부르짖으면서도 실제로는 조선의 민주주의적인 발전을 좀먹고 있는 있는 배준씨와 같은 도배들과는 오로지 대중의 건결한 단결로 그들의 독재적인 성격과 인간적인 면에서 싸워 그들을 민주주의적으로 훈련을 하여야 할 거네.……」[283]
> (356)

결국 현호는 진석이의 말이 나름의 일리가 있음을 깨닫고 몇몇의 동료와 함께 회사쪽에 몇 가지 요구 조건을 제시하며 이의 시정을 촉구하지만, 회사측으로부터 아무런 반응이 없자 파업에 돌입한다. 한편으로 현호는 다른 기관의 파업에서 필연적으로 따르는 희생자들을 보고 일종의 불안을 느끼면서도 끝까지 밀고 나가다 편집국 전원이 해고당하는 위기의 순간을 맞는다. 그러나 사무직 근로자들의 파업으로 인한 위기는 생산직 근로자들이 동조파업에 들어감으로써 그들의 요구가 관철되고 파업이 성공적으로 마무리된다.

그런데 이 작품에서는 무엇보다도 배준을 비롯한 친일적 지식인들을 斷罪하기 위해 이들의 부정적인 인간상의 부각에만 지나친 비중을

---

283) 전홍준, 「새벽」. 텍스트는 『해방 3년의 소설문학』(세계, 1987)을 택했다.

둠으로써 작품의 결함으로 작용하고 있다. 더욱이 이러한 부정적인 면모를 지식인 일반의 한계로 비약시킴으로써 지식인과 노동자가 지나게 이분화·대립되어 있다. 이러한 점들은 다음과 같은 결말부분에서도 발견된다.

> 현호는 무엇을 배우겠다고 배준씨 밑에 들어온 자신이 부끄러웠다. 벌써 그는 배준씨와 같은 지식인 밑에서는 아무 것도 배울 것이 없다는 것을 알았다. 자기의 스승은 그 허울 좋은 지식인들보다는 오히려 까맣게 때가 묻어 있는 노동자들속에 있는 것 같았다. 그리고 아직까지 내심 그들을 어떤 정도로 얕잡아보고 있던 자신이 얼마나 부끄러운 존재인가를 깨달을 수 있었다.(361)

인용문은 현호가 노동자들의 참된 존재를 새롭게 발견하는 부분이다. 그러나 이러한 설정은 한편으로 정호웅도 적절하게 지적한 바와 같이, "배준과 M등의 내적 타락, 현호와 박씨 등의 무기력과 이기주의가 돌연 지식인 일반 곧, 지식계급의 것으로 비약, 해석되고 또 다른 한편으로는 노동계급의 절대성, 절대 순수로 전화되고 있다."[284] 이러한 점들은 배준씨를 비롯한 일부 지식인들의 위선적이고 허위에 가득 찬 모습에 대한 斷罪意識이 지나친 나머지 현호를 제외한 대부분의 지식인들은 무기력하고 소시민적인 나약한 존재로 머물게 하는 요인이다. 또한 노동자들의 모습 역시 이 작품에서 의도한 만큼 구체화된 상태로서의 건강성이 제시되지 않고 있다. 물론 단편소설의 장르상의 한계에 기인하는 점도 있겠지만, 여기서 노동자들은 지식인들로 구성된 편집국 직원들이 파업으로 위기에 봉착하자 동조파업을 단행함으로써 단번에 그 위기를 극복해내는 '神話化'된 존재로 제시되고 있다. 따라

---

284) 정호웅, 「해방 공간의 소설과 지식인」, 김윤식 편, 『해방 공간의 민족문학 연구』, 열음사, 1989, 87면.

서 다음과 같은 현호의 각성은 서술자에 의지한 작가의 작위적인(정치적인) 진술의 확인에 그치게 된다.

> 여기서 현호는 단결의 힘의 위대함과 근로 계급과, 무력한 인민이 살아나갈 길은 오로지 이런 단결과 조직의 힘으로써 우리들을 착취하는 무리들과 싸워나가는 길 이 길 밖에 없다고 생각했다. 또한 이것이 나아가서는 우리가 바라는 진정한 민주정부 건설에 첩경이 되는 것이 아닐까.(361)

인용문은 지식인과 노동자의 상호 유기적인 연대의식에 토대를 둔 변혁의지를 통해서 진정한 민주정부의 건설에 첩경이 될 수 있다는 작가의 비전이 제시된 결말부분이다. 그러나 앞에서 살펴본 바와 같이 '현호'가 현실과의 상호침투에서 획득한 체험을 객관적인 검토없이 감상적으로 토로하고 있는 점은 이 소설의 한계이다. 그런 점에서 현호의 현실인식은 다소 빈약하며 구체적인 전망은 희석화되었다고 볼 수 있다.

그럼에도 불구하고 이 작품에서 우리는 다음과 같은 몇 가지 의미를 추출해 볼 수 있다. 우선 "무기력한 한 소시민적 지식인이 현실의 모순에 맞서 새롭게 태어나는 모습"[285]을 드러내 준다. 둘째로 자본가 계층의 온갖 탄압에도 굴복하지 않는 노동계층의 단결된 조직이 주는 힘과 건강성을 부각시킨 점을 들 수 있다. 특히 노동자와 지식인의 상호 유기적인 영향관계와 연대의식에 토대를 둔 단결력이 요구되고 있음을 암시해 준다. 다음으로는 구각을 벗지 못하는 지식인의 허위적

---

285) 조남현은 이 작품에 대해 '지식인이 노동자들을 의식화시키는 것이라는 당대의 통념에 정면으로 배치가 되는 내용의 구성방법을 취한 점에서 주목할 필요가 있다'며 '각성의 플롯'에 의지하고 있음을 지적한 바 있다(조남현, 앞의 책, 322면).

속성과 주어진 환경을 극복하려는 노동계층의 진보적 세계관을 '대립 (opposition)'시킴으로써 "묵묵히 실천을 통하여 민주주의 노선을 걷고 있는" 참된 인간상을 부각시키려 한 점을 소홀히 할 수 없다.

이상에서 살펴본 바와 같이 이 시기의 소설은 농촌 사회의 구조적 모순을 비롯한 노동현장에서의 대립적 실상을 부각시켜 준다. 특히 채만식의 「논 이야기」를 비롯하여 안회남의 「농민의 비애」, 최정희의 「풍류잽히는 마을」 등은 과거의 경제적 궁핍이 일상의 삶에서 그대로 반복되거나 또는 과거보다 더 가혹한 현실로 인해 겪게 되는 농민의 삶을 잘 드러내 준 작품들이다. 다시 말해 해방전·후의 유형의 다름과 실질적 내용의 같음을 구조화하여 해방 후에도 지속되는 경제적 불평등의 구조적 모순을 예리하게 적시해 준다. 또한 이 작품들은 구한말에서 해방직후에 이르는 농민들의 기대좌절의 과정을 통해 해방의 역사적 의미를 드러내 주기도 한다. 나아가 이들 작품은 단지 농촌의 현실만을 드러내기보다는 한국 근대사를 통해 사회구조와 농민 사이에 어떠한 갈등이 있었던가를 부각시켜 줌으로써 역사적 모순에 대한 작가의 날카로운 통찰력을 나타내 보인다. 특히 안회남의 「농민의 비애」는 구한말에서 해방직후에 이르는 서노인 가계의 수난사를 통해 대부분의 조선 농민들이 보편적으로 겪어온 삶의 로정이 잘 드러나 있다. 뿐만 아니라 이 작품은 해방직후 농촌의 피폐화된 실상을 통하여 우리 민족이 처해진 위기적 현실에 대한 비극적 전망을 암시해 준다.

반면 박찬모의 「어머니」나 안회남의 「폭풍의 역사」를 비롯한 이 시기 진보적 리얼리즘계열 작가들의 소설은 해방직후 우리 사회의 제반 모순을 형상화하여 변혁의 필연성을 제시해 준다. 그러나 이 작품들은 현실변혁적인 이념이 인물의 전형성을 확보해 가는 가운데 자연스럽게 제시되기보다는 서술자에 의지한 요약과 설명이 텍스트에 끼어드는 삽

화적 서술에 의존한다. 이것은 투쟁심 고취라는 목적성으로부터 자유
롭지 못한 결과로 작품들이 사건실록적인 성격에 머물고 말거나 혹은
인물의 영웅적 형상화라는 도식성을 드러내는 요인으로 작용한다. 요
컨대 이러한 현상은 당시「문맹」을 비롯한 좌익진영 문학단체의 창작
지침이나 목적성으로부터 자유롭지 못한 이념문학이 갖는 구조적 한계
와도 무관하지 않다고 하겠다. 그러나 한편으로 이러한 작품들에서 제
시되는 낙관적 전망은 '당위의 세계'에 대한 민중들의 바람을 형상화
한 것으로 낭만적 세계인식에 기초를 둔 '願望의 의사성취화' 현상을
보인 점에서 주목을 요한다.

2. 탈이념적 전망과 비극성

해방기의 소설은 해방직후 한국사회의 혼란상과 여러 측면의 갈등
상을 구체적이고 다양하게 보여주고 있을 뿐 아니라 당대인의 이데올
로기[286]와 현실대응 양상을 폭넓게 반영하고 있다.[287] 따라서 이 시기
소설은 이념의 문제를 작품의 핵심적 모티프로 수용하여 작품화한 경
우를 자주 보게 된다. 해방기의 문학 현실이 다분히 정치지향적 요소
를 띠고 있었기 때문에 대부분의 작가들은 이데올로기 문제를 도외시
할 수 없는 실정이었을 것이다. 그것은 당시의 현실에 있어서 이데올
로기 문제가 그만큼 민감하고 초점화된 문제였음을 의미한다. 특히 작

---

286) 이데올로기에 대한 개념은 논자들마다 다양하게 정의하고 있어 어느 하나로
    규정짓기는 힘들다. 본고에서는 하나의 정치세력이 대립된 다른 정치세력을
    밀어내고 자기의 정치이념이나 권력구조 또는 통치형태를 정당화하는 기제
    로서의 의미를 띠고 있다. 보다 자세한 것은 배찬복,『이데올로기 이론과 실
    천』, 법문사, 1990, 20면 참조.
287) 이주형,「해방직후의 소설에 나타난 민족현실의 인식」,『국어교육연구』20집,
    1988. 12, 3면.

품 속의 인물들이 양분화된 이데올로기에 대해 어떻게 반응하고 있는
지를 살펴봄으로써 우리는 당대 인물들이 현실에 대해 어떻게 인식하
고 있었는지를 알 수 있다. 나아가 해방기의 소설을 통한 이념의 표출
양상에 대한 검토는 당시 작가들의 이념적 성향을 살펴볼 수 있을 뿐
만 아니라, 작품 속에 나타난 현실대응 양상 및 전망의 모색과정을 구
체적으로 추출해 볼 수 있다.

1) 이념의 도구화

해방기 소설은 대체로 이념의 문제를 다루면서 하나의 방편으로 도
구화되는 경향을 보이고 있다. 예컨대 지봉문의 「때의 패배자」를 비롯
하여 김동리의 「형제」, 「지연기」 등은 이념의 문제를 다루면서 이념
자체에 대한 검토를 회피하고 인간성이라고 하는 추상적인 차원으로
초점을 옮김으로써 결국 문제의 본질을 왜곡하는 경향을 보인다.

지봉문의 「때의 패배자」(『문학』, 46.2)는 일제치하에서 함께 민족해
방투쟁을 전개하였던 동섭과 영호가, 해방의 현실을 바라보는 시각의
차이로 인해 좌우로 분열되어 겪는 내적 갈등을 다루고 있다. 이 작품
에서 동섭의 행동에는 도덕성이 확보되어 있다. 그의 의식과 행동은
단순히 이념의 맹종 보다는 철저하게 지식인의 내면윤리에 따르고 있
기 때문이다. 특히 동섭은 일제 식민지 치하에서는 같은 길을 걸었던
영호에게 인간적인 연민을 느끼는 바와 같이 이념만을 앞세우지 않는
다. 다시 말해 그는 "이념을 위해 인간이 존재"하는 것을 철저하게 거
부하고 있으며, "인간을 위해 이념이 존재"해야 한다는 지식인의 양심
을 지키고 있는 것이다.

이 작품에서는 동섭의 시각을 통해 영호를 비롯한 우익 측의 비도덕
성과 폭력성을 그리고 있다. 이것은 이 작품이 좌우 이데올로기의 이

넘적 실체를 확인해가는 데 주안점을 두기보다는 반민족적 행위를 일삼고 있는 우익의 행태에 대한 비판에 초점을 모으기 위한 것임을 말해 준다. 마지막 결말 부분에서 "일을 하되 조심해서 하게. 잘못하면……"라는 말속에서 드러나는 영호의 위협적인 암시는 실제로 해방기의 현실에서 미군정을 비롯한 우익의 단체들이 현실적으로 상대적 우위의 입장을 이용하여 좌익단체를 탄압하고 공격하기 위한 공작성도 수반되었음을 환기시켜 준다.[288]

결국 이 작품에서 작가는 좌우 대립의 '이념'보다는 양심을 가진 지식인으로서의 '인간'에 초점을 맞추고 있으며, 이같은 '인간'의 영역에서 이념은 무화될 수밖에 없다. 현실에서의 이념대립의 모순을 그대로 드러내는 것보다는 도덕성과 윤리성에 비중을 두어 살펴보고자 했던 결과이다. 따라서 자연히 이 작품에서는 좌익의 도덕성 우위의 시각에서 우익의 노선을 비판하는 데 치중하게 된다. 이것은 "현실의 여러 계기들을 구체적으로 수용하지 않은 채 이념의 선전에만 급급했던 작가가 빚어낼 수밖에 없었던 공식주의적 한계"[289]와도 무관하지 않다.

이렇게 작중인물의 소설적 형상화나 리얼리티가 확보되지 않은 상태에서 작가 자신의 이념을 드러내기에 급급한 경우는 「문맹」에 속한 다른 작가들의 작품 속에서도 발견된다. 박노갑의 「환」(『대조』,46.1), 안동수의 「그 전날 밤」(『우리문학』,46.2), 그리고 송영의 「의자」(『신문학』,46.4) 등은 광복의 환희를 드러내면서도 작가의 이념을 생경하게 전달하기에 급급한 작품들이다. 다만 이중에서 송영의 「의자」는 '의

---

288) 안진, 「분단고착세력의 권력 장악과 미군정」, 『역사비평』, 1989 가을호, 62-70면.
289) 김성렬, 「광복 직후 좌우대립기의 문학 연구」, 고려대 박사학위논문, 1989, 43면.

자'를 의인화한 알레고리적 형식에 의해 해방 직후의 현실을 우회적으로 비판한 작품으로, 비교적 작가의 계몽적 진술이나 작중인물의 직접적 진술에 의해 이념을 드러내는 도식성에서 얼마쯤 벗어나 있다.

한편 우익의 대표적인 작가인 김동리의 작품세계를 살펴보자. 김동리의 「형제」(『백민』, 1949.3)는 우익의 도덕성과 포용력에 비중을 두어 좌익사상을 비판하는 데 초점을 기울이고 있는 작품이다. 이 작품은 서두의 "여수사건이 일어나 있던 1948년 10월 21일 오후"라는 암시에서도 드러나듯이, 이른바 '여순사건'[290]을 작품의 핵심 모티프로 삼고 있다. 그러나 여기서는 '여순사건'의 발생 배경이나 전개 과정이 피상적으로 다루어지고 있을 뿐이다. 왜냐하면 이 작품을 통해서 정작 작가가 의도하려 했던 것은 이 사건의 발생 배경이나 역사적 성격을 드러내려 하기보다는 좌·우익 사이의 갈등에 중점을 두고, 특히 좌익의 도덕성 비판에 초점을 두었기 때문이다. 따라서 이 작품에서는 주로 우익의 입장에 있는 인봉과 좌익의 신봉 형제들 사이의 이데올로기 갈등을 매개로 사건이 전개된다. 그러나 형제간의 이념적 갈등이 前面에 부각되어 제시되지는 않는다. 신봉의 처남으로 아무 단체에도 소속되어 있지 않은, 이를테면 중간파의 입장에 있는 윤규의 입을 통해 좌익사상에 물든 신봉의 비윤리적인 측면이 부각되고 있을 뿐이다.

> 「웃녁은 인공천하가 다 됐다는 데 여기는 또 국군이 위세니 어찌된 셈판이여」

---

290) '여순사건'이란 1948년 10월 19일 밤 여수에서 폭발하여 그 주변 군으로까지 확산된 사건으로, 이 사건을 해석하는 입장은 크게 두 가지 견해로 집약된다. 즉 '반란계획설'과 '상황폭발설'을 들 수 있는데, 근래에는 제 1공화국 출범 당시의 사회, 경제적 조건 및 정치적 상황의 산물로 보는 견해도 대두되고 있다. 자세한 것은 황남준, 「전남지방 정치와 여순사건」, 『해방전후사의 인식』3, 한길사, 1987, 413-476면 참조.

> 윤규는 인봉이와 마주 앉아 술을 마시며 이런 말을 던졌다.(……)
> 「신봉이 그 사람--- 네 매부지만 ……」
> 윤규는 말하기가 거북한 모양으로 몇번이나 말을 끊고는 입맛을 다
> 시곤 하였다.
> 「조카 둘을 주, 죽이고도 부족해서 자,자네를 찾아다닌당게…」
> 「……」
> 인봉이는 잠자코 적의 가득찬 두 눈으로 윤규를 노려 보았다.(77)

인봉은 좌익단체에 가담한 신봉 때문에 자신의 아들이 둘이나 죽게
되었다는 윤규의 말을 단지 소문으로 돌리려 한다. 그러나 얼마 후 이
것은 사실로 확인된다. 인봉은 설마 하는 마음으로 이러한 소문을 믿
지 않으려 했으나 자신의 아들 둘이 "아래 턱이 떨어져 나가고 한쪽
눈이 빠져서 얼굴이 반 밖에 남아 있지 않은" 시신으로 경찰서 앞에
안치되어 있음을 보게 된다. 그러나 인봉은 "만약 눈앞에 신봉이가 있
다면 그저 단숨에 손으로 찢어서 죽여 버릴 것"같은 증오심을 느끼면
서도, 국군의 탈환으로 군중들이 신봉이네 집을 습격하는 사건이 발생
하자 위험에 놓인 조카를 구출해 준다.

이상의 내용을 통해서 볼 때 이 작품은 좌익의 잔인함에 비해, 우익
의 '仁'의 정신에 토대를 둔 너그러움과 포용력에 관심을 두고 있음을
알 수 있다. 인봉의 이러한 행동에 담겨져 있는 것은 무엇인가?

그 첫째는, 적어도 우익쪽의 사람에게 있어서는 이데올로기상의 충
돌이 낳은 원한보다도 혈연에 의한 유대감이 더 강할 수 있다는 생각
이며, 그 둘째는 맹자가 말한 '仁'의 정신을 연상케 한다.[291] 김동리는
좌익의 도전에 맞설 수 있는 우익쪽의 대안으로 '仁'을 내세운 것인
데, 이것을 이동하는 '전통지향적 보수주의자의 입장'에서 좌익에 대

---

291) 「맹자」중에서 이 대목과 관련지어 연상되는 것은 불인인지심(不忍人之心)을
     이야기 한 公孫丑章句 상(上) 부분이다.

한 비판을 수행한 것으로 보았다.[292]

　이처럼 김동리는 「형제」에서 이념의 문제를 다루면서 이념 자체에 대한 검토를 회피하고 인간성이라고 하는 추상적인 문제의 차원으로 초점을 옮김으로써 자연히 문제의 본질을 왜곡하는 결과를 낳게 된다. 여기에는 김동리 자신의 이데올로기적 편향성이 개입하고 있는데, 그의 작품 속에서 등장하는 좌익 쪽의 인물들이 거의 모두가 극단적이고 부도덕한 인물로 나오는 데서도 입증되고 있다. 이러한 인물의 설정은 이념의 문제를 다룬 해방기 그의 소설에 공통적으로 나타나는 현상이다.

　「혈거부족」에서도 고향에의 집착을 통해 자기 正體性의 문제를 부각시키고 있으나, 이웃 토굴에 살고 있는 윤서방이란 인물을 통하여 좌익에 대한 비판을 시도하고 있다. 윤서방은 술주정뱅이요, 게으름뱅이인 데다 엄연히 아내가 있으면서도 순녀를 넘보고 겁간하려다 실패한 파렴치한 인물이다. 이런 부정적인 성격 일변도의 인물에다 김동리는 좌익사상을 집어넣음으로써 좌익계열 사람들의 도덕성을 풍자적 수법으로 비판하고 있는 것이다. 「형제」보다 앞서 발표한 「紙鳶記」(1947)[293]의 경우에서도 이러한 면을 발견할 수 있다. 이 작품은 해방 직후 좌익이데올로기에 편향된 지식인과 이를 부정적인 눈길로 바라보는 지식인을 비교하여 제시함으로써 지식인의 긍정적인 모습과 부정적인 모습을 대비하고 있다. 이 작품에 나오는 김정운은 일제 말기에 백정후가 재직하는 학교의 교무주임으로 있으면서 누구보다도 친일행위에 앞장을 섰던 인물이다. 그는 해방 후에도 학교의 비품을 사적으로 처분하여 착복을 하려다 발각되기도 한다. 그러나 김정운을 비롯한 몇몇의 인물들은 이러한 위기를 만회하려는 전술의 일환으로 좌익에 접근하

---

292) 이동하, 『현대소설의 정신사적 연구』, 일지사, 1988, 78면.
293) 텍스트는 김동리소실집, 『황토기』(인간사, 1959)의 수록본으로 함.

고, 좌익에 물들어 있던 일부 교사와 학생들로부터 일시적으로나마 동조를 받는다.

결국 이 작품에서도 김동리는 비도덕적이고 파렴치한 인물들이 자신들의 현실적 불리함을 피하기 위한 계산으로 좌익사상에 동조하는 박정운과 같은 인물을 통해 좌익사상을 비판하고 있다. 그러나 이것은 지극히 예외적인 경우를 설정해서 좌익사상을 비판한 것이다. 오히려 우리는 일제시대에 친일 행위를 일삼았던 지식인들 중에서 해방 직후 우익의 단체나 사상에 동조하면서 과거 자신의 행적을 은폐하려는 경우가 더 많았던 역사적 사실을 기억하기 때문이다.[294]

또한 이 작품에서는 북쪽의 실상을 본 적이 없으면서 소련군 찬양에 열을 올리는 한 청년을 등장시킴으로써 좌익의 일부가 진실에 눈을 감은 채 소련에 대한 환상을 갖고 있음을 풍자하고 있다. 반면 좌익의 입장에 비판적인 태도를 견지하는 백정후는 일제말기에 감옥살이까지 하고 나온 민족주의자로서 양심적이고 관대한 인물로 등장한다. 심지어 백정후는 감옥에서 나온 뒤 복직되어 김정운과 같이 근무하게 되면서도 그에 대해 관대한 태도를 취하게 된다.

> 해방과 함께 출감을 한 정후는 곧 정광여학교에 복직을 하고 그 「김선생」과 다시 날마다 낯을 대하게 되었으나 각별스리 시비를 캐고 과거에 범한 상대자의 약점을 따져 보고자 한 것도 아니었다. 자신이라고 해도 (…)무슨 그리 양심적인 말만 했을 것이며 또 할수나 있었던 것인가, ……그리고 보면 「김선생」 역시 오십보 백보요, 무어 그리 「내선일체」란 것이 속속드리 즐거웠을 리도 없는 것이며, 더군다나 정후들과 같이 말석교원도 아니요, 그보다도 지위도 있고 책임도 있었던 그에게는 그만치 정후들보다는 딱하고 어려운 처지였을는지도 모를 것이라고 정후는 호의에 호의로만 해석해 주었던 것이다. (154-5)

---

294) 안진, 앞의 논문, 62-72면 참조.

백정후는 어디까지나 과거의 행적을 문제삼기보다는 **自省的**이고 너그러운 태도를 취하는 인물이다. 반면 김정운과 일부의 교사들은 학교 비품의 **瀆職**사건에도 연루되었음에도 불구하고 자신들의 이러한 약점을 은폐하기 위해 오히려 정략적으로 '학원의 자유'나 '친일파 처벌'이라는 명분을 내세우며 입장을 달리하는 사람들을 제거하려 한다.

이처럼 이 작품에서 작가는 김정운을 비롯한 파렴치한 인물들이 자신의 약점을 교묘하게 은폐하기 위한 하나의 방편이자 그럴듯한 명분의 이면에 좌익사상이 개입되어 있음을 반복적으로 제시해 준다.

이러한 작품들에서 볼 수 있듯이 해방기에 김동리는 좌익사상에 대한 대결의식을 통해 자신의 문학적 원동력을 확장해 간 점이 뚜렷히 엿보인다. 그리고 이러한 작품들에서 그는 좌익사상에 대해 지나치게 공격적이고 즉자적인 대응으로 일관하고 있음도 알 수 있다. 그러나 그의 작품들에 나타나는 좌익사상의 비판이 충분한 설득력을 확보했다고 보기는 어렵다. 뿐만 아니라 김동리의 해방기 작품들에 나타나는 좌익사상에 대한 즉자적 대응은 그의 작품의 문학적 수준을 약화시키는 요소로 작용하게 된다. 물론 김동리의 해방기 작품들이 모두 이러한 경향에 **傾斜**되어 있는 것은 아니지만 이념의 문제를 직접적으로 수용하여 작품화한 「형제」를 비롯하여 「**紙鳶記**」, 「해방」 등은 이러한 범주를 벗어나지 못하고 있다. 해방직후 이념의 문제를 직접적으로 다룬 작품인 「해방」은 1949년 4월부터 1950년 2월까지 동아일보에 연재된 장편소설이다. 이 작품은 단행본으로 출간되지도 않았고, 김동리의 각종 대표 작품집에도 수록되지 않았기 때문에 기존연구에서는 비평적 조명을 받지 못했다. 김동리의 「해방」에 대해서는 '해방'의 현실이 당대 각계 각층의 인물들의 삶을 어떻게 변모시키는가를 추적하고 있는 문제작이라는 시각[295]도 있다. 그러나 이 작품 역시 일반적으로 단편

소설에서 보여준 한계를 극복하지 못하였으며, 또한 통속적인 신문연재소설의 성격에 머물고 있다[296]는 평가를 받는다.

한편 앞에서 다룬 작품들과 비슷한 맥락에서 좌우 이데올로기의 갈등을 그린 작품으로 김영수의 「혈맥」(『대조』, 46.6)을 들 수 있다. 이 작품에서는 좌우익의 이데올로기 갈등이 父子간의 대립과 반목을 통해 가정 내적으로 어떠한 분열과 혼란을 초래하고 있는지를 여실하게 보여준다. 이것은 의학박사이자 우익의 대표적 정객인 아버지와 좌익의 노선을 지지하는 아들 사이의 대립과 갈등을 통해 부각되고 있다.

> "아버지가 요음 정당에 드나드시는 것은 탈선예요."하였다.
> "탈선?"
> (……)
> "선량한 인민에게 해독을 끼치는 아버지의 행동을 아버지가 취하실 때,자식으로서도 가만히 있을 수는 없어요"
> "해독? (…)
> "아버지 같으신 분이 계시니까 민족은 통일되지 못하고, 불쌍한 인민만이 생활을 유린당하고 있는 것입니다"

---

295) 김동리의 「해방」에 대해서 박영순은, 당대 시대적 현실의 본질을 파악해, 이를 주제와 일체를 이루는 형식을 통해 성공적으로 형상화했다고 평가한 바 있다. 박영순, 「김동리의 '해방' 연구」, 『국어국문학』99호, 1988.6, 167-184면 참조.

296) 신형기는 「순수의 정체」(『해방기 소설 연구』, 태학사, 1992, 201면)에서, "'해방'은 개성과 생명의 구경을 탐구한다는 김동리의 이른바 '본격문학'의 주장이 실제 창작상에선 얼마든지 한낱 통속소설로 나타날 수 있는 것이었음을 보여준다"고 혹평했다. 이동하도 다소 온건하지만 비슷한 맥락에서 "「해방」이 장편의 규모를 가졌다고 해서 단편들에서 보여준 좌익비판에 있어서의 한계가 제대로 극복되기를 바라기는 어려운 노릇"(이동하, 앞의 책, 80)이라고 평했다. 해방기의 김동리 소설은 좌익사상의 비판을 전면에 내세운 작품보다는 「달」(『문화』, 47.4)과 「역마」(『백민』, 48.1)등을 통한 전통에의 집착에서 자신의 문학적 잠재력을 확보한 것(이동하, 위의 책, 86-89면 참조)으로 볼 수 있다.

"뭐 어째구 어재, 임마 네가 뭘 안다구…"
"대체 신탁이란 말이 어서 나온 말입니까. 이렇게 밖에 번역 안됩니
까.가장 민주적인 독립국가를 이루도록 연합국이 후원을 해주는 것입
니다." "아니 임마, 올치 인제 보니까, 네가 바루 그, 공산당 패구나,
그 놈들 패야" (234-5)

인용문은 아버지와 아들이 해방직후의 현실에 대한 시각차로 심각
하게 대립하고 있는 장면이다. 해방기 소설에서 이념의 문제로 인한
갈등과 대립은 세대간의 갈등을 비롯하여 형제간의 갈등, 그리고 이
작품에서와 같이 父子간의 갈등 등 여러 형태로 제시된다. 채만식의
「도야지」는 이념의 문제가 작품의 핵심적인 모티프로 수용되어 있지
는 않지만, 해방기의 혼란상을 父子간의 반목을 통해서 제시하고 있다
는 점에서 「혈맥」과도 일맥상통한다. 그러나 「혈맥」에서는 부자간의
갈등이 보다 예각적으로 나타난다. 심지어 이박사는 자신의 외아들 기
호를 두고 "그 자식은 내 자식은 아니야. 무슨 원수로 태어난 자식야"
라고 생각할 정도로 미움의 감정이 앞서 있다. 신탁통치를 둘러싼 이
들 父子간의 대립과 반목은 당시 좌우 이데올로기 대립의 축소판적 성
격을 띤다.

그런데 아들 기호는 "삼국 외상회담 절대 지지"를 홍보하고 회의를
하는 과정에서 우익 측으로부터(?) 테러를 당해 중태를 입는다. 아들
기호는 동료 학생들에 의해 이박사의 병원으로 실려오지만, 이박사는
"그 자식은 내 자식이 아뇨"라며 끝내 부상을 돌보지 않는다. 그러나
결말부분에 이르면 자신의 단호한 행동에 충격을 받은 아내의 실신을
목도하자 굳게 닫혀진 이박사의 마음이 조금씩 움직이는 과정이 암시
됨으로써 부자간의 극단적 대립이 화해의 국면을 맞는다.

이 작품의 결말 부분만으로 부자간의 이념상의 갈등이 해소되었다
고 보기는 힘들다. 하지만 이러한 결말처리는 의미있는 암시를 준다.

이념의 문제보다 더 우선하는 것은 부자간의 혈육의 정임을 리얼하게
제시해 줌으로써, 당시 좌우이데올로기의 대립으로 인한 갈등과 반목
의 문제를 예리하게 묘파해 놓고 있기 때문이다. 이 작품에 대해서는
"작가의 시선이 어느 한쪽으로 편중되지 않음으로 말미암아 이데올로
기적 대립의 한 양상을 비교적 객관적으로 증언해 보인다"[297]는 지적
도 있다. 그러나 「혈맥」은 우익의 입장에서 좌익의 비판을 더 염두에
둔 시각으로 보아야 할 것이다. 왜냐하면 이 작품에서 아들 기호의 행
위는 다소 과격하고 맹목적으로 그려지고 있는데 비해, 우익의 입장에
보다 밀접한 이박사와 어머니의 인간적 고뇌에 더 비중을 두고 있기
때문이다.

　해방 직후 좌우 이데올로기의 갈등과 이로 인한 이념의 메카시즘적
풍토에 대한 비판은 이근영의 「탁류 속을 가는 박교수」(『신천지』, 48.6)
에서 보다 본격적으로 행해진다. 발표 직후에는 실패한 작품으로 평
가[298]되었던 이 작품은, 근래에 들어 현실에의 부정적 전망을 낙관적
전망으로 전이시키며 좌·우익 대립상을 가장 밀도있게 그려낸 작
품[299]으로 평가받는다. 「탁류 속을 가는 박교수」에 대해서는 고를 달
리해서 언급[300]한 바 있어 자세한 고찰은 약하겠지만, 결국 이 작품에
서 작가는 좌·우익의 극명한 대립을 통해 당시의 혼탁한 정치현실이
야기하는 근본적인 문제를 지적하고 있으며, 또한 이러한 측면을 민족
분열의 내적요인으로 파악하고 있다. 따라서 이 작품은 좌·우익의 극
단적 대립을 통해 황폐화된 의식성향이 분단고착화를 가속화하고 있는

<hr>

297) 정과리·홍정선, 「한국현대문학사」, 『문예중앙』, 1989 봄호, 306면.
298) 석청은 「창작월평」(『개벽』, 1948.8, 75면)에서 "사건의 유기적 관련성이 결여
　　되어 꾸며낸 듯"한 작품으로 평가한 바 있다.
299) 이우용, 「해방직후 소설의 현실인식 문제」, 『해방공간의 문학운동과 문학의
　　현실인식』, 한울총서, 1989, 166면.
300) 졸고, 「이근영론」, 『한국언어문학』, (1992, 6), 422-426면 참조,

현실을 염두에 둔 비판적 시각을 일관되게 유지한다.

무분별하게 충돌하는 좌·우세력의 갈등에 초점을 맞춤으로써 해방 현실이 갖는 기대와 그 기대좌절의 부정적 양상을 폭로함으로써 민족적 동질성 회복의 어려움을 제시한 경우로 우리는 중간파 작가들의 작품세계를 조명할 필요가 있다.

2. 중립주의적 시각의 다양성

해방기의 '중간파'에 속하는 작가나 작품에 대해서는 논자마다 조금씩 차이를 보이고 있지만, 대체로 '중간파'란 좌우로 대립되어 있는 당시의 문단 분위기를 꺼려한 일군의 작가와 비평가들을 포함한다.[301] 이들은 중립주의적인 인물을 다양한 형태로 등장시켜 좌우로 대립된 당시의 현실을 비판하는 데 주안점을 두었다. 그러나 이들의 중간파적 입장은 좌우로 대립되어 있는 당시의 문단에서 좌익측으로부터는 '문학주의'로, 우익측으로부터는 '시류적 소견'으로 백안시당한다.[302] 중간파 작가들은 그들의 작품 속에서 이러한 중립적 시각이 매도당하는 당시의 현실을 비판하기 위해 중립적 인물을 등장시키거나, 혹은 이러한 인물들이 소외당하는 현실을 통해 좌우 이데올로기 대립의 심각성을 부각시키려 하였다. 해방기 소설에 나타나는 중립주의적 인물은 여러 형태로 등장하고 있다는 데 주목할 필요가 있다.

---

301) 권영민, 「해방공간의 문단과 중간파의 입장」, 『한국 민족문학론 연구』, 민음사, 1988, 410-422면 참조.
302) 해방기 문단의 중간파 노선은 안재홍으로 대표되는 정치적 중간파의 운명이나 파당성과 같이 뚜렷하지는 않았지만, 정치권의 좌우대립 양상과 비슷한 모습을 띠었다. 정치권에서 중간파의 논리는 좌우익의 입장에서 볼 때 악의적 표현으로 "兩棲의 동물"(박달환, 「안재홍론」, 『인민』2권1호, 55면)로 비유되는 상황이었다.

크게 보아 중간파에 속하는 인물을 주인공으로 내세운 해방 직후의
소설들은 좀더 미세하게 가를 경우 첫째, 이 쪽이냐 저쪽이냐 선택하
는 것 자체가 무의미하다고 본 허무주의자의 유형 둘째, 이쪽 저쪽 다
관계하면서 나중에 세유리한 쪽으로 붙으려는 기회주의자의 유형 셋
째, 좌우초월 혹은 합작의 가능성을 염두에 두고 있는 엄정 중립주의
자의 유형으로 정리된다.303)

위의 진술은 작품 속에서 중립주의적 시각을 견지하고 있는 인물을
몇 가지로 유형화한 조남현의 지적이다. 조남현의 이러한 지적이 해방
기의 소설에 나타나는 중립주의적 인물의 유형을 총괄했다고 보기는
힘들다. 그러나 이러한 지적은 적어도 중립주의적 시각이란 단선적으
로 파악될 수 있기보다는 다양한 인간상으로 그려질 수 있음을 시사한
것이다.

김만선의 「형제」(창작집 『압록강』)에서 경수는 엄정 중립주의적 태
도를 유지하려는 인물이다. 그러나 사건이 진행되어 가면서 중립적 태
도를 유지하는 것이 현실적으로 쉽지 않음을 드러내 보임으로써 해방
기 사회의 이념적 편향성을 부각시켜 준다. 그런데 이 작품은 결말부
분이 검열에 의해 8쪽이 누락되어 있어 어떠한 방식으로 결말을 맺었
는지 알 수는 없다. 다만 앞에서 전개해 온 사건으로 미루어 볼 때, 경
수는 소시민적이고 방관적인 자신의 중립적 태도에서 벗어나 중립적
시각이 훼손당하는 현실에 대해 보다 적극적으로 대응하는 입장을 취
할 것으로 보인다.

반면 김영수의 「행렬」(『백민』, 47.3)에 나오는 '현'은 중립주의적 시

---

303) 조남현, 「해방직후 소설에 나타난 이념선택의 양상」, 『한국소설과 갈등』, 문
학과 비평사, 1990, 306면.

각에 대한 뚜렷한 주관을 갖지 못하고 浮動하는 지식인으로 등장한다. 이 작품에 나오는 현은 '좌도 아니고 우도 아닌 잡지사'에 다닌다고 우연히 만난 S--문학가동맹 회원--로부터 조소를 받는다. 현은 S의 비아냥에 분노를 느끼면서도, 한편으로 그동안 잡지사의 노선과 자신의 삶에 대해 차츰 회의에 빠진다. 자신의 중립적 태도에 대해 뚜렷한 주관을 확보하지 못한 상태였기 때문이다. 다만 현은 자신이 몸담고 있는 잡지사의 중립적 태도에 대한 주위의 냉소적 시각에 대해서 자조적으로 대응하고 있을 뿐이다.

> "…그래 나는 좌도 아니고 우도 아닌 잡지를 꾸민다. 그러니 어쨰란
> 말야 뭐? 날더러 회색분자라구 ……? 기회주의자 라구 ……홍 그러면
> 어쩔테야 (……)뭐, 내가 친일파니 걱정야, 민족 반역자니 걱정야……
> 일없어…일없어 …잘못헌게 없는 데 무슨 걱정야---"(35)

현은 자신의 중립적 시각에 대한 주관이나 철학이 빈곤한 인물로 설정되고 있다. 그러나 결말 부분에서 현은 앞집 사랑채를 든 사람들도 자발적으로 시민대회에 참가하는 것을 보면서 마음의 동요를 받게 된다. 시민대회에 나가지 않는다고 해서 전처럼 쌀 배급을 주지 않거나 무슨 징벌이 있는 것도 아닌데, 추운 겨울 날씨에도 이들 가족들이 시민대회에 자발적으로 참여하는 모습은 현으로 하여금 자책감을 들게 한 것이다. 결국 현은 "마치 자기가 지금 커다란 죄를 범하고나 있는 것 같이 생각"되어 이 대회에 동참함으로써 중립적 태도에서 벗어날 것임을 암시해 준다.

이처럼 「행렬」에서 현은 중립적 시각에 대한 사상적 기반이 미약한 상태에서 浮動하는 지식인상으로 부각되고 있다. 따라서 현의 전향은 납득할 만한 필연성을 수반하지 못한 상태에서 자조적인 심리에서 쉽게 전향(?)하고 만다. 이리한 짐은 이 작품이 노식석이라는 비판으로부

터 자유롭지 못한 요인이기도 하다.

「형제」의 경수나 「행렬」의 현은 나중에 가서는 중립주의자들 특유의 강박관념에서 해방되려는 시도를 보인다. 특히 「행렬」에서 현은 우익이념, 좌파이데올로기의 실체가 무엇인지에 대해 알려고 하기보다는 지식인들 사이에서 흔히 있는 '행동콤플렉스'에서 해방되는 길은 무엇인가를 모색하는 데 더 부심하게 된다.

앞의 작품에서 주인공들이 엄정중립주의자의 모습을 유지하려는 인물, 혹은 浮動하는 지식인상으로 설정되어 있다면, 김만선의 「귀국자」에서의 혁은 허무주의적 유형으로서의 중간파를 그린 경우이고, 박영준의 「환향」이나 김만선의 「어떤 친구」에서는 기회주의적 속성을 발휘하려는 중립주의적 인물들이 등장하게 된다. 따라서 김만선은 세 가지경우를 다 보여줄 수 있었던 만큼, 염상섭 못지 않게 '중간파'의 이념적 성향과 논리에 관심을 보이고 있음을 알 수 있다. 304)

그런데 염상섭의 「이합」 이나 「재회」에서 추구하는 중립적 시각은 앞에서 살펴본 작품들과는 다른 시각을 보이고 있다. 「이합」과 「재회」의 주인공 장한은 이데올로기로 대립되어 있는 당시 분극화된 사회상을 비판적으로 바라보면서 좌우합작의 가능성을 배제하지 않기 때문이다.

염상섭의 「離合」(『개벽』속간호, 48.1)과 「再會」305)(『개벽』, 48.8)는 그의 이념적 성향을 잘 드러내고 있는 작품들이다. 「再會」는 「離合」의 속편적 성격을 띠고 있다. 줄거리 자체만으로 보아도 「離合」은 해방으로 말미암아 부부가 서로 이데올로기 갈등을 일으켜 남편이 아들만 데리고 38선을 넘어온다는 내용으로 되어 있는데 반해, 「재회」는 그 표

---

304) 김만선의 작품세계에 대한 전반적인 개관은 임헌영, 「김만선의 작품세계」, 『압록강』, 깊은샘, 1988, 11-28면 참조.
305) 「이합」과 「재회」의 텍스트는 『염상섭전집』10(민음사, 1987)을 택했다.

제가 말해 주듯이 아내가 38선을 넘어와 '재결합한다'는 내용으로 되어 있다. 뿐만 아니라 「이합」의 주인공이 「재회」에서도 그대로 이어지고, 등장하는 인물의 성격도 유사하다. 그러나 한편으로 「離合」과 「再會」는 각기 발표 매체가 다르고 독립적인 속성을 갖고 있는 만큼 별도로 논의되어야 할 것이다.306)

「재회」는 「이합」에서 S군을 떠난 장한이 38선을 돌파하는 데서 시작된다. 「이합」에서 「재회」로 이어지기 위한 장치는 「이합」에서 몇 군데 복선으로 설정되어 있다. 예컨대 신문기자 출신인 처남의 월남사건, 장한이 월남한다고 하자 서울로 곧 갈 것이라는 처삼촌의 존재, 그리고 장한의 귀소본능 등을 들 수 있다.

주인공 장한은 「離合」과 「再會」를 통틀어 모두 세번의 토론을 벌인다. 첫번째는 아내 신숙과의 토론이고, 다음은 처남인 진호, 그리고 세번째는 형 명한과 벌이는 토론이다. 토론이 "사상과 이념의 차원에서의 갈등형태"307)라고 한다면, 인물들 사이에서 전개되는 토론의 분석을 통해 작중인물들의 사상적 변모와 작품 속에 드러나는 세계관을 추출해 볼 수 있다. 특히 「재회」에서의 작가 자신의 입장을 대변한다고 해도 무방할 장한, 처남인 진호, 그리고 형 명한과의 토론은 주목할 만하다.

장한의 처남인 진호의 관점은 장한의 시각 못지않게 이 작품에서 상당한 의미를 띠게 된다. 그는 장한처럼 남한의 현실을 목도한 다음 이데올로기에 의한 남한사회의 분극상을 신랄하게 비판하고 있기 때문이다. 진호의 시각은 중간적 노선을 피력하면서 해방직후 이데올로기 문제가 생존의 문제와도 결부되어 있음을 보여준다. 또한 그가 이데올로

---

306) 김윤식(1987), 앞의 책, 801면 참조.
307) Anatol Rapoport, *Conflict in man-made enviornment*, Penguin books, 1974, 180면. 조남현, 앞의 책, 26면에서 재인용.

기 문제를 가족의 차원에서 접근하고 있다는 것을 주목해야 할 것이다. 특히 자신의 처가인 상주에서 신문사 지국장 노릇을 하면서 뿌리를 내리려다 실패하고 이북의 고향으로 돌아가면서 장한과 나눈 대화는 남한의 사회상을 염두에 둔 비판이다. 여기서는 주로 진호의 입을 통해 남한의 실정이 비판적으로 소개되고 있는 데, 장한은 자신의 입장을 피력하기보다는 간단하게 맞대응하는 정도이다. 이것은 남한의 현실을 구체적으로 목도하지 않은 상태에서 섣불리 자신의 의견을 피력할 수 없는 장한의 신중함이자, 이후에 보다 신빙성있게 자신의 의견을 피력하기 위한 복선의 의미를 띤다.

가)「내 주제에 무얼 했겠냐마는 틈바구니에 끼어서 한참 볶아댔네. 조그만 지방에서 신문 지국장이라면 그래도 유지라고 좌우에서 제 각기 낄라는데 아무데도 낄리지 않고 소위 중간노선을 걷자니 결국은 좌우에 다 인심을 잃고 미움을 받게 될 수밖에! 이번에도 결국은 안팎꼽사둥이가 돼서 이 지경일세」

나)「정치 노선은 내가 무슨 쭉 째진 정치노선이겠나! 가만히 있는 사람을 빨갱이라고 들씌우려 드니 나 같은 증정이 허한 놈은 제 그림자에 놀래서 떠돌게 되고 마네그려」

다)「이놈 혼났다! 멋두 모르구 삼팔선을 깔려 넘어온 이놈의 신세가 조선놈의 팔자 아니가! 삼천만이 또다시 계모 시하의 눈칫밥 먹게 되지 않았나!」

라)「참 기맥힐 일 아니가! 해방 덕에 남북이 갈려서 잘됐단 놈이야 어디 있겠나마는 살림을 파방치구 이혼하자는 해방이더란 말인가!」
(120-23)

가)나)다)라) 모두 38선 경계에서 장한이 진호와 만나 나눈 대화 중 진호의 발언만을 순서대로 묶은 것이다. 인용된 대목은 모두 진호의 입을 통해 나온 말이지만 조금씩 그 뉘앙스는 다르게 표현되어 있다.

가)나)에서는 진호의 기회주의적 속성이 암시되고 있지만, 동시에 좌우익의 이념상의 분열로 극단적으로 대립되어 있는 남한의 현실을 드러내 준다. 특히 진호의 발언은 좌우 이데올로기의 극단적 대립으로 인해 중립적 시각이 확보될 수 없는 남한의 현실에 대한 경직성을 염두에 둔 비판이다. 반면 다)라)는 누나와 이별하고 남으로 내려오는 매부의 월남을 통해 해방된 남북의 사회를 동시에 비판한 것이다.

이런 점에서 볼 때 진호의 관점은 이른바 중간노선의 성격을 어느 정도 취하고 있는데, 주로 이데올로기의 문제로 인해 분열된 당시의 사회상을 염두에 둔 비판으로 볼 수 있다. 진호의 발언 속에는 이념의 空疎함을 통해 매형과 누나의 이별을 비판하려는 의도가 내포되어 있다. 그러나 진호의 시각은 중간 노선을 표방하고 있으면서도 어느 정도 한계를 드러내고 있다. 왜냐하면 진호는 "신문기자 출신이기는 하지만 만주 바닥에서 일본놈 꽁무니나 쫓아다니면서 닥치는 대로 토막 부로커 노릇도 해보고 스파이 됨직한 짓도 하고 아편장수의 앞대가리 노릇도 하여 가며 돈에 눈이 벌겋던 위인"(120)으로, 혹은 해방 후에는 "한몫 보는 정치운동자나 된 듯 싶은" 인물로서 기회주의적 속성을 띠기 때문이다. 그렇다고 진호의 중간노선이 "박쥐의 생리"나 혹은 "자기 도생의 한 방편"308) 으로만 폄하되어서도 곤란하다. 비록 진호가 해방전에 기회주의적 행태를 발휘한 인물로 보아 해방 후에도 그러한 속성을 갖고 있을지라도, 해방후 남한 사회를 바라보는 그의 시선 속에는 온당한 비판이 함축되어 있기 때문이다. 특히 진호는 이념에 의한 가족간의 분열을 통해 해방직후 남북한 사회를 동시에 비판하고 있으며, 이것은 이 작품의 핵심적 의미와도 연관을 맺는다. 더욱이 진호가 북한에 있는 누나를 데리고 다시 월남함으로써 장한 부부의 화해와 재회를 매개해 주는 인물이라는 점을 감안해 볼 때, 그의 행위와 진술

---

308) 조남현, 앞의 논문, 305면.

속에 담긴 비판의 의미도 간과할 수 없다고 본다. 특히 장한이 진호와 38선 경계에서 나눈 대화에서 우리가 주목해야 할 것 중의 하나는, 중간노선을 택할 수 없을 정도로 이념적 대립이 극단화되어 있는 남한의 현실, 즉 "가만히 있는 사람을 빨갱이라고 들씌우려" 드는 이데올로기의 경직성을 비판하는 대목이다. 이러한 양상은 그 밖의 작품들에서도 발견되고 있다.[309]

「再會」에서 해방직후의 이러한 현실을 비판하기 위해 등장하는 또 하나의 중립주의적 인물이 장한이다. 그는 남한의 무질서한 현실을 직접 경험하지만 북한의 S군에서와는 비교할 수 없을 정도로 평온함을 느낀다. 게다가 장한은 ##공장의 지배인으로 있는 형의 환대를 받고 그 덕에 새 직장을 얻어 안정된 생활을 하게 된다. 그런데 새 직장과 그런대로 보장된 생활을 하는 장한의 관심은 정작 자신의 주변을 넘지 못하고 있다. 남북의 현실을 개탄하고 우려하는 장한의 목소리가 공허하게 들리는 이유도 여기에 있다. 그러나 장한은 남한의 현실에 많이 적응해 나가는 한편, 형과의 대화를 통해 진정한 의미의 중간 노선을 점차 획득해 간다. 이것은 장한이 그의 형 명한과 벌이는 토론을 통해서도 나타난다.

> (장한): 「그러나 그 소위 정치적 자유란 게, 여기에는 얼마나 있는지? 한발로 양김질치는 생활이기는 남북이 똑같지 않습니까. 비단 땅덩이가 짜개졌다대서만 말이 아니라」
> (형): 「왼발로만 걷는 세상에서 오른발로만 걷는 세상에를 건너와 보니 그게, 그턱이란 말이지만, 그래도 오른발은 같은 앙감질이라도 익

---

309) 이무영의 「산정의 삽화」(『문예』, 1949.11)는 지주의 부당한 요구를 거절했다가 '빨갱이'로 몰린 젊은 농부의 하소연을 통해 이념의 메카시즘 현상이 횡행한 당시의 현실을 비판하고 있다. 또한 채만식의 「낙조」에서는 비판적인 시각을 사회주의 사상에 연결시키려는 이념의 메카시즘적 풍토를 비판한다.

숙하고 든든할 게 아닌가!」

하고 형은 웃는다.

(장한):「그러나 이것은 요새 며칠 묵은 신문을 보며 생각한 일이지만은, 미국의 방임주의가 특권적 정치세력을 만들어 놓지나 않을지? 그러면 이북의 경제 해방이 무산 독재세력을 만들어 놓기나 일반 아닌가요.」

(형):「그야 과도적 현상으로 하는 수 없을지 모르지」

(장한):「그러나 언제 두 발로 걸어 보겠다는 것인지! 방임주의란 민족 자주를 위해 내버려두는 것도 아니요, 우리가 생각하는 자유주의도 아니거던요. 결국 막연한 민족 분열에서 심각한 계급항쟁에 끌어 가기는 독재나 방임이나 같은 작용을 할 것 입니다. 여기에서 정말 새로운 민족적 자각이 있어야만 될 텐데 어쩌는 셈들인지?」(130-131면,( )로 표시한 작중인물 표시는 인용자가 이해를 돕기 위해 편의상 재구성하여 인용한 것임)

인용된 대화는 남한 우위론으로 생각이 굳어버린 형과 장한의 중간노선을 확인해 볼 수 있는 대목이다. 두 사람의 대화의 문맥을 볼 때 형은 우익의 시각에서, 장한은 중간노선에 서서 자신들의 논지를 펴고 있다. 그런데 여기서 장한의 중간노선은 그 나름의 타당성도 확보하고 있다. 그것은 장한에 비해 지식적인 측면이나 정치적인 감각에서 다소 무딜 소지가 있는 형과의 단순 비교적인 입장을 떠나 있다. 장한의 말은 해방직후 남북한을 다 경험한 상태에서 진술 하고 있어 대화의 신빙성을 담보하고 있기 때문이다. 특히 장한은 미국의 '방임주의'로 이념화된 남한의 사회나 이북의 '무산독재세력'이나 모두 '한발로 앙감질치는 생활'이라는 점에서는 남북이 다를 바 없다고 보고, 이것은 민족의 자각을 유도하는 이데올로기로서의 일정한 한계를 갖는다고 보는 입장이다. 장한의 노선은 앞에서 진호가 취한 중간노선의 태도와는 차원을 달리한다. 예컨대 "장한의 중립주의는 맹목적 행동주의, 이

넘의 배타적 도식화와 광기화에 대한 비판에서 출발하면서 물질적 · 정
신적 발전의 논리를 겨냥한 것"310)인데 반해, 진호가 지칭하는 중간노
선은 처세적인 성격에 주로 의존하고 있다. 따라서 전자가 그런대로
우리 민족의 참다운 미래를 모색하는 차원에서 중간파의 논리를 내세
운 것이라면, 후자는 기회주의적 속성에 기반을 둔 소박한 비판에 그
치고 있는 것이다.

  이처럼 이 작품은 중간노선의 차별화를 통해 중간노선의 선명성을
부각시키고 있다. 진호의 중간노선이 지나치게 소박한 측면에 국한되
어 있다면, 장한의 중간 노선은 이념지향적이고 명목론(nominalism)에
의존하는 복합적인 성격을 띤다. 심지어 장한은 아내와 헤어진 것도
조금씩 뉘우치는 심리적 변화를 겪게 된다. 이처럼 이 작품은 작자의
입장을 대변하고 있다 해도 무방할 장한의 시각을 통해 중간노선의 이
념적 성향을 드러내 준다. 이러한 맥락에서 김윤식은 두 작품에 대해
염상섭의 이데올로기 의식이 뚜렷하게 드러나 있으며, 특히 이른바 중
립적 세계관이 여실하게 부각되고 있음을 지적한 바 있다.

> 문제는 중간노선에 섰다는 데 있지 않고, 그 목소리가 작품「재회」
> 속에 너무 강하고 거칠게 울리고 있다. 무턱대고 중간노선을 취해야
> 한다는 당위론만을 내세우고 있을 뿐이다. 구체성 없는 당위론은 한갓
> 관념의 덩어리에 지나지 못하다. 중간노선을 취해야 한다는 주장만 있
> 지 그 구체적 방법을 알지 못하는 세계, 그것이「이합」「재회」의 한계
> 점이다. 311)

  위의 지적은 "「이합」에서 여주인공이 마침내 이데올로기를 버리고
월남하여 아내로서의 인륜의 측면으로 귀환하는 것은 이 작가의 모랄"

---

310) 조남현, 앞의 논문, 305면.
311) 김윤식, 앞의 책, 807면.

이자 "안정감 회복"312)을 염두에 둔 것이다. 「이합」에 비해 「재회」는 이데올로기적인 문제들이 전면에 부각되어 있으며, 또한 중간노선의 당위성을 이면에 많이 깔고 있다. 이것은 뚜렷한 동기부여가 미흡한 채 인륜적 유대에 의존해서 장한 부부가 재결합하게 되는 과정을 통해서도 입증되고 있다. 이렇게 여주인공이 월남하는 동기의 필연성이 회박한 채 장한과의 '재회'에 의한 결말처리는 좌익의 비평가들에 의해서 작품의 결점으로 비판받는다.313)

그러나 장한부부의 재회는 '중산층 보수주의'314)에 기조를 둔 작가의식과 표리관계를 염두에 둔다면, 모랄적 측면에 비중을 두고 이 작품을 접근해야 할 것이다. 또한 이 작품에서 중간노선의 표방은 주로 진호와 장한의 논리의 차별화를 통해 어느 정도의 타당성이 드러나는데, 특히 이념의 극단적 대립의 폐해를 가족의 재회를 통해 드러내려한 화자의 태도를 주목해야 할 것이다.

> "응 장하다! 정말 주의를 위해서 가정을 버릴만큼 혁명정신에 철저하다면 말리지는 않는다. 그러나 만일에 내가 소학교에서 학구질이나 해먹는다구 해서 이런 독립을 하는 좋은 때를 만니서 출세를 못하고 고탑지근한 훈장으로 늙은 이 신세가 보잘것 없고 눈에 차지 않다거나, 안할말로 시들어가는 청춘을 고히 늙히기가 아까워서 네가 네 마음을 어저는 수가 없이 눈이 뒤집혀 이 꼴이라면, 응 …두고 봐라! 후회할 날이 있으리라"(104면)

---

312) 김윤식, 「염상섭의 소설 구조」(김윤식 편, 『염상섭』, 문학과 지성사, 1977), 69면.

313) 김무산, 「자기 정리기의 창조사업」, 『문장』 속간호, 1948.10, 205면.

314) 김윤식은 염상섭이 체질적으로 완강히 갖고 있는 주견이란 서울 중인계층의 생활감각에 토대를 둔 심리적 안정감으로, 혹은 변화를 근본적으로 싫어하기보다는 자기계층에 충격을 가해 오지 않는 한 어떠한 혼란도 수용하려는 것에 대한 집약된 표현으로 '중산층 보수주의'라고 명명한 바 있다(김윤식, 「한국소설의 미학적 기반」, 『한국학보』2집, 일지사, 1976년 봄호, 103면 참조).

인용된 장한의 발언은 아내의 변신이 뚜렷한 이념적 성향에 토대를
두기보다는 막연한 심정적 반발에서 비롯되었음을 나타내 준다. 장한
역시 뚜렷한 이념적 성향을 띠기보다는 유보적이고 소극적인 태도로
말미암아 이미 학교에서도 우익으로 지목받고 있는 상황에서 아내와의
갈등으로 더욱 혼란에 빠져들게 된다. 그러나 장한이 "이념의 문제에
대해 거의 무자각한 일면"315) 만을 보이는 것은 아니다. 그것은 아내
의 가출 이후 장한이 교장으로부터 매일 교육과장(장한의 처고모부)을
찾아가라고 종용당하고 있는 와중에, 한 동료 교사가 아내와의 타협을
통한 원만한 해결을 제의하자 이를 거절하는 장면에서도 확인되고 있
다.

> "무사타협이라니 지금 와서는 세상이 다 알게 된 일을 결국은 내가
> 당장 당원이 된다든지 해서 사상적으로는 아내를 따라 가겠다는 실증
> 을 보여야 할 텐데 ,어디 사상이라는 것이 앉았다가 일어서듯이 돌변
> 할 수도 없고 하룻밤 새에 물이 들어 줘야 말이지"하며 장한이는 웃어
> 버렸다.
> "허허허…김선생도 의외로 고지식하군. (…)정식 당원이 되고 처고
> 모는 교육과장이었다, 아 이 판에 당장 교장으루 발탁이 될지 누가 알
> 우 허허허…"
> "사상에두 모리가 있웁디까? 얼마쯤 연구라도 하구, 얼마쯤이라두
> 자기의 사상적 체계를 세워놓고야 말이지, 목적에, 발등에 불이 떨어진
> 다고, 네네 한대서야 경찰에 붙들려 간 놈이 고문이 무서워서 헛소리
> 부는 것 같아서, 인텔리로서 양심이 허락할 수가 있어야지."(112면)

아내의 이념적 변신의 동기에 비해서 장한의 주관은 확고하다. 그러

---

315) 신형기, 『해방기 소설 연구』, 태학사, 1992, 179면.

나 장한의 월남은 확고한 이념선택에 따른 주체적인 판단에서 비롯되었다기보다는 아내의 변신에 대한 반발심이 더욱 지배적으로 작용한 결과이다. 이러한 점 때문에 이 작품은 "중산층 지식인의 가정사를 통해 이념적 대립의 포괄적 내용을 상관해 내기에는 너무 국부적이거나 미흡함을 드러낸 것"316) 이라는 비판도 받는다. 그러나 「이합」이 이념적 대립과 반목의 문제를 가정이라는 테두리에 국한시키고 있음을 감안한다면 위의 비판은 일면적이다. 특히 '흥미로운 성격적 대조와 섬세하고 선명한 심리적 형상화'를 통해서 접근해 갈 때 이 작품의 의미는 분명하게 드러난다. 염상섭은 이 작품에서 이념의 문제를 가정의 문제라는 프리즘을 통해 접근해 보려한 것이다.

「이합」은 해방에 대한 격앙된 감정과 이념적 열정의 뒷모습을 조명해 보인 것이며, 분단에 대한 작가 나름의 해석을 시도하고 있다. 이것은 일방적인 이데올로기의 피력을 지양하고 장한 부부의 재회를 통해 남북의 이념문제를 다룬 「재회」의 다음과 같은 결말처리를 통해서 암시하기도 한다.

> 신숙이는 백백히 앉아 있기도 안 되었고 남편의 기색이 심상한 데 마음이 끌려서, "이것 풀칠한 거예요?"하고 이틀만에 풀을 붙였다.
> "응, 하지만 인제 한장 남았는 데 손에 풀 묻힐 거 없어요"
> (…)그 순탄한 부드러운 목소리에 신숙이는 얼굴이 확 취해 오르며, 풀대야에 손을 덥석 넣어서 된 풀덩이를 꺼내다가 장파니에 뒤발을 하기 시작한다.(136면)

인용문은 이데올로기의 허구성을 비교적 섬세하게 형상화한 장면으로 이 작품에 대한 작가의 이데올로기적 관점이 집약되어 있다. 다시

---

316) 신형기, 앞의 책, 180면

말해 이것은 인간의 윤리적 측면과 가족유대의 질김, 혹은 인간 감정의 섬세함 등을 통해 이데올로기의 화해의지를 반영한 것으로 생각된다.

물론 이러한 결말처리는 한 가정의 재건이 어떤 이데올로기 선택보다도 더 소중한다는 것을 장한 내외의 재회를 통해 보여주려 한 소박함을 벗어나지는 못하고 있다[317]는 비판을 받는다. 이를테면 이념적 대립과 전망의 모색을 지나치게 낙관적이고 소박하게 접근한 것으로, 궁극적으로 중립주의적 세계관이 가지는 한계와도 무관하지 않다고 보는 것이다. 그러나 '재회'에 의한 결말처리는 염상섭이 해방 전부터 일관되게 추구해 온 중립주의적 노선, 즉 '당파성의 부정'을 의미하며, 이는 이념보다 삶이 앞선다는 '삶 제일주의'의 표방이라고 해석할 수 있다. 따라서 이 작품에서 이념의 극단적 대립의 폐해를 가족의 재회를 통해 보여주려 한 염상섭의 시각을 주목해야 할 것이다. 이런 점에서 신형기의 다음과 같은 지적은 새겨둘만 하다.

> 장한 부부의 재회를 통해 이념대립의 상상적 해결을 제시함으로써, 이념이란 실제적 삶에 우선하는 것일 수는 없으리라는 것, 이념 때문에 가정이 파탄되어서는 안되는 것처럼 민족이 분열되어서는 더욱 안되리라는 것을 상기케 하는 데 이 소설의 의도가 있었음을 읽기란 어렵지 않다. 그러나 이러한 당위론은 이념대립의 역사적 기원과 현실적 배경을 도외시한 그야말로 소박한 것일 따름이었다. 당연히 소설이 내비치는 민족통합에 대한 기대는 막연한 것일 수밖에 없었다.[318]

장한으로 대변되는 중립적 세계관은 제 3의 길을 모색하긴 하지만, 결국 구체적인 방법의 제시없는 막연한 기대 차원에 머물고 만다. 염

---

317) 이병순, 「염상섭의 후기 소설 연구」, 『국어국문학』110호, 1993.12, 280-285면
318) 신형기, 앞의 책, 181면.

상섭이 해방 후기에 접어들면서 이념의 문제보다 주로 일상사적인 도시민의 삶의 행태와 세태묘사에 경도되어 갔던 것은 결코 우연이 아니다.

이처럼 해방기 소설에서는 극단적인 좌우 대립적 현실을 비판하는 중립주의자, 기회주의적이고 이중적인 인물, 뚜렷한 이념이 없는 허무주의적 지식인, 좌우합작의 가능성을 배제하지 않는 초월주의자 등의 인물설정을 통해 당대 사회상을 반영하고 있다. 해방기의 소설에서 중립주의적 시각을 지닌 인물들이 이렇게 유형화될 수 있는 것은 해방기 문단에서의 중간파에 속한 작가들의 현실인식의 한 측면과, 중립노선에 대한 당시 작가들의 현실인식과도 밀접하게 관련되어 있다 하겠다.

3. 위기의식과 비극적 전망

1948년에 접어 들면서 남한 지역은 경제적 궁핍과 더불어 정치저 혼란이 더욱 심화된다. 더욱이 이 즈음은 미국 주도하의 좌우합작의 구성이 실패하게 되고 남한의 분단정부 수립이 가시화되는 시기였다. 또한 해방 직후 미국과 어느 정도의 우의적인 친선관계를 원했던 공산당(남로당)은 '신전술'319)을 채택하며 미군정과의 정면대결로 치닫고 있었다. 이에 미군정에 의해 공산당의 활동이 불법화되고 남로당을 비롯한 좌익진영은 미군정하에서 더 이상 활발한 활동을 할 수 없게 되었다. 이러한 정세변화는 문화계에도 직·간접적으로 영향을 준다. 특히

---

319) 1946년 7월말에 취해진 '신전술'의 정식 명칭은 '정당방위에서 역공세'로서, 이는 미군정의 탄압정책에 대해 이제끼지의 협조징책에서 정면대응 투쟁으로의 전환을 의미한다.

미군정의 탄압으로 남로당의 움직임과 상황대처에 어느 정도 부합하는 문학가동맹 그룹의 일부 작가들은 월북하거나 전향해야 하는 사태가 속출했다. 일부 작가들은 '구국문학론'을 주창하며 문화활동을 전개하고 있었으나 겨우 명맥만이 유지되고 있을 뿐이었다. 이 즈음 「문맹」 계열 작가들의 작품에는 이러한 정세변화와 현실에 대한 위기의식이 반영되어 있다. 안회남의 「농민의 비애」를 비롯하여 김영석의 「격랑」(1948.3) 등은 그 대표적인 경우이다. 특히 「농민의 비애」는 확연히 열렸던 역사적 전망이 미군정의 식민지 정책에 따라 닫힌 공간으로 함몰되어 가는 징조를 보여주고 있었으며, 또한 김영석의 「격랑」(48.3)은 '2 · 7구국 투쟁'을 그린 작품으로서, 단정수립이 가시화되면서 남한내 좌익측 작가들의 위기의식이 비교적 잘 드러나 있다는 점에서 소홀히 할 수 없는 작품이다.320) 1948년을 전후로 남한의 분단정부 수립이 가시화되면서 창작된 좌익계열의 작품들은 안회남의 「농민의 비애」와 김영석의 「격랑」에서 드러나 있듯이, 투쟁적으로 구호화되거나 부정적 전망에 입각해 있다.

그런데 해방직후의 현실에 대한 이러한 위기의식은 「문맹」의 일부 작가들에게만 해당되는 것은 아니다. 비교적 문단의 좌우대립적 시각에서 벗어나 '중립적 시각'을 유지하려 했던 채만식을 비롯한 일련의 작가들도 당시의 위기의식을 작품에 반영한다. 이념의 메카시즘적 풍토를 비판함으로써 사회상을 조망하고 있는 채만식의 작품으로 「낙조」와 「역로」를 들 수 있다.

「낙조」는 일제시대로부터 해방직후(동란전)에 이르는 황주 아주머니 집안의 浮沈을 통해 해방직후의 사회가 안고 있는 모순상을 드러내고 있다. 작품의 시대적 배경은 식민지시대까지 소급되고 있으나, 주로 해

---

320) 「농민의 비애」와 「격랑」에 대한 보다 구체적인 작품 분석은 졸고(1995,), 20
    0 - 204 면 참조.

방직후의 상황에 초점이 모아져 있다. 또한 이 작품에서는 여러 유형의 등장인물이 나타나는데, 주로 황주 아주머니를 비롯한 3남매의 삶의 방식을 통해 해방직후의 사회적 현실과 이념의 분극으로 빚어진 사회의 비극적인 정황을 묘사하고 있다.

이 작품에서 이데올로기의 대립은 주로 황주 아주머니와 그밖의 다른 인물들과의 대립된 형태로 제시된다. 그런데 황주 아주머니가 대변하는 것은 주로 우익의 노선에 입각한 것으로 지극히 개인적이며 이기주의적이다. 반면 황주 아주머니의 막내아들 영춘은 황주 아주머니나 형과는 대조적인 인물로서 형의 죽음마저 인과응보라는 측면에서 헤아릴 만큼 양심적이다.

영춘의 긍정적인 면모는 '나'와의 대화부분(8-392-402)에서 구체적으로 드러나고 있는데, 대체로 나는 침묵을 지키거나 혹은 간단한 질문을 통해 주로 그의 생각을 귀담아 듣는 편에서 대화가 지속된다.

1) "소위 북조선 인민 해방군이 남조선을 친다는 걸 가상하구서 난 말이인 것이 분명한데 말씀이죠.(…)그런다구 하드래두 우린 사상이나 정치노선은 상극이라두, 다 같은 우리 조선사람한테 압박이면 압박, 창피면 창피 받구 살아야 합니까? 내 땅을 외국군대가 차지하고 있는 총칼밑에서, 이름만 독립이요, 실상은 보호국 노릇을 하구 살아야 합니까?"(399)

2) "(…)제가 공산주의가 싫다는 것과 대세완 다르지 않아요? 가령 여름날이 더워서 더운 것이 육체상으루 고통이요 싫다는 것과, 그러나 여름이란 더웁기루 마련이라는 것과 즉 더운 것이 대세라는 것과 다르끼 말씀야요. 저 한사람이 공산주의가 아무리 싫다구 하드래두 북조선 정권이 제주도까지 오는 것이 모든 조건에서 대세란다면 전 그것을 적어두 이론상으룬 승인을 해야하는 거라구 생각해요."(401면)

3) "(…)전 비단 북조선정권에 대해서만 그리는 것이 아니라, 이 남조선, 대한민국에 대해서두 미친가지야요. 엣닐 비율빈처럼, 실권은 여

전히 미국 재벌이 쥐구 앉었는 그런 독립은 일없어요. (…)만일 어떤 놈이구 간에 그 따위 정불 만들어 가지구 내용으룬 외국에다 나라와 민족을 팔아 먹으면서 수염을 쓰다듬구 앉아선 독립을 했읍네 하구 국민을 호련하는 놈이 있다면, 전 그런 놈 먼저 때려 죽이구서 북조선을 치러 갈테야요, 단연코 용설 안해요."(8-401-402면)

1)2)3)은 '나'와의 대화에서 영춘이 하는 말을 순서대로 인용해 본 것으로, 통일에 대한 열망과 외세를 배제한 자주독립국가의 건설을 지상과제로 인식하고 있는 그의 생각이 집약되어 있다. 특히 영춘은 한국동란의 戰禍에 휩쓸림으로써 동족상잔의 비극을 체현하는 해방 제 2세대(이 작품에서 영춘은 한국 동란을 직접 체험하지는 않았지만, 이후 한국동란을 직접 겪게 되는 세대라는 추측이 가능하다), 즉 "6·25세대의 면모를 구현하고 있는 인물"[321]로서 작가의 민족관과 국가관을 간접적으로 드러낸다. 물론 영춘의 생각이 작가의 이념을 그대로 대변하고 있다는 의미는 아니다. 하지만 영춘과 나와의 대화의 문맥을 통해 작가의 의중이나 전망이 어느 정도 투영되고 있음을 배제 할 수 없다.

영춘과의 이러한 대화를 주고 받은 뒤, "범속하고 용렬한 자신을 느끼는" 나 역시 영춘의 생각에 상당부분 심정적으로 동의하고 있음을 볼 수 있다. 예컨대 영춘의 생각이 "노상 편협한 감정의 것이라고만 볼 수는 없었다"든지, 혹은 "영춘을 좋게 본 나의 눈이 무디지 않았음이 기뻤다"(398)는 등을 통해 그의 생각이 '건전한' 이념의 소유자임을 은연중 암시하고 있는 것이다. 그러면서도 "나는 마음이 문득 어두워지는 것이 있었다"는 대화의 문맥을 통해 해방직후의 상황을 바라보는 작가의 비극적 전망이 交織되고 있다.

---

321) 한형구, 앞의 논문, 249면.

　일변 그러나 나는 마음이 문득 어두워지는 것이 있었다.

　'남조선이 북조선을 치는 날이면 ?'

　혹은 북조선에서 남조선을 먼저 칠는지도 모르는 것인데, 한 번 사단이 이는 날 우리는 남북을 헤아리지 않고 대규모의 동족상잔, 골육상식이라는 피의 비극 속에 휩쓸려 들고라야 말 것이었다. 제주도의 사태가 전조선적인 규모로 화대가 되는 것이었었다.

　…(중략)…

　"너하구 나 허구쯤 백날 앉아서 그런 걱정을 한댓자 아무 소용두 없는 노릇은 노릇이지만서두, 그 북조선이 남조선을 친다는 것 말이다. 그런 수단이 아니군 달린 남북통일을 할 도리가 없을꺼나? 동족동포끼리 서루 죽이구 필 흘리구 하질 말구서 말이야"

　"그야 슬픈 일이죠. 허지만 그 밖엔 아무 도리가 없을 땐 그렇게라두 해서 남북은 통일을 해 놓아야 할 게 아니겠어요?"

　"남북이 반드시 통일이 돼야만 한다는 건 나두 절대 주장이지만, 아무래두 필 흘려야 된다?"(8-398면)

　인용문은 내면에 일고 있는 '나'의 생각의 일단을 영춘과의 대화의 행간을 통해 제시함으로 차후의 현실에 대한 작가의 비극적 전망이 개입되어 있는 부분이나. 또한 이 대목은 제주도 4·3항쟁을 비롯한 좌우 이데올로기 갈등으로 인한 민족의 분열을 비판적으로 부각시킴으로써 작가의 날카로운 예지를 확인해 볼 수 있는 대목이기도 하다. 물론 여기서는 비애를 구체적으로 형상화하지는 않았지만, 해방기 소설은 이념상의 대립과 갈등으로 인한 민족의 분극상을 작품의 모티프로 수용한 경우가 빈번하게 나타난다. 앞에서 살펴본 여순사건의 단면을 제시한 김동리의 「형제」를 비롯하여 제주도 폭동사건을 다른 허윤석의 「해녀」(『문예』,1950. 1) 등도 이런 맥락에서 언급할 수 있는 작품들이다. 322) 이 작품들은 피비린내나는 무력충돌로 분출된 역사적 사건을 다루

---

322) '10월 인민항쟁'을 비롯하여 그 밖의 남한내에서 일어난 무장투쟁을 모티프

고 있다는 공통점을 갖고 있으며, 또한 이념의 문제를 보다 적극적으로 수용하고 있다.

채만식의 「歷路」 역시 「낙조」와 비슷한 맥락에서 언급해 볼 수 있는 작품이다. 「歷路」는 여행의 진전에 따라 해방직후 우리 사회에 대한 전반적인 비판을 하고 있는데, 여기서는 이승만, 김구, 여운형, 박헌영의 노선을 각기 주장하며 이데올로기적인 분열상을 보이는 승객들의 기차안의 논쟁이 주목할 만하다. 이것은 당시 정치 지도자들의 분열을 신랄하게 풍자하기 위한 것이다. 그런데 흥미로운 것은 이승만의 입장을 추구하고 있는 시골 신사의 논조는 어색하고 천박하게 제시되고 있는 반면, 여운형의 입장을 취하고 있는 좌익 청년의 입장은 옹호되어 있다는 점이다. 이들의 논쟁은 어떤 결말의 형태를 취하기보다 서로의 주장만을 고집하다가 천안에서 탄 공무원이 물가폭등을 비롯한 심각한 민생고의 위기적 상황을 토로하면서 중단되고 만다. 순박하던 농민들도 모리배들과 야합하여 "동족이건 죽건 말건 자신의 배만 불리기에" 급급한 현실에 대해 공무원이 분노를 떠트리자 논쟁에 참여한 다수는 다소 과격하다는 입장을 표하면서 그들의 논쟁은 더 이상 지속되지 못하고 마는 것이다. 이어 그 공무원은 이러한 책임이 민생고를 의식하지 않고 자신의 기득권에만 혈안이 되어 있는 일부 정치 지도자들을 비롯한 민족의 분열에 일차적인 책임이 있음을 주장하며 다음과 같이 각자의 반성을 촉구하게 된다.

> "당신넨 장차 대신의 자리두 천신할 욕심에 정당싸움두 깨가 쏟아
> 지구 머리통이 터져두 고소오한가 봅니다만서두 그 사품에 죽어나는

로 소설화 한 작품에 대해서는 임헌영, 「해방 이후 무장투쟁에 대한 문학적 형상화」, 이우용 편저, 『해방 공간의 문학 연구』, 태학사, 1990, 350-388면 참조.

건 우리예요. 팔일오 이전 일본한테는 좌익이구 우익이구 민족주이구
공산주이구 다들 합치해서 대항하구 했다면서 어째 시방은 아니하는
거예요? 장차 완전히 독립되구 나서 노동자허구 자본가허구 대가리가
개지구 대리뼉다귀가 부러지구 하두룩 싸움이라두 헐값으두 대외적으
룬 노동자나 자본가나 이해가 일치하니깐 아쉰대루 우선 합치를 시켜
야 옳지?, 떼여 놀라구 들여여 옳아요?"

　　"……"

　　"어떤 입으루들 민족을 사랑합네, 자주 독립을 합시다, 국민이여 각
성을 해라 이 소리가 나와요? 나 같으면 입이 꽝우리 구멍 같아두 할
말이 없겠드라."

　　"……"(8-288면)

　　인용문은 우리가 해방직후 사회적 혼란을 풀어가는 일차적인 과제
로 식민지적 상황의 냉엄한 조건을 직시한다면, 민족협동전선에 입각
한 단결이 요구되고 있으며, 그런 점에서 지금 猛省이 촉구되고 있는
집단이란 다름 아닌 이른바 민족의 지도자 집단임을 암시해 준다. 나
아가 「역로」는 해방공간에서 가장 유의미한 입장으로 '중도통합론' 혹
은 '좌우합작론'323)을 염두에 두고 있음을 추론해 볼 수 있다.

　　"마마 손님은 떡시루나 쪄놓구 배송을 한다지만 이 프랜드나 저 북
쪽 따와라시쩨들은 어떡허면 쉽사리 배송을 시키누?"

　　(……)

　　"사회진화의 노선이 적실히 유물변증법적 방향인 바엔 협조가 헤게

---

323) 1차 미소공위가 무기휴회에 들어가자 미군정은 남한 내의 극좌, 극우 세력
을 배제하고 중도적인 인물로 정국의 주도권을 장악하게 하여, 결국에는 이
들이 통일정부를 수립하도록 주도하는 계획을 수립했다. 그러나 좌우합작운
동은 여운형의 피살(47.7)과 미소공위의 결렬(47.8)로 인해 중도에 그치고 만
다. 좌우합작운동의 전개과정과 성격에 대해서는 김남식·심지연 편저, 『박
헌영노선비판』, 세계, 1986, 255-274면 및 송남헌, 『해방 3년사』2, 까치, 1985,
365-390면 참조

모니의 영원한 상실을 의미하는 건 아닐 텐데. 독일의 나찌즘이 영원한 승리가 아닌 것처럼.사세가 차차 더 절박해가니 돈 몇천원이나 벼 몇섬씩을 애끼다간 민족 천년의 대계를 그르칠 염려가 있다는 걸 깨달아야 할 텐데. 새로운 역사의 주인 노릇을 할 긍지와 도량으루다 말이지."

"사람이 없나봐. 한 정당 한 정당의 두령 제목은 있어두 민족의 두령제목은 안직 없는 모양야."

"낙심 말게. 이 김주사 어른이 기시질 않은가."

비는 오고.

다음 차가 언제 있을지 모르는 차를 우리는 음산한 정거장에서 민망히 기다려야 하였다.(8-290)

인용문에서도 암시되어 있듯이 어렵고 중차대한 문제들의 해결가능성에 대한 전망은 어둡고 비관적이다. 왜냐하면 각 정파간의 이해와 논리가 첨예하게 대립하는 상황으로 발전해 간 해방정국의 현실을 배경으로 하면서 각 정파간의 온당한 토론이 불가능할 정도로 치열한 작중의 현실이 대화적 문맥을 통해 제시되고 있기 때문이다. 이것은 결코 해방직후의 현실이 순탄치 않음을 암시적으로 드러낸 것이다. 결말 부분의 삽화 한 토막을 통해서도 그러한 징후를 예고해 준다. 예컨대 "하늘은 음산이 흐리고 빗방울이 빠지면서 바람결이 몹시 찬" 날씨에 호남선을 갈아타려는 무수한 사람들이 "객차 세 칸에 곳간 차 열개가 사람이 열리듯 하였다. 그러고도 태반은 타지를 못한" 와중에 난데없이 좋은 객차를 다섯깐이나 달아 가지고 오지만 그 객차에 칸마다 미국 병정 3, 4명이 한가로히 타고 있었다. 그러자 한 노인네가 "근천스런 미소와 굽실거리기를 거듭하면서" 절박하게 호소하지만, 이를 본 미군 병정은 내내 무표정한 표정과 "고요한 완상"에 젖어 차 꼭대기를 가리키는 삽화가 삽입되고 있다. 이 작품에서 이러한 삽화의 등장은 매우 중요하다. 다소 비약된 감이 없지는 않지만, 이 간단한 삽화에서 해방직후의 현실에 대한 작가의 전망이 개입되어 있음을 볼 수 있기 때문이다.

　이상으로 이 장의 첫째 절에서는 농민, 노동자, 그리고 지식인들의 각성과정을 통해 당시 산적한 제반모순이 이 시기의 소설에는 어떻게 드러나 있으며, 또한 이것은 사회의 변혁의지와 어떻게 연관되어 있는지를 살펴보았다. 그리고 이 장의 둘째 절에서는 순수문학 계열의 작품들과 진보적 리얼리즘 계열의 소설들, 그리고 이른바 부르조아 리얼리즘(또는 비판적 리얼리즘) 계열의 소설 속에 반영된 이데올로기의 수용 양상을 파악해 보려 했다. 이렇게 해방기의 소설에 나타난 이념선택의 과정을 구체적으로 탐색해 가는 과정에서 해방직후의 현실에 대한 위기의식과 전망의 모색과정을 살펴볼 수 있었다.

　해방기 소설에 나타난 인물들의 이념선택의 양상을 통해 현실인식 및 전망의 모색과정을 살펴본 결과, 이 시기의 소설에서 이념은 대체로 도구화되는 경향을 보였다. 특히 우익의 대표적 작가인 김동리의 해방기 소설에 등장하는 좌익 쪽의 인물들이 기의 모두가 극단적이고 부도덕한 인물로 나온다. 이것은 김동리의 작품들에 나타난 좌익사상의 비판이 충분한 설득력을 확보했다고 보기 어렵게 하는 요소이다. 물론 이러한 현상은 지봉문의 「때의 패배자」를 비롯한 진보적 리얼리즘 계열의 일부 작품들에서도 발견된다. 이러한 현상은 작가의 이데올로기적 편향성이 작품 속에 과도하게 개입한 결과이기 하다.

　반면 이무영의 「산정의 삽화」나 이근영의 「탁류 속을 가는 박교수」 등은 좌우의 극단적 대립을 통한 황폐화된 의식성향이 분단고착화를 가속화하고 있는 현실을 일관되게 드러냄으로써 이념의 메카시즘 현상을 비판한다. 이것은 중간파 계열의 작품에서 보다 본격적으로 행해진다. 이들 작품은 엄정 중립주의적 태도의 인물을 등장시켜 좌우로 대립되어 있는 당시의 현실을 비판하는 경우, 허무주의적 성격에 침윤되어 있는 인물을 등장시켜 뚜렷한 이념의 주관을 확보하지 못하고 방황하는 지식인상을 그린 경우, 또는 좌우합작의 가능성을 배제하지 않는 초월주의자로서의 중립적 성격 등을 등장시킨다.

　해방기의 소설에서 중립주의적 인물이 다양하게 입상화 될 수 있는 것은 당시 중간파 작가들의 현실인식이나 이념적 성향과도 밀접하게 관련된다. 특히 염상섭의 「離合」과 「再會」에는 이른바 그의 중립적 세계관이 함축되어 있다. 이것은 염상섭이 해방전부터 일관되게 추구해 온 중립주의적 노선을 내포한 것으로 '당파성'을 부정하거나 혹은 이념보다 삶이 앞선다는 '삶 제일주의'를 표방한 형태로 나타난다. 「離合」과 「再會」에서 이념의 극단적 대립의 폐해를 풍속사적인 차원에서 가족의 재회를 통해 보여주려 한 염상섭의 시각을 우리는 주목해야 할 것이다. 물론 염상섭의 작품은 이념적 대립과 전망의 모색을 지나치게 낙관적이고 소박하게 접근한 측면도 있다. 그러나 이것은 염상섭의 작품에 국한되지 않고 중간파 작가들의 작품이 공통적으로 안고 있는 한계이기도 하다.

　한편 1948년을 전후로 남한의 분단정부 수립이 가시화되면서 창작된 진보적 리얼리즘 계열의 작품들은 투쟁적으로 구호화되거나 부정적 전망에 입각해 있다. 안회남의 「농민의 비애」와 김영석의 「격랑」 등이 그 대표적인 경우이다. 특히 안회남의 「농민의 비애」는 친일잔재세력의 온존과 재생산이 가능한 사회구조, 그리고 외세의존세력이 진정한 자주 독립국가의 건설에 걸림돌로 자리하고 있는 현실을 시적장치를 통해 드러내 준다. 따라서 이 작품은 확연히 열렸던 역사적 전망이 미군정의 식민지적 정책이 표면화됨에 따라 닫힌 공간으로 함몰되어 가는 징조가 내포되어 있다. 그러나 이러한 현상은 진보적 리얼리즘 계열의 소설들에 국한되지 않았다. 채만식의 「낙조」를 비롯한 일련의 작품들에서는 비극적 의식에 기조를 둔 비극적 전망이 부각되고 있다. 특히 「歷路」는 해방직후 사회적 혼란을 풀어가는 일차적인 과제로 민족협동전선에 입각한 단결이 요구되고 있으며, 그런 점에서 지금 猛省이 촉구되고 있는 집단이란 다름아닌 이른바 민족의 지도자 집단임을 암시해 준다. 이러한 작품들에서는 해방기에서 가장 유의미한 입장으로 '중도통합론' 혹은 '좌우합작론'을 염두에 둔다. 요컨대 「낙조」와 「歷路」는 일제의 지배에서 벗어난 해방 직후의 현실은 민족의 단결이 선행하지 않을 때 또 다른 외세의 지배를 받게되리라는 암울한 전망을 반영해 준 것이다.

　결국 이 시기의 소설들은 이데올로기적 편향성이 작품 속에 과도하게 개입함으로써 작중 인물들이 이데올로기 문제 자체에 대한 진지한 견해를 피력하지 못하거나, 혹은 이항대립적인 갈등이 축소되고 낙관적 전망이 지나치게 노출됨으로써 총체적 현실파악 및 민족통일을 위한 토대로서의 체계적 이념을 제시하는 데까지는 나아가지 못하였다. 그럼에도 불구하고 이 시기의 소설들은 좌우 대립의 극단적 분열로 분단정부의 수립이 가시화됨에 따른 위기의식을 반영하고 있었으며, 또한 우리가 바라는 자주독립국가를 건설하기 위해서는 무엇보다도 외세의존적인 사고에서 벗어나 주체적인 발상의 전환이 이루어져야 함을 암시해 준다. 그런 면에서 이 시기의 소설문학을 통한 이데올로기의 탐색은 지속적으로 이루어져야 할 것으로 보인다.

V. 결 론

　본고는 해방기 중·단편 소설에 나타난 사회상과 작가의 현실인식을 통해 그것이 지닌 정신사적 의미를 규명하는 데 목적을 두었다. 위의 목적을 효과적으로 달성하기 위해 본고는 정신사적 연구방법을 동원하였다. 이러한 연구방법은 해방기 소설을 '좌우 어느 한 쪽에 귀속시키는 경향'을 지양하고 이 시기의 소설문학을 총체적으로 조감할 수 있는 의미체계를 마련하는데 유효하다고 판단했기 때문이다. 또한 본고는 좌·우 대립적 시각으로 특정 작가나 작품들만을 연구대상으로 하던 기존연구의 한계를 극복하기 위해 좌익·우익·중간파에 속했던 작가들의 작품을 연구대상에 두루 포함시켰다. 특히 본고는 그동안 해방기의 문학연구에서 소홀히 다루어졌던 이른바 '중간파' 계열 작가들의 작품분석에 보다 비중을 두었다. 이것은 이 논문이 해방기 소설을 좌우 어느 한 쪽에 일률적으로 귀속시키는 태도를 지양하고 이 시기의 소설문학에 나타난 시대정신의 파악에 주안점을 두었기 때문이다. 이에 따라 얻어진 결론은 다음과 같다.

　해방기 '귀환형소설'들은 해방직후 자기 정체성 확보에 대한 바람, 나아가 민족의 정체성을 회복하려는 국민들의 여망을 드러내 준 경우로 볼 수 있다. 이러한 작품들은 귀환과정에서 귀환민들이 겪게 되는 험난함을 통해 혼란과 갈등으로 뒤엉킨 해방직후의 사회상을 암시하고 있거나, 혹은 해방된 조국의 의미를 자각하는 과정이 제시된다. 따라서 이 작품들은 귀환의 도중에 귀환민들이 겪게 되는 고난의 체험을 통해 자아성숙과 공동체 의식을 획득해 가는 과정을 다룬다. 물론 일부의 작품들은 해방에 대한 개인적 차원의 감격을 직설적으로 토로하는 데 급급하기도 한다. 그러나 김만선의 「압록강」을 비롯하여 허준의 「잔등」, 채만식의 「소년은 자란다」 등은 비교적 해방의 감격과 귀환의 들뜬 상태를 벗어나 귀환민들의 귀환 과정을 통해 해방된 조국의 의미를 구체적으로 드러내 주었다.

또한 해방기 소설은 귀환민들이 주거할 공간마저 확보하지 못하고 유랑하는 삶을 드러내 줌으로써 해방의 사회상을 부각하고 있다. 이러한 작품들은 단지 해방직후의 사회상을 직설적으로 고발하는 데 그치지 않고, 그러한 혼란이 생존의 필수적인 '집'이란 공간모티프의 확보 과정을 통해 드러내 준다. 이것은 定住하지 못하고 좌절하는 그들의 삶을 통해 실향성을 벗어나려는 작가의식이 반영된 경우이다. 해방기 소실에 나타난 주거확보의 어려움은 단순히 주거시설 부족이라는 해방 직후 세태의 단면 만을 보여주기 위한 것이 아니다. 그것은 귀환민이 귀국한 이후의 현실이 고국 안주의 꿈과 얼마나 거리를 가졌는가를 가늠해 보임으로써 해방직후 자기 정체성 확보의 어려움과 그 회복의지를 반영하고 있는 것이다.

요컨대 귀환을 모티프로 한 소설들은 귀환이나 혹은 귀환 이후 겪게 되는 기대좌절의 과정을 통해 자기 정체성 확보에 대한 바람, 나아가 민족의 정체성을 회복하려는 열망을 드러내 준다. 그러나 한편으로 이러한 소설들 중에는 과도한 열망의 주관적 표출로 인해 시대의 전형성을 확보하지 못하거나, 혹은 개인적인 아픔으로만 인식할 뿐, 이를 극복하고 타개해 나갈 전망의 제시까지 나아가지 못한 경우도 있었다.

한편, 이 시기의 소설은 해방된 뒤에도 지속되고 있는 일제잔재의 온존에 대한 작가들의 비판의식과 청산의지에 비중을 둔 경우들이 많다. 해방직후 일제 잔재의 온존에 대한 청산의지는 당시 작가들에게 있어 공통적인 관심사이기도 하였다. 이것은 당시 작가 자신을 모델로 하여 친일협력에 대한 자신의 '과오'를 비판하거나 혹은 혼란된 세태에 편승하여 기회주의적 삶을 영위하려는 인간상에 대한 풍자와 고발의 형태로 나타난다. 본고에서는 전자에 해당하는 소설들이 해방직후 문인(혹은 지식인)의 내면탐색에 비중을 두어 당시의 사회상을 부각시키려 한 점을 중시하였다. 물론 이들 작품은 일제 말기 작가의 심정과 해방후 문인의 내면풍경을 진솔하게 드러내 주기도 한다. 그러나 보다 본질적으로 이 작품들은 문인 혹은 지식인의 세계관 변모과정을 통해 당시의 정치·사회적 상황을 가늠해 볼 수 있게 한다.

특히 채만식의 소설은 자기비판의 문제를 개인적인 차원으로 협소화하지 않고 해방직후의 사회에 대한 전반적인 자기비판의 형태로 이어져야 할 당위성을 내포한다. 왜냐하면 채만식은 식민지시대의 비극적인 역사 체험은 개인적인 윤리문제의 영역을 넘어서 역사에 대한 객관적인 인식과, 이에 근거한 사회 전체적인 비판의식과의 표리관계 속에서 그 온당한 의미를 확보할 수 있다고 보았기 때문이다. 그런데 채만식의 소설에 나타난 자기비판의 방식은 자기비판 대상의 확대와 '廉潔性'에 토대를 두고 있어 자칫 '자기비판의 무화' 내지는 '순환논법'에 머물고 말 수 있다. 그러나 채만식의 소설에서 우리는 자기비판의 문제를 개인적인 차원으로만 국한시키지 않고 이를 통해 지식인의 책임의식과 윤리의식을 환기하려 했던 점을 주목해야 한다. 왜냐하면 이러한 자기비판의 방식은 일제시대에 친일행위를 일삼아온 지식인들이 해방된 시점에서도 자기반성은 커녕 또다른 변신을 추구하는 세태를 겨냥하려는 작가의식과 연관되기 때문이다.

이런 견지에서 그 동안 자기비판소설들을 평가하는 데 있어 작가 자신의 친일행위에 대한 자기변명 위주로 서술되어 있는가, 아니면 속죄의식을 담고 있는가 하는 이분법적 시각의 접근은 탈피해야 할 것이다. 요컨대 해방기 자기비판소설들은 일제잔재세력의 '蠢動'을 비롯한 당시의 사회가 당면한 문제를 어떻게 극복해 나갈 것인지를 염두에 둔 소설로 확대해 볼 수 있어야 한다. 또한 해방직후 일제잔재의 온존에 대한 작가들의 비판적인 인식은 사회구조적 모순에 대한 비판을 통해서 나타난다. 이러한 소설들이 중점을 두었던 것은 해방직후의 어지러운 혼란상과 이로 인해 빚어지는 일제잔재의 엄존, 그리고 그것이 야기시키는 가치전도의 혼란상이다. 따라서 이들 작품의 공통점은 해방후의 사회상을 해방전의 사회상과 대비시켜 양 사회의 이질성과 단절성보다는 동질성과 연속성을 보다 강조하게 된다.

본고는 해방직후 일제잔재의 온존과 이로 인한 세태의 혼란상을 리얼하게 보여준 경우로 중간파 작가들의 작품을 주목하였다. 특히 채만식의 풍자소설들은 작품마다 풍자의 대상이나 주체의 설정에 다소의 차이는 있나. 그러나 그의 풍자소설은 당시 미군정의 파행적인 통치구조에서 드러나는 모순을 그리면서도 우리의 의식 내부에 잠재되어 있는 기회주의적 속성들이 일제잔재의 척결을 지연시키는 요인으로 부각시키는 공통점을 안는다. 또한 해방기 황순원의 작품들은 낡은 질서와 새로운 질서가 어떻게 대립하며 갈등하고 있는 지를 선명하게 제시해 준다. 여기서 낡은 질서란 혼란된 세태를 이용하여 자신의 편안함만을 추구하는 기회주의적 사고, 독점욕, 그리고 변화한 세상에 이성적으로 대응하기보다는 감상적으로 대응하는 태도 등을 복합적으로 지칭한다. 특히 해방기 황순원의 소설들은 집, 식량, 토지 등의 개인의 생존수단을 매개로 한 다양한 인물들의 삶의 방식을 통해 여전히 되풀이

되고 있는 일제잔재의 온존과 이로 인한 세태의 혼란상을 어느 작가보다도 리얼하게 부각시키고 있다.

해방기는 농촌사회의 구조적 모순을 비롯하여 노동현장에서의 대립적 실상, 그리고 이념선택의 문제로 인한 여러 형태의 대립과 갈등이 혼재한 시기이다. 따라서 이 시기의 소설들은 과거의 경제적 궁핍이 일상의 삶에서 그대로 반복되거나 또는 과거보다 더 가혹한 해방 직후 농민·노동자의 삶을 적나라하게 부각시켜 준다. 이러한 양상이 채만식의 「논 이야기」를 비롯하여 안회남의 「농민의 비애」, 최정희의 「풍류잽히는 마을」 등에서는 새로운 외세의 개입으로 처참하게 피폐화된 농촌의 실상과 그 복원의지의 좌절로 나타난다.

반면 진보적 리얼리즘 계열의 소설들은 해방직후 우리 사회의 제반 모순을 형상화하여 변혁의 필연성을 제시해 준다. 그러나 이 작품들은 대체로 투쟁심 고취라는 목적성으로부터 자유롭지 못했고, 그 결과 작품들이 하나의 사건실록적인 성격에 머물거나 인물의 영웅적 형상화라는 도식성을 노정하게 된다. 이것은 당시 「문맹」을 비롯한 좌익진영 문학단체의 창작 슬로건이나 목적성으로부터 자유롭지 못한 이념문학이 갖는 구조적 한계와 무관하지 않다. 그러나 한편으로 이러한 작품들에서 제시되는 낙관적 전망(optimistic perspective)은 '당위의 세계'에 대한 바람을 텍스트화한 것으로 낭만적 세계인식에 기초를 둔 '願望의 의사성취화' 현상을 보인다.

또한 해방기 작품들에서 이념의 문제는 대체로 텍스트 상에 제대로 수용되기보다는 하나의 방편으로 도구화되는 경향을 보인다. 이것은 작가의 이데올로기적 편향성이 그들의 작품 속에 과도하게 개입한 결과로 판단된다. 그러나 이무영의 「산정의 삽화」나 이근영의 「탁류 속을 가는 박교수」 등은 좌우의 극단적 대립을 통한 황폐화된 의식성향이 분단고착화를 가속화하고 있는 현실을 일관되게 드러냄으로써 이념의 메카시즘 현상을 비판한다. 이것은 중간파 작가들의 작품에서 보다 다양한 형태로 전개된다. 이러한 작품들에서는 중립주의적 시각을 유지하려는 인물들을 다양하게 등장시켜 해방직후 사회현실의 이념적 대립을 비판하기도 한다. 해방기의 작품들에서 중립주의적 인물이 다양하게 형상化 될 수 있는 것은 당시 중간파 작가들의 현실인식이나 이념적 성향과도 밀접하게 관련된다. 특히 염상섭의 「이합」과 「재회」는 해방전부터 일관되게 추구해 온 그의 중립주의적 노선을 드러내 준다. 그의 중립주의적 노선은 '당파성의 부정'을 의미하거나 혹은 이념보다 삶이 앞선다는 '삶 제일주의'의 표방으로 나타난다. 이념의 극단적 대립의 폐해를 풍속사적인 차원에서 가족의 재회를 통해 보여주려 한 염상섭의 시각을 주목해야 할 것이다. 그러나 염상섭의 소설이 보여주는 한계는 이념대립과 전망의 모색을 지나치게 낙관적이고 소박한 차원에서 접근한 점이다. 이것은 또한 염상섭의 작품에 국한된 것이 아니라 당시 중간파 작가들의 작품이 공통적으로 안고 있는 한계이기도 하다.

　반면 1948년을 전후로 남한의 분단정부 수립이 가시화되면서 창작된 진보적 리얼리즘 계열의 소설들은 투쟁적으로 구호화되거나 부정적 전망에 기울어지는 현상을 보인다. 특히 안회남의 「농민의 비애」는 해방 직후 농촌사회의 구조적 모순, 나아가 진정한 자주독립국가의 건설에 대한 열망의 좌절을 부정적 전망에 입각해 보여준다. 「농민의 비애」는 확연히 열렸던 역사적 전망을 미군정의 식민지적 정책이 표면화됨에 따라 닫힌 공간으로 함몰되어 가는 징조가 내포되어 있다. 이러한 양상은 진보적 리얼리즘 계열의 작품들에만 국한되지 않는다. 채만식의 「낙조」와 「역로」 등 중간파 계열의 작품들에서도 볼 수 있는데, 이들 작품은 자기비판의 문제를 기조로 하면서 민족의 단결이 선행되지 않을 때, 또 다른 외세의 지배를 받게 되리라는 암울한 전망을 드러내 준다. 따라서 작품의 진반적인 흐름도 비극적 의식에 기소를 눈 비극적 세계관이 내포되고 있다. 이것은 분단정부의 수립이 가시화됨에 따른 위기의식의 표출이며, 또한 우리가 바라는 자주독립국가를 건설하기 위해서는 무엇보다도 외세 의존적인 사고에서 벗어나 주체적인 발상의 전환이 요구되고 있음을 암시한 것이다.

이상을 통해서 볼 때 이 시기의 소설들은 다른 시기에 비해 부정적 현실에 대한 인지도와 미래지향의지가 상대적으로 높게 나타난다. 이것은 한편으로는 새로운 세계에 대한 강한 바람과 변혁의지를 내포한 것이다. 따라서 이 시기의 소설들은 이상적 현실을 향한 열망이라는 유토피아적 속성을 그 기본 약호(code)로 삼고 있음을 볼 수 있다. 그만큼 이 시기의 소설문학은 해방에 대한 감격과 새로운 사회의 건설에 대한 기대를 반영하고 있다. 그러나 열망의 성취를 보여주는 작품들의 경우, 이상적 현실에 대한 선험적 인식이 앞서 있기 때문에 그 작품들은 당대 현실의 擬似解決에 그치고 말았다. 반면 열망의 좌절을 보여주는 작품들의 경우 실제 현실의 불투명한 전망으로 인해 비극적 결말에 이르게 된다. 그런데 열망의 성취를 보여 주었든 아니면 열망의 좌절을 보여 주었든 이 시기 소설문학에서 궁극적으로 드러내고자 했던 것은 '자기정체성과 민족의 동질성을 회복한 자주독립국가의 건설'로 집약된다.

앞으로 이러한 방향의 연구가 좀 더 의의있는 성과에 도달하기 위해서는 해방기 북한에서 전개된 소설문학을 함께 다루지 못한 점을 보완해야 할 것이다. 또한 해방 전의 문학과 해방기 이후의 문학, 특히 전후문학에 나타난 시대정신과의 연계성을 통시적인 차원에서 파악해야 할 과제를 안고 있다. 나아가 한국 현대 정신사 및 문학사의 전체적인 맥락 속에서 해방기 소설이 차지하는 위상을 자리매김하는 것도 하나의 과제로 남아 있다. 이는 후일의 과제로 남긴다.

참고 문헌

1. 기초자료

『개벽』『대조』『문학평론』『백민』『신문학』『신천지』
김승환 · 신범순 엮음, 『해방공간의 문학』1-2, 돌베개, 1988.
『염상섭 전집』10, 민음사, 1987.
『채만식 전집』8, 창작과비평사, 1989.
『한국근대단편소설대계』(영인본), 태학사, 1988.
『해방기 한국문예자료총서』1-11권, 계명문화사.
『황순원 전집』2권, 문학과지성사, 1985.
『황순원 전집』12권, 문학과지성사, 1985.

2. 국내논저

강만길, 『한국현대사』, 창작과 비평사, 1984.
구인환, 『근대문학의 형성과 현실인식』, 한샘, 1983.
구창환, 「토속적 상징과 휴머니즘:김동리론」, 김용성 · 우한용 공편, 『한국
　　　　근대 작가 연구』, 삼지원, 1985.
권영민, 『해방직후의 민족문학 운동 연구』, 서울대 출판부, 1986.
_____, 『한국근대문학과 시대정신』, 문예출판사, 1983.
김경원, 「해방직후 진보적 리얼리즘 소설 연구」, 서울대 석사학위논문,
　　　　1990.
김기원, 『미군정기의 경제구조』, 푸른산, 1990.

김남식, 『남로당 연구』, 돌베개, 1984.

김남식·심지연 편저, 『박헌영노선비판』, 세계, 1986.

김양선, 「해방기 소설의 구조 연구」, 서강대 석사학위논문, 1991.

김무산, 「자기 정리기의 창조사업」, 『문장』속간호, 1948.10.

김미진, 「해방기 문예비평의 전개 양상 연구」, 전북대 석사학위논문, 1992.

김병익, 「황순원 문학의 위치」, 『현대문학』, 1965.4.

김상태, 「해방공간의 소설」, 『한국현대문학사』, 현대문학, 1989.

김성렬, 「광복 직후 좌우대립기의 문학 연구」, 고려대 박사학위논문, 1989.

김승환, 『해방공간의 현실주의 문학 연구』, 일지사, 1991.

______, 「해방공간 신식민지 반봉건사회구조와 소설구조의 동질성 분석」,

김윤식 편, 『해방 공간의 민족문학 연구』, 열음사, 1989.

김영택, 「해방공간 소설의 풍자성 연구」, 『한국 근대 소설론』, 민지사,
        1991.

김용성, 『한국근대소설의 인물 연구』, 인동, 1986.

______, 「작가론」, 『국어문학』26집, 전북대 국어국문학회, 1986.8.

______, 「소설에 굴절된 합리주의와 상상력」, 『국어국문학논문집』, 이규창
        박사 정년기념논문집, 집문당, 1992.

김용희, 『현대소설에 나타난 '길'의 상징성-이니시에이션 구조를 중심으
        로』, 정음사, 1986.

김욱동, 『대화적 상상력』, 문학과 지성사, 1988.

______, 『리얼리즘과 불만』, 청하, 1989.

김윤식, 「한국소설의 미학적 기반」(상), 《한국학보》, 일지사, 1976 봄호.

______, 「채만식의 문학세계」, 『채만식』, 문학과 지성사, 1984.

______, 『한국 근대 문학 사상사』, 한길사, 1984.

______, 「우리 문학의 만주 탈출 체험의 세 가지 유형」, 『한국학보』, 일지
        사, 1986 가을호.

______, 『염상섭 연구』, 서울대학교 출판부, 1987.

______, 『해방공간의 문학사론』, 서울대 출판부, 1989.

_____, 『한국 근대 문학 사상 연구』2, 아세아문화사, 1993.

김재용, 「해방 3년의 소설문학」, 『해방 3년의 소설 문학』, 세계, 1987.

_____, 「카프 해소파와 비해소파의 대립과 해방 후의 문학운동」, 『역사비평』, 1988 겨울호.

_____, 『민족문학운동의 역사와 이론』, 한길사, 1990.

김종회, 『한국소설의 낙원의식 연구』, 문학아카데미, 1990.

김천혜, 『소설구조의 이론』, 문학과지성사, 1990.

김치수, 『한국소설의 공간』, 열화당, 1986.

김치수 편저, 『구조주의와 문학비평』, 기린원, 1989.

김화영 편역, 『소설이란 무엇인가』, 문학사상사, 1985.

__________, 『프랑스 현대비평의 이해』, 민음사, 1984.

김형효, 『한국 정신사의 현재적 인식』, 고려원, 1986.

박신헌, 『한국전쟁 전후기 소설 연구』, 형설출판사, 1993.

박이문, 『인식과 실존』, 문학과 지성사, 1987.

박재섭, 「해방기 소설 연구」, 이우용 편, 『해방공간의 문학 연구』2, 태학사, 1990.

박재환, 『사회갈등과 이데올로기』, 나남, 1992.

백승련, 「안회남 소설 연구」, 서울대 석사학위논문, 1989.

백 철, 「창작점평-최근의 문제작 3편」, 『백민』12호, 1947.11.

송기섭, 「해방기 리얼리즘 소설 연구」, 충남대 박사학위논문, 1994.

송남헌, 『해방 3년사』1-2, 까치, 1985.

송준호, 「1920년대 소설에 나타난 상징성 연구」, 전북대 박사학위논문, 1992.

송호근, 『칼 만하임의 지식사회학 연구』, 홍성원, 1986.

서경석, 「해방공간 소설의 현실인식과 그 전망」, 『변혁 주체와 한국문학』, 역사비평사, 1990.

서준섭, 「밥의 시학-배고픔에서 배부름까지」, 『작가세계』, 1991년 여름호.

신동욱, 「채만식 소설 연구」, 『동양학』12집, 단국대 부설동양학연구소,

1982.

________, 「황순원소설에 있어서의 한국적 삶 인식 연구」, 『동양학』16집, 단국대동양학 연구소, 1986.

신덕룡, 『진보적 리얼리즘 소설 연구』, 시인사, 1989.

신형기, 『해방직후의 문학운동론』, 화다, 1989.

_____, 『해방기 소설 연구』, 태학사, 1992.

염무웅, 「소설을 통해 본 해방직후의 사회상」, 『해방전후사의 인식』, 한길사, 1985.

우명미, 「채만식론」, 현대문학연구 26집, 서울대 현대문학연구회, 1977.

우찬제, 「현대장편소설의 욕망시학적 연구」, 서강대학교 박사학위논문, 1992.

_____, 「한국문학의 경제적 상상력」, 『욕망의 시학』, 문학과지성사, 1993.

우한용, 『한국현대소설 구조 연구』, 삼지원, 1990.

_____, 「채만식소설의 담론 특성 연구」, 서울대 박사학위논문, 1991.

윤여탁, 「해방 정국의 문학운동과 조직에 대한 연구」, 『해방공간의 문학운동과 문학의 현실인식』, 한울, 1989.

윤홍로, 「해방기 소설 연구」, 『동양학』제 23집, 단국대 동양학 연구소, 1993.

이대규, 「한국 근대 귀향소설 연구」, 전북대 박사학위논문, 1994.8.

이동하, 『현대소설의 정신사적 연구』, 일지사, 1988.

_____, 「이광수와 채만식의 해방기 작품에 대한 연구」, 배달말 16호, 1991.

이래수, 『채만식 소설연구』, 이우출판사, 1986.

이보영, 『식민지시대 문학론』, 필그림, 1984.

_____, 『난세의 문학』, 예지각, 1991.

이상갑, 「채만식 연구-'소년'모티프를 중심으로-」, 서울대 현대문학연구, 제 75집, 1987.

이병순, 『해방기 소설 연구』, 국학자료원, 1997.

이우용, 「해방직후 소설의 인간상 연구」, 건국대 박사학위논문, 1992.

이명호, 「프레드릭 제임슨의 해석론-'정치적 무의식을 중심으로」, 『세계
　　　의 문학』, 1987년 봄호.

이수라, 「해방공간의 단편소설에 나타난 작가의식 연구」, 전북대 석사학위
　　　논문, 1993.

이정숙, 『실향소설 연구』, 한샘, 1989.

이재선, 『한국 현대소설사』, 홍성사, 1984.

______, 『현대 한국 소설사』, 민음사, 1991.

이병혁 편역, 『언어사회학 서설-이데올로기와 언어』, 까치, 1993.

이주형, 「채만식 문학과 부정의 논리」, 전광용 외, 『한국현대 소설사 연
　　　구』, 민음사, 1984.

________, 「해방직후 소설에 나타난 민족현실의 인식」, 『국어교육』20집,
　　　1988.

임긍제, 「민족문학 제창 후의 작품경향」, 『예술조선』3호, 1948. 4.

임규찬, 「8·15직후 민족문학론의 민중성과 당파성」, 『실천문학』, 1988 겨울
　　　호.

임명진, 「한국근대소설의 유형별 사적 연구」, 전북대 박사학위논문, 1988.

________, 「채만식의 <논 이야기>와 남은 이야기」, 『민족 통일과 한국문
　　　학』, 명지사, 1988.

임무출, 「김영석론」, 『영남어문학』17집, 1990.

임종국, 『일제침략과 친일파』, 청사, 1982.

임진영, 「8.15직후 단편소설 연구」, 연세대 석사학위논문, 1987.

임헌영, 「해방이후 무장투쟁에 대한 문학적 형상화」, 이우용 편저, 『해방공
　　　간의 문학연구』, 태학사, 1990.

______, 「해방 이후 문학에 나타난 외세의식」, 『해방공간의 문학운동과 문
　　　학의 현실인식』, 한울, 1989.

장성수, 「8·15해방공간과 채만식 문학」, 『국어문학』24집, 1984.2.

______, 「진보에의 신념과 미래의 전망-채만식론」, 김용성·우한용 공편,

『한국 근대 작가 연구』, 삼지원, 1988.

______, 「1930년대 경향소설 연구」, 고려대 박사학위논문, 1989.

장석주, 「빈집의 시학」, 『현대시세계』, 1992년 여름호.

정문길, 『소외론 연구』, 문학과 지성사, 1992.

정태용, 「현금 창작단의 동향」, 『신천지』, 1949.1.

전정구·김영민, 『문학이론 연구』, 새문사, 1989.

전흥남, 「안회남의 '농민의 비애'론」, 『한국언어문학』 제29집, 1991.5.

______, 「이근영론」, 『한국언어문학』 제30집, 1992.6.

______, 「채만식의 '소년은 자란다' 考」, 『국어국문학』 제107집, 1992.5

______, 「해방직후 '중간파' 문학론에 관한 고찰」, 『국어문학』 제28집, 전북국어문학회, 1993.6.

______, 「'10월인민항쟁'의 소설적 형상화에 관한 고찰」, 『한국언어문학 제31집』, 1993.6

______, 「해방기의 소설에 나타난 이념선택의 양상」, 『한려산업대학교 제1집』, 1995.12

______, 「해방기 전홍준의 소설 연구」, 『현대문학이론연구』 제7집, 1997.6

______, 「한국전쟁의 문학적 치유와 그 극복방식에 관한 고찰」, 『현대문학이론연구』 제9집, 1998.6

정과리, 「현실의 구조화」, 『존재의 변증법』, 참빛출판사, 1989.

정영진, 『통한의 실종문인』, 문이당, 1989.

______, 『폭풍의 10월』, 한길사, 1990.

정해구, 『대구 10월 인민항쟁 연구』, 열음사, 1990.

정호웅, 「채만식의 허무주의와 역사담당 주체의 문제―해방공간을 대상으로」, 『해방공간의 민족문학연구』, 열음사, 1989.

______, 「해방공간의 자기비판 소설 연구」, 서울대 박사학위논문, 1993.

정한숙, 『해방문단사』, 고대출판부, 1980.

조남현, 『한국소설과 갈등』, 문학과비평사, 1990.

조연현, 「해방 문단 5년의 회고」, 『신천지』, 1949.9 ― 1950.2.

조정래, 「해방기-농민소설 연구」, 『현대문학 연구』2, 평민사, 1989.

진형준, 「황순원론」, 『세계의 문학』, 1985.9.

차봉희, 『비판미학』, 문학과 지성사, 1992.

차봉희 편저, 『루카치의 변증유물론적 문학이론』, 한마당, 1987.

최동호, 『현대시의 정신사』, 열음사, 1985.

최원식, 「채만식의 고전소설 패러디에 대하여」, 『민족문학의논리』, 창작과
　　　비평사, 1982.

한국사회사연구회, 『해방직후의 민족문제와 사회운동』, 문학과지성사,
　　　1988.

한점돌, 『한국 근대소설의 정신사적 이해』, 국학자료원, 1993.

한형구, 「채만식의 세계관과 창작방법 연구」, 서울대 석사학위논문, 1987.

______, 「해방공간에 채만식 문학의 현실인식과 글쓰기」, 『해방공간의 문
　　　학 문학운동과 문학의 현실인식』, 한울총서, 1989.

허소라, 『한국현대작가연구』, 유림사, 1983

현길언, 「변동기사회에서의 '집' '토지'의 문제」, 『한국소설의 분석적 이
　　　해』, 문학과 비평사, 1990.

홍기삼, 『상황문학론』, 동화출판공사, 1974.

홍효민, 「해방이후 소설계의 회고와 전망」, 『신문학』4호, 1946.11.

황한식, 「미군정하 농업과 토지개혁 정책」, 『해방전후사의 인식』2, 한길사,
　　　1985.

3. 국외논저 및 번역서

Bakhtin, M. M., *The Dialogic Imagination*, 전승희 외 2인 공역, 『장편소설과
　　　민중언어』, 창작과 비평사, 1988.

Béla, K., *The Asthetics of György Lukács*, 김태경 역, 『루카치 미학비평』, 한
　　　밭출판사, 1984.

Booth, W. C., *The Rhetoric of Fiction*. The Univ. of Chicago Press, 1974.

Coser, L. A., *Masters of Sociological Thoughts*, 신용하·박명규 역, 『사회사상사』, 일지사, 1987.

Cusmings, Bruce., *The Origins of the Korean War*, 김자동 역, 『한국전쟁의 기원』, 일월서각, 1986.

Dijk,V., *Text and Context,* Londen:Longman, 1977.

Dilthey, W., *Poetry and Experience*, 김병욱 외, 『문학과 체험』, 우리문학사, 1991.

Eagleton, T., *Criticism & Ideology*, 윤희기 역, 『비평과 이데올로기』, 열린책들, 1987.

__________, *Literary Theory: An Introduction*, 김명환 외 역, 『문학이론입문』, 창작과 비평사, 1990.

Eliade, M., *The Sacred and the Profane, The Nature of Religion,* 이동하역, 『성과 속』, 학민사, 1983.

Erikson, E. H., *Identity: Youth and Crisis*, 조대경 역, 『아이덴티티』, 세계사상전집42, 삼성출판사, 1981.

Gella, A., *The Intelligents and the Intellectuals: Theory, Method and ㅍase Study*, 김영범·지승종 역, 『인텔리겐챠와 지식인』, 학민사, 1983.

Glicksberg, C. I., *The Tragic Version*, 이경식 역, 『20세기 문학에 나타난 비극적 인간상』, 종로서적, 1983.

Goldmann, L., *Method in the Sociology of Literature*, 박영신 외 2인 공역, 『문학사회학 방법론』, 현상과 인식, 1984.

__________, *Pour une Sociologie du Roman*, 조경숙 역, 『소설사회학을 위하여』, 청하, 1982.

__________, *The Hidden God,* 송기형·정과리 역, 『숨은 신』, 인동, 1980.

Goudsbloms, T., *Nihilisme en Culture*, 천형균 역, 『니힐리즘과 문화』, 문학과지성사, 1988.

Howe, I., *Politics and the Novel*, 김재성 역, 『소설의 정치학』, 화다, 1983.

Hoy.D.C., *The Critical Circle:Literature and History in Contemporary

Hermeneutics, 이경순 역, 『해석학과 문학비평』, 문학과지성사, 1988.

Hughes, H. S., *Consciousness and Society*, 황문수 역, 『의식과 사회』, 기린원, 1989.

Jameson, F., *The Political Uncouscious*, Cornell univ. Press, 1981.

__________, *The Marxism and Form: Twentith Century Dialectical Theory of Literature*, 여홍상 · 김영희 공역, 『변증법적 문학이론의 전개』, 창작과 비평사, 1984.

__________, *The Prison-House of Language: A Critical Account of Structuralism and Russia Formalism*, 윤지관 역, 『언어의 감옥: 구조주의와 형식주의 비판』, 까치, 1985.

Leech, C., *Tragedy*, 문상득 역, 『悲劇』, 서울대 출판부, 1985.

Lunn, E.., *Marxism and Modernism*, 김병익 역, 『마르크시즘과 모더니즘』, 문학과지성사, 1991.

Lukács, G., *The Theory of the Novel*, MIT Press, 1971.

__________, *Die Theorie des Romans*, 반성완 역, 『소설의 이론』, 심설당, 1985.

__________, *Die Ruissische Realismus in der welt literatur*, 조정환 역, 『변혁기 러시이 리얼리즘문학』, 동녘, 1986.

Lunacharskii, A.V. ed., *Collected Works*, volumes. 8, 김휴 엮음, 『사회주의 리얼리즘』, 일월총서, 1987.

Macherey, P., *A Theory of Literature Production*, Routledge & Kegan Paul, London, 1978.

Mannheim, K., *Ideology and Utopia*, 『이데올로기와 유토피아』, 세계사상전집37, 삼성출판사, 1982.

Maren-Grisebach, *Methoden der Literatur Wissenschaft*, 장영태, 『문학연구의 방법론』, 홍성사, 1982.

More, T., *Utopia*, 주요섭 역, 『유토피아』, 을유문화사, 1992.

Nozick, R., *Anarchy, State and Utopia*, 남경희 역, 『아나키에서 유토피아

로』, 문학과지성사, 1983.

Sewall, R. B., *The Vision of Tragedy*, Yale Univ. Press, 1980.

Shaughter, C., *Marxism End Ideology and Literature*, Humanities Press, 1980.

Stevick, Philip ed., *The Theory of the Novel*, New York:Macnillan, 1967.

Todorov, T., *Mikhail Bakhtin: Le principe dialogigue*, suivi de cercle de Bakhtin, 최현무 역, 『바흐찐: 문학사회학과 대화이론』, 까치, 1987.

Williams, R., *Marxism and Literature*, 이일환 역, 『이념과 문학』, 문학과 지성사, 1982.

__________, *Modern tragedy,* 임순희 역, 『현대비극론』, 학민사, 1983.

Wolff, J., *The Social production of Art*, 이성훈·이현석 역, 『예술의 사회적 생산』, 한마당, 1986.

Zima, P., *Pour une sociologie du texte Litéraire,* 이건우 역, 『문학텍스트의 사회학을 위하여』, 문학과지성사, 1987.

Zima, P.V., *Textsoziologie*, 허창운 역, 『텍스트 사회학』, 민음사, 1991.

Zéraffa, M., *Roman et Société,* 이동렬 역, 『소설과 사회』, 문학과지성사, 1983.

池上嘉彦 저/이기우 역, 『시학과 문화기호론』, 중원문화, 1984.

제 2 부 작가·작품론에 나타난 현실인식과 삶의 전망

이근영의 문학적 변모와 삶

Ⅰ. 머리말

　최근에 이르러 '납·월북 문인'에 대한 작가적 관심이나 작품세계
를 통한 문학사적 접근이 활발해졌으며 그 나름의 상당한 성과도 있었
다. 이러한 연구성과는 시각에 따라 다소의 차이는 있겠지만, 남·북한
문학사의 온전한 복원을 위한 작업의 일환이라는 당위적 의미외에도
우리 문학사 연구에 많은 것을 시사해 준다. 그러나 아직도 이 분야의
연구는 일부 몇몇 작가들에 국한된 연구의 편향성을 드러내거나, 작품
전체가 면밀히 망라되어 검토되지 않은 상태에서 조급하게 문학적 평
가를 내림으로써 문학사의 전체적 의미망 산출에는 미흡하다.[1](자료의
제한적인 공개 및 연구사적 제약이라는 것과는 별개의 차원에서)

---

[1] 지금까지의 납·월북문인에 대한 주목할 만한 연구성과를 배제하는 것은 아니
　다. 또한 설사 많은 연구가 진행되었다 해도 연구할 만한 가치가 많이 있어 연
　구자의 지속적인 관심이 요구되거나, 기존의 연구로는 충분한 연구성과에 이
　르지 못했다는 필자의 판단에 입각한 것이다. 여기서는 아직도 이 분야에 대한
　지속적인 관심이 요구되고 있으며, 또한 기존에 이루어진 연구에서도 적지 않
　은 오류가 발견되고 있다는 문제제기이기도 하다.

따라서 총체적인 남·북한 문학사의 온전한 복원을 위해서는 납·월북 문인에 대한 연구의 방향이 한정된 일부 작가나 작품에 대한 집중적인 논의경향도 중요하지만, 작가 전반에 대한 관심의 확대와 텍스트의 발굴 그리고 작품세계의 면밀한 분석에 바탕을 둔 엄밀한 문학적 평가가 요망되고 있다.

이런 맥락에서 보면 지극히 당위적이고 거칠게 언급한 다음과 같은 평자의 진술이 아직도 유효한 실정이다.

> 우리가 중요쟁점으로 떠올려야 할 초점은 납·월북 그 자체가 아니라 분단의 냉전이념체제에 의하여 강제로 매몰되었던 지난날 우리 민족문학을 복원하는 작업이다. 이 작업 앞에서 특정한 문학인이 납북이든 월북이든 또는 신분미확인 이든 하는 외부적 신원조회식 조건이 그 장애요소로 작용해서는 안된다. 다만 그런 사항은 한 문학인을 보다 깊이 이해하기 위한 서론적 방법론일 따름이다.[2]

위의 글에서도 암시하고 있듯이, 납·월북작가 및 작품에 대한 연구는 이데올로기의 선입견에 의해 텍스트적 접근을 소홀히 한 채 몇몇 문학사의 裁斷的 評價나 혹은 追隱的 硏究性向으로 왜곡되어 死臟된 문학인을 복원하는 차원에서 이루어져야 할 것이다.

이런 맥락에서 전북 옥구출신의 작가 李根榮의 작품세계는 주목을 요한다. 1935년 <금송아지>(신가정 34,1)로 문단에 데뷔한 이근영은, 8·15 해방전에는 주로 일제의 침탈로 황폐화되어 가는 농촌사회를 배경으로 소작농민들의 착취과정을 그렸으며, 도회지를 배경으로 한 경우에는 신여성의 허영이나 부패해 가는 사회에서 타협하지 못하고 번민하는 소시민의 내면세계 및 강직한 인물이 겪어야 하는 심리적 갈등

---

2) 임헌영, 「분단으로 매몰된 문학인」『분단문학에서 통일문학으로』 4,학민사, 1989, 12-13면

에 비중을 두었다. 또한 이근영은 해방직후에도 농촌사회에 대한 작가
적 관심을 더욱 심화·확대하였으되 당시 좌·우 이데올로기의 와중에
서 번민하는 지식인의 내적고뇌를 통해 해방직후 사상적 혼란의 양상
과 그 파장을 그 어느 작가 못지 않게 심도있게 다루고 있다. 그러나
이근영에 대한 작가연구는 그의 작품세계에 비하면 지극히 미진하며
몇몇 작품에 대한 언급외에는 빈약한 실정이다.3)

　따라서 본고에서는 이근영의 작품세계를 8·15해방을 분기점으로
해방전과 해방직후로 나누어 살펴보고자 한다.4) 이는 8·15해방이 우
리 현대사의 큰 분수령으로 정치, 사회 그리고 문화적으로도 엄청난
'충격의 시간대'이었을 뿐만 아니라, 특히 정치와 문학이 그 어느 때
보다도 일정한 구조적 상동성을 유지하고 있으므로 한 작가의 정신사
적 변모과정을 살펴보는 데도 어느 정도의 개연성을 유지할 수 있기
때문이다.

　이러한 작업은 내밀한 텍스트 분석이 수반되지 않은 채 개괄적인 논
급의 차원에서 벗어나지 못하고 있는 이근영의 작품세계를 전체적으로
개관해 보고, 특히 비교적 잘 알려져 있지 않은 그의 생애를 재구해
봄으로써 그동안 소외되어 왔던 연구자들의 관심을 환기시키려는 데

---

3) 해방직후의 몇 작품과 관련시켜 부분적으로 언급하는 경우는 있으나, 본격적
　인 작가론이라 할 수 있는 연구물은 거의 전무한 형편이다. 다만 최근의 연구
　성과로는 윤홍로의 「이선희·현경준·이근영의 문학사적 의미」(『한국해금문학
　전집』 삼성출판사, 1989)와 『혁명전통의 부산물』(한국비평문학회, 신원문화사,
　1989)그리고 박덕은의 『해금작가작품론』(새문사, 1991)이 있으나 개괄적인 언
　급에 머물고 있다.
4) 이근영은 해방전에는 주로 단편소설을 발표했으나 장편 「제3의 노예」를 동아
　일보에 발표(1938.7.-1939, 2, 164회, 삽화:盧壽鉉,)한 바 도 있다. 단편에 비해
　문학성은 높지 않다. 월북해서도 다수의 중, 장편소설을 발표한 것으로 전해지
　고 있으나 본고의 성격상 제외했다. 고를 달리해서 논의할 생각이다. 본고에서
　는 주로 1930-40년대와 해방직후에 발표되었던 단편들에 국한해서 살펴보려
　한다. 그 밖의 작품세계에 대해서는 본고의 II장 및 이근영 연보 참조.

기여할 수 있다.

Ⅱ. 이근영의 생애와 작품활동

이근영은 1909년 전북 옥구군 임피면 읍내리 빈농의 가정에서 출생했다.5) 어린 시절은 옥구 함라에서 보냈으나 특히 모친이 자식교육에 힘써 소학교를 함라에서 마치고 주로 서울에서 학교를 다니게 된다. 서울 중동중학을 거쳐 1934년 보성전문 법과를 졸업하게 되며6) 그해 동아일보에 입사하여 사회부 기자로 근무한다.7)

또한 동아 폐간 후에 이근영은 <춘추> 편집 동인으로 활동한 바도 있으며, 서울에서 잠시 교편을 잡기도 했다. 교직사회와 실직생활을 소재로 사회의 부조리를 다루고 있는 「과자상자」, 「탐구의 일일」 그리고 「적임자」, 「이발사」 등 일련의 적품에서 작중인물로 자주 등장하는 교사나 기자 그리고 실직자들의 생활상은 실직 후 그의 직업의 轉轉이나 그 무렵의 자신의 생활과도 무관하지 않은 듯하다. 8 · 15직후에는 옥구 함라에서 잠시 머물다가8) 서울로 올라가 조선통신, 서울신문에서도

---

5) 이근영의 출생에 대해 필자가 조사한 바를 더 첨가하면, 경주이씨로 李集瓚씨의 슬하에 2남2녀의 막내로 태어났으나, 보성전문 그의 학적부에는 李集玉씨의 장남으로도 기록되어 있는 것으로 보아 출생장계한 듯하다. 이근영의 출생년도는 대체로 1910년생으로 알려져 있으나(『한국해금문학전집』등 대부분의 전집류 연보나 기존의 연구물), 1909년생(신유년)이 맞다(호적등본 참조).또한 북한에서 발행한 소설집 『첫수확』(조선작가동맹출판사, 1957)의 후기에도 1909년생으로 소개되어 있다.
6) 중동중학교 본과 4학년 修業하고 법학부(法別)를 1931년 4월11일 입학해서 1934년 3월 19일 졸업했다. 보성전문 학적부 참조
7) 동아일보 社史(1975)에는 1934년 4월에서 1940년 8월 폐간때까지 근무한 것으로 기록되어 있다.
8) 老所(함라면 함열리 소재지 노인정)에서 만난 조용탁(65,함라면 전 면장)씨에 의하면, 이근영이 해방직후 함라국민학교 관사에서 약 1년 정도 살았던 것으

잠시 근무한 것으로 전해지고 있다.

한편 이근영의 월북시기에 대해서도 논자에 따라 약간의 차이가 있어 대체로 1947겨울에서 1948년 단독정부 수립 사이로 보는 것이 일반적인 시각이나, 1948년말에서 1949년초 또는 한국전쟁의 와중에 월북했을 가능성도 배제할 수 없다.9) 물론 이근영이 월북한 시점 자체가 중요한 것은 아니다. 월북시점을 통해 그의 이념성향이나 현실인식의 보조적인 자료로써 작품이해에도 중요한 모티프로 첨가될 수 있을 때에 중요한 의미를 띨 수 있다. 왜냐하면 객관적인 시대상황의 원인 외에도 각 개인이 가진 월북동기를 구체적으로 추적하는 과정에서 그의 사상적 기반이 작품세계와는 어떠한 연결고리를 갖고 있는지 추론 할 수 있기 때문이다. 다만 지금 이 단계에서 이근영이 월북한 시점을 단정적으로 밝힐 수는 없으나, 자진해서 월북했을 가능성이 크다는 점은 확인할 수 있었다. 10) 또한 해방전 이근영의 작품이 계급의식에 대한

로 회상하고 있었다. 또한 부인 이창렬씨(79)는 해방직후 함라국교에서 한때 교편을 잡다 남편을 따라 서울로 간 것으로 보아 이근영은 형님댁 李弘祚씨 (맏형, 본명은 錡榮, 단기4226출생)와 부인이 있는 함라를 자주 왕래한 듯하다.

9) 한국전쟁의 와중에 월북한 것으로 보는 견해는 주로 필자가 증언을 통해 이근영의 생애를 추적하는 과정에서 드러난 사실에 의존한다. 즉 남한에 살고 있는 그의 인척(강재천씨:생질, 67세. 이규일씨: 조카, 52세)들은 1946말 또는 47년이후 단독정부 수립이전에 월북했다는 학계의 일반적 통설(권영민, 『한국근대문학과 시대정신』 문예출판사, 1983, 33면, 및 윤홍로, 앞의 책, 399면)과는 상이한 견해를 피력하고 있었다. 예컨대 강재천씨(67)는 한국전쟁 발발직후 삼례 (완주군)에 살고 있던 자신의 집(누님댁)으로 이근영이 피난왔던 적이 있음을 술회하고 있다. 특히 이규일씨(52,이근영의 조카)는 이근영에 대한 많은 정보를 구체적으로 필자에게 제공해 주었는데, 월북시점을 50년 9월 초순경쯤으로 거의 단정적으로 진술하고 있었다. 물론 친척들의 진술은 회고적 성격이 강해 전적으로 신뢰할 수는 없는 측면도 있다. 하지만 필자 나름으로 여러 가지 자료와 정황을 종합해 볼 때 상당히 신빙성이 있다. 이 지면을 통해 인터뷰에 협조해 주신 분들게 감사의 뜻을 표한다.

10) 해방 직후 당시 지식인들이 좌·우 이념대립의 와중에서 혼란스러운 상황이었지민, 이근영은 자기이념이 뚜렷한 인물로 사회주의 사상에 상당히 경도되

적대감이나 이념성의 노출이 약화되고 주로 농촌사회의 빈궁과 황폐화
된 현실을 소박하게 드러내는 경향을 띠며 문단활동에도 소극적이었지
만, 해방 직후에는 조선문학가동맹 농민문학위원회의 사무장11)을 맡는
등 상당히 적극적으로 활동했던 것으로 알려진다.

그런데 여기서 우리가 한가지 유의해야 할 것은 이근영이 해방직후
좌익단체에 참여한 것에 대한 선입견으로 이근영의 작품세계를 지나치
게 이데올로기적 맥락에서 접근하거나 특정한 이데올로기 반영의 소산
으로 비약해서 볼 수 없다는 점이다. 물론 해방 직후 문학단체의 성격
과 정치적 성향이 밀접한 상관성을 갖고 있다. 하지만 당시 문학단체
의 설립과 문인 이동이 심했으며 또한 본인의 의사와 무관하게 단체에
가입하게 되는 경우도 있어 특정한 문학단체의 가입여부로 한 작가의
작품세계를 평가하는 것은 작품의 온당한 해석에 장애적인 요소가 될

어 있었음을 주위의 知人들은 증언하고 있다. 2-3년연하이나 해방전 서울에
서 학교(선린상고)를 다니면서 이근영을 잠깐 보았다는 이돈희(79. 임피면 읍
내리)의 진술에 의하면, 당시 행색이 초라했으며 내성적인 인물로 기억되나
자기의지가 무척 강한 인물로 자진해서 월북했을 것이라고 술회하고 있다.또
한 인척인 강재천씨(67, 이근영의 생질), 이규일씨(52, 조카)등도 이근영의 성
격이 호활하고 대단히 넉살이 좋았다며 성격부분에 대해서는 이돈희씨의 앞
의 진술과는 다소 상반된 기억을 하고 있으나,자진해서 월북했을 가능성은
배제하지 않고 있었다.

한편 정영진은 한국전쟁 전후 북행한 문인들을 유형별로 분류한 후 그 배
경과 시기를 추적하는 과정에서, 이근영을 황망간에 입북하여 잠시 피신한
'他意入北文人'으로 분류하고(『통한의 실종문인』문이당, 1988, 35면)있으나,
이근영은 큰딸(李圭嬡, 52, 서울거주)을 제외하고 가족(부인을 비롯하여 圭昌,
圭羅, 圭平, 圭林, 圭姬)모두를 데리고 월북했던 것등 여러가지 정황을 미루어
볼 때 자의에 의한 월북일 가능성이 높다고 본다.

11) 권영민, 『해방직후의 민족문학운동 연구』(서울대 출판부, 1986) 및 정한숙
『해방문단사』(고대출판부, 1980)등 대부분의 논저에서 이근영은 조선문학가
동맹 농민분야(위원장:권환)의 사무장을 맡은 것으로 기술하고 있다. 윤홍로
는 조선문학가 동맹 서울지부(위원장:김기림)부서를 결정할 때 총무부장직도
맡았다고 진술한다(윤홍로, 앞의 책 397면).

가능성이 크다고 본다.

  한편 해방직후 및 월북 후의 이근영의 행적과 작품활동에 대해서 개
관해보면12), 해방직후 서울에서 단편 「고구마」와 장편 『조국』(?)을 발
표했으며 전쟁발발 후에는 종군작가로 전선에 참가했다. 1951년 단편
「고향」, 「그들은 굴하지 않았다」를 발표하기도 했다. 또한 1953년에는
장편 「청천강」, 1956년에는 중편소설 「첫수확」13) 그리고 1966년에는
장편 『별이 빛나는 곳』14)을 발표했다. 3부로 구성된 『청천강』은 농촌
에서의 계급투쟁을 소재로 한 소설이며, 또한 「첫수확」은 북한의 농업
정책을 소재로 하여 소위 '농업협동 운동화의 승리를 그렸다'는 중편
소설이다. 이런 작품들은 북한의 문학사에서 농촌소설을 개척한 작품
으로 평가받고 있으며 또한 구성면에 있어서도 비교적 탄탄한 짜임새
를 이루어 등장인물의 성격을 '개성적으로 형상'했다는 찬사를 받기도
했다. 이근영은 이 소설들을 '자신이 오랜동안 협동마을에서 농민들과
함께 호미를 쥐고 생활한 산물'이라고 후에 술회했으며, 이 때문에 북
한에서 '농민작가'라는 칭호를 얻기도 했다. 이어 1960-70년에는 '우신
장 창작실'에 소속되어 80년대 초에도 장편 『어머니와 아들』을 집필하

---

12) 월북 후의 이근영의 행적과 작품활동은 주로 『혁명전통의 부산물』(한국비평
    문학회, 신원문화사,1989)및 이철주 『북의 예술인)(계몽사, 1966)그리고 이근
    영 소설집 『첫수확』(조선작가동맹출판사, 1957)의 후기 등에 의존했음을 밝힌
    다.
13) 이 작품은 1957년 「조선인민군 창건 기념 문학 예술상」 2등상을 수상한 바도
    있는 중편소설로서, 해방 전의 작품 「농우」, 「말하는 벙어리」,「최고집 선생」,
    「소년」(거의 수정하지 않은 채 수록)과 더불어 작품집(석윤기 편집, 최은석
    장정, 평양 조선작가동맹출판사,1957)으로도 출간되었다.『첫수확』 후기 및 김
    헌순, "리근영 작품집 『첫수확』에 대하여", 조선문학, 1958년 6월호 참조
14) 520면의 장편소설로서 저자의 서문에는 기술학교와 고등기술학교 학생 독자
    들을 염두에 두고 있으며, 바이올린에 비상한 재능을 가지고 있으나 자신의
    포부와 희망을 실현할 길이 트이지 않는 미제국주의 강점하의 남반부 현실을
    반영하고 있다고 적고 있나.

고 있던 것으로 확인되었다. 또한 언어학 박사자격으로 『문화어 학습』 지에서 '무엇이든지 물어 보세요' 코너를 맡으면서 이 코너에서 낱말이나 문장에 대한 독자의 문의사항을 해설해 주고, 80년대 초까지만 해도 평남 문덕군에서 현지생활을 하면서 창작에 전념하고 있는 것으로 알려졌으나 생사는 확인되지 않고 있다.

Ⅲ. 해방전의 작품세계와 농민소설
— 『고향사람들』을 중심으로

『고향사람들』에는 이근영의 단편소설 11편이 1, 2부로 나뉘어 실려 있는 데15), 작가의 서문에서 "호기심 일른지는 모르나 이야기 생긴 곳에 따라서 구별했다"는 표현에서도 짐작할 수 있듯이 1, 2부로 나눈 것은 주로 작품의 배경에 의한 편의적인 구분이지 뚜렷하게 구분하려는 의도는 없었던 것 같다.

1부의 「이발사」를 제외한 4편의 작품들이 모두 황폐화된 농촌사회를 배경으로 궁핍한 농민의 생활상과 이로 인해 발생하는 이산의 고통이 '서정성에 바탕을 두어' 묘사 한 반면, 2부에 실려 있는 대부분의 작품들은 소도시를 배경으로 소시민의 내적 고뇌와 방황을 통해 사회의 병리적 현상을 그리고 있다.

---

15) 소설집 『고향사람들』은 『문장』지(1941,2)에 발표된 이근영의 단편 「고향사람들」과 그외 단편 10편을 묶어 출판한 것으로, 1부에 「당산제」, 「이발사」, 「최고집 선생」, 「고향사람들」, 「밤이 새거든」등이, 2부에는 「금송아지」, 「과자상자」, 「적임자」, 「일요일」, 「고독의 변」, 「소년」 등이 실려 있다.

1. 황폐화된 농촌사회와 移散의 情調

「당산제」는 일제 통치하 1930년대의 농촌의 빈곤과 외부적 세력에 의해 수탈당하고 황폐화되는 과정을 '당산제'풍속의 변질 과정과 상응하여 묘사한 작품이다.

이 작품은 덕봉이 가족의 건실한 삶에도 불구하고 궁핍한 생활을 지속해야 하는 농촌의 실정과 이의 구조적 원인으로 화곡집행을 당하여 혼약한 딸을 팔아야 하는 박참봉, 약혼자 순임을 빼낼 요량으로 노름판에 나섰다가 도박과 상해죄로 주재소에 갇히게 되는 덕봉이의 가슴 아픈 이야기가 사사의 골격을 이룬다.16) 특히 이 작품에서는 화곡집행을 당하여 혼약한 딸을 팔아야 하는 박참봉 가족을 통해 당시 농촌사회의 구조적 모순이 다음과 같이 摘示되고 있다.

> 「야아 덕봉아 박참봉의 새터ㅅ 골 다섯마지기가 화곡집행(禾穀執行——立稻差押)당한 것을 아느냐」
> 하고 물을 적에는 몽둥이로 머리통을 얻어맞은 것 같이 앗질했다가 멍멍해졌다. …덕봉이는 모든일을 손에 잡은듯이 환하게 알 수 있었다. 박참봉이 소작하는 열일곱마지기 중에 큰 덩치인 열두마지기가 천수답이라 모조리 타죽어버리고 그나마 나락구경이라도 할까하였든 새ㅅ터골의 다섯마지기가 입도차액을 당하였으니,그집 식구들로서는 미칠 지경일것이다. 그리고 입도차압을 부친 놈이란 칠성리의 강주사라고 하는 자 일것이다. …제딴에는 석만의(박참봉의 아들-인용자주)일을 하참 사정 보아준다는것이 채무를 가을까지 연기해 주었으나 사실은 입도차압을 할 뱃장으로 그런것이지 뭣인가, 덕봉이는 모든것이 이렇게 생각되매 남의일같지 않아 밥수저를 놓고 일어났다. 17)

---

16) 이외에도 마을 아이들이 먹다 남은 쇠발목을 서로 차지하겠다고 다투는 빈궁한 장면 등이 삽화적으로 소개되고 있으나 농촌사회의 온정과 서정성이 작품의 배면에 흐르고 있다.
17) 『한국근대난변소설대계』17-이근영편, 태학사, 1988,75-6면. 이근영 작품의 텍

농촌사회의 궁핍화된 현실과 이의 구조적 원인의 한 대목을 감지할 수 있는 대목이다. 그러나 「당산제」의 전체적인 분위기는 1930년대 농촌사회의 빈곤이 빚은 덕봉이와 순임이의 이별을 그린 것이 아니다. 이 소설의 전체적 분위기는 고유한 전래적 풍속인 '당산제'에 대한 믿음의 붕괴·변질로 인해 초래되는 농촌사회의 공동체적 정서의 해체와 극단적 이기주의 침투로 인한 우려의 시각이 배어 있다.

「최고집선생」은 '최고집선생'이라 해야 할 정도로 고집이 세고 강직하며 또한 문장이나 서화로도 가문에서 으뜸인 최노인이 고향을 등져야 하는 삶을 통해 농촌사회에서 뿌리 뽑혀져가는 '정신적 지주'의 몰락 및 고향이주의 비애를 드러낸다.

이 작품은 최노인의 큰 아들이 군 주사의 첩과 한방에 있다가 들켜서 가슴과 머리를 맞아 죽는 사건이 발생하자 만주로 떠날 결심을 하게 되며, 떠나기 전 송별회에서 되풀이하는 다음과 같은 진술 속에서 이 소설의 주제의식을 추출해 볼 수 있다.

> 고향을 떠날 줄이야 꿈에도 맘먹지 않았소. 출가한 딸이나 있으면 그리로 가서 여생을 보낼까도 생각했으나 그런곳도 없구 할 수 없이 떠나고 마는게요. 내게는 정말 청천벽력과 흡사한 일이지 물론 내 생전은 고향에 돌아오지 않겠오. 허지만 내가 죽은 후 내뼈는 고향땅에 묻힐테니 훗날 영혼끼리 한 자리서 만날수야 있을게요. 타국의 생활도 나만 죽으면 끝 막는 날이지. 자식과 손자들은 다시 고향으로 돌아가라고 꼭 유언을 하고 죽을 참이요.」(164)

스트는 필자가 별도로 언급하지 않은 한 여기에 의존할 것이며, 앞으로 본문 인용은 텍스트의 면수만 밝히고자 한다. 또한 표기법도 텍스트에 준해 인용하기로 한다.

「최고집선생」과 비슷한 맥락에서 농촌사회에서의 고향이주 모티프 및 궁핍으로 인한 가족이산의 과정을 그리고 있는 소설로 「고향사람들」이 있다. 「고향사람들」은 남의 집 머슴살이만으로는 늙도록 집 한칸 생길 것 같지 않고 3년전 정들었던 화선이마저 대판 조선술집으로 팔려간 후, 그녀를 만날 것 같은 막연한 희망으로 궤짝 속에 숨어 밀항을 하려던 점쇠가 일본까지 갔다가 들켜 돌아오는 이야기를 작품의 매개삽화로 삼고 있다.

그런데 면사무소 '김주사'는 시찰단에 끼어서 대판에 갔을 때 화선이가 있는 술집을 찾아 갔으나, 화선이는 고향사람들이나 점쇠 이야기를 달갑게 여기지 않을 정도로 변해 있었다. 그러나 김주사는 이말을 전하면 아직도 화선이를 만나려고 대판으로 갈 틈을 보고 있는 점쇠의 실망이 너무도 클 것 같아 누구에게도 화선이를 만났다는 애기를 하지 않았다. 결국 신혼 7개월만에 고향을 등져야 하는 석만이와 점쇠등은 대판으로 돈벌이를 떠나기 전날밤 성황당 앞에서 "성황님네 그저 우리 집 식구들을 잘 좀 살게 하여 주십시오.식구가 각분 동서하는 판이니 이년 후면 모다 성한 몸으로 돌아오고 살아나갈 걱정은 없게 하여 주소서."(202) 라고 빌지만, 등장인물의 이러한 소원이 이룩될 조짐은 작품의 어느 부분에도 암시되고 있지 않다. 다만 농약을 치며 성황당에 돈을 던지고 기원을 하는 것이 그들이 고향을 떠나면서 할 수 있는 유일한 행위로 나타날 뿐이다. 따라서 이 소설 역시 심각 할 정도로 가난이 극심하였던 황폐화된 농촌사회에서 희생당하는 농민들의 비애와 농촌의 이산형태를 그린다.

이처럼 이근영의 소설에서 주목되는 것은 농민들의 '고향 떠남'의 양상이 소설의 중요 모티프로 자주 등장하고 있다는 점이다. 물론 당시 1920-30년대 소설에서 삶의 지표를 잃고 고향을 떠나 간도 등지로 이주할 수 밖에 없었던 우리민족의 근 징신적 상처(trauma)를 소재로 한 고향과 향수가 주요 테마인 작품들은 많으며, 이 시기에 와서 이렇게 이농형 작품군이 나타나기 시작한 것은 농민소설사 및 한국문학사에서도 깊은 관심을 가져야 할 문제라 할 수 있다.18) 따라서 고향이주 모티프는 당시 농민소설의 한 주류를 이루고 있었으며 또한 작가에 따라 여러 가지 창작의도로 다양하게 이어지고 발전되어 나갔다. 그런데 고향을 떠나 만주나 북간도로 가는 대부분의 경우 이근영의 소설처럼 농민을 주인공으로 내세우면서 주로 경제적 이유 때문에 결국 만주나 북간도행을 택해야 했던 농민들의 이농의 아픔을 형상화하고 있거나, 그 원인을 추적하는 데 관심을 기울인 점은 1920-30년대 당시 농촌사회의 이산의 한 형태를 반영한 것으로 짐작된다.

「밤이 새거든」은 전염병에 걸린 한 농민의 초막생활을 통해 목숨을 잃어가는 절박한 상황에서도 인간의 순수함을 잃지 않으려는 한 농부의 소박한 정서를 그리고 있다. 이외에도 「이발사」에서는 기자가 작중 인물로 등장하여 이발사와의 대화를 통해 소도시 지주아들의 삶의 행태를 드러내고 있으나 주제를 선명하게 부각시키지 못하고 있다.

2. 소시민의 방황과 부패구조의 사회

『고향사람들』의 2부에 실려 있는 작품들은 앞에서도 진술한 바와 같이, 거의 모두가 도회지를 배경으로 신여성의 허영이나 부패해 가는

---

18) 이에 관한 참고문헌으로는 이정숙,「실향과 떠남의 양상-일제강점기 간도행 이민소설을 중심으로」(『현대문학자료논문집』, 대제각, 1990) 및 조남현의 「1920-30년대 소설과 만주이주 모티프」(『소설과 갈등』 문학과비평사, 1988) 참조.전자는 1920-30년대 소설에 나타나는 실향과 간도로의 떠남의 양상에 초점을 맞춰 실향의 원인과 떠남의 실상에 비중을 둔 반면,후자는 간도로 와서의 삶이 어떤 형태를 띠었는지에 중점을 두고 있다.한편 오양호는 이농형 작품군에 나타나는 작품을 4개의 갈래로 나눠 구체적으로 접근하고 있다.오양호, 『농민소설론』 형설출판사, 1984, 231-241면

사회에 적응하지 못하고 방황하는 소시민의 내적 고뇌와 삶의 애환을 다루고 있다.

「금송아지」는 이근영의 첫 작품으로 여고를 졸업하고도 마흔 다섯 된 신랑에게 재취로 들어가 호강을 하려는 선희의 허황된 추천 뽑기 이야기를 소재로 엮은 글이다. 따라서 이 작품은 운명의 기회를 인위적으로 조작하려는 선희의 허영과 탐욕이 결국 실현되지 못하고 아이러니컬하게도 전실 딸이 준 표로 사랑방 아범이 상품 선전용 경품인 금송아지를 타게 된다는 신여성 풍자소설의 일종이다. 이와 비슷한 유형의 소설인 「고독의 변」은 늑막염에 걸려 병원에 누워 있는 한 노인을 통해 병실 주변에서 환자를 간호하며 생계를 꾸려 가는 중년과부의 고독과 방황을 소재로 하고 있으나, 산만한 구성으로 주제의 초점을 흐리고 있다.

한편 「일요일」, 「과자상자」, 「적임자」 등은 부패한 사회와 모순된 교육제도 속에서 타협하지 못하고 강직하게만 살려는 인물이 겪는 내적 고뇌와 방황을 통해 타락해 가는 사회의 한 단면들을 고발한다. 특히 「과자상자」는 병으로 잠시 휴직했다 복직을 기다리는 교사의 주변을 중심으로 부패된 우리 사회의 한 단면을 우회적으로 신랄하게 비판한다.

<과자상자>에 나오는 박교사는 집세가 두달 동안이나 밀리는 곤궁한 생활을 하면서도 복직을 위해 교장에게 '과자상자' 하나 선뜻 전달하지 못하는 융통성 없고 강직한 인물이다. 그러나 주변의 사람들은 수시로 과자상자 꾸러미를 전해 주고 있으며 더욱이 신임교사 자리를 차지하려고 많은 사람들이 교장댁 출입을 자주 한다. 어느날 박교사는 교장이 병원에서 퇴원한 후 자주 들렸다는 동료 최선생에게 다음과 같은 충고를 한다.

「자네도 제발 청렴한 사람이 좀 되게」하고 퉁명스럽게 쏘아댔다.
「뭐 청렴한 사람이 되라구?」
최는 일문이의 말에는 전혀 무감각인듯이 도리어 빙글빙글 웃으며
말했다.
「날보고 청렴한 사람이 되라구 하면,그대신 나는 자네보고 너무 외
골시고 고지식한 성벽을 떼버리라고 강제하고 싶네.글세 자네가 딱한
사람이지. …이놈의 세상이란 노예근성이 있어야 하다못해 똥동이라도
끌른다 말일세」
사람의입에서 어떻게 이런 말이 나올 수 있는가 하는 듯이, 일문이
는 최의 입을 멍하니 쳐다보며 걸었다.(293)

최선생이라는 작중인물을 통해 이 작품은 당시 부패된 사회의 한 단
면을 신랄하게 꼬집고 있다. 결국 이 작품에서 우리는 정당한 방법으
로 삶을 추구하는 사람은 낙오되고 오히려 ‘과자상자’꾸러미라도 자주
갖다 주며 아첨하는 무리들이 판을 치는 轉倒된 가치의 세상을 냉소적
으로 비판하고 있음을 알 수 있다. 또한 여기서 ‘과자상자’는 선의와
의리를 헌신짝 같이 집어 던지고 오직 재물과 명예을 위해서 생명을
바치려는 무리들의 부정적인 삶의 방식을 상징화 하는 장치이다. 동시
에 작자는 이 작품에서 청렴하고 정직한 방법으로 세상을 살아가는 것
이 얼마나 어려우며 이러한 부류의 사람들이 낙오자로 전락해 가는 가
치전도된 사회와 도덕적 불건전성을 냉소적으로 접근하고 있다. 이외
에도 「소년」이 실려 있으나 그다지 주목할 만한 작품은 아닌 습작기적
수준에 그친다.
한편 해방전의 작품으로 주목해야 할 이근영의 작품으로 「농우」(신
동아 56호, 1936. 6)와 「말하는 벙어리」 (조선문학 속간 6호, 1936.11)등
이 있다
「농우」는 한 농민의 평범한 에피소드식 전개의 성격을 띠었지만 착
취에 시달리면서도 분연히 단결하는 농민들의 대응방식을 통해 사회구

조적 변혁의 한 단초를 전망해주고 있으며, 또한 그러한 변혁을 갈망하고자 하는 작가의 바람이 잠재되어 있다. 따라서 여기서는 지주들의 구조적 모순에 대항하기 위해서는 농민들의 소아적이고 개인주의적인 봉건적 관습을 청산하고 단결된 단합만이 보다 나은 사회로의 변혁이 가능해짐을 역설적으로 드러내 준다. 그러나 결말 부분에서 집단적으로 농민들이 저항해야 할 필연성을 독자에게 충분히 설득하지 못한 채 돌발적으로 '서생원이 볼기를 맞을 찰나 위기에서 구해주는 '식의 작위성을 드러낸다. 그러나 궁극적으로 이 작품이 농민들의 주체적인 사회 변혁의지를 통해서만이 이상적인 농촌사회의 건설이 가능해진다는 낙관적인 전망에 입각한 이상적인 농민상을 부각시킴으로써 이러한 부분적 결함을 어느 정도 상쇄하게 된다.

또한, 「말하는 벙어리」는 조선안에 제일가는 웅변가로 소문난 최만희가 십일년동안이나 웅변금지를 당한 후(「부르짖는 조선」이라는 연설을 듣고 청중들이 **사건을 일으킴——**는 난동으로 추측됨), 웅변금지가 해제되어 귀국 후 처음으로 갖는 데, 웅변회에서 만장을 이루었던 청중들에게 감동을 주기는 커녕 심한 야유를 받고 난 뒤 느끼는 지식인의 회한을 그린 작품이다.

따라서 이 작품은 역설적 상황의 반전을 통해 일말의 상징성과 암시성을 수반하고 있다. 즉 화려했던 자신의 과거에만 집착하여 스스로의 자기개발과 변혁을 수반하지 않은 한 지식인의 내적 회한을 통해 지식인과 민중 사이에 발생하는 괴리감의 원인을 환기시켜 줌으로써 진정으로 민중과 함께 하는 지식인상을 염원한다. 또한 당시 일제식민지 시대상황에서의 지식인의 사명을 계고해 주고 있는 알레고리적 성격도 함유하고 있다.

이상에서 이근영의 해방전 소설의 특징을 개관해 볼 때, 농촌을 배경으로 한 소설에서는 극도의 궁핍화된 상황에서도 서정성에 바탕을 둔 배경적 토대 위에 낙관적이고 긍정적인 미래의지를 구현하려는 인물들을 통해 누구보다도 일제 식민지의 구조적 착취에 시달려야 했던 피폐화된 농촌사회와 농민의 문제를 다룬다. 또한 도회지를 배경으로 한 경우에는 부패되어 가는 사회에 타협하지 못하고 방황하는 소시민이나 허영심에 물든 신여성을 등장시켜 당시 사회의 병리적 현상과 구조적 모순을 신랄하게 비판한다.

그러나 무엇보다도 이근영은 농촌사회의 황폐화와 이로 인하 농민들의 공동체적 정서의 해체 및 이산의 문제를 집요하게 다루고 있으며, 또한 농민소설에서 작가 특유의 장기와 리얼리티를 발휘하고 있다.19) 요컨대 해방전 이근영의 작품은 계급의식에 대한 두드러진 경향은 찾기 어렵다고 보며 경향작품이라기 보다는 농민문학쪽에 더 가깝다고 할 수 있다. 또한 이근영의 소설에서는 은근하고 집요하게 농촌사회와 우리 사회의 제반모순을 지적하되, 감정을 절제하며 냉정하게 사회의 한 단면을 접근하는 치밀함을 보이고 있다. 그러나 한편으로 그의 작품들은 서정성이 항상 그 배면에 흐르고 있거나, 어떠한 극한 상황에서도 긍정적 미래의지를 포기하지 않으려는 작중인물을 창조한다. 이는 궁극적으로 그의 낙관적인 작가의식의 간접적 발로임을 배제할 수 없으며, 간혹 이러한 요소들이 실지 작품상으로는 극적 전환이나 긴장감의 형성에 다소 장애적 요소로 작용하는 경우도 있다.

---

19) 윤홍로, 『한국해금문학전집』, 403면.

Ⅳ. 해방직후의 작품과 전망의 양상

1. 「장날」, 「고구마」에 드러난 전망의 과장

이근영은 해방직후에는 「추억」(예술2, 1945.12)을 시발로 「장날」(인문평론, 1964.3), 「고구마」(신문학2호, 1946.6), 「안노인」(신세대23, 1948.5), 「탁류속을 가는 박교수」(신천지26호, 1948.6) 등을 발표했다. 여기서는 해방 직후의 작품으로 주로 거론되고 있는 「장날」「고구마」 그리고 「탁류속을 가는 박교수」 등을 중심으로 그의 작품세계를 접근해 보려 한다.

「장날」은 해방직후 일제의 징용으로 끌려 갔던 판술이의 귀환 과정과 해방의 감격을 그리고 있다. 「고구마」는 황폐화된 농촌사회를 청산하고 농민들이 살기 좋은 세상이 되기 위해서는 농민조합의 결성 등을 통한 단합에 의해 구조적 변혁이 요구되고 있음을 드러낸다.[20]

특히 「고구마」는 주제의식의 과잉노출 현상이나 목적론직 요소에 의지한 매개인물의 의식화 과정이 자주 발견되고 있다. 이는 해방 직후에도 이근영의 작가적 관심이 농민소설과 농민의 삶에 긴밀한 관심을 보여주고 있었음을 예증해 준 것이다. 따라서 다음과 같은 어느 평자의 진술은 의미심장한 문제제기로 새겨둘 만 하다.

해방공간에서 의욕적인 활동을 벌였던 작가의 한 사람으로 우리는 이근영을 들 수 있다. 원래부터 농민작가로 출발했던 그는 해방공간에 이르러 제재의 영역을 보다 확대하는 시도를 보여주면서도 한편 여전

---

20) 한형구, 「해방공간의 농민문학」(『해방공간의 민족문학연구』열음사, 1989) 134면

히 농민문제에 대한 집요한 관심을 포기하지 않는 양상 또한 보여주는
바, 해방직후 제작된 <고구마>와 <장날>등을 통해서 그는 일제하에서
의 농민의 질곡과 해방을 맞은 뒤의 농민의 활력을 대비적으로 선명하
게 조각함으로써 농민의 해방을 위해서 농민 자신이 가져야 할 주체적
자세와 길의 방향성을 제시하는 데 드문 솜씨를 발휘하는 것이다. 거
칠고 단편적인 성과들에 불과하지만 젊은 작가에 의해 제출된 이러한
작품들은 당대 농민들의 의식을 보다 구체적으로 형성·고무시킴에
있어서 진보적인 역할을 담당코자 한 적극적 문학적 시도들의 대표적
인 사례라고 보아 줄 수 있겠다.21)

그럼 작품을 통해 구체적으로 접근해 보자. [장날]은 '판술'이라는
청년이 구주탄광으로 징용되어 간지 일년 7개월만에 역시 광산촌 술집
작부로 끌려온 화실이와 함께 도망쳐 독립된 조국에 무사히 귀환해 결
혼을 승낙받고 행복한 가정을 꾸린다는 내용이다. 또한 스토리 전개
중간 중간에 조선의 독립에 대한 감격이 삽입되고 만주에서 귀향해 온
동포들에게 생활자금을 모금하며 따뜻한 동포애를 발휘하는 장면이 소
개되고 있다.

그러나 이 작품은 단편소설이 가지는 구조적 한계를 굳이 지적하지
않더라도 지나치게 단순화된 플롯과 인물설정의 추상성으로 인해 리얼
리티의 획득에는 여러 가지로 미흡하다. 또한 등장인물의 세계인식이
추상화되어 있으며 필연성을 상실한 채 막연하게 설정한 낙관적 전망
에 의존하는 단점을 드러낸다.

예컨대 8·15해방 자체는 감격스운 일이라지만, 이후 전개되는 역사
적 현실은 주체성을 상실한 채 외세의 지배이데올로기가 침투되어 우
리가 소망하는 진정한 의미의 자주독립국가의 건설에는 많은 장애적
요소가 가로놓여 있음을 간과한다. 따라서 이 소설의 시대적 배경이

---

21) 한형구, 앞의논문 134면.

해방 직후라는 다소 감격적 상황을 배경으로 했다 할지라도,냉철한 역사적 감각이 실종된 채 소박한 바람에 의존한 일차적인 감정의 전달차원에 경도됨으로써 리얼리티의 획득에는 미흡하다. 따라서 이 작품이 당시 독자들에게 희망을 주기 위한 작가적 배려가 깔려있다고 가정하더라도, 이렇게 지극히 단일화된 정서의 표출과 단순화된 플롯으로는 리얼리티에 바탕을 둔 소설적 진실성의 획득에 무리가 수반될 수 있다.

한편 해방직후 낙관적 전망에 기초한 농민소설의 한 전형으로 「고구마」는 여러 평자들로부터 주목을 받았던 작품이다. 또한 남한 사회를 배경으로 농민의 궁핍과 지주에 대한 저항 및 수난을 그리고 있는 해방 직후 남한에서 나타난 좌익농민소설의 한 표본으로 운위[22]되고 있는 작품이다. 따라서 이 소설에서는 농업활동의 현장이 그려지고 농가부채,소작료율 문제를 둘러싼 지주의 횡포(여기서 지주는 과거의 지주였으며 해방이 되자 우익단체 및 군정당국과 관계를 맺고 여전히 지주로 남아 있다), 농민의 각성 및 농민을 지도·각성시키는 매개적 인물(주로 지식인이거나 농민회원)이 나타나며, 작품의 결말로는 농민들의 집단적 투쟁이 전개되고 있다.

따라서 이 작품의 요체는 '매개적 인물'[23]의 개입과 이들 인물들에

---

22) 이주형은 이근영의 「고구마」와 박승극의 「사랑」을 농민의 궁핍과 지주에 대한 반항 및 수난을 그리고 있는 해방직후 남한에서 나타난 좌익농민소설의 한 표본으로 지적 한 바 있다(이주형 해방직후 소설에 나타난 민족현실인식」, 『국어교육연구』20집, 1988.19면). 비슷한 맥락에서 신덕룡은 지주들의 횡포와 친일파들의 득세로 말미암아 해방당시의 현실을 개혁하고자 하는 노력을 보여 준 작품으로 안회남의 「폭풍의 역사」(문학평론, 47.2)와 박찬모의 「어머니」(문학, 47.2) 그리고 이근영의 「고구마」를 들고 있다. 또한 이 작품의 특징들은 당시 '문맹'계의 창작방법인 진보적 리얼리즘을 따르고 있으며 현실타개를 위한 실천의 한 양상을 극명하게 보여주고 있다고 본다. 신덕룡, 「농촌소설에 나타난 해방의 의미」, 『해방공간의 농민운동 소설선』, 시인사, 1989. 304면

의한 농민의식의 주체적 자각 과정을 탐색하는 것이다. 그런데 매개적 인물에 해당하는 김선달 아들은 지주-소작관계의 모순을 어렴풋이 깨닫고 박노인이 그 해결책을 강구하자 "논밭은 우리가 가질 수만 있으면야 가난을 면할 수야 있지요 그렷지만 그것이 될 수 있는가요"라고 해결책은 제시하되 실현가능성은 부정하는 '농민적 햄릿'이다. 또한 제2의 매개인물에 해당하는 해방축하회에서 연설하는 사람은 '반백된 머리를 부친 건강한 사람'이라는 외부 묘사와 함께 농민문제 부분을 농민이 알기 쉬운 말로 교체해서 다음과 같이 그대로 전달하는 '메가폰적 해설적 인물'의 범주에 머문다.24)

> 축하회는 시작되었다. 군산에서 데려 온 악대에 마추어 모다가 애국가를 부르자 박노인은 흥분되는 나머지 가슴 속이 뭉클거려 견딜 수 없었다. ---중략--- 그의 말은——일본놈이 조선에서 쫒겨가고 조선이 당당한 나라로 독립하게 되었는 데 우리는 먼저 거지생활을 해 온 것을 버리고 잘 살아야 한 다는 것 이렇게 되자면 일본놈 토지는 물론 조선사람이라도 일본놈과 특별히 친하고 일본을 위해서 활동한 사람의 논은 동민한 테 돈도 받지않고 노나 주고 그 밖에 다른 조선사람의 논밭을 경작 하는 사람은 소작료를 내되, 열섬 났으면 석섬만 내놓게 한다는 것이다.(563면)

인용된 대목을 통해 우리는 박노인의 현실인식의 구체적 변화를 감

---

23) 비슷한 맥락에서 김윤식 교수는 헤겔류의 세계사적 개인과 루가치의 '문제적 인물'을 우리나라 리얼리즘 소설에 적용시키면서 새롭게 정립된 개념으로 '문제적 개인'(problematische Individuum)'(『한국근대문학사상비판』,일지사, 1976, 244면)을 설정한 바 있다. 김승환은 문제적 인물이 근대 자본주의를 전제로 한다는 점에서 일제강점하를 자본주의로 인정하지 않는 한, 이 개념의 직접적 수용은 곤란하다며 문제적 인물과 매개인물을 구별하여 사용하기도 한다. 김승환, 「해방공간의 농민소설 연구」, 서울대 박사학위논문, 1990, 119-122면 참조

24) 김성경, 「해방직후 농민소설 연구」, 연세대 석사학위논문, 1989, 36면-38면

지 할 수 있지만, 매개인물의 지적,도덕적,심리적 풍부성에 대한 묘사
를 고려하지 않은 채 생경한 구조 속에 편입되어 있다. 따라서 이러한
매개인물에 대한 형상화의 한계는 박노인의 건강성, 적극성, 낙천성에
극복되는 바, 매개인물의 역할은 박노인의 의식변모의 계기라기 보다
그의 내발적 인식을 재확인하고 구체적으로 가시화하기 위한 성장소설
의 형식을 띤다.

　따라서 이 소설은 박노인을 통해 해방 직후 토지개혁의 실행에 즈음
한 농민들의 바람과 낡은 지배질서의 몰락에 대한 염원을 소박하게나
마 드러내고 있다. 적어도 해방직후 남한에서 토지개혁을 비롯한 농촌
사회의 개혁이 이루어지지 못했음은 봉건잔재의 척결과 친일파의 완전
한 제거에 실패한 데서 찾을 수 있을 것이다. 곧 친일파의 득세와 토
지소유관계의 모순은 좌·우이데올로기의 선택과 맞물리면서 개선의
가능성을 유보한 채 정부수립에 이르기 때문이다. 특히 여기서 해방직
후 토지개혁의 문제가 농촌사회뿐만 아니라 당시 정치사회적 이슈로써
각 정당 및 각 단체에서 얼마나 초미의 관심사로 미묘한 관계를 형성
하고 있는지[25]를 드러내 주지는 못하고 있다.

　그러나 이 작품의 초점은 농악대회에서 일등을 한 박노인 부락 동리

---

25) 해방직후 토지개혁의 조짐은 지주와 소작 농민에게 가장 큰 관심사로 등장하
고 해방과 더불어 가장 중요한 농업문제로써 대두하게 되었다. 뿐만아니라
토지개혁의 문제는 남과 북을 막론하고 해방을 맞이한 우리 민족에게 있어서
는 새로히 구성될 사회나 국가체제에까지 연관되는 그리고 우리 민족 삶의
방식 자체를 결정지울 수 있는 가장 심각한 문제였다. 따라서 토지개혁의 문
제는 해방직후 반제·반봉건·반국수를 부르짖는 민주적 변혁중 가장 핵심
이 되었던 것으로 질적인 차이는 있을지 몰라도 미군정을 비롯한 각계 각층
에서 그 나름의 해결방안을 마련하였던 중요한 이슈였다. 참고문헌으로는 유
인호, 「해방후 농지개혁의 전개과정과 성격」(『해방전후사의 인식』한길사,
1980) 및 신기현 「미군정기 정당사회단체의 토지개혁인식」(『해방직후 민족문
제와 사회운동』문학과 지성사, 1988) 그리고 황한식의 「미군정하 농업과 토
지개혁정책」(『해빙진후사의 인식』한길사, 1985) 참조

사람들이 흥분하여 강주사집에 들어가 실갱이 하다가 강주사 아들이 기절하는 사건이 발생하면서무터 전개되는 박노인을 비롯한 농민들의 대응양상에 있다. 즉 아들이 당한 데 당혹한 강주사는 미군정 당국 관리들에게 융숭한 대접을 한 뒤 마을사람들을 고발함으로써 박노인을 포함한 농민들이 군산으로 끌려가게 되나, 박노인은 의연한 모습을 잃지 않고 마중 나온 동리사람들을 위로하며 "그 까짓놈 죽었다면 어때? 일본놈 종노릇하며 우리피를 빨아먹은 놈 죽은들 어때?"라며 과격(?)해지고 있다. 또한 박노인 일행이 군산에 도착할 즈음 농민조합 결성을 축하하며 '조선독립만세' '노동자 농민만세'을 외치며 여러 천명이나 될 것 같은 농군들이 네 줄로 선 채 고함소리로 만세를 부르며 행렬하는 광경을 보고 박노인은 감격하게 된다.

> 「농군들도 저러케 합하면 훌룡하고 무서운 것이고나!」
> 박노인은 옆에 안즌사람에게 감탄하듯 말하였다.
>   ……중략……
> 「그래 우리 동리도 빨리 만들어야지」
> 「벌써 됐을 것인데 강주사란 놈이 방해해서 그럿소?」
> 「참 그래. 암만 방해해도 되기야 할 테지만 이왕이면은 다른 데 보
> 다 먼저 만들어야」
> 「우리가 나가기 전에 될른지 모르죠」
> 「난 오늘 죽어도 좋네 좋은 세상 된 것을 알았으면 그만이지 꼭 내
> 가 맛을 보
> 야만 하나 .자네들이 맛보면 그만이지」 아직도 행렬은 끝이 나지 안
> 햇다.박노인은 행렬을 보다 못해 자동차 밖으로 고개를 내어 밀고 두
> 팔을 높이 들어 「만세! 만세!」하고 목이 터지도록 소리 질렀다.(566면)

이 작품에 대한 작가의 낙관적인 전망의지를 드러내고 있는 부분이다. 그러나 한편으로는 미군정이 점령군으로서의 지배력을 행사하고

그외 많은 변수가 작용해 온 시기를 단지 농민들의 단결에 의해 농민조합이 결성되면 '좋은 세상이 되었다'고 현재뿐만 아니라 미래까지 낙관적으로 전망하는 융통성과 단순성을 보인다. 따라서 "작가인 이근영이 민중의 변혁의지와 그 실현에 대한 탄탄한 신뢰를 가지고 있음을 보여주면서도 한편으로는 8·15직후라는 역사적 계기를 과대평가함으로써 낙관적 전망을 다소 과장하게 되는 모습을 보여주고 있다"26)는 비판으로부터 자유롭지 못하다.

그러나 여기서 정작 지적되어야 할 것은 농민조합이 결성되었으니 그 자체로서 좋은 세상이 될 것이라는 지극히 단순화된 도식을 박노인을 통해 유도하려는 작가의식의 일방성과 주제의식의 경직성을 노출하는 데 있다. 즉 해방기에 새로히 대두되는 신식민지적 질곡을 간과하고 '독립됐으니' 일제 잔재는 당연히 청산될 것이라는 단순 사고는 부자(父子)의 세대교체를 통해 친일파가 친미파로 전환해 가는 당대 부정적 현실의 전형성을 간과하고 있다27)는 비판의 여지를 수반하고 있는 셈이다.

또한 이 소설의 성과와 한계는 박노인의 낙천적 성격 설정에서 비롯되고 있음을 지적하는 경우도 있으나, "난 오늘 죽어도 좋네 좋은 세상 된것을 알았으면 그만이지 꼭 내가 맛을 보아야만 하나.자네들이 맛보면 그만이지"라는 새 세대에 거는 노인의 기대라는 점에서 구체성을 획득하기도 한다. 예컨대 박노인은 자신의 대에서 즉각적 이익을 보려하지 않고 낙관적 미래에서 만족을 얻는 결말에서 현실과 개인의 굴레를 벗어나 미래와 집단으로 의식이 확산됨으로써 현실의식에만 구속되지 않는 가능의식을 보여준다. 그러나 문제는 이 소설의 전체적

---

26) 임진영, 「8·15직후 단편소설 연구」, 『해방공간의 문학연구』, 태학사, 1989, 257면
27) 김성경, 앞의논문 42-3면

분위기가 지나치게 낙관적 전망에 의존함으로써 주제의식의 과잉노출
과 작가의식의 내면화에 장애적 요소로 작용하고 있는 점이다. 따라서
농촌사회의 구조적 모순을 타파하기 위해서는 농민들의 능동적인 현실
파악 의지와 농민조합의 결성 등의 단결 정신이 요구된다는 지극히 당
연한 교시적 전달의 차원으로 떨어질 소지를 안고 있다.

그러나 한편으로 이 작품은 박노인을 비롯한 농민들의 진취적인 현
실파악 의지와 미래에 대한 긍정적 확신을 통해 착취와 궁핍한 생활에
시달렸던 농민들의 생활에 종지부를 찍을 때, 진정한 의미에서의 해방
의 본질적 의미와 맞닿아 있음을 환기시켜 주고 있는 가작이라 할 수
있다.

2. 「탁류속을 가는 박교수」와 미래적 전망

해방직후 이근영의 대표적 작품으로 「탁류속을 가는 박교수」는 이
데올로기의 대립 속에서 방황하는 지식인의 고뇌와 내적 갈등을 다루
고 있다. 발표 직후 실패한 작품으로 평가되었던 이 작품은, 근래에 들
어 실상 현실에의 부정적 전망을 낙관적 전망으로 전이시키며 좌·우
익 대립상을 가장 밀도있게 그려낸 작품으로 평가받기도 한다.[28] 즉

---

28) 이우용, 「해방직후 소설의 현실인식 문제」(『해방공간의 문학운동과 문학의
현실인식』, 한울, 1989)166면. 염무웅은 이태준의 「해방전후」(1946)와 이근영
의「탁류속을 가는 박교수」는 민족주의와 애국주위의 탈을 쓴 봉건사상과 테
러리즘을 비판하는 입장에서 각각 지식인의 고뇌와 내적 갈등을 다루고 있다
고 평가한 바 있다. 특히 「해방전후」는 해방전 순수문학을 표방했던 작가 이
태준의 사상적 방황과 변모를 고백한 자전적 기록으로 평가하고 있다(염무웅,
민중시대의문학』, 창작과 비평사, 1979, 278면 및 김윤식, 「해방공간의 문학」,
『해방전후사의 인식』, 한길사, 478-489면). 필자의 소견으로는 해방전후 지식
인의 사상선택의 고뇌를 다루는 데 「해방전후」와 「탁류속을 가는 박교수」는
여러모로 비교분석이 요구되나 전자보다 후자가 여러 면에서 더 문제성을 제

해방직후 현실사회가 안고 있던 여러 가지 문제를 함축적으로 보여주
는데, 외세와 결탁하는 친일모리배들을 통해 경제적 예속의 단초를 제
공해 주며, 또한 혼란한 정치현실 속에서 겪는 지식인의 갈등과 궁핍
에 찌든 소작농민들의 비참한 삶의 단편적인 모습을 통해 현실 극복을
위한 변혁의 필연성을 제시하기도 한다.

　또한 해방 직후 사회상과 한국인의 정신사적 위상을 살피는 과정에
서 <탁류속을 가는 박교수>는 당시 대학캠퍼스 내의 교수들과 학생들
의 동향을 그려내는 데 주력하고 있어 기본적으로 다른 작품들보다는
구체성과 현실성을 더 크게 안겨 줄 수 있게 된다. 따라서 이 소설은
현실인식과 이념의 면에서 거리가 뚜렷한 교수들과 학생들이 공존하고
있는 해방 직후의 대학 캠퍼스를 배경으로 삼은 '정신사적 풍경화' 또
는 여러 갈래의 행동양식과 사고형태를 병치시킨 점에서 현실성과 구
체성을 보다 분명하게 내보이고자 한 '사회학적 상상력의 산물'29)이라
고 할 수 있다.

　　　「그럼 정치성 있는 문학, 정치하는 작품을 좋아하는군」
　　　박은 다소 긴장된 얼굴을 하며 물었다.
　　　「그러구 말구요. 요샌 더구나 그렇죠. 입원한 환자에게 해수욕을 가
　　느니, 온천엘 가느니 따위의 이야기가 소용있겠어요? 무슨 약을 쓰구,
　　어떻게 조섭한다는 이야길 해 줘야죠.」
　　　「조선도 병자고 조선사람도 병자일까」
　　　「그러면요. 옳게 정부도 못 섰으니까 병자 아녀요?」(573면)

　발단이자 도입부에 해당하는 이 부분에서 '정치성'은 텍스트에서

　기하고 있다고 생각된다.
29) 조남현, 「해방직후 소설에 나타난 이념선택의 양상」(『한국소설과 갈등』, 문학
　과 비평사, 1989) 321면

각 등장인물의 기능구조 및 관계구조를 이끄는 '상징적인 의미'로 줄
곧 활용되고 있으며 동시에 '정치성 있는 작품'에 대해서 관심은 있으
나 그렇게 크게 경도되어 있지 않은 박교수의 의식성향을 드러내 준
다.

한편 김교수 -박교수의 작품이 정치성이 없는 무가치한 작품이라
고 통박한 사회주의적 성향의 동료교수-가 경찰서에 들어간지 사흘째
되던 날 교수회의에서 경제학부 학생들의 퇴학처분을 결정하게 되며,
그 와중에 김교수는 구류와 벌금을 물고 석방되어 고향에 요양을 간다
고 하자 박교수는 퇴학당한 학생 하나를 데리고 동행하게 된다. 그런
데 조용하기만 하던 동네에 군청 소재에 있는 몇몇 청년들이 화물자동
차 두 대에 타고 폭력을 쓰며 난동을 부리는 사건이 발생한다. 더욱이
박교수는 구경나갔다가 폭력배의 일행으로 동네 사람들에게 오인을 받
아 봉변을 당하게 되자 비통한 심경에 사로잡히게 된다.이 광경을 본
김의 다음과 같은 작중인물의 진술을 통해 당시 조선의 현실과 김의
상황 인식이 잘 드러나 있다.

> 「박군 그 지주가 단순히 복수로 한것만은 아닐거네. 이 동네가 군내
> 서는 농민조합이 제일 강력하게 된 것을 파괴하려는 것이 더 큰 목적
> 일 것이네.」 김은 피곤한 줄도 모르고 안은 채 말하였다.
> 「그러타고 청년들을 그렇게 이용해?」
> 「청년들은 정렬적이니까 이용하기가 쉽지. 그러니 지도자의 죄악이
> 크지」(576)

이 작품에서의 이러한 테러적 행동구조는 그들의 공격대상이 뚜렷
하지 않고 또한 '상황적 우연'에 의해 설정되는 작위성을 수반하고 있
다30)고 비판하지만, 여기 외에도 박교수의 반복되는 어처구니 없는 테

---

30) 박덕은은 이근영의 작품세계를 논하면서 특히 「탁류속을 가는 박교수」를 면

러경험을 통해 '폭력'이 텍스트상의 내밀한 구조적 장치로 활용되고 있음을 알 수 있다. 즉 박교수와 대학동창이며 해방 직후에는 정치운동에 참여하고 있는 강익주와 그의 친구인 의사들과 술집에서 조선독립문제와 미·소공동위원회의 교착된 상태에서 단독정부 수립문제로 격론을 벌이다 난데없이 색안경, 마스크를 쓴 청년들에게 습격당한다. 그들은 "이 놈아 보따리 싸 가지고 이북으로 가. 안가면 죽일테니깐"하며 윽박지르며 무자비한 폭력을 행사하게 된다. 그러나 한참 후 중상을 입은 그들(박교수 일행)의 대화를 통해 당시의 정황이 소개되고 폭력의 근원지가 다음과 같이 암시된다.

「정작 쥔 놈은 덜 맞고 손님만 죽게 되었구나. 무지헌 놈들 같으니」한 의사가 아픔을 참으며 농담조로 말하자 강은, 「미안하네만 내가 시킨 것도 아니고 별 수 있나? 세상이 이러니 쓰겠나? 자네들도 나와 함께 내일부터라도 남정당에 들세. 어차피 당할 바엔 빨갱이나 돼가지구 당허지?」하며 역시 농담으로 바덧다.
「어서 혁명이 돼야지」
박은 무의식중에 가는 목소리로 겨우 이말을 하고, 신음하는 소리를 연해 내었다.(578)

이 작품에서 반복되는 이러한 테러적 행동구조는 텍스트의 의미망 형성에 중요한 매개적 코드 장치라지만, 다소 우연성에 기인하는 점은

밀히 고찰한 바 있는 데, 시점의 설정은 매우 효과적이나 각 장간의 조리적 (discursive)서술진행이 미흡하여 필연성이 결여되어 있으며, 또한 지식인 계층의 국한된 의식구조와 폭넓지 못한 현실인식을 보여주고 있다고 비판한 바 있다. 그러나 모순된 현실을 관찰하여 고발하고 부정적 현실을 극복하고자 하는 의지를 주인공 박교수를 통해 형상화하고 있다는 점에서, 그리고 그런 대로 당대 사회의 문제적 측면을 예리하게 분석·제시하고 있다는 점에서 긍정적인 평가를 내리고 있다 박덕은, 『해금자가자품론』, 새문사, 1991, 175 6면 참조.

배제할 수 없다. 그러나 공격대상이나 폭력의 진원은 텍스트상에 은밀하게 암시되고 있으며 또한 박교수의 심정적 차원에서 좌익에의 동조 및 현실인식의 변화에 중요한 매개적 요소로 작용하는 사건은 이러한 무분별한 폭력의 행사에 있다. 여기서 "김이 항상 입버릇같이 말하는 조선의 현실을 애써 가며 피하려 한 것이 어리석은 일이었다"고 작가의식의 일단을 조심스럽게 드러낸다.

요컨대 작가는 이러한 일련의 표면적인 폭력의 행사 이면에는 친일파·악덕모리배의 횡포가 개인적 차원에 그치지 않고 있을 뿐만 아니라 봉건잔재의 지속이라는 진정한 의미의 해방과는 거리가 먼 상황으로 전개되고 있으며, 또한 극우단체의 통일에 대한 단순한 시각이 얼마나 편향적인가를 비판하고 있는 것이다. 더욱이 작가는 감정적 대립의 단순함을 교묘히 이용하는 윤교수와 같은 일련의 무리들을 통해 치졸한 삶의 이익을 위한 이러한 존재형태는 새로운 민족독립국가 건설이라는 당면 과제를 부각시킬 때 장애적 요소가 된다는 입장을 분명히 한다.

또한 이 작품에서 우리는 좌·우익의 극명한 대립을 통해 당시의 혼란한 정치현실이 야기하는 근본적인 문제를 지적하고 있으며, 나아가 이러한 측면이 민족적인 분열을 가능케 하는 내적 요인으로 파악하고 있음을 알 수 있다. 그리고 좌·우익의 극단적 대립을 통해 황폐화 되어 가는 이분법화된 의식성향이 분단고착화를 가속화 하고 있음을 전망해 준다. 따라서 이 작품은 이러한 좌·우익의 대립으로 빚어지는 해방현실의 민족분열을 결코 방관하지만은 않는다는 의지를 간접적으로 드러내기도 하는데, 다음과 같은 대화에서 그러한 의지를 내면화하고 있음을 감지 할 수 있게 된다.

「김군, '탁류' 라는 제목으로 단편 하나 구상했서」 박은 한동안 말업시 생각하다가 담배를 피우는 김에게 말하였다.

「탁류만을 그리지 말구 탁류속에 흐르는 청류를 보아야 헌단 말이
네.그것이 진정한 리얼리즘이야」

「글쎄 내가 그걸 캐취하라는 것일세」

박은 자기도 모르는 기운을 느꼈다. 병실에 있는 것 갓지 안은 상쾌
한 맛을 느꼈다.(579)

이 대목은 주인공의 궁극적 관심을 노정시킴으로써 극명한 좌·우
대립의 현실상황 속에서도 민족적 화해의 가능성을 도출하고자 하는
작가의지를 드간접적으로 드러낸 부분이다. 따라서 여기서는 작중현실
의 이질적인 요소들이 한데 모여 텍스트의 총체적인 의미 구조와 통일
성을 구축하고 있다. 곧 작중의 화자와 등장인물의 의식구조를 한덩어
리로 만나게 하고 더불어 작가의 의식구조와 접목시킴으로써 대단원의
의미를 짙게 풍기고 있다.

또한 일부 평자는 여기서 작가가 당시의 현실을 '탁류'로 파악하고
있긴 하면서도 그 탁류를 그려내는 과정에서 도식적인 관념 혹은 계도
적인 측면에 의존하고 있음을 비판[31]하기도 한다. 하지만 박교수가 심
징적 차원에서 좌익으로 돌아서고 있음을 그리는 신에서 끝나고 있을
뿐, 좌익정파에 가맹한다거나 아니면 김교수와 같은 이론투쟁을 전개
하기 시작한다든가 하는 행동면의 변화를 보여주지 않고 모순 해결에
의 문제제기로 그친다. 이 점은 오히려 이 작품이 그러한 도식성을 벗
어날 소지를 안겨주고 있다고 봐야 할 것이다. 왜냐하면 이와 같은 결
말은 통일논의에 있어 좌·우이데올로기의 균형을 유지하는 지점에서
통일논의에 대한 보편적인 인식을 발견하고자 하는 작가의 태도를 보
여주는 것이라 할 수 있다. 예컨대 통일논의가 이데올로기에 의해 터
부시되는 현실에 대한 비판적 인식의 드러냄인 동시에, 통일논의가 진

---

31) 조님헌, 잎의 책, 321면

정한 의미의 민족 해방을 전제로 하지 않는 한 지식인의 관념적 인식이나 자기합리화로 함몰될 수 있음을 보여주는 것이다.

이 작품을 우리는 민족독립국가 건설의 열정과 이해관계에 의거한 대립 때문에 무분별하게 충돌하는 좌·우세력의 갈등에 초점을 맞춤으로써, 해방현실에서 갖게 되는 기대와 그 기대 좌절의 부정적 양상을 폭로하고, 이로 인해 민족적 동질성 회복이 어려움을 제시하며 사라져 가는 전망을 일깨워주고자 함을 알 수 있다.이런 점에서 「탁류속을 가는 박교수」는 피상적으로 드러나는 외적 상황만을 단순히 인지하는 데 그치지 않고 이를 근거로 보다 나은 미래적 전망을 통해 화해의 가능성도 제시하고 있다는 데서 보다 긍정적인 측면을 발견 할 수 있을 것이다.

V. 맺음말

본고는 그동안 우리 문학사에서 소외되어 왔던 이근영의 전기적 검토와 그의 작품세계를 접근해 보았다. 이는 납·월북문인이라는 이데올로기의 허울에 의해 한 작가의 면밀한 작품분석을 통한 문학세계의 접근이 도외시된 채,裁斷的인 문학적 평가를 조급하게 내림으로써 우리가 소망하는 남북한 문학사의 총체성 회복에 장애가 되어서는 안된다는 반성적 성찰에서 출발한 것이다.

따라서 본고에서는 이근영의 작품세계를 해방전과 후로 나뉘어 통시적으로 접근해 본 결과, 작가가 무엇보다도 중점적으로 제기하는 것은 농촌의 황폐화와 소작농의 피해를 집중적으로 다루고 있으며, 또한 농민소설에서 작가 특유의 장기와 리얼리티를 획득하고 있음을 확인할 수 있었다. 따라서 이근영의 일련의 농민소설은 1930년대 농민문학론에서 새롭게 주목해 보아야 할 단초를 제공하고 있으며, 또한 해방직후 그의 문학적 특성도 새롭게 조명해야 할 것으로 보인다.

그러나 본고는 이근영의 월북하기 전에 발표된 단편들에 국한하여 부분적으로 살펴본 한계를 가지고 있고, 또한 작품 분석에 있어서도 정치한 분석에 이르지 못한 아쉬움이 있다. 부족한 부분은 차후에 자료를 더 보완해서 논할 것이며 우선 이근영에 대한 작가적 관심의 출발점이 되었으면 한다.(1992)

이근영 연보

장르	제목	발표지	발표기간	비고
단편	금송아지	신가정34	1935,10	고향 +
〃	과자상자	신가정39	1936,3	〃
〃	농우	신동아56	1936,6	첫수확 +
〃	말하는 벙어리	조선문학속간6	1936,11	〃
장편	제 3노예	동아일보	1938,2,15-6,26	
〃	당산제	비판	1939,1	고향 +
〃	이발사	문장임시증간7	1937,7	〃
〃	탐구의일일	동아일보	1940,4,9-5,7	「일요일」로 변경 고향
〃	초고집선생	인문평론9	1940,6	고향+첫수확+
〃	고독의 변	문장19	1940,10	〃
〃	고향사람들	문장23	1941,2	〃
〃	밤이새거든	춘추8	1941,9	〃
〃	소년	춘추21	1942,10	〃 첫수확+
〃	흙의풍속	춘추28-31	1943,5-9	
〃	추억	예술2	1945,12	
〃	장날	인문평론1	1945,3	
〃	고구마	신문학2	1946,6	
장편	안노인	신세대23	1948,5	
단편	탁류속을 가는 박교수	신천지26	1948,6	
〃	고향	문학예술11	1951	
대하소 설	청천강	?	1953	Ⅰ Ⅱ Ⅲ
중편	첫수확	조선작가동맹출판사	1957	소설집출간
장편	별이빛나는곳	평양학생소년출판사	1966	
〃	어머니와아들	?	1980년초	

채만식의 「소년은 자란다」 考

1. 머 리 말

<소년은 자란다>는 채만식의 사후 23년이 지난 1972년 한 문학지의
발굴에 의해 빛을 본 그의 유고작이자 흔히 '채만식의 문학적 생애의
대미를 장식하는 작품'으로 거론되고 있다.[1] 또한 해방공간에 대한 채
만식의 작가적 관심이 집약된 작품으로 <옥랑사>[2] 함께 그의 말년의
문학적 업적을 대표하는 작품이기도 하다. 따라서 어느 평자는 "채만
식은 이 작품에서 해방후의 여러 작품에서 추구한 문제를 종합하여 해
방후의 역사가 지향해야 할 좌표를 모색·제시하려는 의도"[3]를 보이

---

1) 「월간문학」(1972년 9월호) '편집자주', p123 참조
2) 채만식은 30년대말부터 「제향날」(1937), 「어머니」(1943), 「옥랑사」(1948)」, 「역
   사」(1949) 등으로 이어지는 일련의 역사소설을 창작했는 데, 이중에서도 「옥랑
   사」는 본격적인 의미에서의 장편 역사소설이지만 講史的 양식으로 충분한 현
   실성을 획득하지는 못했다. 그러나 해방직후의 현실이 안고 있는 여러 문제를
   개화기에 조응함으로써 채만식의 역사적 안목이 잘 드러나 있는 작품으로 평
   가되고 있다. 최원식, 「채만식의 역사소설에 대하여」(김윤식편, 『채만식』 문학
   과 지성사, 1984,) pp.138-154 및 유종렬, 「채만식의 '옥랑사'연구」 (『논문집』
   25집, 부산대 국어국문학과, 1988) 참조.

고 있다고 지적 한 바도 있다. 또 우명미는 "<옥랑사>가 종적인 역사 의식의 결산이었다고 한다면, <소년은 자란다>는 횡적인 현실인식의 총결산이었다"고 하며 "30년대적 작품의 결함을 지양하고 상황의 바른 통찰과 현실문제에 대한 진지한 탐구, 포괄적인 상황인식을 지녔던 작가의 변모가 뚜렷이 드러나는 작품이다"4)고 평하고 있다. 이런 맥락에서 장성수도 이 작품이 "일제말 자기과오에 대한 자기비판, 식민지시대와 해방직후 현실의 역사적 탐구, 사회의 구조적 모순에 대한 풍자 등 이러한 세가지 방향의 성과가 집약되어 씌여진 작품"5)임을 들어 채만식 문학이 도달한 성과중 절정의 위치에 놓이는 작품으로 평가한다.

그러나 한편으로 김윤식은, 이 작품의 후반부 구성이 '신파 연극투'로 기울어져 자의식을 극복하려다 실패한 "리얼리즘의 패배한 모습"6) 혹은 "작가의 주관적인 센티멘탈리즘을 드러내고 있다"7)며 이 작품에 대해 비판적인 시각을 보인다. 또한 정호웅도 이 작품을 해방공간의 소설에서 '역사담당 주체의 문제'와 관련하여 논의하면서 "과거와 현재를 부정하고, 과거 현재로부터 단절된 미래만을 가치있는 것으로 인정할 때, 채만식 문학은 돌연 구체적 현실지반을 떠나 낭만적 열정에 휩싸인다"8)며 일종의 허무주의에 침윤될 소지가 있음을 지적하기도 하였다.

이처럼 이 작품에 대한 평가는 논자마다 다소 상이한 평가를 내리고

---

3) 이래수 『채만식 소설연구』, 이우출판사, 1986, p. 148

4) 우명미, 「채만식론」(현대문학연구 제26집, 서울대 현대문학연구회, 1977) pp.145-6

5) 장성수, 「채만식소설 연구-작가의식의 변모과정을 중심으로-」 고려대학원 석사학위 논문, 1980, p.60.

6) 김윤식 「한국소설의 미학적 기반」(상)(『한국학보』, 일지사, 1976봄호) p.114

7) 김윤식, 「우리문학의 만주탈출 체험의 세가지유형」(『한국학보』, 일지사 1986가을) p.168

8) 정호웅, 「채만식의 허무주의와 역사 담당의 주체문제-해방공간을 대상으로」 (김윤식 편, 『해방공간의 민족문학 연구』, 열음사 1989) p.190

있으나, 대체로 채만식 문학에 있어서 특히 해방공간 채만식 문학의
성격을 규명하는 데 있어서 필히 거론되어야 할 비중있는 작품으로 언
급하는 데에는 의견의 일치를 보이고 있다. 그러나 이 작품이 채만식
소설에서 차지하는 비중이 비해 그 동안의 연구성과는 빈약했다9)고
본다. 더욱이 <소년은 자란다>에 대한 기존의 논의는 엄밀한 텍스트
분석에 의존하기 보다 채만식 문학을 논의하는 과정에서 당위적으로
언급되는 개괄성이나 총론적인 논평의 범주을 크게 벗어나지 못하고
있다 해도 과언이 아니다.

물론 그렇다고 대상권에 드는 작품들에게 의미를 균등하게 배급하
는 식으로 산술적 연구를 추진하는 것이 이상적이라는 의미는 결코 아
니다. 다만 연구주체의 비평안을 너무 앞세우려 하거나 채만식의 대표
적인 몇 작품 위주의 집중적인 연구경향으로 한 작가의 문학성에 관한
총체적 판단을 시도하려는 듯한 추수적인 연구태도는 지양되어야 할
것이다. 따라서 채만식 문학에 대한 다음과 같은 연구사적 비판은 이
작품의 경우에도 여러 가지를 시사해 주고 있어 주목된다.

> 채만식 연구는 연구대상을 너무 한정시켜 논의함으로써 부분적인
> 면을 그대로 전체면에 소급·파악하는 오류를 범하고 있는 것이다. 특
> 히 30년대의 역사의식의 해명이나 풍자소설에 과도한 비중을 두었다
> 는 점 그리고 풍자소설에 한정하여 논의를 전개한 것이 대부분이이었
> 다는 점이 채만식의 다양한 측면을 일면적인 고찰로 한정시킨 주요인
> 이라는 것이다. ---중략--- 또 하나는 작가의 문학사적 위치규명에는 상
> 당한 노력이 경주되었지만 작품이 지니는 미학적인 가치해명에는 미
> 흡하였다는 점이다.10)

---

9) 이 작품에 대한 그동안의 연구성과로는 홍기삼(1974), 김윤식(1976, 1984,
   1986), 우명미(1977), 장성수(1980)등의 논의를 거쳐 김치수(1986), 이래수(1986),
   이상갑(1987), 우한용(1987), 그리고 최근엔 한형구(1989), 정호웅(1989)등의 논
   저에서 언급되고 있으나 본격적인 작품론은 몇 편에 불과한 실정이다.

　위의 언급에서도 암시받을 수 있듯이, 해방공간의 채만식 문학을 논함에 있어서도 풍자적 경향의 단편작품들만을 중시함으로써 중·장편들을 상대적으로 소홀히 하는 경향을 보였다. 따라서 해방공간에서 채만식 문학에 대한 기존의 논의는 다양성과 함께 선행적인 관점에서 주목할 만한 언급도 있지만, 아직도 전반적이고 포괄적인 논의로는 미흡한 대체로 작가의식의 측면에 기울어져 "자칫 주관성 혹은 목적론적 해석의 편향을 벗어나기 어렵다."[11] 또한 작품의 **精致**한 구조적 분석이 도외시된 채 막연하게 작가의식의 긍정적 측면의 부각에 주력하거나 또는 언어의 기법적 측면에만 치중하여 상대적으로 작가의식이나 세계관의 해명에 소홀하는 방법론상의 괴리를 빚기도 하였다.

　따라서 본고에서는 <소년은 자란다>에 대한 지금까지의 연구사적 한계를 보완하여 보다 내밀한 텍스트 분석을 통해 작품 속에 드러나고 있는 서사구조 및 언어적 기법을 탐색하고 또한 이를 토대로 작품 속에 내재된 해방직후 사회상에 대한 작가의 현실인식이나 세계관을 추출해 봄으로써 특히 해방공간 채만식 문학에 있어서 중요한 위치를 점하고 있는 이 작품의 문학적 가치를 가늠해 보고자 한다.

---

10) 이상갑, 「채만식소설연구- '소년' 모티프를중심으로-」(현대문학연구 75집, 1987) pp.5-6
11) 우한용, 「채만식소설의 언어적 기법」(『한국 현대소설의 구조연구』 삼지원, 1987), P.197
　　최근에 우한용은 이러한 문제의식을 염두에 두고 「채만식소설의 담론특성에 관한 연구」(서울대 박사학위논문, 1991)에서 채만식 소설의 전체적인 담론구조 및 특성에 대해 소설기호론의 방향에서 면밀한 분석을 시도한 바 있다.

2. 텍스트구조의 양면성과 서술의 층위

2.1 플롯의 전개방식 및 '서술상의 아나크로니' (anachronies naratives)[12]

「소년은 자란다」의 핵심 줄거리는 오윤서 가족의(전재민) 귀환이라는 旅路的 모티프(Motif)가 큰 줄기를 형성하되, 회상(retrospection) 또는 '삽입적 역전'[13](Episodic Flashback)에 의해 만주로 떠나게 된 사연과 그곳에서의 생활 그리고 독립되어 귀국과정에서 겪는 수난 및 해방직후 조선의 사회상에 대한 묘사가 작품의 전반부를 차지하고, 후반부는

---

12) 쥬네트(G.Genette)는 역사적 시간의 현재 순간보다 나중에 일어나는 사건을 미리 앞당겨 이야기하는 것을 豫辯法(prolepse), 그 반대의 경우를 後辯法(analepse)이라 지칭하는 한편, 이렇게 역사적 순서와 서술적 순서 상호간의 불일치라는 시간순서의 혼란을 서술상의 아나크로니(anachronies narratives)라고 명명한 바 있다. 김화영편역 『소설이라 무엇인가』(문학사상사, 1987) pp.199-202참조.
　　<소년은 자란다>의 플롯의 전개방식, 특히 전반부의 상당부분은 후변법에 의지한 에피소드식 사건의 전개를 기본골격으로 유지하는 서술상의 특징을 드러낸다.

13) 래메르트(E.Lammert)는 자연적 순서를 흐트리는 방법으로 '역전(逆轉)'과 '예시(豫示)'를 들어 그 중에서도 '역전'은 독자에게 필요한 정보를 준다는 점에서 소설기법에서 중요한 요소로 간주된다고 보며, '구성적 역전', '해결적 역전', '삽입적 역전'의 세 갈래로 나눈 바 있다. 김천혜, 『소설구조의 이론』(문학과 지성사, 1990) pp.48-52 참조. 한편 쥬네트(G.Genette)는 역전 및 예시를 소급제시(analepsis)와 사전제시(prolepsis)란 명칭으로 구분하고 또한 소급제시는, 텍스트의 그 위치에서 언급된 작중인물이나 사건 및 스토리-선에 관한 과거의 정보를 제공하는 동종소급제시(homodiegetic analepsis)와 다른 작중인물이나 사건 및 스토리-선에 대한 과거정보를 제공하는 이종소급제시(heterodiegetic analepsis)로 구분한 바 있다. S.리몬- 케넌 『소설의 시학』(최상규역, 문학과 지성사, 1988)pp. 74-81참조

해방의 와중에 양부모를 잃고도 꿋꿋하게 살아가는 어린 남매의 긍정적인 삶이 교직되어 서술되고 있다. 따라서 통상 중요한 사건이나 대화는 상세하게 제시되고(감속되고) 덜 중요한 것은 압축(compression)되는 이 작품의 후반부에 실질적인 사건의 핵심이 있다. 그러나 역으로 파노라마식 방법(panoramic method)에 의해 빠른 템포로 회상되는 전반부 오윤서 가족의 수난의 삶도 간과할 수 없는 부분이다.

　여기서 핵심적인 서술단위와 서술시간을 중심으로 한 플롯의 전개방식은 다음과 같이 도표화 하여 접근해 볼 수 있다.

서술단위 keystory	아버지를 찾고 있는 영호	조선의 독립과 간도에서의 삶	고향을 떠난 사연	귀국과정에서 의 수난과 이별	소년의사회화 과정과 사회상
단락구분 episode	1.--A (이리역)	2.3.4.5.--B (간도)	6.--C (청주)	7.8.9.10.11.12 --D(간도+서울)	13.14.15.16.17 --E(전라도)
서술의 시간	◄-------------------------------► (약 15일)				
서술된 시간	(약 17-8년의 삶) ◄-------------------------------►				(약 1-2년) ◄-----►
삽입적 역전	C---B---D---A---E				
의미망	해방의 역사적 의미의 탐색과 해방된 조국의 모습				자라나는세대에 의한 미래의지

　윗 도표에 나타난 바와 같이, 이리역에서 영호 남매가 아버지를 보

름정도 기다리다 비슷한 처지의 전재민을 만난 처음장면 이후 12장)까
지의 서술속도는 불과 보름정도의 시간적 격차가 있을 뿐이나, 이 기
간에 서술된 射距離[14](Portee, 서술된시간)는 약17-8년 동안에 해당하는
오윤서 가족의 압축된(condensed)생활상이 전개된다. 그러나 후반부에
해당하는 13장:오뉘 단둘이서)이후는 불과 1-2년동안의 영호 남매의 생
활을 중심으로 느슨하게 전개된다. 다시말해 전반부에 해당하는 1)-12)
장 까지는 '템포가 빠른' '말하기의 수법'[15] (Telling)이 주종을 이루고,
후반부는 템포가 느린 슬로우 업(slow-up또는 close-up)식으로 진행되고
있다. 따라서 이 작품은 과거의 역사적 사건을 통해 해방의 역사적 의
미를 탐색하고, 구세대에 오염되지 않은 자라나는 세대의 시련극복 의
지를 통해 작가의 미래지향적인 신념을 드러내는 양면적인 구성방식을
취한다.

2. 공간의 전이, 수난과 혼돈 그리고 가능성의 양면성

소설 속에서 공간은 단지 플롯을 위한 단순한 물리적 장소로서의 기
능 외에 공간의 설정이나 변이양상에서 작가의식의 궤적을 엿볼 수 있
다[16]면 <소년은 자란다>에서 시간의 이동에 따른 공간의 전이도 작품
의 서사구조와 긴밀한 연관성을 갖는다. 따라서 공간의식의 해명은 이
작품의 핵심적인 의미망의 산출에도 유효하리라 본다. 즉 오윤서 가족

---

14) 쥬네트(G,Genette)는 역사적 순서를 따라서 진행되던 본래의 이야기가 중단되
  는 순간사이의 시간적 거리를 '사거리'(Portee)로, 그 과거나 미래의 이야기에
  소요된 시간길이를 '진폭'(amplitude)이라고 칭하고 있다. 김화영, 앞의 책,
  p.199
15) Booth, Wayne.C, The Rhetoric of Fiction, The Univ.of Chicago Press, 1974, p. 3
16) E.s.Rabkin:Spatial Form and Plot (Critlcal Inquiry, vol.4.No.2) pp.253-270 및 김병
  욱편, 최상규역 『현대소설의 이론』 대방출판사 1986) pp.224-226 참조

이 간도로 이주해 온 짧막한 사연 외에 전반부 공간적 배경의 거의 대부분이 간도17)에서 전재민의 생활상 및 수난이 주종을 이루고 있음은, 해방된 시점에서 간도에서의 우리 민족의 삶의 방식과 연관된다. 혹자는 이 작품이 형식적 측면에서는 여로양식을 취하고 있지만, "해방공간에서 귀환동포의 애환을 그리고자 하는 단순한 의도에서 아니라 분단비극까지도 형상화하고자 하는 문학적 의도에서 배태된 것"18) 이라며 간도이주 문제를 작품의 핵심적 의미망의 관련성에서 배제하고 있다.

그러나 여기서 간도에서의 在滿鮮人들의 삶의 방식과 귀국과정에서의 애환 그리고 에피소드식 사건의 전개를 통한 역사적 의미와 작품 이면에 깔린 복선의 의미도 소홀히 할 수 없다. 예컨대 작품의 중간 중간에 조선인들이 만주에서 당해온 수난의 과정이 되풀이 되어 삽입되는 점 그리고 해방된 조국의 맨 처음 반응장소를 간도위주로 설정한 점 또한 무엇보다도 자라나는 신세대로서 진정한 자주독립국가의 건설이라는 중차대한 임무가 주어진 영호 남매 역시 만주에서 태어나서 그곳에서 우리 민족의 수난을 목도하며 어린 시절을 보내왔다는 설정 등은 단순히 작품의 배경적 요소로만 처리할 수 없는 중요한 의미를 수반한다. 따라서 김윤식 교수의 지적에서도 나타난 바와 같이, <소년은 자란다>는 "해방이 몰고 온 민족이동으로 인한 재편성 문제가 원경으로 깔려 있는 즉 해방공간의 민족 이동,귀혼동포의 애환과 그 정착과

---

17) 奉天省, 黑龍江省 등과 함께 만주국을 형성하고 있는 吉林省에 40여개의 縣이 있는 데, 이중 延吉縣, 和龍縣 등의 일부의 縣을 묶어서 間島라고 지칭하는 바 (윤화수 「간도이주문제란 무엇인가」동광 1932.5.37), 본고에서는 조선시대 이래 우리 민족의 일부가 집중적으로 이주해 살았던 受難의 상징적 공간으로써 지정학적 위치에 구애받지 않고 만주 및 북간도와 거의 동일한 개념으로 사용한 것이다.

18) 한형구, 「해방공간에 있어서의 채만식 문학의 현실인식과 글쓰기」(『해방공간의 문학운동과 문학의 현실인식』 한울총서, 1989), pp 254-5

정을 소년의 눈을 통해 보여주려 한 것19)"은 물론, 해방을 분기점으로 전재민들의 파란만장한 삶의 歷程과 현장성을 통해 우리 민족이 겪어온 수난의 역사와의 구조적 상동성을 환기시켜 준다.

조선이 해방되었다는 소식을 마을 사람들에게 전하는 다음과 같은 오선생의 설교를 통해 우리는 간도에서 조선인의 삶의 모습이 어떠했는지를 알 수 있다.

> 여러분! 조국의 독립과 자유를 위해 왜인의 종노릇을 면하려고, 뺏긴 나라를 도루 찾으려고, 짓밟힌 자유를 다시 찾으려고, 정복자 일본에 반항을 하면서 독립운동을 하다가 얼마나 많은 우리의 선열(先烈)과 이름없는 우리의 동포가 사나운 왜인의 총과 칼에 시뻘건 더운피를 흘리고 넘어졌읍니까. 이 간도의 역사를 돌이켜 봅시다. ---중략--- 여러분 ! 이 간도의 역사는 또한 애인(왜인의 오자-인용자)들에게 기름지고 살기좋은 고국을 뺏기고, 백옥같은 입쌀밥과 조상의 뼈가 묻힌 선산을 뺏기고, 강낭이 조팝을 먹으면서 영하 30도의 추위에 떨어야 하는 이 삭막한 호지(胡地)로 쫓겨와서 10년, 20년, 50년, 죽도록 고생을 하는 여러분의 눈물과 피를 가지고 쓰여진 것입니다.! 여기 모인 여러분의 피와 눈물로 간도의 역사는 쓰여겼단 말입니다."20)

이처럼 간도는 우리 민족에게 순탄치 못했던 수난의 삶터이자 역사적 상흔의 현장으로 기억되고 있다. 따라서 在滿鮮人들에게 조선의 독립은 해방된 조국에로의 귀환이라는 벅찬 기대와 감회로 다가온다. 즉 "그 빠른 기차로도 사흘이나 오는 이 만리타국, 일컬어 호지라는 북간도 구석에서 동네를 온통 울지렁으로 둘러막고, 주야로 경비를 하여야 하는 불안한 땅에서 강냉이 조밥으로 창자를 채우면서, 살이 어는 무

---

19) 김윤식(1984)앞의 책, pp.43-4
20) 『채만식 문학 전집』5권(창작과 비평사, 1989)p.303 이하 본문인용은 본 텍스트의 페이지 수만 밝힌다.

서운 추위에 떨면서, 그러면서 한편으로는 이곳까지 뒤쫓아온 왜사람에게 시달리고 만주사람에게 시달리고 하면서 산다느니 보다도, 죽지 못해 살아 있는 시방의 이 형편"(p.307)에 그리운 조국에로의 귀환은 실로 감격스러운 것이리라. 더욱이 많은 조선인들이 넓게는 만주땅으로 좁게는 간도지방으로 이주해야만 했던 배후에는 東拓을 앞장 세운 일본의 착취와 억압이 분명하게 작용했던 타율적 이주의 형태를 띠었다.21) 즉 만주이주민은 "국민경제의 발전상이나 피인국의 환영을 받아서가 아니고 특수적 형태와 동인으로 말미암아 정든 고국산천을 떠나 원한과 저주로 정안과 정처가 없이 다만 생을 구하겠다는 일서의 희망만 가지고"22) 떠났던 것으로 보아 제발로 나간 외형을 취하긴 했지만 실제로는 쫓겨난 것이나 다름없다고 할 수 있다. 사실 오윤서 가족이 간도로 이주하게 된 동기도 표면적으로는 지극히 개인적인 모멸감 즉 '읍내이발소의 직공을 따라 봇짐을 싼 아내의 분출'에 기인하는 듯 하지만,실은 "조선의 가난한 농민의 자작하는 땅이 마치 무엇이 요술을 부리는 것처럼 동양척식회사니 일본사람 농장이니 조선지주에게로 연방 넘어가 버리는 그 요술을 오서방네도 면할 수가 있었던 것이 아니어서, 선대로 물려받은 열다섯마지기의 논과 몇천평짜리 멧갓은 오서방의 아버지의 말년에 벌써 일본사람의 것이 되고, 오서방은 송곳 하

---

21) 당시 동아일보는 조선인의 간도이주 문제에 대해 깊은 관심을 여러차례 보인 바 있는데, 일본이 조선인들에게 북만 이주를 강요 또는 권유했을 것이라는 추측은 비추지 않았으나, 간도행을 택하게 된 농민들의 기구한 사연등을 소개함으로써 간접적으로 일제의 착취와 억압을 암시하고 있다.(<동아일보>1926, 11, 20일자 사설 "북간도로 가는 동포"참조) 한편 오양호의 「한국소설에 나타나는 떠남의 모티프와 간도」(『한국문학과 간도』, 문예출판사, 1988)와 조남현의 「1920-30년대 소설과 만주이주 모티프」(『한국소설과 갈등』, 문학과 비평사, 1990)에서는 한국문학사 속에서 간도이주 모티프를 중심으로 한 떠남의 양상이 1920-30년대 소설 속에서 어떻게 드러나고 있는지를 고찰하고 있어 주목된다.
22) 장현칠 「만주이민 문제」(신동아 1934, 12) 35, 조남현 앞의 논문, p.229 재인용

나 꼿을 땅이 없는 알짜 소작인"(p.312)으로 전락한 상태에 있었다.

따라서 이 작품에서 주목을 요하는 것은, 전반부 오윤서 가족의 지난한 우여곡절의 삶과 수난이 한 개인의 일가족의 차원에서 우연으로 겪는 것이 아니라 우리민족 수난의 보편적인 삶으로 대치되어 있다는 점과 해방직후 사회구조적 모순에 대한 비판을 통해 해빙을 바라보는 작가의 시각과 현실인식이 암시되어 있다는 점이다. 또한 소설의 전형성의 본질적인 요건이 평균성이나 막연한 보편성이 아닌 구체적인 특수성,즉 전형적 현실로 포착된 대상이 어느 만큼 구체성을 확보하고 있느냐의 여부와 관련되어 있음을 전제할 때23), 오윤서 가족의 만주이주동기는 '아내의 분출'이라는 개인적인 특수성을 띠면서도 당시 만주 이주민의 삶과의 보편적인 회로관계가 맺어지는 나름의 전형성을 획득하고 있다.

이러한 관계설정의 구체화가 극명하게 드러나는 부분이, 영호 어머니가 만주를 떠나기 하루 전날 '사자 어금니 아끼듯 하던' 소반 하나를 갖고 오다 만인들에 의해 애기와 함께 처참하게 당한 모습을 보고 둘러선 전재민들의 다음과 같은 반응이다.

> 사람마다 일이 안되었어 하고, 죽일놈들이라고 저주를 하였다. 그러나 그 이상 어떻게 하지는 못하였다.
> 만인들의 짓인 줄을 확실하다지만 누구인 줄을 알며, 가사 알기로소니, ……그들과 시비를 가리자고 덤비어 본댔자 자는 호랑이 코침주기와 다를 것이 없었다.…
> "재길혈! 해방값 비싸다!"
> 둘러선 사람들 가운데, 뒤 곁에서 누군지가 혼잣말로 뱉고 돌아서는 소리였었다. 이때부터 벌써 여기서도 독립이라는 말대신 해방이라는

---

23) 스테판 코올(여균동역) 『리얼리즘의 역사와 이론』, 한밭출판사, 1984, PP.300-310

말로 쓰고 있었다. 듣는 사람들은 너나 할것없이 그 말 참 적절한 말
이라고, 이것이 저 여인네 한 사람의 일이 아니요, 우리도 이러다는 본
전도 못 찾는 해방이 되고 말기 쉬울지 모르느니라고들 생각하였다.
(p.334)

이처럼 오윤서 가족은 해방이라는 변화로 인해 엄청난 댓가를 치루
어야 했다. 그러나 여기서 영호 어머니의 갑작스런 참변은, 간도에서
우리 민족이 겪은 수난과 좌절을 총체적으로 상징해 주기 위한 암시적
의미가 함축되어 있다고 본다. 왜냐하면 굳이 "모든 소설가의 작품은,
당시의 정황을 다루는 것이거나 그 상황으로부터 도피하여 상아탑 속
으로 인도하는 것이거나를 막론하고, 그 작품이 쓰여진 시대에 대한(명
백하게든 암시적이든)비평"24)임을 전제하지 않더라도, 작가는 이러한
비극적인 장면의 설정을 통해 해방이 대부분의 백성들에겐 삶의 과정
에 큰 기쁨이라기 보다 또 다른 문제의 序幕임을 암시해 주고 있기
때문이다. 다시 말해 오윤서 가족의 이러한 수난의 설정은, 영호 남매
로 하여금 주체적으로 자신의 삶을 이끌어 감으로써 기성세대와 같은
시행착오를 되풀이 하지 않게 하려는 작가의 미래의지와도 연관된다.
따라서 이렇게 가족의 엄청난 희생을 겪으면서도 영호 아버지는 귀국
해서 "생이별한 자식 영만을 만나리라는 기대와 집을 얻어 편안히 농
사지으면서 가난과 압제없는 세상을 살게 된다"는 기대로 견디어 간
다. 그러나 오윤서 가족(서울에 당도하면서 영호 남매에게로 스토리의
초점이 옮겨 간다)에게 비친 해방된 조국의 모습은 어떠한가

큰 집(建物)들, 으리으리한 좋은 집(住宅)들, 넓은 거리, 전차, 많은
자동차, 물건이 얼마든지 들여쌓인 가게들, 다 좋았다. 그렇지만 한편

---

24) A.A. Mendilow, 『시간과 소설』(최상규역), 대방출판사, 1983., p.98

으로는 이 좋은 서울이 어쩌면 이다지도 더러운지 몰랐다. 골목골목이, 너저분한 쓰레기가 그득그득 버려져 있었다. ---중 략--- 마침 앞서가던 아버지가 한눈을 팔았는지, …… "에이! 길에다 똥오줌 싸라는 해방인가 부다!"(p.339)

귀환해서 본 조국의 모습은 이처럼 기대했던 바에 크게 미치지 못한다. 더욱이 "땅이야 집을 얻어 편안히 농사 지으면서 가난과 압제없는 세상에서 살게 되리라는 기대"는 상상할 수도 없는 처지에 놓여 있다. 이처럼 해방된 조국은 오윤서 가족을 비롯한 전재민들의 기대에 크게 미치지 못하는 공간으로 설정되고 있다.

따라서 이 작품의 공간의식은 시간의 구조와도 밀접하게 관련되어 서술되고 있는 바, 과거시제의 주요 공간인 '간도'는 시련과 수난의 상징적인 삶의 현장으로 설정되어 8·15의 역사적 의미를 되새겨 주고 있다. 이처럼 해방된 시점에서 조국은 기차 안의 온정과 백성들의 삶의 모습에서 따뜻한 동포애를 느낄 수 있으나 한편으로는 혼란과 무질서가 산재해 있는 이중적인 모습을 유지함으로써 조국의 미래상은 자라나는 세대에 의해 건설되어진다는 암시를 드러낸다.

2.3. 인물설정의 방식과 '소년' 모티프의 등장

이 작품에 나오는 주요 인물은 오윤서 가족과 오선생 및 만주 이주민 그리고 영호남매가 부모를 잃고 살아가면서 만나게 되는 갖가지 유형의 동포들이다. 물론 작품의 핵심축을 이루는 인물은 오윤서 가족이며 그 중에서도 영호 남매가 사건 전개의 실질적인 중핵을 이루고 있다. 또한 오선생도 텍스트상으로 자주 등장하지는 않고 있으나, 기성세대의 타락된 群像과는 구별되는 양심적 교육자로서 자라나는 세대에게 방향제시를 해주는 매개적 인물로 등장한다. 그러나 정작 간과해서는 안될 부분은 이름도 없이 등장하는 다수의 백성들, 이를테면 귀국과정에 기차 안에서 영호남매에게 따뜻한 동포애를 발휘하였던 다수의 사람들과 만주 이주민 그리고 외세에 의존하여 자신의 사리사욕에만 눈이 어두운 일부 '훌륭한 사람들' 삶의 양상을 통해 해방된 조국의 사회상을 어떠한 시각으로 접근해 가고 있는가에 주목하는 것이다.

그럼 인물설정의 방식을 통해 작품 속에 내재되어 있는 의미망에 접근해 보자.

우선 오윤서는 순박하고 성실하나 주체적으로 자신의 삶을 이끌어 가지 못하는 수동적인 인물로 등장한다. 예컨대 첫째부인을 이발사 직공에게 빼앗긴 것(문중들의 질타는 오윤서의 무능을 어느 정도 암시하고 있다는 점에서)이나 아무리 혼란중이라 하지만 잘못된 기차로 영호남매와의 생이별을 초래한 것도, 결국은 영호 아버지의 "변통성이 적고… 괜히 허둥거리고 날뛰기나 하는" 무딘 현실감각과도 무관하지 않다. 따라서 여기서 오윤서는 흔히 긍정적인 인물로 보기도 하지만 오히려 식민지시대에서 해방의 현실에 이르는 질곡의 역사 속에서 외세의 억압과 수탈을 몸에 배게 받아오고 그러한 간섭을 무방비하게 허용해 온 무기력한 인물이다.

물론 작가의 이러한 설정은 단지 오윤서의 성격을 드러내 주기 위한 일차적인 의미를 떠나 새로운 세대, 즉 영호남매의 긍정적 삶을 부각시켜 기성세대에 물들지 않은 그들의 주체적 삶의 방식을 극대화하기 위한 작가의식과도 밀접히 관련되고 있다. 이런 맥락에서 보면 영호아버지의 '잘못탄 기차'도 진취적으로 자신의 삶을 이끌어가지 못하는 무기력한 기성세대의 삶에 방식에 대한 반성적 의미를 내포하는 상징적 의미를 함축하고 있다. 왜냐하면 자라나는 새로운 세대는 기성세대와 같은 식민지적 치욕의 역사와 그러한 前轍을 밟지 않아야 하기에 '잘못 탄 기차'로 인한 父子간의 생이별을 통해 비극적인 작가의식을 반영하고 있기 때문이다. 이와는 대조적으로 오선생은 "허풍쟁이"[25]가 아니라 기성세대의 과오를 책하며 독립의식의 고취를 통해 자라나는 세대에게 기대를 거는 역사의식과 미래의지를 겸비한(부분적으로 역사인식의 미달상태를 보여주고는 있지만) 문제적 인물의 특성을 지닌다.

> "인전 뼈젓한 독립국민이야! 세계 어딜 가두 얼굴 번쩍 쳐들구 나설 수 있는 독립국민 조선사람야 !알겠지?"
> "내"
> "허허허허… 그동안 느이가 가엾구 느이한테 면목이 없더니, 하여커나 독립이 돼, 무어보담두 느일 위해 다행이요 기쁘다!… 그렇지만 인제부터 느이가 할일이 크구나. 새 조선의 건설은 느이가 해야 할 테니깐…"(p.319)

이처럼 오선생은 영호 남매에게 따뜻한 시선과 기성세대로서의 죄책감을 느끼는 양심적인 인물로 등장하고 있다. 그러나 오선생도 내면적으로는 일제의 정책에 반감을 갖으면서도 노골적으로 저항하지 못하는 지식인의 한계와 양면적인 생활의 범주를 벗어나지 못함으로써 현실의 개혁의지로 연결되기에는 한계가 있다. 즉 "그것이 나라 망한 백성으로, …용기가 없어 정면으로 대고 반항은 못하구, 그러면서도 오기는 있어 아주 굴복하기는 싫고 하니깐, 겉으로는 복종을 하면서 속으루만 눈을 보는 데서는 굽실 거리구, 뒷방에 앉아서 주먹질을 하는 …"(p.281) 기성세대의 한 유형을 벗어나지 못하기 때문이다. 따라서 자연히 자라나는 세대인 영호 남매의 삶을 통한 미래의지에 초점이 모아져 있다. 요컨대 '소년'의 모티프 설정과 이를 통한 미래의지가 이 작품 속에서 드러내고자 하는 작품의 핵심적 의미망에 근접해 있다고 봐야 할 것이다.

---

25) 김윤식, 앞의논문, pp.167-8

그러나 한편으로 소년의 미숙한 눈을 통한 사회상의 접근에는 순수하고 때묻지 않은 안목이기에 긍정적인 측면도 있지만, 너무 추상화될 소지도 있다. 따라서 여기서 소년 영호의 어른스러움의 과도한 강조로 말미암아 '신파조' 또는 구체적 현실의 지반에서 괴리된 미래에 대한 낙관적 전망이란 공허하고 추상적인 일종의 허무주의에 의존하고 있다는 앞의 논자들의 지적에 귀 기울여야 할 것이다.

그러나 이러한 지적은, 채만식이 좌절과 절망의 냉소주의를 벗어나 이 작품에서 궁극적으로 지향하고자 하는 세계관의 규명이나 '성장소설로서의 성격'26)이 간과한 것이다. 곧 "소년의 비참한 환경과 극복의 의지는 바로 이 작가가 보여 주고픈 희망과 긍정에의 표현"27)이었다. 왜냐하면 역사에 대한 채만식의 희망은 풍자적으로 이지러졌던 개인의 모습이 건강하게 부활하면서 건강한 개인의 인간형들과 다수의 백성들의 따뜻한 삶의 방식을 통해 긍정에의 의지를 획득했다고 보아야 할 것이기 때문이다. 더욱이 채만식은 특정의 소재나 모티프를 한번 쓰고 버리는 것이 아니라 '모티프 반복현상'이 소설 속에서 두드러지고 있다. 이러한 '소년' 모티프의 설정도 다른 여타의 작품에서 빈번하게 출현함으로서 단순히 소재적인 차원에 머무는 것이 아니라 그의 세계관의 해명에 본질 규정적으로 작용하고 있다.28) 특히 이 작품에서 '소

---

26) 홍기삼 「채만식 연구-특히 비판정신을 중심으로-」(『국문학자료집』(현대문학편, 작가론 제2집, 국학자료간행위원회, 대제각, 1982) p.897 및 Arnold Hauser: The social History of Art, (vol.3.Routledge & Kegan Paul 1962), p.281

27) 홍기삼, 「채만식론」(『상황문학론』, 동화출판공사 1974) p.271

28) 본고에서 다루는 작품 외에도 '소년' 및 '유아' 모티프가 등장하는 소설은, 「레디메이드 인생」, 「명일」, 「어머니를 찾아서」, 「낙조」, 「역로」, 「민족의 죄인」, 「도야지」, 「옥랑사」, 「패배자의 무덤」, 「냉동어」등 약 20여편을 상회하고 있다. 채만식의 소설에 등장하는 '소년' 모티프의 형성과정 및 모티프 유형 그리고 작품의 내적 의미구조와의 연관성은, 이상갑(1987), 앞의논문 pp.44-94 및 조남현, 「채만식 문학의 주요 모티프」,(『한국현대소설연구』, 민음사, 1987), pp.195-220면 참조

년'은 아직도 계속되고 있는 역사적 모순을 극복·지양 할 수 있는 "채만식의 생명이자 실체이며 희망의 구현태"[29)]로 존재하여 작가의 세계관을 이루는 핵심인자로 자리한다. 왜냐하면 여기서 '소년'은 왜곡된 사이비 교육에 물들지 않고 그것도 투철한 민족주의자인 오선생으로부터 교육을 받음으로서 진정한 자주독립국가 건설의 주역임을 부여받기 때문이다.

그런데 앞에서도 잠깐 진술했듯이 <소년은 자란다>에서 주목되어야할 점은 힘없는 다수의 동포들과 그들의 동포애를 통한 공동체의식의 고취이다. 예컨대 어려운 여건속에서도 같이 고통을 나누어 가지려는 기차 안의 사람들이나 같은 처지의 전재민들의 온정을 통해 해방된 조국의 긍정적인 미래상을 구체화하고 있다는 사실이다. 따라서 이 작품은 채만식 소설에 등장하는 인물들이 주로 부정적 인물의 부각을 통한 아이러니의 설정에 중점을 두는 종래의 창작방법[30)]에서 조금 일탈되어 있다. 이는 채만식의 세계관의 드러냄과도 관련성을 가지는 것으로 이 작품의 내면에 긍정적 세계관의 형상화를 시도하고 있음과도 무관하지 않다. 다시 말해 해방된 조국의 사회상에 대한 비판적 접근을 드러내면서도 사회 곳곳에서 따뜻한 동포애의 발휘장면이나 영호 남매에게 온정을 베푸는 다수의 가난하고 힘없는 백성들의 삶의 양상이 크로즈업(Close up)되는 것은 결국 해방된 조국에 대한 그러한 바램을 표현하려는 작가의식과도 연관될 수 있는 문제이기 때문이다.

이처럼 이 작품의 인물설정은 선·악의 대비적 묘사에 의한 인물의 설정을 지양하고 오윤서 가족과 그 주변의 인물들을 주축으로 하되 평

---

29) 이상갑, 위의논문 p.83

30) 채만식의 여러 작품에서 기조를 이루는 것은 아이러니(Irony)이며 그의 소설의 아이러니는 언제나 부정적 인물을 소설의 전면에 내세우고 긍정적 인물을 후면에 내세우거나 희화화하는 데서 얻어진다. 김윤식, 「채만식의 문학세계」 (1984) p.19

범한 다수의 백성들의 삶의 건전성을 통해 해방된 조국의 긍정적인 미래상을 구체화한다. 또한 '훌륭한 사람들의 세계'를 그린 부정적인 인물군상을 통해 해방된 조국에서 청산해야 할 점이 일제잔재의 청산과 외세배격에 의한 자주적 독립국가의 건설임을 드러낸다. 따라서 여기서 긍정적 세계관의 표출은 단순한 긍정이나 막연한 기대가 아니라 이러한 부정적 요소의 척결을 통해서만이 해방된 조국의 밝은 미래가 기대될 수 있다는 점에서 부정을 통한 긍정의 형상화이다. 이는 이 작품이 전형성의 창조에 역점을 두기 보다 오윤서 일가의 수난사 특히 영호 남매의 눈에 비친 해방된 조국의 사회상 조명 및 일제 잔재적 요소의 청산을 통해 진정으로 독립된 조국의 건설을 열망화하고 있다는 데 현실인식의 토대가 놓여 있다. 곧 식민지교육을 받은 '병든세대'를 부정하고 새 세대'에게 희망을 거는 채만식의 현실인식과 미래의지를 극명하게 드러내주고 있는 것이다.

2.4. 언어적 특성과 리얼리티(Reality)의 양상

채만식은 종래의 다른 작품에서 구사하였던 특유의 언어적 기법을 여기서도 몇 가지 반복해서 재현하고 있다. 우선 이 작품에서도 속담과 방언 그리고 속어가 빈번히 사용되고 있다. 작품 속에 속담과 방언이 과도하게 사용될 경우 문체의 탄력성을 저해하는 요인이 되기도 하지만, 채만식 소설에 있어서 방언과 속어의 사용은 작중인물에게 리얼리티를 부여하고 배경의 현장감을 부여하는 데 효과적으로 작용하고 있음은 여러 논자에 의해 이미 지적된 바 있다.

한편 채만식의 소설에서 냉소와 풍자 그리고 아이러니를 통해 비교적 직설적인 어법을 자제해 왔던 경향이 작품 전반의 주류를 이루고 있으나, 이 작품에서는 언어적으로 直敍的인 것이 두드러진 특징이다.

즉 화자와 작자의 거리가 단축되어 있는 담론(Discourse)의 직설성을 자주 드러낸다. 이러한 직서성은 채만식의 언어적 기법의 변화를 드러 내 주는 한 측면이자 해방직후 다소 억압적 상황의 해제 또는 "현실의 전망이 불투명해지면서 작가의 신념과 현실이 괴리되는 데서 빚어지는 현상"31)에 주로 기인한다.

> 옷이나 아니나, 세상 빌어먹게 생긴 옷이라고 걸치고는 펄럭펄럭 아 랫도리를 드러내 놓고 다니고, 시애비 놈이 며느리년 앞에서 전짐으로 **가리고는 벌거벗고 나서고, 며느리년이 시애비 앞에서 웃통을 훌떡 벗고 자빠졋고. 사촌끼리 혼인하고, 애비가 제 딸자식 데리고 살고.
> (p.288)

일제에 대한 원망과 저주를 드러내기 위해 '판소리의 열거'와 과장 이 배어 있는 나레이터의 서술이다. 그러나 "대상이 허구화되어 의미 작용의 영역에 들어와 있는 것이 아니라 구체적임으로 해서, 즉 일본 이라는 민족을 직접 대상으로 한 것이기 때문에 직서적인 야유가 되는 것이지 아이러니적 거리는 소멸된다."32) 따라서 이러한 나레이터의 서 술은 적절하게 통제되고 자제되어야 언어적 다양성의 획득을 통해 의 미의 다양한 영역을 확보할 수 있게 된다. 더욱이 이러한 직서성이 자 칫 감상적 어투로 변하여 독자의 다양한 해석을 차단할 소지도 있다.

> 거리의 동정심과 뱃간이나 찻간의 동정심은 판이히 다른 것이 있 었다.뜻도 아니하였던 이 감격스러움에 영호는 그만 가슴이 벅차 영자 의 목을 얼싸안고 엉엉소리를 내어 울었다. 사람들은 영호가 보기에도 결코 부자사람들이나 훌륭하다는 사람들이 아니었다. 옷차림이라 거친

---

31) 우한용(1987), 앞의 책, p.229
32) 위의 책, p.227

살결이랑, 다같이 가난하고 명색도 없고 한 사람들이었다.(pp.365-6)

　인용된 부분은 사실 감상적 담론이나 나레이터의 서술에 의존한 부연이자 '지나친 친절'이며, 또한 극단적으로 시각을 단일화시켜 독자의 의식을 일방적으로 통제함으로써 의미의 다양성을 제약시키고 있는 건 사실이다. 따라서 이러한 묘사는 소설적 형상화를 뒤로 물러나게 하며 작가의 현실인식이 감상적 어조로 인해 객관적 거리를 유지하지 못하고 개인적 감상의 차원으로 후퇴할 수 있다. 그러나 한편으로 이러한 감상적 담론이나 직서적인 표현이 장면에 따라 상황전달의 용이성이나 독자와의 거리좁힘(일체감 호소)을 염두에 둔 의식적인 측면과 관련지어 본다면, 일률적인 역기능으로만 적용하기에는 무리도 따른다. 즉 여기서 자주 등장하는 특유의 냉소와 속어적 표현 그리고 갖가지 속담과 비유적 표현은 의미전달의 용이성이나 독자와의 거리를 좁혀주는 공감대 형성의 매개적 요소로 작용할 수 있다. 예컨대 다음은 조선의 해방에 대한 의미를 냉소적이고 부정적으로 표현해 작가의식의 일단이 어느 정도 암시되어 있는 부분이자 이 작품에 대한 언어적 특성도 어느 정도 窺知할 수 있는 대목이어 주목된다.

　"제엔장 맞힐 ! 이거 해방 잘못됐어, 잘못돼 ----어서 해방을 곤쳐 해야지, 큰일 났어 ! 호랑이 한 마리를 내 쫓군, 사자허구　곰허구 두 놈이 앞마당 뒷마당에 들앉은 형국이니 ! 제엔장 맞힐 !"(p.346)

　해방된 조국이 처한 상황을 장황한 설명에 의존하기 보다 이처럼 속어적 표현을 동반한 직서적인 언어구사를 통해 독자와 쉽게 다가설 수 있는 의미전달의 용이성이나 상황전달에 효과적으로 대응하고 있다. 여기서　굳이 설명하지 않아도 웬만한 독자는, '호랑이'는 일본제국주

의를, '사자'는 미국이며 '곰'은 소련이라는 우의적 표현을 통해 해방
된 조국이 또 다른 외세의 침탈로 신음하고 있음을 감지 할 수 있게
되는 것이다. 또한 작중인물에 의해 '제엔장 맞힐!'이라는 등의 속어적
표현을 자주 구사하여 해방된 조국의 사회상에 대한 간접적 불만을 토
로함으로써 작가가 바라는 理想社會가 되지 않음을 내포하는 부정의식
도 깔려 있다. 따라서 여기서 빈번히 등장하는 이러한 속어적 표현 및
직서적 표현은 독자의 다양한 해석을 차단하는 점도 있다고 하지만,
한편으로 독자의 참여를 통한 일체감 형성에 호소하려는 작가의식의
또 다른 반영임을 배제할 수 없다고 본다. 이는 채만식이 다양하고 풍
부한 전라도 방언이나 비어의 활용으로 언어의 미감을 한층 고조시켰
을 뿐만 아니라 그의 문학이 생경하지 않고 우리의 생활감에 밀착되어
문학의 순수성을 재현하는 작업으로서 기여한 바가 크다는 점[33]과도
일맥상통한다. 예컨대 한 노인이 전라도행 기차안에서 영호 남매가 부
모를 잃은 전재민임을 알고 동정을 호소하는 다음과 같은 장면을 보
자.

> "여보시오 여러 손님네덜 …시방 이 애기를 듣구 아는 이도 있을
> 티지만, 야덜이 만주서 온 전재민이라우. 즈 어머니는 죽구, 즈 아버지
> 허구 오다가 대전서 즈 아버지를 잃어빼렸대여. 어린 것덜이 어디루
> 갈디두 모르구, 옆으서 보자닝개 참 정상이 가증히여 볼 수가 없소 그
> 려…
> 　거 막걸리 한잔 받어 자신 폭 대구서, 몇푼식 덜 좀 동정 좀 보태
> 주시요. 많이 히여서 적선이요? 단 한푼이라두 인심 나름이자."(p.365)

윗 표현을 통해 우리는 여기서 특정지역의 인물을 보다 리얼하게 창

---

33) 신언철, 「채만식소설의 기법에 관한 연구」(『논문집』제19집, 공주교육대학,
　　1983) pp.73-75

조하고 작품전체의 분위기에 생기를 불어 넣기 위해 전라도 방언을 등
장인물의 대화를 통해 구사하고 있음을 알 수 있다. 또한 "누덕누덕
깁고", "썰렁하니 걸치고" "노닥노닥 깁고" "기름기가 번지르 하였다."
등의 감각적인 상징어 및 '우의적 표현'34)을 통해 작품표현의 묘미를
살릴 뿐만 아니라 사물을 좀 더 구체적으로 묘사하는 데도 주효하고
있다. 그러나 채만식은 이 작품에서도 작품상 번거로운 형용사나 수식
어를 사용치 않고 평이하게 표현하는 것을 지론으로 삼았던 만큼 기교
라든가 형식이 문장에 유려하지 않은 "본질적인 의미에서도 묘사가가
아닌 서술가"35)의 의도를 주로 견지한다.

3. 해방공간의 사회상 탐색과 그 지향의지

3.1. 부정적인 사회상의 반영과 현실인식의 관계망

해방된 조국의 사회상에 대한 묘사는 작품 후반부에 오윤서 가족의
귀환하는 과정에서 영호의 눈을 통해 묘사되고 있으나, 양부모를 잃고
살아가는 영호 남매의 삶의 과정에서 구체적으로 드러난다. 또한 해방
된 조국에 대한 작가의 현실인식은 작중인물의 냉소적인 어조와 나레
이터의 개입에 의해 서술되고 있으나 해방된 조국에서의 생활을 꿈꾸
며 만주에서 귀환하는 전재민의 기대가 소멸되는 대비적 묘사를 통해
서 구체화된다.

---

34) 우의적 표현은 주로 소단락의 제목에서도 어느 정도 드러나고 있는 바,예컨
    대 '龍狀'은 '값비싼 해방에 비유하기 위해 등장하고 있으며, "훌륭한 사람
    들의 세계"에 '훌륭한 사람들'이란 외세에 의존하여 자신들의 소아적인 이익
    에만 집착하는 해방직후 潛商들의 무리를 야유하기 위해 동원된 용어이기도
    하다.
35) 천이두 "프로메테우스의 언어들"(『종합에의 의지』 문학과 지성사 1974) p.121

산 좋고 물좋은 고국, 농사하기 꼬옥 알맞은 고국. 건땅에 벼농사
지어 기름 자르르 흐르는 입쌀밥 먹으면서 딱딱거리고 따귀 올려붙이
는 순사꼴 아니보면서 농사한 것을 송두리째 뺏어가는 공출 물론 없을
것이매, 또한 면소로 주재소로 붙들려 다닐 염려 없을 터이고, 자식을
공부시키기 좋고 일가와 친척이 있고. 선산이 있고, 죽으면 고향땅에
묻히고. 줄이고 줄여 잡아도 이렇게 살 수가 있는 고국이었다. (p.307)

오윤서 가족을 비롯한 만주 이주민들은 해방된 조국에서의 생활에
대한 기대로 이렇게 희망에 부풀어 있지만, 처음 영호의 눈에 비친 서
울거리는 "골목골목이 너저분한 쓰레기로 그득그득 버려져 있는"(p339)
실망스런 모습으로 비쳐진다. 더욱이 해방된 조국에는 전재민을 천대
시하는 풍조까지 만연돼 있으며 "딱딱거리고, 반말지거리로 욕하고, 함
부로 때리고, 붙잡아 가두고 하면서 백성을 압제주는 순사는, 왜사람들
이 쫓기어 감과 함께 없어졌으리라는 것은 허망한 생각이었다. 되었다
던 독립은 어디로 가버리고 옛날 왜사람이 앉아서 왕 노릇을 하며 조
신사람을 못살게 굴었다는 총독부 거기에는 왜 사람대신 미국사람들이
들어 앉았는 것과"(p.345) 마찬가지의 상태이었다. 해방직후 사회상에
대한 작가의 시각은, 해방된 조국이 진정으로 독립된 조국의 모습이
아닌 열강의 틈바구니에서 신음하고 있다는 작중인물 오선생의 "제엔
장 맞힐 !이거 해방 잘못됐어, 잘못돼—어서 해방을 곤쳐 해야지, 큰일
났어!—사자허구 곰허구 두 놈이 앞마당 뒷마당에 들었은 형국이니!"
(p.346)하는 탄식에서도 극명하게 암시되고 있다.

해방직후 조국의 현실에 대한 이러한 비판의식은 당시 작가의 현실
인식의 정도를 가늠해 볼 수 있는 토대를 제공해 주며 또한 이러한 현
실진단의 이면에는 국제정세에 대한 작가의 안목이 어느 정도 개입되
어 있다. 가령 미-소 공동위원회의 결렬에 대한 결정직인 이유도 "미국

은 조선을 미국에 친한 조선사람에게만 좋도록 매만질 수 있는 '미국
식 조선'을 판 꾸미려고 고집을 부리고, 소련은 소련대로 ―'소련식
조선'을 꾸미려고 고집을 부리는"(p.350)과정에서 해산되어 버렸다는,
즉 미·소의 열강에 의한 패권다툼으로 진정한 자주독립국가의 수립이
지연되고 있다는 상황인식36)을 드러내 준다. 더욱이 이러한 와중에서
'이상한 민주주의'의 횡행으로 곧, "불안나는 성냥을 팔아먹는 것도
당장 나 좋으면 그만이니까 민주주의요, 서울 전체를 변소를 만드는
것도 당장 나 좋으면 그만"(p.351)인 그릇된 민주주의의 만연으로 혼란
을 더 가중시켰음을 비판한다. 이는 외부에서 일방적으로 주어진 '민
주주의'니 '공산주의'하는 政體가 국민과의 일체감 없이 사용되어져
그 진의가 충분히 밝혀지지 않은 채 이 땅에 토착화하는 데는 무수한
시행착오가 있을 것임을 암시해 주고 있으며, 또한 정체와 국민과의
위화감은 政體 자체가 항상 정략적인 수단으로 사용되어 질 수 있다는
가능성을 내포한다.37) 뿐만 아니라 "사회의 혼란된 틈을 타 단 두사람
이 군정청의 관리네 미군의 통역이네를 끼고, 미국 사람에게 술과 선
사와 색시와 돈을 처 안기고는"(p.399) 은밀히 부정불하를 받아 致富하
거나 자신의 사리사욕에만 집착하는 속물적인 潛商들의 무리, 소위'훌

---

36) 해방후 통일된 민족국가의 수립에 실패하고 결국 남북에 분단국가가 성립하
    게 된 첫번째 계기는 미·소 공동위원회의 결렬에 있었다. 그러나 미·소공
    동위원회의 결렬은 출발부터 실패의 소지를 안고 있었던 것으로, Ball은 "미
    국은 소련에 우호적인 정부의 수립을 기어코 봉쇄하려 하였고, 소련 역시 미
    국에 우호적인 정부수립을 저지하려 온 데서 결렬이 온 것이었다"고 지적한
    다.(W.Macmahon Ball,Nationalism and Communism in Asia, 김학준, 「분단의 배
    경과 고정화과정」, 『해방전후사의 인식』, 한길사, 1980, p88재인용) 따라서 볼
    (ball)의 지적에서 드러난 바와 같이, 미·소공동위원회의 결렬은 미·소의 냉
    전체제가 심화되는 국제정세의 불리함은 한반도 내부정세 못지 않게 중요한
    요소로 작용하였다. 미·소공위의 결렬과 국내정세에 대해서는 송남헌, 『해방
    3년사』Ⅱ(까치, 1989) pp.335-530 참조
37) 김치수, 『한국소설의 공간』 열화당, 1986, pp.130-132

룡한 사람들'이 산재해 있는 현실이다. 이처럼 해방된 조국의 실상은 사회 제도적 측면에서 부정적으로 묘사되고 있다.

그런데 여기서 주목되는 점은 이러한 부정의식이 단지 '부정을 위한 부정'이 아닌 긍정을 도출해 내기 위한 부정의식이 잠재돼 있다는 사실이다. 즉 <소년은 자란다>에서는 어떤 역사적인 사건이 항상 문제의 해결이 아니라 새로운 문제의 제기라는 비극적 역사인식의 태도를 보이면서도 그것을 극복할 수 있는 새로운 가능성을 찾으려는 채만식의 작가적 특성이 드러나고 있다. 예컨대 앞에서도 진술한 바 있듯이 전라도로 가는 기차 안에서 따뜻한 동포애를 발휘하였던 이름없는 다수의 백성들 그리고 무엇보다도 온갖 어려움을 감내해 가며 꿋꿋하게 살아가는 영호 남매의 건전한 삶을 통해 이러한 부정적인 사회상이 제거될 가능성을 암시해 준다. 또한 해방된 조국이 '훌륭한 사람들의 세계'와 '물고기가 사는 세상'으로 뒤덮여 있는 듯 하지만 그래도 사회 곳곳에서 따뜻한 동포애를 발휘해 가며 살아가고 있는 다수의 동포들이 함께 할 때 조국의 밝은 미래가 기대될 수 있다는 낙관적인 미래의지를 형상화하고 있다. 요컨대 작가는 한편으로는 현실의 부정적 측면을 정밀하게 파헤치면서 다른 한편으로는 보다 시야를 넓혀 현실을 역사적 시간에서 파악하고 민족의 장래를 전망해보려는, 이를테면 "미시적 파악과 거시적 파악을 상호 보완시키려 했다."[38]

따라서 <소년은 자란다>는 해방된 조국의 새 사회에서도 기회주의자와 친일파가 여전히 득세를 하고, 민족주의자와 가난한 다수의 백성들은 여전히 설 자리를 잃고 있는 부정적 요소가 산재해 있지만 (이에 영호남매가 온전히 자리잡기까지에는 아직도 많은 어려움이 산재해 있음을 암시하고 있다),자라나는 세대의 굽히지 않는 꿋꿋한 인간상을 통

---

38) 이주형, 「채만식문학과부정의논리」(전과용외, 『한국현대소설사연구』, 민음사, 1984), p.259

한 긍정적인 세계관에 접맥되어 있다. 즉 어느 평자의 지적처럼 "작가는 교묘하게 은폐된 행간을 통해 그의 사고의 긍정적인 면을 보여주고 있으며 그의 긍정적 정치학의 근본을 이루는 것은 진보에의 짙은 신념과 분배에의 공정성에 대한 공상적 확신"39) 이 기조를 이룬다. 그리고 부정적인 인물은 삽화처럼 그려지거나 긍정적 인물과의 대비적 설정을 위해 동원되고 결국 긍정적 요소의 인물이 작품의 핵심축을 이루고 있다는 점에서도 부정적 세계관을 극복하고 새롭게 긍정적 세계관을 제시하려는 작가의식의 일면이 반영되었다.

따라서 이 작품에서는 부정의식을 통해 긍정적 세계관에 접근해 가고 있으며 또한 이러한 설정은 단순하고 막연한 긍정이 아닌 부정적이고 비판적인 극적 대비를 통해 결과적으로 긍정적인 측면을 선명히 대비시키려는 작가의 기법적 측면에 입각한다. 결국 <소년은 자란다>에서 드러나는 채만식의 긍정적 세계관은 부정의식과도 표리의 관계를 형성하고 있으며 또한 작중인물의 설정이나 해방직후 사회상에 대한 탐색도 이러한 관계구조를 형성하고 있다는 점에 유념해야 할 것이다.

3.2. 긍정적 세계관의 형상화와 리얼리즘의 측면

앞에서 이 작품이 부정의식을 통해 긍정적 세계관을 형상화하고 있는 서술양식을 택하고 있음은 진술 한 바 있다. 따라서 여기서는 작가의 세계관을 어떻게 드러내고 있으며 궁극적으로 긍정적 세계관에 어떻게 접맥되어 있는지를 리얼리즘의 측면에 연계시켜 접근해 보자.

해방공간에 있어서 채만식의 문학적 작업을 대체로 풍자적 창작방법의 계열과 비극적 창작방법의 계열로 나눈다면, <소년은 자란다>는 후자에 가까우나 엄밀히 말해 이 작품에 드러난 세계관은 낙관적 전망

---

39) 김윤식(1984), 앞의 책, p.24

에 기초한 긍정적 세계관으로 비판적 리얼리즘의 개념 범주에 더 근접해 있다.

따라서 이 작품의 문학사적 의미에 대해 논할 경우 크게 두 가지 관점을 내세울 수 있는 바, 리얼리즘으로서의 성과가 그 하나이며 정신사적 문맥에서의 의미가 그 하나이다. 그러나 기왕의 논고들은 두번째에 주안점을 두어 소년 '영호'를 주목하는 관점에서 이러한 인물의 제시는 무엇보다도 해방후의 역사에 대한 작가의 전망을 형상화하고자 하는 의지와 관계가 깊다고 본다. 따라서 이러한 성격의 작품을 통해 채만식의 세계관이 부정과 동시에 생성에의 의지로도 충만한 것이었음을 증명해 주는 중요한 전거가 된다고 논단해 왔던 것이다. 채만식의 세계관이 결코 허무주의 속으로 일방적으로 침잠했던 것만은 아니었음을 이 작품을 통해 증명해 주고 있다고 보는 것이다.

물론 한 작가의 세계관을 추출하기 위해서는 특정한 몇 작품을 대상으로 하기 보다 전 작품을 분석대상으로 삼고 작가의식의 변이과정과 그 공통점을 추출해 가야 하리라 본다. 또한 보다 면밀한 텍스트 분석을 통해 작품의 구조적인 측면과 작가의식의 상호 유기적인 연관성에 입각한 총체적인 작품분석이 병행되었을 때 온당한 접근이 가능하다. 그러나 기왕의 논자들은 이 작품이 여러 가지 면에서 다른 여타의 작품과는 경향을 달리하는 독특함을 가지고 있다는 비평적 전제하에, 작품의 긍정적인 측면의 부각에 지나친 비중을 두어 결과적으로 막연한 긍정의식의 추출에 경도된 맥락에서 문학사적 의미를 추구해 간 경우도 없지 않았다. 냉정한 반성이 요구되고 있는 부분이다. 그렇다고 영호 남매가 고아상태로 떨어져 그들의 삶을 꿋꿋하게 버티어 가며 전개되는 삶의 설정에서 '일종의 허무주의'나 '비극적 종말'에 연관시키는 앞의 논자들의 관점에 동의하는 건 아니다. 왜냐하면 어린 남매가 해방의 와중에 양부모를 잃고 어렵게 살아가는 그 자체는 분명 비극적 상황이다. 그러나 이러한 비극적 상황이 곧 비극적 종말로 연관시키기에는 많은 비약이 따르기 때문이다. 더욱이 이 작품이 자라나는 세대의 사회화 과정을 통해 궁극적으로는 낙관적 전망에 기초한 긍정적인 조국의 미래상을 암시하고 있음을 볼 때, 즉 구세대와의 단절을 통해 진정으로 주체적인 자신의 세계를 설정하려는 긍정적인 미래의지와도 결부시킬 수 있기 때문에 더욱 그러하다. 또한 이러한 맥락에서 소년 영호의 어른스러움이 과도하게 강조됨으로써 결국 구세대와 신세대의 매개적 인물의 부재로 영호 남매에게 모든 희망을 거는 비관주의에 빠지게 된다[40]는 견해 역시 부분적인 타당성과 논리의 비약을 드러낸다. 왜냐하면 영호 남매가 고아가 되어버린 것은, 이들이 아무런 정신적 유산을 선조로부터 물려받지 못하고 그렇기 때문에 오히려 자기 안에서 새로운 가치관을 정립해 가면서 새 시대에 대처해 나갈 수 있는 가능성이 이들에 의해 암시되고 있기 때문이다. 즉 이들은 일본의 제국주의에 물들지 않은 순수한 세대이며 역사에서 순응주의만을 배워온 선대로부터 정신적 유산이 단절됨으로써 자유로히 자신의 가치체계를 세울 수 있게 되는 것이다. 뿐만 아니라 작가는 여기서 자라나는 세대의 전형으로 설정된 영호 남매로 하여금 일제의 잔재에 더럽혀지지 않은 자생적 사고로 새로운 미래를 개척해야 할 것이라고 예시함으로서 역사에 대한 작가의 애정을 피력하고 있다.

또한 여기서 주목해야 할 것은 앞에서 진술한 바와 같이 '소년' 모티프의 등장은, 자라나는 새 세대의 삶을 통해 과거의 역사 및 해방된 조국의 사회상을 비판적으로 점검해 보고 진정으로 독립된 자주국가를 열망화 하는 작가의식의 반영과 밀접히 관련되어 있다. 따라서 여기서 비록 전면적은 아니지만 해방된 조국의 현실에 대한 부정적인 사회상

---

40) 이 훈, 「채만식 소설연구」, 현대문학연구 38집, 서울대 현대문학연구회, 1981, p.109

들이 여러 국면에서 삽입되고 비판적으로 묘사되고 있는 점도 이러한 연유에서이다. 물론 채만식의 이러한 문학적 표현이 그렇다고 "일제로부터 민족해방을 부정하는 의미로까지 확대 될 수는 없으며 더욱이 '세태반영의 양상'을 통해 표출됨으로써 리얼리즘의 한계로까지 자리한다고 볼 수는 없다. 오히려 이러한 면모들이 비판적 리얼리즘으로서의 이 작품의 현실반영적 가치를 추구하는 데 기여하고 있는 대목들이며 소극적이나마 리얼리즘의 가치를 궁극적으로 드러내고 있다"[41]고 볼 수 있을 것이다.

이러한 맥락에서 한형구는 소년의 시선에 의한 현실반영의 방법 역시 비판적 리얼리즘의 중요한 양식적 방법의 하나로 전통적으로 사용되어 온 것이라는 점이 환기될 필요가 있다며 다음과 같이 의미심장한 지적을 한다.

　　　--요컨대 소년의 눈을 통해 현실을 투시하는 방법은 결코 정공법적인 리얼리즘의 방법은 아니라 하더라도 비판적 리얼리즘의 유력한 방법의 하나로 자주 사용되어 온 것이라 함이 여기서 상기될 필요가 있는 것이다. ---소년을 등장시켰나고 해서 리얼리즘괴는 무관한 것이 아니라는 점, 오히려 현실을 정면으로 애기 할 수 없는 상황에서는 이러한 순진성의 리얼리즘이야말로 리얼리즘의 유력한 방법의 하나일 수 있다는 점이다[42]

여기서 소년 영호의 존재적 상황이 해방의 현실 속에서 부모를 모두 잃어버리는 비극적 상황으로 조성되는 것도, 생성에의 의지와 결코 분리될 수 없는 표리의 관계 속에 놓여있다는 점에 주목해야 할 것이다. 다시 말해 "작가는 이러한 비극적 세계관의 작용을 스스로 잘 인식하

---

41) 한형구, 앞의논문 p.257
42) 위의 논문 p.257

고 있었기 때문에, ——세계에 대한 본질적인 비극적 전망과 함께 또한 결코 포기될 수는 없는 그 비극적 세계관을 극복하고자 하는 생성에의 의지를 강렬하게 발산시키게 되었던 것"43) 이라고 할 수 있다. 따라서 <소년은 자란다>는 부정에의 의지와 생성에의 의지가 본질적으로 불가분리의 표리관계 또는 양면적 관계에 놓임을 배제 할 수 없으나 이 작품에 내재되어 있는 채만식 세계관의 면모를 살펴보는 데 있어서는 후자의 측면에 더 비중을 두어야 할 것으로 보인다.

맺 음 말

「소년은 자란다」는 일제 식민지 시대에 간도로 이민을 떠났던 <오윤서>가족이 조국의 해방과 함께 귀국길에 오르면서 겪게 되는 수난과 이러한 와중에서 부모를 잃었으나, 그 슬픔을 극복하며 살아가는 어린 소년의 삶의 과정을 통해 조국의 밝은 미래에의 확신과 기대를 소설화한 작품이다. 특히 '소년' 모티프의 설정을 통해 해방직후 사회상이 부정적으로 묘사되고 있으나, 텍스트 전체적으로는 자라나는 세대의 건강한 삶의 의지 및 이름없는 다수의 동포들의 긍정적인 삶의 방식을 부각시켜 궁극적으로는 해방된 조국의 긍정적인 미래상의 구현이 함축되어 있다. 이는 채만식의 소설이 단순한 부정에 의존하기 보다는 부

---

43) 위의논문 p.258 필자는 한형구 이러한 논조에 원칙적으로 공감하고 있으면서도 소년 '영호'가 부모를 모두 잃어버리는 존재적 상황을 통해 작가의 비극적 세계관과 결부시키는 듯한 논조에는 의견을 달리하고자 한다. 이는 본문에서도 밝힌 바와 같이, 우선 일차적으로 비극적 상황이 곧 비극적 세계관과 동일시되어 해석되어 질 수는 없으며, 또한 텍스트 전체적인 문맥(Context)으로 볼 때도 오히려 구세대와의 점진적인 단절 및 해방된 조국의 비판적인 사회상의 조명을 통해 결국 자라나는 세대의 자생적 사고 및 극복의지를 통한 작가의 미래지향적인 신념이 더욱 농밀하게 드러나 있기 때문이다.

정을 통한 긍정(생성)에의 의지를 발현시키려는 작가정신에 기초하고 있음을 드러내 주며 궁극적으로 이 작품이 긍정적 세계관에 접맥되어 있음을 예증해 준다.

한편 이 작품에서는 채만식 특유의 언어적 기법이 몇 가지 반복·재현하고 있는 바, 직서적인 언어구사가 두드러진 특징으로 지적되고 있다. 이는 부분적으로 독자의 해석을 일방적으로 차단함으로써 담론의 단일성을 초래하기도 하지만, 궁극적으로는 장면전달의 용이성을 통한 독자와의 거리좁힘이나 공감대 형성에 호소하려는 긍정적인 작가의식이 침윤되어 있음을 배제할 수 없다. 이러한 작가적 자세는 그의 소설에서 구체적인 지명과 작중인물의 방언의 사용을 통해 배경의 현장감과 작중현실의 리얼리티를 부여하려는 언어적 기법과도 연관될 수 있기 때문이다. 또한 리얼리즘의 측면에서도 소박하게 현실반영의 수법을 드러내주고 있으나, 결국 해방을 문제의 해결로 보지 않고 새로운 문제제기로 보는 작가의 역사인식 태도가 개입되어 있다. 따라서 이 작품에서는 해방직후 사회상의 비판적 인식이라는 현실반영적 가치를 통해 소극적이나마 리얼리즘의 궁극적 가치를 구현하고 있으며, 결국 부정을 통한 긍정적인 세계관의 지향에 접맥되어 있음을 확인 할 수 있다.

요컨대 <소년은 자란다>는 새로운 외세의 개입으로 야기된 민족주체적 역량의 분열과 무비판적인 외래사조의 도입에 따른 혼란과 무질서 등으로 해방직후의 문제점을 종합·압축하고, 구세대의 의식에 오염되지 않은 자라나는 세대의 사회화과정을 통해 이를 극복할 수 있다고 전망함으로써 작가의 미래지향적인 신념을 보여준 수작이다.(1992)

참 고 문 헌

『채만식전집』제 5권, 창작과 비평사, 1989.

강만길, 『한국현대사』, 창작과 비평사, 1984.

김상태, 「해방공간의 소설」『한국현대문학사』, 현대문학, 1989.

김윤식, 「한국소설의 미학적 기반」(상) ≪한국학보≫, 일지사, 1976 봄호.

______, 「우리문학의 만주탈출 체험의 세가지 유형」≪한국학보≫ 일지사, 1986, 가을

______, 「채만식의 문학세계」『채만식』, 문학과 지성사, 1984.

김치수, 『한국소설의 공간』, 열화당, 1986.

김천혜, 『소설구조의 이론』, 문학과 지성사, 1990.

김화영 편역, 『소설이란 무엇인가』, 문학과 사상사, 1985.

송남헌, 『해방3년사』Ⅱ, 까치, 1989.

신언철, 「채만식 소설의 기법에 관한 연구」, ≪논문집≫19집, 공주교육대학, 1983.

우명미, 「채만식론」, 현대문학연구 26집, 서울대현대문학연구회, 1977.

우한용, 『한국현대소설 구조 연구』, 삼지원, 1987.

______, 「채만식소설의 담론 특성 연구」서울대 박사학위논문, 1991

이래수, 『채만식 소설연구』, 이우출판사, 1986.

이상갑, 「채만식 연구-'소년' 모티프를 중심으로-」서울대 현대문학연구75집, 1987.

이주형 「채만식 문학과 부정의 논리」 전광용외, 『한국현대 소설

사 연구』, 민음사, 1984

장성수, 「8 · 15해방공간과 채만식 문학」≪국어문학≫제24집, 전
　　　북대국어국문학회, 1984.

정호웅, 「채만식의 허무주의와 역사담당 주체의 문제-해방공간
　　　을 대상으로」『해방공간의 민족문학연구』, 열음사, 1989.

조남현, 『한국소설과 갈등』, 문학과 비평사, 1990.

한형구, 「해방공간에 채만식 문학의 현실인식과 글쓰기」, 『해방
　　　공간의 문학운동과 문학의 현실인식』, 한울총서, 1989.

홍기삼, 『상황문학론』 동화출판공사, 1974.

Mendillow, A.A. 최상규 역, 『시간과 소설』, 대방출판사,1983

S,Rimmon-Kenan, 최상규 역,『소설의 시학』, 문학과 지성사 ,1985

Booth, Wayne. C, *The Rhetoric of Fiction.* The Univ.of Chicago
　　　Press, 1974

Genette, Gerard, *Narrative*:An Assay in Method. trans. Jane E.
　　　Lewin.Ithaca: Cornell Univ. Press, 1980

Kenny   William, *How to Analyze Fiction.* New York:Monarch Press,
　　　1966

Lucian Goldmann, *The Hidden God.*Routledge and Kogan Paul, 1964

Van Dijk, *Text and Context.* Ldnden:Longman, 1977

Stevick, Philip,ed, *The Theory of the Novel.* New York:Macnillan,
　　　1967

채만식의 『허생전』에 나타난 고전소설의 현대적 수용과 변용

1. 머리말

채만식은 우리의 고전 작품에 남다른 관심을 기울인 작가로, 그의 작품 속에는 다양한 전통적 요소의 수용이 두드러지게 나타난다. 예컨 대 채만식은 제목 자체를 고전소설에서 취해온 경우도 있으며, 또한 판소리의 패턴이나 고전소설에 등장하는 유사한 인물들을 작품 속에 새로히 재구성하여 전통계승의 의도적 작업에 심혈을 기울여 왔다.[1] 특히 채만식의 소설이 판소리계 소설을 통해 전통의 맥을 찾는 데 상 당한 노력을 기울인 것에 대해서는 이미 기왕의 여러 논자들에 의해 다양한 측면에서 평가된 바도 있다.[2]

---

1) '채만식 작품연보'(『채만식전집10』, 창작과비평사, 1989) 604-617면 참조.
2) 채만식 문학에 나타난 고전문학의 전통적 요소의 계승, 특히 판소리적인 서술 방식의 수용과 관련하여 연구한 논문으로는 아래의 것들을 들 수 있다.
   최원식, 「채만식의 고전소설 패러디에 대하여」, 『민족문학의 논리』, 창작과 비 평사, 1982.
   신상철, 「'놀부'의 현대적 수용과 그 변형」, 『한국고전소설연구』, 새문사,

　　그러나 기존의 논자들은 대부분 채만식의 작품에 나타나는 전통적 요소의 수용을 통한 형식적 측면의 계승에 지나친 비중을 둔 아쉬움이 있다. 물론 채만식의 문학에서 이러한 전통적 요소의 형식적 수용을 통한 전통계승의 측면도 중요하다. 하지만 전통계승의 이면에 자리하고 있는 작가의식에도 비중을 두어 접근해야 할 것이다. 왜냐하면 채만식은 '고전'에 관한 하나의 소재도 장르를 바꿔 가며 여러 편의 작품을 쓴 경우도 있어3) 단순히 일시적으로 취한 호사적 태도가 아니다. 고전 작품에 대한 '남다른 정열'4)과 이를 매개로 한 당대 현실의 시대 인식에 주목해야 하기 때문이다.

　　따라서 본고에서는 지금까지 평자들이 별로 주목해 오지 않은 채만

1983.

　김성수, 「이야기의 전통과 채만식 소설의 짜임새」, 한국정신문화원 부속대학원, 1983.

　배봉기, 「채만식소설에 나타난 판소리의 서술양식에 대한 고찰」, 연세대학원, 1984.

　장경수, 「고전소설의 현대적 수용과 변용」『국문학연구』, 松郎 具然軾博士華甲紀念 論叢, 1985.

3) 채만식은 「심봉사」라는 제목으로 세 편의 작품을 썼다. 1936년 『문장』지에 발표 하려 했다가 검열로 삭제당했던 희곡작품, 1944년 『신시대』에 발표했다가 3회로 연재 중단된 중편소설, 그리고 1947년 『전북공론』에 2회로 연재된 희곡작품등이 있다. 각각의 작품이 갖고 있는 세계관의 차이를 문학쟝르와의 연관성하에서 규명하고 있는 논문으로 김일영, 「'심봉사'에서의 제재변용 양상 고찰」, 『국어교육연구』23집, 경북대 사범대학 국어교육연구회, 1991, 133-154면 참조.

4) 채만식은 어렸을 때부터 큰 형수에게서 많은 역사 이야기와 옛날 이야기를 들으며 자랐고, 古談을 좋아해서 형이나 손님들을 쫓아다니며 졸라대었다 한다. 또한 「삼국지」「수호지」 등의 중국 演義類 소설을 탐독하였으며, 그가 문학을 하게 된 동기도 <붉은 딱지책>을 통한 「춘향전」, 「심청전」 등의 탐독에 있었다고 한다.그리고 그는 붉은 딱지책의 은공을 갚기 위해 생전에 최대의 희극소설로 「배비장전」, 최대의 비극소설로 「심청전」, 최대의 연애소설로 「춘향전」을 문학적으로 완성시키겠다는 포부를 가졌다고 한다. 윤한숙, 「새 자료로 본 채만식의 생애」, (<문학사상>, 1973.12) 333-340면 및 박계주, 「채만식과 신소설」, (<여원>, 1963.5) 291-292면 참조.

식의 「허생전」5)을 통해 작가는 박지원의 「허생전」을 어떻게 변용하여 형상화하고 있으며, 또한 이를 통해 드러내려 한 당대 현실의 시대인식 및 작가의식의 추출에 주목하고자 한다.

이러한 맥락에서 일찍이 이 작품에 대해 신동욱은 "작가의 이상향을 그려낸 작품으로서 정치적 전망을 소설로써 펼쳐 보일 이른바 정치소설로서도 가치가 있는 작품"6)이라며 감정적 정치학을 비판한 바 있다. 신동욱의 이러한 지적은 엄밀한 텍스트 분석이 다소 빈약한 상태에서 언급된 것이지만, 채만식의 「허생전」이 단지 고전소설의 형식적 수용을 통한 전통계승에 비중을 둔 작품이라기보다는, 그 이면에는 작가의 정치적 견해를 드러낸 분석으로 중요한 시사점을 제공해 준다.

한편 이 작품은 연암의 <허생전>이외에도 춘원의 「허생전」 및 설화를 참고하여 집필한 것으로 소개하고 있어 '세 작품의 대비적인 분석'7)도 자못 흥미로울 것으로 보인다. 그러나 세 작품의 대비적인 분석은 본고의 연구범위를 벗어나는 문제이다. 또한 고전소설과 두 작품의 시대적인 격차에서 오는 텍스트 구성의 제요소 및 소설미학의 발달사를 고려해 볼 때, 세 작품을 평면적으로 비교해서는 온당한 텍스트 분석에 이르기 어려울 듯 싶다.

따라서 본고에서는 두 작품의 본격적인 비교 분석을 통한 문학성의

---

5) 이 작품은 해방직후인 1946년 9월 16일에 탈고하여 같은 해 11월 15일 조선금융조합연합회에서 발간한 『협동문고』4-1의 단행본을 통해 발표된 중편분량(200자 원고지로 350여매 정도)의 소설이다.『채만식전집』 6(창작과 비평사,1989) "「허생전」해제" 참조.이 전집을 본고의 텍스트로 삼고자 하며 이하 본문인용은 텍스트의 면수만 밝힌다.

6) 신동욱, 「채만식소설연구」,『동양학』12집, 단국대학교부설동양학연구소, 1982, 43면

7) 세 작품의 대비적인 분석은 민현기에 의해 이미 시도된 바 있어(민현기, 「연암·춘원·채만식의 <허생전> 대비 연구」,『한국근대소설론』, 계명대 출판부, 1984), 본고에도 많은 것을 시사해 주었다.

가치규명이나 우열관계를 염두에 두지 않고 있다. 요컨대 본고는 채만
식의 「허생전」에 초점을 두고 고전소설 「허생전」의 수용 및 변용과정
을 통해 드러내려 한 작가의식 및 세계관의 추출에 주안점을 두고자
한다. 다만 이러는 과정에서 부수적으로 두 작품의 비교를 동반하게
되는 경우도 있을 것이다.

2. 텍스트의 구조적 특성과 변용의 양상

2.1. 사사구조

먼저 구성방식을 알아보기 위해 두 작품의 내용을 서술된 주요 사건
순서대로 요약해서 제시하면 다음과 같다.[8]

A) 채만식---「허생전」

1. 허생은 30어년 동안이나 책만 보지 과거를 볼 생각을 않고 생계에도
   전혀 관심을 두지 않았으나, 어느날 부인의 성화에 못이겨 책을 덮고
   나간다.
2. 가허생은 장안에 이름난 큰 부자 변진사(효종대왕이 친히 궐내로 불
   러 장차 청나라를 칠 계획을 이르고 진사 벼슬을 줄 정도의 재력가)
   에게 돈 만냥을 빌린다.

---

8) 채만식의 「허생전」은 텍스트의 章 구분에 따르되 필자가 중요하다고 생각되는
   부분을 話素단위를 중심으로 세분하였으며, 박지원의 <허생전>은 원문을 통해
   접근하기에는 필자의 능력을 벗어나는 문제로 부득히 번역본 『한국고전문학전
   집 5』(이가원 역, 동아출판사, 1969)에 의존하였음을 밝힌다. 그러나 원본에 의
   한 텍스트 접근이 보다 실증적이고 우선적이다. 또한 譯者에 따라 원문의 해석
   방식이나 문체의 차이에서 오는 여러 문제를 고려한다면, 분석에 미치는 영향
   도 간과 할 수 없는 문제이다.

나-허생은 돈 만냥을 가지고 안성으로 간다.

3. 가-허생은 안성에 나온 과일을 매점매석해서 십만냥의 이득을 보지만, 쌀장사를 하라는 강선달의 권유는 물리친다.

　나-어느날 화적이 들어 허생을 위협하나 오히려 그들을 회유하여 정한 날에 후 충청도 강경으로 집결하라고 이른다.

** 조선 오백년의 역사를 개관하는 대목이 나오고 민심이 도탄에 빠진 경위를 역사적 사실을 들어 서술함.

4. 허생은 십만냥 중의 이만냥을 변진사에게 환을 놓아 갚고 나머지도 후하게 처분을 하면서도 사사로히 자신을 위해서는 한푼을 쓰는 일이 없다.

** 팔려온 술집 작부인 매화를 구해주는 에피소드 등장함.

5. 허생을 비롯한 사천여명의 무리들이 섣달 스무날 강경 선창에 모여 살기 좋은 고장을 찾아 뱃길을 떠난다.

6. 허생의 일행이 제주에 당도해 보니 제주 목사를 비롯한 관리들의 토색질이 극히 심하여 민심이 도탄에 빠져 있음을 알게 된다.

7. 허생은 기지를 발휘하여 억울한 訟事를 해결할 뿐만 아니라, 육방관속이 모두 자취를 감춰 목사가 할 수 없이 제주를 떠나도록 만들고 몇명의 후임 목사들도 결국 곧 제주를 떠나게 되어 空官의 상태가 지속된다.

8.가-3년의 세월이 흘렀다.

　나-허생은 제주도를 살기좋은 곳으로 만든 후 '잘 살아 갈 수 있는 방법'을 알려주고 섬을 떠난다.

　**매화가 물에 빠져 죽는 삽화가 등장한다.

9.가-변진사는 허생의 재주에 탄복하여 허생을 비롯한 그의 가족에게 극진한 대접을 하여 왔으며, 허생과는 시국에 대한 이야기를 서로 주고 받는 사이가 된다.

　나- 어느날 변진사는 이완대장을 데리고 허생을 찾아온다.

　다-허생은 이완에게 장기적인 북벌계획을 제시한다.

　라-이완은 허생의 대책에 탄복하며 조정에 나와 줄것을 권유하나 거절한다.

** 사대주의 사상의 폐단을 중점을 두어 비판하는 대목이 서술됨
　마-다음에 변진사와 이완이 허생을 다시 찾았으나 행방이 묘연하다.

B)박지원--- 〈허생전〉

1) 허생은 7년동안 공부를 해 왔으나(계획은 10년) 아내의 성화에 못 이
　　겨 가내의 부를 이룬다는 명목으로 집을 나선다.
2)가-허생은 서울에서 제일　큰 부자 변진사에게 돈 일만냥을 빌린다.
　　나-허생은 빌린 돈을 가지고 안성으로 간다.
3)가-허생은 변진사에게 빌린 돈으로 과일을 비롯하여 칼, 호미, 배, 명주,
　　솜등을 매점하고, 제주도에 들어가 말총을 거두어 엄청난 이윤을 남
　　긴다.
　　나)-매점 매석으로 큰 돈을 벌었으나 사리사욕에 집착하지 않는 생활을
　　한다.
4)-나라에 도둑떼가 극성을 부리자 그 소굴로 들어가 무리의 두목과 담판
　　을 벌인다.
5)6)7)도둑떼들을 회유하여 함께 空島로 들어가 이상적인 세상을 이룩한
　　다.
8)가-약 3년의 세월이 흐른다.
　　나-허생이 섬을 떠나기 전 살기 좋은 섬을 지속할 몇가지 방안을 제시
　　해 준 뒤, 知書者들과 함께 섬에서 나와 빈민들에게 돈을 나누어 주
　　고 나머지는 변진사에게 빌린 돈을 후하게 갚는다.
9)가-변진사는 허생의 지략에 탄복한다.
　　나-변진사와 이완은 허생을 찾아가 나라에서 널리 인재를 급히 구하고
　　있다며 그의 도움을 요청한다.
　　다-허생이 이완에게 우선적으로 해야 할 몇가지 대책을 제시한다.
　　라-허생은 명분만 찾으며 자신의 대책에 난색을 표하는 이완의 목을
　　베겠다며 칼을 찾자 이완은 황급히 사라진다.
　　마-다음에 변진사와 이완이 허생을 다시 찾았으나 행방이 묘연하다.

위에서도 알 수 있는 바와 같이 채만식의 「허생전」은 고전소설 <허생전>의 구성과 대체로 유사하다. 그러나 세부적으로 작품을 더 접근해 보면 중요한 사건의 사사구조, 혹은 인물의 형상화 방식과 성격부여 방식, 서술자 개입에 의존한 상황인식 등의 차이를 보이고 있다. 특히 등장인물의 설정이나 성격화 방식, 공간적 배경의 제시, 사건의 인과관계 및 장면처리 기법 등은 소설의 해석이라는 측면에서 생각하여 볼 때 간과해서는 안될 사항이다. 그러나 대체로 채만식의 작품은 사건이나 인물의 설정에 있어서 추상적 요인이 많이 없어지고, 작중현실의 구체성과 행위의 필연성이 중시됨으로써 소설 내용의 전후관계가 무리없이 짜여져 있다.

그럼 여기서 채만식의 「허생전」이 고전소설을 어떻게 변용하여 전개하고 있는지를 살펴보기 위해 두 작품의 내용상 크게 다르게 형성된 부분을 추출해서 동류항으로 묶어서 제시해 보면 다음과 같다.('-채만식의 작품에서,' -박지원의 작품)

5')허생은 집에 들어온 도적떼들을 재치와 기지로 회유하여 소용될만큼의 돈을 가지고 집으로 돌아가 가족들을 데리고 (총각은 장가를 들고, 홀아비는 부녀자와 각기 소 한마리를 데리고) 충남의 강경 장터로 집결하라고 이른다.

5")변산에 도적떼가 일어난 소식을 듣고 도적의 소굴로 단신으로 찾아가 두목과 담판을 벌여 살기좋은 세상으로 안내해 줄 것을 약속하고, 도적들을 회유하여 무인공도에 이르게 한다.

6')허생은 살기좋은 곳을 찾던중 제주도의 관리들(제주목사를 비롯한 육방관속들)의 횡포에 백성들의 삶이 토탄에 빠져 있자, 이곳 관리들을 기지로 축출하여 空官의 상태로 놓은 뒤 살기좋은 '이상향'을 건설한다.

6"-7")변산의 '무인공도'에서 이상국가를 건설한다.

8')허생은 제주도가 살기 좋은 곳으로 정착되어 가자 '다섯가지 안'을

> 남긴 뒤 무쇠만 데리고 섬을 **빠져** 나온다.
>
> 8″)허생은 몇가지 조치를 취하고(예절교육을 비롯해서 자신이 타고 갈 배를 제외한 모든 배를 불사르고,은 오십만냥을 바다속에 던지는-- 등) **知書者**들을 데리고 섬에서 나온다.
>
> 9'-다)허생은 북벌계획을 제시한다.
>
> 9″-다)허생은 북벌계획에 앞서 몇가지 대책을 제시한다.
>
> 9'-라)허생은 변진사의 소개로 만난 이완에게 감정에 치우친 북벌론을 점찮게 꾸짖으며 자신의 대안을 제시했으나 수용되지 못한다.
>
> 9″-라)허생은 명분만 찾으려는 이완의 목을 베겠다고 칼을 찾자 이완은 황급히 사라진다.

채만식의 「허생전」에서 고전소설과 비교하여 작품의 구성상 두드러진 차이를 보이고 있으며 주목해야 할 부분으로 6':6″-7″)비교에서 드러나는 대목이다. 즉 채만식의 「허생전」에서는 樂天地를 건설하기까지의 과정이 제주도를 중심으로 구체적으로 묘사되어 있는 데 반해(2-3장 정도를 할애해 가며), 고전소설에서는 樂天地를 건설하기 까지의 과정이 '무인공도'를 중심으로 막연하게 제시된다. 또한 8'-8″ 및 9'-다:9″-다)에서도 드러나는 바와 같이 채만식의 작품에서는 고선소실에서의 허생이 여러 가지로 제시하는 '대안'(제주도를 떠나올 때 행한 언행이나 이완에게 제시하는 북벌계획 등)을 현대적으로 재구하여 차용하고 있음을 알 수 있다. 물론 이러한 차이는 집필 당시 작가의 시대적 배경이나 사회사적인 관심의 차이 그리고 궁극적으로는 작가의식의 차이에서 오는 상대성을 띠고 있어 오늘날의 관점을 위주로 한 비교우위적 평가를 할 수 없다. 그러나 이러한 차이점들이 두 작품의 인물 설정이나 사건의 형상화 과정 및 구성상의 차이점을 드러내고 있어, 궁극적으로는 두 작품에서 드러내고자 하는 세계관의 차이를 露呈하게 된다.

또한 이외에도 채만식의 「허생전」에서는 서술자 개입에 의존해서
조선의 역사를 개관하는 대목(A.3-4장 사이 및 9장, 라·마 사이)등을 통
해 도적떼들이 궐기할 수 밖에 없이 도탄에 빠진 백성들의 삶의 방식
및 사대주의 사상의 악폐를 비판적으로 드러낸다. 예컨대 3-4장 사이
삽화적 진술의 경우, 도덕적 관념으로 보아서 남의 물건을 도적하는
행위는 부당하다. 그러나 그 부당한 행위를 유발하는 원인이 백성 개
인의 욕망에 있지 아니하고 秕政에도 일말의 책임이 있기에 개인적인
삶의 지속을 위해서 어쩔 수 없이 도적이 되었다는 측면에서 그 행위
는 당위성을 갖는다. 그래서 '부당함의 당위성'을 지닌 도적들을 처벌
하지 않고 구제하는 것은 조선 역사의 흐름에서 볼 때 정당한 일이며,
이는 허생이 지니고 있는 근대적 인식을 실천하는 것9)과도 연관된다.

이런 맥락에서 보면 채만식의 소설에서 몇 차례 반복되고 있는 서술
자 개입에 의한 조선의 역사적 개관은 서술자에 의지한 작가의 역사관
을 간접적으로 드러낸 부분이다. 간혹 이러한 대목이 텍스트의 극적
구성을 완화하여 다소의 산만함을 초래하는 경우도 있다. 그러나 사건
의 전개나 인물의 형상화 방식과 유기적으로 연관되어 진행될 경우 일
률적인 역기능으로만 작용하는 것은 아니다. 더욱이 여기서 이러한 삽
화적 진술이 무분별하게 도입되는 것도 아니고 인물의 형상화방식과
구체적으로 관련되어 진술되고 있다. 특히 에피소드식의 등장, 이를테
면 허생이 奇智를 발휘해서 제주도를 空官의 상태로 만드는 장면이나
술집 작부인 매화를 구해 주는 장면 등은 인물의 형상화방식과 긴밀한
유기적 연관성을 갖는다. 따라서 이 작품에서 서술자 개입에 의한 삽
화적 진술이나 에피소드식 묘사의 등장은 일률적으로 비판할 수는 없
으며, 고전소설에 비해 사건의 구체성을 확보하고 리얼리티의 결핍을

---

9) 김일영, 「채만식의 소설 <허생전>에서의 제재변용 양상 고찰」, 『문학과 언어』
   제13집, 경북대 인문대 국어국문학과, 1992, 338면.

보완하는 서사적 특성을 발휘하고 있다.

요컨대 채만식의 「허생전」은 표면적으로는 고전소설의 구성 및 사건의 전개와 기본골격은 유사하게 설정하되, 삽화적 진술과 묘사에 의해 당대의 현실과 허생의 행위를 밀접하게 연결시키면서 행위의 필연성 및 사건의 구체성을 확보하는 '심층구조'(deep-structure)를 취한다.

2.2. 인물설정의 매개성과 성격화

소설에 있어서 인물의 성격은 인간의 삶을 조명하고 해석하는 작가의 관점, 또는 그것에 의미를 부여하고 형상화시키는 방법에 따라 달라진다. 따라서 "인물창조의 방법은 단순히 기교상의 차원이라는 문제를 넘어서며 그 작가의 세계관, 문제의식, 관심구조 등의 형이상학적 차원의 문제를 반영하는 것"10)이며 또한 "작중인물이란 작가가 그의 시대의 사회적 조직과 맺는 관계 속에서의 자신을 투영하여 만들어 놓은 존재"11)라고 상정해 볼 수 있다. 따라서 작품을 통해서 나타나는 인물의 행위는 어떤 측면에서든 사회구조 내의 여러 삶의 양상과 긴밀하게 연관된다. 또한 그것은 삶에 대한 가치본적 해석의 문세를 포괄하고 있으며 현실적 이념을 반영하는 중요한 매개적 구실을 하게 된다.

이러한 측면에서 채만식의 「허생전」에서는 '허생'을 비롯한 고전작품 속의 인물들을 어떻게 형상화하고 있는지를 고전소설의 <허생전>과 비교해 가며 작가의식의 일단을 접근해 보자.

연암의 작품에서 '허생'은 자기가 살고 있는 사회의 병리적 구조를 누구보다도 깊이 통찰할 수 있었던 예지의 인물일 뿐만 아니라, 이의

---

10) 조남현, 『소설 원론』, 고려원, 1983, 156면.
11) 김화영 편역, 『소설이란 무엇인가』, 문학과 사상사, 1985, 247면.

匡正을 위해 구체적인 방안을 제시하고 이를 직접 실천했던 선구적 인물이다. 또한 허생은 重商的인 돈 위주의 인물이라기 보다는 차라리 돈 위주의 속물근성에 대하여 (아내의 그런 것까지 포함하여)혐오를 느끼는 인물12)로서 이윤추구 그 자체에 목적이 있었던 모리배들의 행위와는 근본을 달리한다. 따라서 買占에 의한 치부를 「賤民之道」라 하여 부정하고, 또한 칼을 찾아 이완을 찌르려 할 만큼 당시 집권자들의 정책적 허위와 사대적 권위주의에 대해 크게 분노하는 이타적이고 도전적인 인물로 형상화되고 있다.13) 또한 고전소설에서의 '허생'은 작가의 풍자적 의도를 실천하기 위해 창안된 대변자, 즉 당대의 정치·사회 경제적 모순을 공격하고 고발하여 지배층의 무능을 여지없이 폭로시키는 인물로서 작자가 속한 조선말의 아웃사이더들에게만 한정되지 않은 보편성을 확보한다.14)

그런데 채만식의 작품에서 허생은 주로 작가의 역사적 상황에 대한 비판의식을 반영하는 '매개적 인물'로 설정되고 있다. 특히 외세의 침입에 의한 국가의 피폐함과 파벌 싸움 그리고 사대주의적 사상의 악폐를 부각시키려는 작가적 의도를 반영하는 인물로 등장하고 있다. 또한 양반들이 주로 쓰는 생활용품들의 買占은 정당한 것으로 내세우고 서민들의 생활 필수품에 대한 매점은 죄악시할 정도로 치부방법을 달리함으로써 고전소설에 나오는 '허생'보다 평민·천민들과의 거리감을 갖지 않는다. 예컨대 과일을 매점매석해서 많은 돈을 번 허생에게 강선달이 쌀장사를 하자고 제의하지만, "양반이나 부자들은 몇 달 씩 먹을 양식을 진작에 다 장만해 두었으리다. ―쌀이 귀하고 비싸면 당장

---

12) 황패강, 「'허생전' 소고」, (『국어국문학』, 1973, 62-3호)363면. 이 논문은 고전소설에 나오는 허생의 인간형에 대해 비교적 소상하게 다루고 있다.
13) 민현기, 앞의논문, 176면
14) 이석래, 「<허생전>연구」, 『한국고전소설연구』, 이상택·성현경편, 새문사, 1983, 438

죽어나는 건 서민과 가난한 사람들이지요"(224면)라며 거절한다. 채만식의 작품에서도 '허생'은 異人이나 신격화되지도 않은 현실적인 인물로 등장하고 있으나, 작은 체구에 비해 대범하고 강직한 선비로서의 위엄을 갖춘 인물이기도 하다.

> "다섯자가 찰락말락한 키에, 앙상한 얼굴은 노랑수염으로 더욱 근천스럽고, 헐어빠진 갓에 노닥노닥 기운 웃옷을 걸친데다 우환중에 나막신을 신고, 이 지지리 궁한 꼴을 하고서, …중략… 허생에게는 그러나,몸집이며 의표의 초라함을 넉넉히 가리고도 남을 위엄이라는 것이 있었다. 허생의 눈에는 정채가 있었다. 그 정채는 사람으로 하여금 압기에 눌리게 하는, 그래서 감히 침노키 어려운 위엄을 느끼게 하는 것이 있었다.(213면)

채만식의 작품에서 '허생'은 대체로 고전소설에 비해 과장적 묘사는 덜하고 있다. 그러나 허생의 인물됨이 사건의 전개를 통해 자연스럽게 형상화하기보다는 서술자의 해설식 묘사를 동반하여 '허생'이 범상한 인물은 아니라는 것을 직접적으로 드러내 준다. 특히 허생이 제주도에서 나올 때 허생을 따라 나오려는 매화를 데려오지 않음으로써 바닷물에 몸을 던져 빠져 죽는 장면의 설정은 "허생은 오입장이도 활량도 아니었다. 일만 사람의 민정(民情)은 살필 줄 알아도 한 계집의 은근한 사모의 정은 알 줄을 아는 사람이 아니었다"(261면)라는 청렴하고 공명정대한 인격의 소유자로 설정하기 위한 작위적인 삽입인 듯 싶다.

물론 이러한 설정이 서민의 곁에서 서민의 고충을 함께 하려는 허생의 인간 됨됨이를 드러내 주기 위한 것이라지만, 동시에 허생의 인물됨을 지나치게 '완벽한 인격자'로 설정하기 위한 인물묘사의 작위성을 피할 수 없다. 이처럼 채만식의 작품에서의 '허생'은 고전소설에서의 과장직 묘사를 동반한 영웅화 시도는 어느 정도 탈피된 현실적 인물로 등장하고 있으나, 여전히 '완결된 인물'로 설정되어 작품 전체적으로 는 고전소설에서의 성격화 방식을 탈피하지는 못하고 만다. 그러나 채 만식의 작품에서는 '허생'을 중심축으로 사건을 전개해 나가면서도 그 밖의 다양한 인물의 설정과 성격부여방식 방식을 통해 사건의 구체성 을 어느 정도 확보하고 있다. 예컨대 고전소설에서는 대체로 허생의 전지전능함을 위해 변진사나 이완대장을 비롯한 그 밖의 副人物(foil character)들은 장식적으로 등장하고 있으나, 채만식의 작품에서는 성격 화 되고 있다. 특히 고전소설에서 효종의 信臣인 이완에 대해 '부패하 고 무력한 사대부의 상징적 인물'로서 허생이 제시한 이른바 '時事 三 策'에 대해 거절하자 허생이 그의 목을 베겠다며 칼을 찾자 황급히 사 라지는 인물로 묘사된다. 고전소설에서의 이러한 장면의 설정은 풍자 적 기법을 통한 당시 집권층의 비리와 무능을 드러내기 위한 것이다. 그러나 채만식의 작품에서 이완은 허생의 인물됨을 "당절에는 드문 포 부와 경륜과 담력을 갖춘 큰 인물"임을 간파하는 인물로 등장한다. 또 한 변진사의 경우도 고전소설에서는 지배층에 밀착하여 이윤 추구에만 골몰하는 모리배적 인물의 유형에 가까우나, 여기서는 '사람을 알아보 는 눈'이 있어 허생이 집을 비운 사이 묵적골 허생의 본집에 나무와 양식등 생활용품을 대준 의리형 인물, 뿐만 아니라 허생이 묵적골에 돌아온 이후로는 對酌을 하며 "어떻게 하면, 조선의 정치와 나아가서 는 조선 전체의 운명을 그르쳐 가고 있는 사색당파의 싸움을 없이 할 수 있을까. ―백성들의 고혈을 빠는 수령 방백과 지방토호들의 악정과 토색질을 막을 수 있을까―"(263면)라고 염려하는 우국충정의 인물로 묘사된다. 이는 고전소설에서 등장하는 대부분의 인물들이 허생의 영 웅적 인물묘사를 위해 부수적으로 등장하거나 부정적 인물의 희화화를 통한 풍자적 효과를 염두에 두었으나, 채만식의 「허생전」에서는 그러 한 풍자적 수법을 동원해야 할 내적 필연성이 희박해 졌으며, 주로 작

가의 역사적 상황에 대한 비판의식을 반영하는 매개적 인물로 설정된
다.

그러나 채만식의 「허생전」에서의 인물설정이나 성격화 방식도 작품
전체적으로는 사건의 자연스런 진행이나 극적 대화를 통한 '살아 있는
인물'이기보다는 '허생'이라는 작가의식의 '이념적 대변자'의 묘사에
부수적으로 동원되는 매개성과 해설식 묘사가 주조를 이루고 있어 인
물의 독특한 성격부여를 통한 전형성의 확보는 미흡하다.

2.3. 배경의 차용과 서술의 양상

1) 배경적 요소의 변용과 삽화적 진술의 측면

고전소설 <허생전>에서의 시대적 배경은 효종 시절로서 허생의 5년
간의 생활이며, 이동공간은 묵적골 집안성-제주도-무인공도-묵적골
집으로 되어 있다. 따라서 박지원의 <허생전>은 일반적으로 고전소설
에 자주 발견되는 배경설정의 모호함이나 불확실성은 어느 정도 탈피
되어 종국적으로 수인공의 행동에 유효적절한 효과를 주고 주제를 구
체화하는데 도움을 준다. 그러나 이러한 지적은 고전소설에서 일반적
으로 발견되고 있는 배경적 요소의 막연함과 비현실성을 염두에 둔 상
대적인 측면으로 작품 전체적으로는 막연한 배경의 제시나 구체성을
결하고 있다.

반면 채만식의 「허생전」에서는 '허생'이 존재하던 공간적 의미를 구
체적인 역사적 사실과 연결시켜 드러내고 있으며, 또한 '이상향' 건설
의 문제에 있어서도 제주도라는 실제의 땅을 선택하여 작품화함으로써
무인공도라는 상상적 공간을 제거시키고 있다. 예컨대 묵적골 집-안
성-제주도-묵적골 집의 순으로 '이동공간의 축소'[15]를 드러내는 데,

이는 플롯의 개연성과 사건의 리얼리티를 구체적으로 확보하기 위한 하나의 수단이기도 하다. 또한 시간적 배경에 있어서도 표면상으로 설정된 시간적 배경이야 고전소설과 거의 비슷한 효종대 약 5년의 기간이지만, 실질적으로 작품에 서술된 시간은 여기에 국한되지 않고 "조선의 나라 형편과 민정은 대강 어떠하였던가"에서도 드러나듯이 조선의 전체 역사 개관 또는 임진왜란을 치른 선조대왕 중년으로까지로 소급되고 있다.

> 본조(本朝:李朝) 오백년의 역사를 상고할 때에, 그 어느 시절이고 외적의 침노가 없은 적이 드물고 내란이 일지 아니한 적이 드물었다. 조정에는 외척의 전횡과 동서남북 파가 갈려 사색당쟁이 끊일 사이가 없고, 지방에서는 토호와 수령 방백의 토색질이 백성을 편안히 살도록 한 세월이 드물었다. …중략… 이렇듯 안팎으로 국난과 재앙이 연달다시피 한 그 중에서도, 가장 어렵던 시절이 어느시절이더냐 하면, 임진왜란을 치른 선조대왕 중년으로부터 효종대왕에 이르는 범 칠십 년 동안일 것이었다. …중 략…
>
> 능양군으로 위에 오른 인조대왕은 총명한 임군이었다. …팔도에 어사를 보내어 민정을 살피며 악정하는 수령 방백을 징계하고, 그 밖에도 여러가지 피폐한 국정을 바로잡으려고 애쓴 자취가 있었다. 그러나 나라가 제대로 다스려지고 백성이 편안하고 하자면, 한 임군의 총명만으로만 되어지는 것이 아니었다. …인조대왕은 임군만 홀로 총명하였지,좋은 시절도 어진 신하도 다 얻어 만나지 못한 불우한 임군이었다.(229-231면)

인용된 부분은 서술자에 의지하여 허생의 집에 들어온 도적의 무리를 통해 당시 집권층과 백성들의 삶이 괴리되는 조선의 역사를 개관하는 대목이다. 즉 조선의 역사중에서도 비교적 시련기에 해당하는 선대

---

15) 김일영, 앞의논문, 329면.

를 전체적으로 개관한 다음, 구체적으로 임진왜란, 인조반정, 이괄의 난, 병자호란 등 주로 역사적 사실에 의지하여 서술되고 있다. 특히 여기서는 역사적 현실의 모순과 비리를 통해 외세의 침입과 내란, 사색 당파로 인한 국론의 분열과 정치적 혼란, 관리들의 부정부패 등으로 가중되는 백성들의 고통을 강조하여 제시한다. 또한 지배계층과 피지배자들 사이의 악화된 관계에 내재된 여러 가지 역사적 요인들을 부각시켜 당시의 모순된 현실상황을 비판한다. 따라서 여기에 나오는 도적의 무리들도 본래부터 약탈을 일삼는 악질적인(?) 무리가 아닌 "양민으로는 먹고 살 길이 없어 부득이 도적"이 된 무리였다. 이러한 대목을 통해 우리는 작가가 보통 사람들의 일상적인 삶의 의식이 변질되어 도둑이 되고 있는 역사·사회적 과정을 약축하여 보여주고, 동시에 정치적 졸열성과 도적의 함수관계를 매우 선명하게 노출하여 작가의 역사·정치적 전망과 회고를 뚜렷하게 드러내고 있다. 또한 이러한 대목을 통해 우리는 이 작품이 지닌 역사감각과 서민정신을 읽어낼 수 있으나, 한편으로는 이 작품이 서술자에 의지한 직설적인 어법으로 '화자와 작자의 거리'가 단축되어 있음16)도 간파할 수 있다.

한편 이 작품에서 삽화식 역사서술이 자주 동원되는 것은 허생이 "나라 형편과 민정을 짐작치 못하는 위인"이 아님을 드러내려는 성격화방식과 유기적으로 연관된다. 뿐만 아니라 이 작품에서 서술자에 의지한 삽화적 진술은 사건의 형상화과정과도 긴밀하게 연관되어 진행됨으로써 흔히 초래될 수 있는 작가의 일방적인 역사의 講演에서 벗어나 있다. 그러나 작중인물에 의한 문학적 형상화가 미흡한 가운데 서술자에 의지한 이러한 역사적 설명의 도입은 인물의 성격화에 부수적으로

---

16) 채만식 소설에서의 화자와 작자의 거리에 관한 문제 및 서술자의 서술태도와 담론의 조직방법에 대한 상세한 고찰은 우한용, 「채만식 소설의 담론 특성에 관한 연구」(서울대 박사학위논문, 1991)59-116면 참조.

수반되는 작위성을 드러냄으로써 사건의 전개와 유리될 가능성도 배제할 수 없다. 따라서 우리가 간과해서는 안될 것은 지나치게 서구적인 문학기법에 토대를 두고 이러한 서술자 참여방식을 통한 사건의 진행을 일률적으로 비판만 해서도 안되겠지만, 그렇다고 전통적 요소의 수용에 의한 서술자의 참여방식으로 인해 독자의 자유로운 사고체계를 차단하고 마는 미학상의 결점마저 합리화되어서도 곤란할 것이다. 요는 서술자의 참여방식이 작품의 전체적인 구조 및 문학장치에 얼마나 효율적으로 작용해서 문학성을 발휘하고 있는지에 대한 꼼꼼한 천착이 중요하다 할 것이다.

2) 풍자적 양상의 축소와 轉移

고전소설 <허생전>은 대체로 조선 봉건사회의 엄격한 신분사회의 제도아래 士類階級이 저지르고 있는 온갖 모순과 불합리에 대한 울분을 작품에 반영시킨다. 따라서 당시 봉건적 체제에서 탈피하려는 자아의식과 반성이 절실히 요구되기에 이러할 때 효과적인 대응을 지닌 것이 풍자적 표현으로 특히 以夷制夷論[17]의 방식에 의존하는 우회적 비판이다. 특히 고전소설 <허생전>에서 풍자의 극치를 이루는 대목으로 허생이 당시 사대부의 상징적 인물인 이완에게 감정위주의(허위적인) 북벌론을 꾸짖으며 대안을 제시하는 과정에서

　『소위 사대부라는 게 무얼하는 거야 ? 한줌도 못되는 좁은 땅에서 어느뼈인지도 모르게 태어나서 사대부라고 뽐내는 그놈들이, 그래 상

---

17) '以夷制夷'는 박지원의 이념적 지향이나 글쓰기의 태도와 밀접하게 관련이 있는 용어로서, 방법은 나쁘지만 그 나쁜 방법을 통해서 잘못된 사고나 행동을 폭로하는 경우에 적용된다. 이현국, 「<허생전>의 구조적 성격과 의미」 『문학과 언어』제 13집, 경북대 국어국문학과, 1992, 196-197면.

투나 틀고 도포나 입으면 사대부란 애긴가. 그 놈들의 도덕이나 옛법
은 무엇이나 못하다는 것뿐이니, …중 략… 우선 세가지 중 한가지도
못하겠다면서 신신을 자부하는 네놈부터 목을 잘라야 하겠다.!』[18]

라고 하자 이완이 깜짝 놀라 당황한 나머지 허겁지겁 달아나는 장면이
다. 이것은 서민의 입장에서 당시 집권층을 향해 공격한 통렬한 조소
라고 할 수 있다. 여기에서 당시 지도적 위치에 있는 사대부들의 허례
와 위선이 여지없이 폭로되어 비판과 풍자의 대상이 된다. 그러나 허
생의 이완에 대한 痛罵는 특정인물의 질타에 있기 보다는 북벌의 미망
에서 깨어나지 못한 집권층의 우매와 불합리한 현실을 풍자하기 위해
겨냥한 표적에 불과하다.[19] 즉 당시 조선에서 사변적으로 흘렀던 주자
학이 북벌론의 국시를 앞세우며 지배이데올로기로써 백성들의 삶을 도
탄에 빠지게 하고 있음을 풍자적으로 비판하기 위함인 것이다.

　따라서 허생이 제시하고 있는 이른바 ‘時事 三難’등은 북벌을 주장
하던 효종조의 信臣 이완에게 있어 애당초 불가능한 조건의 나열이며
이들 조건이 받아들여질 수 없는 현실[20]이였다. 더욱이 허생에 의해
제시된 대책도 두번의 전쟁을 치르고 도탄에 빠진 백성과 자신감을 잃
은 조정의 무능으로 어려운 국정에 대한 각종 구제책이 횡행하던 특수
사회의 여건 하에서 이룩된 여론의 소산이라는 점[21]을 감안해 본다면,
“허생전의 時事 三難은 그 내용 자체가 작자의 독창적인 주창이나 새
로운 사상이 아니라, 당시 사회의 공통적인 여론이나 전대에 벌써 주
장되어 온 바 있는 방책들을 소설에 등장시켜 이용했을 뿐이다. 그러

---

18) 『한국고전문학전집-5』, 112면
19) 이석래, 앞의 논문, 447면
20) 이이화, 「북벌론의 사상사적 검토」, 『창작과 비평』, 1975, 겨울호 참조.
21) 김현룡, 「허생전의 소위 ‘시사삼란’ 연구」, 『국어국문학연구』, 58-60호, 1972.
　　175면.

므로 어디까지나 소설을 이용하여 교묘히 위정자들을 풍자한 그 놀라운 수법을 높이 평가해야 문제"22)이다. 이러한 측면에서 고전소설 <허생전>에서의 풍자의 대상이 선비의 고루성, 형식과 명분주의적 사고에 바탕을 둔 양반사회의 모순과 비합리, 집권층의 무능에 대한 풍자 등으로 요약 할 수 있다.

그러나 채만식의 작품에서는 이러한 풍자적 의미와 기능이 지극히 축소되어 있다. 고전소설에서의 풍자의 극치를 이루는 장면으로 흔히 사대부의 대표적 인물인 '이완'이 허생에 의해 봉변을 당하며 희화화되는 장면을 든다. 그러나 채만식의 소설에서 이완은 국가의 장래를 걱정하고 허생의 인물됨을 알아보는 사람으로 등장한다. 예컨대 허생이 '이완'을 심하게 꾸짓기 보다는 허생의 대안에 이완은 "…(침묵)"으로 대응함으로써 조정의 잘못됨을 일견 시인하거나 혹은 겸허한 태도를 취하며 국가적 대사에 허생의 도움을 요청하는 우국적인(?) 인물로 등장하고 있다. 이 작품에서 이러한 인물의 성격화 방식은 고전소설에서의 도식성과 과장적 묘사를 탈피하여 인물의 성격부여를 통한 작품의 리얼리티를 회복하려 한 것과도 무관하지 않다. 그렇다고 이 작품에서 채만식의 풍자적 기능이 전혀 봉쇄되어 있는 건 아니다. 예컨대 6-7장)에서 횡포한 제주 목사를 제발로 나가게 하여 3년의 空官을 초래하는 장면이나, 부인과의 대화부분 등에서 풍자적 기능을 부분적으로 회복하고 있다. 그러나 작품 전체적으로 드러나는 풍자적인 기능의 회복은 지극히 미약한 상태이다.

채만식의 「허생전」에서 이러한 풍자적 기능의 축소는 고전소설을 패러디화한 대분분의 채만식의 작품에서 흔히 발견되고 있는 골계를 동반한 풍자적 성격의 빈번한 삽입과는 대별되는 특징이다. 이는 이 작품이 비록 고전소설의 변용방식을 취하고 있지만, 판소리적인 서술

---

22) 위의논문, 176면

방식의 도입을 통한 사건의 형상화나 인물의 성격부여에 국한되지 않고 있음을 예증해 준다. 또한 작품 전체적으로 풍자적 기능이 현저히 약화되어 있는 데, 이는 일제시대에 비해 교묘하게 작품을 검열하거나 탄압하지 않는 비교적 창작활동이 자유로운 집필 당시의 사회적 상황 그리고 풍자적 전략(strategy)을 동원하지 않고도 자신의 의중을 충분히 드러낼 수 있으리라고 본 창작관의 변화와도 무관하지 않은 것이다.

3. 정치적 이념의 변용방식과 작가의식

문학작품은 분석될 수 있는 다층적 구조체이면서 동시에 자체적으로 통일된 조직적 형상체이다. 또한 한 작품의 중심사상 및 작가의식은 일정부분만을 중점적으로 분석하는 데서 드러나지 않으며 내밀하게 용해되어 있는 유기적(oraganisch) 통일체이다. 따라서 이 작품에서의 중심사상 및 주제의식을 규명하기 위해서도 고전소설의 변용방식과 작가의식이 어떠한 방식으로 유의미한 관련성을 유지하고 있는지를 해명하는 작업이 요구된다.

그럼 먼저 채만식의 「허생전」에서 이상향의 건설 과정을 통해 전달하려 한 궁극의 의미는 무엇일까.

고전소설 <허생전>에서의 '이상향'은 일반적으로 가난과 신분사회의 모순으로 인해 사회에서 천대받는 집단의 자유롭고 행복한 삶을 보장 할 수 있는 장소, 혹은 그들의 고통을 치유하지 못한 현실사회의 모순을 대조적으로 드러냄으로써 당대 사회의 비리와 정치적 불합리가 역으로 폭로되는 공간으로 제시된다. 즉 허생은 空島에서의 3년 동안 이곳을 자신이 설정한 완전한 의미의 '이상향'으로 만들지는 않았지만,몇 년 동안 먹고 사는 데 지장이 없을 정도로 식량을 쌓아놓고, 그

나머지는 일본의 구주 長崎島[23]에 팔아 은 백만냥을 벌어 들이기도 하
여 "경제활동에 의한 사회복지의 확대와 반상의 계층에서 소외된 도적
의 무리들을 집단이주시켜 새로운 복지낙원"[24]을 이룩한다.

또한 허생은 이제 어느 정도 자신이 뜻한 바를 이룩한 후 섬을 떠나
면서 "내가 처음에 너희들과 함께 이 섬에 올 적에는 먼저 부자가 되
어 가지고, 그 다음으로 학문을 가르치고 의관의 법, 제도를 마련하려
했더니, 이 곳은 땅도 좁고 내 덕도 적어서 이제 더 살수가 없겠기에
나는 이 섬을 떠나려 한다. 떠나는 마당에 너희들에게 부탁하는 것은
……"(106면)고 한 다음, 배들을 불사르고 은 오십만냥을 바다속으로
버리고 나서 다시 본국으로 돌아온다. 허생의 이러한 행위에서 우리는
경제의 문제를 해결해 놓은 연후에야 문자나 의관, 즉 교육과 도덕의
문제가 해결될 수 있다는 논지를 펴려는 연암의 작가의식을 알 수 있
다. 또한 궁극적으로 자신이 설정한 이상향의 비전을 제시하고 있는
바, 그것은 대체로 합리적 가치로의 인식전환, 민생의 보장과 예양의
법도 고취, 富와 文의 부정적 기능에 대한 인식과 그 사회적 병폐의
비판 등으로 요약된다.

특히 여기서 '知書者'를 모두 끌고 나오면서 "爲絶禍於此島"라고 했
던 행위도 문명부정의 이단으로 해석할 것이 아니라, 識者들로 인해서
빚어진 사회적 병리를 혐오하려는 데 기인한 것[25]으로 보인다. 예컨대

---

23) 일본의 구주에 있는 항구도시로 근대이전의 동양무역의 한 중심지였던 나가
　　사끼를 말함.
24) 구인환, 「한국소설의 낙원의식」, 『근대소설의 형성과 현실인식』, 한샘, 1983,
　　227면. 또한 이 글에서 논자는 한국인의 낙원의식은 <천상낙원>과 <지상낙
　　원>의 이중구조로 이루어졌다고 말하고, 후자에 해당하는 경우로 홍길동전」
　　의 '율도국', 「허생전」의 '무인공도'등을 대표적으로 들고 있다. 그러나 한국
　　소설의 낙원의식 추구는 고전소설 일부에 국한되지 않고 근대소설 및 현대소
　　설에 이르기까지 변이된 형태로 계승되기도 한다.(김종회, 『한국소설의 낙원
　　의식 연구』, 문학아카데미, 11-168면 참조).

知書者들은 글을 모르는 자들 위에 군림하려 들어 지배와 피지배의 관계가 형성되어 양반문화위주의 구시대적 삶의 양태를 반복하게 될 것에 대한 우려의 표시이자, 참다운 평등과 사랑의 세계에 대한 차별과 증오의 씨앗을 잉태할 수 있다고 보았던 것이다.

이런 맥락에서 보면 연암은 이상국 설정 문제를 기존 사회와 정치적으로 대립하는 완전한 국가건설의 의미가 아닌, 현실 사회가 지닌 구조적 결함을 집약적으로 드러내기 위한 문학적 실천의 수단과 결부시켜 생각하고 있었다. 즉 이 무인공도는 현실사회의 반대상이어서 작가의 사회적 이상의 실현과 결부되고 있으나, 섬 생활의 기본 테마도 부유, 교양, 예절로 압축된다. 요컨대 연암의 <허생전>은 양반이나 士에 대해서 냉혹한 비판을 가하고 있지만 이면에는 긍지와 권위를 굳게 견지한다. 또한 연암이 여기서 중시하고자 하는 것도 양반 사회제도의 붕괴가 아니라, 형식을 버리고 시대에 맞게 적응하는 합리적 사고 및 실용주의적 태도를 견지하는 당위성의 문제와 밀접하게 연관된다.26)

그런데 채만식의 「허생전」은 제주도라는 구체적 공간이 이상향으로 재건되고 있다. 따라서 여기서는 고전소설에서 드러내고 있는 무인공도의 비현실적이고 추상적인 의미를 제거하고 이미 구체적으로 존재해 왔던 세계를 마땅히 있어야 할 세계로 바꾸어 놓으려는 작가의 현실적 태도를 엿볼 수 있다. 이를 테면 이상향의 모습을 "살 집이 있고, 붙일 땅이 있고, 농사해서 걷운 것을 빼앗기지 않고 배불리 먹을 수가 있고, 그럴 뿐만 아니라 양반 상놈의 구별이 없고, 저 혼자만 편안히 앉아서 남을 부려 먹으려 드는 사람 없는…"(258면)곳이라 설명한 뒤 이곳에 도적의 무리를 데려다 줄 것을 약속했던 것이다. 이렇게 허생은 전부

---

25) 이석래, 앞의논문, 443면
26) 이재선, 「연암소설의 해석학적 문제」, 진단학회 편, 『한국고전심포지움』, 제2집, 일조각, 1985, 278-279면.

터 제주도를 이상향으로 만들겠다는 생각을 했고, 또한 그렇게 할 수 있다는 자신감을 표명하고 있다. 이것은 이상향 건설에 대한 작가의 의지를 강하게 피력한 것이기도 하다. 그러나 여기서도 허생은 약속대로 이곳을 살기 좋고 부족한 것이 없으며 포악한 관리가 없는 空官의 낙원으로 만든 후, 그 곳을 떠나면서 백성들에게 '시방 처럼 잘 살아가는 도리의 다섯가지 안'을 제시한다. 즉 부지런할 것, 남의 것을 탐내지 말 것, 남의 허물을 용서할 것, 여러 사람의 이 되는 일이면 나 한 사람의 해를 상관치 말 것, 함부로 제주를 떠나지 말 것 등이 바로 그것이다. 이러한 장면의 설정은 허생의 삶의 방식을 통해 작가의 기본적인 자세를 천명하는 내용으로서, 스스로 勞作하여 독립할 수 있는 실천적인 인간상, 정직과 협동의 인간 그리고 평등한 인간관계를 존중한다는 작가 자신의 사상을 천명한 것이다. 나아가 이 작품을 통해 작가는, 백성들의 행복한 삶은 善政과 인간 스스로의 노력 그리고 바른 심성의 조화로부터 파생될 수 있으며, 또한 班常 구별의 철폐 및 외세에 대한 방어의 중요성을 강조한 것이기도 하다.

따라서 허생의 이러한 행위를 통해 이 작품의 작가의식을 어느 정도 추출해 볼 수 있는 바, 그것은 이후 이완에게 제시하는 북벌론에서도 비슷한 유형으로 더욱 구체화된다. 즉 작품 후반부에서 허생이 이완에게 여러 가지 대책을 제시하는 내용 및 장면 등은 고전소설과 유사한 골격을 유지한다. 그러나 허생이 제시하는 이른바 '時事 三策'을 비롯한 대책들을 내용상 현대적으로 재구하고 있으며, 또한 풍자적 성격이 축소된 담론의 양상을 띤다.

먼저 채만식의 소설에서 허생이 이완에게 감정위주의 북벌론을 비판하며 (고전소설에서는 꾸짖으며 분노하는) 그 대책을 변용하는 대목을 보면

"그런데 우리 조선족속은 사천년을 내려오면서 언제 한번 그런 생의라도 해보았나요. 육장 그놈들한테 침노를 당하고 눌러만 살았지 --- 우리도 어디 연경에다 도읍을 하고 한바탕 중원을 호령해 보자 이런 뜻으로, 이런 목적으로 북벌을 한다면 모르거니와 그래 고작 삼전도의 분풀이 그거란 말씀이요. 우암 같은 명나라 놈의 서족이 지껄이는 잠꼬대는 족히 더불어 논할 것도 없지만 말이요."

"……"

이완대장은 고개를 숙이고 말이 없었다. 약간 괴참한 얼굴이었다.

허생은 자작으로 한잔을 부어 마시고는 나서 다시

"가사 경륜이 그렇게까지는 크지 못하다고 하드래도, 요동이나마 도로 찾겠다는 것으로 북벌하는 목적을 삼아야지요. 아시다시피 요동은 고구려적까지도 우리 땅이 아니었습니까. 앞으로 삼사백 년이 못가서, 우리 조선은 땅이 모자랄 날이 옵니다. 그러니, 시방부터라도 서둘러서 도로 찾아야 할 게 아닙니까. …그래 국력을 기울여 성패를 걸고 북벌을 한다면서, 겨우 삼전도의 분풀이나 하겠다고요.…" ……중략…… "정녕 북벌을 하시려거든 우선 북벌을 파의하십시오. 조련하든 군사를 헐으십시오. 병장기는 녹혀서 괭이를 만들게 하십시오. 화약은 물에 넣고, 돈과 군량은 가난한 백성을 노나 주십시오. 그러고서 이십년 동안 전쟁 이자는 입밖에 내지를 말고, 오지 조정에서는 사색붕당의 싸움을 물리치고, 수령방백으로는 백성의 재물을 범치 못하게 하십시오. 그래서 우리 조선이 부강하고, 일변 백성은 나라를 신뢰하는 나라가 되게 해 놓십시오."(268-9면)

다소 장황하게 인용된 부분을 통해 우리는 허생이라는 '이념적 대변자'에 의지하여 작가의식의 일단을 드러내고 있음을 간파 할 수 있다. 예컨대 고구려 옛 터전을 회복하려는 작가의 웅대한 정치적 포부의 일단을 엿 볼 수 있으며, 또한 이러한 국가적 대사업을 위해서는 무엇보다도 국내의 정치적 총화를 강조하고 있음을 알 수 있다. 즉 국민적인 호응을 얻어야만 국가적 백년대계의 꿈을 성취할 수 있고 삼, 사백년의 미래를 도모하는 정치가 될 수 있음을 은연중 암시해 준다. 따라서 이 작품은 "민족의 총화론를 토대로 한 정치이념의 구현을 보여주는 매우 설득력 있는 의미의 제시"27)로 볼 수 있다.

또한 여기서 허생이 이완에게 제시하는 북벌론의 골자는, '북벌의 파의'를 통한 백성들의 편안한 삶과 충분한 여론수렴을 통한 국가시책의 수립에 골격을 둔다. 따라서 이는 고전소설에서 당시 조정을 비롯한 사대부들이 감정위주의 북벌론의 미망에서 벗어나지 못하고 백성들의 삶을 도탄에 빠트린 것을 풍자화한 것이다. 채만식은 이를 현대적으로 재구하여 민생의 편안한 삶과 여론에 의하지 않고 추진되는 정책의 비합리성을 통해 나라에 대한 백성들의 신뢰감이 우선적으로 요구되고 있음을 설파한다.

특히 이 작품은 서술자 개입에 의지하여 감정위주의 북벌계획이 국민들의 정서와는 거리가 먼 당시 사대부 지배계층의 기득권 유지적 측면을 지니고 있을 뿐만 아니라, 사대사상의 또 다른 발로임을 들어 다음과 같이 비판한다.

> 약하고 어리석어 뼈젖이 제 나라 제 강토를 가지고 남의 종노릇을 한 그것이 욕이요 부끄럼이지, 우리를 정복한 자가 한족(漢族)인 명나라거나 몽고족인 청나라거나, 거기에 무슨 차이가 있을 턱이 없는 것이었다. 한족 명나라를 상국이라 부르며 상전으로 받들고, 그 속국 -종노릇을 하였다고 욕이 덜하고 부끄러움이 적을 리가 없으며, 명나라를 멸하고 대륙의 주인이 된 몽고족 청나라에게 새로이 정복을 당하였으므로 하여, 그를 새로이 상국이라 부르며 새로운 상전으로 받들고, 그의 속국—종노릇을 하게 되었다고, 욕이 더하고 부끄러움이 더하랄 법은 없는 것이었다. 그러하건만, 때의 지도자 -유생이라는 사람들은 조선이 명나라의 속국으로부터 청나라의 속국이 된 것을 죽도록 욕되고

---

27) 신동욱, 앞의논문, 46면.

부끄러움으로 여겼다. 타고난 종놈의 기질(奴隷氣質)이었다.(263-4면)

인용문은 서술자 개입에 의지하여 작가의 怒氣에 찬 음성을 여과없이 드러낸 대목이자, 북벌계획을 추진하는 자들이 사대주의 사상에 젖어 주체성을 몰각한 사람임을 강한 어조로 힐난하고 있는 대목이다. 특히 송시열을 "혼백을 명나라에 팔아먹은 사대사상의 당대 두목"이라고 혹평한다. 명나라는 자기 나라의 불행을 막기 위해 조선에 군대를 파견하여 지원한 것임에도 불구하고, 사대주의자들은 명나라가 망하게 될 조선을 구원해 주었다고 믿고 있을 뿐 아니라 상국의 의리를 지니고 있었기 때문에 북벌을 주장하고 있다는 것이다. 이러한 대목은 尊中華와 북벌론을 이용하여 일부세력(특히 宋時烈을 중심으로 한 西人)이 권력을 유지하려는 당시의 정치현실을 비판하려는 작가의 역사관을 간접적으로 드러낸 부분이다. 동시에 주자학적 윤리체계의 비합리적인 측면과 백성의 희생을 강요하는 당시 정치권력의 부조리에 저항하는 데 작가정신의 기초를 두었던, 연암의 혁명적이고 이단적인 사상과 의식을 수용한 대목이다. 또한 이러한 부분이 허생을 통해 준비론을 주장하면서도, 한편으로는 조선 민족의 역량에 대한 작가의 의구심을 드러낸 것으로 보는 견해28)도 있다. 그러나 이 작품을 통해 우리는 현실의 비극적 전개과정, 즉 비극적 현실을 배태시킨 역사의 과거적 맥락을 드러내려는 노력의 일환으로 지나온 역사를 통해 오늘의 모습을 재구하려는 채만식의 '비극적 세계관'29)을 간과한 견해이다. 뿐만 아니

---

28) 김일영, 앞의 논문, 339면.

29) 한형구는 비극적 세계관과 변증법적 세계관의 중간항으로서 '비극적 변증법의 세계관'을 상정한 바도 있다. 여기서 핵심이 되는 것은 역사에 대한 관념인데, 변증법적 세계관이 발전사관을 전제하는 것이라면, 비극적 변증법의 세계관은 역사관념을 안정하면서도 그것이 반드시 발전적인 역사인가에 대해서도 부정석이나. 한형구, 「채만식외 세계관과 창작방법 연구」, (서울대석사 논문, 1987)75면 및 루시앙 골드만(송기형.정과리 역)『숨은 신』, (인동, 1980),

라 여기서 현실의 부정적 측면을 정밀하게 파헤치면서 다른 한편으로
는 보다 시야를 넓혀 역사적 시각에서 파악해 보려는, 이를 테면 "미
시적 파악과 거시적 파악을 상호 보완시키려 했던 작가의식"30)을 배제
할 수 없기 때문이다. 따라서 이 작품에서의 북벌론이 '선정에 바탕을
둔 부강한 나라의 건설과 백성의 여론수렴을 통한 국가정책의 수립 그
리고 자손 누대에 걸쳐 계승되어 달성되어야 할 숙명적 미래의지'로
확대하고 있음을 감지할 수 있다.

> "그렇다면 삼십 년이 지난 뒤겠는데, 그때 가서는 이 이완은 벌써
> 지하의 객이 되었을 게 아니겠습니까?."
> "이대장은 돌아가셨어도 나라와 백성은 있읍니다. 한 개인의 수명
> 은 불과 칠십이지만, 나라와 백성의 앞날은 영원무궁한 것입니다. 우리
> 가 우리 대에 못하면 우리 아들들이 있지 않습니까. 우리 아들들이 못
> 다 하면 우리 아들들의 아들들이 있지 않읍니까.(270면)

이러한 부분에서 우리는 허생에 의해 제시된 '북벌론의 파의'에 의
한 민생의 보장 및 국민적 총화 그리고 국가적 대계의 수립은 어느 시
대에나 중시되어야 할 항목으로 당대의 정치·사회적 배경에 국한되지
않고 있음을 주목해야 할 것이다. 예컨대 이 작품 집필 당시의 사회적
배경으로 소급해 보아도 해방직후 자주 독립국가의 건설의 와중에서
지나치게 좌·우익의 감정에 휘말려 백성의 생존에는 아랑곳하지 않고
또 다른 외세에 의존해서 자신의 기득권의 확보에 혈안이 되어 있는
사회적 분위기를 염두에 둔 비판으로 떠 올려 볼 수 있지 않을까. 이
를 테면 일시적인 충동이나 격한 감정에 의하여 악순환을 거듭하는 정

43-45면 참조.
30) 이주형, 「채만식문학과부정의 논리」『한국현대 소설사 연구』, 민음사, 1984,
259면.

치·사회적 상황을 냉정하게 비판하면서, 이성의 맑은 눈으로 긴 역사의 맥락을 예견하는 정치철학을 제기한 것으로도 확대해서 볼 수 있는 것이다. 왜냐하면 채만식 소설에서의 시대적 배경의 설정은 집필 당시의 정치, 사회적 상황을 드러내기 위해 전대의 시대적 배경을 차용하여 파악하려는 창작적 태도를 일관되게 견지해 왔기 때문이다.

이런 맥락에서 채만식의 「허생전」은 집필 당시의 시대적 배경을 배제한 상태에서 단순히 고전소설의 전통적 요소의 수용을 통한 전통계승의 측면에 국한되어서는 온당한 텍스트 분석에 이르기 어려운 이유이기도 하다. 그러나 이 작품은 전체적으로 작가의 의도를 이념적으로 대변하고 있는 '허생'이라는 인물의 초점화를 통한 작가의식의 전달에 지나친 비중을 두어 접근한다.

3. 맺음말

채만식은 고전작품의 전통적 요소의 수용을 통한 전통계승의 측면에 많은 노력을 기울인 작가로 평가되고 있다. 본고에서는 다루고자 하는 「허생전」 역시 박지원의 <허생전>을 재구성하고 변용하여 형상화한 작품이기도 하다.

그러나 대부분의 기존의 논자들은 고전소설을 패러디화한 채만식의 작품에서 판소리적 서술방식을 비롯한 전통적 요소의 수용양상이나 변용과정의 확인에 지나친 비중을 두었다.

따라서 본고에서는 이러한 아쉬움을 극복하고자 두 작품의 평면적인 비교분석을 통한 문학성의 우열관계를 염두에 두기보다는 채만식의 「허생전」에 보다 초점을 두어 고전소설의 변용과정 및 형상화 과정을 통한 작가의식의 추출에 중점을 두었다. 특히 이 작품에서 작가는 고

전소설에서의 이상향 설정의 과정과 북벌론의 주창을 현대적으로 재구
하여 해방직후 사회상을 암시적으로 비판하고 있다. 따라서 이 작품은
조선 후기 양반사회의 정치·사회적 혼란과 그로 인한 백성들의 고통
을 해방직후의 그것과 동일선상에서 조명하려는 작가의 역사적 상상력
에 의해 쓰여진 소설임을 감지 할 수 있다. 나아가 이 작품은 현실의
비극적 전개과정, 즉 비극적 현실을 배태시킨 역사의 과거적 맥락을
통해 오늘의 현실을 재구하려는 역사감각을 견지하고 있음을 주목해야
할 것이다.(1993)

참 고 문 헌

『채만식 전집』1-10, 창작과 비평사, 1989.

『한국고전문학전집』5(이가원 역), 동아출판사, 1969.

구인환,『근대문학의 형성과 현실인식』, 한샘, 1983.

김상태,「해방공간의 소설」,『한국 현대 문학사』, 현대문학사, 1989.

김성수,「이야기의 전통과 채만식 소설의 짜임새」, 한국정신문화원 부속대학원, 1983.

김일영,「채만식의 소설 <허생전>에서의 제재변용양상 고찰」,『문학과 언어』13집, 경북대 국어국문학과, 1992.

김현룡,「허생전의 소위 '時事三難' 연구」,『국어국문학』, 1972, 58-60호.

민현기,「연암·춘원·채만식의 <허생전> 소고」,『한국근대소설론』, 계명대출판부, 1984.

신동욱,「채만식 소설 연구」,『동양학』12집, 단국대 부설동양학연구소, 1982.

신상철,「'놀부'의 현대적 수용과 그 변형」,『한국고전소설 연구』, 이상택·성현경 편, 새문사, 1983.

우한용,「채만식소설의 언어적 기법」,『한국 현대 소설 구조 연구』, 삼지원, 1990

──,「채만식소설의 담론 특성에 관한 연구」, 서울대 박사논문, 1991.

이동환,「연암의 사상과 소설」,『고전문학을 찾아서』, 문학과 지성사, 1991(8판).

이석래,「허생전 연구」,『한국고전소설 연구』, 이상택·성현경 편, 새문사, 1983.

이이화, 「북벌론의 사상사적 검토」, 『창작과 비평』, 1975, 겨울호.
이재선, 「연암소설의 해석학적 문제」, 『한국고전심포지움』, 제2집, 진단
　　　학회, 일조각, 1985.
이주형, 「채만식문학과 부정의 논리」, 『한국현대 소설사 연구』, 민음사,
　　　1984.
임명진, 「한국 근대 소설론의 유형별 사적 연구」, 전북대 박사논문,
　　　1988.
장경수, 「고전소설의 현대적 수용과 변용」, 『국문학연구』, 松郎 具然軾
　　　博士華甲紀念論叢, 1985.
장성수, 「진보에의 신념과 미래의 전망: 채만식론」, 김용성·우한용 공
　　　편, 『한국 근대작가 연구』, 삼지원, 1985.
최원식, 「채만식의 고전소설 패러디에 대하여」, 『민족문학의논리』, 창
　　　작과 비평사, 1982.
한형구, 「채만식의 세계관과 창작방법 연구」, 서울대 석사논문, 1987.
황패강, 「'허생전' 소고」, 『국어국문학』, 1973, 62-63호.
차봉희 저, 『비판미학』, 문학과 지성사, 1992.
데이빗 호이(이경순 역), 『해석학과 문학비평』, 문학과 지성사, 1981.
루시앙 골드만(송기형·정과리 역), 『숨은 신』, 인동, 1980.
피에르 지마(이건우 역), 『문학텍스트의 사회학을 위하여』, 문학과 지
　　　성사, 1987.

解放期 全洪俊의 소설 一考

1. 문제제기

근래에 들어 해방기[1]의 문학 연구만큼 연구자들이 관심을 보이고, 또 실제로 이 시기 문학연구는 많은 성과를 거두고 있는 분야도 드물다. 이 시기 문학연구의 성과[2]로는 여러 가지 측면에서 들 수 있겠지만, 무엇보다도 납·월북으로 인해 우리 문학사에서 소멸된 뻔한 작가들의 작품세계에 대한 관심을 유발함으로써 '반쪽문학사'를 지양하고 '통일문학사' 기술의 단초를 마련하는 데 기여했다는 점을 빼놓을 수 없을 것이다.

다른 분야도 마찬가지겠지만 문학 연구의 방향은 연구자의 관점 및

---

[1] 익히 알려진 바와 같이 이 시기의 명칭에 대해서는 학자들마다 용어사용의 의미나 시기가 조금씩 다르다. 주로 쓰이고 있는 용어로는 해방직후, 광복기, 해방공간, 해방정국, 해방기 등이 있다. 이 글에서는 주로 '해방기'를 사용할 것이다. 해방기의 시기구분론 및 명칭에 대해서는 김승환, "해방직후 문학연구의 경향과 문제점"(『문학과 논리』2, 태학사, 1992) 14-5면 참조.

[2] 이와 관련된 구체적인 자료는 김승환, 앞의 논문 중 '연구목록' 참조.

관심사, 그리고 연구의 추세에 따라 다양하고 복잡하게 얽혀 있기 때문에 당사자가 아닌 입장에서 왈가왈부할 성격은 못된다. 그러나 문학연구에 있어 일부 연구자들이 어느 특정한 시기나 대상이 중요하다고 해서 연구자들이 마치 유행처럼 그 분야에 대해 집중적 관심을 보임으로써 그밖의 다른 분야나 시기는 연구의 사각지대로 방치해 두는 것 역시 바람직한 연구풍토라 할 수 없을 것이다. 물론 어떤 분야에 대해 연구자들의 관심이 집중되는 데는 그럴만한 연구사적 요인이나 시대적 상황과도 밀접하게 연관되어 있다. 그러나 해방기의 문학연구 역시 이러한 아쉬움이 남는 분야이다. 마치 이 이시기의 문학에 대한 연구는 이제 거의 바닥이 난 것처럼 여기는 연구풍토는 바람직하다 할 수 없다. 필자가 이렇게 아쉬움의 일단을 피력하는 것은 이 시기 문학만이 중요하다는 자의적인 판단에서 비롯된 것만은 아니다. 이는 아직도 이 시기 문학연구는 일부 작가·작품에 편중된 경향을 보여 왔음을 제기하는 것이며, 또한 미진한 부분이 적지 않거나 새롭게 관심을 가져야 할 부분이 많다는 점을 강조해 두고 싶은 것이다.

이 글에서 필자가 해방기 신진작가 중의 한 사람인 全洪俊3) 작품에

---

3) 전홍준의 생몰 연도가 알려지지 않고 있으며(적어도 국내에서 구할 수 있는 자료를 통해서는 그의 출생이나 사망에 대한 정확한 일시를 규명할 수 없다), 마찬가지로 그의 생애에 대한, 즉 전기적인 사실을 언급하고 있는 자료는 거의 없다 해도 과언이 아니다. 따라서 지극히 단편적인 문건을 토대로 하여 그의 삶이나 작품활동에 대해 언급하는 데 그친다는 점을 전제하고 이 글은 시작된다.

  그런데 최근에 전홍준에 생애에 관한 중요한 정보를 필자에게 제보해 주신 분이 있다. 지금도 왕성하게 창작활동에 전념하고 계신 원로 소설가 허근욱씨로서 『내가 설땅은 어디냐』(남영, 1982)의 저자이기도 하다. 허근욱씨(허헌의 차녀: 부친 허헌은 8·15해방직후 남로당 위원장으로 김구선생과 더불어 남북협상 회담차 월북했다가 북에 머물은 인물로, 그는 북에서 초대 최고인민회의 의장 직위에까지 오른 바 있다. 보다 구체적인 것은 심지연, '하나의 조국 염원한 좌파 민족주의자' 『허헌』 동아일보사, 1995, 참조)는 한국전쟁이 나자 북을 탈출했으며 이때 남한에서 도피중인 전홍준을 몇 차례 접할 수 있었다 한다.

또한 전홍준이 해방직후 등단한 신진작가로서 9·28 수복후 옥사했을 것이라고 필자에게 진술해 주기도 했다.(이 자리를 빌어 소중한 자료를 보내주신 원로 소설가 허근욱씨에게 감사의 뜻을 전한다). 이것은 전홍준의 생애에 대해 막연하게 월북작가로 추정하거나 혹은 베일에 가려진 부분을 막연하게 추측하는 정도에 머문 필자에게 전홍준의 총체적인 생애를 추적하는 유익한 단서가 되었다. 전홍준은 대한민국 정부수립후 전향하여 보도연맹에 가입했으며, 수복후 처형되었다는 풍설이 있지만 이것이 사실로서 입증되지는 않았다. 그러나 허근욱씨의 증언과 당시의 자료를 종합해 볼 때 그가 한국전쟁 중, 특히 수복후에 옥사(혹은 처형)했을 가능성이 높아졌다.

이러한 점에 신빙성을 더해주는 요소로는 첫째, 현재로서는 전홍준의 월북 동기에 관한 신빙성 있는 자료를 거의 찾을 수 없다는 점. 그리고 1987년 9월 한국문인협회가 납·월북작가 76명의 명단을 작성하여 문공부에 제출한 바 있는 데, 여기에도 그의 이름은 빠져 있다. 둘째, 북에서 발행한 일부 문학사를 비롯하여 이철주의 『북의 예술인』을 살펴보아도 북에서의 작품활동에 대한 기록이 없다는 점을 들 수 있다. 셋째, 『신천지』(1949, 6) 특집호에 꽁트 「모두 불이 그리우면서도」를 마지막으로 그의 작품이 남한 내에서 더 이상 발견되지 않는 점이다. 이 작품이 많은 시간을 요하지 않는 掌篇이고, 또 특집의 성격상 편집자의 원고 청탁일이 길지 않았을 것이라는 점을 고려한다면 이 작품이 발표될 때까지도 전홍준은 남한에 거주했 가능성이 높다고 추정해 볼 수 있을 것이다.

전홍준의 이름이 문단에서 거론된 것은 당시 중견 평론가로 활동중이던 홍효민의 "해방이후 소설계의 회고와 전망"(『신문학』4호, 1946.11)에서 부터이다. 이 글에서 홍효민은 그의 소설 「코」(『부인』194??, 같은 제목의 김영석의 「코」(『태양』1946,4)라는 작품도 있다)에 대해서 "상징적인 수법을 취한 듯한데 간판을 찾는 사회를 빈정거림에 지나지 않는 것으로 니힐리즘의 범주를 넘지 못하는 것이다"(같은 글, 128면)라고 평한다. 홍효민이 앞의 글을 발표한 시점으로 미루어 보아 우리는 전홍준이 해방이 되면서 등단한 신진작가였음을 추정해 볼 수 있으며 이것은 앞의 허근욱씨의 진술과도 일치하는 대목이다.

해방직후 전홍준의 문단활동이나 문학활동에 대한 자료도 거의 찾아 볼 수 없다. 전홍준이 당시 신인으로서 문단내 비중이 미미해서 그러했는지, 아니면 문단활동에 지극히 소극적이어서 그러했는지 확인할 수 없는 상태다. 다만 해방 후 문학가동맹에 가담하여 괄목할 만한 작품활동을 했다는 주장(신동한, "해금문학론", 한국문화예술진흥원, 1991, 200면)도 있으나 문학가동맹의 문인 명단에 그의 이름이 자주 등장하지는 않으며, 또한 해방직후 진행된 굵직굵직한 문학단체 결성에도 그가 참여한 흔적이 발견되지 않는 것으로 미루어 보아 문단활동에 지극히 소극적이었음을 추단해 볼 수는 있다. 그런데 좌익문학단체에 대항하기 위해 조직된 우익 문화단체인 「전조선문필가협회」1946, 3)의 추천회원 명단에는 들어 있다(임헌영, "미군정기 좌우익 문학논쟁", 해방전후사관심을 두는 이유도 여기에 있다. 이 시기에 비교적 활발하게 작품활동을 하다가 납·월북으로 인해 우리 문학사에 사라져 간 작가들[4]이 적지 않지만, 특히 그 중에서도 신진 작가들의 작품세계에 대한 연구자들의 관심은 빈약했다. 예컨대 김영석, 강형구, 박찬모, 김학철, 지하련, 그리고 전홍준 등의 작품세계는 거의 주목을 받지 못했던 것이다. 이들은 주로 1940년을 전후하여 등장하여 한 두 편의 작품을 발표하다가 일제의 폭압 아래서 붓을 끊고 숨어 있었거나, 혹은 해방이 되면서 비교적 활발하게 작품활동을 했던 작가들이다. 이들은 당시 신진작가들로서 동시대 기성문인들과는 여러 가지 면에서 달랐다. 이들은 비교적 과거 '친일'에 대한 부담으로부터 벗어날 수 있었기에 무엇보다도 당시 각 부문에서의 현실 개혁의 문제를 정면에서 다루려 하였다.[5] 이 글에서 이들의 작품세계와 기성세대 작가들의 작품세계와의 차별성을 충분히 다루기에는 지면의 제약이나 이 글의 논지와도 벗어나기에 상론할 수는 없다. 하지만 이것은 좀 더 많은 작가와 작품들을 구체적으

의 인식』3, 한길사, 1990, 536면 참조). 물론 추천회원 437명 중에는 언론인, 국학자, 등 각계 좌우익의 인물이 망라되어 있는 것(추천회원 명단에는 좌익계의 골수분자들은 빠져 있지만 김영석을 비롯한 신진 작가들, 그리고 김동석, 엄홍섭의 명단이 포함되어 있다)으로 볼 때, 주최측이 본인의 의사와는 관계없이 해방직후 세과시를 위해 문화계 인사들의 추천회원 명단을 임의적으로 작성한 것임을 알 수 있다. 이후 그는 「전문협」에 가입해서 활동한 흔적은 발견되지 않는다.
4) 납·월북으로 매몰된 작가들에 대한 관심이 고조되면서 근래에 들어 이들의 작품세계에 대한 연구도 활발하게 이루어지고 있다. 비교적 실증적인 측면에 비중을 두어 작가들의 전기적 사항 및 실종 배경에 대해 기술한 주목할 만한 논저로는 정영진, 『통한의 실종문인』(문이당, 1989) 및 같은 저자의 『문학사의 길찾기』, (국학자료원, 1993) 등이 있다. 그리고 이들의 작품세계에 대한 연구서로는 다수 있으나 권영민 편저, 『월북문인 연구』,(문학사상사, 1989)가 주목에 값한다. 그러나 이와 관련된 대부분의 논저들이 일부 작가·작품들에만 편중된 경향을 보인다.
5) 김재용 "해방 3년의 소설문학" 『민족문학운동의 역사와 이론』, 한길사, 1990, 261면.

로 조명하면서 밝혀야 할 몫이며, 또한 기성 작가들의 작품세계와는
어떤 변별점을 드러내는지를 규명함으로써 문학사 기술에도 시사하는
바가 적지 않을 것으로 판단된다. 따라서 이 글에서는 이러한 연구의
출발로 해방기 전홍준의 문학세계에 주목함으로써 해방기 신진 작가들
의 작품세계에 대한 관심을 촉발하는 계기로 삼고자 한다.

2. 귀환민의 '집'의 부재와 자본축적의 파행상
─「큰 대문 집의 역사」

일제 식민지 기간 동안 강제징용으로 중국, 일본, 남양군도, 구라파
등으로 분산 이주한 동포들이 해방이 되자 귀국하게 되고, 또한 이북
에서도 많은 동포들이 월남하게 된다. 그러나 해방된 조국에서도 극히
일부를 제외한 대부분의 귀환민들은 인간의 가장 기초적인 삶을 이룰
수 있는 주거할 공간마저 확보할 수 없는 궁핍한 생활을 지속하였다.
따라서 이 시기의 소설은 이처럼 귀국 이후 주거할 공간마저 확보하지
못하고 경제적 궁핍에 시달리는 귀환민의 애환과 좌절을 모티프로 한
경우들이 많다.
  황순원의 「두꺼비」(1947.4), 「담배 한대 피울 동안」(1947.9), 계용묵의
「별을 헨다」(1946.12), 엄흥섭의 「집 없는 사람들」(1947.5), 전홍준의
「큰 대문 집의 역사」(1948,10), 김동리의 「혈거부족」(1947.3) 등이 그러한
서사적 성격을 띠고 있는 작품들이다.[6]

---

6) 이외에도 해방직후 자기동일성을 확보하지 못하고 방황하는 삶의 양태를 반영
  한 경우로 월남모티프를 소재로 한 소설들을 들 수 있다. 허윤석의 「실락원」
  (『개벽』,48.5)을 비롯하여 최태응의 「사과」(『백민』, 47.3), 「월경자」(『백민』,
  48.10), 김송익 「고향이야기」(『백민』, 47.3), 박계주의 「조국」(『백민』, 48.10) 등
  은 해방직후 북한의 사회변동과 이념대립으로 인해 越南한 失鄕民의 삶을 수

앞에서 열거한 작품들은 '집'이란 공간 모티프의 확보과정이나 반대로 이것의 좌절과정을 통해 해방기의 사회상을 드러내고 있는 공통점을 안고 있다. 또한 이들 작품에 나타난 주거확보의 어려움과 주거지 불안정성은 단순히 주거시설 부족이라는 해방직후 세태의 단면을 보여주기 위한 것이 아니다. 그것은 귀환민들이 귀국한 이후의 조국의 현실이 고국 안주의 꿈과 얼마나 거리를 가졌으며, 또한 고국 안주에의 기대가 좌절되는 과정을 가늠해 보임으로써 자기정체성 확보의 어려움을 드러내 준 것이다.

또한 전재민들이 주거할 공간마저 확보할 수 없었던 것은 집이 부족한 탓도 있겠지만, 공동체의식의 소멸, 나아가 해방직후 혼란기를 이용하여 富의 蓄積에 혈안이 된 경제 모리배들에 의한 자본축적의 파행상과도 연관된다.[7] 다시말해 해방직후 주거공간 확보의 어려움이 단순히 귀환민의 급증에 기인하기보다 근본적으로는 해방직후 파행적인 자본축적의 구조적 모순에서 비롯되고 있음을 소홀히 할 수 없는 것이다.

전홍준의 「큰 대문 집의 역사」(『조광』, 1948.10)는 이런 맥락에서 주목할 만한 작품이다. 「큰 대문 집의 역사」는 황순원의 「두꺼비」와 여러모로 비교될 수 있는 작품이기도 하다. 두 작품은 해방직후 귀환민들이 주거할 공간마저 확보하지 못하고 방황하는 현실을 통해 해방기

로 그리고 있다. 이들 작품 역시 월남한 인물들이 정착하지 못하고 방황하는 삶에 초점을 둔 경우들이다. 하지만 이념의 동일성을 확보하지 못하고 방황하는 남북한의 현실을 비판하는 데 더 치중하고 있어 본문에서 다룬 작품들과는 그 성격을 달리한다.

7) 1946년에 발표된 황순원의 「집」은 이런 측면에서 해방직후 경제적 현실을 탁월하게 묘파한 작품으로 주목된다. 특히 이 작품은 "집"을 통해 토지소유의 재분배과정을 다루고 있는 데, 해방전·후의 다름과 실질적 내용의 같음을 경제적인 측면, 이를 테면 경제외적 요인에 의해 경제적 불평등의 문제가 상존하고 있는 해방직후의 현실을 비판한다. 이 작품에 대한 보다 구체적인 분석은 정과리, "현실의 구조화" 『존재의 변증법』2, 청하, 1986면 참조.

사회상의 한 측면을 드러내고 있다는 점에서, 「별을 헨다」, 「집 없는 사람들」 등과도 어느 정도 공분모를 함유한다. 그러나 위에서 열거한 「별을 헨다」와 「집 없는 사람들」 등은 단순히 주거공간 확보의 어려움 자체를 부각시키는 데 그친다.

반면, 「두꺼비」와 「큰 대문 집의 역사」는 그러한 현상의 원인추적에 더 비중을 두고 있다는 점에서 진일보한 측면을 지닌다. 두 작품은 해방 직후 주거공간 확보의 어려움이 단순히 귀환민의 급증에 기인하기보다는 근본적으로는 파행적인 자본축적의 구조적 모순에서 비롯되고 있음을 반영하기 때문이다. 그러나 두 작품은 비슷한 문제의식을 갖고 있으면서도 접근해 가는 방식은 사뭇 다르다. 「두꺼비」는 해방 직후 혼란되고 부도덕한 사회상을 '집'이라는 삶의 공간을 확보하는 데서 빚어지는 사건들을 통해서 제시하고 있다. 따라서 「두꺼비」는 주위의 불행에 무관심한 사람들의 생활을 통해 자기생존을 위해 악착같이 살아가기에 바쁜 사회의 도덕적 타락상에 초점을 둔다.

반면 「큰 대문 집의 역사」는 '집'의 확보과정을 통해 해방후에도 반복되는 자본축적의 파행상을 고발하는 데 비중을 둔다. 또한 이 작품에서는 추리소설적 기법을 동원하여 작품의 극적 긴장감을 고조시킨다. 사건의 전개가 모두 수수께끼식[8]으로 진행되고 있지는 않지만, 여기서는 사회고발적인 측면을 부각시키기 위한 방략(strategy)적 차원에서 부분적으로 추리소설적 기법을 동원하게 된다.

이 작품은 결국 '큰 대문 집'의 내력을 밝히는 과정에서 그 의미가 드러나게 되는 바, 집의 소유주 변천과정과 이들의 실체를 통해 해방

---

8) 하나의 텍스트를 읽어내는 작업은 일종의 수수께끼의 풀이과정(解號)이다. R.Barthes는 S/Z를 분석할 때, 5가지의 코드를 사용해서 텍스트 의미해독의 한 본보기를 보여주었다. 그중의 하나인 해석학적 코드는 텍스트가 던지고 있는 수수께기의 의문점을 풀어나가는 것을 보여준나. Barthes, R., 앞의 잭, 17면.

기 사회상의 한 측면을 부각하고 있다. '큰 대문 집'은 도합 82간이나 되며, "대낮에도 방안에 안자 있으면 어떤 깁흔 산 속에나 들어간 것처럼 묵직한 고요에 뒤싸여 이제 금방 어떤 요귀라도 뛰어나올 것 같이" 무시무시한 분위기를 느끼게 한다. 그래서 살림집으로 팔렸다는 소식을 듣고 철수네는 기뻐한다. 철수네가 기뻐한 이유는 집을 산 사람이 이사를 오면 집안이 웅성웅성해지며 파적(破寂)할 수 있으리라는 기대 때문이었다. 그러나 이 집은 살림집으로는 너무 크고 공장으로 쓰기에도 부적당해 살 사람이 선뜻 나서지 않으며, 단지 집장사로 일확천금을 꿈꾸는 모리배의 대상물이 될 뿐이다.

처음 '큰 대문 집'을 산 사람은 "오십여 세쯤 되어 보이는 꼭 익은 소고기덩어리를 연상시키는 얼굴"을 하고, 해방 직전에 전당포를 운영하면서 일본인의 집을 수십 채나 접수해서 집장수로 돈을 번 인물이다. 그는 이 집을 40만원에 사서 70만원에 판다. 두번째로 집을 산 사람 역시 첫번째로 산 사람과 같은 부류의 사람으로, "도수가 센 안경을 쓰고 주독으로 얼굴이 홍당무처럼 빨간 60 가량"의 반신불수의 노인이다. 특히 두번째 집 주인은 철수의 눈에 마치 '인형극'을 보는 것 같이 이상한 느낌을 주며, 또한 철수를 대하는 데 있어서도 "꼭 봉건시대의 상사가 종에게 대하는 태도"를 취하고 있어 철수의 호기심을 유발한다. 이 집을 산 사람들의 정체는 철수의 옆집에서 근 20여년을 살고 있는 '수원댁'(두번째로 집을 산 반신불수 노인의 셋째 첩)에 의해 하나씩 폭로된다.

> "누가 아니래우? 그저 영감님 고집대로 이 집을 또 팔앗지요. 기껏 넹긴다는 게 이십오만원을 넹기구 …(중략)…
> "어유—말두 말우, 젊었을 때 너머 바람을 펴서 지금은 반신불수가 되어 있는 영감이 무엇이 모자라서 요즘 와서 그 넷째 첩을 얻어 고만

거기에 미친다우. (…)수원집은 그 노인이 해방 직전까지 근 십여년간
을 중추원 참의 기타 총독부의 고관으로 지내던 사람이었다는 것, 해
방 이후에도 어떤 정당의 간부로 있다는 것을 말하고 일제시대에는 참
말로 자기도 남부럽지 않게 호강을 햇는 데 이제는 영감도 마음이 변
해 다른 계집한데 미쳐 있으니 자신도 그저 될 수 있는 대로 돈이나
긁어낼 작정이라고 이러케 조금도 꺼리낌이 없이 실토를 하는 것이었
다.

그후 사오 개월간에 이 집은 무려 오륙 차나 팔리고 백여 명의 사
람들이 드나들었다. 그동안 이 집이 텅텅 비어 있었던 것은 물론이다.
---그래서 처음에 사십만원에 팔린 집이 봄에서부터 늦가을에 이르기
까지 이백만원 가까이까지 올라갔다.(『해문』1, 394-95)

'큰 대문 집'은 4, 5개월간에 무려 5, 6 차례나 주인이 바뀌고 백여
명의 사람들이 그 집에 드나들 정도로 심한 변화를 겪는다. 그러나 정
작 철수네 외에는 사람들이 살지 않는다. 이 집을 산 주인들의 정체는
외양묘사(external appearance)를 통해서 도덕성이 결여된 모리배적 인물
들임을 짐작할 수 있게 한다. 철수는 이렇게 집 주인이 바뀌는 것을
보고 이 집을 '모리배의 집'으로 바꿔 부르기로 한다. 그러니 힌편으
로 철수는 이렇게 집 주인이 자주 바뀌자 새로운 주인으로부터 나가달
라는 소리를 들을까 내심으로 전전 긍긍한다. 분필공장의 사무원에 지
나지 않는 현재 그의 처지로서는 집을 새로 세들 엄두가 나지 않기 때
문이다. 이 집의 주인들이 철수네의 생존권을 쥐고 있는 셈이다.

귀환민들이 주거공간을 확보하지 못해 '혈거생활'을 하는 와중에도
'큰 대문 집'은 모리배들의 자본을 증식시키는 투기대상으로 전매되고
있다. 더욱이 이 집의 주인들은 해방직후 혼란된 세태를 이용하여 부
당하게 자본을 증식해 가는 비윤리적이며 부도덕한 사람들이다. 집 주
인들의 이러한 면모는 해방 직후 자본축적 과정의 파행상을 간접적으

로 드러내 주기 위한 것이다. 결국 이 집은 심지어 투전꾼들의 도박장으로 전락하게 되고, 철수는 집주인이 시키는대로 '문직이' 역할을 하지 않을 수 없는 입장에 놓인다. 철수의 전락은 여기서 멈추지 않는다. 집 주인이 철수의 여동생 '영희'에게 야욕을 갖고 접근하게 된 것이다. 수원댁은 매파 역할을 하면서 철수에게 영희를 홀아비 주인의 '후처'로 보내자는 유혹을 한다. 심지어 집 주인은 수원댁을 통해 자신의 제의를 수락하면 이 집을 '영희' 명의로 해 주겠다는 집요한 유혹까지 해온다. 여기서 철수는 윤리의식의 갈등을 겪는다. 생존을 위해 굴욕적인 삶을 살 것인가 아니면 인간적인 삶을 위해 거리로 나갈 것인가의 기로에 서게 된 것이다. 그러나 이러한 제의를 받은 철수는 "얼굴에 개기름이 번지르르 흐르는 사십대의 장사아치 특유의 교활한 얼굴"을 가진 집 주인을 생각하면서 거절한다. 이러한 제의를 거절한 철수에게 돌아오는 것은 거리로 쫓겨나는 것이다. 다음과 같은 결말부분은 계용묵의 「별을 헨다」의 한 장면을 연상시킨다.

> 철수는 추위에 벌벌 떨면서 언제까지나 눈물을 찔끔찔끔 짜고 있는 두 누이동생을 달래가며 대강대강 짐을 차리기 시작했으나 뒤미처 그는 그 자리에 장승처럼 우둑하니 서고 말앗다. 서러워서가 아니었다. 짐에 손을 대었을 그 순간 번뜩하고 고향의 늙은 어머니의 눈물 어린 얼굴이 희미하게 눈압헤 나타낫기 때문이다. 어머니가 이런 정경을 아신다면 얼마나 애처로워하실 것인가! ……때마침 회색빗 하늘에서 힌 눈빨이 펏덕펏덕 멧치 팔날러 내려왔다.(398)

인용문은 인간에게 필요한 최소한의 공간조차 마련할 수 없는 해방된 조국의 실상을 환기시켜 주고 있다. 집이란 인간이 가족공동체를 이루며 살아가는 기초 공간이며 물질적인 기반이다. 따라서 '집의 부재'는 해방기 사회경제적 삶의 질곡과 불안정을 간접적으로 반영해 준

다. 그런데 일정한 하나의 공간으로서의 집은 그 자체가 하나의 소우
주로서 하나의 세계모형(imagomundi)의 속성을 지니고 있기 때문에 일
정한 세계를 형성하거나, 개인의 내면을 상징하기도 한다. 그리고 이같
은 집의 상징성이 소설에서는 당시대적 삶의 총체성을 보여주는 공간
을 상징하는 경우가 빈번하게 나타난다.9) 여기서도 '큰 대문 집'은 단
순한 집이 아니다. 그것은 "해방의 어두운 단면이 집약되어 있는
집"10)으로 비유된다. 결국 「큰 대문 집의 역사」는 '집의 부재'를 통해
소수의 모리배들이 투기를 목적으로 집을 독점하고 있는 당시의 혼탁
한 경제현실과 윤리의식의 부재를 그리고 있다.11)

　또 다른 측면에서 귀환민들의 경제적 궁핍상이 잘 부각되어 있는 소
설로 전홍준의 「로정」(『신천지』, 49.3)을 들 수 있다. 이 작품은 최인욱
의 「개나리」(『백민』, 48.5)와도 여러모로 비교될 수 있는 작품이다. 이
들 작품의 공통점은 모두 남편의 귀환이 좌절됨으로써 가족들이 겪는

---

9) 예컨대 1920년대 단편소설들의 경우 '집'이라는 공간상징의 관점에서 보았을
　　때, 그곳은 끊임없는 대립과 반목으로 인해 기존의 관계가 반복적으로 파탄
　　되거나, 건강한 생명력을 상실하고 있으며, 혹은 受胎가 불가능한 여성인물들
　　만 존재함으로 인해 재생의 가능성을 발견할 수 없는 공간으로 나타나기도
　　한다(송준호, "1920년대 단편소설의 상징성 연구", 전북대학원 박사학위논문,
　　1992, 73-112면 참조).
10) 윤홍로, "해방기 소설 연구」『동양학』제 23집, 단국대 동양학 연구소, 1993.
　　117면.
11) 전홍준의 「큰 대문 집의 역사」와 비슷한 맥락에서 언급해 볼 수 있는 경우로
　　해방기 염상섭의 작품세계도 주목된다. 예컨대 염상섭의 「두 파산」(『신천지』,
　　49.8)과 「임종」(『문예』, 49.8)은 당시의 경제현실을 윤리의식의 부재와 연관시
　　켜 탁월하게 묘파한 작품들이다. 「두 파산」은 "돈의 문제를 개입시킨 가장
　　근대소설다운 문제점과 심리적 갈등을 엄밀하게 포착하고 있다"(김윤식, "한
　　국소설의 미학적 기반",(상), 『한국학보』, 일지사, 1976 봄호128면)는 평가를
　　받은 작품이다. 「두 파산」 역시 정례네 일가족이 고리대금업 경제활동에 의
　　해 몰락해 가는 과정과, 윤리적인 파멸의 단계를 지나 성격파산에까지 이른
　　고리대금업자 옥임이(또는 교장)의 삶의 방식을 통해 해방직후 윤리의식의
　　부재를 동시에 비판하고 있는 작품이다.

좌절감과 경제적 궁핍상에 초점이 모아져 있다. 구체적으로 말해서 「개나리」는 징용에 간 남편이 해방이 되어 遺骸만 돌아온 현실 속에서 재가해야 될 형편에 놓인 한 여인의 비극적 삶을 다루고 있다. 전홍준의 「路程」 역시 징용에 간 남편이 해방이 된 지 몇 년이 지나도록 행방이 묘연하자 죽은 줄 알고 이웃 마을에 재가한 아내와 뒤늦게 징용에서 돌아온 남편이 겪는 갈등을 그리고 있다. 따라서 「路程」은 김동리의 「혈거부족」이나 「개나리」와 성격은 다소 다르지만, 남편의 장기간 부재로 인해 발생한 가족공동체의 훼손이라는 점에서 동질성을 보인다. 그러나 「路程」은 귀환의 좌절로 작중인물들의 겪는 좌절감 보다는 이것을 감내하고 새로운 출발을 모색하려는 극복의지에 더 비중을 두게 된다.

3. 친일파의 재등장과 왜곡된 세태의 고발 ― 「蠢動」

　일제 잔재세력의 청산을 요구하는 민중들의 여망을 반영하기 위해 작가들은 일제시대에 지식인들이 행한 附日的인 행태를 고발하거나, 혹은 해방직후의 혼란된 세태를 이용하여 자신의 기득권을 유지하기 위해 혈안이 되어 있는 모습을 풍자하게 된다.

　극히 일부를 제외하고 대부분의 작가들에게 있어 일제잔재에 대한 청산의지는 공통적인 과제로 인식되었다. 특히 진보적 리얼리즘 계열 작가들은 그들의 작품 속에 이를 민감하게 반영하고 있었는데, 이것은 해방이 된 뒤에도 그만큼 일제의 잔재세력들이 일제시대의 기득권을 유지하기 위해 갖은 음모와 술책을 동원하며 그 명맥을 이어갔던 현실을 비판하기 위한 것이다. 전홍준의 「蠢動」 역시 이런 맥락에서 언급해 볼 수 있는 대표적인 작품이다.

　전홍준의 「蠢動」은 작품의 '제목'을 통해서도 어느 정도 암시되고 있듯이 일제시대 친일활동을 했던 편집국장 '정태민'을 비롯한 일부 지식인들이 해방된 뒤에도 반성은 커녕 附日的인 의식을 갖고 표리부동한 행위를 일삼고 있는 현실을 그린다. 이 작품은 또한, 뒤에서 다루게 될 「새벽」(『문학』, 48.4)의 前篇에 해당하는 작품으로 내용상의 연속성과 문제의식의 측면에서 유사성을 보인다.

　「준동」에서는 주인공 '현호'가 '사장'과 '정태민'의 부일적이고 위선적인 인물임을 발견하지만, 이들에 의해 해고됨으로써 지속적인 투쟁을 전개할 것임을 암시하고 있다. 반면 「새벽」에서는 '현호'를 주축으로 한 지식인들의 파업이 노동자들과의 연대 속에서 승리로 장식되는 낙관적 전망(optimistic perspective)과 투쟁의 현장성이 부각되어 있다. 따라서 두 작품은 전후편의 성격을 띠고 있지만, 「蠢動」은 「새벽」에 비해 지식인의 부일적이고 위선적인 모습을 고발하는 데 보다 비중을 두게 된다. 따라서 작품의 초점은 이들의 이중성과 허위의식을 밝히는 데 모아져 있다. 특히 편집국장 '정태민'은 일제 강점기에 일본에서 苦學으로 중학을 마치고 만주로 건너가 일본사람 밑에서 갖은 고초와 멸시를 받으면서 한때 일본에 대한 적개심을 갖기도 했다. 그러나 그는 민족적으로 諦觀을 한 뒤 '모든 힘을 다해 일본사람이 되기'에 노력한 '어용작가'로서 일제의 황민화정책의 선봉에 섰던 사람이다. 심지어 그는 '일생의 원이었던 일본 여자를 안해로 삼을 수 있게까지 되었으나' 해방과 함께 그의 기반은 무너지게 되었고, 해방 후에는 일제시대 중추원 참의를 지냈던 '김'사장이 운영하는 신문사에서 편집국장직을 맡게 된다. 정태민은 작품의 서두에서 현호에게 과거를 청산하였음을 고백하기도 하였으나, 이것은 醉中의 진술로 실제 그의 생활은 여전히 부일적인 근성을 버리지 못한다. 심지어 그는 원고청탁을 할 때도 '국민정신의 진작 앙양'이라는 일제시대의 어투를 쓰는가 하면, 굶지 않는 것만 해도 '간샤노넨(감사의 넘)'을 가지고 살라고 직원들에게 강요할 정도이다. 이렇게 이 작품에서는 친일 잔재적인 지식인의 한 전형으로서 정태민이 부각되고 있다.

이 작품에 나오는 '사장' 역시 정태민과 같은 유형의 인물임이 사장과 同鄕인 함경도 출신의 김선생에 의해 그 실체가 폭로된다. '사장'은 내막을 모르는 고향에서는 어려운 역경에 처해 있는 사람들을 많이 도와주는 인물로 알려져 있지만, 실은 '자기의 방계회사, 공장에 매어 놓고 단물을 빠라 먹고 있는' 악덕 자본가이다. 김선생은 사장의 대표적인 피해자로 묘사되어 있다.

> 김선생이란 사람은 몸이 빗짝 말라붙어 마치 해골처럼 안공이 휑이 드려다뵈키는 것이 옷조차 우굴쭈굴 주름이 가고 때가 꾀죄죄 흐르는 것을 입은데다가 왜 그런지 털빠진 참새마냥 가끔 가다 우둘우둘 전신을 떨며 책상에 찰거머리처럼 붙어서 악착스레히 일을 하고 있었다. (『해문』1,371면)

김선생은 '피골이 상접한 모습'으로 묘사되고 있다. '골상학적(physiognomical)' 외양묘사에 기초한 이러한 성격화는 김선생의 우유부단하고 소시민적인 측면을 드러내는 데 기여한다. 동시에 김선생에 대한 이러한 외양묘사는 본질적으로는 김사장의 이중성과 허위의식을 간접적으로 부각시키기 위한 것이기도 하다.

사장과 정태민의 사원에 대한 횡포와 악덕은 작품 초두에 현호가 처음 입사하면서 느낀 직장의 분위기, 즉 "가슴 답답한 무기력의 저압과 어떤 기형적인 기류만이 가뜩이 요기처럼 뒤서리어 있는 것 같았다"는 묘사를 통해서도 암시되고 있다. 정태민과 사장이 이렇게 부일적이고

이중적인 지식인임을 극단적으로 부여하고 있는 대목은, 해방 후 「나
라는 사람」 삼부작을 쓴 친일작가 '가야마 다로'(香山太郎) 이춘호와
그의 妻 허영순이 출판사에 오자 영광으로 생각하여 勅使대접하는 장
면이다.

> 여기에 출입하는 사람들은 자연히 이같은 동류의 인간들 뿐이었다.
> …일본서 갖나온 친일작가 아오끼 무엇이란 어중이 떠중이들이 시궁
> 창에 몰이는 파리 떼와 같이 모여들어 웅성웅성댔다.
> 또 이따금씩 재산몰수를 모면하기 위하여 정식 이혼 수속을 한 이
> 춘호 허영순 부처가 나란히 나타나곤 했다. 어떤 날 오후였다.……정과
> 사장은 두 부처의 손을 끌어 사장실에 안내하고 한참동안 서루 무엇
> 인가 궁론 끝에 그들 부처를 다시 큰길까지 딸아나가 전송하였다. 번
> 가라면서 악수를 하고 일본식으로 수 없이 머리를 조아리고, 그래도
> 못 잊겨워서 십 분 이상이나 무엇이라 서서 웃고 이야기를 하다가 그
> 들 부처가 디려 밀다싶이 하고 걸어 가니까 그제야 할 수 없이 한참
> 동안 그들 뒤를 멍하니 바라보고 잇다가 돌아 들어왔다. …그러나 그
> 들은 어찌된 셈인지 춘호 선생의 저서 인지에 도장을 찍을 때에는 꼭
> 무슨 위조지폐나 만드는 듯이 사람 눈을 피해 깊숙한 안방에서 찍군하
> 는 것이었다.(382)

인용에서 이춘호, 허영순 夫妻란 춘원과 그의 아내 허영숙을 지칭한
것이며, 또한 이춘호의 懺悔小說 「나라는 사람」은 춘원 이광수의 「나
의 고백」을 암시하고 있는 듯하다. 나아가 이 작품에서 이춘호는 친
일적 지식인의 상징적 존재로 확대해 볼 수 있다.[12]

---

12) 김성렬은 '이춘호(李 春浩)'의 일제시 창씨명이 가야미 다로오(香山太郎)인
   점, 그리고 작품에 드러나는 여러 가지 정황묘사 등을 종합해 볼 때 춘원 이
   광수를 지칭한다고 지적하였다(김성렬, 앞의 논문 137면). 그러나 여기서 이
   춘호는 이광수라는 특정인을 지칭하기 보다는 친일적 지식인의 상징적인 존
   재로 보아야 보다 설득력이 있다.

자신의 문필활동과 관련시켜 자기비판의 형태를 취한 해방기의 소설 중에는 實名을 등장시켜 리얼리티를 부각시키려 한 작품도 있다.[13] 여기서도 일제말 친일행각으로 비난의 표적이 된 춘원과, 그에게 아부하는 출판사 사장과 편집국장 정태민을 싸잡아 조소하고 있음을 볼 수 있다. 이처럼 정태민과 사장은 "친일의 연장선상에서 친미주의자로 둔갑하여 협잡으로 개인의 부와 명예를 쌓아가는 기회주의적 인물"[14]로서, 이 작품에서는 현호의 시각에 의해 이들의 위선과 허위의식을 드러내는 데 지면의 대부분을 할애한다.

이러한 설정은 일정부분 일제의 잔재가 청산되지 않고 있는 현실이 정태민과 같은 친일모리배들의 '蠢動'을 야기시키는 원인으로 작용하고 있음을 염두에 둔 것이다. 그러나 이 작품에서 우리가 정작 주목해 보아야 할 것은 친일모리배들이 판치는 부정적 현실에 대한 비판과 현실에 대한 변혁의지가 작품 속에서 제대로 형상化되었느냐의 문제이다.

이러한 측면은 결말부분에서 사원들이 김장값 가불요구를 하는 과정에서 미약하게 제시되는 데 그친다. 결말부분에서 주인공 현호는 이것을 선동한 혐의로 강제로 사표를 권유받고 사직되지만, "값싼 눈물 한 방울도 손톱만한 타협의 간격도 없는" 사실을 절감하며 지속된 투쟁을 암시하는 데 그치고 만다. 이러한 점들은 이 작품이 "부정적 현실을 드러내 주고 비판하는 데 있어서는 일정한 성취를 이루고 있지만, 현실고발의 수준에 머물고 있다"[15]는 비판을 받게 하는 요인이기

---

13) 實名을 작품에 자주 등장시키는 작가로 이봉구를 들 수 있다. 특히 이봉구의 「暮詞」(『문학평론』 3호, 1947.4)에서는 해방기의 여러 작가들이 實名으로 등장하고 있다. 이 작품은 '속 도정의 서'라는 부제가 붙어 있고, 또 사건의 전개방식으로 보아 「도정」의 연작 성격을 띠었다.

14) 윤홍노, 앞의 논문, 29면.

15) 김성렬, 「광복 직후 좌우대립기의 문학 연구」, 고려대 박사학위논문, 1989.

도 하다. 사실 이 작품은 정태민을 비롯한 부일적 지식인의 위선과 허위의식을 드러내는 데 지면의 대부분을 할애함으로써 정작 현호의 자각과정이나 변혁의지는 미흡하게 제시되고 있다. 더욱이 현호의 각오와 낙관적 전망에도 불구하고 당시의 현실은 그 구조적 모순에 있어 한 지식인의 투쟁을 다짐하는 정도의 결말처리가 합당하게 받아들여질 정도로 단순한 것은 아니다. 당대의 현실은 복잡다단한 성격을 띠고 있었다. 따라서 정태민을 비롯한 친일잔당에 대한 투쟁과 처단은 개인적인 차원의 私怨이나 복수심으로 해결될 성질의 것이 아니다.

그럼에도 불구하고 이 작품의 이러한 결말처리는 그 나름의 장점도 가지고 있다. 왜냐하면 해방기 진보적 리얼리즘의 소설에서 일반적으로 드러나고 있는 인물의 영웅화나 서술자에 의지한 작가의 생경한 이념의 도출에 의존하지 않기 때문이다. 이동규의 「눈」(『신문예』, 46,2)과 엄흥섭의 「쫓겨온 사나이」(『신문학』, 46.8) 역시 일제의 잔재세력이 해방이 된 뒤에도 자성하기는 커녕 오히려 혼란된 세태를 이용하여 자신의 기득권을 유지하기 위해 저지르는 온갖 작태를 고발하고 있는 작품들이라는 점에서 「준동」과 일맥상통한다. 그러나 이들 작품은 일제시대에 온갖 만행을 저지르며 반민족적인 행위를 일삼아 온 한인 경찰이 해방된 뒤에는 다시 민주경찰로 둔갑하게 되는 세태를 배경으로 하고 있다는 점에서 주목되지만 서술자에 의존한 세태의 '고발' 수준에 머문다. 또한 두 작품은 이런 측면에서 채만식의 「맹순사」와도 어느 정도의 연계성을 갖지만, 여기서는 풍자 대신에 고발에 의존하는 차이점을 보인다. 두 작가 다 문학가동맹 소속의 작가들로서 우회적인 수법을 동반하여 해방직후의 현실을 비판하기보다는 주로 '고발'이나 '보고문학적' 측면에 의존한 것이다.16) 그러나 「蠢動」은 앞에서 살펴 본

138면.

16) 일반적인 경향을 염두에 둔 지적이나. 「프로 문맹」측의 중요한 성원이었던

바와 같이 현호에 의해 앞으로 지속적인 투쟁이 전개될 것이라는 암시
에 의존함으로써 '도식적 낙관주의(schematic optimism)'에의 함몰에서
얼마쯤 벗어나 있다.

4. 소민성의 탈각과 연대의지, 그리고 변혁에 대한 전망
―「새벽」

　지식인을 주요 인물로 다룬 해방기 소설은 크게 보아 두 가지 양상
을 띤다. 그 하나는 식민지시대의 친일행위에 대한 자기반성과 변명을
담은 자의식 형태의 자기비판 소설이며[17], 다른 하나는 지식인 의식의
고양과 실천을 그린 소설이다. '실천적 지식인상'을 통해 사회의 변혁
의지에 초점을 두어 다루고 있는 작품들로 안회남의 「폭풍의 역사」,
강형구의 「탈피」(『우리문학』, 47.3), 그리고 전홍준의 「蠢動」(『개벽』,
1948.8)과 「새벽」(『문학』, 1948.4)[18] 등을 들 수 있다. 이들 작품은 모두

　송영처럼 '의자'를 擬人化하여(「의자」, 『신문학』, 46.3) 해방직후의 현실을 비
　판한 경우도 있다.
17) 이와 관련하여 주목할 만한 논저로는 정호웅, "해방공간의 자기비판 소설 연
　구", 서울대 박사학논문, 1993년 참조.
18) 전홍준은 「새벽」(『문학』 48.4)을 발표하면서 당시 평론가들로부터 본격적으로
　주목받기 시작한다. 당시 외국작품을 주로 평했던 김병규는 "신인론"(『문예』
　1949, 8월 창간호, 144면)에서 "작가의 체취를 보아서는 가장 신인다운 듯하
　면서 작품 구성의 맵씨는 오히려 기성 작가보다 케케묵은 느낌을 준다"며 혹
　평한 바 있다. 석청 역시 "창작시평"(『개벽』, 1948. 8, 75면)에서 "모처럼의 좋
　은 테마를 기계적으로 취급해 버린 난점"을 가지는 것으로, 김무산은 "자기
　정리기의 창조사업－최근의 창작계에 대한 단편적 비평"(『문장』, 1948. 10,
　216면)에서 "현실은 왜곡되고 투쟁의 곤란성과 복잡성이 무시되고, 통렬히 싸
　우는 노동계급의 현실이 모독"된 것으로 부정적으로 평가하였다. 반면 정태
　용은 "현금 창작단의 동향"(신천지, 1949. 1, 210면)에서 "인테리적인 소심과
　무력과 위약성을 현실에서 오는 새로운 자극과 행동성에 의하여 자기자신의

지식인의 각성과정에 초점을 두고 있는 바, 다만 앞에서 든 작품들이 농민들에 의한 지식인의 각성과정에 중점을 두고 있다면, 전홍준의 작품들은 노동자에 의한 지식인의 각성과정에 초점을 둔 경우이다. 해방기 소설들이 일반적으로 해방 직후의 소설에서 농민이나 노동자들은 지식인들에 의해 일방적으로 영향을 받기만 하는 의식의 수혜자로서 등장하고 있다. 그러나 전홍준의 작품들은 오히려 지식인이 농민·노동자로부터 영향을 받음으로써 지식인과 기층 민중과의 상호 유기적인 連帶에 토대를 두고 있다는 점이 독특하다.

「蠢動」은 「새벽」의 전편에 해당하는 작품으로서 앞에서 살펴보았기에 자세한 분석은 약한다. 「蠢動」에서는 주인공 현호가 '사장'과 '정태민'의 부일적이고 위선적인 인물임을 발견하지만, 이들에 의해 해고됨으로써 더욱 더 지속적인 투쟁을 전개할 것이라는 암시에 그친다. 반면 「새벽」은 '현호'를 주축으로 한 지식인들의 파업이 노동자들과의 연대속에서 승리로 장식되는 낙관적 전망과 투쟁의 현장성을 부각시키고 있다. 「새벽」은 앞의 「준동」처럼 배준씨를 비롯한 일부 지식인들의 부일적이고 위선적인 모습을 부각시키고 있지만, 노동자들에 의한 지식인의 각성과정 및 투쟁의 현장성에 보다 비중을 두게 된다.

「새벽」에 나오는 현호는 동경 S대학에 학적부를 두었다가 해방이 되어 만주에서 돌아온 지식인이다. 그는 '문화인으로 으뜸가는 배준씨 밑에서 그의 지도를 받아 막연한 민주주의적 신념을 뚜렷이 해 보려는 생각으로 가장 진보적인 출판사라고 하는 조선문화사'에 입사한다. 그러나 현호는 주간 배준씨와 편집국장 M씨 등이 생각했던 만큼 존경스

그러한 소시민성을 극복하려고 노력"한 것으로 평가했다. 최근에도 한 연구가는 그의 소설들이 낙관적 전망이 갖는 한계, 즉 도식적 낙관주의에 빠지지 않고 비교적 충실하게 당대 노동운동의 모습을 반영한 탁월한 성과물로 인정할 수 있음을 피력한 바 있다.(이우용, "해방직후 소설의 현실인식 문제" 『해방공간의 민족문학사론』, 태학사, 1991, 224-229면 참조)

러운 인물이 아니라 인간적인 면에서 어떤 의혹, 즉 "붓으로 쓰는 것
과 말하는 것이 그들의 실제 행동과는 너무나 동떨어져 있는 것"을 발
견한다. 뿐만 아니라 이들은 편집국 직원들의 봉급 승급액을 깎아 자
신들의 월급에 보태는 행위까지 서슴없이 자행하면서, 불평을 할만한
부하들에게는 말막음으로 몇 푼씩 올려놓고, 불평을 표시 못하는 양순
한 부하들의 "씨앗만한 월급에서는 푹푹 마음대로 깎아서 자기네의 배
만 채우는 사람들"이었다.

특히 주간 배준은 부정적인 지식인의 한 전형으로서 그의 위선적이
고 이중적인 측면이 다각도로 묘사되고 있다. 배준을 비롯한 부정적
인물(antagonist)의 설정은 '골상학적'19) 인물묘사에 의해 그의 이중성
이 어느 정도 암시되고 있다. 심지어 그는 급사를 자신의 파티에 불러
술심부름을 시키느라 야간학교의 결석을 다반사로 하게 하는 파렴치한
면모를 지니고 있으며, 또한 처음 입사한 부하 직원들에게는 의례 한
번씩 술을 사 그 사람됨이 어떤가를 알아 효과있게 이용하려는 이중성
과 치밀함마저 보인다. 이렇게 이 작품에서는 주간 배준씨에 대한 인
물의 성격化에 많은 비중을 두고 있다. 이것은 위선적이고 허위에 가
득찬 친일적 지식인들을 단죄해야 한다는, 또는 그러한 인물들이 존재
하고 있는 현실에 대한 '고발의식'의 반영이다.

한편 배준씨를 비롯한 편집국장의 이러한 비리사실을 안 현호는,
"설령 하루에 죽 한끼로 끼니를 이어간다 한들 이런 굴욕 속에서 더욱
배준씨와 같은 인물 밑에서 그의 알량한 부하노릇을 하느니 보다 몇갑
절이나 나으리라 생각"하면서도 쉽게 결단을 내리지 못하다가, 현호의
고향 동무로서 젊은 정치가인 진석을 찾게 된다. 현호는 진석으로부터
자신의 그러한 태도—주간의 비인간적이고 이중적인 면모에 실망한 나

---

19) 본문에서 인용해 보면 "주독으로 홍당무처럼 붉게 물들어 있는 동안(童顔)에
　　는 항상 어떤 보일락말락한 미소가 떠돌고 있는"(349)등의 표현이 나온다.

머지 직장을 그만두려는 생각—가 "소시민적 안이한 에고이즘에서 나온 비겁한 도피"란 말을 듣는다. 이 작품에서 진석은 현호에게 행동방식을 제공해 주는 '교화자(educator)'로서 등장하는데, 이들의 다음과 같은 대화는 이 작품의 핵심에 닿아 있다.

> 「…만일 자네가 고만 두면 그 사람들은 그야말로 배준씨의 완전한 노예가 되고 말거네. 자네는 다만 귀찮다고 나올께 아니라 그곳에 버티어 그 사람들의 방패가 되어 싸워 나가야 되지 않겠나?」
> 「방패가 되어 싸운다!」
> 「그렇지 입으로는 민주주의적인 구호를 부르짖으면서도 실제로는 조선의 민주주의적인 발전을 좀먹고 있는 있는 배준씨와 같은 도배들과는 오로지 대중의 건결한 단결로 그들의 독재적인 성격과 인간적인 면에서 싸워 그들을 민주주의적으로 훈련을 하여야 할 거네.……」[20]

결국 현호는 진석이의 말이 나름의 일리가 있음을 깨닫고 몇몇의 동료와 함께 회사쪽에 몇 가지 요구 조건을 제시하며 이의 시정을 촉구하지만, 회사측으로부터 아무런 반응이 없자 파업에 돌입한다. 한편으로 현호는 나른 기관의 파업에서 필연석으로 따르는 희생자들을 보고 일종의 불안을 느끼면서도 끝까지 밀고 나가다 편집국 전원이 해고당하는 위기의 순간을 맞는다. 그러나 사무직 근로자들의 파업으로 인한 위기는 생산직 근로자들이 동조파업에 들어감으로써 그들의 요구가 관철되고 파업이 성공적으로 마무리된다.

그러나 이 작품은 무엇보다도 배준을 비롯한 친일적 지식인들을 斷罪하기 위해 이들의 부정적인 인간상의 부각에만 지나친 비중을 둔다. 더욱이 이러한 부정적인 면모를 지식인 일반의 한계로 비약시킴으로써 지식인과 노동자가 지나게 이분화·대립되고 있다. 이러한 점들은 다

---

20) 전홍준, 「새벽」. 텍스트는 『해방 3년의 소설문학』세계, 1987, 356면.

음과 같은 결말부분에서도 발견된다.

> 현호는 무엇을 배우겠다고 배준씨 밑에 들어온 자신이 부끄러웠다.
> 벌써 그는 배준씨와 같은 지식인 밑에서는 아무 것도 배울 것이 없다
> 는 것을 알았다. 자기의 스승은 그 허울 좋은 지식인들보다는 오히려
> 까맣게 때가 묻어 있는 노동자들 속에 것 같았다. 그리고 아직까지 내
> 심 그들을 어떤 정도로 얕잡아보고 있던 자신이 얼마나 부끄러운 존재
> 인가를 깨달을 수 있었다.(361)

인용문은 현호가 노동자들의 참된 존재를 새롭게 발견하는 부분이
다. 그러나 이러한 설정은 한편으로 정호웅도 적절하게 지적한 바와
같이, "배준과 M등의 내적 타락, 현호와 박씨 등의 무기력과 이기주의
가 돌연 지식인 일반 곧, 지식계급의 것으로 비약, 해석되고 또 다른
한편으로는 노동계급의 절대성, 절대 순수로 전화되고 있다."[21] 이러한
점들은 배준씨를 비롯한 일부 지식인들의 위선적이고 허위에 가득찬
모습에 대한 斷罪意識이 지나친 나머지 현호를 제외한 대부분의 지식
인들은 무기력하고 소시민적인 나약한 존재로 머물게 하는 요인이다.
또한 노동자들의 모습 역시 이 작품에서 의도한 만큼 구체화된 상태로
서의 건강성이 제시되지는 않는다. 물론 단편소설의 장르상의 한계에
기인하는 점도 있겠지만, 여기서 노동자들은 지식인들로 구성된 편집
국 직원들이 파업으로 위기에 봉착하자 동조파업을 단행함으로써 단번
에 그 위기를 극복해 내는 '神話化'된 존재로 제시되고 있다. 따라서
다음과 같은 현호의 각성은 서술자에 의지한 작가의 작위적인(정치적
인) 진술의 확인에 그치고 만다.

---

21) 정호웅, 「해방 공간의 소설과 지식인」, 김윤식 편, 『해방 공간의 민족문학 연
   구』, 열음사, 1989, 87면.

여기서 현호는 단결의 힘의 위대함과 근로 계급과, 무력한 인민이 살아나갈 길은 오로지 이런 단결과 조직의 힘으로써 우리들을 착취하는 무리들과 싸워나가는 길 이 길 밖에 없다고 생각했다. 또한 이것이 나아가서는 우리가 바라는 진정한 민주정부 건설에 첩경이 되는 것이 아닐까.(361)

인용문은 지식인과 노동자의 상호 유기적인 연대의식에 토대를 둔 변혁의지를 통해서 진정한 민주정부의 건설에 첩경이 될 수 있다는 작가의 비전이 제시된 결말부분이다. 그러나 앞에서 살펴본 바와 같이 '현호'가 현실과의 상호침투에서 획득한 체험을 객관적인 검토없이 감상적으로 토로하고 있는 점은 이 소설의 한계이다. 그런 점에서 현호의 현실인식은 다소 빈약하며 구체적인 전망은 희석화되었다고 볼 수 있다.

그러나 한편으로 이 작품에서 우리는 다음과 같은 몇 가지 의미를 추출해 볼 수 있다. 우선 "무기력한 한 소시민적 지식인이 현실의 모순에 맞서 새롭게 태어나는 모습"22)이 드러니 있다. 둘째로 자본가 계층의 온갖 탄압에도 굴복하지 않는 노동계층의 단결된 조직이 주는 힘과 건강성을 부각시킨다. 특히 노동자와 지식인의 상호 유기적인 영향 관계와 연대의식에 토대를 둔 단결력이 요구되고 있음을 제시해 준다. 다음으로는 구각을 벗지 못하는 지식인의 허위적 속성과 주어진 환경을 극복하려는 노동계층의 진보적 세계관을 '대립(opposition)'시킴으로써 "묵묵히 실천을 통하여 민주주의 노선을 걷고 있는" 참된 인간상을

---

22) 조남현은 이 작품에 대해 '지식인이 노동자들을 의식화시키는 것이라는 당대의 통념에 정면으로 배치가 되는 내용의 구성방법을 취한 점에서 주목할 필요가 있다'며 '각성의 플롯'에 의지하고 있음을 지적한 바 있다(조남현, 『한국소설과 갈등』, 문학과 비평사, 1990, 322면)

부각시켜 주고 있다.

5. 맺음말

이상에서 본 고는 해방기 신진 작가들 중의 한 사람인 전홍준의 작품세계를 살펴 보았다. 전홍준은 비록 왕성하게 작품활동을 하지 않은 과작의 작가로서, 지금까지 연구자들도 거의 주목하지 않았다. 더욱이 그는 '분단으로 매몰된 작가'중의 한 사람으로 그의 생애나 작품활동에 대해서도 거의 장막에 가려져 있었다. 다만 당시 문학적인 자료를 통해 극히 단편적인 사실의 확인과 옥사(?)하기 전에 발표된 일부 작품들만이 전하고 있을 뿐이다. 그러나 필자는 해방기 전홍준의 몇몇 작품을 비롯하여 당시 신진 작가들의 작품세계는 당시 문학적 성과로 주목할만 하다고 판단했다. 따라서 이 글은 해방기 신진 작가들의 작품세계를 연구의 사각지대로 방치할 수 만은 없다는 문제의식에서 우선 전홍준의 작품세계를 주목했던 것이다. 이런 점에서 이 글은 이 시기 신진 작가들의 작품세계에 대한 연구자들의 주의환기를 고려한 試論的 성격을 띤다.

작품을 분석해 본 결과 무엇보다도 해방기 그의 작품들은 해방직후의 현실을 정면으로 비판하고 고발의식을 드러낸 작품들이 주된 경향을 이루었다. 그러나 일반적으로 해방직후의 현실을 드러낸 진보적 리얼리즘계열의 작품들이 흔히 '도식적 낙관주의' 에 의존하거나 작가의 해설적 논평에 의지함으로써 문학적 형상화에는 실패한 경우가 많았다. 그러나 필자는 그의 작품들이 낙관적 전망의 표출이 갖는 한계, 즉 도식적 낙관주의에 빠지지 않고 비교적 충실하게 당시의 사회상을 반영하고 있음을 확인할 수 있었다. 특히 노동문제를 소설화한 그의 소설들은 이 시기 노동소설의 탁월한 성과로 주목할만 하였다. 또한 그의 작품들 속에서 해방직후 귀환민들의 삶의 좌절을 당시 자본주의적 파행상과 관련시켜 접근해 간 점은 당시로서는 보기드문 안목을 견지한 것이다.

그러나 필자가 전홍준의 작품세계에 대해 밝혀낸 것은 아직 소루하다. 그만큼 이 글은 전홍준의 작품세계를 본격적으로 연구한 글로는 미흡하고 예비적인 성격에 그친다. 아직 세상에 알려지지 않은 그의 작품을 발굴해서 본격적으로 분석해야 함은 물론 베일에 가려진 그의 생애를 추적하여 문학활동과 어떻게 연관되는지, 또는 해방기 그의 작품들과 당시의 문학적 상황을 연관시켜 파악함으로써 그의 작가적 위상을 자리매김해야 할 것이다. 이러한 점들은 해방기 신진 작가들의 작품세계를 지속적으로 연구하는 과정에서 밝혀내야 할 후일의 과제로 미룬다. (1997)

참 고 문 헌

김기원, 『미군정기의 경제구조』, 푸른산, 1990.

김성렬, "광복 직후 좌우대립기의 문학 연구", 고려대 박사학위논문, 1989.

김승환, 『해방공간의 현실주의 문학 연구』, 일지사, 1991.

김윤식, "우리 문학의 만주탈출 체험의 세가지 유형", 『한국학보』, 일지사, 1986 가을호.

김재용, 『민족문학운동의 역사와 이론』, 한길사, 1990.

김태승, "미군정기 노동운동과 '전평'의 운동노선" 『해방전후사의 인식』3, 한길사, 1990.

송남헌, 『해방 3년사』 1-2, 까치, 1985.

송준호, "1920년대 소설에 나타난 상징성 연구", 전북대 박사학위논문, 1992.

서준섭, "밥의 시학-베고픔에서 배부름까지", 『작가세계』, 1991년 여름호.

신덕룡, 『진보적 리얼리즘 소설 연구』, 시인사, 1989.

심지연, 『허헌』, 동아일보사, 1995.

우찬제, "한국문학의 경제적 상상력", 『욕망의 시학』, 문학과지성사, 1993.

안 진, 『미군정기 억압기구 연구』, 새길, 1996.

윤홍로, "해방기 소설 연구", 『동양학』제 23집, 단국대 동양학 연구소, 1993.

이우용, 『해방공간의 민족문학사론』, 태학사, 1991.

이정숙, 『실향소설 연구』, 한샘, 1989.

이종훈, "미군정 경제의 역사적 성격" 『해방전후사의 인식』, 한길사,

　　　　1980.

장석주, “빈집의 시학”,『현대시세계』, 1992년 여름호.

전홍남, “해방기 소설의 정신사적 연구”, 전북대 박사학위논문, 1995.

--------, “이근영론”『한국언어문학』제30집, 1992. 6.

정과리, “현실의 구조화”,『존재의 변증법』, 참빛출판사, 1989.

정영진,『통한의 실종문인』, 문이당, 1989.

정호웅, “해방공간의 소설과 지식인”, 김윤식 편『해방공간의 민족문학
　　　　연구』, 열음사, 1989.

허근욱,『내가 설 땅은 어디냐』, 남영, 1982

현길언, “변동기 사회에서의 ‘집’ ‘토지’의 문제”,『한국소설의 분
　　　　석적 이해』, 문학과 비평사, 1990.

Gella, A., *The Intelligents and the Intellectuals: Theory, Method and
　　　　Case Study*, 김영범 · 지승종 역,『인텔리겐챠와 지식인』,
　　　　학민사, 1983.

Goldmann, L., *Method in the Sociology of Literature*, 박영신 외 2
　　　　인 공역,『문학사회학 방법론』, 현상과 인식, 1984.

Glicksberg, C. I., *The Tragic Version*, 이경식 역,『20세기 문학에
　　　　나타난 비극적 인간상』, 종로서적, 1983.

Howe, I., *Politics and the Novel*, 김재성 역,『소설의 정치학』,
　　　　화다, 1983.

Todorov, T., *Mikhail Bakhtin: Le principe dialogigue*, suivi de cercle
　　　　de Bakhtin, 최현무 역,『바흐찐: 문학사회학과 대화이론』,
　　　　까치, 1987.

Zima, P., *Pour une sociologie du texte Litéraire,* 이건우 역,『문학
　　　　텍스트의 사회학을 위하여』, 문학과지성사, 1987.

Zima, P.V., *Textsoziologie*, 허창운 역,『텍스트 사회학』, 민음사,
　　　　1991.

Zéraffa, M., *Roman et Société*, 이동렬 역,『소설과 사회』, 문학과
　　　　지성사, 1983.

해방직후 '중간파'의 문학론에 관한 고찰

1. 문제 제기

해방직후 문학(문학론)에 관한 연구는 근래에 들어 주목할 만한 연구성과를 거두고 있다.[1] 하지만 아직도 논의의 여지는 적지 않다. 특히 해방직후 문학운동의 조직 및 문학론에 관한 연구는 좌·우익을 중심으로 한 문학론에 비중을 둠으로써 이른바 '중간파'[2]의 문학론에 관한 연구는 상대적으로 소홀히 취급되어 왔기 때문이다.

이러한 연구 경향은 그 나름의 타당한 이유도 있으며 해방직후 문학논의의 성격을 동시에 시사해 준다. 무엇보다도 우리는 여기서 해방직후 문학논의(문학상황)는 좌·우익을 중심으로 조직된 문학단체의 노

---

1) 해방직후 문학연구에 관한 연구사적 검토는 김승환, 『해방공간의 현실주의 문학 연구』, (일지사, 1991) 14-27면 참조.
2) '중간파'의 설정범위와 이들의 문단적 성격에 대해서는 본문 2.1)에서 구체적으로 언급하게 될 것이며 주목할 만한 연구성과로는 다음을 들 수 있다.
   권영민, 『해방 직후 민족문학 운동 연구』, 서울대 출판부, 1986.
   신형기, 『해방직후의 문학운동론』, 화다, 1988.

선이 정치적 상황과도 밀접히 연관된 사회비평적 성격을 띠며 전개되어 왔음을 주목할 필요가 있다. 따라서 해방직후의 비평적 성향은 정치적 상황과도 밀접히 연관되어 노선상의 상위를 배경으로 한 좌우대립의 논쟁적 측면을 강하게 띠고 있다. 당연히 이러한 문학구도하에서 중간파의 존재는 미미하거나 소홀히 취급당할 수 있는 상황이었다. 더욱이 중간파 작가들은 그들의 속성상 어떤 단체를 조직하거나 집단적으로 이론을 전개하지 않고 개인적 단위로 산발적으로 자신들의 논지를 전개해 나갔다. 이러한 점들이 연구자들에게도 중간파의 범위를 어떻게 설정할 것이며 이들의 문학론이나 작품세계를 공통항으로 묶을 것인가에 대한 의구심을 유발했을 것이다. 그러나 해방직후 문단상황에서 중간파란 엄연히 존재해 왔으며 그것도 다양한 특징을 이루며 좌우의 편향된 시각을 극복할 수 있는 대안적 성격을 띠고 있다. 이 점을 우리는 소홀히 할 수 없다. 물론 해방직후 비평적 상황은 좌우이데올로기에 의한 논쟁적 성격으로 대립되는 다분히 불가피한 점도 있으며, 또한 문학 내지 비평이 정치운동의 일환으로 나서야 할 필요성도 전적으로 배제할 수는 없다. 그러나 해방직후 비평의 이러한 '정치메가폰화'현상이 반드시 바람직한 것이었는지를 되새겨 볼 필요는 있다.3)

오늘의 시점에서 중간파를 논의해야 할 실마리도 이러한 점에서 찾을 수 있다. 중간파 작가들은 비록 별도의 단체를 조직하여 통일된 주장을 전개하지 않고 개인적 단위로 좌우대립의 지양을 주장하였지만, 좌우이데올로기로 대립되어 있는 당시의 문학풍토에서 주목할 만한 요

---

3) 문학의 정치적 기능이 어떠한 차원에서, 그리고 어떠한 방법으로 제고될 수 있는지는 간단하지 않은 문제이다. 다만 여기서는 문학이 정치적 성향을 갖고 역사의 진전을 위해 노력한다는 것과 어떤 정치집단이나 조직의 부분으로써 기능한다는 것을 구분할 필요가 있음을 염두에 둔 것이다.

소도 적지 않았던 것이다. 그러나 당시의 문단은 중간파의 주장이나 입장에 대해서는 주의를 기울이지 않고 지극히 분파적인 시각에서 처세상의 '전향의 논리'나 기회주의적 비평태도로 관심을 기울이지 않았다. 더욱이 현금의 연구자들도 중간파의 주장에 대해서는 이론적 탐색이 피상적인 상태에서 혹은 당시 비평의 편의적인 인용에 의해 실제보다 과소평가하는 경향이다. 물론 이들의 문학론에 대한 지나친 의미부여도 경계해야 할 점이 있지만.

따라서 본고에서는 오늘의 시점에서 중간파의 문학론은 어떠한 토양위에서 논지를 전개해 갔는지를 고찰하고, 나아가 그 형성과정이나 비평적 특성을 가늠해 봄으로써 해방직후 문학사의 한 흐름을 조망하는 데 보탬이 되고자 한다.

2. 해방직후 중간파의 형성과 문학론의 전개 양상

2.1. 해방직후의 문학론과 중간파의 형성

해방직후 문학논의는 일반적으로 문학단체를 중심으로 한 논쟁적 성격을 띠며 전개되어 왔음을 진술한 바와 같이, 문학론의 방향도 좌·우익측의 문학론과 중간파의 소론으로 나누어 접근해 볼 수 있다.[4]

이러한 구분은 정치적 입장의 차이에 따른 것으로 대립되는 이데올로기를 배경으로 하고 있으며 특히 좌우익의 구분과 대립에 의하여 선명하게 드러난다.

물론 해방직후 얼마동안은 이러한 구분의 경계가 뚜렷하지 않았다.

---

4) 해방직후 좌·우익의 문학론 및 중간파의 문학론에 관한 개관은 민현기, 「해방직후의 민족문학론」, (문학과 사회, 1988 가을호) 참조.

그러나 문학단체가 정치집단과 운명을 같이하는 문학적 상황으로 정치적 이데올로기와 밀접한 관련을 맺게 되고, 게다가 문학단체의 조직과 노선을 정비하는 과정에서 주도권의 행사와도 맞물려 그 대립이 가속화되어 갔다.5) 즉 좌익진영 내에서는 임화, 김남천을 중심으로 한「문학건설본부」(「문건」)와 이기영, 한설야 등이 주축이 되어 결성한「프롤레타리아문학동맹」(「프로문맹」)측과의 대립이 심화 되었으나6), 결국「문학가동맹」(문맹」)에서「조선문화단체총연맹」(「문련」)으로 통합해가며 조직을 확대 개편했다.7) 반면 우익측 역시 문학단체의 조직에 기민함을 발휘하지 못하다가「전조선문필가협회」(「전문협」)와 산하에「조선청년문학가협회」(「청문협」)을 결성하여 좌익의 문학론을 비판해 가며 대열을 정비하게 된다.8)

물론 여기서는 좌·우익 문학논쟁9)을 상세하게 검토할 자리는 아니기에 일반론에 국한시켜 전개해 보기로 한다. 즉 좌파진영은 좌익내에서도 조금씩 다른 노선을 추구해 가며 민족문학논쟁의 선편을 이끌어 갔으나, 대체로 예술활동에 있어서 기본방향을 '진보적 리얼리즘'에 입각한 창작방법을 주장했다. 10) 이에 반해 우익측의 문학론은 좌익의

---

5) 해방직후의 현실과 문단상황에 대해서는 권영민, 『해방직후의 민족문학운동연구』, (서울대 출판부, 1986), 7-38면 참조.
6) 김재용은「프로문맹」과「문건」의 대립에 의한 기존의 성격규명에 대해 몇가지의 문제를 제기한 바도 있다. 김재용,「카프 해소·비해소파의 대립과 해방후의 문학운동」;「해방직후 문학운동과 두 가지 민족문학」,『민족문학운동의 역사와 이론』(한길사, 1990)11-31면 및 216-236면 참조.
7) 좌익측 문학운동과 조직과정에 대해서는 윤여탁,「해방정국의 문학운동과 조직에 대한 연구」,『해방 공간의 문학운동과 문학의 현실인식』, (한울, 1989), 47-73면 참조.
8) 해방직후 문학운동 단체의 성격과 문학론에 관한 개관은 신형기,「해방직후 문학비평의 흐름」,『해방 3년의 비평문학』(세계, 1989), 9-23면 참조.
9) 이우용,「해방직후 좌·우익 문학 논쟁」,『해방공간의 민족문학사론』, (태학사, 1991), 148-181면 참조.
10) 좌익측 민족문학론의 전개양상에 대해서는 많은 논의가 있어 왔으나 최근의

‘정치’우위에 대한 반발로 ‘순수’의 기치를 내걸고 이론을 전개했다. 우익 측의 논리도 논자마다 조금씩 다른 양상을 띠고 있었지만, 일반적으로 문학작품을 통한 민족의식의 고취와 이데올로기를 초월한 ‘순수주의’로 대별된다.11) 그러나 이들의 문학론 역시 ‘순수’의 주장에도 불구하고 정치의 논리를 벗어난 것이 아니었다.

이런 과정에서 좌익진영과 우익진영의 문학노선을 함께 견지하면서 중간적 입장을 나타낸 일군의 평론가와 작가들을 ‘중간파’라고 지칭하는 바, 이들은 주로 「문건」이 「문맹」으로 확대되는 과정에서 그 조직을 탈퇴한 사람들이다. 중간파 작가들의 논의범위도 논자마다 다소의 차이는 있지만, 대체로 백철을 위시한 홍효민(문학평론가), 김광균, 장만영(시인), 이봉구, 박영준, 이무영, 박계주, 정비석, 염상섭(소설가)과 채만식을 들 수 있다.12) 이들은 대부분 좌익 측의 ‘당의 문학’에 대해 강한 거부감을 표시했으며 동시에 우익 측의 순수문학에 대해서도 비판적인 입장을 취하였다. 특히 민족문학 논쟁과정에서 나타난 양쪽의 경직된 태도와 모든 문학을 민족문학이란 측면에서만 설명하려고 드는 당시의 편협된 문단 분위기를 싫어했다. 그렇다고 이들이 민족문학을 정면에서 부인하려는 것은 아니었으며 새로운 시대에 걸맞는 민족문학 건설의 필요성에 대해서는 인정하였다. 단지 문단이 좌우로 나뉘어 극성스레 내세우는 그 양극화된 민족문학론을 지양하고 다른 어떤 방안을 개진하고자 하였다.13) 물론 이들은 단체를 조직하거나 집단적으로

것으로 하정일, 「해방기 민족문학론 연구」, 연세대 박사학위논문, 1992 참조.

11) 해방직후 문학운동 단체의 성격과 문학론에 관한 개관은 신형기, 「해방직후 문학비평의 흐름」, 『해방 3년의 비평문학』, (세계, 1988), 9-23면 참조.

12) 권영민, 「해방공간의 문단과 중간파 입장」, 『한국 민족문학론 연구』, (민음사, 1988), 411면 및 이주형, 「해방직후 소설에 나타난 민족현실의 인식」, (국어교육연구회, 1988), 28-37면 참조.

13) 민현기, 앞의 논문, 1076면. 중간파 작가들의 작품세계와 문학론에 주목하기 시작한 것은 김윤식(1976)을 시발로 하여 본격적인 논의는 권영민(1986)에서

논리를 전개하기 보다 순수하게 개인단위로 산발적으로 논지를 전개하고 있어 일괄적으로 논의하기가 쉽지 않다. 신형기는 이들의 주장에 대해서도 몇 가지 공통점이 발견되고 있음을 다음과 같이 지적한 바 있다.

> 그 하나는 문학의 자유를 요구한 점이었다. 요컨대 이론적 명령이나 조직적 통제를 거부한다는 태도였다. 이는 직접적으로 좌익 측의 '정치주의'를 비판한 것이었지만 우익 측이라고 해서 예외는 아니었다. (…중략…) 또 하나는 문학의 정치적이며 사회적인 실천을 거부하지 않았다는 점이다. 오히려 이는 문학이 수행해야 할 중요한 과제였었다. 다만 이러한 과제의 효과적인 수행이란 직접적인 정치종속위에선 불가능하다는 생각이었다.14)

신형기의 이러한 지적은 중간파 문학론의 모든 특성을 제시하고 있는 건 아니지만 중간파가 지향하고자 하는 방향을 어느 정도 가늠해 볼 수 있다. 다시 말해 이들은 이론적 명령이나 조직적 통제를 거부하며 문단에서나마 좌우대립이 해소되기를 바라고, 또한 정치상에도 어떤 영향을 줄 수 있기를 기대했던 것이다.

그런데 문학에서 중간파 노선은 반드시 정치적 중간파의 운명이나 정치적 파당성과 같이 뚜렷하지는 않았지만, 정치권의 좌우대립 양상과 비슷한 모습을 띠며 전개되어 갔다. 예컨대 해방직후 중간파의 문학론은 좌익측으로부터는 '문학주의'로, 우익측으로부터는 '시류적 소견'이라 하여 백안시당하게 된다.15)

비롯되었으며, 최근엔 신형기(1988), 김성렬(1989) 등에 의해 본격화되고 있다.

14) 신형기, 『해방직후의 문학운동론』, (화다, 1988), 189면.

15) 안재홍으로 대표되는 중간파가 취한 정치적 입장 자체는 외세를 배격한 민족적 대단합을 추구했으나, 중간파의 논리는 좌우익의 입장에서 볼 때 악의석

물론 당시의 시대적 상황에 초연하여 '명분론'에 입각한 논리의 전개는 좌우대립으로 분열된 당시의 문단상황에서 애매모호한 태도로 받아들여졌던 점도 부인할 수 없다. 또한 대부분 양쪽 모두를 비판만 했지 당시의 흩어진 문학론에 방향성을 부여할 만한 어떤 설득력 있는 이론이 부족한 점도 있었다. 그러나 중간파의 논리는 문학 본래의 기능이 무화된 문단상황에서 주목할 만한 의견을 제시하기도 했다. 그럼 이제 구체적으로 그들의 문학론을 살펴보자.

2.2. 백철의 문학론 —균형감각의 회복

문학인들이 이데올로기적 대립에 의해 양분되는 동안 백철은 중간적 입장을 내세워 자기문학의 논리를 전개하기 시작했다. 해방 직후 혼란기에 새로운 문학건설의 방향을 모색하는 과정에서 백철이 발표한 「과도기와 문학건설의 방향」(『개벽』복간호, 1946.1)은 그 자신의 문학적 입장과 상황감각을 확인해 볼 수 있는 글이다. 백철은 이 글을 발표하기 이전에 이미 「문학의 건설」(조선주보, 1945.11), 「문학운동의 재출발기」(『우리공론』, 45.12)라는 평문을 통해 비판적 자세를 좌익으로 몰아 세우는 지적 풍토를 비판하면서 문학인의 비판적 자세를 강조한 바 있다. 그러나 「과도기의 문학건설의 방향」은 해방직후 자신의 논리적 거점을 본격적으로 드러낸 평문으로, 문학예술운동에서의 친일잔재적 요소의 청산이 무엇보다도 시급한 과제라는 좌익 측의 입장에 동의하면서도 <문맹>을 비롯한 좌익의 진보적 경향이 여러 가지 현실적 제약에 의해 탄력적으로 대응하지 않는 한, 결코 앞길이 순탄치 않으리라는 예감을 피력한다.

표현으로 "양서의 동물"(박달환, 「안재홍론」 인민, 2권1호 1946.1, 55면)로 비유되는 상황이었다.

　　하여튼 금일 우리가 직면하고 있는 현실은 해방직후의 그것과 비하여 상당히 우려되는 상태 앞에 놓여 있는 것이 사실이다. 그리고 여기서 나는 이 상태가 다시 그릇된 방향으로 발전되는 경우에는 이보다 더 악화된 현실을 예기(豫期)해야 될 것같이 생각이 된다.(…)금일의 과도기적 현실에 대하여는 일층 더 치밀하고 엄격한 한계를 정하는 동시에 일면으로는 그 구체성을 획일적으로 결론하지 않도록 충분한 신축성을 가져야 할 문제일 것이다.16)

　윗 글에서도 감지할 수 있는 바이지만 백철은 문학이 지나치게 정치적 상황과 연계되어 좌우될 경우에 대한 부작용을 예견하고 있다. 따라서 그는 해방직후와 같은 과도기적 현실에서는 한층 더 엄격한 한계를 정하는 동시에 일면으로는 구체성을 띠면서 충분한 신축성이 요구되고 있음을 암시한다. 그러나 백철은 문학운동이 '진보적 리얼리즘'에 입각한 '혁명적 로맨티시즘'17)의 수용이나 진보적 정치세력과 손을 잡아야 한다는 생각마저 수정한 것은 아니었다.

　　이러한 신전형기(新轉形記)에 처하여 문화·문학의 사명도 결코 이 과도기적인 성격과 정치적 임무를 너무 떠나서 해석될 것이 아니다. 그러기에 우리문학이 과거의 그 일본 제국주의가 강요한 모든 비합리적 조건하에서 자라온 때문에, 그가 가지고 있는 모든 완고한 잔재요소를 극복하고 재건설을 期하는 수도(首途)에 있어 우선 우리문화속에

---

16) 백철, 「과도기와 문학건설의 방향」, 76-82면. 이하 해방직후 당시의 문학론에 관한 본문의 인용은 현재의 맞춤법에 준한다.
17) 혁명적 로맨티시즘은 일반적으로 진보적 리얼리즘의 내적형식으로 낭만주의 정신과 일부 특성을 현실주의(리얼리즘)에 끌어들여 리얼리즘의 내용을 풍부하게 하려는 창작방법이다. 혁명적 로맨티시즘의 수용양상을 작품을 통해 구체적으로 검토한 것으로는 신덕룡, 『진보적 리얼리즘 소설 연구』, (시인사, 1989) 참조.

우리의 체내에 잔재, 잠재한 모든 일본적인 것을 근본적으로 구축하는
데서부터 공사를 시작해야 한다는 것은 이미…<중략>…이 전제 위에
서 문학이 몇가지의 근본적인 전환을 꾀하려고 할때에 (…)진보적으로
영도하는 정치적인 세력위에 의거된다는 것을 각성하고, 우리 문학의
융성할 운명은 우리 문학자가 그 진보적 세력과 운명을 같이하는 결의
위에 정신을 준비하는 데 있다는 것이다.[18]

백철은 이처럼 해방직후의 문화적 상황을 과도기적 현실로 상정하
고 문학의 정치적 기여 및 진보적 정치세력과의 제휴를 염두에 두고
있다. 그러나 그는 금일의 문학예술운동은 이러한 진보적인 사상의 기
반 위에 '문학적인 의상'에 의한 대담한 양보와 겸허함이 요구되고 있
음을 피력한다. 여기서 백철이 '문학적 의상'을 강조한 것은 과도기적
현실에 있어서는 문학의 사상성 못지 않게 형식이나 표현의 문제에도
민감해야 함을 염두에 둔 것이다.

그런데 해방직후의 문단은 정치사회단체의 분열과 유사한 양상으로
조직되어 좌우대립이 팽팽한 대립을 맞는다. 특히 1946년 신탁의 문제
로 정치사회단체가 좌우로 분열되어 심각한 국면을 맞듯이, 문학단체
도 우익진영은 「전문협」의 조직과 이의 산하에 「청문협」을 결성하고,
좌익진영은 문학단체의 조직과 노선상의 문제로 대립을 하면서도 좌익
의 조직을 망라한 「문련」을 결성함으로써 좌우대립이 심각한 국면을
맞는다.

따라서 백철은 정치와 문학이 서로 유대를 가져야 한다는 신념엔 변
화가 없지만, 정치에 대한 문학의 지나친 관심에 대해서는 경계를 표
출하기 시작했다. 백철의 이러한 비평적 성향에 대해 신형기는, 입으론
정치세력과의 유대를 이야기하고 있지만, 정작 그 자신은 '일개의 방
관자'였음을 들어 그의 기회주의적 태도를 비판한다.[19] 그러나 백철의

---

18) 백철, 위의 글, 77면.

이러한 비평적 태도를 단순히 처세상의 기회주의적 성향으로만 보려는 시각은 온당한 비평적 태도라고 볼 수 없다. 왜냐하면 비평적인 글을 단지 처세상의 태도와 밀접하게 연관시키려는 것은 문학비평의 본질적 접근에도 상치될 뿐만 아니라, '리얼리즘 만능론'이 문학의 심원한 발전에 좁은 한계로 자리할 것을 우려하며 "문학자의 모든 행위는 냉혹한 반성의 과정 위에 진행"되어야 한다는 비평적 시각을 도외시할 수 없기 때문이다.[20] 따라서 백철은 진보적 문학론의 지나친 정치지향에 대해 우려를 표하면서 '리얼리즘의 현미경'에만 의존하는 획일성을 비판하고, 나아가 진보적 문학론의 정치지향주의 대신에 우선 문학인의 전열을 가다듬기 위해서는 경직된 문학주의를 비판하는 내부적 필요성을 견지한다.

결론을 먼저 말하면 금일의 문학이 구체적으로 문학단체가 정치에 대하여 자주성을 확보하는 가부문제에 있는 것 같다.금일과 같이 정치가 혼란한 와중에 처하여 문학단체는 그 자주성을 확보할 것이다.!
…<중략>…금일의 정치의 결론이 내외의 정세를 추단(推斷)하여 결코 어느 일방적인 통일로서 표현될 것이 아님이 명백한 사실인 이상 중간에서 여론을 지도하는 문학(문화)단체가 B세력(진보적인 세력의 대표-인용자)에 유익하도록 민중을 안내하기 위해서는 적어도 표면상 중립지대에 서서 어느 편에나 편향하지 않은 표정을 유지해야 할 것이다. 그런 까닭에 문학과 정치의 일반적 관계를 나중으로 돌리고 B세력을 지지하기 위한 정책상으로 보아도 너무 명백하게 그 세력에 가담하는 태세를 취하는 것이 도리어 그 세력에 대한 협조에 장애가 된다는 것도 명백한 사실이 아닐 수 없다.[21]

---

19) 신형기, 앞의 책 177면.
20) 백철, 「정지와 문학의 우정에 대하여」, (『대조』2, 1946.7), 117면.
21) 위의 글, 115면.

인용된 부분을 통해서 우리는 백철의 입론이 문학의 자주성을 확보하기 위해서도 문학이 지나치게 정치에 의존하거나 편향적인 이데올로기에 입각하기보다는, 정치적 노선에 동의하면서도 중간지대에서의 비판적 태도를 통한 균형감각의 회복에 기조를 두고 있음을 알 수 있다. 이러한 맥락에서 백철은 진보적 문학론의 지나친 정치주의적(좌파적) 성향이 문학의 정치종속을 초래하여 오히려 문학의 자주성이 침해될 것을 우려한다. 백철의 이러한 주장은 좌익측으로부터는 "문학은 오직 정치에 충실함으로써만이 옹호될 수 있다"는 반박22)을, 우익측으로부터는 '시류적 소견'으로 치부되어 버린다.23)

그러나 백철은 좌·우익의 주장이 이미 주관주의의 미혹에 빠져 양극화된 정치를 추수함으로써 문학은 정치와 결별해야 하며, 그 구체적인 방안으로 문단의 좌우를 대표하는 「문맹」과 「전문협」의 동시 해체를 주장하고 나선 글이 「문학운동의 재출발기」(『우리공론』47.4)라는 평문이다. 이 글에서 백철은 문학이 정치의 영향을 받는 것은 어느 정도 부득이한 점도 있지만, 문학이 자진해서 너무 정치의 힘에 의탁해서 문학을 해보려는 무기력한 태도를 버려야 할 것을 강조한다. 따라서 백철은 "문학이 정치를 움직이는 역량을 가지고 있다는 자신"을 가지고 정치에 대해서는 문학적인 지성과 비판적인 자세로 임해야 함을 피력하게 된다.

> …금년 문학계를 전망할 때에 우선 내가 희망하는 것은 금년은 될 수 있는 대로 속히 두개의 기성 문학단체 문학가동맹과 문필가협회가 동시에 해체해야 한다는 것이다(…). 문학가동맹의 정치추수의 경향에 대해서는 이전에 나는 수차에 걸쳐서 지적한 일이 있다. 문필가협회도

---

22) 김영석, 「문학을 지키는 길—백씨의 그릇된 견해에 대하여」, 독립신보 1946. 11. 20면.

23) 임긍제, 「제3문학관의 정체—백철론」, 『해동공론』7호(1948.3-4)

정치추수인 점이 마찬가지다. 따라서 이 두 단체는 자진하여 문학의 입장과 자격을 포기한 일종의 정치적인 단체들이다. 이 두단체가 서로 좌우의 정치견해를 갖고 대치해 나가는 한 조선문학의 정상적인 발전은 기약하기 어렵다. 이 두 단체는 조선문학의 발전의 큰 암이다. 문학의 발전을 위하여는 우선 이 암을 제거해 버리고 문학적인 건강을 회복한 뒤에 재출발을 해야 하는 것이다.[24]

또한 이 글에서 백철은 이 두 단체가 해체되고 나면 '수개 이상의 유파적인 문학집단'이 새롭게 부흥함으로써 문학에 활력을 불어 넣어야 할 것을 제시한다. 여기서 백철이 제시하고 있는 '유파운동'은 동인지적인 소그룹운동의 성격을 띤 문학운동의 '과도기적' 형식으로, 이 '유파운동'에 의해 정치적 양극화가 지양되고 나아가 바림직한 정치적 방향이 드러날 수 있으리라 본 것이다.

백철의 이러한 제안은 그 자체로서는 귀기울일 만한 점도 있었으나 지나치게 소박하고 낙관적인 점도 배제할 수 없다. 또한 현실적으로 이러한 제안을 뒷받침할 만한 세력기반이 없었으며, 더욱이 좌우로 대립되어 있는 당시 문단의 풍토에서 좌우익 세력의 공감을 끌어내기에는 역부족인 상황이었다. 따라서 백철의 이러한 제안은 우익에게는 '시류적인 제안'[25]으로, 좌익에게도 역시 '탕평'을 앞세워 문학주의를 창도하려는 형식적인 제의로 비판을 받는다.[26] 그러나 백철의 이러한 절충적 입장이 문학적 논리를 갖추기 시작한 것은 좌우합작에 대한 논의가 막바지에 도달한 1947년부터 좌우합작에 대한 논의가 실패로 돌아가고 분단이 가시화되는 국면을 맞으며 전개된다. 백철은 이후 훼손된 민족적 동질성을 회복하고 문학의 독자적인 세계로 혼란된 시대상

---

24) 백철, 「문학운동의 재출발기」,(『우리공론』, 1947.4), 64면.
25) 임긍제, 「제3문학관의 정체-백철론」, 『해동공론』7호(1948.3-4)
26) 현인, 「문학탕평의 반동성」, 조선중앙일보, 1948.2.12-14.

황을 극복하기 위해서는 새로운 윤리의식의 창조에 문학이 앞장서야
할 것을 강조한다. 따라서 그는 무력한 정치의 방향을 추종하지 말고
문학을 위한 새로운 준비를 갖추어야 할 것을 강조한다는 의도 하에
「문학과 윤리」(『민성』, 4권 2호, 1948.2), 「새 양식의 창조」(경향신문,
1947, 10.19), 「신윤리문학의 제창-건국과정과 문학정신」(『백민』13,
1948.3), 「신윤리의 제창과 신인간의 창조」(『백민』14, 1948.4) 등을 잇달
아 발표해 간다. 곧 "문학의 윤리는 어디까지나 자발적인 것이요, 남에
게 강요될 문제가 아님"27)을 전제 한 뒤, 문학의 눈으로 정치를 보려
는 일관된 입장을 견지하려 한다. 그럼 백철이 내세우고 있는 '신윤리
문학'이란 어떤 문학을 말하는 것인가.

> …그러면 그 윤리적인 것을 주축으로 한 현대의 신윤리문학은 어떤
> 특징을 가진 문학일까. 그 윤리는 먼저 세속적인 도덕율과 직통된 것
> 이 아니고 구(舊)와 현행적인 데 대한 신(新)과 창조와 자율적인 정신
> 이라고 하였다. 윤리의 문학이 아니고 실로 신윤리의 문학이 되는 이
> 유가 여기에 있다. 말하면 이 신윤리의 문학은 우선 기성인습과 도덕
> 을 맹렬히 비판하면서 등장하는 문학이다. 또한 현행의 모든 부정과
> 불합리에 대하여 그것을 적발하는 문학이다(…) 또한 이 신윤리가 작
> 품을 통하여 구체적으로 전개될 때는 신인간형을 동반해서 가능한 문
> 제다. 그리하여 신윤리의 문학은 신인간을 탐구하고 창조하는 문학이
> 다.28)

  백철의 이러한 일련의 '신윤리문학'의 제창은 스스로가 밝히고 있
듯이 "편벽된 경향문학을 반성·정정하는 의미"에 방향을 두고 무비판
적인 정치추수 및 사정(私情)을 위주로 한 편중의 태도를 염두에 두고

---

27) 백철, 「문학이전에 오는 문제」, 경향신문, 1946.12.5.
28) 백철, 「신윤리문학의 제창-건국과정과 문학정신」, (『백민』13, 1948.3), 11면

출발한다. 예컨대 문학의 무비판적 정치추수는 '무조건 상대편을 배격하고 자기파를 옹호하는' 사정의 차원으로 떨어져 결국 엄격한 비평정신에 입각한 올바른 문학정신이 수립되지 못하는 기이한 현상의 궁극적인 요인으로 보았던 것이다.

그러나 백철의 이러한 제안 역시 좌우익의 공격을 받는다. 즉 문학의 현실적인 의미와 그 시대적 사명을 몰각한 것이라는 전제위에, 좌익측에게는 시류에 편승한 형식적 제의로[29], 우익측에게는 "하나도 새로울 것이 없는"상태에서 제안한 일종의 방임주의, 심지어 공명심에서 고안해 낸 또 다른 관념의 도그마로 비쳐졌다.[30] 특히 우익의 입장에서도 백철의 이러한 비평적 태도를 援軍으로 인식하기 보다는 '자신의 논리만 옳다'는 태도를 드러낸 것으로 거부감을 표한다. 그후 백철은 임긍제를 비롯한 우익측의 비판에 대한 반박의 형태로 「신윤리의 제창과 신인간의 창조」를 통해 "신윤리 문학은 신인간의 창조를 전제"하는 것으로 신윤리 문학의 구체성을 피력하지만, 더 이상의 진전된 논의는 전개되지 않는다.

요컨대 '신윤리문학'은 그 자체로서는 타당한 점도 있으며 그의 비평적 방향에 어떤 변화를 초래한 것도 아니고 그 나름의 일관성을 유지하고 있다. 그러나 그의 논리는 문학논의가 현실적 이념에 크게 좌우되던 당시에 하나의 추상론처럼 생각될 소지가 있었다.

다음과 같은 한 평문은 당시 좌우양분법에 의한 대립이 얼마나 심각했으며 어디에 기초하여 현실을 이해하고 있는지를 잘 드러내고 있다.

인간에게 있어 남성과 여성은 있되 중성은 없는 것과 마찬가지로

---

29) 김명수, 「문예비평의 대중적 기초-백철씨의 비평태도와 관련하여」, (『신천지』 3권 9호, 1948.10)참조.
30) 임긍제, 「허망과 아부--백철씨의 '신윤리문학의 제창'을 읽고」, 평화일보 1948. 3.25-27.

사상에 있어서도 좌익사상과 우익사상은 있되 중간사상은 없을 것이고, 문학에 있어서도 순수문화과 비순수문학(당의 문학)은 있되 제 3문학은 없을 것이다. 그러므로 제언하거니와 제 3문학(중간문학)이 성립될 수 있다면 그것은 심리적으로 진심도 아니고 비진심(악심)도 아닌, 사기심이나 허위심인 제 3의 심리적 형태로부터 오는 문학관일 것이다.[31]

그런데 백철이 주장한 「문맹」과 「전문협」의 해체는 문학인의 뜻에 의해서가 아니라 당시 정치적 상황의 변화에 의해 가능해지게 되었다. 즉 1948년 5월 10일 남한만의 총선거 실시 이후 좌우합작을 위한 남북협상도 결렬되고 남한만의 단독수립이 확정되는 동안 「문맹」의 주도세력은 모두 월북하여 버리거나, 서울에 남아 있는 문인들은 자신들의 정치적 과오를 청산하는 전향성명을 발표하였다. 이 무렵에 좌우 어느 단체에도 깊이 관여하지 않았던 소설가와 시인들의 일부가 문학의 자유와 독립성을 위한 문학인들의 모임을 중요시하고 문학의 정치적 제약에서 벗어나야 할 것을 강조하게 된다. 백철도 이들의 문학활동에 가세하며 자유로운 문학활동에 주목하여 「소위 중간파의 진출-예상되는 금년의 창작계」(세계일보, 1949.1.1)이라는 평문을 발표함으로써 '중간파'라는 명칭을 자신의 평론에서 구체적인 개념으로 사용한다.[32] 그러나 백철은 스스로를 포함하여 '중간파'에 서 있는 문학인들이 시대적 이념의 결여와 잠정적인 중간적 입장으로 말미암아 오히려 처세상의 기회주의로 지탄받고 있음을 지적하면서 합리적인 문학이념의 필요성을 다음과 같이 제의한 바 있다.

중간파란 것은 저널리즘에서 편의상 명칭된 것인데 거기 해당되는

---

31) 임긍제, 「제3문학관의 정체」, 신형기, 앞의 책, 183면에서 재인용.
32) 권영민, 『해방직후의 민족문학운동연구』, 126-7면 참조.

작가들이 모르는 동안에 안도해 버린 그 태도가 벌써 안이한 생각이
다. 만일 중간파라는 군단 속에 내 자신을 포함해서 생각한다면, 나는
첫째 그 중간파라는 명칭에 크게 불만을 갖는 자로서 나는 그 중간파
라는 이름 대신에 이 작가군이 하나의 현실주의적인 경향위에 통합될
수 있지 않을까 구상한 일이 있다. 그 의미에선 이 작가군을 신현실주
의파라고 불러도 좋을 것이나 그 신현실적이라는 데는 세계관적인 것
과 동시에 문학적인 두가지의 의미가 있는 것이다.(…) 여기에 진실한
역사관을 세우고 확고한 신념을 고지하는 데에 이 문학파는 비로소 하
나의 현실적인 이론적인 근거를 갖게 될 것이다. 동시에 윤리상으로는
뒤떨어진 이 사회의 낡은 도덕성의 비판위에 신윤리를 개척할 수 있고
문학의 유파로서 19세기의 리얼리즘을 비판하는 위에 신리얼리즘의
문학을 수립하는 데 노력해야 할 것이다.(…) 금년에 와서 이 작가군이
종래의 안이성을 타파하고 전진하기 위해서는 이 역사관 문학론을 적
극적으로 갖어야 할 것인 동시에 종래의 이들의 작품경향에 대해서도
그 이론에 의한 엄밀한 비판이 되어야 할 것이다.33)

이 글에서 백철은 '중간파'라는 명칭을 '신현실주의파'로 바꿔 부르
고 있다. 물론 백철은 단순히 명칭상의 변경으로 이들의 문학석 경향
이 변할 것으로 기대하지는 않았으나, 근본적으로 역사적 현실성을 중
시하는 확고한 세계관의 확립, 신윤리의식의 개척, 새로운 리얼리즘의
수립 등을 중간파 문학의 진로로 설정한 것이다. 그러나 백철의 이러
한 주장은 중간파 문학의 입장만이 아니라, 해방직후 우리 문학의 전
체적인 방향을 논한 것이나 다름없다. 백철은 이러한 주장을 내놓은
이후 중간파의 문학이론이라고 할 만한 구체적인 논의를 더 이상 전개
하지 않았다. 그 까닭은 1949년 12월 「전문협」과 「청문협」을 중심으로
중간파 및 전향문인들을 포괄하는 통합단체인 이른바 「한국문학가협
회」의 견성을 계기로 실짐적으로 중도적인 논의는 중단되어 버리기 때

---

33) 백철, 「현상은 타개될 것인가」, 경향신문, 1949.1.11.

문이다.

2.3. 홍효민의 '조선적 리얼리즘' 론… 통합론적 시각

해방직후 주목해야 할 중간파 논자의 하나로 비평가 홍효민을 들 수 있다. 그는 일찍이 「프로문맹」에 가담했으나 「문맹」으로 흡수되면서 중간적 입장을 표명하게 된다. 홍효민의 이러한 전환의 동기에 대해서 신형기는 저널리스트로서의 정치감각이나 조직적 구속을 거부하는 그의 국외자적 성향이 하나의 요인으로 작용했다[34]고 추측하기도 한다. 그러나 한편으로 홍효민의 중도적 시각을 드러내고 있는 이른바 '조선적 리얼리즘'의 제창은 문단의 좌우대립을 지양하고 문학의 본질과 시대현실을 냉정하게 파악하려는 그의 일관된 지론의 소산인 점도 도외시 할 수 없다. 그렇다고 홍효민은 중간적 논리를 전개하면서 해방직후 선행되어야 할 문학의 현실적 과제에 대해 도외시했던 것은 아니었다. 해방직후에 1-2년 사이에 발표한 주요 평문들, 예컨대 「조선문학의 현단계」(『예술』1권 1호, 1945.12)와 「민족해방과 예술해방」(『예술운동』1호, 45, 12) 등을 통해 문학예술운동도 일정한 자기점검이 필요하다는 전제 위에 일제적인 모든 잔재를 일소해야 (친일파와 민족반역자의 축출)하는 데 복무해야 함을 강조한다.

그러나 이러한 평문들은 해방직후 바로 발표된 글로 원론적인 수준의 제시에 그치고 있으며, 홍효민 역시도 좌익진영의 「프로문맹」에 가입하여 활동하던 때이다. 따라서 좌익진영에서 표방하고 있는 문학노선과 동궤에서 이론을 전개하고 있다. 이러한 맥락에서 홍효민은 농민문학에 대한 작가들의 관심도 촉구하면서 사회주의적 리얼리즘을 기초이념으로 한 문학건설의 당위성을 논한 것이 「농민문학의 당면진로」

---

34) 신형기, 앞의 책, 184면.

(『개벽』, 46.1) 및 「문예비평의 당면과제」(『신문예』, 46.7) 등이다. 이 글들 역시 해방직후 문학예술운동도 일정한 자기점검이나 반성이 필요하다며 문학의 당면문제를 전반적으로 피력하고 있다. 문학의 선결과제로서 봉건적 잔재와 일본 제국주의적 잔재의 청산을 요구하고 있는 것이다. 그런데 전자의 평문에서 우리가 주목해야 할 것은 농민문학의 당면진로를 사회주의적 리얼리즘과 혁명적 로맨티시즘에 입각한 창작방법의 수용을 강조하면서도 사이비 사회주의적 리얼리즘과 혁명적 로맨티시즘의 창작방법으로 농민(독자)들을 현혹하는 경우를 경계하고 있다는 점이다.

> …사회주의적 리얼리즘과 혁명적 로맨티시즘은 가장 진보적인 문학기술인 것이다. 오늘의 농촌에 있어 봉건적 잔재와 일본제국주의 잔재의 모든 반동적 「이데올로기」를 퇴치, 극복시키는 것은 이 사회주의적 리얼리즘과 혁명적 로맨티시즘을 놓고는 없는 것이다. …<중략>… 우리는 이 사회주의적 리얼리즘과 혁명적 로맨티시즘의 창작방법으로 나감에 있어서도 경계할 것이다. 그것은 사이비한 사회주의적 리얼리즘과 혁명적 로맨티시즘을 가지고 농민 내중에게 내이놓는 그런 일이 있는 것이다. 생경한 프롤레타리아 문학이란 대중에게 계급의식을 불러일으키는 그런 것이 못되고 도리어 계급의식과 떨어져 있는 그런 것을 많이 본 것이다. 재래에는 너무나 많이 익지 않은 과실을 선사한 것을 잊어서는 아니된다. 이것도 「뿌르조아문학의 보헤미안적인 파편의」해독만큼이나 유해한 것이다. 진정한 프롤레타리아문학은 문학이 가질 수 있는 높은 향기와 높은 이념이 함께 조화되지 않으면 안된다[35]

장황하게 인용된 위 글은 홍효민의 비평감각이 어느 정도 균형을 유지히고 있음을 알 수 있는 대목이며, 백철의 논리와도 일맥상통하고

---

35) 홍효민, 「농민문학의 당면진로」, (『개벽』, 1946.1), 22면.

있다. 예컨대 백철은 해방직후 문학의 선결과제를 수행하기 위해서는 사회주의적 리얼리즘과 혁명적 로맨티시즘 창작방법의 수용이 요구되고 있음을 전제하면서도 지나치게 정치지향적인 측면에 대해서는 내부적 비판을 통한 견제를 요구하고 있음을 진술한 바 있다. 홍효민의 경우도 좌익의 진영에서 추구하고 있는 사회주의적 리얼리즘에 입각한 창작방법의 중요성을 강조하면서 종래의 "너무 많이 익지 않은 과실"(이를 테면 생경한 관념의 전달에 지나치게 비중을 두어 문학의 형식적인 요소를 등한시하는 경우)로 인해 오히려 농민(독자)들에게 좋지 않은 영향을 미쳤음을 비판한다.

그러나 이러한 비평적 성향 자체만으로 홍효민이 진보적 문학론과 일정한 거리를 유지하며 중간적 논리를 전개한 것으로 볼 수 없다. 왜냐하면 홍효민이 탁치문제로 좌우갈등이 심한 시점에서 발표된 「건국문예시감」, 「문예비평의 당면과제」를 보면, 홍효민은 좌익의 문학운동노선에 상당부분 의존하고 있음을 알 수 있기 때문이다. 특히 앞의 평문은 신탁통치문제로 좌우대립의 갈등이 심화되고 있는 시점에서 발표된 글이어 주목된다. 여기서 그는 탁치문제로 민족의 분열과 반목이 심화될 것을 지극히 경계하며 민족의 단합을 우선으로 들고, 문학이 그러한 역할을 시도하는 데 시금석이 되어야 함을 강조하게 된다.

> …우리는 이 최대의 위기에 대하여 싸울 것을 문학에도 나타내야 한다. 이제 가장 중요한 문제는 두 말할 것 없이 신탁통치 5개년에 대한 반대로 이것을 문학 「테마」로 취급할 때 우리는 미소의 허위로 한 세계정책을 공격해도 좋을 것이다.(…) 또 일방적으로는 문학에 있어서 민족분열이 되는 것을 막아야 한다. 민족주의와 공산주의 대립으로 민족분열이 되려는 위기에 이 신탁통치안으로 인하여 우리 민족은 좀 더 공고히 단결되어 가고 있거니와 우리 조선인의 결점은 외래의 압력이 완만할 때에는 내부분규가 있는 것이다. 이 내부분열은 크게는 민족을

망하는 구렁텅이에 몰아넣을 수도 있고(…)우리는 이 긴장된 분위기를 놓치지 말고 완전독립으로 가는 길이 무엇인가를 문학작품을 통하여 잘 제시되어야 한다.36)

위 글에도 드러나 있듯이 홍효민은 내부분열에 의한 민족의 분열을 최대의 위기라는 정세판단 하에 문학이 그러한 분열을 막는 '방파제'의 역할론을 피력한다. 따라서 이후에 발표된 앞의 평문 「문예비평의 당면과제」에서도 사회주의적 리얼리즘과 혁명적 로맨티시즘에 입각한 창작방법론이 "가장 진보적이며 효과적이고 건설적"이라고 하면서도 자본가 계급에 대해서 타협이 아닌 건설적인 부면으로 진보시키어 동참을 피력했던 것이다. 또한 홍효민은 문학의 사회적 기능이나 공리적 기능 자체를 도외시했던 것은 아니었으며, 좌익진영에서 내세우고 있는 진보적 문학론의 정치주의적 노선에 대해서도 상당부분 공감하고 있다.

그런데 1946년에 접어들어 좌우문학단체의 조직과 이로 인한 문단의 대립이 심화되면서 특히 좌익진영이 지나친 정치주의적 성향을 띠자 경계를 표명한 글이 「문학의 공리성」(경향신문, 1946. 12.15)이라는 평문이다. 홍효민은 앞의 평문들에서 드러난 바와 같이 스스로 조선문학의 선결과제로서 친일파의 처단과 외세의 배격을 통한 진정한 자주독립국가의 건설을 강조하면서도 지나치게 문학의 공리주의적 측면을 경계하게 된다. 그는 이 글에서도 문학의 공리성 그 자체를 탓할 수는 없으나 문학 본래의 공리적 성격을 일탈하는 문학현상을 목도하는 바, 특히 프롤레타리아 작품들이 지나치게 공리적 측면이 강조됨으로써 문학작품을 유형화하고 고정화하여 극기야 '공리주의'화 하려는 경향마저 띠고 있음을 비판한다.

---

36) 홍효민, 「건국문예시감-주로 탁치반대에 대하여」, (『신세대』1, 1946.3), 193면.

> …문학 전체가 공리주의(公利主義)로 된 것 같이 보는 경향까지도
> 나타내 가지고 문학으로 사회운동도 하고 정치운동도 하려 든다. 문학
> 이 이곳까지 가면 문학이란 자체까지 상실, 내지 소멸되고 만다. 문학
> 운동(단체행동)이 사회운동이요, 정치운동이라 생각하여 어느 일당 일
> 파의 정책에 부합하려 하여 문학의 그 자체까지도 찾아 보기 어려운
> 경지로 몰아넣어서는 안되는 것이다.(…) 프롤레타리아 작품에서 일반
> 적으로 볼 수 있는 경향인데 이것은 드디어 문학작품을 유형화하고 고
> 정화하는 공리주의를 직설적으로 표현하는 데 불과하게 된다.(…) 작가
> 의 가질 바 길은 첫째로 문학작품으로서의 우수한 것이 되었느냐 못되
> 었느냐 에서 부터 출발한 후에 공리성을 말해야 한다. [37]

윗 글에서 홍효민은 문학의 공리성도 궁극적으로 작품다운 작품의
형식을 갖춘 후에 수반될 수 있는 부차적인 것으로 문학의 공리성을
지나치게 추구하여 본말이 전도되는 현실을 비판한다. 홍효민의 이러
한 생각은 오늘날의 시각에서 보면 당연하고 지극히 원론적인 수준의
범주를 넘지 못하지만, 당시의 문학풍토에서 이러한 비평적 안목은 주
목할 만한 시각을 드러낸 것이다. 홍효민의 이러한 평문들은 직접적으
로 좌익의 문학론에 대한 비판의 형식을 취하진 않았지만, 좌익의 정
치주의적 성향을 간접적으로 겨냥하고 있음을 어렵지 않게 간파할 수
있다. 이 평문을 발표하면서 홍효민은 좌익진영과 어느 정도 거리를
유지하면서 문학의 본래적 기능의 회복을 주창하게 된다. 홍효민의 이
러한 생각이 보다 구체화되어 나타난 글이 「신세대의 문학」(『백민』3권
6호,1947,11)이라는 평문이다. 즉 그는 이 글에서 자신의 문학적 신념과
는 무관하게 문단의 이데올로기적 상황으로 문학다운 문학이 생산되지
못하는 현실을 강하게 비판하며 문학이 정당한 기능을 수행하기 위해

---

37) 홍효민, 「문학의 공리성」, 경향신문, 46.12.15.

서는 '자유주의'로 돌아와야 할 것을 천명한다. 문학이 좌우로 대립하여서는 '문학다운 문학'이 되지 못할 뿐만 아니라 대립상태를 지속할 경우 정치의 도구로 전락하여 결국 "가로상의 정치 부로커"와 무엇이 다르냐고 반문한다.

> 조선문학은 신피대(新皮袋)에 신방주(新芳酒)를 담기 전에 이 「불안의 번뇌」의 분위기속에 돌입하게 되었고, 일반은 하다 못해 초현실주의자라도 보았으면 하는 안타까운 심경에 달리고 있건마는 문학자 자신의 자기네들 스스로 「순수」를 고집하고 「프롤레타리아 이데올로기」를 고집하고 있는 한, 문학다운 문학이 나올것인가 의심되는 금일에 있어 「순수」를 고집하는 이면에는 민족주의라는 것을 만능으로 하는 성격이 내포되어 있고, 「프롤레타리아 이데올로기」를 고집하고 있는 이면에는 「공산당문예정책」에 맞도록 쓰려고 하는 한, 이것은 결국 객관적인 엄정한 비판을 내릴 바는 이런 것들은 그 실은 문학과 먼 거리에 있다. 우리는 문학에다 주의를 넣기 보다는 문학다운 문학이 되어야 한다.(…) 우리는 적어도 문학이란 「메스」로 편파되지 않게 조선현실을 비판하고, 해부해서 조선인이 가질 바 태도와 방향을 지시, 제시해야 하지 않는가. 문학이 본래의 그 시명을 하지 않고 정치적인 도구로 이것이 이용되고 있는 한, 조선의 신문학은 수립되지 않을 것이다. 조선문학이 새로히 수립되는 데는 우선 문학인은 그 본래가 가지고 있는 자유주의에 돌아와야 한다.[38]

홍효민이 제시하고 있는 문학에서 '자유주의적 요소'의 추구가 위의 평문에서는 다소 막연하게 제시되고 있다. 다만 "자기주의의 자기도취와 자기고집"의 위험성을 깨닫고 문학이 본래 가지고 있는 사명인 인류의 양심을 순수화하고 미화하는 '자유주의 문학사상'에 토대를 두고 있음을 알 수 있다. 홍효민의 이 글은 좌우익의 문학론을 동시에

---

38) 홍효민, 「신세대의 문학」, (『백민』3권 6호, 1947.11), 171-172면.

비판한 것으로 백철처럼 직설적이지는 않지만 「문맹」과 「전문협」의 해
체를 간접적으로 요구한 셈이다. 따라서 홍효민은 좌익진영의 정치주
의적 성향 못지 않게 자연히 「전문협」을 중심으로 한 우익문학론에 대
해서도 '순수'의 기치를 내걸고 있지만 "아무래도 이해할 수 없는 급
성조작어"의 범주를 탈피하지 못하고 있다[39]며 비판한다. 그러나 이
글은 순수문학을 '꿈꾸는 것 같은 문학'으로 단순하게 파악한 소박하
고 원론적인 제시의 평문으로, 우익진영으로부터도 "대상이나 문제를
처음부터 잘못 이해한 논단"이라는 비판을 받는다.[40] 우익진영의 이른
바 '순수문학'도 실제 이론상으로는 문학의 현실적 요소를 전적으로
배격하고 있는 건 아니었으므로 우익진영의 비판[41]은 나름의 온당한
시각을 확보한 셈이다. 그러나 홍효민은 조선의 현실을 어느 편파적인
관점에 서서 재단하려 할 것이 아니라 자유주의 입장에서 진정한 민족
통합을 위해 조선의 현실을 비판적으로 그려 나가려는 생각을 고수하
고 있다. 따라서 홍효민은 순수문학도 전혀 부정하고 배격해야 할 것
만은 아니며 프롤레타리아 문학과의 제휴의 필요성을 역설하기도 한
다.

> 문학적 진실을 현실로부터 유리(遊離)한 것이 아니고 그것과 긴밀하
> 게 연결된 것이다. 그러나 문학적 진실은 …동종류의 많은 제사실로부
> 터 나온 엑기스다. 그것은 …전형화된 것이다. 그리고 현실의 반영되는
> 전 현상을 한개의 현상에 정확히 반영함에 있어서만 진실한 예술작품
> 이 발생되는 것이다.」라고 한 말을 생각하면 오늘의 있어 민족주의문
> 학도 전혀 부정할 것은 아니다. 우리 민족의 주권이 침해되는 것의 방
> 파제로 민족주의문학은 그 생명이 있다. 또한 프롤레타리아 문학과의

---

39) 홍효민, 「순수문학비판」, (『백민』1948, 4), 12면.
40) 조연현, 「창조정신의 거세」, (『한중문화』, 1949.3), 83면.
41) 임긍제, 「문학과 현실」, (『백민』 4권 4호, 1948.7) 참조.

제휴도 필요한 것이다.42)

　여기서 홍효민은 '프롤레타리아문학이 아닌 모든 문학의 범칭'을 민족주의 문학으로 파악하는 단순함을 드러내기도 하지만, 이데올로기에 의한 문학인의 대립은 민족문학 역량을 감소시킬 것으로 판단했던 것이다. 따라서 홍효민은 조선의 현실을 어느 편당적인 관점에 서서 재단하려 할 것이 아니라 자유주의 입장에서 진정한 민족통합을 위해 조선현실을 비판적으로 그려나가자는 구체적 제안으로 '조선적 리얼리즘'을 주창하게 된다. 이러한 생각이 다소 구체화하여 발표한 평문이 「문학의 역사적 실천─조선적 리얼리즘의 제창」이다. 여기서 홍효민은 8·15로부터 단정수립에 이르기까지 문학인들이 한반도를 둘러싼 주변 정세를 객관적으로 인식하지 못하고 좌우문학론으로 나뉘어 자신의 문학론에만 집착하는 분파적 투쟁을 일삼게 되어 외세에 대한 냉정한 인식의 결여로 그 어느때 보다도 민족내부의 단결이 요구되고 있음을 강조한다.

　　오늘의 조선문단의 형세는 순수문학이란 밑에서 애국적인 방향과 귀족적인 파편을 풍기고 있는가 하면 다른 한편에서는 계급문학을 주창하는 리얼리즘과 혁명적 로맨티시즘의 창작방법법을 운위하고 있다. 다들 당연한 현상이다. 그러나 오늘의 조선적 현실은 여상(如上)의 창적방법을 고집할 때는 아니다. 아무래도 극히 위험하고 극히 박약한 정신적인 남북 연계를 까닥 잘못하면 과도기에 알맞도록 귀족적 문학, 혹은 애국적 문학이 진보적 리얼리즘의 문학 혹은 혁명적 로맨티시즘의 문학을 상대하여 싸움을 전개하려 하지 말고, 양개의 외세에 대한 급속한 철거와 자민족의 단결에 치중하지 않으면 안된다.(---) 우리의 오늘의 조선민족의 민족문학은 역사적 실천으로서의 조선민족의 통일

---

42) 홍효민, 「순수문학비판」, 13면.

을 전제로 하는 유일한 문학이 나오지 않으면 안된다. 그러기 위해 나
는 '조선적 리얼리즘'을 주장한다. 이 조선적인 「리얼리즘」은 어떤 창
작법으로서 제의되는 것이냐 하면 우리민족의 궁지인 분열이 없는 그
것을 전제로 한다. 오늘의 조선현실은 분명히 외세에 의하여 유린되고
있다.[43]

　홍효민의 조선적 리얼리즘은 좌우 문인들이 자신의 문학론에 집착
하기보다는 외세에 대한 냉정한 인식과 민족의 내부적 단결을 염두에
둔 제안이었다. 물론 이 글에서 홍효민은 조선적 리얼리즘을 구체적으
로 전개시키지는 못하고 몇 가지 전제를 출발점으로 한다. 즉 우선 외
세에 의해 유린되거나 분열되지 않는 단결된 문학으로, 결국 조선문제
를 가장 '조선적인 정의'와 '조선적인 모랄'에 의존해서 설명한다. 따
라서 홍효민의 이러한 제안은 조선의 다면한 현실을 조선의 윤리기준
과 역사적 판단 위에서 구체화시켜야 한다는 주목할 만한 논리였다.[44]
이것은 특히 한반도를 자국에 예속시키려는 강대국에 대한 냉정한 인
식을 토대로 출발하기 때문에 극단적 대립의 양상으로 치닫고 있는 좌
우문단으로서는 경청할 만한 제안이었다. 홍효민은 조선적인 정의와
모랄의 개념을 한국 여인의 「정절」에 비유하여 설명하기도 한다. 그는
조선적 리얼리즘을 구현했다고 할만한 작품으로 박계주의 「예술가 k씨
」(『백민』, 1948.5)와 염상섭의 「그 초기」(『백민』, 1948.5)를 드는데, 전자
의 경우는 사이비 프롤레타리아 작가의 이념적 허위성을, 후자는 당대
조선의 어머니가 겪는 비애와 고뇌를 여실히 묘사함으로써 조선적 리
얼리즘을 구현했다고 보는 것이다.

---

43) 홍효민, 「문학의 역사적 실천-조선적 리얼리즘의 제창」, (『백민』 4권4호, 1948,
　　7), 12-3면.
44) 김성렬, 「광복 직후 좌우대립기의 문학 연구」, 고려대 박사학위논문, 1989,
　　131면

신형기는 홍효민의 이러한 조선적 리얼리즘이 구체적인 현실인식을 강조한 점에서 백철의 신윤리문학과 구별되며 덜 막연한 점도 있으나, 그의 제안 역시 설득력을 갖기에는 단편적이며 이론적 기반의 취약함을 들어 비판한다.45) 그러나 조선적 리얼리즘이 사회주의적 리얼리즘과 통하는 것이라는 발언46)을 통해 이론적 기반의 취약함을 비판하는 경우는 설득력을 확보하기 어렵다. 왜냐하면 홍효민이 여기서 제시한 조선적 리얼리즘은 좌우를 초월한 이념으로 자리매김될 수 있기를 제안한 것으로 사회주의적 리얼리즘과의 연계성에 주안점을 둔 것은 아니기 때문이다. 문제는 홍효민이 조선적 리얼리즘을 구체적으로 반영하고 있다고 제시된 작품들이 과연 조선적 리얼리즘을 구현하고 있다고 볼 수 있느냐의 문제이다. 물론 홍효민은 예시된 작품들을 신중하게 숙고하여 거론하지는 않은 듯하나, 조선적 리얼리즘의 구체적인 방향성을 어느 정도 감지할 수 있기 때문이다.

그런데 여기서 예시된 염상섭의 「그 초기나」나 박계주의 「예술가 K씨」는 홍효민이 이론적으로 제시하고 있는 조선적 리얼리즘을 충실하게 구현했다고 보기에는 미흡한 자품이다.47) 이러한 점들이 스스로 "조선적 리얼리즘을 구체적인 면에서 전개시키지 못하는 것을 유감"이라는 표현에서도 드러나듯이 논리적 기반의 취약함을 드러낸 경우가 아닌가 생각된다. 따라서 홍효민의 이러한 조선적 리얼리즘의 제창은 문단의 별다른 반향을 불러 일으키지는 못한다.

---

45) 신형기, 앞의 책, 185면.
46) "진실로 사회주의적 리얼리즘과 통하는 조선적 리얼리즘이 오늘의 조선 작가에 부과된 문학적 임무가 아니면 아니될 것이다. 이것은 좌나 우를 가릴 것 없이 공통된 과제가 아니면 아니된다."(홍효민, 「조선적 리얼리즘의 제창」, 14면)
47) 정태용, 「현금 창작단의 동향」(『신천지』, 1949.1)205-208면 및 김광주, 「최근의 창작계」(『백민』, 1948.7), 53면 참조.

그러나 이러한 문학론은 문학인들이 한반도를 둘러싼 주변정세를 객관적으로 인식하지 못하고 좌우문학론으로 나뉘어 자신의 문학론에만 집착하는 분파적 투쟁을 일삼게 되는 시점에서 그 어느 때보다도 민족내부의 단결이 요구되고 있음을 피력한 주목할 만한 논리였다.

이후 홍효민은 「조선적 성격의 창조」(경향신문, 1948, 10.15-16)에서 식민지적 성격의 탈피와 사대주의적 요소의 배제를 통한 통일된 문학의 수립으로 이를 보완하기도 한다. 또한 「민족문학과 그 내용」(자유신문 1948, 10.23), 「민족문학의 이론의 수립」(조선일보, 1949, 1.3-7), 「민족문학의 당면과제」(연합신문, 1949.2.8-11)등을 통해서도 부분적으로 보완하려 했으나, 더 이상 구체화되지 않는다. 그리고 이때는 이미 남한의 단독정부 수립이라는 새로운 정부의 출범과 함께 공개적인 논의를 할 수 없는 분위기로 전환되어 버린 상태다. 따라서 이후에도 홍효민은 왕성한 평론활동을 하지만, 사대주의적 사상의 척결과 소박한 윤리의식에 토대를 둔 민족문학론의 제시에 그치거나(「민족해방과 민족문학」, 평화월보, 49.3.1-8), 정치적 좌절에 따른 내성적 경향으로 러시아 문학에 토대를 둔 사실주의의 수립과 창작방법의 문제(「민족적 사실주의의 수립」, 『문예』2, 1949. 9; 「창작방법과 사실주의」, 『신천지』4권8호, 1949, 9)로 회귀하게 된다.

2.4. 염상섭의 입장…중립적 시각

백철이나 홍효민이 해방직후 좌우 문단 사이에 있었다면 염상섭이 취한 태도는 '국외자적 입장'[48]으로 그 소용돌이 너머에 있었다. 이는 1930년대 후반에 조국을 떠나 조국의 해방도 1946년 50세의 고비에 귀국에 이르렀던 그의 인생역정과도 무관하지 않다. 다시 말해 10년에

---

48) 신형기, 앞의 책, 187면.

가까운 그의 만주생활은 해방직후 문단상황을 관망하는 자세를 취할 수 밖에 없었으나, 실은 '편향'을 싫어하는 그의 문학관이나 '중산층 보수주의'적 기질과도 연관될 수 있는 문제이다. 또한 해방전 주로 전개한 그의 리얼리즘론의 '절충적 성격'에 비추어 볼 때도 해방직후 염상섭의 이러한 태도는 짐작해 볼 수 있다. 더욱이 해방직후 문화적 상황은 몇 가지 변화(세대교체, 문인의 친일적 행위에 대한 비판의 제기, 문단의 조직정비과정에서 이데올로기 선택문제로 고민하는 상황 등)를 잉태하고 있었다. 또한 염상섭이 귀국할 무렵에는 이미 문단은 좌우세력의 대립을 첨예하게 노출한다. 따라서 염상섭은 문단의 분파적 경향이나 정치주의적 색채에 관심을 기울이지 않고 일정한 거리를 유지하고자 했다. 그러나 「문학가동맹」에서는 조직의 확대과정에서 염상섭의 의사와 관계없이 중앙집위에 지명하지만, 이를 수락하지 않고 좌익문단에서 탈피한 문인들과 보조를 같이하자 그의 불분명한 태도를 비난하게 된다. 우익진영의 문인들 역시 자신들의 문학단체와 일정한 거리를 둔 채 좌익문단에서 이름이 오르내리자 염상섭의 분명한 태도 표명을 요구하게 된다. 그러나 염상섭은 식민지시대라면 모르되 단일민족으로 독립국가의 완성을 기약하고 있는 오늘의 시점에서 문학은 "어디까지든지 자유무애한 입장"에 놓여야 한다는 원론적 입장을 견지한다.

문학이 다른 문화부분이나 생활 영위에 종속적 존재가 아닌 것은 다시 말할 것도 없다. 하물며 정치나 사회생활 내지는 사회운동의 선전, 선동에 이용되어 북을 치며 길잡이로 나서는 데서 문학다운 문학이 나올 리는 없는 것이다. 또한 문학의 대상이 한 계급이나 그 때 현상에 국한될 수도 없는 것이다. 자연 인생의 삼라만상이 문학 안에 포섭되거늘, 하필 무산자만을 위한 문학, 무산자 해방을 위한 문학에 제약되고 국척(局蹐)하여 있을 수는 없다. 그와 마찬가지로 문학이 과거의 그것과 같이 왕조의 비호 밑에 자라나서 특권계급의 완농에 맡겨서

거나, 부르조아지의 금력 밑에 그 향락이 공(供)하고 때로는 그들의 이 념을 대변함에 그칠 것도 아님은 물론이다. 문학은 넓고 자유로운 세 계를 가지고 자주적으로 육성 발전되어야 할 것이다.[49]

염상섭의 이러한 현실파악은 해방직후의 문화상황에서 지나치게 낙 관적이고 원론적인 제시로도 볼 수 있지만, 좌익이든 우익이든 민족문 학을 내세워 문학을 제약하려는 조건에 불과하다고 판단했던 것이다. 또한 이러한 생각의 이면에는 만주에서의 생활을 통해 어느 누구보다 도 민족의 단합을 절실하게 느껴왔던 생활체험과도 연결시켜 볼 수 있 고, 궁극적으로는 문학의 자유주의적 요소를 주장하며 문학을 "자기존 재의 주장"[50]이라고 본 그의 문학관과도 연관될 수 있다. 그러나 여기 서 우리가 유의해야 할 것은 염상섭이 문학의 자유를 강조했다고 해서 사회성과 시대성을 경시한 것으로 파악하는 단선적인 시각은 피해야 할 것이다. 왜냐하면 해방직후에 자신의 문학론을 평문을 통해서 직접 적으로 많이 발표하지 않고 간헐적으로 창작에만 몰두해 온 염상섭은, 오히려 문학의 사회성과 시대성을 강조한다. 염상섭은 문학의 사회적 기능을 누구보다도 중요하게 생각했던 만큼 문학과 민족의 근본적인 관련성을 결코 도외시하지 않았던 것이다. 그가 체질적으로 싫어하는 것은 오히려 우익 측의 순수문학이론이었다. 염상섭의 이러한 생각을 확인해 볼 수 있는 자료가 『백민』(14호, 1948. 4)의 "조선문학에 대한 제의"라는 제하(題下)에 작가들의 의견을 묻는 질문에 답한 「사회성과 시대성 중시」라는 평문이다. 여기서 염상섭은 사회 각 부문에 걸쳐 남 아 있는 일제의 여독을 청산하는 것과 봉건 잔재의 탈피가 시급함을 피력한 뒤, 궁극적으로 문학의 자유주의를 강조한다.

---

49) 염상섭, 「민족문학이란 용어에 대하여」, (『호남문화』창간호, 1948. 5), 13면.
50) 염상섭, 「나의 소설과 문학관」, (『백민』 5호, 1948. 10), 173면.

민족이나 국가를 떠나서 모든 것을 생각할 수 없지마는, 또한 민족적이요 광범한 의미로서의 자주주의적인 점을 문학에서도 유의하여야 할 것이라고 생각된다. 하여간 나는 편향을 싫어한다. 사회성과 시대성을 중시하면서도 문학의 자유롭고 넓은 보편적 순수성을 존중도 한다. 팔방미인적이라고 비난할지 모르나, 그러한 저속한 처세적 의를 떠나서 문학 자체가 그러한 것이라고 믿기 때문이다.

좌익이론을 덮어놓고 부인하고 배격하는 것만으로 능사라할 것은 아니다. 유물사관을 깊이 연구한 바도 아니요 전적으로 지지하는 바도 아니나, 재건되는 문학에 있어서는 여기에 경청하는바 있어야겠고 참작하여야 할 것이다. 유물사관적 관찰만이 정곡을 얻은 철칙은 아니로되 그러한 각도에서 보는 관찰도 상대적으로 필요하고 용허될 수 있을 것이니, 그렇다고 하여 문학의 순수성이라는 것을 부인함도 아니요, 또 그 가치가 깍기는 것도 아니라고 믿는다.51)

위의 언급에서도 감지할 수 있듯이 염상섭은 해방직후 이데올로기적 요소에 의한 문단의 대립을 심각하게 인식하여 어느 쪽에도 치중하지 않으려는 조심스러운 논조를 펴고 있음을 알 수 있다. 염상섭의 이러한 비평적 성향은 스스로도 부인하고 있듯이 '처세상의 기회주의적 속성'의 논조는 아니라 하더라도, 문학의 자율적인 토대에 기반을 둔 '절충적 성격'52)도 배제할 수 없다. 염상섭의 이러한 생각은 「문단의 자유분위기」(『민성』30호, 49.1)에서 더욱 구체화되어 드러난다. 이글에

---

51) 염상섭, 「사회성과 시대성 중시」,(『백민』14호, 1948.4), 16면.
52) 임명진은, 계급문학 논쟁이 뜨겁게 달아오르던 1920년대 후반에 전개한 염상섭의 리얼리즘론이 "상황의 추이를 살펴보겠다는 기회주의적 양도논법의 소산"으로 보는 기존의 견해(장사선, 「염상섭 折衷論의 無折衷性」, 권영민 편 『염상섭 문학 연구』, 민음사, 1987, 177면)에 대해 그의 리얼리론의 절충적 성격을 고려한다면 재고되어야 할 것임을 피력한 바 있다. 임명진, 「염상섭의 리얼리즘론과 그 절충적 성격」, 『국어국문학』105집(1991.5) 참조.

서 염상섭은 일부 중견 작가들의 모임에 초대 받은 바 있어 참석하지
는 못했지만, 그 나름의 의의를 부여하고 있다. 염상섭은 중간파라는
명칭 자체를 거부했지만 문학이 공정한 입장에 서야 한다고 할 때, 좌
도 우도 아닌 중간파 작가들을 주목할 필요가 있었던 것이다.

> 오늘과 같은 주위환경에서는, 그러한 무색투명한 모임에 성과야 있
> 고 없고 간에 호감을 갖는 것이다.(…) 첫째 계파별 고집에서 떠나서
> 자유롭고 담담히 문학을 이야기할 수 있지 않을까 하는 것이다. 그렇
> 다고 문인의 청유라는 유한한 아취를 찾자는 뜻은 아니다.(…) 대립적
> 감정이나 이데올로기의 배지에서 초연하여 모이는 동안에 불기한 견
> 해의 일치와 의견의 종합을 본다면 그것이 도리어 비작위적으로 자연
> 스럽게 새로운 문학운동의 지표가 되고, 신기축을 세워 이 막달은 현
> 문단에 생기를 불어넣는 계기가 되지 않을까.? ----이러한 의미로 초계
> 파적이요 무계획적인 그런 모임이 차라리 현 문단정세로는 새 활로를
> 찾아 나서는 방편이 되지나 않을까? …이렇게 나는 보는 것이다. 53)

인용된 문면으로만 볼 때 염상섭의 所論은 지극히 소박하고 원론적
인 수준을 벗어나지는 못하고 있다. 그러나 한편으로 전체의 문맥으로
이 글을 접해 보면, 좌우익의 이데올로기적 대립으로 인한 문학의 황
폐화 현상과 자주성 침해의 심각성을 역으로 표현한 경우로 보인다.
염상섭은 해방직후 문학의 정치지향적 경향이 불가피한 점도 있었지
만, 이제 문학 본연의 입장에서 정치주의적 성향을 배제하고 문학의
독자적 노선을 추구해야 할 당위성을 피력한 것이다.

> 쉽게 말하면 정치정세나 집단적 제약, 격토밑에서 우물거리고 있는
> 동안은 문학다운 문학이 나올수 없다는 말이다. 하루바삐 이러한 환경

---

53) 염상섭, 「문단의 자유분위기」, (『민성』30호, 1949.1), 114면.

에서 벗어나야 할 것이다. 더우기 신문학, 혹은 국민문학의 토대가 튼튼치 못하고, 그 역사가 년천한 우리로서는 문학이 정쟁에 휩쓸리고 정권차지에 조방군이 노릇을 할 여가가 없는 것이다.(…) 문인이란 어느 때나 필연적으로 중립적 존재이다. 그 천직으로써 싫거나 좋거나 자유주위적일 수 밖에 없는 것이다. 비판적이요 탐구적이며 생명과 인생과 사회의, 진실한 표현미를 생명으로 하는 문학은 언제나 통일하고 공정한 태도를 제일의로 하는 것이다.54)

염상섭은 정치적 파당의식이 자유로운 문학운동을 제약하고 있다고 할 때, 먼저 이를 삼제(芟除)하는 것이 당장엔 시급한 과제로 인식하고 있다. 이러한 점에서 염상섭은 "초파벌, 무목적, 무목표"를 호소하고 있다. 그에게 있어 문학이란 가열한 정쟁을 수습해야 할 중립적 존재였다. 그러기 위해서라도 문학은 '공정한 태도'를 잃지 않아야 한다는 것이다. 그러나 염상섭의 이러한 제안은 하나의 주장을 형성하지는 못하였다.

3. 맺음말

이상 살펴본 것처럼 중간파의 주장은 비록 개별적이고 산발적으로 이루어졌으나, 당시의 문단 풍토에서 주목할 만한 요소가 적지 않았음을 확인할 수 있다. 이들의 주장이나 문학론은 문학의 지나친 정치주의적 성향이 문학의 정치종속을 초래하여 오히려 문학의 자주성이 침해될 것을 우려하고 있다. 뿐만 아니라 이들은 문학인들이 한반도를 둘러싼 주변정세를 객관적으로 인식하지 못하고 좌우문학론으로 나뉘어 자신의 문학론에만 집착하는 분파적 투쟁을 일삼게 되어 그 어느

---

54) 위의 글, 115면.

때 보다도 민족내부의 단결이 요구되고 있음을 강조한다.

따라서 이들의 문학론을 유심히 접근해 보면 문학의 사회적 기능이나 공리적 기능 자체를 도외시했던 것은 아니었다. 다만 좌우문학단체의 조직과 이로 인한 문단의 대립이 심화되면서 지나친 정치주의적 성향에 대해 경계를 표명하며 좌우익 문단에 대한 비판적인 안목을 견지하려 하였던 것이다.

그러나 이들의 주장에 대해 당시의 문단풍토는 면밀히 검토하여 비판하기보다는 문단조직의 분파적 입장에서 논리 자체를 재단하기 일쑤였다. 따라서 건설적인 비판을 통한 문학의 독자성을 주창한 경우도 분파적 시각으로 매도당하는 경우가 적지 않았다. 물론 중간파의 논리는 다소의 이론적 취약점이나 좌우로 대립되어 있는 문단의 현실상황을 도외시한 상태에서 지나치게 소박하고 원론적인 주장도 있었다. 그러나 이들의 주장 자체는 비교적 주목할 만한 부분이 적지 않았음을 소홀히 할 수 없는 것이다. 따라서 오늘의 시점에서 우리는 비록 중간파의 주장이 집단을 형성하여 통일되고 일관된 입장으로 전달되지는 않았지만, 좌우대립의 이데올로기적 요소에 의한 문단의 양극화현상을 지양하고 문학의 독자성을 확보할 수 있는 대안적 요소도 함축하고 있음을 주목해야 할 것으로 보인다.(1993)

참 고 문 헌

권영민,『한국 근대문학과 시대정신』, 문예출판사, 1983.

——,『해방직후의 민족문학운동 연구』, 서울대 출판부, 1986.

—— ,『한국 민족문학론 연구』, 민음사, 1988.

김미진,「해방기 문예비평의 전개양상 연구」, 전북대 교육대학원, 1992.

김성렬,「광복직후 좌우대립기의 문학 연구」, 고려대 박사학위논문, 1989.

김승환,『해방공간의 현실주의 문학 연구』, 일지사, 1991.

김윤식,『해방공간의 문학사론』, 서울대출판부, 1989.

——,「한국소설의 미학적 기반」,『한국학보』, 제2집, 일지사, 1976 봄 호.

김재용,『민족문학운동의 역사와 이론』, 한길사, 1990.

민현기,「해방직후의 민족문학론」, 문학과 사회, 1988 가을호.

서경석,「미 군정기 민주주의 민족문학론과 인민성 문세」,『해방공간의 민족문학연구』, 열음사, 1989.

이우용,『해방공간의 민족문학사론』, 태학사, 1991.

——,「해방직후 소설의 인간상 연구」, 건국대 박사학위논문, 1992.

신덕룡,「진보적 리얼리즘 소설 연구』, 시인사, 1989.

신형기,「해방직후 문학비평의 흐름」,『해방 3년의 비평문학』, 세계, 1988.

——,『해방직후의 문학운동론』, 화다, 1988.

우한용,『한국 현대소설 구조연구』, 삼지원, 1990.

윤여탁,「해방정국의 문학운동과 조직에 대한 연구」,『해방공간의 문학 운동과 문학의 현실인식』, 한울, 1989.

이주형, 「해방직후 소설에 나타난 민족현실의 인식」, 『국어교육』20집, 1988.

임명진, 「한국 근대소설의 유형별 사적 연구」, 전북대 박사학위논문, 1988.

——, 「염상섭의 리얼리즘론과 그 절충적 성격」, 『국어국문학』105집, 1991.5.

임헌영, 「분단으로 매몰된 작가와 작품」, 『분단시대』4, 학민사, 1989.

정과리·홍정선, 「한국 현대 문학사」, 『문예중앙』, 1989 봄호.

장성수, 「1930년대 경향 소설 연구」, 고려대 박사학위논문, 1989.

정한숙, 『해방문단사』, 고려대 출판부, 1980.

차봉희, 『비판미학』, 문학과 지성사, 1990.

하정일, 「해방기 민족문학론 연구」, 연세대 박사학위논문, 1992.

노버트 메클렌부르크(허창운 옮김), 『변증법적 문예학과 문학비평』, 동서문학사, 1991.

데이빗 호이(이경순 옮김), 『해석학과 문학비평』, 문학과 지성사, 1988.

유진 런 지음(김병익 옮김), 『마르크시즘과 모더니즘』, 문학과 지성사, 1986.

테리 이글턴·프레드릭 제임슨,(유희석 옮김), 『비평의 기능』, 제3문학사, 1991.

(기타 잡지나 신문에 관련된 자료는 각주로 대신한다)

찾아보기

해방기 소설의 시대정신

인쇄일 초판 1쇄 1999년 03월 20일
         2쇄 2015년 07월 18일
발행일 초판 1쇄 1999년 03월 20일
         2쇄 2015년 07월 23일

지은이 전흥남
발행인 정찬용
발행처 국학자료원
등록일 2006.113.02 제2007-12호

서울시 강동구 성내동 447-11 현영빌딩 2층
Tel : 442-4623~4 Fax : 442-4625
www. kookhak.co.kr
E- mail : kookhak2001@hanmail.net
ISBN 978-89-8206-359-6 *03810
가 격 20,000원

*저자와의 협의 하에 인지는 생략합니다.